La rue Royale

LUCY-FRANCE DUTREMBLE

La rue Royale

Tomes 1 et 2

Guy Saint-Jean
ÉDITEUR

Guy Saint-Jean Éditeur
3440, boul. Industriel
Laval (Québec) Canada H7L 4R9
450 663-1777
info@saint-jeanediteur.com
www.saint-jeanediteur.com

• • • • • • • • • • • •

Données de catalogage avant publication disponibles à Bibliothèque et Archives nationales du Québec et à Bibliothèque et Archives Canada

• • • • • • • • • • • •

Nous reconnaissons l'aide financière du gouvernement du Canada par l'entremise du Fonds du livre du Canada (FLC) ainsi que celle de la SODEC pour nos activités d'édition. Nous remercions le Conseil des Arts du Canada de l'aide accordée à notre programme de publication.

Gouvernement du Québec — Programme de crédit d'impôt pour l'édition de livres
— Gestion SODEC

La rue Royale – tome 1 : publié originalement en 2009
La rue Royale – *Au fil de la vie* (tome 2) : publié originalement en 2010
© Guy Saint-Jean Éditeur inc. 2016, pour cette édition spéciale combinée

Infographie : Olivier Lasser et Folio & Garetti
Correction d'épreuves : Audrey Faille
Photo de la page couverture : iStock/Woyzzeck

Dépôt légal — Bibliothèque et Archives nationales du Québec, Bibliothèque et Archives Canada, 2016
ISBN : 978-2-89758-099-5

Imprimé et relié au Canada
1re impression, mars 2016

Guy Saint-Jean Éditeur est membre de
l'Association nationale des éditeurs de livres (ANEL).

Je dédie ce roman à ma mère Henriette
et mon père Fernand,
ces derniers déménagés au Paradis
et qui, de leur nuage, veillent toujours
sur la rue de notre enfance,
la rue Royale.

Tome 1

Chapitre 1

Les vacances des fêtes

Sorel, vendredi 22 décembre 1961

À l'école Maria-Goretti, le concierge, monsieur Dumas, avait nettoyé toutes les classes, car les élèves partaient aujourd'hui pour les vacances de Noël et de la nouvelle année 62.

Sorel se situe au confluent du fleuve Saint-Laurent et de la rivière Richelieu depuis l'an 1665. C'est en 1672 que Pierre de Saurel, accompagné de son épouse Catherine Legardeur, a commencé à s'acquitter de ses devoirs de seigneur pour exploiter et rentabiliser sa seigneurie en octroyant des terres à trente-trois de ses soldats qui avaient choisi de s'établir avec lui; par le fait même, il leur garantissait une aide et une protection en construisant des bâtiments dans l'enceinte du fort, dont un moulin et une première chapelle.

De 1700 à 1763, ce fut le début de l'enracinement de la seigneurie. Madame de Saurel, devenue veuve, avait dû vendre la seigneurie au gouverneur de la ville de Montréal, Claude de Ramezay. À ce moment-là, à Saurel, il y avait trois cents habitants, mais les terres de Saurel étaient très pauvres et beaucoup de Saurelois avaient dû se diriger vers la traite des fourrures en se joignant aux marchands de Montréal et de Québec, et certains d'entre eux s'étaient tournés vers d'autres richesses naturelles telles que le bois et l'eau.

En 1750, huit cents âmes vivaient dans les rangs de la seigneurie de Saurel. Un premier réseau routier fit son apparition : la rue de la Reine, le chemin de la Rive, le rang du Pot au Beurre, et le 10 février 1763, Saurel devient la ville de Sorel.

En 1783, le major French, un ingénieur civil, accompagné de Samuel Holland, un agent de la seigneurie, conçut, sous la sollicitation du gouverneur Haldimand, un plan de ville autour de la place centrale, le Carré Royal.

En 1949 débute à Saint-Joseph-de-Sorel la construction de l'usine de réduction, la QIT (Quebec Iron and Titanium). Par la suite, deux entrepreneurs américains érigent la Crucible Steel et la Beloit, deux usines qui fabriquent des pièces forgées et de la machinerie pour l'industrie des pâtes et papier. Marine Industries Limited se tourne vers la fabrication des wagons de chemins de fer et des turbines hydrauliques.

***

C'était frisquet à l'extérieur, il faisait cinq au-dessus de zéro et une petite neige folle s'était mise à voleter. Les enfants s'amusaient en se glissant gaiement sur les trottoirs miroitants, tout comme s'ils chaussaient des patins à glace. Rose venait de s'immobiliser sur le coin de la rue Saint-Paul pour y laisser Guylaine, son amie de classe.

— Eille ! Rose, attends-moi !

— Qu'est-ce tu veux, fatigant ?

Martin la précédait avec son copain Luc, de troisième année.

— Arrête donc de m'appeler fatigant, ma sœur, tu sais bien que t'es pas capable de te passer de moi, torpinouche !

C'était bien crédible, car Martin était son frère, aîné de deux ans. Il était un peu plus grand qu'elle, avait des cheveux châtain clair bouclés tout comme la laine d'un agneau qui encadraient ses grands yeux verts, et tous les étés, au mois de juin, il incarnait le petit saint Jean-Baptiste le jour du défilé.

Son ami Luc était joufflu et pas très grand. C'était un enfant bien comique coiffant une tuque jaune moutarde ornée d'un lourd pompon qui pendouillait continuellement vers son épaule droite.

— On veut te montrer les cadeaux que le frère Duguas nous a donnés pour Noël... Regarde, j'ai eu un jeu de serpents et d'échelles puis Luc a eu des crayons de couleur Prismacolor !

— Wow ! Vous avez été chanceux, vous autres; moi, j'ai eu juste un coffre de Life Savers ! Câline que ma maîtresse se force pas pour nous faire des surprises, elle. On dirait qu'elle a jamais magasiné de sa vie !

Hum... quel arôme dans le nid familial ! Angèle était en train de fabriquer des boules de pop corn avec du sirop de maïs. Francine était déjà rentrée de l'école et elle était bien enracinée dans la chaise berceuse de son père tout près de la fenêtre faisant face sur l'entrée enneigée de la maison.

Dès cinq heures et cinq, quand Roger rentrait de son travail et que les enfants percevaient les phares de sa vieille Pontiac 51 qui s'éteignaient, la berçante se libérait immédiatement pour que celui-ci puisse enfin relaxer de sa journée éreintante en compagnie de sa petite bière Dow et de sa cigarette Mark Ten.

Angèle était grande et svelte, et sa chevelure d'ébène était assidûment tressée et coiffée en chignon. Elle était tellement ténébreuse, on aurait dit une torsade bleutée. Jour après jour, elle arborait un tablier jaune paré de fleurs vertes et elle était vraiment jolie avec ses grands yeux noisette balayés de longs cils noirs.

— Qu'est-ce que tu fais là, Rose ?

— Je veux manger une boule de pop corn, m'man !

— Y faut que ça refroidisse un peu. En attendant, va serrer ton manteau puis tes bottes avant que Martin rentre de pelleter, sans ça, y aura plus de place dans l'entrée quand ton père arrivera, y va encore chialer...

Rose s'était rendue dans le corridor pour agripper son manteau sur la patère de bois pour ensuite s'infiltrer dans l'infime salle de bain. Devant le cabinet reposait continuellement un petit banc noir, car vu ses six ans, il lui manquait un petit bout pour atteindre le miroir. Ses joues étaient encore toutes rouges et ses cheveux bruns courts encloraient ses yeux marron enserrés de petites lunettes bleu argenté.

Francine, du haut de ses sept ans, était un tantinet plus grande que sa sœur cadette. Aussi, ses cheveux étaient courts, mais de la même teinte que ceux de son frère Martin. Celle-ci se donnait continuellement un petit air pincé et jamais personne ne pouvait lui apprendre quoi que ce soit. Elle savait tout, cette enfant-là, une petite fille bien spéciale.

— Fais attention pour pas faire des miettes partout, Rose !

— Bien oui, m'man !

— Y avait pas mal de neige dehors en fin du compte, m'man, pa va être content de voir son entrée toute déblayée… Qu'est-ce qu'on mange pour souper ? lui demanda Martin.

— Du steak haché. Prends le panier sur le bord de l'escalier puis va me chercher des patates dans la cave…

— Wash ! Eh ! que j'haïs ça aller chercher des patates en bas, moi ! Y fait noir puis on sait jamais sur quoi on va tomber ! Quand y a une patate de pourrie, les doigts nous rentrent dedans, c'est vraiment dégueulasse ! Pourquoi c'est pas à tour de rôle d'aller les chercher ces maudites patates-là ? Les filles sont capables pareil comme moi d'aller dans cave ? C'est juste des maudites peureuses…

— Arrête de chialer puis vas-y pour que j'aie le temps de les éplucher avant le souper, et arrête de dire « maudit », tu sais bien que ton père aime pas ça…

Cinq heures et cinq, l'heure qui annonce l'arrivée du paternel.

— Maudit qu'y fait frette dehors !

— Bien voyons, Roger, t'es bien habillé, pourtant !

— Oui, mais y fait frette pareil ! Y s'est mis à venter puis j'ai la face tout engourdie, je me sens plus le nez, maudit !

— Si tu mettrais ta chaufferette, aussi, au lieu de l'économiser, t'arriverais pas toujours avec le bout du nez gelé !

— Comment que je mettrais ma chaufferette au bout, elle marche à moitié ! Maudit char, que je suis tanné ! J'ai hâte de le changer, tu peux pas savoir comment !

— Bien oui, mon vieux, mais attends donc après les fêtes, les 61 vont être pas mal moins cher…

— Je veux bien, ma femme, mais en attendant je me fais geler le cul !

— Prends donc une petite bière avant de souper, ça va te réchauffer...

Pendant le repas du souper, la famille Delormes avait discuté du grand sujet de l'heure, le réveillon de Noël, qui arrivait à grands pas dans tous les foyers et qui, par le fait même, donnait des cheveux blancs aux parents qui apercevaient, comme chaque année, la liste interminable des cadeaux demandés.

— Qu'est-ce tu dirais, mon mari, si on invitait ma sœur Claudia puis Gilbert avec les enfants pour réveillonner avec nous autres ?

— Oui ! Ça va être le *fun* !

— Calme-toi, mon Martin. T'as bien beau, ma femme, mais on va aller à la messe de minuit à Saint-Maxime avant... Y a toujours une belle messe avec des beaux cantiques de Noël... Ça me donne la chair de poule à chaque fois.

— OK, je vais les inviter pour après la messe. Je vais faire un buffet et on donnera les cadeaux après. En plus, les enfants vont pouvoir faire un somme avant la messe de minuit...

— Bien voyons, m'man, on n'est plus des bébés lala. On est capables de rester debout jusqu'à la messe de minuit ! répliqua Martin.

— Vous allez dormir un somme sinon vous serez pas du monde, câline ! Je vous connais comme si je vous avais tricotés, moi ! Puis Martin là, arrête, c'est toujours toi qui chiales. Tes sœurs ont pas rien dit, eux autres !

Le souper achevé, Angèle avait demandé aux filles de laver la vaisselle pendant que celle-ci décorerait le sapin de Noël. Les filles avaient acquiescé joyeusement, car elles avaient bien hâte de voir le petit salon s'illuminer de ses plus belles couleurs.

— Pendant ce temps-là, votre père va aller poser les lumières sur la galerie avec Martin. Y est parti chercher l'étoile dans le grenier.

L'hiver précédent, Roger avait fabriqué une étoile de Noël avec des surplus de bois et il l'avait peinte en gris. Il y avait perforé plusieurs petits trous et déposé au fond une ampoule rouge.

Les deux sœurs avaient terminé de récurer la vaisselle depuis un bon moment et Rose s'était esquivée pour rejoindre son père à l'extérieur. La neige avait cessé de fouetter l'air, mais la température avait chuté considérablement.

Martin, chapeauté de sa tuque rouge enfoncée jusqu'aux oreilles, espérait la fin de cette pose de guirlandes qui le tenait frigorifié.

— Eh, maudit! C'est comme ça à chaque année, bonyeu, y en a encore cinq de brûlées! Rose, va dans la cave à côté de l'établi. Dans la petite armoire blanche y a des lumières de rechange, prends une jaune, une bleue, une rouge, une verte, une… une autre verte puis apporte-moi-les…

***

Le samedi vingt-trois décembre, il faisait un temps superbe et beaucoup plus doux que la veille. On aurait pu insinuer que le printemps était déjà revenu frapper aux portes de la rue Royale. Un ciel turquoise resplendissait au-dessus des cristaux endormis et le soleil s'était chargé de rayonner sur les toitures glacées pour les inciter à se départir de leurs carapaces accablantes.

— C'est trop doux. À CJSO y annoncent du verglas, maudit! J'espère que ça fera pas comme au mois de février passé. Avec la tempête de verglas qu'on a eue, on a été une semaine sans mettre le nez dehors!

— Bien oui, mon mari, je me rappelle quand madame Langevin à côté s'était cassé une jambe sur la glace. Je lui avais rendu visite à chaque jour pendant un mois pour lui donner un coup de main… Tu comprends bien qu'avec ses sept enfants puis son mari qui travaillait tout le temps, elle en arrachait pas mal, la pauvre femme!

— Ouin, en plus, pas de remerciements de ce maudit sans cœur-là!

— Bien voyons, Roger, parle pas de même! Y travaillait souvent tard le soir, comme tu dis, ce maudit sans cœur-là!

— Ouin, ouin… Y finissait de travailler à cinq heures à la Marine Industries, puis y allait boire sa bière à taverne en bas du pont pendant que sa femme avait de la misère à marcher! En tout cas, ça a pas duré longtemps. Y est tombé malade au mois de mars puis au mois d'avril, y avait déjà levé les pattes! Maudite boisson, que c'est pas drôle des fois!

— Pauvre madame Langevin. Cette femme-là est une sainte pour avoir été capable d'endurer cet homme-là! Après les fêtes, je vais faire le ménage dans les tiroirs de bureau des enfants pour leur donner du linge; ça va lui faire ça de moins à acheter. Y sont habillés comme des quêteux, ces enfants-là, sainte bénite!

***

Dimanche matin, le vingt-quatre décembre, Angèle était dans la cuisine depuis sept heures. Elle préparait le buffet du réveillon et quand Francine s'était pointé la frimousse, elle achevait de mêler la salade de macaroni avec sa vinaigrette secrète, dont elle seule connaissait les ingrédients.

— M'man, je peux-tu aller au United après-midi ?

— Bien oui, ma fille, tu peux y aller, mais fais attention dehors, c'est encore pas mal glissant à cause du verglas, puis tu reviens pas trop tard, OK ?

— Bien non, m'man, je vais revenir avant le souper…

Arrivée au carré Royal, Francine s'était dirigée vers le United. Les vitrines étaient truffées de décorations de Noël et les plus belles couleurs des arbres vacillaient de tout leur éclat. Dans le grand magasin où ses pas faisaient craquer le vieux parquet de bois élimé, elle se mit à la recherche de petits présents. Pour sa mère, elle s'empara d'une minibouteille de crème pour les mains Jergens au comptoir de cosmétiques et finalement, pour son père, d'un flacon de lotion après-rasage Old Spice, le tout pour une minime somme de deux dollars vingt-cinq. Dans le creux de sa main, il lui restait encore quinze sous, et pour dix, elle opta pour un paquet de deux feuilles de papier de Noël imprégnées de clochettes dorées et de feuilles de gui.

Fébrilement, sur le chemin du retour, elle s'installa sur un banc de parc face à l'église anglicane. Elle sortit de la poche de sa canadienne bleue une roulette de ruban adhésif qu'elle avait empruntée à la dérobée dans le tiroir de la cuisine et, remplie d'une grande fierté, elle emballa soigneusement ses présents.

Le jour précédent, en classe, elle avait fabriqué de ses petites mains deux cartes qu'elle avait soigneusement découpées et enjolivées de couleurs vives, et méticuleuse-ment elle y avait transcrit ses deux jolis poèmes.

Maman,
Je peux pas te donner de trésor parce que je travaille pas. Mais je te donne ce petit cadeau et aussi je te promets de faire mon lit à tous les matins et d'apprendre mes leçons et faire mes devoirs sans chialer. Et aussi, je veux te dire que t'es la meilleure maman du monde.
De ta fille qui t'aime
Francine xxx

Papa,
Merci de me consoler quand j'ai peur la nuit… Je te donne ce petit cadeau pour que tu sentes bon et je te promets de plus renverser mon Quick le matin et aussi, je veux te dire que t'es le meilleur papa de la terre.
De ta fille qui t'aime
Francine xxx

À quatre heures, elle était de retour à la maison et secrètement, les petits paquets furent livrés en dessous de l'arbre miroitant.

— Qu'est-ce tu fais là, ma sœur ? On dirait que tu pré-pares un mauvais coup ! dit Martin.

— Ah, salut ! J'ai mis des cadeaux pour maman et papa en dessous du sapin…

— Ouin, t'es riche, toi. Tu te mouches pas avec des pelures d'oignon !

— Non, mais j'ai joué gros avec les enfants de madame Langevin dans sa cour, puis à chaque fois elle me donnait vingt-cinq cents, ça fait que j'ai tout mis dans ma banque… As-tu de quoi contre ça ?

— Bien non, tu sais bien. Moi, j'ai rien acheté, j'ai pas d'argent. Quand je vais être plus vieux, je vais passer le *Montréal-Matin* et avec cet argent-là, y va peut-être en rester pour que je puisse leur en faire, des cadeaux, moi aussi… Veux-tu dire à maman qu'elle me garde mon souper ? Je vais aller jouer au hockey avec Luc.

— OK, je vais faire la commission… salut…

Au souper, Rose remarqua l'absence de Martin.

— Ça fait du bien de souper tranquilles pour une fois. Ça paraît que Martin est pas là !

— Bien oui, où est-ce qu'il est parti traîner encore, lui ? questionna Roger. Y mange jamais en même temps que tout le monde, cet enfant-là ?

— Demande pas, hein, lui dit sa femme. Au hockey, comme d'habitude ! Il est à veille de coucher avec ses patins !

— Y a-tu du dessert, maman ?

— Oui, Francine, mais je le garde pour le réveillon. Tu peux te prendre de la confiture aux fraises avec du beurre de *peanuts* si tu veux ; y a des feuilles d'érable aussi…

Le souper terminé, Angèle et Roger adossèrent la table de cuisine au mur pour offrir l'espace voulu à leurs invités qui bientôt déposeraient leurs pas enjoués sur le seuil de leur maison. Angèle déroula une belle nappe imprimée de jolies sonnailles dorées et, délicatement, avec tendresse, elle déposa au centre de la table les chandeliers argentés que sa grand-mère Ethier lui avait donnés en cadeau de mariage en 1949 ; malheureusement, celle-ci était décédée l'été précédent.

À la radio, Richard Verreault chantait majestueusement le Minuit chrétien, dans le salon, le sapin répandait toute sa lumière, et le petit village au pied de la crèche endormie n'attendait que l'arrivée du Messie.

À onze heures Angèle avait réveillé les enfants pendant que Roger était sorti pour démarrer l'auto afin que celle-ci soit bien tiédie avant de se rendre à la sainte église Saint-Maxime.

— Maudit de maudit !

— Quoi, mon mari ?

— Le char part pas, bonyeu ! Je le savais qu'y arriverait une affaire de même un moment donné !

— Qu'est-ce qu'on va faire, Roger ?

— On va aller à la messe de minuit à pied, on n'a pas bien bien le choix, hein ?

— Grouillez-vous, les enfants, on part dans quinze minutes ! On y va à pied, votre père a pas été capable de partir le char…

Les enfants étaient sortis en bougonnant pour se rendre à l'église, mais, par chance, le temps était clément même s'ils avaient dû déambuler dans la rue parce que les trottoirs étaient saturés de neige maculée.

En franchissant le portail de l'église, Roger, Angèle et les enfants aperçurent les fidèles tous entassés les uns contre les autres fredonnant des cantiques de Noël. Malgré une grande déception, vu qu'il ne restait aucun siège de libre, ils s'étaient tous hissés au jubé.

Ce fut une très belle fête de la Nativité. Un moment magique, avec une chorale détenant les plus belles voix de la paroisse et les encensoirs qui déversaient à profusion le doux parfum solennel. L'enfant de Bethléem venait de naître.

À la fin de la cérémonie sur le parvis de l'église, Emma, la mère d'Angèle, attendait sa fille et sa famille, vêtue de son manteau gris de mouton de Perse, en entourant de ses bras un énorme sac rempli de présents qui n'espéraient qu'être déballés afin d'émerveiller les regards radieux en cette nuit tant anticipée.

En arrivant à la maison, Roger réessaya de démarrer son auto, et le « maudit char », comme il avait dit, partit.

— Bon, on est allés à la messe à pied pour rien !

— Bien non, mon mari, ça fait juste du bien de prendre de l'air ! On n'est pas morts, à ce que je sache ?

Et la famille Beaucage se présenta sur le seuil de la maison : Gilbert, fièrement vêtu de son tuyau de castor et de son capot de chat, sa femme Claudia et leurs trois rejetons, Michel, Lise et Marie.

— Rentrez donc ! Joyeux Noël !

Angèle prit soin de déposer sur le tourne-disque un long jeu de Noël où Michèle Richard interprétait gaiement Le petit renne au nez rouge et La promenade en traîneau pendant que Rose et Francine s'approprièrent les lourds manteaux pour les déposer sur le lit dans la chambre de leurs parents.

— Viens t'assir, le beau-frère ! Et puis, es-tu en vacances pour tout le temps des fêtes ?

— Bien non, mon Roger, je recommence le vingt-sept ! Quand on est le dernier rentré à Québec Iron, bien, on travaille entre Noël puis le jour de l'An ! Toi, c'est pas pareil, ça fait dix ans que t'es là !

— C'est bien trop vrai, déjà dix ans... Quand je suis rentré à Québec Iron, je pense que ça faisait juste un an que c'était ouvert. Si je me souviens bien, y ont ouvert... je veux dire, le début de la construction a commencé en quarante-neuf... J'aime bien ma *job*, mais ça empêche pas qu'y fait chaud en maudit là-dedans ! Comme tu dis des fois : « L'argent qu'on gagne là, on la vole pas, cré-moi ! » Prendrais-tu une petite bière, mon Gilbert ? J'ai de la Dow puis de la Labatt 50…

— Ah, je te prendrais bien une Labatt si tu veux…

Pendant que Roger descendit chercher quelques bouteilles de bière au sous-sol, Angèle profita de l'occasion pour servir un verre de vin rouge à sa sœur Claudia.

— Hey, les enfants ! Sortez donc de la chambre un peu puis venez vous chercher un verre de liqueur, j'ai de l'orangeade puis du crème soda…

Rose était étendue à plat ventre devant le sapin de Noël et elle s'amusait avec les rois mages et les bergers. Elle se leva subitement et en courant, elle avait rejoint sa mère avec dans ses petits yeux bruns une grande peine inconsolable.

— Maman ! Le petit Jésus, y est pas là !

— Viens, ma grande, on va aller le mettre dans l'étable avec Marie puis Joseph.

Angèle retira le petit Jésus d'en dessous du tapis moelleux où il avait sommeillé durant trois nuits tout près de l'église blanche, et ce fut Rose qui l'allongea tout doucement entre l'âne et le bœuf, et par la suite, elle étreignit sa mère pour la remercier.

— Coudon, toi, as-tu mal à quelque part ? T'es toute chaude, câline !

— Oui, des fois j'ai mal au ventre puis des fois j'ai pas mal…

— Pauvre chouette, je vais te donner deux aspirines roses puis si ça passe pas, je vais prendre ta température… d'après moi, t'en fais un petit peu…

En sortant du salon avec sa petite Rosie dans les bras, Angèle alla revêtir son tablier rouge de circonstance et elle commença à retirer son buffet du réfrigérateur. Elle posa les plateaux côte à côte sur la grande table en priant tous ses invités de s'approcher. Les filles apparurent immédiatement ; par contre, les garçons, eux, se laissèrent désirer.

— Martin ! Michel ! Qu'est-ce que vous faites en haut ? Descendez !

— Veux-tu écouter ta mère, Martin, quand elle t'appelle ! Qu'est-ce que vous faisiez enfermés dans ta chambre, encore ?

— Pas grand-chose, pa, on regardait mes cartes de hockey. Michel veut m'échanger ma carte de Maurice Richard contre celle de Frank Mahovlich.

— Bien voyons, Martin, Maurice Richard y a accroché ses patins l'année passée au Reine Elizabeth, tu peux pas échanger cette carte-là ! Peux-tu t'imaginer comment elle va valoir quand tu vas être rendu à trente ans ? Celle de Mahovlich, a vaut rien, y viens juste de commencer à jouer, bonyeu ! On sait même pas si y va être bon !

— Ouin, je pense que je vais regarder pour lui en échanger une autre, d'abord…

— Hum… c'est délicieux, ton buffet, Angèle, t'as travaillé pas mal fort, puis tes tourtières sont pas mal bonnes aussi…

— Merci bien, ma sœur. Dépêchez-vous de vider vos assiettes, les enfants, on va donner les cadeaux après… Ça paraît pas, mais y est déjà deux heures moins quart. Le dessert, on va le manger après.

Huit heures et Roger était bien installé dans sa berceuse avec son café et sa cigarette en évoquant ce beau Noël qu'il venait de savourer avec sa petite famille.

— Bien voyons, mon Roger, t'es bien de bonne heure à matin. On s'est couchés à quatre heures, sainte bénite ! Ça file pas ?

— Salut, ma femme. J'avais les yeux bien ouverts puis j'avais le goût d'un café. Un bien beau Noël qu'on a passé là, hein, ma belle noire ?

— Oui, mon mari, si ça pouvait être comme ça à tous les ans… Je sais bien que les enfants sont encore bien jeunes, mais un jour, y vont partir de la maison puis ça, je pense que je vais avoir bien de la misère à le prendre…

— T'es donc bien nostalgique à matin, mon épouse. Tu sais bien que ce sera jamais fini ! Quand les enfants vont commencer à partir de la maison, ça va être pour revenir passer les fêtes avec une trâlée d'enfants !

— Hi hi… tu nous vois-tu pépé et mémé, toi ?

— Pourquoi pas ? Après les fêtes, ma femme, si tu veux on va inviter mes frères Marcel puis Rolland pour un souper avec leur trâlée, comme tu dis ; ça fait un bout de temps que je leur ai pas fait d'invitation, à eux autres ! C'est sûr que ça va être juste après le jour de l'An parce qu'avant on a le souper chez ta mère…

— Le jour de l'An chez ma mère, c'est sacré. Même si pa est plus là, elle a toujours fait son souper du jour de l'An pareil ! C'est quand même une belle veillée de retrouvailles : ma sœur Yolande, on la voit pas souvent, en plus que Christiane doit avoir bien grandi…

La sœur d'Angèle, Yolande, demeurait à Montréal. Depuis deux ans, son mari Gaétan travaillait à l'Hôtel-Dieu de Sorel. Il vénérait son travail, mais ce mois-ci, l'École de police du Québec emménageait sur la rue Poupart, à Montréal, et les dirigeants lui avaient fait la demande, il y a de cela six mois, de venir travailler pour eux. Il avait acquiescé sur-le-champ vu le salaire beaucoup plus élevé et parce que c'était à proximité de chez lui. En ce moment, il travaillait avec les Sœurs hospitalières de Saint-Joseph. Ce n'était pas qu'il n'affectionnait pas les petites sœurs, mais une conversation d'homme à homme de temps en temps, comme il disait, «ça peut pas nuire».

Les trois sœurs s'entendaient merveilleusement bien; elles avaient également un frère, le plus jeune, Richard. Lui, il était pédiatre à l'hôpital Richelieu tout juste en face du carré Royal. Il avait vingt-neuf ans et demeurait à Sainte-Anne-de-Sorel dans un grand logement de six pièces. Il n'était pas encore marié, mais cela ne devait pas tarder, car il filait le grand amour avec sa belle Chantale de Saint-Robert.

— On a des bons enfants, hein, ma femme? Mais moi, je pense...

— Tu penses quoi, mon mari?

Angèle alla s'installer sur les genoux de son mari. Son chignon noir était détaché et ses cheveux retombaient en broussaille sur ses épaules. Revêtue de sa longue robe de chambre de chenille fuchsia maladroitement ceinturée autour de sa fine taille, elle était vraiment ravissante.

Roger reprit:

— Y me semble qu'avec un de plus... Rose grandit puis quand je te berce comme ça à matin, je me dis que si la vie pourrait nous apporter un autre beau petit trésor comme les trois qu'on a déjà... Qu'est-ce t'en penses, ma belle noire?

— Bien voyons, Roger, t'es donc bien romantique à matin!

— Tu trouves ? Avec une femme comme toi comme épouse, ça peut pas faire autrement ! En attendant, t'endors-tu encore un petit peu, toi ?

— Un petit peu, oui... On pourrait aller s'étendre avant que les enfants se réveillent ? On doit bien avoir une petite heure devant nous, hi hi...

Chapitre 2

Le 1er janvier 1962

— Ça se peut-tu !

— Quoi, Roger ?

Roger surgit du salon. Il venait d'écouter les nouvelles à Radio-Canada.

— Le parc Belmont est ouvert toute l'année asteure, ils ont montré des images à la télévision. Ça a pas de bons sens de voir le monde se faire geler le cul comme ça ! Embarquer dans le scénique avec une grosse bougrine, une tuque de laine pis une chape enroulée autour de la face ! Y faudrait qu'y me payent cher pour aller là, moi ! Maudit que ça a pas de bon sens, c'est le monde à l'envers ! L'été prochain, le monde va-tu se promener en ski-doo sur l'asphalte, bonyeu ?

— Bien oui, après ça, les parents vont acheter du sirop Lambert à la caisse, câline ! À part de ça, qu'est-ce qu'ils disaient de bon aux nouvelles, mon mari ?

— Pas grand-chose. J'ai écouté John Diefenbaker puis Jean Lesage faire leur discours du jour de l'An. Puis là, c'était rendu plate ; y a pas grand programmes dans le temps des fêtes, ma femme, c'est juste des vues pour les enfants... Y ont aussi parlé pour le métro de Montréal : le maire Drapeau voudrait bien que ce soit paré pour l'ouverture de l'Expo 67... À quelle heure faut être chez ta mère à soir ?

— Vers cinq heures et demie, ça devrait faire... On va être pas mal en fin de compte, m'man doit avoir passé deux jours dans sa cuisine à popoter.

Emma Bilodeau demeurait seule depuis six ans. Elle travaillait au restaurant du Woolworth sur la rue Roi. Elle était toute menue et bien plaisante malgré son air autoritaire dû à ses lunettes cornées de noir au contour très large, et elle était enracinée sur la rue Royale depuis belle lurette. Aujourd'hui, elle avait réchauffé la petite cuisine d'été dans le but que ses petits-enfants prennent leur repas du jour de l'An tous ensemble.

Rose et Francine étaient fébriles à l'idée de revoir leur cousine Christiane de Montréal. Leurs autres cousins et cousines ne demeuraient pas très loin. Il y avait Gilles et Pierre, les garçons de Béatrice et de Marcel, qui résidaient tout près, sur la rue Saint-François, et les enfants de Claudia et de Gilbert implantés sur la rue Barabé au Pot au Beurre.

Roger avait deux frères : Marcel, le père de Gilles et Pierre, et Rolland qui était marié avec Raymonde et demeurait à Saint-Ignace-de-Loyola. Il travaillait à la Marine Industries et c'est pour cette raison qu'il devait emprunter le traversier tous les matins muni de son vélo pour se rendre à son travail à Saint-Joseph-de-Sorel. Durant la saison estivale, lui et Raymonde invitaient Rose et Francine à passer une semaine de vacances chez eux. Ils n'avaient pas eu d'enfants et c'était un choix qu'ils avaient fait en se mariant, car, pour eux, la grande joie qui les habitait était celle de choyer et dorloter leurs neveux et nièces.

— Allez, les enfants, grouillez-vous! On va partir ce sera pas long; ça fait un quart d'heure que le char marche!

— Wow, m'man, t'es donc bien belle!

— Merci, mon Martin, t'es bien fin...

Angèle était vêtue d'une robe longue couleur caramel enjolivée de manches en voile de dentelle crème, et dans son cou dénudé, un tout petit pendentif retenant une perle de satin nacrée se faufilait près du galbe de ses seins bien arrondis. Elle avait laissé reposer sur ses épaules ses cheveux d'ébène, et sur ses paupières, elle avait déposé un léger soupçon de poudre bleutée.

— Attendez de voir votre père!

— Ouin, pa, t'es pas mal beau, toi aussi...

— Merci, ma Rosie. Je me suis fié à ta mère: ça a l'air que le gris foncé, c'est bien à la mode cette année... Bon, on y va? Bon, le téléphone, maudit, c'est bien le temps, on s'en allait... Allo!

— Salut Roger, c'est Rolland.

— Ah bien, ah bien! Salut, mon petit frère, comment ça va, toi?

— Ça va bien... Je t'appelle pour vous souhaiter une bien belle année 1962. De la santé en masse puis du bonheur pour toute la famille!

— T'es bien fin... Je t'en souhaite une bonne, à toi et à Raymonde aussi. Qu'est-ce que vous faites aujourd'hui, vous deux?

— On s'en va souper à Repentigny chez la mère de Raymonde. Je me suis dit avant de partir: «Pourquoi j'appellerais pas mon petit frère?»

— C'est bien apprécié, on est bien contents, moi puis Angèle... Oubliez pas de venir nous voir après les rois !

— C'est sûr ! On va y aller, vous voir, et on va vous appeler avant. Bon, eh bien, salut et encore bonne année !

La Pontiac s'engagea sur la rue Royale en traversant le rideau de petite neige flottante qui avait fait son apparition dans l'après-midi. Une poudre toute fraîche s'était collée aux troncs des grands végétaux, et sur la route, un chauffard inexpérimenté s'était retrouvé au centre du chemin pour s'échoir maladroitement sur le trottoir à demi recouvert de plaques de calcium et de sable. Sur les toitures des maisons engourdies, les lumières multicolores commençaient à se distinguer, le soleil ayant chuté considérablement. Suspendues à plusieurs portes lourdes de froid, de grosses couronnes de sapin plastronnaient fièrement, exhibant des pommes de pin, des fleurs séchées, des brindilles de houx et même quelques baies. Sur les banquises de quelques terrains, des conifères répandaient une luminosité magique.

— On est-tu les premiers, m'man ? dit Angèle.

— Oui, ma fille, entrez puis débarrassez-vous... On va prendre une petite champagnette en attendant les autres...

— Tiens, en parlant des autres, belle-maman, y a Richard qui arrive avec sa belle Chantale de Saint-Robert...

Quand Emma lança son regard au travers des grands rideaux de couleur crème, elle prit un petit air décontenancé, mais en fait, pas très surpris, car elle connaissait bien son Richard qui avait une légère tendance à affectionner un peu trop les femmes, tout comme le faisait son mari, Isidore.

— Ah bien, c'est-tu moi qui vois pas bien ?

— Pourquoi vous dites ça, madame Bilodeau ?

— Si je me trompe pas, c'est pas Chantale qui est avec Richard…

— Hein ! Tassez-vous donc que je regarde… Vous avez bien raison, la fille qui est avec Richard est brune et Chantale était blonde. Ah bien, y a encore changé de blonde, celui-là !

— Hey, Roger ! Ôtez-vous de devant le châssis, vous avez l'air d'une gang de seineux, sainte bénite !

Emma ouvrit la porte et Richard entra accompagné d'une belle brunette. Elle portait une coupe de cheveux à la Margot Lefebvre, la populaire chanteuse de l'heure qui interprétait *La Madone*, et ses yeux noisette étaient minutieusement soulignés d'un trait noir tout comme la grande vedette Michèle Richard qui avait récolté un succès monstre pour son succès *Quand le film est triste*. Michèle était vraiment une femme très séduisante.

— Salut, tout le monde, je vous présente Michèle…

— Bonjour, Michèle, bienvenue dans la famille Bilodeau ! lui dit Emma. Donnez-moi votre manteau puis vos bottes, je vais vous faire faire le tour de la parenté après…

Et tous les autres invités se pointèrent : Claudia et Gilbert avec leurs trois enfants, et Yolande et Gaétan, suivis de Christiane.

— Que ça sent bon, dans nos vieilles maisons !

— T'es en forme, mon Gilbert ?

— Moi, au jour de l'An, j'aime bien chanter… On devrait avoir de la musique de même toute l'année, verrat !

Les cousins-cousines s'amusaient dans la petite cuisine d'été. Michel, Martin, Marie et Francine jouaient avec le jeu de Hands Down que Martin avait reçu à Noël, et Rose avait pris soin de ne pas oublier ses crayons à colorier et son livre de Noël. Lise était installée dans le salon de musique avec sa cousine Christiane sur le banc de piano usé par les années.

Il y avait deux salons chez Emma : un aménagé avec un gros piano brun et l'autre, un boudoir muni d'un téléviseur encastré dans un gros meuble en pin tout près d'un divan couleur citrouille servant de lit à ses petits enfants quand ils venaient se faire garder à l'occasion. Près du poêle corpulent, Angèle, Claudia et Yolande sirotaient une coupe de vin de cerise, et plus loin, Richard était entré dans un grand conciliabule avec ses beaux-frères tandis qu'Emma faisait visiter sa grande maison à Michèle en lui tenant le bras pour la diriger vers les pièces joliment décorées de ses teintes préférées.

— Puis, as-tu hâte de commencer ta nouvelle *job*, Gaétan ?

— Qui t'a dit ça, mon Gilbert ? Les nouvelles vont vite en cibolaque à Sorel !

— C'est Roger qui m'a dit ça hier après-midi. T'as pas peur de le regretter ?

— Pas pantoute ! Si tu savais comment ça va me faire du bien de changer de décor ! La blonde à Richard, elle est belle en cibole, ouf, vous trouvez pas, vous autres ?

Hum… Une exhalaison de ragoût de boulettes et de tourtière embaumait toute la grande maisonnée. Emma venait de s'engager à servir sa délicieuse soupe aux légumes aromatisée d'origan et de basilic. Les enfants ne se restauraient pas à la même table que les adultes ; par contre, ils festoyaient tous en même temps.

Claudia demanda à Michèle ce qu'elle faisait dans la vie et celle-ci lui répondit de sa voix mielleuse qu'elle venait de terminer ses études pour exercer son métier de professeur dans une école primaire.

— Tu restes où, Michèle ?

— Je reste à Saint-Ours, madame Delormes, mais j'aimerais bien ça, travailler à Sorel. On sait jamais, peut-être qu'un jour je pourrais enseigner par ici…

Pour dessert, comme tous les ans, Emma avait acheté sa traditionnelle bûche de Noël et elle avait préparé ses délicieux mokas.

— Hum… J'espère qu'y va en rester, de ces mokas-là ; moi, j'aimerais bien ça, en rapporter à Montréal.

— J'ai fait une recette juste pour toi, mon Gaétan. Après-demain, tu vas pouvoir les apporter dans tes valises…

— Vous êtes bien bonne pour moi, madame Bilodeau, merci…

Pendant que les femmes secondaient Emma dans le nettoyage de la vaisselle, les hommes prirent un petit verre de brandy dans le boudoir tout en jacassant comme de vraies pies.

— M'man !

— Oui, Rose.

— J'ai mal au ventre !

— Encore ? On va être obligés d'aller voir le docteur cette semaine, nous deux. Ça fait pas la première fois que t'as mal au ventre depuis la semaine passée !

— Où t'as mal, chérie ? demanda Richard à sa nièce.

— Ici, sur le côté…

— Veux-tu que je regarde, Rose ?

— Bien oui, t'es mon docteur préféré, mononcle Richard !

Richard posa tout doucement sa main sur le ventre de Rose en riant et plaça son autre main sur son petit front tout mouillé.

— Elle fait un peu de fièvre aussi…

— Oui, à Noël, elle a eu la même chose, câline !

— Regarde, Angèle, aujourd'hui c'est lundi. Mercredi je travaille à l'hôpital Richelieu, amène-la à mon bureau pour que je lui fasse un examen complet…

— Penses-tu que c'est grave, mon frère ?

— Ça ressemble à une appendicite…

— Mon Dieu ! Es-tu sérieux, toi ?

— T'inquiète pas, je peux pas te l'assurer, mais y faudrait que je l'examine. Viens à mon bureau vers dix heures mercredi matin, je vais avertir ma secrétaire que tu vas venir me voir…

— On va être là à dix heures pile, mon frère…

La famille était rentrée à la maison à une heure du matin. Roger et Angèle étaient bien satisfaits de leur soirée et ils avaient félicité leurs enfants avant de les border en leur assurant qu'ils s'étaient montrés des anges.

***

Mercredi matin, à dix heures moins quart, Angèle et Rose étaient assises coude à coude dans la petite salle d'attente de l'hôpital Richelieu.

— Bonjour, madame Delormes…

— Ah ! bonjour, docteur Fiset, vous allez bien ?

— Oui, je vais bien… Mais vous, vous êtes ici pourquoi ce matin ?

— On est venues voir Richard. Rose a mal au ventre.

— Elle a grandi, cette petite Rose-là ! Puis en plus, elle est belle comme un cœur !

— Madame Delormes ?

— Oui ?

— Venez avec moi, le docteur Bilodeau va vous recevoir…

— Merci, mademoiselle…

Dans le cabinet de Richard, sur son gros bureau de chêne massif trônait un vase de laiton rempli de marguerites, et une seule photographie occupait le coin de cette imposante table de travail, celle de sa mère et de son père Isidore. Emma avait assidûment affirmé que Richard était le portrait tout craché de son père. Il était grand, avait les yeux d'un brun assombri, portait les cheveux bruns courts et était doté de légères fossettes aux recoins de sa bouche exactement au même emplacement que celles de son paternel.

— Allo, Rose… Viens me montrer ça, cette petite bedaine-là…

Après l'examen, Richard conclut que ce n'était pas une appendicite, mais pour se rassurer, il lui avait fait un test de sang.

— On va avoir les résultats dans à peu près trois jours. En attendant, si Rose a mal, bien, c'est le rituel : sac d'eau chaude puis deux aspirines roses toutes les quatre heures, ma sœur.

— Merci, mononcle Richard !

— C'est rien, ma petite chérie…

***

Le samedi six janvier, malheureusement pour les enfants, c'était l'ultime fin de semaine avant le retour en classe.

— Va répondre, Francine. Je peux pas, j'ai les deux mains dans la pâte à tarte, je vais tout graisser le téléphone !

— Allo ! M'man ! Lâche ton rouleau à pâte. C'est mononcle Richard qui veut te parler !

— J'ai compris, sainte bénite, Francine, je suis pas sourde, je suis juste à côté de toi, ma fille ! Oui ?

— Salut, ma sœur, j'ai eu les résultats de Rose…

— Puis, c'est quoi qu'elle a, ma fille ?

— Rien d'inquiétant, un petit virus qui devrait disparaître d'ici trois ou quatre jours…

— Sainte bénite que je suis contente ! J'étais assez inquiète, Richard, je pensais juste à ça ! Merci bien, mon frère, je suis bien soulagée…

Après qu'Angèle avait annoncé la bonne nouvelle à toute sa famille, Roger leur avait proposé une sortie bien spéciale : une visite chez leur oncle Rolland et leur tante Raymonde à Saint-Ignace-de-Loyola. Ils avaient traversé le fleuve Saint-Laurent sur le *Pierre de Saurel* à dix heures trente, car leurs hôtes les espéraient pour le repas du midi.

Une très belle journée. Raymonde les reçut comme des rois. Elle avait concocté un poulet chasseur accompagné de frites maison et pour se sucrer le bec au dessert, un énorme gâteau aux cerises nappé de crème fouettée. Ils écoutèrent des chansons du palmarès sur le tourne-disque que Raymonde avait reçu en cadeau de son mari, Rolland, pour Noël, et Angèle se promit bien de commander les mêmes airs dès son retour à la maison.

En après-midi, ils étaient tous allés déambuler à Berthierville dans les rues Frontenac et Montcalm dans le but de visiter la chapelle de Cuthbert, le plus ancien temple protestant du Québec et aussi, le premier monastère des moniales dominicaines du Canada. Le Vieux-Berthier ressemblait à une petite ville française vu les grosses maisons ancestrales ainsi que les places du marché et de l'église.

Le pèlerinage terminé, avec la moue, les enfants talonnèrent leurs parents sur le bateau, mais tout au long de la traversée, ils ne cessèrent de les remercier pour cette belle sortie qu'ils venaient de vivre, comme les Sorelois disaient, « l'autre bord de la traverse ».

***

— Ça fait du bien en câline que les enfants aient recommencé l'école, mon mari, j'ai bien plus de temps pour faire mes affaires quand je les ai pas dans les pattes à longueur de journée !

— Bien oui, puis mon tour va arriver, moi aussi, lundi prochain. T'auras plus ton plus vieux dans tes pattes comme tu dis, ma belle noire !

— Hi hi… cré Roger…

— Ça te tente-tu d'aller voir les chars aujourd'hui ? Y fait beau puis en plus c'est pas glissant dehors !

— Ah, bien oui… on va où ?

— Chez Chevrolet, ma femme !

— Ah ouin ! Me semblait que tu voulais t'acheter du Ford, toi !

— Oui, c'est vrai, mais y a juste les fous qui changent pas d'idée, hein ?

Après qu'Angèle eut terminé son « barda » du midi, Roger alla faire dégourdir sa vieille Pontiac et ils quittèrent tous les deux la maison pour se diriger au nouveau garage Poirier sur la rue Laprade, à Tracy.

— Bonjour, monsieur, dame, vous avez passé des belles fêtes ?

— Bien oui, bien oui…

— Qu'est-ce que je peux faire pour vous par cette belle journée d'hiver ensoleillée ?

— On regarde ça, là…

— Prenez votre temps, si vous avez des questions, je suis pas loin…

— Regarde la belle Corvette 62, ma femme…

— Je veux bien croire qu'elle est belle, mais as-tu vu le prix ? Quatre mille trente-huit piastres ! Mettons que c'est pas dans nos moyens !

— Je faisais juste te la montrer. De toute façon, où est-ce qu'on pourrait mettre les enfants, là-dedans, sur le *top* ? C'est grand comme ma gueule, là-dedans, bonyeu !

— Regarde celle-là, Roger, elle est belle en maudit. C'est quoi ?

— C'est une Chevrolet Impala 61, puis depuis quand que tu dis « maudit », toi ?

— Hi hi… à force de vivre ensemble, mon mari, tu déteins sur moi !

— Ah ben, va falloir que je fasse attention à mon langage, moi asteure ?

— Combien qu'elle coûte ?

— Hum… deux mille cinq cent quatre-vingt-dix-sept piastres, ma femme…

— Ouin, c'est pas donné… Mais en prenant une 61, on sauverait à peu près mille cinq cents piastres, Roger, ça vaut la peine, tu penses pas ? Y a juste une affaire par exemple…

— Quoi ?

— C'est la couleur… J'ai jamais aimé le brun, moi…

— Mais ça peut se commander dans une autre couleur, ma femme! On va demander au vendeur qu'y nous montre son catalogue. Une Impala 1961 flambant neuve, maudit qu'est belle, mais je trouve ça pas mal cher…

— Gâte-toi donc, mon mari, tu mérites bien ça, un char neuf, tu travailles sans bon sens, sainte bénite!

— On va l'essayer avant… Quelle couleur vous avez dans ce modèle-là, monsieur?

— Monsieur Gouin, Albert Gouin. On a dans le bleu, dans le rouge et dans le nouveau vert pâle avec le dedans gris charcoal en tissu. Si vous voulez une autre couleur, y faut la commander, puis ça prend à peu près deux semaines, des fois moins.

— Si après l'avoir essayé, ma femme, on décide de la prendre, tu choisiras la couleur toi-même, OK?

— D'après moi, ce serait mieux la verte. C'est moins salissant que la vieille Pontiac bleu marin puis ce vert-là, c'est nouveau… Ça va faire changement.

— Est-ce qu'on peut l'essayer, monsieur Gouin?

— Bien sûr! Je vais aller vous la chercher, ce sera pas long… En attendant, prenez-vous donc un bon café, la machine est juste à votre gauche en entrant dans mon bureau.

— Maudit que ça va bien, un char neuf: on dirait qu'on touche pas à l'asphalte! On va le prendre, le char, monsieur Gouin.

— Et je vous donne ça dans quelle couleur, monsieur?

— Delormes, Roger Delormes. Ça va être le nouveau vert pâle comme celle qu'on vient d'essayer.

Eh! que c'était excitant de se balader dans une grande voiture dans laquelle se répandait une odeur de cuir neuf! Angèle et Roger cheminèrent jusqu'à l'extrémité du chemin Sainte-Anne au Chenal du Moine, et par la suite, ils rebroussèrent chemin pour se diriger vers la Pointe-aux-Pins à Saint-Joseph-de-Sorel.

Quand Martin rentra de l'école avec son cousin Michel, il décela qu'il y avait des visiteurs à la maison. Il n'avait même pas constaté que la vieille Pontiac n'occupait plus l'entrée.

— C'est à qui, ce char-là dans la cour, pa ?

— C'est à nous autres, ce char-là, mon Martin !

— Hein ! T'as changé de char ? Y est beau en maudit !

— Surveille ton langage, Martin, tu sais bien que ton père aime pas ça, que tu dises « maudit » !

— Oh… On vas-tu pouvoir l'essayer, pa ?

— Bien oui ! On va aller faire un tour de machine après souper…

Roger et Angèle ont fait faire leurs devoirs et leçons à leurs enfants plus tôt, et après le souper, à cinq heures trente, ils partirent tous traîner en direction de la ville de Yamaska.

— Pa, mets le radio !

— C'est bien trop vrai, une chance que t'es là, Rosie, j'avais oublié qu'il y en avait un, moi !

Louise, avec tes cheveux si blonds, Louise, tu ensorcelles tous les garçons…

— Eh ! que ça joue bien, hein, Roger ? On dirait que Michel Louvain chante mieux dans un char neuf…

— Ho ho, t'es drôle, ma femme !

À sept heures, c'était la soirée télévision en débutant par *Les belles histoires des pays d'en haut*. Ce soir, c'était la course de chevaux sur la rivière glacée. C'était le père Ovide qui conduisait le cheval de Séraphin, et à la grande surprise du maire de Sainte-Adèle, le père Ovide remporta le circuit cahoteux, ce qui lui rapporta une volumineuse somme de cinquante piastres et Séraphin ne lui avait même pas fait don d'un écu.

Par la suite, à huit heures, c'était le téléroman *Sous le signe du lion*, mais les enfants, même s'ils insistaient, ne pouvaient l'écouter, car c'était l'heure pour eux de se glisser sagement dans les bras de Morphée. De toute façon, ce n'était pas un téléroman pour eux vu leur jeune âge.

***

Février.

Il faisait quatre en dessous de zéro. Angèle était en train de tailler deux *jumpers* bleu marin pour les filles en chantonnant *Et maintenant*, de Gilbert Bécaud, une autre belle chanson interprétée par son idole, Monsieur 100 000 volts, quand le carillon de la porte se fit entendre.

— Pauvre monsieur le facteur, rentrez un peu vous réchauffer. Ça a pas d'allure comme il fait frette aujourd'hui, vous avez des glaçons après votre moustache câline !

— Bonjour madame Delormes. C'est vrai que c'est pas chaud... j'ai un paquet pour vous ce matin.

— Ah merci. Ça doit être les disques que j'ai fait venir la semaine passée... C'est bien ça: je reconnais l'étiquette Apex. Voulez-vous prendre un petit verre de gin pour vous réchauffer avant de repartir ?

— Ouf... Sans vous offenser, madame Delormes, le gin puis moi, on fait pas bon ménage...

— Ah bon ! Du vin de cerise, d'abord ?

— Ah bien ça, j'en prendrais bien un p'tit verre !

Pendant la saison estivale, si le ciel colorait les lacs et les rivières d'un bleu turquoise, par contre, au mois de janvier, sous son fade éclat, il décolorait tout. Il était même accompagné d'un vent glacial roulant sur des croûtes glacées qui donnaient l'impression aux flâneurs de marcher sur des coquilles d'œufs. L'hiver était féerique, mais parfois, il faisait beaucoup plus de dommages que de bien aux propriétés des citoyens. Les toitures des maisons vieillissaient plus rapidement, et les crues des eaux faisaient déborder les rivières en emportant sur les terrains des débris qui parfois brisaient plusieurs bienfaits de la nature comme les arbres et les espaces joliment paysagés.

— Maudit qu'y fait frette, bonyeu!

— Bien oui, puis ça va être comme ça pour au moins trois jours! C'est pas demain la veille que ça va fondre, hein!

Roger oh Roger pour toi, je brûlerai les lettres qu'on m'écrit parfois...

— Ah bien, ça se peut-tu! Ginette Reno qui m'a écrit une chanson! Puis c'est quoi, ton autre quarante-cinq tours, ma femme?

— C'est *Eso Beso* de Robert Demontigny. Celui-là, je le ferai pas écouter à ma mère, c'est certain!

— Pourquoi tu dis ça?

— Elle l'haït, elle peut pas le sentir, elle dit qu'y a l'air cochon, hi hi... Cré m'man.

— Ah bien, en passant, ma femme, qu'est-ce tu veux pour ta fête? Ça s'en vient vite, le dix-huit. C'est la semaine prochaine!

— Bien regarde, Roger, la Saint-Valentin adonne un mercredi cette année puis ma fête, c'est un dimanche. On pourrait aller souper au restaurant en amoureux le jeudi soir, non?

— Ça a bien de l'allure, on pourrait faire ça.

***

Le quinze février.

— Où veux-tu aller souper, ma belle noire, pour ta fête ?

— J'aimerais ça aller chez Lambert, y a des banquettes puis c'est tranquille !

— Bien oui, ce que femme veut, Dieu le veut ! À quelle heure t'as demandé Agnès pour garder ?

— Je l'ai demandée pour cinq heures.

— C'est bien correct, ça, ma femme !

Il y avait un menu spécial pour le souper au restaurant Lambert : une soupe au poulet et nouilles avec du pâté à la dinde ou bien une cuisse de poulet servie avec des frites et de la salade de chou. Pour le dessert, la serveuse se présenta avec un plateau argenté de pâtisseries françaises, et Angèle opta pour une pâte d'amandes et Roger, un éclair au chocolat débordant de crème anglaise et fourré de crème fouettée.

— Ouin, bien j'ai bien mangé, moi, je suis plein comme un œuf ! Prends-tu un café, Angèle ?

— Ah ! ça, c'est sûr. Tu sais comment j'aime le café de restaurant ! Ça va nous faire digérer parce que moi aussi je suis pas mal pleine, sainte bénite !… Penses-tu, Roger, qu'on pourrait faire une chambre dans la cave ?

— Comment ça ? Les filles veulent plus dormir ensemble ?

— Non, non… C'est pour le petit trésor qui s'en vient.

— Quoi ? J'ai-tu bien compris, moi ? On va avoir un bébé, ma femme ?

— Bien oui, mon mari. J'ai eu les résultats à matin : c'est positif.

— Bien là, j'en reviens pas ! Eh ! que je suis content ! Maudit que je suis heureux ! Mais on couchera pas le bébé en bas, ça a pas de bon sens !

— Calme-toi, Roger, c'est pas pour le bébé. On va faire descendre les filles en bas, puis on va mettre le bébé dans leur chambre.

— Puis t'attends ça quand ?

— Au milieu du mois d'août.

— Ouf… Tu vas passer les grosses chaleurs enceinte, ça, c'est moins drôle.

— C'est pas important, ça. D'abord, que le bébé sera en santé, moi, c'est tout ce que je demande au Bon Dieu !

— T'as bien raison. Maudit que je suis content, tu peux pas savoir comment ! En attendant, faut y aller, y faut payer la gardienne. Ça fait comment pour Agnès, ma femme ?

— On est partis à cinq heures… ça fait quatre heures à quinze cents…

***

Samedi matin, onze heures.

— Ça paraît qu'on est au mois de mars, ça radoucit pas mal. Demain y annoncent cinquante-sept au-dessus de zéro, ça va fondre en bonyeu !

— Bien oui, ça sent le printemps, mon mari. J'ai hâte de laver les châssis, on voit plus au travers tellement ils sont crottés !

— Calme-toi donc ! C'est moi qui va faire ça. Y faut que tu te ménages avec le bébé, toi.

— Bien voyons, Roger, c'est pas une maladie, d'être en famille. Si j'arrête de bouger, dans neuf mois je vais bien rouler, câline !

Martin et les filles étaient sortis glisser dans le grand champ d'à côté sur l'imposante glissoire de bois. Ils étaient toujours une bonne dizaine d'enfants qui s'amusaient dans ce grand espace vacant tous les jours où ils étaient en congé.

À brûle-pourpoint, Gilles, le garçon de Marcel, fit irruption chez les Delormes.

— Salut, Gilles, si tu viens chercher les jeunes, y sont tous partis glisser dans le champ d'à côté.

— Je le sais, mononcle, j'arrive de là ! C'est pour vous dire… hum…

— Tu veux me dire quoi, Gilles ? Accouche, qu'on baptise, bonyeu !

— Martin glisse dans les marches de la glissade !

— Es-tu sûr de ce que tu m'avances là, toi ?

— Bien oui, puis c'est dangereux, ça va pas bien glisser là, ça va bien trop vite puis ça cogne fort en citron ! Moi, je dis qu'y va casser sa traîne sauvage si y arrête pas ça…

— Ce sera pas long, je vais aller voir ça. Puis merci bien, mon Gilles !

Deux minutes s'étaient écoulées quand Roger se pointa dans le grand champ au pied de la glissoire.

— Martin !

— Qu'est-ce qu'y a, pa ?

— Es-tu devenu fou, maudit bordel ?

— Quoi ? Je fais rien de mal !

— Marche à maison ! T'auras pas le droit de sortir de la maison pendant une semaine, mon gars !

— Bien voyons, pa !

— Y a pas de bien voyons ! Pas de télévision, pas de radio, pas d'amis. Ça va t'apprendre à faire la tête croche de même !

— Pas de Canadiens non plus ?

— Non, pas pantoute ! Ça va te faire réfléchir. Puis que je te voie pas allumer ton radio transistor dans ta chambre pendant les parties de hockey !

— Maudit panier à Delormes. Attends que je l'agrafe, lui, y va arrêter d'aller toute bavasser puis y va savoir comment j'm'appelle !

— Y t'a juste rendu service, ton cousin. Que je te voie pas sauter dessus : ce sera pas une semaine, ça va être un mois, m'as-tu bien compris, là ?

— Bien oui, pa.

— Y a bien fait de me le dire. T'aurais pu te casser les deux jambes, sans dessein ! Eh, que vous avez des maudits plans de nègre des fois, vous autres, les jeunes !

Chapitre 3

Nannie

Aujourd'hui, c'était le dimanche de Pâques. Le temps était radieux et pour la première fois ce matin, à cinq heures, Rose vit le soleil danser. Quand elle racontait à son amie Guylaine que le soleil dansait le matin de Pâques, elle ne récoltait que des moqueries. Mais elle, elle savait qu'à l'aube de la résurrection du petit Jésus, ce soleil radieux dansait de joie.

Quand Roger se leva et qu'il constata que le ciel était bien dégagé de ses nuages, il réveilla sa famille pour les diriger jusqu'à la chambre de Martin. Le spectacle était parfait. L'astre exécutait allègrement de petits bonds de gauche à droite. Ce n'était pas croyable qu'une si grosse boule de feu puisse se mettre à danser de satisfaction aussi légèrement.

Après qu'ils sont tous retournés dormir, à neuf heures, Angèle les sortit du lit dans le but de se préparer pour l'homélie de dix heures à l'église Saint-Maxime.

La mère de famille n'allait pas à la messe du dimanche. Pendant que les siens étaient à l'église, pour le dîner, elle préparait son bon rosbif qui, à la suite des années, était devenu une tradition. Et de retour à la maison, c'était Roger qui passait autour de sa taille le tablier jaune et vert pour préparer le sucre à la crème chaud destiné au dessert des enfants. Ensuite, à tour de rôle, sur la berçante, un à un, les enfants bénéficiaient d'un petit dodelinement sur ses genoux.

— M'man !

— Parle pas la bouche pleine, Francine, je sais pas ça fait combien de fois que je te répète la même chose !

— OK… On pourrait-tu avoir un chat ?

— Oui !!!

— Calme-toi, Rose, j'ai pas dit oui encore, à ce que je sache ? Qu'est-ce t'en penses Roger ?

— Moi, je serais bien d'accord, mais tu vas le prendre où, ce chat-là, Francine ?

— C'est la chatte de Paule Perrette qui a eu des bébés. Elle en a eu cinq.

— Puis elle les donne, ces chats-là ?

— Bien oui, puis j'aimerais bien choisir en premier avant qu'elle les donne tous… Tu veux-tu, pa ?

— Elle reste où, ton amie Paule ?

— En arrière du colisée Cardin, sur la rue du Collège.

— Bon ben, tu peux l'appeler, ton amie. On va aller en chercher un après le souper.

— Youpi ! On va l'appeler comment ?

— Bien là, Martin, on peut pas lui donner un nom tant qu'on saura pas si c'est un petit gars ou une petite fille, hein !

Toute la famille rigolait autour de la table. Un beau petit minou à dorloter ! Les minipaillettes argentées qui valsaient dans les petits yeux tout souriants de Francine témoignaient de son bonheur.

Durant l'après-midi, les enfants ne tenaient plus en place. Ils avaient même préparé une boîte de carton avec au fond une vieille couverture pour accueillir leur nouveau chaton.

— Sais-tu à peu près c'est où, sur la rue du Collège, Francine ?

— Oui, c'est en face du mont Saint-Bernard. La maison de Paule est sur le bord de la traque des chars…

Quand les Delormes furent rendus chez l'amie de Francine, celle-ci les dirigea dans le couloir qui longeait le salon. Les petits minous étaient tous massés dans le grand panier à linge rose de madame Perrette. Ils étaient vraiment mignons.

Francine eut beaucoup de difficulté à faire un choix. Elles les auraient tous adoptés. Après réflexion, elle prit dans ses bras le plus petit, celui coloré de trois teintes différentes.

— Pa, penses-tu que c'est une petite fille ?

— Attends, Francine, on va regarder ça…

Roger prit le chaton et il le tourna sur le dos dans la paume de sa main et deux secondes plus tard, il informa sa fille que c'était bien une petite chatte.

— Comment y a fait pour voir ça, lui ? questionna Francine. Y fait ça pas mal vite, j'ai pas eu le temps de rien voir, moi ! Bon ben, je vais l'appeler Nannie ! rajouta-t-elle.

— Wow ! C'est donc bien beau comme nom, ça ! Je peux-tu le prendre, Francine, c'est promis, je vais faire attention !

— Bien oui, Martin, tu peux le prendre, mais juste un petit peu.

Les enfants passèrent la soirée à bercer le chaton et à se l'échanger.

— Là, arrêtez de le tripoter comme ça, câline, y va devenir tout maigrichon ! Allez mettre vos pyjamas. Vous êtes à la veille d'aller vous coucher. Demain on a une grosse journée. On lave toutes les vitres puis on pose les *screens*.

***

Rose se réveilla à sept heures.

— Ah ! C'est vrai, y a pas d'école aujourd'hui, c'est lundi de Pâques.

Mais elle se glissa quand même dans le salon pour voir Nannie. Quand la chatte l'entrevit sous l'arche du salon, elle se mit à miauler. Rose lui versa un bol de lait et ne put s'empêcher de la prendre pour la câliner maternellement avant de retourner dormir.

À neuf heures, Roger sortit à l'extérieur avec sous son bras une chaudière et un gros pain de savon *Bon Ami* pour commencer à récurer les fenêtres souillées de poussière. Il faisait déjà soixante-six et le soleil venait de chasser les nuages pour répandre toute sa chaleur sur la rosée du matin s'accrochant aux pelouses endormies.

Pendant que Roger lavait les fenêtres, Francine décrocha les rideaux et les toiles. C'était bien défendu pour Angèle de monter dans l'escabeau et de risquer une chute et de perdre le bébé tant espéré. Comme cela faisait déjà cinq mois qu'elle portait ce petit être dans son sein, son ventre avait commencé à poindre.

— Maudit qu'y fait beau !

— Bien oui, mon Roger. Pour un début d'avril, je trouve qu'y fait pas mal chaud. Les enfants voulaient sortir leurs shorts puis leurs sandales…

— Je pense que je vais en profiter pour laver le char avant le souper. Y en a de besoin ; avec toute la cochonnerie qui tombe à la Québec Iron, y est tout collé, bonyeu ! Où est-ce qu'y sont, les enfants ? Ça paraît qu'y fait beau !

— Martin est parti dans le champ jouer au baseball, Francine est partie chez France sur la rue Limoges et Rose a appelé de chez Louise sur la rue Albert pour savoir si elle pouvait souper là avec son amie Guylaine…

— Ah bon ! Bon bien, je pense que je vais laver le char juste après le souper, moi ! Qu'est-ce qu'on mange pour souper, ma femme ?

— Y a un rôti de palette dans le fourneau. Y va être prêt pour cinq heures et demie.

— Ah…

— Cré Roger, viens, on va aller se coller un petit peu…

— Oui ?

— Penses-tu que j'avais pas deviné quelle idée t'avais derrière la tête, toi ? Viens, maudit chanceux… hi hi…

Après le souper, Roger se retira au salon pour écouter les nouvelles avant d'aller nettoyer sa voiture, et les enfants faisaient leurs travaux d'école accoudés sur la table de cuisine.

C'était devenu plus compliqué de les motiver quand le mois de juin se présentait. Ils ne pensaient qu'à aller s'amuser dans le champ pour une partie de baseball ou bien chez le voisin d'à côté pour ériger une maison hantée avec de vieilles couvertures en dessous de sa galerie.

Vers six heures et demie, quand Rose rentra de chez Louise, Francine sautait à la corde à danser dans l'entrée en compagnie des deux plus vieux de madame Langevin, et Martin jouait une partie de billes avec son ami Luc dans la cour arrière.

— Puis, qu'est-ce qu'ils disaient de bon aux nouvelles ?

Angèle s'était installée sur la galerie et elle cousait des écussons qu'elle venait d'appliquer sur les *jumpers* bleu marin des filles.

— Ah! Y a le maire Drapeau qui a parlé de son projet, le métro de Montréal. Y veut commencer les travaux le vingt-trois mai puis il espère bien que ça va être prêt pour l'ouverture de l'Expo 67. Ah, aussi, ils ont parlé du nouveau programme qui va commencer à l'automne pour les jeunes... Je pense que ça s'appelle *Jeunesse d'aujourd'hui*. En tout cas, je sais que c'est le frais chié à Pierre Lalonde qui va l'animer... Y chante quoi, lui, donc ?

— Pierre Lalonde ? Y chante *Le petit Gonzalès* puis je pense que c'est lui qui chante *Chip Chip,* mais je suis pas certaine... Puis comme tu dis, « le frais chié », moi, je le trouve pas mal beau. Je mettrais bien mes pantoufles en dessous de son lit !

— Angèle Delormes !

— Oh... hi hi... Cré Roger! Pour en revenir à l'Expo, j'espère qu'on va avoir la chance d'aller voir ça un jour, mon mari !

— Bien oui, on va y aller, c'est certain! Rose va être rendue à treize ans. Ça s'amène bien à cet âge-là !

— Oui, mais le trésor, lui, y va avoir juste cinq ans...

— Oups, j'y pensais plus, à lui! On va l'amener en poussette, c'est tout! En parlant du trésor, ma femme, je vais aller chez Chapdelaine pour acheter le préfini en fin de semaine pour commencer la chambre des filles avant de pogner les grosses chaleurs du mois de juillet.

— As-tu des plans de faits pour la chambre, mon mari ?

— Qu'est-ce tu dirais si on faisait deux chambres au lieu d'une ?

— Deux chambres ! Comment ça ?

— Bien, tant qu'à être dedans, on sait jamais, la famille est peut-être pas finie ! En plus, les filles vont avoir chacune leur chambre à elles. Dans pas long elles vont vieillir puis je suis pas sûr, moi, qu'elles vont vouloir être toujours ensemble ! Je ferais les deux chambres en bas de l'escalier, puis entre les deux, en face des marches, y aurait une porte pour aller dans mon établi l'autre bord...

— Ouin, mais ça va coûter cher sans bon sens ?

— Pas tant que ça. Elles vont être en préfini ! Je vais mettre de la tuile au plafond puis à terre aussi pour faire les planchers. En plus, j'ai une bonne idée pour les bureaux et les garde-robes... On aura pas besoin d'acheter de bureaux, juste deux petits pupitres pour qu'elles puissent faire leurs devoirs...

— Leur linge, elles vont le mettre où ?

— Regarde bien ça... Sur le mur du fond, je vais rajouter un pan de mur puis dedans, y va y avoir cinq gros tiroirs puis de chaque côté, un grand garde-robe double avec des portes coulissantes dans le plancher.

— Wow, t'as de la suite dans les idées, mon mari ! Mais deux garde-robes dans chacune des chambres, tu penses pas que c'est exagéré ?

— Bien non ! Au lieu de monter le linge d'hiver au grenier, on va le mettre là, puis on aura plus à monter dans ce trou à rat à tous les automnes et à tous les printemps. Ça va être bien plus accommodant ! En plus... comme je te l'ai dit, si la famille est pas finie, on aura pas besoin de recommencer à faire des radoubs. Ils disent qu'entre 1941 et 1951 la population de Sorel a doublé, bien, y faut continuer, tu penses pas, ma femme ?

— On va commencer par mettre celui-là au monde si tu veux puis après on verra, OK ?... À quoi tu penses, mon mari, t'as l'air bien songeur tout d'un coup ?

— Bof, je pensais à mon père puis à ma mère. Y auront même pas eu la chance de prendre leurs petits-enfants dans leurs bras puis de les bercer, bonyeu !

— Bien oui, c'est bien plate... Quand y sont morts, j'étais en famille de Martin.

1953... Déjà neuf ans, un face à face sur la route de Yamaska.

Maria et Wilfrid Delormes revenaient d'une visite au village de Saint-Aimé, et puis bang ! La catastrophe. Ils sont décédés sur le coup. La vie s'avère vraiment injuste parfois. Maria possédait une physionomie angélique et son mari, Wilfrid, était le symbole même du meilleur grand-père du monde entier.

***

Le mercredi vingt juin.

Il ne restait que deux jours de classe avant les vacances scolaires. En après-midi, ce sera la remise des bulletins. Les élèves vont terminer à deux heures pour donner l'opportunité aux parents d'aller rencontrer les professeurs pour récupérer les notes de leurs studieux enfants, qu'elles s'avèrent bonnes ou mauvaises.

Pour leur dernière journée, demain, les enfants auront la permission de porter des bermudas. Il n'y aura aucun cours de planifié, que des compétitions : ballon chasseur, sauts en longueur et en hauteur.

— Qu'est-ce que t'as sur le bord de la bouche, Rose ?

— Où ça, m'man ?

— Touche là, mets ton doigt…

— Ah… c'est du chocolat.

— Madame Barabé vous a donné du chocolat ?

— Bien non, m'man, tu sais bien que madame Barabé nous donnerait pas du chocolat. Elle a de la misère à nous donner un verre d'eau, sainte ! Je suis allée au dépanneur Allard sur la rue Royale avec Guylaine. Elle s'est acheté une Caramilk puis elle m'en a donné un morceau…

— Où est-ce qu'elle a pris l'argent pour ça, la Guylaine ? Sais-tu que ça coûte quand même dix cents, une Caramilk ?

Rose était prise au piège. Elle était incapable de conter un mensonge à sa mère, car celle-ci s'en apercevrait sur-le-champ en fouillant son regard.

— Bien…

— Bien quoi, Rose ?

— Tu vas me chicaner si je te le dis !

— Si tu me dis la vérité tout de suite, la punition va être moins grosse, tu penses pas, ma fille ?

— OK… À matin, avant de partir pour l'école, Guylaine a pris dix cents dans le portefeuille de sa mère sur le comptoir de la cuisine pendant qu'elle dormait…

— Sais-tu que c'est comme si tu avais mangé du chocolat volé, Rose ?

— Hein ? C'est parce que je trouve que Guylaine fait pitié, moi ! Elle dit que sa mère lui donne jamais rien et qu'elle est toujours obligée de s'arranger toute seule ! Même que…

— Même que quoi ?

— Même qu'elle m'a dit qu'une fois, elle avait vu sa mère fouiller dans les poubelles au coin de la rue Saint-Paul !

— Bien voyons, Rose, tu sais bien que cette enfant-là a forgé ça ! Je pense qu'elle te bourre de menteries, cette petite fille-là, moi !

— Je pense pas, m'man… Une journée, dans son lunch, t'aurais dû la voir. Elle avait un sandwich qui sentait vraiment pas bon. Je te l'dis, ça sentait la charogne ! Je le sais pas, c'est quoi qu'y avait dans cette sandwich-là, mais le cœur me levait juste à la voir essayer de la manger ! Je voyais bien qu'elle était affamée. Je lui ai donné la moitié de ma sandwich au beurre de *peanuts* et elle l'a avalée tout rond !

— J'en reviens pas ! C'est qui, ses parents ? Je les connais-tu ?

— Je pense pas, m'man.

— Elle reste où, Guylaine ?

— Sur la rue Saint-Paul.

— La rue Saint-Paul. La rue des pauvres, sainte bénite ! C'est Guylaine qui, son nom ?

— C'est Guylaine Deschamps. Elle reste en arrière du Cyrille Labelle.

— Sais-tu le nom de son père ?

— Non, mais je peux lui demander.

— Bon, en attendant, va te laver le bec. Quand Martin puis Francine vont arriver de l'école, je vais aller chercher vos bulletins. En attendant, regardez la télévision, puis que j'en voie pas un sortir dehors pendant que je vais être partie, OK ?

— Bien oui, m'man.

***

— Bonjour, madame Delormes.

— Bonjour, madame Brisson.

— Bon, on va commencer tout de suite… Les notes de Francine sont bien belles : en mathématiques, 86, en français, 86, puis en catéchèse elle a 75. Ça, c'est un peu bas, elle peut faire mieux. Pour son comportement, je lui ai mis un 6. Elle est un peu obstinée, faudrait qu'elle corrige ça… Elle est huitième de classe avec un beau 81 %.

Trois heures et quart. Angèle descendit au premier étage de l'école Maria-Goretti. Tout droit devant elle, dans la grande salle, elle avait remarqué sur une vitre givrée : « Première année B ». C'est là que se situait la classe de Rosie.

— Bonjour, madame Delormes, venez vous asseoir…

— Bonjour, madame Barabé…

— Rose… C'est un modèle de classe, madame. J'ai jamais vu une petite fille aussi studieuse ! En plus, elle est douce comme une soie ! Bon, en français, un gros 96, en mathématiques, un beau 95 et en catéchèse, 92. Je n'ai rien à dire de plus : Rose est ma première de classe avec une note de 94 % ! Y a juste une chose…

— Oui ?

— Est-ce que ça se pourrait qu'elle ne voit pas bien avec ses petites lunettes bleues ? J'ai été obligée de la faire changer de pupitre pour la faire asseoir en avant dans la première rangée. Elle ne voyait pas bien les lettres et les chiffres que j'écrivais au tableau.

— Ah ! je me suis pas aperçue de rien à la maison, moi ! Je vais lui donner un rendez-vous chez l'optométriste avant qu'elle recommence l'école en septembre.

Trois heures et vingt. Angèle se rendit à l'établissement scolaire voisin, l'école Saint-Viateur, où étudiait Martin.

— Madame Delormes, bonjour !

— Bonjour, frère Duguas.

— Martin... hum... Ah ! le voilà son bulletin, à lui. Votre garçon, c'est un bon petit gars, mais...

— Mais quoi ?

— Mais il aime jouer des tours. Ce n'est pas méchamment, mais parfois ça dérange toute ma classe.

— Sainte bénite, des tours comme quoi, frère Duguas ?

— Comme cacher mes craies à tableau juste avant que je commence mon cours ou mélanger les bottes dans les cases des autres élèves. C'est pas bien grave, mais y devrait avoir un peu plus de discipline. J'aimerais compter sur vous pour lui en parler... Pour ses notes : en français, 87, en mathématiques, 79 et en catéchèse, 82, ce qui donne un bulletin de 82 %. C'est un beau bulletin, il est cinquième de sa classe.

Ce fut pendant que toute la famille était attablée pour le repas du soir qu'Angèle avait énuméré au père de famille les résultats des bulletins reçus.

— Puis, on passe-tu notre année, m'man ?

— Toi, Martin Delormes, reste tranquille ! J'ai des affaires à te dire, mon hypocrite !

— Ah bon...

— Le petit vlimeux, y va falloir qu'y arrête ça, ces niaiseries plates là, lui ! Pourquoi tu ris, Angèle ?

— Je trouve ça drôle pareil. Y me semble de le voir cacher les craies du frère Duguas !

Roger se mit à rire, lui aussi.

— Moi aussi, j'ai juste envie de rire. Y me fait penser à quelqu'un quand y était jeune quand il allait à la petite école de Saint-Robert...

Arriva l'ultime journée de classe avant d'entreprendre la saison estivale. Les filles eurent beaucoup d'activités tout au long de la matinée comme le saut en hauteur et le saut en longueur. Micheline se servit de sa corde à danser pour tracer les lignes sur le sol, et après avoir élu Patricia Dionne championne du ballon chasseur, elles eurent droit à une pièce de théâtre que les élèves de sixième année s'étaient appliqués à monter tout au long du printemps, *La cigale et la fourmi.*

Il y avait beaucoup de gens heureux dans la rue Guévremont à l'heure de la sortie des classes. Rose passa par la rue Millier comme tous les jours avec son amie Guylaine, et arrivée sur le coin de la rue Saint-Paul, elle lui demanda le nom de son père. Il se prénommait Dario.

***

Le vingt-quatre juin.

Ce n'était pas la journée rêvée pour célébrer la fête de la Saint-Jean-Baptiste. Il pleuvait à torrents. Dans le défilé, il n'y avait que dix chars allégoriques, et quand Martin rentra à la maison, il ne symbolisait plus du tout le petit saint Jean-Baptiste. Il était trempé comme un canard et ses cheveux ne frisaient plus du tout.

Le plus beau moment de cette fête nationale avait eu lieu le soir précédent. Des feux d'artifice époustouflants s'étaient élevés à l'arrière du colisée Cardin où toute la famille réunie avait pu les contempler de leur galerie. Ils étaient tous allés dormir à minuit quand, dans le ciel opaque, les nuages s'étaient dispersés devant une lune orangée et que les étoiles avaient regagné leur emplacement respectif dans le firmament cristallin.

***

— Maudit que c'est le *fun*, l'été. J'ai hâte d'être en vacances, moi !

— Ça s'en vient, mon Roger, ça s'en vient !

— C'est qui la petite fille dans la cour en arrière avec Rose, Angèle ? Je l'ai jamais vue ici, elle !

— C'est Guylaine Deschamps, la petite dont je t'avais parlé… Je l'ai invitée à souper.

— Pour être petite, elle est petite en maudit ! Elle a juste la peau puis les os ! Mais lui as-tu vu les yeux ? On dirait des billes !

Angèle préparait une salade de tomates avec des petits pois et du céleri tout en chantonnant : « Tous les garçons et les filles de mon âge se promènent dans les rues deux par deux… »

— C'est donc bien beau, cette chanson-là, ma femme !

— Oui, hein ! C'est la nouvelle chanson de Françoise Hardy : « Et les yeux dans les yeux, et la main dans la main, ils s'en vont amoureux sans peur du lendemain… » As-tu fini ta bière, mon mari ?

— Une gorgée puis j'ai fini, ma belle noire…

— OK, appelle Martin, y est chez Jacques Daunais en face. Moi, je vais appeler les filles en arrière. Francine, elle, elle est dans sa chambre.

Angèle venait de servir tout son petit monde et elle jeta un regard sur son invitée qui fixait son plat sans daigner lever sa fourchette.

— T'as pas faim, Guylaine ?

— Bien oui, j'ai faim, madame Delormes ! Mais c'est quoi, ça ?

— C'est du chop suey.

— Du quoi ?

— T'as jamais mangé du chop suey ?

— Bien non. Ça fait-tu longtemps que vous mangez ça, vous autres ?

— Bien oui, ma fille, goûtes-y, tu vas voir comme c'est bon !

Quand Guylaine prit une petite bouchée du bout des lèvres, elle resta figée et trois secondes après, elle avait vidé son assiette.

— Hum… Très délicieux, votre « shep suey », madame Delormes !

La maîtresse du foyer se mit à rire et s'aventura pour poser quelques questions à la fillette, questions qui lui titillaient la langue depuis le début de l'après-midi.

— Ta mère a jamais fait de chop suey, Guylaine ?

— Bien non, ma mère fait jamais à manger !

— Voyons, ma fille, à six ans t'es pas capable de te faire à manger toute seule !

— Pas bien bien, mais des fois, je me fais des sandwichs puis je me prends des céréales. Ça, c'est quand y en a, parce que dans les armoires chez nous, y aurait de la place pour mettre beaucoup de manger.

— Oui, mais c'est pas ça qui va te faire grandir en santé !

— Bien, des fois, mes mononcles m'en font, à manger, quand y viennent se promener.

— Ah OK ! Puis ton père, Dario, y fait quoi dans la vie ?

— Mon père ! Y se repose au cimetière des Saint-Anges.

Angèle était bouleversée. Elle demanda, les yeux humides, si cela faisait longtemps que son père se reposait.

— Il est parti se reposer quand j'avais quatre ans, madame Delormes.

— Mais tes oncles, eux autres, les vois-tu souvent ?

— Non, mais quand y viennent à la maison, y restent longtemps parce qu'y restent loin de Sorel.

— Chez vous, comment ça se passe avec ta mère ? Et comment elle s'appelle ?

— Elle s'appelle Denise. Puis, comment ça se passe ? Hum… assez bien. Sauf qu'une nuit, j'ai vomi sur le fauteuil du salon. Je pleurais puis elle m'a dit de m'arranger toute seule, que j'étais plus un bébé.

— Comment ça, sur le fauteuil ?

Les enfants ne soufflaient mot. C'était insensé qu'une petite fille aussi belle et aussi gentille soit si malheureuse. Il n'y avait pas un enfant qui méritait une vie de misère comme cela sur la terre. Roger était trop ému pour dire quoi que ce soit. Il scrutait Guylaine et regardait ses enfants. Il aurait voulu changer le monde pour que cette enfant soit aussi heureuse que les siens.

— J'ai pas de chambre, c'est trop petit, madame…

— Mais pourquoi tu dors pas avec ta mère ?

— Des fois, je couche avec elle, mais y a juste un lit. On peut pas faire de miracle ! Quand mononcle Claude ou mononcle Albert viennent se promener, ça leur prend une place pour dormir, eux autres aussi !

— Tu veux dire qu'ils dorment dans la chambre de ta mère ?

— Oui, parce que ma mère dit qu'il faut laisser la place aux plus vieux. Moi, je suis petite, ça fait que je suis bien couchée sur le fauteuil.

— Regarde, ma belle fille, vu que vous venez de finir l'école, pourquoi on fêterait pas ça ? Tu pourrais dormir ici à soir !

— Oh, madame ! J'aimerais ça beaucoup !

— Bon, appelle ta mère pour lui demander. Après ça, on va manger notre dessert, OK ?

Pour le dessert, Angèle avait préparé une tarte aux noix. Guylaine en ingéra une pointe garnie de crème glacée et elle ingurgita aussi deux grands verres de lait.

Dans la soirée Roger ne se sentait pas bien. Il était assis dans le salon quand sa femme alla s'asseoir près de lui. Elle posa sa main sur son épaule, et, sans rien dire, ils s'étaient enlacés très fort.

— Oups, le téléphone… J'y vais, Roger, reste couché.

C'était Denise Deschamps. Selon elle, elle avait été terrassée par une crise d'arthrite durant la nuit et elle était entrée à l'hôpital à trois heures du matin. Elle téléphonait pour demander à Angèle si celle-ci pouvait garder sa fille le lendemain pour une partie de l'avant-midi, le temps de faire des radiographies comme elle le lui avait dit. Angèle lui assura qu'il n'y avait aucun problème et qu'elle n'avait qu'à rappeler en rentrant de l'hôpital.

Il n'était que sept heures et la mère de famille retourna se blottir contre son mari pour une petite heure.

Guylaine était bien heureuse de rester à déjeuner chez les Delormes. En plus, du bon gruau, la dernière fois qu'elle en avait mangé, c'était son père Dario qui le lui avait préparé.

Les filles s'amusaient beaucoup ensemble. Rose déposa des biscuits Villages dans ses assiettes à collation et elle demanda à sa mère de lui verser de l'eau dans sa petite théière de porcelaine. Guylaine avait accoutré Nannie d'un bonnet de poupée et elle la promenait en carrosse dans l'entrée.

Quand Roger arriva avec le préfini destiné à la construction des chambres du sous-sol et qu'il aperçut ces deux petites mères jouer ensemble comme des sœurs, il se dit :

« Cette enfant-là mériterait bien d'être heureuse comme mes enfants, bonyeu ! »

— Venez ici, les filles, venez m'aider ! J'ai des sacs de clous à rentrer par l'entrée de cave en arrière. Pouvez-vous vous en occuper pendant que je rentre le bois ?

— Bien oui, pa. Viens, Guylaine, pa a besoin de nous autres, on va l'aider !

À trois heures et demie, Denise Deschamps rappela Angèle pour l'informer qu'elle quittait l'Hôpital Richelieu pour se rendre à l'Hôpital général sur la rue George.

L'Hôpital général avait été reconnu en 1961 en tant qu'établissement pour malades chroniques.

Chapitre 4

Le trésor

Il faisait quatre-vingt-seize à l'extérieur. C'était écrasant. À huit mois de grossesse, Angèle suffoquait. Les pieds tout enflés, elle se tenait les reins à deux mains. Elle avait passé tout l'après-midi à regarder Roger travailler au sous-sol vu une petite fraîcheur qui y était beaucoup plus appréciable.

— Bon, y va me rester juste à poser les poignées de porte des garde-robes puis celles des tiroirs de bureau. Je vais attendre que les planchers soient bien secs. Je peux pas marcher dessus, la colle va toute sortir puis ça va être tout à recommencer, puis ça me tente pas pantoute !

— T'as fait de quoi de bien beau pour les filles, Roger, tu peux pas savoir comment elles vont être bien en bas !

— Oui, y va manquer juste un lit pour la chambre de Rosie.

— En parlant de lit, j'ai appelé m'man hier puis elle a un quarante-huit pouces dans sa *shop* à fleurs en arrière dans la cour. Elle est prête à nous le donner.

— C'est correct ça. Une affaire de moins à acheter ! Va falloir que je demande à monsieur Desnoyers si y veut venir le chercher avec moi parce que ça rentre pas dans mon char.

Monsieur Desnoyers demeurait juste en face des Delormes sur la rue Royale. Il était camionneur de métier. À l'occasion, il invitait les enfants à son chalet en leur faisant grâce d'une grande journée de plein air où ils nageaient dans la rivière et quelquefois, lui et sa femme, Monique, les invitaient à rester dormir dans leur modeste camp d'été aux abords de la rivière Yamaska jusqu'au lendemain après-midi.

Concernant la *shop* à fleurs à l'arrière de la maison d'Emma, cette bâtisse avait été abandonnée à la suite du décès de son mari, Isidore. Autrefois, Emma fabriquait de jolies fleurs à chapeaux pour les distribuer dans les commerces du centre-ville. Sur ce vaste terrain trônaient deux énormes pommiers, un prunier et un cerisier. Ses voisins proches, demeurant dans la petite maison bleue, n'étaient nuls autres que son frère Paul-Émile Ethier et sa belle-sœur, Aglaé.

— Mon Dieu, ma femme, qu'est-ce tu fais dans l'escabeau ? Maudit que t'es pas raisonnable. Si ça continue, je vais être obligé de te faire surveiller comme une enfant !

— Je cherche des draps pour le lit de Rose en bas. Je suis sûre que j'en avais un set flambant neuf !

— Veux-tu descendre de là ! Je vais te les trouver, moi. Tu devrais pas monter là, ma femme !

— Oui, c'est ceux-là avec des têtes de violon, les roses ! Il va me rester juste à coudre des élastiques dans les coins pour faire des draps contours.

— Je vais prendre ma bière puis je vais aller voir si les prélarts sont bien secs en bas.

— Si tu savais, Roger, comment les filles ont hâte de descendre leurs affaires en bas!

— Je les comprends, elles vont être bien en maudit en bas! Surtout l'été, quand y va faire une canicule comme celle qu'on a eue la semaine passée!

— Y va falloir penser de toujours vérifier si la porte de l'entrée de cave est bien barrée le soir, y a juste ça qui m'inquiète, moi.

— Fais-toi z'en pas, ma femme. Pour que tu sois rassurée, demain je vais aller chez Chapdelaine acheter un gros *catch* pour mettre sur la porte, puis je plains le voleur qui va essayer de passer par là!

— T'es bien fin, mon mari… Ah oui! En passant, la machine à laver dans la cave, elle fait défaut, c'est le tordeur qui tourne plus.

— Je vais regarder ça après le souper. Elle est à la veille de nous lâcher, cette vieille Bertha-là. Ça fait déjà douze ans qu'elle règne, celle-là; elle date de la rue George au début de notre mariage. Elle est plus bien jeune! Qu'est-ce qu'on mange de bon pour souper, ma belle noire?

— J'ai fait de la pizza.

— Hum… ça va être bon!

Angèle avait toujours apprêté sa pizza. Très tôt le matin, elle se rendait à la boulangerie Jacob sur la rue Phipps où elle se procurait des miches de pain non cuites. Le temps que la pâte double de son volume, elle préparait une grosse sauce tomate afin qu'il en reste une bonne quantité pour le spaghetti du lendemain soir. Elle décorait sa pizza d'olives vertes et c'est pourquoi celle-ci avait si bon goût. À chaque occasion où elle mitonnait ce plat typique de la Sicile en Italie ou bien de Paris – ce que l'on ne saura jamais –, elle invitait son frère Richard qui s'éclipsait de Sainte-Anne-de-Sorel pour venir becqueter avec eux. Roger lui avait déjà fait la proposition de faire livrer ce nouveau mets dans un restaurant du centre-ville, mais celle-ci avait toujours décliné l'offre. Elle disait que le cœur lui levait juste à la toiser. De toute façon, c'est chez elle qu'elle retirait le plus de satisfaction à entendre dire que sa pizza, c'était la meilleure pizza du monde.

Vers huit heures, après que le soleil eut tiré sa révérence, une petite brise à peine refroidie s'installa tout doucement pour éclipser cette longue journée oppressante.

***

Depuis maintenant deux semaines, Guylaine demeurait chez les Delormes. Sa mère, Denise, donnait de ses nouvelles de temps en temps, mais elle ne pouvait pas encore quitter l'hôpital pour rentrer à la maison.

— Oui, allo !

— Salut, Angèle, c'est Béatrice… Ça va ?

— Ça va… Toi, comment ça va ?

— Ça pourrait aller mieux, mais y en a des pires que nous autres…

— Qu'est-ce qu'il y a, Béatrice, tu m'inquiètes, là !

— Marcel est à l'hôpital Hôtel-Dieu…

— Sainte bénite ! C'est-tu grave ?

— Non non, y va se faire opérer pour le foie à matin. Est-ce que je peux te demander un service, ma belle-sœur ?

— Bien oui, c'est sûr !

— Pourrais-tu garder Gilles puis Pierre juste le temps de l'opération ?

— Ça va me faire plaisir de faire ça pour toi, ma chère... À quelle heure tu pars ?

— Hum...Y est sept heures. Faudrait que je parte à sept heures et demie.

— Y a pas de problème. Envoie-moi les enfants, y déjeuneront ici.

— T'es bien fine pour moi, Angèle. Merci...

Il y avait du petit monde à la table ce matin-là. Pendant tout le repas Martin n'avait soufflé mot à son cousin Gilles du fait que l'hiver précédent, celui-ci était allé colporter à Roger que son cousin glissait dans les marches de la glissade en bois. Pierre, lui, ne cessait de faire les yeux doux à Guylaine. Il la trouvait donc mignonne, cette petite noirette-là.

— Hey, les gars, on se fait-tu une équipe de baseball à matin ? On va aller jouer une partie dans le champ !

— On n'est pas assez, tu sais bien, Martin. Avec qui tu veux jouer, des fantômes ?

— Eh que t'es niochon des fois, Gilles Delormes ! Je vais appeler Luc puis Jacques, toi, tu peux appeler les Nadeau ? Puis ton frère, y peut jouer, lui aussi ?

— Ah, bien oui... Ça va en faire un de plus même s'il est pas bon pantoute !

— Tu sauras, Gilles Delormes, que je suis capable pareil comme toi de jouer au baseball, maudit épais !

— Ouais, ouais... On va te prendre : tu vas nous faire une bonne vache dans le champ !

— Vous autres, les filles, vous faites quoi à matin, Francine ?

— Moi, je m'en vais au marché Saint-Arnaud sur la rue Adélaïde.

— Tu vas aller faire quoi au marché Saint-Arnaud ?

— Saint-Arnaud, m'man, France Saint-Arnaud, mon amie sur la rue Limoges !

— Ah oui ! C'est les parents à France qui ont cette petite épicerie-là ?

— Bien oui. On s'en va aider sa mère à placer des cannages.

— Bon OK, mais fais attention aux chars en t'en allant.

— Bien oui m'man, je suis plus un bébé, j'ai huit ans !

— Sois polie, Francine Delormes, parce que tu vas rester ici, puis je vais te laver la bouche avec du savon, mon effrontée !

— OK…

— Puis vous autres, les gazelles, vous faites quoi ?

— On va aller aux cerises, m'man !

— Où ça ?

— L'autre bord de la traque des chars. C'est juste à côté de l'abattoir, au bout de la rue Monseigneur-Nadeau.

— C'est parce que vous êtes bien trop petites pour les arbres !

— Bien non, m'man, y en a, des petits arbres de notre grandeur ! On va être capables de les ramasser, tu vas voir, hein, Guylaine ?

— Bien oui, bien oui.

— Bon, OK. On va faire du bon vin de cerise.

— Bien là, m'man. On apporte pas une chaudière, on apporte juste une canne de tabac vide !

— Bon bien, on va faire un pot de confiture aux cerises, d'abord !

***

— Allo, ma femme! Puis, as-tu moins mal au dos aujourd'hui?

— Ça se toffe… Sais-tu quoi? Je vais prendre une bonne petite Dow avec toi, mon mari!

— Mon Dieu! On a-tu de quoi à fêter?

— Bien non. J'en prends une par année, puis c'est aujourd'hui que ça va se passer! Au fait, Denise, la mère de Guylaine, a téléphoné après-midi. Elle m'a demandé si on pouvait aller la voir à l'hôpital.

— Ah ouin! c'est Guylaine qui va être contente.

— Pas vraiment. Elle veut nous voir juste nous deux.

— C'est bizarre…

— Oui, puis à matin, j'ai gardé Gilles et Pierre parce que ton frère Marcel s'est fait opérer pour le foie.

— On s'en attendait, hein? À tinquer comme y tinque, on savait bien qu'y en arriverait là un jour! On fera deux visites dans une, ma femme!

— On pourra pas: Marcel est à l'Hôtel-Dieu puis la mère de Guylaine est à l'Hôpital général.

— Ça va nous faire deux sorties, c'est tout!

— Ouin, mais deux soirs de gardienne, par exemple!

— C'est pas grave ça… Mon épouse modèle, elle nous a fait quoi pour souper?

— Ton épouse modèle, elle va faire des sandwichs au rôti avec du Kool-Aid au raisin, ça fait-tu?

— Ça va être délicieux, mon amour!

Pendant le souper, Angèle et Roger ont discuté de l'arrivée du nouveau bébé avec les enfants dans le but de les préparer doucement. Le poupon pouvait naître durant la journée comme il pourrait aussi bien se manifester durant la nuit. Ce sera madame Blais qui viendra les garder pendant qu'Angèle sera hospitalisée pour quelques jours.

Madame Blais demeurait juste à côté de chez Emma. Les enfants l'avaient rencontrée un jour sur le parvis de l'église alors qu'elle était venue converser avec leur père et leur grand-mère Emma. Cette vieille dame avait, perchées sur son nez proéminent, de grosses lunettes brunes, et une chevelure courte poivre et sel frisottait sur ses épaules. À la naissance de son nez irrégulier, un énorme bouton lui forgeait un faciès nullement invitant.

— Ah non! Pas elle! Pourquoi c'est pas Agnès, torpinouche?

— Ça va être madame Blais, Martin, puis vous avez besoin de l'écouter! Agnès peut vous garder une couple d'heures, mais pas pour vous faire à manger. Puis ça, c'est juste le temps que je vais être à l'hôpital. Puis votre père va être ici, il va être en vacances. Vous n'avez rien à rouspéter, la discussion est terminée. Est-ce qu'on va s'assir dehors, mon mari?

— Vas-y, je vais aller voir si la porte de cave est bien barrée en bas, puis je te rejoins après…

***

En ce samedi, monsieur Desnoyers avait invité les enfants à son chalet à Yamaska pour jusqu'au dimanche après-midi. Monsieur et madame Desnoyers avaient deux enfants, Marco, cinq ans, et Martine, dix ans. Il y avait une multitude d'activités à pratiquer au chalet. Le badminton, la chasse aux grenouilles, la pêche à la perchaude et à la barbotte, et la baignade au bout du quai sur la rivière Yamaska.

— Tiens, de la grande visite! Si c'est pas mon frère avec sa belle noire?

— Comment ça va, mon Marcel ?

— Je vais ben, puis j'ai promis à ma Béatrice de plus jamais boire une goutte d'alcool ! Tu me verras plus jamais avec une bière dans les mains, mon frère !

— C'est bien raisonnable, ça, mon Marcel ! Y est jamais trop tard pour bien faire, bonyeu !

— Ben, j'ai eu assez mal, verrat, que je veux plus jamais revivre ça ! J'ai eu ma leçon. Je pensais d'en mourir, sacréfice !

Angèle et Roger soupèrent au restaurant Rheault au centre-ville. Qu'il était donc agréable de se retrouver en amoureux ! Mais il n'était jamais possible pour eux de sortir et de profiter du temps qui leur était alloué sans parler de leurs enfants. Qu'ils pouvaient donc s'oublier, quelquefois !

— Je me demande bien pourquoi elle nous a fait venir ici, elle. En plus, on la connaît même pas. On l'a jamais vue, cette femme-là !

— Ça va nous permettre de mettre un visage sur la mère de Guylaine.

— Tant qu'à ça, t'as ben raison.

Denise Deschamps était installée devant la fenêtre de sa chambre. Elle buvait son café et fumait sa cigarette. C'était une belle femme, les cheveux bruns à la hauteur des épaules, et ses yeux étaient d'un bleu clair miroitant. Elle fixait Roger et Angèle d'une façon bien franche.

— Vous pouvez m'appeler Denise. Je suis bien contente de vous connaître enfin ! Comment va ma fille ?

— Elle va très bien, madame… Denise. On ne lui a pas dit qu'on venait vous voir; elle aurait été trop déçue…

— Vous avez bien fait. J'irai pas par quatre chemins pour vous parler. Vous devez vous demander pourquoi je vous ai fait venir ici.

— Ça, c'est sûr, dit Roger.

— Je veux vous donner ma fille.

Est-ce que Roger et Angèle vivaient dans un rêve ? Pourquoi ces paroles poignantes étaient-elles sorties de la bouche de cette mère de famille ? Elle devait prendre des cachets très puissants pour s'exprimer de la sorte.

— Mais vous êtes pas sérieuse, vous, là ? C'est parce que vous êtes bien malade que vous parlez de même, madame ! Quand vous allez filer mieux, vous allez rentrer chez vous avec votre fille, vous savez bien !

— C'est ça, l'affaire, madame Delormes : je retournerai pas dans ma maison… Je suis condamnée. J'ai le cancer des os.

— Non ! Ça se peut pas, vous êtes bien trop jeune ! Votre petite fille a encore trop besoin de vous, sainte bénite !

Roger les écoutait, incapable d'émettre un son. Maudit qu'il avait de la peine. Cette pauvre petite, plus de parents. Ce petit ange de six ans qui n'avait pas demandé à venir s'installer sur la terre, bientôt, se retrouverait orpheline.

— J'ai deux choix. Ils vont la mettre à l'orphelinat pour qu'elle soit adoptée ou bien vous la prenez avec vous autres… Pensez-y, mais tardez pas trop à revenir me voir parce que mes jours sont comptés. Il me reste environ juste deux mois à rester sur cette terre.

Arrivée à la maison, Angèle était inconsolable. Elle pleurait, pleurait et pleurait toutes les larmes de son corps.

— Sainte bénite, Roger, pourquoi que le Bon Dieu nous protège puis qu'y protège pas cette petite soie qui va perdre sa mère ? Y pourrait veiller sur tout le monde sans faire d'exception !

— Écoute Angèle. Sans le savoir, la petite nous était destinée. On pourra pas la laisser partir comme ça après le départ de sa mère… parce qu'on l'aime déjà comme si c'était notre propre fille !

— Oh, Roger !

— Arrête de brailler comme ça. On va la rendre aussi heureuse que nos enfants le sont, sais-tu pourquoi ?

— Non.

— Parce que t'es la femme la plus merveilleuse du monde, puis qu'on a les meilleurs enfants de la terre ! Tant que nos enfants seront pas heureux à cent pour cent dans la vie, on ira pas se reposer, nous autres.

***

Le lendemain, les enfants rentrèrent du chalet vers la fin de la journée. Ils étaient bien heureux de leur petite promenade. Dans la soirée, ils allèrent tous au Dairy Queen. Roger et Angèle avaient décidé de ne pas parler à Guylaine tout de suite. Ils voulaient tout doucement la préparer à apprivoiser les journées les unes après les autres avant de lui expliquer que sa maman quitterait la terre, qu'elle descendrait quelques marches afin de rejoindre son père Dario dans le but de se reposer pour l'éternité.

— Maudit que je suis content ! La journée finissait plus, bonyeu ! On fête-tu ça, ma femme ?

— Je suis bien d'accord avec toi, mon vieux !

— Santé, ma femme… Puis, on commence par quoi ?

— Quoi, on commence par quoi ?

— Faut planifier les journées, je suis en vacances !

— Avec la bédaine que j'ai là, on va planifier dans les alentours, si tu veux bien !

— M'man !

— Quoi, Martin ?

— On peut-tu aller jouer au baseball à Saint-Maxime ?

— Comment ça, à Saint-Maxime ? Vous pouvez pas jouer dans le champ comme tout le monde ?

— C'est pas pareil : à Saint-Maxime, y a un vrai terrain de baseball !

— Ce serait à une condition...

— Quoi, pa ?

— C'est que tu reviennes avant la noirceur, parce que sans ça, tu vas avoir affaire à moi quand tu vas revenir.

— Pas de problème !

— Avec qui tu vas là ?

— Gilles va venir, Luc va venir nous rejoindre, puis Jacques va venir avec son frère Benoît. Benoît a douze ans, t'as pas d'affaire à être inquiet.

— M'man !

— Oui, Francine.

— Quand est-ce qu'on va avoir un bicycle, maudit, j'aimerais ça, moi, me promener avec mes amies !

— On va aller voir chez ta grand-mère dans la veillée. Le bicycle que j'avais quand j'étais fille, y est dans la *shop* à fleurs. Puis si tu dis encore « maudit », tu verras jamais la couleur de ce bicycle-là, OK ?

— Bien oui, m'man... Je savais pas que t'en avais un ! On peut pas prendre celui de pa, y a une barre en plein milieu puis quand on débarque ça fait mal tu sais où...

— Où ça ?

— M'man, agace-moi pas !

À sept heures, Roger et Angèle se rendirent chez Emma avec les trois filles. En passant devant la maison de madame Blette, ils s'étaient arrêtés pour faire un brin de causette avec celle-ci.

Madame Blette était une grosse dame qui passait son été à ingurgiter des cochonneries tout en se berçant sur son perron écalé des années quarante. Elle savait toujours s'il y avait du nouveau dans le bout. Elle avait raconté à Angèle et Roger qu'à l'église, à la messe du dimanche précédent, elle avait remarqué que le préposé qui récoltait la quête paroissiale avait pris dans le panier de l'église des piastres et de la monnaie.

— Bien voyons donc, madame Blette, êtes-vous sûre de ce que vous avancez là ?

— Si c'est sûr ? Je l'ai même vu mettre cet argent-là dans sa poche de pantalon, batêche ! En plus, je le connais, c'est Léandre Loiselle.

— Ça se peut-tu, voler les curés de même ! Y ont juste ça, la quête, pour pouvoir manger, câline ! Pourquoi vous êtes pas allée le dire au curé Bonin ?

— Pas de danger ! Des plans pour que l'père Loiselle vienne me chanter des bêtises après !

Emma arrosait ses plates-bandes remplies de fleurs violacées devant lesquelles poussaient une multitude de petites pensées couleur de blé. Son éternel tablier gris entourait sa taille et sur le côté, des grandes poches « gueulantes » émergeaient une bouteille d'insecticide pour pulvériser les cochenilles qui se collaient sur les corolles de ses fleurs, un gant de jardinage noirci et au fond, quelques enveloppes entamées renfermant plusieurs variétés de semences de fleurs.

— Comme ça, tu veux ravoir ton bicycle, ma fille ? T'as pas peur d'avoir perdu le tour depuis le temps ?

— Voyons, m'man, tu me vois-tu en bicycle sur la rue Royale avec ma grosse bédaine ? C'est pas pour moi, c'est pour les filles. Roger va le nettoyer bien comme y faut puis y va changer la sonnette dessus, elle est toute rouillée.

— C'est pas dangereux pour les enfants de se promener en bicycle sur la rue Royale ?

— Crains pas, m'man, y auront pas le droit de descendre du trottoir. Y vont juste faire le tour du bloc, sinon, je vais revenir le porter dans la *shop* à fleurs assez vite, crois-moi.

Une grosse bicyclette verte. Sur le guidon elle supportait un grand panier gris et Roger promit aux filles qu'il irait chez monsieur Lamothe sur la rue Élizabeth dès le lendemain matin pour la gréer d'une nouvelle sonnette.

— Bien voyons, qu'est-ce qu'y fait, lui ? Y est rendu neuf heures ; y commence à faire noir !

— Y doit pas être bien bien loin, mon mari. Je vais aller voir au coin de la rue s'il s'en vient… Bien non, pas de Martin à l'horizon.

— Je vais prendre le char et je vais aller voir. Je pense que ce serait mieux que je le trouve pas encore au terrain de baseball en train de jouer parce qu'y va s'apercevoir que je suis capable de casser ma chaîne quand je me choque, moi ! Grrrr… des fois, cet enfant-là, y m'enrage ben raide, bonyeu !

Quand Roger parvint au centre Saint-Maxime, il constata que le terrain était désertique. Il n'avait même pas croisé Martin tout au long de son trajet en voiture. Il avait observé attentivement partout, mais pas de Martin. En rebroussant chemin, arrivé devant la grande glissoire dans le champ avoisinant sa maison, c'est là qu'il avait aperçu l'enfant prodigue.

— Martin !

— Ah bien, maudit, c'est mon père ! Oui, pa ?

— Depuis quand tu fumes en cachette, toi ?

— C'est la première fois, j'te le jure !

— Où t'as pris cette cigarette-là ?

— Bien… c'est Benoît…

— Puis toi, Benoît, où tu l'as pris ?

— Hum… au dépanneur. Y en vendent à la cent…

— Ta mère le sais-tu, que tu fumes ?

— Non, monsieur…

— Vous auriez pu mettre le feu, maudit ! Eh que vous pensez pas plus haut que votre nez ! Envoèye à maison, Martin Delormes ! Puis toi, Benoît Daunais, que je te vois plus entraîner les jeunes dans tes niaiseries !

Roger était hors de lui quand il rejoignit sa femme. Quand les jeunes commençaient à fumer à la dérobée, c'était dans le but d'imiter les plus grands. Ils étaient incapables de s'arrêter, de la vraie drogue, ce poison-là !

— Y commence jeune à fumer, notre Martin, mon mari !

— Je l'ai chicané pas mal fort, ma femme, je le regrette quasiment ! Sais-tu à quel âge j'ai commencé à fumer, moi ?

— Non.

— À sept ans.

— Voyons donc ! T'étais dix fois plus pire que lui !

— En plus, on avait pas de cigarettes. On fumait des cheveux de blé d'Inde. Pa nous avait pognés, moi puis Marcel. On pensait qu'on était bien cachés en arrière de la clôture, mais l'autre bord de cette clôture-là, on était dans la face de Ferdinand Lacasse. Qu'est-ce tu penses que ça a faite ?

— Chez vous ça, à Saint-Robert ?

— Oui, oui… C'est lui, Lacasse, qui était allé tout

bavasser à mon père ! Laisse-moi te dire qu'on a mangé toute une volée !

— J'imagine, oui…

— Mais c'est pas la volée qui nous a fait le plus de mal. On a été malades comme des chiens à cause des cheveux de blé d'Inde !

— Et aujourd'hui, tu fumes encore. Martin fait la même chose que toi. On pourra pas l'empêcher de fumer quand il va être rendu à douze, treize ans…

— On va essayer de le toffer jusque-là, ma belle noire.

— Viens-tu te coucher, mon mari ?

— Oui, ma femme. Va falloir que t'appelles le docteur Fiset demain. Tu étais supposée accoucher le quinze puis on est rendus le vingt et un. J'aime pas bien bien ça, moi.

— Oui, je l'sais. Inquiète-toi pas, je vais l'appeler demain matin à son bureau.

— Roger… Roger, réveille-toi…

— Oui ?

— Je pense que ça y est, j'ai des douleurs.

— Oui ? Ta valise, elle ?

— Bien oui, mon Roger, tout est prêt.

— Je vais appeler madame Blais. Il est quelle heure, là ?

— Il est deux heures et demie.

Rose se leva à huit heures et comme tous les matins, elle se rendit jusqu'à la cuisine pour donner un bol de lait à Nannie. Le soleil était bien présent et la journée s'annonçait divinement belle.

— Ah non, pas elle, sainte, pas madame Verrue !

Madame Blais était dans la cuisine vêtue de son grand tablier brun en train d'éplucher les pommes de terre pour le dîner.

— Bonjour Rose. Irais-tu chercher le lait sur la galerie, s'il te plaît ?

— C'est quoi, du Vico, madame Blais ? Monsieur Caplette a mis un papier sur la pinte de lait.

— Hum… c'est du bon chocolat au lait, ma fille !

— Hum…

— T'en as jamais bu ?

— Bien non, madame.

— On va mettre un papier pour demain pour que le laitier nous en laisse une pinte.

Finalement, elle était bien gentille, cette madame Blais.

Aujourd'hui, le vingt-deux août à neuf heures et demie, Angèle donna naissance à une belle grosse fille de neuf livres et cinq onces. Cette petite bénédiction du ciel s'était pointé le bout du nez pour l'anniversaire de sa grande sœur Rosie.

Les enfants n'avaient pas cessé de questionner leur père :

— Quand est-ce qu'on va la voir, notre nouvelle petite sœur, papa ?

— Y faut que votre mère se repose un peu. Vous allez la voir dans à peu près quatre ou cinq jours.

Avant que Roger ne retourne à l'hôpital, il pria madame Blais de cuisiner un gâteau d'anniversaire pour Rose et au souper, le petit monde à table fredonna l'air que tout enfant aime recevoir dans son cœur en cette journée si spéciale. Rose, en soufflant sur les bougies roses, fit le désir secret que son amie Guylaine demeure sous leur toit éternellement.

Ce fut le trente août, à midi, que deux parents heureux sont rentrés à la maison avec leur nouvelle petite fille tout emmitouflée dans sa jolie peluche rose cendré.

— Les enfants… On vous présente votre petite sœur, Josée.

Chapitre 5

La rentrée

— C'était pas long, votre examen chez le beau docteur Beauchemin, mon mari ? C'est quoi le résultat ?

— Pour Rose, y va falloir qu'elle change les vitres de ses lunettes et elle va garder la même monture pour cette année, puis ça va coûter pas mal plus cher que je pensais.

— Comment ça ?

— Bien, je vais porter des lunettes, moi aussi, ma femme...

— Mon Roger avec des lunettes ! Tu vas être beau, j'en suis certaine !

— Qu'est-ce tu fais là ?

— J'ai sorti le linge d'école des enfants. Guylaine a pas trop grandi, mais ses *jumpers* font bien pitié.

— On va aller lui en acheter, ma femme !

— Pour les souliers lacés, y sont tous trop petits, sainte bénite. Ça va nous coûter une beurrée cette année !

— On va faire venir monsieur Labarre pour leur en faire essayer, c'est tout. Panique pas avec ça, voyons !

— Y va falloir aller voir madame Deschamps aussi pour lui dire qu'elle s'inquiète pas pour l'école de Guylaine, qu'on va s'occuper de tout.

Le lendemain, après le dîner, les enfants partirent nager à la piscine à l'arrière du poste de police, sur la rue Élizabeth. Ils sont rentrés vers quatre heures et les quatre avaient écopé d'un coup de soleil sur les épaules et dans le dos. Vive le Noxzema !

— Oui, allo !

— Madame Delormes, s'il vous plaît.

— Oui, c'est moi.

— Ici sœur Bernadette de l'Hôpital général.

— Oui, ma sœur ?

— Je suis désolée de vous téléphoner pour vous annoncer que madame Deschamps s'est éteinte ce matin à huit heures et vingt-cinq.

Comment lui expliquer ?

— Guylaine !

— Oui, madame Delormes ?

— Rentre dans la maison une minute, ma grande.

Quand la petite fut rentrée, Angèle et Roger l'attendaient tous les deux assis sur le divan bleu du salon.

— Écoute, ma belle, ce qu'on va te dire, ce sera pas facile. Roger et moi, on veut que tu saches qu'on t'aime beaucoup et qu'on sera toujours près de toi. Ta mère est partie ce matin pour son long voyage.

— Elle est partie où, ma mère ?

Roger avait les yeux remplis de larmes. Pauvre petite, elle va bien faire une crise de larmes.

— Elle est partie se reposer au cimetière des Anges avec ton papa.

— Ah oui! C'est mon père qui va être content parce qu'avant de partir, y avait dit à ma mère de pas pleurer, qu'il l'attendrait avec les anges... Mais là...

Ouf, là, elle commençait à paniquer. Où serait sa maison, à présent? Elle ne pouvait demeurer seule sur la rue Saint-Paul!

— Je vais aller rester où, moi, asteure?

— Écoute, Guylaine, moi puis Roger, on peut pas te forcer à rester ici avec nous autres, mais si tu serais d'accord, on aimerait te garder, puis si tu veux, ce serait pour tout le temps. Tu serais la petite sœur de Martin, Francine, Rose puis Josée...

— Puis vous irez jamais vous reposer, vous autres?

— Non... on peut pas aller se reposer tout de suite, ma belle! Les anges ont trop de travail au ciel. On va attendre qu'ils soient prêts à nous recevoir puis ça devrait être pour bien tard, ma fille!

— C'est quand ta fête, Guylaine, parce que là, on sait même pas c'est quand tu vas avoir tes sept ans!

— Je m'en souviens plus, monsieur Delormes. La seule affaire que je suis certaine, c'est quand y a pas de neige... c'est en été... Je peux pas m'en souvenir; ma mère avait jamais fêté ma fête!

— On va regarder sur ton baptistaire quand tu vas aller chercher tes affaires chez vous.

— Levez-vous, les filles en bas, il est sept heures! Martin! Il est sept heures, puis rendors-toi pas! Roger, lève-toi, mon mari.

Les vacances d'Angèle débutaient aujourd'hui. C'était la rentrée scolaire.

— En tout cas, j'espère que Guylaine va être dans ma classe !

— Y a des grosses chances, ma sœur. Cette année, y a juste deux classes de deuxième année.

— Qui t'a dit ça, toi, Francine qu'y avait juste deux classes de deuxième ? lui demanda sa mère.

— La matante de France, elle fait l'école là, à Maria-Goretti, en quatrième année. C'est elle qui lui a dit.

— Puis toi, mon mari ?

— Bien moi, je devrais bien avoir encore le même professeur cette année !

Le fou rire éclata à la table. Martin arriva ensuite, car, comme par habitude, il était toujours le dernier à sortir du lit. Eh ! qu'il était traîneux de savate, celui-là, le matin !

Quand les filles arrivèrent au coin de la rue Saint-Paul, Guylaine détailla Rose et lui prit la main précieusement.

On entendait les cris des enfants heureux jusque sur la rue Millier. Quand la cloche sonna le rassemblement, on aurait pu entendre une mouche voler. La sœur directrice appelait les élèves de sixième année pour qu'ils rejoignent leur nouveau professeur dans leur lignée respective. Francine avait été assignée à la classe de sœur Métivier.

— Oh, mon Dieu !

— Seigneur, Rose, as-tu vu un fantôme ? demanda Guylaine.

— As-tu vu les deux maîtresses de deuxième année en arrière de monsieur Dumas ?

— Oui…Y a une fille puis une madame.

— Tu la reconnais pas, la fille ? C'est Michèle, la blonde de mononcle Richard !

Devant la favorite toute vêtue de bleue, sœur Jolicœur nommait les chanceuses qui auraient la chance de rejoindre le rang de cette jeune et jolie demoiselle Gaillard.

Diane Théberge, Françoise Charron, Irène Gendron, Guylaine Deschamps, Myriam Gauvin... Rose avait les yeux remplis de larmes. Elle voyait bien que le rang s'achevait et malgré elle, elle appréhendait d'intégrer le rang de la classe de madame Laurier.

— Et la dernière élève, Rose Delormes.

Du côté des garçons, à l'école Saint-Viateur, le déroulement allait bon train. Il y avait trois professeurs de troisième année et Martin ainsi que son cousin Michel avaient été désignés pour la classe de monsieur Bouchard, le gros monsieur imposant au crâne dégarni.

— M'man !

— Allo, Rose, puis ?

— Madame Delormes !

— Allo, Guylaine, vous êtes donc bien essoufflées toutes les deux !

— Moi puis Guylaine, on est dans la même classe !

— Câline que je suis contente pour vous, les filles !

— C'est pas fini m'man, sais-tu c'est qui, notre maîtresse ?

— Bien non, ma petite chouette... C'est qui ?

— C'est madame Gaillard... je veux dire Michèle !

— Michèle...

— Michèle à Richard, m'man !

— Es-tu sérieuse, toi ? Ah bien ! Elle s'est trouvé une *job* à Maria-Goretti !

— Je suis assez contente, m'man, tu peux pas savoir comment !

— Pas si fort, tu vas réveiller Josée ! Hi hi !

Francine entra dans la maison avec la «baboune». Elle descendit immédiatement à sa chambre.

— Sainte bénite, qu'est-ce qu'elle a, la Francine, à taper du pied comme ça ?

— Je pense qu'elle aime pas sa maîtresse parce que c'est une sœur, madame Delormes.

Martin, lui, traînait au coin de la rue Monseigneur-Nadeau en compagnie de Luc et Jacques.

***

Cinq heures et cinq.

— Maudit qu'y en a qui chauffent mal !

— Pourquoi tu dis ça, Roger ?

— J'étais sur le pont Turcotte puis y a un maudit fou en avant de moi qui a braké d'un coup sec. Je suis arrivé à deux pouces de lui rentrer dans le derrière, bonyeu !

— C'est dangereux d'arrêter sur un pont, répliqua Angèle.

— Je le sais pas s'il le savait, mais il l'a su assez vite, tu peux me croire ! J'ai débarqué de mon char puis je lui ai dit ma façon de penser, à cet épais-là ! Sais-tu pourquoi il avait arrêté sec de même, ma femme ?

— Pourquoi ?

— Ce maudit insignifiant-là, y avait échappé sa cigarette sur lui, y était en train de passer au feu, ce beau niaiseux-là !

— Pourquoi tu ris, Angèle ?

— Pour rien, Roger, oh, hi hi ! Prends donc une bonne bière, ça va te calmer.

— Qu'est-ce qu'on mange, madame Delormes ? demanda Guylaine.

— Une bonne soupe aux pois avec du pâté au poulet, ma fille.

— Hum… j'ai faim!

Après un bon souper bien animé, Roger entrelaçait ses doigts dans les boucles de Josée en la berçant tendrement pendant qu'Angèle nettoyait la vaisselle avec Francine qui bougonnait toujours. Nannie était renversée en dessous de la grande table familiale, les quatre pattes pointant vers le ciel.

— D'après toi, Angèle, Nannie est-tu bien à veille d'avoir ses chats? C'est épouvantable comment qu'elle est grosse. A marche plus, a roule!

— D'après moi, dans quelques jours d'ici, ça devrait se faire, mon Roger.

À six heures et demie, les enfants étaient assis à la table de cuisine avec leurs sacs d'école en cuir brun et ils lisaient la liste des livres qu'ils devaient chercher à la procure de l'école dès le lendemain matin.

— Sainte bénite, que ça coûte cher! Une chance qu'on en a pas dix! commenta la mère de famille.

***

— Allo, ma femme.

— T'es en retard, mon Roger. Je commençais à me faire du mauvais sang, moi!

— Pauvre petite noire… Ça prend plus de temps depuis que la Tioxide est ouverte. Y a plus de trafic!

— Bien oui, en parlant de la Tioxide, Yolande a appelé. Gaétan est tanné de sa *job* à l'École de police sur la rue Poupart à Montréal.

— Qu'est-ce qu'y veut faire ?

— Imagine-toi donc qu'y veulent s'en revenir à Sorel ! Moi, je serais bien contente. Yolande serait plus proche de nous autres !

— Y va faire quoi à Sorel, Gaétan ?

— Y avait pensé à la Tioxide vu que c'est une nouvelle usine, et aussi que tu pourrais regarder si y aurait pas un poste de libre à la Québec Iron.

— Je voudrais bien, mais qu'est-ce qu'y connaît au minerai, lui ?

— Bien voyons, Roger, y veut pas changer de *job*, y veut rester concierge !

— Ah OK ! Y veulent déménager quand ?

— Y va commencer par venir appliquer dans le coin. Y a pris une semaine de vacances.

— Où est-ce qu'y vont rester pendant une semaine ? Moi, j'aimerais bien les garder, mais y a pas de place dans ma maison.

— Bien non, mon mari. Y vont passer la semaine chez ma mère. Elle les attendait après-midi. Y vont venir faire un tour à soir.

— M'man ! m'man !

— Sainte bénite, on dirait qu'elle est en train de mourir, elle ! Quoi, Rose ?

— Viens voir en bas, m'man !

— Mon Dieu Seigneur, bien, j'en reviens pas !

Nannie avait mis au monde ses petits bébés dans le tiroir de bureau de Rose. Les cinq petits minous étaient bien blottis dans la chaleur des chandails d'hiver : trois beaux petits chatons blanc et beige, et deux de la même carnation que la mère.

Rose et Guylaine étaient bien heureuses de revoir leur cousine Christiane. Aussitôt arrivée, Yolande s'était immédiatement dirigée vers la chambre de Josée, et Gaétan et Roger étaient en grands pourparlers sur la galerie d'à côté.

— Viens me montrer ça, cette belle fille-là, Angèle !

— Tu vas voir qu'elle est pas mal grosse, la Josée. Elle est forte, elle se tient déjà la tête toute seule, une vraie Delormes !

Une grande discussion s'engagea chez les plus jeunes.

— Ça te dérangera pas de changer d'école, Christiane ?

— Pas vraiment. Des amies, on peut en avoir partout, Francine, surtout moi.

— Oui, mais des vraies, y en mouille pas à tous les coins de rue quand même !

— J'ai pas de misère à me faire des amies, moi, tu vas voir, ma petite Francine. Regarde-moi bien aller.

Pourquoi avait-elle dit à Francine « ma petite » ? Elles n'ont que deux ans qui les séparent, ce n'est quand même pas si énorme.

— Toi, c'est quoi, ton nom ?

— Je m'appelle Guylaine Deschamps.

— Puis je gage que t'es l'amie de Rose ?

— Je suis pas son amie, je suis sa sœur !

— Pourquoi tu dis ça ? T'es une Deschamps, t'es pas une Delormes !

— Mon père puis ma mère se reposent, ça fait que je reste ici.

— Pour combien de temps qu'ils se reposent ?

— Pour tout le temps !

— Bien là, je comprends plus rien pantoute, moi. Va falloir que quelqu'un m'explique ! Rose ?

— C'est vrai, Guylaine, c'est notre sœur, Christiane.

Christiane se mit à se moquer de Guylaine.

— Quand ton père puis ta mère vont filer mieux, tu vas retourner avec eux autres, non ?

— Je peux pas ! Ils sont avec les anges !

— Ah, OK ! Y sont morts !

— Non ! Y se reposent, je t'ai dit ! T'es sourde ou quoi ?

Guylaine pleurait à chaudes larmes.

— T'es donc bien méchante, Christiane Lavallée !

— Écoute-moi bien, Rose, cette fille-là, c'est pas ta sœur. Elle est adoptée, c'est tout !

— Pense-le comme tu veux, c'est notre sœur.

— Bon bien, moi, je vais aller voir Martin en haut. Y est plus de mon âge, lui.

— C'est une vraie chipie, elle !

— Retiens-toi, Francine, ça donne rien de s'énerver pour une pimbêche de même !

— Viens, Guylaine, on va aller dans les balançoires.

Les Lavallée partirent à neuf heures en informant les Delormes qu'ils repasseraient leur rendre visite dans le courant de la semaine. En ce qui concernait les enfants, ils préféreraient que ceux-ci demeurent chez leur grand-mère toute la semaine.

✳✳✳

Un splendide samedi de septembre tout ensoleillé. Angèle terminait de mêler la crème de blé et Roger parcourait son *Montréal-Matin* en sirotant son café à l'extrémité de la grande table coloniale.

— Pour un huit septembre, c'est encore bien chaud, hein, mon mari ?

— Bien oui, y fait assez beau aujourd'hui que ce serait un péché de rester dans la maison toute la journée.

Oups, les enfants considérèrent leur père d'un drôle d'air. Quand le « paternel » proférait qu'il faisait trop beau pour demeurer dans la maison, c'était pour leur annoncer une agréable sortie en famille.

— On peut aller prendre une marche puis se rendre jusque chez m'man. On verrait Yolande puis Gaétan en même temps.

— Non! Ça me tente pas, moi, m'man!

— Voyons, Martin, d'habitude t'es content d'aller voir ta grand-mère!

— C'est pas grand-mère, m'man, c'est Christiane que je veux pas voir!

— Comment ça?

— Elle me court après, la fatigante!

— T'es un beau bonhomme, mon Martin, y faut que tu t'attendes à ça!

— Oui, mais pas elle, torpinouche! Elle est même pas belle, elle a les cheveux jaune orange comme une carotte puis elle a plein de taches de rousseur dans face!

— OK, d'abord, reprit le père de famille, voulez-vous aller aux pommes à Saint-Hilaire?

— Oui!!!

Bon, ça sentait les tartes aux pommes, cette sortie-là. Roger raffolait de toutes les recettes concoctées avec ces fruits délicieux.

Ils quittèrent la maison à neuf heures, et à dix heures trente, ils étaient tous parvenus au pied du mont Saint-Hilaire. Angèle installa le carrosse de Josée en dessous d'un tremble pour que la petite soit à l'abri du chaleureux soleil d'automne. Et des pommes, ils en engloutirent presque autant qu'ils en cueillirent. Ils n'eurent même pas le temps de penser à l'heure du repas du midi. En après-midi, ils allèrent se balader dans la montagne, mais sans se rendre au sommet, car la température avait augmenté considérablement. Sur le chemin du retour, ils firent un arrêt pour casser la croûte au village de Saint-Ours dans une petite cantine aux abords de la route étroite et cabossée. Roger commanda six hamburgers et un gros sac de frites à soixante-quinze sous. C'était tellement délicieux, de bonnes frites graisseuses accompagnées de vinaigre et de sel après qu'on a bien secoué le gros sac brun.

— Ah bien, regarde donc qui est là !

— Salut, mon beau-frère.

— Salut, Richard, qu'est-ce que vous faites dans les parages ?

— Michèle reste à Saint-Ours, Roger… Hou, hou, la lune !

— C'est bien trop vrai. Maudit que c'est pas drôle avoir une mémoire de maringouin de même !

— Tiens, si c'est pas mes élèves qui sont là !

— Bonjour, madame Gaillard.

— Voyons, les filles, on n'est pas à l'école !

— Bien, comment voulez-vous qu'on vous appelle, d'abord ? s'enquit Rosie.

— Que diriez-vous si je vous demandais de m'appeler matante Michèle ?

— Ah ben ! maudit de maudit ! Vous allez vous marier ?

— T'as tout deviné, Roger. On arrive de chez les parents à Michèle, on est allés leur… c'est-à-dire que je suis allé demander la main de ma douce à son père.

— Félicitations à vous deux. Câline que je suis contente ; on va aller aux noces !

— Merci bien, ma sœur.

Angèle étreignit Michèle en lui confiant avec une grande sincérité qu'elle était très heureuse que celle-ci fasse son entrée dans la famille des Delormes et des Bilodeau, pendant que Roger alla commander deux bières pour fêter cette grande dépêche.

— Hey, les enfants, est-ce qu'on prend la traverse ?

— Hein ? T'es pas un peu perdu, pa ? La traverse est à Sorel puis on est à Saint-Ours, là !

— Ho ho ! Bien non, Martin, c'est une petite traverse pour se rendre l'autre bord dans le village de Saint-Roch.

— On va prendre la traverse ?

— Oui, ma Rosie, mais restez pas surpris, il est pas mal plus petit que le traversier de Sorel ! C'est pour ça que ça coûte juste vingt-cinq cents pour traverser. Vous allez voir que c'est pas long, traverser la rivière Richelieu ! Puis les propriétaires du traversier restent juste l'autre côté. Regardez la grosse maison blanche là-bas à votre gauche, eh bien, c'est là ! C'est du bien bon monde. Y nous disent toujours bonjour quand on débarque de la traverse.

— Mais là, on passe où après pour s'en aller chez nous, monsieur Delormes ?

— On revient par Saint-Roch, on passe à Tracy puis on prend le pont Turcotte !

— Wow ! On va se promener en machine longtemps !

— « Vogue, vogue, tout le long de la rivière, vogue, vogue, mon joli petit bateau… »

— Ça jase plus bien bien fort en arrière, ma femme ?

— Y se sont tous endormis ! On a passé une bien belle journée, mon mari. Même la Josée est contente, regarde-la, elle nous fait un petit sourire en coin. Je me demande bien ce qui peut leur passer dans la tête à cet âge-là. On dirait qu'elle rêve aux anges…

***

Dimanche, Roger coupa le gazon, tailla la haie et il entreprit la construction de la nouvelle clôture de bois pour qu'elle soit finalisée au printemps prochain. Ce ne sera pas long que Josée va clopiner et qu'elle va avoir son petit nez fourré partout. Grâce à l'arrière de la maison clôturée, Angèle ne sera pas inquiète que sa petite puce se retrouve sur la grande artère de la rue Royale.

— Pa !

— Oui, Martin.

— Je peux-tu laver ton char ?

— Mon Dieu, mon Martin, comment ça va me coûter, ça, après-midi ?

— Rien pantoute ! J'aime ça, laver le char !

— Lâche-toi lousse, mon gars. Je vais te l'avancer dans le fond de la cour.

— Hé, mon mari ! On fait-tu du charcoal pour souper ? J'ai de la saucisse puis des pains hot dog.

— Y faudrait aller chercher une poche de charbon, je pense qu'y en reste plus !

— Y en a pas une dans l'entrée de cave, en bas des marches ?

— Attends, je vais aller voir… T'avais bien raison, y en avait un gros sac. Eh ! moi puis ma défaillance de mémoire.

Un beau souper autour de la table de pique-nique en dessous d'un soleil insistant. Après avoir tout ramassé, Angèle fit rentrer les deux plus jeunes pour patauger dans la baignoire. Le dimanche soir, c'était le rituel grand bain pour toute la famille. Par la suite, les enfants ne se firent pas prier pour aller au lit. Ils tombèrent dans les bras de Morphée sans compter le moindre petit mouton blanc.

— Levez-vous, les filles en bas, il est sept heures !
— Martin, lève-toi puis rendors-toi pas, OK ?
— Lâche-moi pas un cri, ma femme, je suis debout.
— Sainte bénite, que tu m'as fait peur ! Fais-moi plus des affaires de même, des plans pour me faire faire une crise de cœur !

Les enfants partis pour l'école, Angèle installa Josée dans son petit banc rose pour la descendre au sous-sol avec elle. Le lundi, c'était la plus grosse journée de besogne de la semaine. Elle mit une brassée de serviettes dans la vieille Bertha et alla enlever les draps dans le lit des filles.

— Bien, voyons ! C'est quoi, cette bébite-là ?

Après avoir inspecté le lit de fond en comble, elle trouva deux autres de ces bestioles en dessous des draps et trois autres bien camouflées dans le repli d'une taie d'oreiller. Elle s'empara d'un couvercle qui traînait sur l'établi de Roger et avec la petite dans les bras, elle se dirigea chez madame Frappier qui demeurait dans la maison voisine.

— Pauvre madame Delormes, vous avez des punaises, joual vert !
— Ah bien, maudite marde ! Vous êtes pas sérieuse, vous, là ? Ben là, je suis découragée ben raide !
— Braillez pas comme ça, pauvre vous.
— Par quel bout que je vais commencer, moi ?
— Vous avez pas le choix, vous allez être obligée de tout désinfecter votre maison au grand complet, madame Delormes.

Quand les enfants rentrèrent de l'école, la maison semblait bien silencieuse et il y régnait une odeur poignante qui attaquait les narines.

— Ouach, ça sent donc bien mauvais ici dans !

— Ça sent le désinfectant, les enfants !

— Ah bon, tu désinfectes quoi, m'man, en bas ?

— Les punaises, mon Martin… les punaises !

— Eurk… Ça pue donc bien ici, tu trouves pas, Guylaine ?

— Oui, je trouve que ça sent le pipi.

— C'est l'ammoniaque qui sent ça, les filles !

Quand Roger rentra de son travail, Angèle pleurait. Elle était épuisée et bien découragée. Elle avait récuré la chambre de Rose et Guylaine et elle s'apprêtait à amorcer le grand ménage dans celle de Francine. Après, il faudrait probablement désinfecter le côté de l'établi et le haut de la maison dans sa totalité.

— Veux-tu bien me dire où c'est qu'on a bien pu pogner ça, ces punaises-là, bonyeu ?

— J'aimerais bien le savoir, Roger. J'en ai trouvé juste dans le lit des filles en bas.

— Attends donc un peu, toi… Le lit, y était dans la *shop* à fleurs chez ta mère…

— Es-tu en train de me dire qu'on aurait apporté le lit avec les punaises dedans, Roger ?

— Viens en bas, on va aller voir ça. On va en avoir le cœur net.

C'était bien vrai : sous le sommier, elles étaient toutes là, les petites maudites bestioles. Angèle et Roger enfilèrent des gants Playtex et dix minutes après, le lit était déposé dans la cour arrière en attendant la randonnée des éboueurs.

Chapitre 6

Le mois des morts

En ce matin frisquet du trente et un octobre, les cheminées fumaient abondamment et les enfants étaient vêtus comme si l'hiver venait de s'installer pour rester. Ils s'en trouvaient bien démoralisés. Pour la fête de l'Halloween, ce ne serait pas évident pour eux de revêtir un déguisement par-dessus plusieurs épaisseurs de vêtements. On espérait que ce froid cinglant s'adoucisse et que la légère couche de neige tombée de la nuit précédente s'éclipse avec les quelques rayons de soleil que le bulletin météorologique prévoyait durant la journée.

— Maudit qu'y faut faire attention ! Y a des enfants qui courent partout dans les rues !

— Maudit que t'es beau avec tes nouvelles lunettes, mon mari !

— T'es bien fine, ma femme, mais c'est pas drôle de porter des lunettes quand y fait frette de même, elles sont tout embuées, maudit !

Les enfants avaient fait leurs devoirs et leurs leçons en rentrant de l'école et ils avaient soupé à quatre heures et demie. Même avec le froid qui ne s'était pas incliné d'un seul degré, ils étaient quand même partis déambuler dans les rues emmitouflés comme des momies et emportant leurs grands sacs à poignées sur lesquels ils avaient dessiné des citrouilles et des fantômes au cours de l'après-midi à l'école.

— C'est bien tranquille ici !

— C'était pas comme ça y a dix minutes, câline ! Y en avait dix devant la porte qui quêtaient des bonbons ! J'espère que j'en manquerai pas. T'aurais dû voir Martin partir, toi ! Y avait mis ma jaquette de flanellette rouge avec des bonhommes de neige, puis dans le garde-robe en bas, y a trouvé mon chapeau brun. Tu t'en souviens, de ce chapeau-là, Roger ?

— Non.

— Bien oui, c'est le chapeau que j'avais mis pour notre voyage de noces à Joliette ! Je l'avais mis avec mon ensemble drabe.

— Ah oui ! Ton costume, y avait du marabout après le collet ! C'était une belle ensemble, ma femme… Ça se peut-tu, ça fait déjà treize ans ! Le 10 décembre 1949… Y tombait une petite neige sur le perron de l'église Saint-Maxime. On avait eu une bien belle noce, aussi. Eh ! que t'étais belle, une vraie princesse !

Le couple avait demeuré sur la rue George avant de s'installer dans la maison sur la rue Royale que Roger avait construite de ses mains en 1955, l'année où Rose était venue au monde.

— M'man ! Regarde, mon sac est presque plein !

— Bien oui, t'en as ramassé pas mal, ma Rosie ! Puis toi, Guylaine ?

— J'en ai pas mal gros, moi aussi, madame Delormes. Regardez, de la tire Sainte-Catherine... hum... c'est bon en titi, ça !

— Salut, Martin, peux-tu éteindre la citrouille sur le perron, ça va éviter à ta mère de sortir dehors.

— Tu veux pas attendre un peu, pa ? Tout d'un coup qu'y en passerait encore, des Halloweens !

— Non, Martin, y est déjà sept heures et demie. Ça doit être pas mal fini. Puis en plus, y nous reste juste une dizaine de clennedaks puis des *peanuts* en écale. Allez vous débar-bouiller puis allez vous coucher après. Demain, c'est jeudi, vous avez de l'école puis vous allez avoir de la misère à vous lever si vous flânez trop longtemps... Bon bien, moi, je m'en vais écouter un peu la télévision avant d'aller me coucher. Viens-tu, Roger ? Nannie, ôte-toi donc dedans mes pattes, une bonne fois je vais t'écraser, sainte bénite !

— Ça fait presque déjà deux semaines qu'on a donné ses chats puis on dirait qu'elle les cherche encore ! Tiens, le nouveau groupe de chanteurs britannique qui fait tomber les écervelées dans les pommes !

— Ah ! C'est les Beatles, je comprends, y sont assez beaux ! Surtout Paul, c'est le plus beau des quatre. J'ai entendu leur nouvelle chanson à CJSO aujourd'hui, voyons... ah oui ! *Love Me Do...* C'est en train de faire le tour du monde, cette chanson-là, puis ils l'ont sortie juste au début d'octobre ! On n'a pas fini de l'entendre jouer !

— Bien, ça va faire changement un peu. Ça fait depuis le mois d'août qu'y nous cassent les oreilles avec le suicide de Marilyn Monroe. Quand y tombent sur un sujet aux nouvelles, y lâchent pas, eux autres !

***

— Habillez-vous comme y faut à matin, il fait juste cinq au-dessus de zéro ! Puis toi, Martin, que je te voie pas flâner en t'en allant ! Je voudrais pas que monsieur Bouchard m'appelle encore pour me dire que t'étais encore en retard à matin, parce que là, ça passerait pas, m'as-tu compris ?

— Bien oui, m'man... Y panique pour rien, monsieur Bouchard. Ça doit être pour ça qu'y a pas un poil sur le caillou, il est toujours sur les nerfs.

— Martin Delormes ! Sois poli, mon polisson !

— Puis, ma femme, as-tu eu des nouvelles de Gaétan ? Y aimes-tu toujours sa nouvelle *job* ?

— Ça a l'air de bien aller, puis en plus, à Saurel Shirt, y a quasiment juste des femmes qui travaillent là ! Pauvre Yolande, elle voit rien de ça, elle, elle en voit pas clair, de son Gaétan !

— Voyons, ma femme, tu sais bien que Gaétan est bien à sa place !

— J'aime pas bien bien la façon qu'il agit avec les femmes, moi... Au jour de l'An chez ma mère, y a dévisagé Michèle toute la veillée, puis Yolande, elle, elle était toute seule dans son petit coin comme une nounoune.

— Tu sais bien que c'est parce qu'il avait une couple de brandys dans le nez ! D'habitude, y s'tient mieux que ça devant le monde. Bon bien, moi, si je pars pas, j'arriverai jamais à Québec Iron à l'heure. Qu'est-ce t'en penses, ma femme ?

— Voyons, Roger ! T'as donc bien les mains longues à matin !

— Oups... Bonne journée, ma femme... Oublie pas de téléphoner chez Gendron pour l'huile à chauffage, sinon on va se geler le cul toute la nuit !

— Crains pas, j'oublierai pas… Bonne journée, mon vieux !

***

Samedi vingt-quatre novembre.

Dans la maison, ça s'obstine, et ça s'obstine pas à peu près.

— Bien, ça a pas l'air que je vais manquer ma *Soirée canadienne* pour votre programme du frais chié à Pierre Lalonde !

— Pa, dis oui, on l'a écouté juste une fois, maudit !

— Martin ! Si tu dis encore « maudit » juste une autre fois, c'est dans ta chambre jusqu'à demain matin !

— Regarde, Roger, on pourrait-tu arranger de quoi pour que tout le monde soit content ? suggéra Angèle.

— Quoi ?

— Bon, *Jeunesse d'aujourd'hui*, ça joue au canal dix de six heures et demie à sept heures et demie.

— Oui, puis ?

— Laisse-moi donc parler, mon mari… La *Soirée canadienne*, elle, elle joue au canal sept de sept heures à huit heures… Les enfants pourraient écouter *Jeunesse d'aujourd'hui* jusqu'à sept heures et quart. Y manqueraient juste un quart d'heure, puis ce serait pareil pour toi aussi, tu manquerais juste un quart d'heure de ta *Soirée canadienne*.

— Dis oui, pa !

— Bien voyons, Guylaine, comment tu m'as appelé ?

Guylaine était écarlate, craignant que Roger la réprimande. Depuis le temps qu'elle demeurait sous le toit des Delormes, elle s'était indolemment incrustée au sein de cette belle famille qui la rendait si heureuse.

— J'ai dit « pa ».

— Là, ma fille, tu me fais plaisir, tu peux pas savoir comment !

— Ah oui ?

— Viens ici, j'ai envie de te prendre dans mes bras, ma fille.

À six heures et demie, les enfants écoutèrent *Jeunesse d'aujourd'hui* jusqu'à sept heures et demie. Martin, lui, il avait larmoyé pour rien, car il était allé écouter ses Canadiens sur son transistor dans sa chambre.

— Les fêtes s'en viennent vite, ma femme, hein ?

— Bien oui, va falloir commencer à penser aux cadeaux de Noël ! Je sais déjà quels cadeaux on va acheter aux enfants.

— Comment ça ? Y t'ont déjà fait leur liste dans le catalogue de Simpsons ?

— Non, pas vraiment. Martin, c'est bien facile, ses patins sont finis et ils sont trop petits. Y a l'air d'un petit misérable quand il patine avec !

— Une affaire de réglée, ma femme.

— Pour Rose et Guylaine, on pourrait leur donner une nouvelle traîne sauvage à quatre places pour qu'elles puissent glisser ensemble dans le champ ?

— Une autre affaire de réglée... Une chance que t'es là, ma belle noire, sans ça je serais bien mal pris, moi ! Toi, qu'est-ce que t'as demandé au père Noël cette année ?

— J'ai pas besoin de rien, Roger, j'ai tout ce qu'y me faut... Oups, notre Josée dort pas mal moins depuis un bout. À trois mois, elle commence déjà à crier après nous autres pour qu'on aille la chercher dans sa couchette, une vraie Delormes ! Tiens, va voir papa un peu, maman va aller faire son lunch pour demain matin...Veux-tu des sandwichs au Kam ?

— Ce serait bon. Ça fait longtemps que j'en ai pas mangé. Mets-moi donc une coupe de bonnes chips Dulac avec ça si tu veux.

— Je vais répondre, Roger ! Allo !

— Salut, Angèle, c'est Gaétan.

— Salut, Gaétan, comment ça va, toi ?

— Ça va, ça va…

— Comment vous aimez ça, votre nouvelle maison sur la rue Barabé ?

— On aime ça, mais je trouve ça loin un peu pour ma *job*.

— Bien voyons, Gaétan, le Pot au Beurre, c'est pas à l'autre bout du monde, quand même ! Gilbert est sur la même rue que toi puis y se plaint pas, lui, quand y va travailler à Québec Iron ! En plus, c'est encore plus loin que Saurel Shirt !

— Si lui, y trouve pas ça loin, tant mieux pour lui ! Ton mari est-tu là ?

— Oui, oui, je te le passe… Il est donc bien à pic, lui, on dirait qu'y a mangé de la vache enragée !

— Allo.

— Salut, Roger, comment ça va, toi ?

— Ça peut aller… ça peut aller…

— Pourrais-tu me voyager à Saurel Shirt lundi matin pour une coupe de jours ? Mon char est au garage Pinard, calvince !

— Je veux bien, mais t'es au Pot au Beurre, mon vieux, as-tu demandé à Gilbert avant ? Y est bien plus proche que moi !

— Parle-moi-z'en pas. Pour une coupe de semaines, y travaille de quatre à minuit ! Je partirais un peu plus de bonne heure de chez nous pour m'en aller chez vous à pied le matin.

— T'as bien beau, mon Gaétan. Mais je t'avertis, je pars à huit heures moins vingt. Si t'es pas arrivé à moins vingt, bien moi, je pars à *job* !

— C'est bien beau, Roger. Je vais être chez vous à huit heures moins vingt. Salut ben et merci !

— Bien coudon, j'ai donc bien fumé cette semaine, moi ! Y me reste juste un paquet de Mark Ten dans mon *cartoon*.

— Ah ! En parlant de cigarettes, va falloir que tu comptes tes coupons, on doit bien en avoir assez de ramassés pour faire venir un cadeau dans le catalogue ! C'est quoi tu fais, Roger ?

— J'ai mis un petit peu de miel sur la suce de la petite… Regarde-la téter, elle aime ça, hein ?

— Bien oui, c'est-tu toi qui vas se lever à trois heures du matin pour mettre du miel sur sa suce après ? Sacré Roger, je t'aime bien pareil ! Bon, on était en train d'oublier *Les belles histoires* !

— Cré Donalda, une sainte femme ! Elle fait pitié dans le fond. Elle avait ramassé ce pauvre argent-là pour s'acheter des souliers neufs pour remplacer ses vieux souliers de bœuf !

***

Durant la nuit, une petite neige folle s'était manifestée pour s'enrouler aux troncs des arbres et blanchir les toitures engourdies. Les ténèbres étaient moins morbides lorsque la neige faisait une petite sortie nocturne.

— Maudites bottes, que je les haïs !

— Voyons, Francine, calme-toi à matin. T'es donc bien à pic !

— M'man, t'en mettrais-tu, des bottes, par-dessus tes souliers, toi ? On a l'air des vraies habitantes avec ça ! Christiane, elle, elle a des bottes avec un zip puis de la fourrure après. Elles coûtent juste huit piastres, en plus !

— Eille, Francine Delormes, c'est-tu toi qui payes ? Votre cousine est toute seule d'enfant chez eux, vous autres, vous êtes cinq, vinyenne ! Votre père, l'argent, y l'imprime pas à mesure, tu sauras !

— Bon bien, moi, je m'en vais travailler… Bonne journée, tout le monde !

En avant-midi, dans la maison bien silencieuse, Angèle s'installa bien confortablement dans la berceuse de son mari pour siroter son café et parcourir le *Sorelois*. À l'extérieur, le temps était clément et après sa lecture, Angèle en profiterait pour sortir le traîneau de Josée pour se rendre au marché Richelieu.

On frappa trois petits coups à la porte d'entrée.

— Tiens, de la belle visite à matin. Comment ça va, m'man ?

— Ça va, ma fille… Tu t'en allais ?

— Y faut que j'aille au marché Richelieu. J'allais faire le marché de viande chez Thérèse, mais ça peut attendre un peu, non ? Qu'est-ce qui t'amène comme ça, ma mère, t'es-tu perdue en route ? Hi hi…

— Regarde, vas-y en ville, je vais garder Josée. Je vais aller lui faire faire le tour du bloc en traîneau puis après je vais venir me faire un Nescafé… Puis, profites-en donc. Prends ton après-midi.

— C'est bien tentant, ça, sortir toute seule, pas d'enfants. Je vais en profiter, certain ! Merci, m'man.

Angèle quitta la maison toute souriante pour se diriger vers le centre-ville, qui se situait à peine à vingt minutes de chez elle. En passant devant la boulangerie Jacob sur la rue Phipps, sans s'en rendre compte, elle ralentit le pas. Il y avait un arôme de pain frais et de cannelle qui se répandait jusque sur le seuil de la petite maison centenaire. Angèle y acheta une grosse brioche aux raisins et à la cannelle ainsi qu'un pain de sésame. En se dirigeant vers le théâtre Rio sur la rue Hôtel-Dieu, elle s'immobilisa pour flâner et «zieuter» les affiches des films qui seraient présentés durant la fin de semaine, comme *Pourquoi dois-je mourir*, un beau film d'amour avec la séduisante Terry Moore. Quand elle parvint au parc du carré Royal, elle ne put résister à l'envie de s'asseoir sur un grand banc de bois écaillé ici et là faisant face à l'hôpital Richelieu. La douceur du temps lui réchauffait le cœur et le soleil s'était chargé de lui envoyer quelques rayons dorés, juste assez pour ne plus avoir envie de laisser s'envoler ce petit moment si précieux.

— Bonjour, madame Delormes.

— Tiens, bonjour, docteur Fiset! Vous allez bien?

— Ça pourrait aller mieux. Je suis un peu fatigué, mais, vous savez, à mon âge, on peut pas être toujours en forme comme à vingt ans, madame!

— C'est sûr, docteur. En plus de votre hôpital, vous êtes le maire de notre ville. Ça vous donne pas mal d'ouvrage, vous avez pas bien le temps de vous reposer.

— Ça, pour me reposer, je me reposerai bien quand le temps sera venu. Et croyez-moi, quand va être venu ce temps, je vais me reposer pour l'éternité… Là, la vie est bien trop belle, il faut que j'en profite, comme vous faites aujourd'hui, vous aussi! Vous avez l'air bien, madame Delormes.

— Oui, c'est vrai. Aujourd'hui, je m'aperçois que des fois, je devrais prendre un peu plus de temps pour moi, même que je me sentirais même pas coupable envers mon mari puis mes enfants.

— Pourquoi vous vous sentiriez coupable à vous faire du bien ? Savez-vous que c'est le plus beau cadeau que vous pouvez pas vous faire, à vous et à votre famille ?

— Merci, docteur Fiset. C'est vraiment agréable et réconfortant de jaser avec vous.

— Je peux être un ami, madame Delormes, pas juste un docteur !

À une heure et demie, à grand regret, Angèle quitta son petit refuge pour se diriger vers le Marché Richelieu où Thérèse, la cousine de son mari, la recevait toujours à bras ouverts. Thérèse représentait la bonté même et en plus, elle préparait la meilleure tête fromagée du monde. Quelquefois, Angèle faisait un arrêt au comptoir de beignes de monsieur Caouette pour se procurer une douzaine de ces délicieux desserts recouverts de miel. Quand son Roger les savourait, il leur rajoutait assidûment une garniture onctueuse de miel pur de la ferme Labonté, où il s'approvisionnait tous les ans.

— M'man, tu peux pas savoir comment j'ai aimé partir faire mes commissions toute seule en ville !

— Justement, je voulais t'en parler. Pourquoi tu prendrais pas un après-midi par semaine ? Tu travailles assez ici dans, je suis prête à venir garder ta fille si tu veux !

— Tu peux pas savoir comment j'apprécie ton offre, m'man !

— Par exemple, faudrait que tu changes ta journée. Aujourd'hui, je suis en congé, mais d'habitude, le vendredi je travaille. Faudrait que tu changes ça pour le jeudi si ça t'adonne.

— La journée que tu voudras, m'man ! J'irai faire mon épicerie chez Letendre le vendredi soir avec Roger à la place.

Quand Roger est rentré de son travail, Angèle était en train d'attendrir le steak Boston munie d'une bouteille de Coke. Elle ne l'avait pas entendu claquer la porte de l'entrée et les enfants faisaient la ronde bien accroupis sur le parquet du salon en jouant au paquet voleur.

— Eh, mon Dieu que tu m'as fait faire un saut, toi ! Ouf, t'es entré comme un voleur, mon mari !

— Ah bien ! Excuse-moi, ma belle noire, je voulais pas te faire peur, mais tu menais tellement de train avec ta bouteille de Coke que même si j'aurais crié, t'aurais rien entendu ! C'était glissant en maudit dehors en bas du pont, c'était comme une patinoire ! Tiens, ma femme, je vais mettre ma boîte à lunch sur le bout de la table et je vais aller donner un petit coup de pelle sur les marches du perron avant de souper parce que d'après moi, ça va geler encore cette nuit. Y annoncent encore plus frette.

— T'as bien beau, mon mari... Guylaine ! Rose ! Lâchez votre jeu de cartes, puis venez mettre la table !

— Oui m'man ! On arrive.

Le souper fut délicieux et très joyeux, mais se gâcha au dessert quand Roger demanda à Martin s'il avait recommencé à fumer à la dérobée.

— Bien non, pa !

— Moi, je pense que oui, fais pas l'hypocrite. J'ai trouvé des tops de cigarettes en dessous des marches de l'entrée de cave. C'est toujours bien pas moi qui les a mis là, hein !

— Bien...

— Compte-moi pas de menteries parce que tu croiras pas ça, Martin Delormes !

— Oui pa, j'en ai fumé une coupe…

— Sais-tu que tu aurais pu mettre le feu, maudite tête croche ?

— Bien oui, pa.

— Où est-ce que t'es as pris, ces cigarettes-là ? Ça coûte quand même cinquante-deux cents, un paquet de cigarettes !

— Bien…

— Aboutis, Martin, j'ai pas toute la veillée, moi !

— Dans ton *cartoon* dans l'armoire.

— Tu veux dire que tu m'as pris un paquet de cigarettes au complet ?

— Oui.

— Regarde bien, mon Martin, là, t'as neuf ans. Tu vas m'arrêter ça tout de suite, ces niaiseries-là ! T'auras pas la permission de fumer avant treize ans ! Quand tu vas avoir atteint cet âge-là, on s'en reparlera. En attendant, tu peux t'assire dessus, OK ?

— Bien oui, pa.

Suite aux recommandations du souper, France téléphona à Francine pour l'inviter à jouer chez elle, sur la rue Limoges. Sa mère lui avait donné son consentement après la promesse de sa fille de réintégrer la maison pour sept heures et demie.

— Pourquoi Martin, quand y sort, y arrive pas avant huit heures, lui ?

— Martin, y a neuf ans puis c'est pas pareil, c'est un gars, lui.

— Ah bon…

— Dépêche-toi de fermer la porte. Josée est dans son petit banc à terre, elle va attraper de la fraîche !

Angèle et Roger se calèrent confortablement dans le divan du salon pour écouter les nouvelles à Radio-Canada pendant que les gazelles sautaient à la marelle dans le sous-sol du côté de l'établi et que Martin se trouvait chez Jacques Daunais pour des explications concernant un devoir de mathématiques. Pfff... Roger savait bien que si Martin était chez les Daunais, c'était bien plus pour fumer cette maudite drogue.

— Oui, oui, j'arrive... Allo !

— Salut, Roger.

— Tiens, salut, Gilbert, comment ça va au Pot au Beurre ?

— Ça va bien. Qu'est-ce tu faisais ?

— J'écoutais la télévision avec Angèle. Qu'est-ce que je peux faire pour toi, mon beau-frère ?

— Bien là, je voulais te parler de Gaétan...

— Bon, juste à entendre ta voix, j'imagine que notre Gaétan a fait encore une de ses niaiseries plates ?

— Bien... mon chum Wildor qui travaille dans mon département à Québec Iron...

— Aboutis, Gilbert ! Je te mangerai pas. On dirait que t'as peur de me parler, bonyeu !

— Sa femme Rachèle travaille avec ma Claudia à Saurel Shirt. Bien, ça aurait l'air que Gaétan lui aurait pogné les fesses dans la salle de *break*.

— T'es pas sérieux ? Bien maudit verrat ! Tu parles d'un niaiseux, toi !

— Qu'est-ce qu'y a, Roger ?

— Attends, ma femme, je vais te conter ça après, pas deux en même temps, veux-tu s'il te plaît ? La Rachèle a peut-être forgé ça, Gilbert ?

— Je pense pas parce qu'il les a pas pognées juste à elle...

— Quoi ! Y'es a pognées à qui ?

— À une petite jeune de vingt et un ans qui travaille là aussi… Puis là, on peut pas dire ça à Yolande, elle va faire une dépression ! A n'en voit pas clair, de son Gaétan ! Puis en plus, Rachèle dit qu'y sent souvent la boisson sur la *job*.

— Bien là, mon Gilbert, je suis bien embêté… On fait quoi, là ?

— On va attendre un peu. Rachèle puis la petite Tremblay, elles vont me le dire s'il recommence.

— Tremblay… C'est quoi, son petit nom ?

— Hum… Bibianne, je pense.

— Je connais pas de Tremblay à Québec Iron… juste… C'est quoi, le nom de son père, Gilbert ?

— C'est la fille de Robert. Y reste sur la rue Barthe pas loin de l'hôpital.

— Hein ! Robert Tremblay ! Y travaille avec moi, maudit. Si ça se parle à *shop*, ça va faire le tour, ça sera pas long ! Là, mon beau-frère, y va falloir agir puis ça presse.

— J'ai aucune idée, moi, en plus qu'y faut pas que ça vienne aux oreilles de Yolande… Ah ! Regarde bien, demain, c'est samedi. Y faudrait trouver un prétexte pour le faire sortir de sa maison. Je pourrais lui demander de venir prendre une marche avec moi, y faut que j'aille porter les lettres que Claudia a écrit pour un concours au poste CJSO.

— C'est ça… Puis en passant devant chez nous, bien, arrêtez prendre un café.

— Oui, c'est en plein ça qu'on va faire, mon Roger, puis quand on va être chez vous, on va lui parler dans le casque, à ce grand innocent-là ! Y va savoir comment on s'appelle !

Quand le père de famille fit part à sa femme de sa conversation avec Gilbert, celle-ci le prit bien mal. Pauvre Yolande ! À partir de ce soir-là, elle sut qu'elle méprisait

Gaétan pour ce qu'il faisait subir à sa sœur. Une personne si douce avec un cœur grand comme la terre ne méritait pas de se faire jouer dans le dos ainsi. Il fallait que ça cesse immédiatement.

***

— Tiens, de la belle visite à matin ! Vous êtes-vous perdus en chemin pour retontir ici à matin, vous deux ?

— Bien non. On est allés prendre une marche jusqu'au poste CJSO puis on a décidé de venir te voir un peu, moi puis Gaétan !

Angèle ne voulait pas assister à cette confrontation, encore moins voir Gaétan avec sa face d'hypocrite devant elle, comme elle l'avait dit à Roger. Elle descendit pour faire du triage dans le linge des enfants. Chaque saison, elle prenait les chandails et les pantalons de sa progéniture devenus trop étroits et elle en remplissait un grand sac pour les léguer aux sept enfants mal attriqués de madame Langevin, la pauvre veuve désorientée.

— Un bon café ?

— Moi, j'en prendrais bien un avec un petit remontant dedans, mon Roger, si tu veux ben… Une petite goutte de brandy, ça ferait pas de tort. C'est pas mal cru dehors aujourd'hui, ça va nous réchauffer le Canayen !

Après trois cafés brandy, la discussion entre les beaux-frères avait doublé d'intensité et Gaétan se versait des doubles rasades de cette liqueur ambrée qui se mélangeait à peine au café presque complètement disparu au fond de sa tasse.

— Puis vous croyez ça, vous autres ? C'est elle qui s'est collée sur moi, elle est comme une chatte en chaleur, cette femme-là! Moi, je suis pas fait en bois, bâtard! J'en ai juste profité pour lui frôler une fesse, c'est tout! J'ai rien fait de mal! J'ai pas couché avec elle, viarge! Puis toi, Gilbert, quand tu prends un coup, y t'arrive jamais d'avoir les mains longues avec d'autres femmes que ta grande Claudia?

— Non, jamais que j'aurais fait une affaire de même. Je respecte trop ma femme pour ça! Puis la petite Tremblay, tu vas me dire que c'est elle qui s'est frottée sur toi aussi?

— Elle, c'est pas pareil… Elle est bien jeune; quand elle me voit, elle tombe en extase devant moi. C'est pas de ma faute si je pogne de même, ciboire! Êtes-vous jaloux, christ?

— Dis-moi pas que tu l'as touchée, elle aussi?

— Mange pas tes bas, Roger! Y s'est pas passé grand-chose avec elle.

— Pas grand-chose comme quoi?

— Au début de septembre, quand elle avait sorti dans cour pour prendre son *break*, j'étais en train d'ôter les mauvaises herbes dans la plate-bande du côté. Elle est venue jaser avec moi puis tout d'un coup, sans m'en rendre compte, elle était déjà collée sur moi, la nymphomane! Tu comprends bien qu'avec une jeunesse de même, je me suis pas reculé! Elle m'a demandé de l'embrasser. Y s'est passé juste ça… puis, c'était bon en hostie, laisse-moi t'dire! Ouin, juste ça qu'y s'est passé…

— C'est bien assez, maudit! À quoi t'as pensé, baptême?

— J'ai rien fait de mal, barnak! Comment qu'y en a des gars à *shop* qui pognent le cul des autres femmes qui veulent bien se laisser faire, je suis pas tout seul de c'te race-là!

— Puis ta Yolande là-dedans, as-tu pensé une minute que tu lui joues dans le dos à tour de bras ?

— Ma femme ? Je suis même plus capable de l'embrasser, hostie, a dit qu'a l'aime pu ça. Imaginez-vous quand on vient pour…

— OK, Gaétan, laisse faire les détails… As-tu pensé dans ta petite tête de sans dessein que si elle, a veut pu que tu l'embrasses, c'est parce que tu pues toujours le fond de tonne à plein nez ?

— Bien là, c'est quand même pas de la marde que j'ai dans bouche ! A devrait s'habituer à ça, ciboire ! Puis à part de ça, si vous me croyez pas pour la Rachèle, ben, demandez-y ! Puis en plus, vous deux, vous aviez tout manigancé ça contre moi à matin ? Je pensais que toi, Roger, t'avais une tête su'es épaules. T'es juste un maudit hypocrite comme Gilbert ! Deux visages à deux faces !

Gaétan partit furieux; « y steamait », comme on dit. Il claqua la porte tellement fort derrière lui que la vitre explosa en mille éclats pour s'étaler en un tapis miroitant sur le parquet de la cuisine.

— Sainte bénite. Continuez à placer vos tiroirs, les enfants, je vais aller voir c'est quoi, ce vacarme-là en haut.

Depuis cette journée oppressante, Gaétan n'adressa plus jamais la parole à la famille. Pauvre Yolande ! Son calvaire ne faisait que commencer.

Chapitre 7

La patinoire

Samedi huit décembre.

La veille, un bon cinq pouces de neige avait joliment chuté pour s'étaler sur le sol rassasié. Roger était à l'extérieur depuis une bonne heure en train de manier la pelle d'aluminium. Mais là, c'était inhabituel : il enlevait la neige poudreuse de la cour au lieu de nettoyer l'entrée et les galeries.

— Ouin, pa est en forme à matin, torpinourche !

— Comment ça, Martin ? demanda sa mère.

— Bien là, là ça va être pareil comme en été. Y aura plus de neige si y arrête pas !

— Ah bon !

Angèle était bien consciente que son Roger se démenait dans la cour arrière pour ériger une patinoire à l'insu de ses enfants. Ce fut quand ceux-ci remarquèrent que leur père arrosait le grand carré uniforme qu'ils purent enfin déceler ses manigances.

— Hourra ! Hey, venez voir ! s'écria Martin.

— M'man !

— Oui, Rose ?

— Où est-ce qu'y sont, mes patins à deux lames ?

— Y sont tous dans le grenier, vos patins. Mais là, vous pourrez pas patiner à matin, peut-être à soir si la glace est bien gelée… On verra.

— T'es bien fin, mon mari. Les enfants sont contents tu peux pas savoir comment ! Y a juste une affaire : ça va amener bien du monde ici, cette patinoire-là ! Les enfants vont avoir plein d'amis qu'y connaissent même pas ! Tous les enfants du bout vont être rendus ici !

— On fera un ménage, ma femme, juste leurs vrais amis. Les nouveaux amis, on les enverra patiner ailleurs. J'ai faite cette patinoire-là pour nos enfants, je l'ai pas faite pour la rue Royale au complet ! Y va falloir que les bottines suivent les babines puis qu'on tienne notre bout, c'est tout !

— Outch ! Maudit que ça fait mal !

— Quoi, Martin ?

— Ben là, pa, mes patins sont bien trop petits, puis en plus, j'ai les pieds gelés !

— Prends ton mal en patience, mon gars, après les fêtes, y vont être en spécial au Canadien Tire, les patins. On va aller voir pour t'en acheter une nouvelle paire. En attendant, mets des bas moins épais puis viens te réchauffer plus souvent dans la maison.

— Facile à dire…

— Pa !

— Oui, ma Rosie.

— Y a un gros trou sur la patinoire. Je me suis enfargée dedans puis j'ai tombé en pleine face ; c'est dangereux en mautadine !

— Pauvre chouette. Retourne dans la cour puis prends-toi de la neige dans le banc de neige à côté puis mets-la dans le trou. Je vais te préparer une chaudière d'eau pour mettre dessus, mais patinez pas là avant que ça gèle.

Les enfants sont rentrés à neuf heures. Par chance, Angèle les avait interpellés, sinon ils auraient passé la nuit à l'extérieur de la maison. Après un bon chocolat chaud orné de guimauves multicolores, ils « tombèrent comme des poches ».

— En tout cas, on a des bons enfants, ma femme. Josée, on l'entend pas, cette enfant-là ! Elle est toujours de bonne humeur puis elle braille jamais pour rien !

— Bien, voyons, qui cogne à cette heure-là y est rendu neuf heures ! Yolande ! Qu'est-ce tu fais là ?

— Je peux-tu passer une couple d'heures ici, Angèle, moi, j'en peux plus cibolaque !

— C'est Gaétan ? Braille pas de même, ma sœur !

— Gaétan a bu tout le reste de la bouteille de Jack Daniels puis il est devenu bien mauvais ! Je l'avais jamais vu de même, Angèle ! Y a envoyé la petite dans sa chambre puis…

— Puis quoi ?

— Y m'a mis de force sur le perron d'en arrière, cet écœurant-là !

— Sainte bénite, c'est pour ça que t'es en pyjama ? Pourquoi qu'y a fait ça ? Y est reviré fou !

— Je l'ai menacé de partir si y arrêtait pas de boire… puis y m'a mis dehors lui-même. J'en peux plus…

— Sainte ! Viens t'assir, je vais te faire une tasse de thé avec du miel. Tu dois être gelée, t'as même pas eu le temps de mettre tes bottes ! Puis toi, ma petite Christiane, je te prépare un chocolat chaud puis tu iras rejoindre tes cousines après.

Roger était en train d'endosser son manteau et s'apprêtait à sortir.

— Où tu vas, Roger ?

— Je m'en vais dire ma façon de penser à ce gros colon-là ! Ça se passera pas de même, y a pas le droit de faire des niaiseries semblables. Tu sais bien qu'y est reviré sur le top !

— Roger Delormes, toi, tu restes ici ! Y faut que Gaétan soit tout seul, le temps qu'y se calme, après on verra, puis j'ai pas le goût de te voir revenir avec les dents toutes pétées, moi !

Angèle fit dormir Christiane avec Francine, et Yolande s'était assoupie sur le divan du salon. Roger décrocha le téléphone, car Gaétan ne cessait de téléphoner et qu'il était trop tôt pour celui-ci de daigner donner des explications crédibles à sa femme. « Quand t'es en état de boisson, y faut que tu dégrises avant de te repentir. » Dans l'état où Gaétan se trouvait, ce n'était même pas la peine pour quiconque d'écouter sa mélodie de honte.

Le dimanche matin au déjeuner, Yolande était plus pondérée, mais les enfants se demandaient bien pourquoi leur tante avait dormi sur le divan du salon toute la nuit et que ses yeux étaient tout bouffis. Elle larmoyait encore et Christiane ne voulait plus retourner chez elle.

— Laisse faire, Angèle, c'est moi qui réponds… Allo.

— Salut, Roger.

— Salut.

— Ma femme est-tu, là ?

— Oui, elle est ici, puis tu lui parleras pas pantoute, maudit insignifiant !

— Je veux parler à ma femme, bâtard ! Passe-moi-la.

— Ouin, tu vas avoir ben des choses à lui dire pour te faire pardonner hein ? Y va falloir que tu changes complètement, Gaétan, parce que c'est à moi que tu vas avoir affaire, mon maudit sans-cœur !

Yolande était déjà aux côtés de Roger et attendait qu'il lui passe le combiné.

— Allo… oui… mais t'avais pas d'affaire à faire ça, Gaétan Beaucage ! Christiane est toute revirée à l'envers ! Oui… oui… OK, mais je veux que tu me promettes de plus jamais toucher à une maudite bouteille de ta vie ! Oui, oui… OK, j'arrive avec la petite.

***

— Maudit que je suis content d'être en vacances !

— Viens, mon Roger, on va prendre une petite bière.

— Oui, je vais la prendre avec du jus de tomate ! Ça a l'air que c'est bien bon. Y disent que les tire-bouchons, nous autres les Sorelois, ça boit de la bière avec du jus de tomate !

— Après souper, on va aller magasiner, mon mari. On est pas mal en retard cette année, on est le vingt décembre puis on a juste un cadeau d'acheté, câline !

— Bien oui, ma femme, en même temps on va aller chez Pinard, on va acheter un vrai sapin de Noël, c't'année.

— Oh oui ! Ça sent tellement bon !

— À quelle heure t'as demandé Agnès pour garder ?

— Je l'ai demandée pour six heures. On va se dépêcher de souper, mon mari, je veux faire ma vaisselle avant de partir.

Le centre-ville de Sorel était bien achalandé, et partout dans les vitrines, les décorations de Noël attiraient les petits comme les grands. Le carré Royal resplendissait comme un jardin magique. Les arbres ornés de rubans et de minuscules lumières multicolores projetaient leur ombre sur les trottoirs saupoudrés de pastilles grisonnantes, et les grands bancs étaient constellés de cristaux blancs. L'Harmonie Calixa-Lavallée interprétait les plus beaux classiques de Noël.

— Le cadeau à Martin ? On lui a dit qu'on lui achèterait des patins après les fêtes, mais je les ai commandés chez Simpsons et ils sont arrivés mardi matin. Y sont déjà enveloppés.

— Bon bien, pour ça, c'est réglé. Pour Francine ?

— J'avais pensé à un petit radio pour mettre dans sa chambre en bas. On pourrait aller voir au Zellers ?

— Elle va être contente, notre Francine ! Pour Rose et Guylaine ?

— C'est difficile. J'aimerais leur acheter une traîne sauvage à quatre places comme je t'avais dit, mais d'un autre côté, c'est pas comme d'avoir chacune leur cadeau !

— Regarde, on va leur acheter chacune un petit cadeau puis une traîne sauvage pour les deux. Qu'est-ce t'en penses, ma belle noire ?

— J'en pense que c'est une maudite bonne idée !

— Voyons, ma femme, depuis quand tu sacres, toi ? C'est pas bien beau pour une femme.

— Hi hi... tu déteins sur moi, mon mari.

— Hey, hey... Le trésor, elle, on lui achète quoi ?

— Au Royaume du jouet, y ont des beaux toutous en peluche. Ça serait le *fun* de lui donner un Winnie l'ourson.

— Accordé pour le Winnie l'ourson.

La soirée était trop faste pour rentrer à la maison. Angèle et Roger retournèrent au coin du parc pour entendre à nouveau l'Harmonie Calixa-Lavallée et par la suite, ils déambulèrent pour, comme on dit, faire du lèche-vitrine, en moulant leurs corps tout comme au temps des années quarante, où ils étaient seuls au monde.

— On va-tu prendre une orangeade chez Lambert, ma femme ?

— Je prendrais plus un bon café, moi.

Il y avait beaucoup de clients au restaurant Lambert. Angèle et Roger se dénichèrent une petite banquette face à la rue Charlotte, et devant eux, sur la minuscule table, des clochettes dorées étaient encerclées de feuilles de gui dans une jolie coupe en guise de centre de table.

— Le temps que tu vas finir ton café, je vais aller faire une petite commission, moi.

— Comment ça ? On a fini nos achats. Y nous reste juste à aller chercher notre arbre de Noël !

— Je peux pas te le dire, chut… c'est un secret…

— Ah, Roger… Gaspille pas ton argent pour moi, là. On a assez dépensé comme ça, tu trouves pas ?

— Laisse-moi donc faire. Même si tu me dis ça, tu sais bien que pour ces affaires-là, j'ai une grosse tête de caboche, moi !

Roger se rendit sur la rue Augusta pour visiter la Bijouterie Kitner. Il sélectionna pour sa femme une paire de boucles d'oreilles superposées de minuscules camées taillés dans une pierre de corail et une broche assortie qu'il fit emballer par le vendeur bien sympathique qui portait la tuque du père Noël sur sa tignasse ondulée de gros boudins noirs.

***

Le lundi vingt-quatre décembre.

— Eh maudit ! Y en a encore cinq de brûlées !

— Allo !

— Bonjour Angèle !

— Ah bien, ma petite belle-sœur de Saint-Ignace ! Comment ça va, toi ?

— Ça va bien, Angèle… Qu'est-ce que vous faites pour le réveillon à soir ?

— On avait prévu un petit réveillon en famille avec ma mère après la messe de minuit, pourquoi ?

— Moi, je vous appelais pour voir si ça vous tenterait pas de venir réveillonner avec moi puis Rolland à soir.

— Ce serait bien plaisant, ma Raymonde, mais c'est parce que j'ai déjà invité ma mère. Je peux pas la décommander à la dernière minute, tu comprends ?

— Tu pourrais lui dire, à ta mère, que je l'invite aussi. Elle est pas gênante puis nous autres non plus, qu'est-ce t'en penses ?

— Ouf, ça me tente bien gros… Attends, je vais demander à Roger.

Angèle héla son mari en train de bougonner sur la galerie comme tous les ans vu la courte vie de ses guirlandes de lumière, et lui fit part de la proposition de sa belle-sœur. Roger informa sa femme qu'il était bien d'accord malgré sa déception de ne pas assister à la messe de minuit à l'église Saint-Maxime.

— Y sait-tu, ton mari, qu'on a une église à Saint-Ignace ? On reste pas si creux que ça, maudite pauvreté !

— Je sais bien que vous avez une église, Raymonde, mais si on va à la messe de minuit, qu'on donne les cadeaux aux enfants puis qu'on réveillonne, sainte bénite, on n'est pas revenus à Sorel ! On va passer la nuit debout puis après on va avoir les yeux comme des trous de suce, câline!

— Crains pas, ma belle-sœur, on a pensé à tout ça. On va vous garder à coucher.

— Sainte bénite, Raymonde, ça a pas d'allure, l'ouvrage que ça va vous donner! C'est quasiment gênant.

— Oublie l'ouvrage, veux-tu. On va passer une bien belle nuit de Noël! Venez-vous-en par la traverse de neuf heures; on va avoir le temps de prendre un verre de Baby Duck avant d'aller à la messe de minuit!

Quand ils annoncèrent la nouvelle aux enfants, ils coururent partout dans la maison. Il fallait préparer une valise, car ils s'en allaient en vacances l'autre bord de la traverse.

— Allo! Entrez donc. Ça a bien été, le petit voyage, Roger?

— Oui oui. Y avait du monde en maudit sur le traversier, ça paraît que c'est la veille de Noël!

Les deux familles passèrent au salon où trônait un gigantesque sapin mystique. Les grands étaient munis d'une coupe de Baby Duck, et les enfants, d'un cocktail de grenadine. Comme par magie, les flocons se posaient nonchalamment sur le rebord des fenêtres. Cinq bas de laine avaient été suspendus sur l'arête de la cheminée bondée de cartes de souhaits, et sur la table de merisier au centre du salon, un énorme père Noël tout souriant avec de grosses bajoues rougeaudes conduisait ses rennes vers le ciel en saluant, de sa main gantée, ceux qui voulaient bien lui allouer un geste d'allégresse.

En revenant de la belle homélie chrétienne chantée à l'église de Saint-Ignace, les enfants comme les grands déballèrent leurs présents avec des regards émerveillés et des cris de joie. Emma fut très émue après avoir déballé une jolie boîte rose contenant une somptueuse robe de chambre de satin bourgogne brodée de fil d'argent.

Après avoir bien festoyé et dégusté le bon repas que Raymonde avait préparé, les invités virent Rolland sortir de la huche en cœur de noyer le chocolat truffé de cerises au marasquin ainsi qu'une bouteille de porto datant de l'année 1959.

Ce fut à quatre heures que Roger, Angèle et Josée se dirigèrent vers la chambre d'ami. Emma s'était installée sur le divan du salon, et les enfants, heureux comme des rois, avaient étalé leurs petits corps sur le grand matelas à air que Rolland leur avait installé tout près de l'âtre déjà endormi.

Le matin de Noël, la famille Delormes rentra à Sorel par le bateau de onze heures. Emma passa la journée avec eux, et pour ce souper du vingt-cinq, Angèle et Roger avaient fait livrer du poulet de chez Chanteclerc.

Chapitre 8

Tante Laurette

— Commencez à vous habiller pour aller chez grand-mère, les enfants. Votre père est parti faire chauffer le char.

Chez Emma, dans sa grande maison familiale, les Delormes et les Bilodeau étaient tous présents pour fêter la nouvelle année. Sauf Yolande, Gaétan et Christiane manquaient à l'appel.

La table était mise et la petite cuisine d'été était bien réchauffée pour les enfants. Emma, vêtue de sa robe noire incrustée de brillants argentés, avait enfilé son long tablier rose orné de coton blanc. La soupe aux légumes mijotait dans le grand chaudron de fonte émaillée et les mokas reposaient sur le comptoir tout près de la bûche de Noël.

— Puis, mon Richard, c'est quand que tu te mets la corde au cou ?

— On se marie le vingt-neuf juin à onze heures à l'église de Saint-Ours, mon Roger !

— Puis la noce, ça va être où ?

— À la salle Saint-Maxime à Sorel.

— Puis ta robe, Michèle, l'as-tu choisie ? demanda Angèle.

— Bien oui, madame Delormes, je l'ai mis de côté avant les fêtes !

— Michèle, j'aimerais ça que tu m'appelles par mon petit nom. T'es presque dans la famille, on pourrait commencer tout de suite, tu penses pas ?

— Ah ! bien oui, Angèle... Pour en revenir à ma robe de mariée, je l'ai pris au Salon de la mariée. Je vous dis pas comment elle est faite, ça va être une surprise le vingt-neuf juin. Mais je peux vous dire qu'elle est belle en bonté divine !

— J'en doute pas. De toute façon, c'est toujours la mariée qui est la plus belle cette journée-là... hi hi !

— Hé, les enfants ! Lâchez le piano puis allez vous asseoir à la table avec les autres... Michel ! Guylaine !

— Oui, on s'en vient, matante Claudia !

Durant le souper, Emma commença à s'inquiéter du fait que sa fille Yolande n'était pas encore de la fête.

— Roger !

— Oui, madame Bilodeau ?

— Viens ici une minute.

— Oui, belle-maman. Qu'est-ce que je peux faire pour vous ?

— Sais-tu, je commence à être inquiète pour Yolande. J'ai appelé deux fois chez elle puis y a pas de réponse... Je pourrais-tu te demander d'aller voir c'est quoi qui se passe, mon gendre ?

— Bien oui, je vais faire ça pour vous. De toute façon, les autres sont capables de m'attendre pour le brandy, hein ?

Ding... dong...

Yolande entra suivie de Christiane. Elles étaient frigorifiées. Les joues rougies, Yolande informa sa mère qu'elle avait fait le trajet à pied avec sa fille et que Gaétan ne serait pas de la fête, car dans l'après-midi, il n'avait cessé de boire et il avait les dents bien mêlées.

— M'man, je l'sais plus quoi faire, je suis en train de virer folle, cibolaque !

— Pauvre fille, ton Gaétan voit juste la bouteille...

— Oui, je l'sais m'man, puis je suis bien pognée à la maison avec tout ça ! J'ai fini l'école en quatrième année, j'ai pas d'instruction puis je conduis pas le char en plus ! Je sais pas quoi faire. Avant, je le défendais tout le temps, mais asteure, c'est fini, je peux plus le sentir, m'man, y m'écœure, maudite pauvreté !

Christiane passa devant la petite cuisine sans y faire un arrêt et Richard lui suggéra d'aller souper avec ses cousins et ses cousines ; sans cela, elle aurait boudé toute la soirée dans son petit coin. « Ouf, qu'elle a l'air bête, cette enfant-là, une vraie face d'enterrement », constata Francine. Quand Martin se leva pour se diriger vers le boudoir, Christiane le talonna comme un chien de poche. « Ah non ! Pas elle ! A va-tu passer sa veillée à me suivre comme une sangsue ? A m'énerve ! Un vrai pot de colle jaune orange, maudit. »

C'est comme ça qu'ça se passe dans le temps des fêtes, tape la galette les garçons les filles avec...

— J'espère que la petite va nous laisser dormir demain matin. Elle a dormi quasiment toute sa nuit chez m'man ! Il est quand même trois heures du matin. Galarneau va se pointer la face de bonne heure dans le châssis demain matin ! J'veux dire à matin...

— Si a s'réveille de bonne heure, ma femme, je vais me lever pour te laisser dormir. Je ferai un somme à la place dans l'après-midi.

— Eh ! que t'es fin, mon mari ! Sais-tu à quoi je pensais ?

— Non, ma femme d'amour !

— Quand t'as béni les enfants hier matin dans le salon, c'était bien émouvant. La petite Guylaine était à genoux devant toi, elle avait l'air d'une petite madone !

— Voyons, ma femme, tu veux-tu me faire brailler à matin, toi ? C'est vrai qu'elle est bien belle, notre Guylaine. Après les fêtes, oublie pas de demander à la sœur directrice de son école pour sa date de fête… Là, on sait qu'elle a sept ans, mais elle les a eus quand ?

— Allo chérie. En tout cas, ça fait drôle de recommencer à travailler un jeudi. Je te dis que la semaine sera pas longue ! On mange quoi à soir ?

— De la galette à sarrasin avec de la graisse de rôti.

— Hum… avec une bonne tasse de thé… Les enfants sont où ?

— Y sont tous dans la cave sur le bord de l'établi. Ils ont décidé de faire une école. Devine c'est qui, la maîtresse, Roger ?

— Je suis certain que c'est Francine, notre petit *boss* de bécosse !

— Bien oui. Bien, d'un autre côté, les devoirs vont être faits au lieu de leur faire faire après le souper… Y va falloir acheter des craies à tableau, y reste juste des petits bouts.

Josée était gribouillée de mélasse jusqu'au toupet.

— Hum... Aujourd'hui j'ai appelé sœur Jolicœur à Maria-Goretti.

— Pourquoi, m'man? On as-tu fait de quoi de pas correct?

— Bien non, ma Rosie, c'était pour savoir la date de fête à Guylaine, vu qu'on n'a pas trouvé son baptistaire dans ses affaires. Bien, je me suis renseignée.

— Bien là, Angèle, arrête de parler en parabole puis dis-nous-lé! On a hâte de le savoir, nous autres aussi, bonyeu!

— J'ai bien peur qu'on va fêter trois fêtes en même temps, moi!

— Comment ça?

— Guylaine est née le 22 août 1955...

— Ça se peut pas, m'man! Tu veux dire que je suis née la même journée que Rose?

— Bien oui, ma fille, puis la même journée que Josée!

— Bien là, j'en reviens pas. Eh! que je suis contente; je suis une p'tite lionne pareil comme mes sœurs!

— C'est-tu drôle, Roger, quand je suis allée à l'Hôtel-Dieu chercher Rose, Denise Deschamps était allée chercher Guylaine à l'hôpital Sainte-Croix!

— Hein! C'est où, cet hôpital-là?

— C'est à Drummondville, ma Guylaine. Tu es née à Drummondville et quand tu as eu deux ans, ton père et ta mère sont déménagés à Sorel parce que ton père s'était trouvé une *job* à la Crucible Steel.

— Ah bien, on aura tout vu! Une chance qu'y sont déménagés à Sorel, parce que je resterais pas ici aujourd'hui, hein!

Martin reprit la parole:

— M'man, vu que mes devoirs sont faits, je peux-tu appeler Jacques pour qu'il vienne jouer au hockey avec moi en arrière dans cour ?

— Eille, woh, là ! Je voulais patiner, moi !

— Bien voyons, Francine, calme ton pompon, tu peux patiner pareil ! Y vont prendre juste la moitié de la patinoire ; mange pas tes bas, ma fille !

— Ce sera pas pareil, m'man. On aura pas assez de place, moi puis Jacques !

— Écoute-moi bien, Martin. Cette patinoire-là, ton père l'a pas faite juste pour toi ! Vous êtes capables de vous accorder, non ? Vous êtes pas des sauvages, à ce que je sache ?

— Oui, mais que je te voie pas venir sur notre côté, Francine Delormes, parce que les filles, ça joue pas au hockey, OK !

— Pfff... Inquiète-toi pas, je jouerai pas à ton maudit hockey.

« *Les belles histoires des pays d'en haut*, un texte de Claude-Henri Grignon et une réalisation de François Paradis... »

— Ah, encore des commerciaux !

— As-tu vu la belle laveuse, mon mari ? Eh ! que ça doit bien aller !

— On va essayer de faire encore un bout avec la vieille Bertha, puis au printemps, on va aller voir chez Ménard sur la rue du Collège comment ça coûte. Ça doit pas se donner !

— En tout cas, ça doit être un vrai charme de laver avec ça ! Ça se fait tout seul ! Ça lave, ça tord, puis t'as juste à étendre ton linge après ! En parlant d'étendre, faudrait que t'arranges les cordes à linge en bas. Elles sont pas mal slacques : le linge traîne quasiment sur le ciment, câline !

— Fais-moi-le penser demain quand je vais arriver de travailler. Chut, Séraphin recommence, ma femme...

***

Le vendredi matin, Emma se présenta plus tôt pour garder Josée.

— Allo, m'man. T'es plus de bonne heure que d'habitude, non ? Je suis prête, ce sera pas long.

— Habille-toi comme y faut, ma fille, y fait frette en si vous plaît dehors ! Puis, elle est où, ma petite Josée d'amour ? Ah bien ! Regarde-la donc sauter, elle ! En tout cas, si le Jolly Jumper avait existé dans mon temps, je pense que j'aurais eu dix enfants, bonne sainte Anne ! Y s'amusent-tu là-dedans un peu ?

— Bien oui... Bon, je vais revenir vers trois heures et demie, m'man.

— Prends ton temps, ma fille, je bougerai pas d'ici.

Aujourd'hui, Angèle ne se dirigea pas vers le marché Richelieu ; elle prit une autre direction pour sa sortie du jeudi.

— Vous êtes sûre, madame Delormes ?

— Oui mademoiselle. J'ai jamais changé ça depuis l'âge de vingt ans, et je vais avoir trente-deux ans dans un mois. Pensez-vous qu'après douze ans, il serait temps de faire un peu de changement ?

— En tout cas, si vous êtes bien décidée, je suis bien parée à vous faire de quoi de pas mal beau !

— Coupez avant que je change d'idée, mademoiselle.

Les grands filets d'ébène s'accumulaient partout sur le plancher de céramique et Angèle n'en montrait aucun remords.

Elle avait seulement eu une petite pensée pour son Roger. Peut-être qu'il aurait de la peine, mais la vie, selon elle, ce n'était pas seulement une routine qu'il fallait entretenir, mais il y avait toujours une place pour l'amélioration.

— Aimez-vous ça, madame ?

— Ça fait drôle en câline, je me ressemble plus !

— Vous êtes vraiment belle, madame.

— Ça fait tout un changement ! Ouf !

— Quand je vous ai vue entrer tout à l'heure avec vos cheveux coiffés en chignon, je pouvais pas imaginer qu'ils étaient aussi beaux ! Ils sont tellement noirs, on dirait qu'ils sont bleus !

— Merci, mademoiselle… mademoiselle ?

— Solange. Solange Cardin.

— Je vais m'en souvenir… pour mon prochain rendez-vous. Je vous dois combien, Solange ?

— La coupe, c'est trois piastres, et le demi-modeling, c'est cinq piastres. Ça fait un gros huit piastres.

« Jolie madame, bonjour. Ici CJSO, Radio Richelieu. »

Tous les matins à neuf heures, Angèle relaxait avec son café et son journal *Le Rivièra* avant d'amorcer sa besogne de l'avant-midi. C'était en apercevant l'annonce du salon de coiffure Lotus avec toutes les belles coiffures tendance qu'elle avait pris la décision, comme on le dit, de changer de tête.

— M'man.

— Allo, Francine.

— Wow, t'es belle, ça se peut pas !

— T'aimes ça, ma fille ?

— Oui !

— Wow, c'est beau, m'man !

— Vous aimez ça, vous autres aussi, les gazelles ?

Martin n'avait même pas remarqué le changement. C'était bien un gars. Francine lui dit :

— Hey, Martin ! T'es-tu aveugle ou quoi ?

— Ah bien oui, ça fait changement.

Angèle avait pouffé de rire.

Roger entra en s'écriant :

— Allo !

— Allo, mon mari.

— Mais, mais… une vraie beauté !

— T'aimes ça ? J'avais peur que tu sois déçu.

— Maudit que t'es belle, j'en reviens pas !

Solange n'avait pas eu recours à un miracle. Elle avait tout simplement redonné à Angèle ce qu'elle dissimulait depuis trop longtemps : la pureté et la féminité d'une femme de trente ans. Une nuque dégagée et une petite frange sur le front lui avaient donné un air de jeunesse qu'elle camouflait depuis trop longtemps.

***

Fin mars.

La neige avait tiré sa révérence pour laisser place au printemps en délaissant les toitures des maisons et des grands végétaux pour tout doucement s'infiltrer dans les rainures du sol, ce qui donnait aux enfants la fièvre d'aller jouer leur première partie de baseball dans le champ d'à côté. Les draps et les édredons dansaient la valse sur les cordes à linge dégourdies, et Roger avait même commencé à semer des graines de tomates dans des pots qu'il avait déposés sur les rebords des fenêtres du sous-sol. D'autres enfants traînaient dans les rues plus longuement en sortant de l'école.

Tôt le matin, ceux-ci quittaient la maison habillés comme des oignons, et à trois heures quinze, ils revenaient avec leurs manteaux enroulés autour de leur taille.

— Ah bien, Ménard et fils ! Pour moi, y a pas la bonne adresse, lui.

— Bonjour, madame, j'ai une livraison pour vous.

— Vous devez faire erreur, monsieur, j'ai rien commandé.

— Êtes-vous madame Delormes ?

— Oui.

— Bon bien, ça a bien l'air que cette laveuse-là, c'est pour vous !

— Sainte bénite, ça, c'est mon Roger tout craché, un vrai ratoureux !

La veille, Roger avait remarqué dans le journal local que monsieur Ménard liquidait son inventaire de laveuses Maytag et qu'il en vendait pour la modique somme de cent quarante-neuf dollars. Ce matin, il avait téléphoné de son travail au magasin d'appareils électroménagers pour ne pas passer à côté de cette opportunité. Selon lui, en rentrant du travail, il retrouverait une femme heureuse et comblée.

— Allo.

— Câline, Roger, tu me gâtes bien trop !

— Bien non, ma femme.

— Merci, mon mari. Ça va être un vrai charme de laver avec cette laveuse-là ! Mais comment ça marche pour l'eau ?

— Inquiète-toi pas. Demain en finissant je vais aller chez Petitclerc chercher tout l'attirail que ça prend pour t'installer ça, ma belle noire !

— Petitclerc! C'est où?

— La quincaillerie sur la rue George… Hou, hou, tu sais pas c'est où?

— Ah oui! J'ai hâte de l'essayer… Demain, c'est jeudi, j'ai pas de lavage, mais je vais toujours bien faire une brassée pareil, hein!

— Est-ce qu'ils ont rapporté la vieille Bertha?

— Oui, oui, c'est fait! Là, j'étais assez énervée que j'ai pas rien fait pour souper. Je me suis assis pour lire le livre d'instruction. Veux-tu manger des crêpes?

— Si c'est avec ta bonne confiture aux fraises, je dis pas non… Les enfants sont où?

— Francine est chez Agnès à côté, les gazelles sont en bas, puis Martin est devant la télévision.

— Maudit que t'es belle avec ta nouvelle peignure, toi!

— Bien voyons, Roger, eh… Fais attention, les enfants peuvent arriver n'importe quand!

— Je me reprendrai bien à soir!

— Je suis pas inquiète pour ça mon mari, hi hi!

— Ouin, c'est pas la journée d'hier, ça. Il tombe des clous, bonyeu!

— Ça va s'éclaircir sur l'heure du dîner, mon mari. Y faut s'attendre à ça; le printemps, c'est bien changeant, hein! Viens ici, ma belle fille, maman va te mettre dans ta chaise haute puis elle va te faire un bon gruau avec de la cassonade.

— Ouin, t'étais en forme hier soir, ma femme!

— Chut… les enfants dorment peut-être pas, Roger!

Roger contemplait sa femme affairée à préparer le déjeuner.

Elle portait sa robe de chambre bourgogne bien ceinturée sur sa taille fine et ses cheveux noirs étaient tout entremêlés. Il la trouvait superbe, sa grande femme aux yeux noisette.

— Aujourd'hui, ça va être une journée tranquille. Hier, on a dépensé pas mal aux quilles puis à la cantine La Patate l'autre bord du pont. Mais je suis bien content de cette journée-là et nos enfants l'ont bien appréciée, j'pense.

— Y a pas beaucoup d'enfants qui sont gâtés comme les nôtres, Roger. J'espère juste qu'un jour ils vont se souvenir comment ils étaient bien avec nous autres à la maison. Ça passe vite… trop vite ! Regarde la petite : elle est à veille de marcher puis de courir comme une bonne dans la cour. Je suis bien contente que t'aies fait la clôture. Je serai pas inquiète cet été. Quelle couleur tu vas la peinturer ?

— Je pense que je vais la mettre bleue avec des pois jaunes.

— Roger, arrête donc de m'étriver ! Les enfants, venez déjeuner, je veux pas faire la vaisselle à dix heures, moi ! Y faudrait pas que ça arrive trop souvent, Roger, que les enfants manquent leur messe le dimanche matin, sans ça, y voudront plus y aller.

— Crains pas, ma femme, je vais voir à ça. Même avec la pluie, les enfants avaient quand même planifié leur après-midi du dimanche.

Francine se rendit chez Paule Perrette sur la rue du Collège pour jouer au Monopoly. Rose et Guylaine étaient invitées chez Gilles et Pierre sur la rue Saint-François pour faire du patin à roulettes dans leur sous-sol et Martin déciderait après avoir téléphoné chez Luc.

— Marcel veut que vous fassiez du patin à roulettes dans sa cave, les filles ?

— Bien oui, m'man. Y dit qu'y va peinturer le ciment juste aux vacances l'été prochain !

— Ah bon, puis toi Martin, t'as pas encore appelé Luc ?

— Je le sais pas quoi faire, m'man. Avec la marde qui tombe dehors, on peut pas faire grand-chose !

— Martin Delormes, t'es donc bien mal engueulé ! reprit Roger. Si tu parles encore de même... Ah, puis, laisse donc faire, t'es pas réchappable, maudit !

Dans l'après-midi, Roger et Angèle relaxèrent en écoutant un peu la télévision.

Le carillon se fit entendre à la porte principale de la demeure des Delormes.

— Je vais y aller, répondre, Roger, ça doit être Luc qui vient chercher Martin pour aller au colisée. Je me demande aussi pourquoi il sonne en avant, lui !

— Bonjour, madame.

— Bonjour... Est-ce que vous êtes bien madame Delormes ?

— Bien oui, est-ce que je peux savoir qui vous êtes ?

La femme avait à peu près dans les trente-cinq ans. Grande, les cheveux bruns mi-longs, elle portait un costume marron et une chemise d'une blancheur impeccable et avait posé sur sa chevelure cuivrée un léger bonnet noir de dentelle ajourée. Belle femme, elle fixait Angèle et on aurait dit, à voir son regard désespéré, qu'elle n'avait qu'une folle envie : se sauver.

— Hum... Je suis Laurette Beausoleil.

— Oui ? On devrait-tu vous connaître, madame Beausoleil ?

— Je pense pas, madame, mais je suis la sœur de Denise Deschamps.

— Sainte bénite ! Roger ! Viens ici !

Laurette demeurait à Drummondville. Quand elle avait été informée du décès de sa sœur Denise, elle avait aussi été avisée qu'elle avait une petite nièce qui demeurait dans la ville de Sorel.

Quand Denise Deschamps demeurait à Drummondville, elle avait eu de grandes frictions avec toute sa famille et par la suite, quand son mari, Dario, le père de Guylaine, s'était trouvé un emploi dans la ville de Sorel, les liens s'étaient coupés complètement.

À la suite du téléphone de sœur Bernadette de l'Hôpital général, Laurette s'était rendue incognito aux funérailles de sa sœur à l'église Saint-Pierre, à Sorel. Elle s'était installée sur le dernier banc de la sainte église et quand elle avait vu entrer les Delormes en compagnie de la petite Guylaine, elle s'était mise à trembler de tout son être. Cette jolie petite fille... Elle possédait les yeux bleu clair de sa mère et les cheveux noirs de son propre fils, David. À la fin de l'homélie, elle n'était pas allée à leur rencontre, car elle était trop bouleversée et ses jambes ne la supportaient plus.

— Qu'est-ce qu'il y a, ma femme ? Bonjour, madame.

— Roger, c'est madame Beausoleil, la sœur de la mère à Guylaine...

— Tu veux dire que madame Deschamps avait une sœur ?

— Ça a bien l'air ! Donnez-moi votre manteau, madame, puis venez vous assir, je vais vous faire une tasse de café.

— Merci bien, madame Delormes.

Ils s'installèrent à la table de cuisine, où on aurait pu entendre une mouche voler.

— Pourquoi Guylaine nous a pas dit qu'elle avait une tante ?

— Elle pouvait pas vous le dire : elle était pas au courant, la petite ! Je savais pas non plus que j'avais une nièce, madame...

— Ça parle au maudit ! Puis vous restez où, madame ?

— Je reste à Drummondville, monsieur, puis je vous le dis tout de suite, je suis pas une mauvaise personne, je suis pas venue ici cet après-midi pour vous enlever cette enfant-là !

Le cœur d'Angèle fit trois tours. Et si c'était vrai qu'elle voulait la ramener avec elle, elle en avait tous les droits ! La mère adoptive ne s'en remettrait jamais, car Guylaine, était sa fille, à elle !

— Pourquoi aujourd'hui vous voulez la voir, notre Guylaine ?

— Juste pour la prendre dans mes bras, madame... Vous savez, ma sœur Denise, je l'aimais plus que tout au monde. J'ai toujours eu de la peine de plus la voir même si on restait dans la même ville après notre chicane. Mes parents, qui restent à Saint-Cyrille-de-Wendover, savent même pas qu'ils ont une petite-fille !

— Sainte bénite ! En plus, elle a des grands-parents qui sont encore vivants ? Là, je suis toute revirée à l'envers, mon mari !

— Calme-toi, ma femme. Ça sert à rien de s'énerver. On va se faire un autre café puis on va jaser bien calmement pour tout comprendre.

— Vous devez avoir un mari aussi ?

— J'en avais un, monsieur. Mon pauvre Paul est tombé du toit de notre maison en refaisant la couverture et y est mort sur le coup. C'était il y a trois ans. Je m'ennuie bien gros de lui… Tous les mois, je lui rends visite avec les enfants au cimetière Saint-Frédéric, c'est là qu'il a été enterré.

— Pauvre madame, mais ça veut dire que Guylaine, en plus, elle a des cousins ou des cousines ? Sainte bénite, pincez-moi quelqu'un !

— Oui, y a Olivier qui a onze ans et David qui a huit ans. David et son père, y se ressemblent comme deux gouttes d'eau.

— Bien j'en reviens pas ! Puis vous, vous vous arrangez comment ? Êtes-vous capable de vivre toute seule avec vos deux garçons ?

— Oui, monsieur Delormes. Mon mari travaillait au Bell Téléphone sur la rue Saint-Laurent. Y avait une assurance, c'est pas énorme, mais juste assez pour pas que mes enfants manquent de rien.

— Puis son grand-père, à Guylaine, sa grand-mère ?

— Son grand-père s'appelle Bermont Sawyer et sa grand-mère, Yvette. C'est du bien bon monde. Je sais pas comment ils réagiraient s'ils apprenaient qu'ils ont une petite-fille en plus de leurs deux petits-fils…

Angèle avait le regard rempli d'amertume et son cœur avait mal. Madame Beausoleil était une sainte, elle incarnait la bonté même.

— Regardez, madame Beausoleil, on peut pas vous montrer Guylaine tout de suite comme ça aujourd'hui. Elle va être bien trop mélangée, cette enfant-là, vous comprenez ?

— Je comprends, madame. Mais est-ce que je pourrais

espérer la voir un jour ?

— On peut pas vous empêcher de voir votre nièce, ça, c'est sûr, madame.

Laurette expliqua qu'elle avait déjà pensé à la manière dont cette rencontre pourrait se dérouler si un jour son désir se réalisait. Il s'agissait de laisser le temps à Angèle et Roger d'expliquer la situation à Guylaine et ensuite de peut-être lui offrir de passer ses vacances scolaires à Drummondville au mois de juillet prochain.

— Oui, mais peut-être que Guylaine va se sentir mal à l'aise d'aller à Drummondville comme ça toute seule. C'est de l'inconnu pour elle ! constata Angèle.

— Je pourrais inviter une de vos filles à venir se promener avec elle, si vous seriez d'accord, c'est bien sûr.

— Votre idée est pas mauvaise, madame Beausoleil.

— Je vais vous laisser mon numéro de téléphone. Prenez votre temps, je veux rien bousculer non plus. Mais que ce soit un oui ou un non, donnez-moi signe de vie, s'il vous plaît. Je pense que je vais tomber malade si j'ai pas de vos nouvelles. Vous savez, cette petite fille-là, elle fait partie de mon sang.

Chapitre 9

Chez Germaine

Avril, le temps doux des jonquilles. Les bourgeons étaient présents en grand nombre et les trottinettes étaient déjà accotées sur les solages des maisons. L'odeur du sol humide donnait envie aux jardiniers de sortir leurs pelles et leurs râteaux de bambou de leurs remises poussiéreuses, et dans tous les foyers, on s'attaquait au ménage rituel du printemps. À l'extérieur, le voisin d'à côté astiquait son auto, le voisin d'en face récurait ses grandes vitrines souillées par les intempéries de la grande saison hivernale, et à l'arrière de la maison des Delormes, un autre grattait son parterre pour enfin se donner l'occasion de flairer cette belle saison printanière.

Aujourd'hui, c'était l'arrivée des nouveaux voisins qui habiteraient dans la maison adjacente à la cour arrière des Delormes. Le logement d'en haut s'était libéré au mois de janvier et on ignorait encore le nom des nouveaux occupants. Une chose était assurée, c'est que Rose et Guylaine espéraient bien que leurs nouveaux voisins emménagent avec des enfants de leur âge.

Roger avait profité de la journée chaude pour appliquer la dernière couche de peinture sur la grande clôture de pin. Angèle venait de quitter la maison pour se rendre à la pharmacie Sorel dans le but de faire ses petites emplettes personnelles et, par la même occasion, de se procurer la cartouche de cigarettes de son mari.

— Pa !

— Oui, Rose.

— C'est les chips Fiesta qui arrivent !

— Va chercher la liste que ta mère a faite dans la maison.

— Bonjour, monsieur Delormes.

— Bonjour, monsieur Kiopini. Ce sera pas long, ma fille est allée chercher la liste pour les liqueurs… Merci, ma belle fille. Bon, on va prendre une boîte de chips ordinaires et une caisse de vingt-quatre petites bouteilles de liqueur : deux « root bières », deux bières d'épinette, six Seven Up, six colas, deux fraises, deux Cream Sodas puis quatre orangeades.

Dans la cour arrière, une nouvelle voisine adressa la parole à Rose.

— Salut, moi, je reste en haut, là !

— Ah bon, c'est quoi ton nom ?

— François Saint-Arnaud.

— Ah bon… Es-tu parent avec France Saint-Arnaud sur la rue Limoges ?

— Non, connais pas pantoute.

Rose était bien déçue, car, pour elle, François n'était qu'un bébé.

— Francine, a va-tu passer le reste de l'après-midi sur le perron d'en avant, elle ? demanda Roger à Guylaine.

— Je pense que oui, moi. Elle s'assit sur le perron pour voir Benoît Daunais.

— Comment ça ?

— A l'trouve beau.

— Ah bon !

Angèle apparut dans l'entrée les bras chargés de paquets.

— Francine, viens donc m'aider. J'ai eu toutes les misères du monde à m'en revenir avec ces gros sacs-là !

— Bien voyons, ma femme, t'aurais pu m'appeler, je serais allé te chercher !

— Je voulais pas te déranger dans ta peinture, mon mari. Le vendeur de liqueur est-tu passé ?

— Oui, j'ai mis la caisse sur le bord de l'escalier de la cave.

— C'est bien correct, mon mari... Bon, je vais aller défaire mes sacs de commissions, moi. À quelle heure que Francine a couché Josée pour son somme ?

— C'est pas Francine qui l'a couchée, c'est Guylaine vers une heure et demie après l'avoir promenée une bonne heure en carrosse en avant.

— Comment ça, Guylaine ! Je l'avais demandé à Francine !

— Francine était trop occupée sur la galerie d'en avant : elle voulait voir son amoureux.

— Qui ça ?

— Benoît Daunais, en face. Ça a l'air qu'elle le trouve beau.

— Ah bon. Tant que ce sera juste ça, on n'a pas d'affaire à être inquiets, je pense. Tant qu'y traversera pas la rue aux dix minutes, on va être rassurés.

— Mais sais-tu, ma femme, que dans pas grand temps d'ici, ça va commencer, ces amourettes-là ! Francine a déjà dix ans, après onze, douze...

— Wô, Roger, fais-moi pas vieillir avant mon temps, câline !

— Je suis pas inquiet pour ça, ma femme. Même à soixante ans tu vas être encore la plus belle femme de la terre !

— T'es donc bien romantique, mon Roger !

En après-midi, Angèle fit la connaissance de sa nouvelle voisine et ouf… toute une voisine ! Elle portait une jupe rouge bien au-dessus des genoux assortie d'un chandail jaune serin très étriqué. Le plus étonnant de tout ceci, c'est que cette femme très plantureuse ne portait aucun soutien-gorge, ce dont Angèle fut scandalisée. La voisine se pré-nommait Edwidge, et de quel coin de pays elle arrivait, Angèle ne voulait pas en être informée.

— Ça se peut-tu, s'attriquer de même ! Je plains son pauvre mari ! T'aurais dû voir cette amanchure-là, mon mari. Je te dis qu'on est greyés de voisine !

— Ah bon, est-tu belle, au moins ?

— Roger Delormes, que je te voie pas écornifler dans sa cour !

— Je fais juste t'étriver, ma femme, monte pas sur tes grands chevaux comme ça !

— Bon bien, salut, moi, je m'en vais rejoindre Benoît.

— Tu trouves pas qu'il est un peu vieux pour toi, ce gars-là, Martin ?

— Bien non, pa !

— En tout cas, à huit heures, c'est dans maison, OK ?

— Bien oui, pa.

— Moi aussi, je m'en vais dehors.

— Attends un peu, Francine. Dorénavant – écoutez, vous autres aussi, les gazelles –, dorénavant, après le souper, y va toujours en avoir une ou deux qui vont m'aider à faire la vaisselle. Puis que j'en voie pas une rouspéter !

— Ah bon.

— Comme à soir, ça va être Rose puis Guylaine. Demain ça va être à ton tour, Francine. Vous êtes capables d'aller vous traîner les fesses dehors toute la veillée, vous êtes capables aussi de faire un peu de vaisselle.

Francine fut bien heureuse de pouvoir se faufiler à l'extérieur.

— Martin Delormes !

— Ah non ! C'est ma sœur. A va aller toute bavasser à mon père, elle, maudit chien de poche. Qu'a m'énarve !

— Attends, Martin. Regarde-moi bien faire, mon chum… Salut, Francine, viens-tu fumer avec nous autres ? Je vais te donner une puff.

Pour être avec le beau Benoît, Francine aurait fait n'importe quoi.

— Ouin, mais on est pas bien cachés, ici. On va se faire pogner, on est juste à côté de la maison, torvisse !

— Crains pas, on est ben corrects ici. T'es donc bien peureuse, Francine, cibole !

— Non, non… Ça va être correct ici, Benoît.

Par la suite, ils se délassèrent dans la balançoire de madame Frappier, la voisine d'à côté. Francine s'était assise près de son soi-disant amoureux. Quand il déposa son bras autour de ses épaules, elle devint toute cramoisie. Avant de partir, il lui demanda de venir le rejoindre le lendemain soir à la même heure, mais sans son chaperon de frère.

— Hey, Francine, t'as les deux yeux dans la graisse de bine, torpinouche ! Y t'fait de l'effet, Benoît Daunais, hein !

— Toi, achale-moi pas, puis t'as besoin de pas aller ouvrir ta grande trappe aux parents !

Aujourd'hui, le dimanche dix-neuf avril, c'est la fête de Pâques. Roger ne réveilla pas ses enfants pour regarder le soleil exécuter sa petite valse à trois temps. Les nuages installés uniformément dans le ciel ténébreux ne donnaient aucune ouverture au soleil pour fêter la résurrection du Christ. Comme tous les matins de Pâques, Roger sortit muni de sa petite bouteille vide de sirop Lambert pour aller cueillir son eau miraculeuse sur la rive du fleuve Saint-Laurent. Connaissances, amis et étrangers étaient déjà présents pour récoler cette eau mirifique qu'ils placeraient près de leur crucifix dans le but de protéger leur foyer des maladies et des catastrophes naturelles de la vie.

C'était inhabituel de vivre un dimanche de Pâques sous la grisaille. Pour les enfants, après avoir reçu leurs œufs en chocolat, c'était un dimanche comme tous les autres. C'était la partie de baseball dans le grand champ et la course à relais sur la rue Monseigneur-Nadeau.

La veille de l'anniversaire de Francine, en finissant de travailler, Roger se rendit au magasin Zellers pour lui acheter son présent. Dans le journal local, la journée précédente, il avait posé les yeux sur un petit téléviseur de quatorze pouces à quarante-six dollars. Sa fille aînée ne s'attendrait surtout pas à recevoir un si beau présent d'anniversaire. Même que la semaine précédente, elle s'était emportée et en larmoyant, elle avait lancé à ses parents que son amie France avait un téléviseur dans sa chambre.

— Tu nous prends-tu pour des millionnaires, ma fille ? L'argent pousse pas dans les arbres, sainte bénite !

— France, elle, elle a une télévision de quatorze pouces dans sa chambre. C'est moins cher qu'une grosse ! En plus, elle peut écouter *Jeunesse d'aujourd'hui* au complet le samedi soir, elle !

— Elle est bien chanceuse, ton amie France, ma fille. Son père travaille où ?

— Y a le marché Saint-Arnaud sur la rue Adélaïde, m'man, je te l'ai dit l'autre fois.

— Ah oui, c'est vrai, eh ben ! C'est payant, vendre des cannages !

Après que les enfants allèrent au lit, Roger descendit le téléviseur dans le sous-sol pour bien le dissimuler en dessous de son évier blanc aux pattes chevrotantes, là où il remisait ses écrevisses pour la pêche. C'était assuré que les enfants n'iraient jamais fouiner par là. Dans la soirée, à l'insu de sa fille, Angèle téléphona chez Paule et France pour les inviter au souper du lendemain en prenant bien soin de leur recommander de taire ce secret jusqu'à la fête.

Le lendemain, Francine arriva de l'école en bougonnant. Elle avait été obligée d'informer elle-même ses amies que c'était le jour de son anniversaire.

— En tous les cas, je vais m'en souvenir, de ce vingt-six avril là, rapporta-t-elle à sa mère, sa mère qui se retenait pour ne pas pouffer de rire. « Avoir une télévision pour elle toute seule, elle est pas mal pourrite, la Francine », pensa Angèle.

Pour la journée tant espérée, Angèle avait préparé un léger buffet froid et un fastueux gâteau à la vanille lissé d'un glaçage aux cerises. France donna à son amie un minicostume rose pâle pour sa Barbie aux cheveux noirs avec les chaussures de la même teinte, et Paule, un livre de contes, *Martine au zoo*. Rose et Guylaine lui avaient fabriqué une jolie carte à l'école remplie de couleurs vives et Angèle lui avait déposé un deux dollars au centre de son gâteau. Martin, lui, rejoignit Luc sur la rue Ramesay, car en ce qui le concernait, une fête de filles, ça ne l'intéressait pas du tout. Finalement, Roger descendit au sous-sol pour installer le téléviseur dans la chambre de Francine. Quand celle-ci l'aperçut, elle se mit à crier et à sauter dans tous les sens.

Le samedi matin, Yolande téléphona à Angèle pour l'informer que son Gaétan était entré à l'Hôtel-Dieu dans la nuit, qu'il avait été terrassé par une cirrhose du foie et qu'il avait rendu l'âme à deux heures trente du matin. Pauvre Yolande et pauvre Christiane !

Le lundi matin, Gaétan était exposé chez Antoine Brunet sur la rue Élizabeth à Sorel. La famille Delormes lui avait fait livrer une grande couronne d'œillets en provenance du fleuriste Quessy. Beaucoup de gens se présentèrent à l'église Notre-Dame pour les funérailles. Après un léger goûter au sous-sol de l'église, Angèle et Claudia passèrent une grande partie de la journée chez Yolande. En ce qui concernait Christiane, son grand-père et sa grand-mère Lavallée l'invitèrent à passer quelques jours à leur domicile, situé dans le rang Bellevue à Saint-Robert.

Il était bien certain que Yolande avait du chagrin, mais ce qui l'inquiétait, c'était de ne pas être en mesure de s'occuper de la maison. Gaétan travaillait à Sorel Shirt et il ne possédait qu'une minime assurance vie en tant que concierge de cette usine.

Le lendemain, dans la matinée, une pancarte des immeubles Simard était piquée dans le parterre de la maison sur la rue Barabé.

***

— Hum… Ça sent bon ici !

— On mange du pain de viande, mon mari. T'es en retard à soir ?

— Bien oui. Avec Atlas Steel qui vient d'ouvrir, y a pas mal plus de trafic sur le pont ! Une chance que les trains passent pas à c't'heure-là, j'arriverais pas avant six heures, bonyeu !

— Bien oui. Sais-tu quoi ? Francine veut rentrer dans les majorettes à Saint-Maxime. Elle m'est arrivée avec ça à trois heures.

— Ah ouin !

— Francine, lâche le téléphone puis viens souper !

— Comme ça, tu veux rentrer dans les majorettes, Francine ?

— Oui… mais là, je le sais plus, pa.

— Ah bon, comment ça que t'as changé d'idée aussi vite, ma fille ?

— Je viens de parler avec Paule au téléphone, puis a m'a dit que sa cousine Monique est majorette puis y faut qu'a fasse du porte-à-porte… Moi, ça m'intéresse pas pantoute de vendre du chocolat puis des billets pour les Titans de Sorel.

— C'est toi qui décides, Francine. Moi, j'aurais aimé ça, te voir faire des spectacles avec ta canne de majorette.

— Bien oui, pa, mais ça me tente plus.

— C'est correct, ma fille… T'aurais dû voir ça tout à l'heure quand j'ai descendu le pont Turcotte, ma femme, y avait deux écervelées quasiment toutes nues qui se promenaient sur la rue Hôtel-Dieu. C'est bien beau le printemps, mais on est pas encore rendus à l'été, à ce que je sache.

— Voyons, Roger, t'exagères pas un peu ?

—À peine. Elles étaient en jupe puis en camisole, des plans pour attraper leur coup de mort. Maudit qu'y en a des fois qui ont pas de tête sur les épaules! Je voudrais bien que Francine m'arrive à moitié habillée comme ça en plein mois d'avril … A croirait pas ça!

***

Une fin de semaine de congé à l'extérieur de la maison au début du mois de mai, ça se prenait bien. La famille se préparait pour un voyage de pêche au village des Beauchemin, à Sainte-Anne-de-Sorel. Fabien Doré, qui travaillait avec Roger à la Québec Iron, leur avait offert son chalet pour deux jours. Celui-ci était situé à côté de celui de Germaine Guèvremont, la grande romancière qui a donné vie à cette belle légende des Îles de Sorel, *Le Survenant.*

Le chalet, si on peut le nommer ainsi, datait des années trente. Aussi, il était bien fatigué, mais avec toute l'attention et les soins que Fabien lui prodiguait, il avait conservé sa chaleur d'autrefois, et avec le Chenal du Moine qui le longeait, une quiétude habitait continuellement cette petite retraite bien chaleureuse.

Il était situé aux abords du quai, et près de la devanture, il y avait un solarium entouré de moustiquaires dans lequel on avait placé un grand divan-lit à carrés rouges et gris. Dans la cuisine trônait un vieux poêle à bois datant du début des années 1900, et on avait accès à une glacière logeable pour garder la nourriture pendant une bonne semaine. Il y avait trois grosses lampes à l'huile: deux dans la cuisine et une dans la chambre à coucher, qui comprenait deux grands lits avec deux vieilles catalognes, une dans les teintes de vert et de brun, et dans l'autre, il y avait tellement de couleurs dans chacun des carreaux qu'on ne pouvait affirmer si elle était verte, bleue ou bien orangée. La salle de bain, si on peut la nommer ainsi, était située à vingt pieds du chalet.

Quand Fabien avait offert son chalet à Roger et à sa petite famille, il lui avait narré un peu cette belle histoire que fut celle de Marie-Germaine Grignon et de son époux Hyacinthe Guèvremont.

— Germaine Guèvremont, a doit bien avoir pas loin de soixante-dix ans aujourd'hui. A s'est mariée en 1916 avec Hyacinthe puis lui, y travaillait comme fonctionnaire à Ottawa.

— Maudit! T'en sais des affaires, toi!

— Bien là, je connais Sainte-Anne comme le fond de ma poche, sainte étoile! Bon, je reviens à mes moutons… Germaine Guèvremont est venue rester à Sorel en 1920 puis elle est repartie à Montréal pour y travailler en 1935. Elle était journaliste dans ce temps-là. Elle écrivait pour le *Courrier de Sorel* puis la *Gazette* de Montréal.

— Ah ben…

— Elle a écrit *Le Survenant* en 1943 puis en 1947 elle publiait son deuxième roman, *Marie-Didace*.

— Marie-Germaine Grignon…

— C'est la cousine de Claude-Henri Grignon, mon Roger!

— Ah bien, celui qui a écrit les *Belles Histoires*?

— Oui, mais avant, c'était *Un homme et son péché*. C'est avec ce livre-là que Séraphin est devenu bien populaire puis qu'y ont fait jouer la série au radio. Après, y en ont fait une série pour la télévision. Savais-tu, Roger, qu'elle était parente avec le vrai curé Labelle, le roi du Nord?

— Bien non.

— Eh oui, sa mère, c'était une Labelle.

— Ah ben, le monde est petit, hein ! Mais pourquoi ça s'appelle le village des Beauchemin, à Sainte-Anne ?

— C'est parce que la mère de son mari, Hyacinthe, c'était une Beauchemin, mon Roger…

— Bien là, je comprends même si c'est un peu mélangeant… parce que quand ça jouait au radio, *Un homme et son péché*, je l'écoutais pas. Mais je pense que ça a fini de jouer en 1960.

***

— Martin ! Lâche les grenouilles puis viens m'aider à rentrer les affaires dans le chalet !

— Oui, pa.

L'auto était remplie à ras bord. Au début de mai, on apportait les vêtements en double : de la lingerie pour les journées chaudes et une autre pour les soirées fraîches, sans omettre les jeux, les cannes à pêche, la nourriture, le bois d'allumage et les gros rondins d'érable pour réchauffer le chalet.

Les Delormes débutèrent par tout ranger dans les grandes armoires et la glacière, et par la suite, Roger s'esquiva avec Martin pour aller pêcher sa première perchaude, espérait-il, au bout du petit quai.

Rose et Guylaine jouaient au badminton à l'arrière du chalet et Angèle était bien installée dans la grosse balançoire de bois verte avec Josée qui sommeillait presque aussi profondément que la Belle au bois dormant.

— Maman !

— Oui, Guylaine.

— J'ai envie puis j'ai peur d'aller dans bécosse.

— Bien voyons, Guylaine, y a rien d'épeurant là-dedans!
Y a pas personne qui va te mordre les fesses, sainte bénite!

— Oui, mais y a un gros trou. Tout d'un coup que je
tombe dedans!

— Hi hi... Y a pas de danger, ma belle. Y va falloir que
tu t'habitues; des toilettes, y en a pas dans le chalet.

Le Chenal du Moine était superbe. Il était situé tellement
à proximité du chalet qu'on aurait dit une venelle. Cela faisait déjà deux heures que Roger et Martin étaient à la pêche
et ils n'avaient pas encore pris un seul poisson. Francine, elle,
était déjà rendue au chalet d'à côté. Il y avait un garçon de
son âge et elle le trouvait beau, ce qui n'était pas surprenant.

— M'man!

— Sainte bénite, Rose, qu'est-ce que t'as fait là, pour
l'amour du Bon Dieu!

— Quand je suis venue pour attraper le moineau, j'ai
rentré dans l'arbre en arrière de moi. Je te jure que je
l'avais pas vu, m'man!

— Arrête de brailler, c'est fait, c'est fait! Une autre
dépense! En plus, de ça, ça se donne pas, des lunettes,
hein? Toi, Guylaine, surveille ta sœur en attendant que
j'aille coller ses lunettes avec des plasters.

— Angèle, on est revenus!

— Oui, Roger! Ouin, on mangera pas une grosse
gibelotte à soir, mon mari! Hi hi, trois perchaudes puis
une carpe... On en a même pas assez pour faire une
soupe! En plus, de la carpe, ça se mange même pas, c'est
plein d'arêtes!

— C'est moi qui a pogné les trois perchaudes, m'man!

— Ah oui! Va-tu falloir que tu donnes des cours à ton
père en plus, mon Martin?

— Vous êtes bien drôle, madame ! Vous allez voir après souper, ça mord bien plus le soir. Quand je vais revenir, ma chaudière va être pleine.

— Une chance qu'on a apporté du manger, on crèverait de faim, sainte bénite ! Faites-vous-en pas, les hommes, je vais faire un bon spaghetti Catelli, puis la gibelotte, on en mangera demain, mais ça, c'est à condition que vous revenez pas bredouilles !

Quand Roger se retourna pour franchir les marches du chalet et qu'il aperçut Rose portant ses petites lunettes bleues toutes déformées, il fronça un sourcil, mais au fond, il avait juste envie de rire. Il jeta un regard à sa femme qui, elle aussi, avait de la difficulté à contenir son sérieux. Rose arborait un bleu jaunâtre au-dessus de son nez et en plus, elle s'était raclé les deux genoux.

Ce n'était pas aisé comme à la maison de récurer la vaisselle au chalet. Il fallait faire bouillir l'eau – ce qui prenait une éternité – et ensuite, refaire bouillir de l'eau pour la toilette du soir de toute la famille.

Au crépuscule, Roger arriva de sa supposée pêche miraculeuse et dans sa chaudière, on ne distinguait que le fond. Angèle se retint bien de le taquiner ; elle l'encouragea plutôt pour sa pêche du lendemain sans oser lui mentionner le mot « gibelotte ».

Pendant que les enfants enfilaient leurs pyjamas, Roger alla déposer des gazettes et du bois d'allumage dans le foyer en grosses briques noircies tout près de la balançoire. Angèle étendit une grande couverture sur le sol devant la flamme naissante. Guylaine aborda le sujet de ses prochaines vacances chez sa nouvelle tante Laurette à Drummondville, mais l'enthousiasme se montrait très faible dans ses paroles.

— Oui, mais Guylaine, tu vas connaître tes cousins puis tes grands-parents !

— Oui, je le sais, m'man, mais j'ai peur de m'ennuyer de vous autres.

— Si tu t'ennuies trop, t'as juste à nous appeler puis on va aller te chercher, c'est promis, ma fille. Qu'est-ce tu dirais si on demandait à Rose d'aller se promener avec toi à Drummondville ?

— Oh oui, m'man… oui ! J'aimerais ça, y aller, moi aussi, à Drummondville avec Guylaine !

Guylaine se sentit bien soulagée. Pour fêter la bonne nouvelle, Angèle sortit le gros sac de guimauves et ils se sucrèrent tous le bec. Francine avait invité Marco pour le feu nocturne… mais à quoi elle jouait ? Benoît, lui ?

Martin faisait la chasse aux mouches à feu avec Nannie. Il en captura une vingtaine. Il les emprisonna à l'intérieur d'un pot de verre capitonné de gazon.

— Je vais les mettre sur le bureau dans la chambre, ça va nous faire une veilleuse pour la nuit.

Quand vint le temps de bien noyer la flamme du feu, les enfants ne se firent pas prier pour aller au lit.

À cinq heures du matin, Rose se leva pour se rendre à la salle de bain. «*Shit*, la bécosse», pensa-t-elle. Mais maman avait eu une idée de génie avant de quitter Sorel. Elle avait vidé un contenant de chips Fiesta pour en faire un cabinet portatif.

Roger était déjà debout. Il se préparait pour aller quérir les réserves de poissons pour la gibelotte du souper. La petite Josée sortit de leur sommeil Francine et Guylaine, bien emmitouflées sur le divan-lit dans le solarium, en s'agrippant à la grosse catalogne.

Le soleil s'était levé tôt, mais les rayons qu'il dardait n'avaient pas encore gagné toute leur force. Il ne faisait que soixante degrés à l'extérieur du chalet et avant de partir, Roger enfourna dans le vieux poêle endormi un énorme rondin au parfum d'érable.

Quand Martin se leva, il remarqua que sa lampe de chevet n'avait pas survécu aux ténèbres de la nuit. Dans le pot de verre embué, les mouches à feu agonisaient. Il aurait bien dû suivre sa première idée : « J'aurais dû faire des trous dans le couvercle aussi, peut-être qu'elles auraient été encore allumées à matin. »

Vu qu'il n'y avait aucun poisson pour le dîner, Angèle prépara des sandwichs au Paris Pâté. Et s'il n'y en avait pas non plus pour le souper, de ce poisson-là, bien, ce seraient des « goudilles » avec une salade de chou.

En après-midi, Galarneau se décida enfin à dévoiler ses pouvoirs et de leur donner un beau soixante-douze. Angèle s'aventura sur le quai tout près de son mari.

— Ouin, ça mord pas fort encore aujourd'hui, Roger ?

— Pourtant, au début du mois de mai comme ça, l'eau est encore bien frette. Je comprends rien là-dedans, moi !

Angèle s'assit tout près de lui sur un petit banc ancré en permanence sur le bout du quai.

C'était paisible sur le chenal. Quand une barque à petit moteur passait tout près du quai, ce dernier se mettait à valser. Angèle trouvait cela bien romantique. Elle dit tout bas à son mari que s'ils avaient été seuls, ils auraient fait des choses pas très très catholiques.

— Oups ! Ça mord, ma femme… puis ça mord fort en maudit ! Veux-tu bien me dire c'est quoi qu'y a au bout de cette ligne-là, toi ?

— Échappe-lé pas, Roger! Sainte bénite, ta canne à pêche est pliée en deux!

— Va chercher la puise, Angèle, elle est accrochée sur le côté du chalet. Si y casse pas ma ligne, ce gros lard-là, on va pouvoir le sortir de l'eau. Comment que ça prendrait une heure, y s'en sauvera pas! Y va finir dans poêle pour le souper, c'est sûr, oh oui! Crois-moi!

Après une bonne vingtaine de minutes, Roger sortit de l'eau un brochet de vingt-deux livres. Il criait comme un perdu.

— Maudit que je suis content! Maudit qu'on va se régaler!

« C'est sûr, mais y va se régaler tout seul parce que ce poisson-là, c'est plein d'arêtes. En plus, il est laid comme la plaie d'Égypte, un vrai crapaud! » pensa Angèle.

Après le souper de « goudilles », de salade de chou et de brochet – qui se laissa déguster uniquement par son pêcheur –, les Delormes amorcèrent le récurage du chalet, car dès le lendemain, ils rentreraient au bercail. Deux jours, c'était bien trop court pour des gens heureux comme des poissons dans l'eau.

— Maudit qu'y mouille! Je voyais pas un pied devant moi en m'en revenant!... Bien voyons, ma femme.

— Aimes-tu ça?

— C'est court en titi, mais t'es belle en maudit!

Comme tous les jeudis, Emma s'était pointée à onze heures pour garder Josée. Angèle n'avait pas pris rendez-vous au salon Lotus, mais au salon Trianon sur la rue George. C'était Edwidge, sa voisine, qui lui avait vanté ce salon de coiffure, affirmant qu'on y était beaucoup plus à l'affût des nouvelles coiffures tendance. Angèle s'était fait faire la « coupe chat », tout comme la chanteuse de l'heure, Dany Aubé, ce joli petit brin de femme qui interprétait *Ma casquette*.

— C'est une nouvelle coupe à la mode, mon mari, puis en plus, ça se peigne tout seul ! Y fallait que j'aille les faire couper, ils étaient rendus bien trop longs. Ça paraît pas, mais c'est le seize puis dimanche, c'est le dix-neuf !

— Qu'est-ce qu'y a le dix-neuf, ma belle noire ?

— Bien voyons, Roger, c'est la fête des Mères !

— Ah ben, je pensais plus à ça, moi .

Roger n'aurait jamais oublié la fête des Mères. Le vendredi, en sortant de son travail, il s'était rendu chez le fleuriste Quessy pour lui commander des fleurs qui seraient livrées le dimanche matin, et aussi, au magasin Chez Jeannine Nouveautés, il lui avait choisi une superbe veste blanche en laine d'agneau soulevée de grandes torsades incrustées de fils argentés.

Les fleurs furent livrées comme prévu dans la matinée du dimanche et Angèle fut enchantée du joli présent que son mari lui avait choisi avec soin pour cette journée très spéciale. Elle la passa en compagnie de ses enfants et d'Emma qui, à ses yeux, était elle aussi une mère très précieuse qu'elle chérissait de tout son cœur. À la fin du repas, les enfants insistèrent auprès de leur grand-mère pour qu'elle leur raconte sa rencontre avec leur grand-père Isidore que malheureusement, ceux-ci n'avaient jamais eu le privilège de connaître.

— Les Bilodeau, c'était du bien bon monde, mais pas bien riches. L'hiver, pour faire leur toilette du matin, ils étaient obligés de mettre leur bougrine puis de sortir dehors pour remplir un seau de neige qu'ils faisaient fondre sur le poêle pour pouvoir se laver puis se brosser les dents. C'était la grosse misère noire dans ce temps-là pour certaines familles à Saint-Robert qui bûchaient et bûchaient pour arriver à joindre les deux bouts. Quand je suis allée dans l'écurie puis que j'ai vu votre grand-père Isidore en train de ferrer son cheval, bien j'suis tombée en amour bien raide avec lui! Je dis l'écurie, mais le vrai nom, c'était une maréchalerie parce que son père était maréchal-ferrant. Isidore m'a dit par après qu'il m'avait trouvée bien belle avec mes grands boudins bruns puis ma petite robe carreautée rose.

Angèle buvait les paroles de sa mère. On aurait dit une enfant de cinq ans se faisant raconter une histoire des contes des *Mille et une nuits*.

— Oups… déjà deux heures moins quart, bonne sainte Anne! Je vais être obligée de vous couper ça court, les enfants. Madame Grondin s'en vient à la maison à deux heures!

— Grand-mère!!!

— Cré petits cœurs… Je vous promets de tout vous raconter la suite une prochaine fois, OK?

Chapitre 10

Chez Laurette

— Puis, ma femme, on va avoir un nouveau pape ?

— Comment ça ?

— T'as pas écouté la télévision aujourd'hui ? Le pape Jean XXIII est mort !

— Hein ! Ça va faire bizarre d'avoir un nouveau pape.

— Bien oui… Je le sais pas c'est quoi que j'ai: j'ai toujours faim, maudit !

— J'avais remarqué, mon Roger. Tu manges plus qu'avant, tes pantalons de travail sont plus serrés que d'habitude.

— Dis-moi pas qu'il va falloir que je me mette au régime, moi !

— Bien non, t'es encore plus beau ! Avant, t'étais trop maigre. D'après moi, tu dois avoir pris un bon dix livres.

Le beau Roger, une belle carrure d'homme: cinq pieds et dix pouces, un poids de cent soixante-quinze livres, et il était en bonne forme physique. Ses cheveux étaient brun foncé et ses grands yeux marron, presque noirs. Ce qui ajoutait à son charisme, c'étaient ses deux petites fossettes aux coins de sa bouche qui lui donnaient un air guilleret, et quand il souriait, on découvrait une dentition d'une blancheur éclatante.

— Tant que ça! Eh ben, moi, j'avais pas remarqué. Ah bien, je vais lâcher les cochonneries le soir.

— Je me sens bien auprès de toi, j'ai l'impression d'être en vacances.

— Ah oui?

— Bien oui!

— C'est qui qui chante ça cette belle chanson-là?

— C'est Petula Clark, la belle blonde. Qu'est-ce qu'on va acheter pour le cadeau de mariage à Richard puis Michèle, mon mari?

— Je l'sais pas, moi. As-tu pensé à quelque chose?

— Non, pas encore. Je pense que je vais l'appeler à soir. Michèle doit bien avoir fait une liste de cadeaux pour pas qu'elle en reçoive trois quatre pareils!

— C'est sûr! Les enfants soupent-tu ici, ma femme?

— Oui, oui. Guylaine puis Rose sont en bas, Martin est chez Gilles à Marcel, puis Francine, elle est…

— Laisse faire, Angèle, je viens de la voir, la Francine… eh maudit!

— Où ça?

— Regarde dans la balançoire de madame Frappier à côté.

— Sainte bénite, ils s'embrassent à pleine bouche! Va falloir lui parler, Roger, elle est bien trop jeune! Si on fait rien, on va en faire une dévergondée!

Durant le souper, tout le petit monde ingurgitait avec appétit le chop suey qu'Angèle avait préparé sauf Francine qui, elle, picossait dans son assiette, les yeux vitreux comme un miroir. Roger et Angèle lui avaient fait des remontrances sur le fait qu'elle était beaucoup trop jeune pour embrasser Benoît sur la bouche :

— Qu'est-ce que madame Frappier aurait pu penser si elle vous avait vus dans la fenêtre de sa cuisinette, bonyeu ?

***

Le vingt-deux juin, c'était la remise des bulletins scolaires des enfants et ceux-ci étaient très anxieux de savoir s'ils avaient réussi leur année et entameraient leur prochaine saison d'études dans une toute nouvelle classe. Angèle avait quitté la maison à trois heures et à trois heures trente elle patientait sur une chaise appartenant à un pupitre quelconque, face au bureau de monsieur Bouchard, l'enseignant de Martin à l'école Saint-Viateur.

Pour les notes des filles à l'école Maria-Goretti, Rose se retrouvait première de classe avec un bulletin de 91 % et Guylaine n'était pas très loin derrière avec un beau 88 %. Michèle avait glissé tout bas à Angèle que ses filles étaient des petits anges adorés.

Pour Francine, un bulletin de 82 %. La grande sœur Métivier avait avoué directement à la mère de famille que sa fille était une bonne élève en classe, mais que dans la cour de la récréation, elle ne faisait pas preuve d'une discipline assidue.

Martin, c'était le bouffon de l'école Saint-Viateur, et monsieur Bouchard n'avait pas mis de gants blancs pour en informer Angèle.

— Là, on va souper, puis après on va parler de vos bulletins.

— On monte-tu d'année, m'man ?

— Toi, Francine, attends ton tour, j'ai des affaires à te parler, moi. Puis toi, Roger, reste à la table pour entendre ce que j'ai à dire aux enfants. Ces enfants-là, je les ai pas faits toute seule, OK ?

— Oh... t'as pas l'air de bonne humeur, ma femme !

— Bon, on commence par Francine. Tu montes d'année avec 84 %...

— Wow ! Tu dois être contente, m'man ?

— Attends un peu, j'ai pas fini, ma fille. C'est quoi, ces chicanes-là avec ta cousine Christiane à l'école ? Puis en plus, Lise à Marcel, all'embarque avec toi dans tes magouilles ?

— C'est elle, Christiane, qui arrête pas d'écœurer Guylaine dans la cour de récréation ! Ça fait que moi, je viens en maudit puis je pogne les nerfs !

— Hey, Francine, t'arrêtes de dire « maudit », OK ?

— Oui, pa. Elle dit que Guylaine, c'est pas notre sœur, qu'elle est adoptée parce que son père puis sa mère sont morts ! Moi, ça m'a assez choquée que je lui ai dit que son père est mort parce qu'y buvait comme un trou ! C'est pas correct que je dise ça, je l'sais, mais a m'fait enrager, tu peux pas savoir comment ! J'ai juste envie de sauter dessus puis lui arracher sa grosse crigne jaune orange qu'elle a sur sa tête de linotte !

— Sainte bénite, vous allez m'arrêter ça, ces niaiseries-là ! Après souper, je vais téléphoner à matante Yolande pour qu'elle vienne ici avec Christiane, puis on va régler ça, ces chicanes-là une fois pour toutes. Si ça a du bon sens de se tirailler de même ! Pour toi, Martin, tu passes ton année, mais sur les fesses avec 62 %, mon gars. Monsieur Bouchard...

— Mais, m'man...

— Attends que je finisse, tu parleras après. Monsieur Bouchard dit que tu penses juste à jouer dans la classe puis en plus, que t'es lunatique. C'est pour ça que ton bulletin est si bas. T'es mieux de remonter ça à l'automne parce que le soir après souper, ça va être dans la maison. As-tu bien compris ça ? Puis que je te voie plus jamais te prendre un paquet de Chicklets dans l'armoire pour l'apporter à l'école. Monsieur Bouchard, y a pas besoin d'une chèvre dans sa classe.

— Ben oui, m'man… j'ai compris.

***

Concernant la fête de la Saint-Jean, les festivités s'échelonneront sur cinq jours au lieu de deux. Le jeudi vingt juin, la soirée d'ouverture aura lieu à l'hôtel de ville de Saint-Joseph. Par la suite, il y aura l'Harmonie Calixa-Lavallée de Sorel qui interprétera des airs de circonstance dans le parc du carré Royal en compagnie de monsieur George Codling.

Le vendredi vingt et un juin, les citoyens organiseront une grande vente de fèves au lard de porte en porte pour récolter des fonds pour la Société Saint-Jean-Baptiste. Le samedi vingt-deux juin se déroulera une partie de baseball au parc municipal, au coin de Ramesay et du Collège. Plus tard, entre chien et loup, une soirée québécoise aura lieu au carré Royal.

Le dimanche vingt-trois juin, en après-midi, ce sera la bénédiction des yachts à la marina Beaudry. Le soir, à dix heures, un feu d'artifice au centre municipal de Tracy sera suivi d'un spectacle de danse en compagnie de la troupe L'oiseau bleu. De la danse libre en plein air clôturera la soirée avec l'orchestre de monsieur Jean-Claude Lemoine.

Le lundi vingt-quatre juin, le défilé de la Saint-Jean débutera à l'église Saint-Pierre et suivra son trajet sur la rue Charlotte, Royale et George. La parade va faire une halte au carré Royal et ensuite elle traversera le pont Turcotte pour fermer la boucle des festivités de la Saint-Jean à l'hôtel de ville de Saint-Joseph, là où la grande fête aura débuté le vendredi précédent. Dans la soirée d'autres feux d'artifice seront présentés puis, finalement, une soirée québécoise aura lieu à l'école Marie-Auxiliatrice pour les fêtards inépuisables.

— On a eu une belle Saint-Jean-Baptiste, mon mari. On a couru la galipote pas mal! Y a juste la journée des *beans* qu'on a pas faite… Puis en plus, la parade passait juste devant chez nous sur la rue Royale!

— Bien oui. On a traîné les enfants partout! C'est pour ça que je leur ai dit qu'ils pouvaient pas aller à l'exposition agricole la semaine passée. Y fallait qu'y fassent un choix, tu comprends? On n'est quand même pas la banque à Ti-Jos Violon! En plus, si on aurait décidé d'aller au cirque, on aurait pissé dans le violon, y a mouillé à boire debout pendant trois jours! De toute façon, quand le cirque Beauce Carnaval vient à Sorel, c'est toujours pareil à chaque année: y mouille comme des clous puis on se gèle le cul, maudit! Où est-ce qu'y sont, ces enfants-là, ma femme?

— Y sont tous partis se baigner à la piscine municipale à côté du stade. Je voudrais bien les envoyer plus souvent, mais à vingt-cinq cents du coup, ça fait pas mal cher à quatre enfants. C'est bien de valeur parce qu'eux autres, y passeraient leur été dans l'eau…

— Attends donc un peu, ma femme. Fabien, celui qui nous a passé son chalet…

— Quoi?

— Bien lui, y a deux jeunes, y m'a dit qu'il leur avait acheté une passe familiale de saison pour cette piscine-là!

— Ah oui ? Ça coûte-tu cher, cette passe-là ?

— Attends, je vais lui téléphoner. Y doit être chez eux, c'est le lendemain de la Saint-Jean. Y est en congé à moins qu'il soit pas revenu de son chalet. Salut, Fabien, c'est Roger.

— Tiens, tiens, si c'est pas le champion du brochet !

— Bien oui, c'est moi. Hey, Fabien, comment ça t'a coûté, la passe des enfants pour la piscine municipale ?

— C'est dix piastres, mon Roger, puis crois-moi, c'est pas du gaspillage ! On a la paix pour l'après-midi et en plus, c'est pas inquiétant, y a des gardiens tout le tour de la piscine.

Angèle était bien heureuse. Dix dollars pour tout l'été !

— Les enfants vont être fous comme des balais quand ils vont apprendre la bonne nouvelle.

En plus, Angèle pourrait amener Josée à la piscine aussi vu qu'il y avait une minibarboteuse pour les plus jeunes. Mais elle fut un peu déçue de l'ami de Roger. Être heureux, comme il disait, de se débarrasser de ses enfants pendant qu'ils sont à la baignade, pour elle, cela s'avérait incompréhensible.

— Regarde, ma femme, Fabien est tout seul avec ses deux gars. Des fois y a besoin d'un *break* puis de respirer.

— Hon… Sa femme est morte ? Pauvre lui…

— Oui, ça fait déjà cinq ans. Elle est morte de la polio, sa pauvre femme. Quand elle est partie, son plus jeune avait juste deux ans. Y en a arraché pas mal, le Fabien !

— Câline… Qu'est-ce tu dirais si on les invitait à manger du charcoal à soir ? On pourrait faire des hot dogs puis des pogos ?

— C'est une bonne idée, ma femme. Maudit que je t'aime, toi !

— Moi aussi, je t'aime, mon petit chéri. Puis en même temps je vais faire sa connaissance. Y nous a prêté son chalet puis je l'ai jamais vu! Y a deux gars, tu dis?

— Oui, mais demande-moi pas leurs noms, je m'en souviens pas! Tu sais comment je suis avec ma mémoire de maringouin?

Angèle avait trouvé Fabien très agréable ainsi que ses deux garçons. Marc, douze ans, et Marco, sept ans, étaient des enfants très bien éduqués. Fabien demeurait à Sorel-Sud, sur la rue Goupil, pas très loin de la Maison des Gouverneurs.

Francine était accompagnée d'un Benoît marabout, car elle ne cessait de zieuter Marc du coin de l'œil en lui faisant les yeux doux.

Dans la soirée, Roger attisa un feu et Angèle sortit les guimauves. Quand elle glissa un mot à Fabien sur le fait que l'une de ses sœurs s'était retrouvée veuve au printemps dernier, eh bien, là! Fabien s'était montré très intéressé.

— On va penser à ça, mon Fabien. Comment on pourrait bien arranger ça pour que tu la rencontres? En plus, elle reste quasiment à côté de chez vous, elle reste sur la rue de la Comtesse!

— Hein! Elle est comment, votre sœur, madame Delormes? Si elle vous ressemble, elle va être bien trop belle pour moi!

— Bien voyons, monsieur Doré, vous me gênez pas mal, vous là!

Fabien était un homme dans la trentaine avancée. Il était très mince et son dos était un peu courbé, mais le sablier du temps ne lui avait pas tout subtilisé: il lui avait laissé son charisme chaleureux, et ses yeux ne dégageaient que de la gentillesse et de la bonté.

— Je te le dis tout le temps, ma femme, que t'es la plus belle femme de la terre puis tu me crois jamais, bonyeu! Tu vois, Fabien vient de te le dire, puis crois-moi que c'est pas un menteur, ce grand slack-là!

— Roger, arrête-moi ça tout de suite! Bon, ma sœur Yolande, elle a trente-cinq ans. Elle est grande puis bien mince. Elle a les cheveux châtains puis ses yeux sont verts.

— Hum…

— C'est une femme bien tranquille… Remarquez qu'avec un mari comme Gaétan, elle avait d'affaire à prendre son trou! Je veux pas vous décourager, monsieur Doré, mais elle m'a déjà dit: «Avant que j'aie un chum, y va tomber des vaches.»

— Sainte étoile! Pourquoi qu'a dit ça?

— Son Gaétan, monsieur Doré, c'était un ivrogne, puis elle en passé des vertes puis des pas mûres avec lui!

— C'est sûr que votre sœur a été bien malheureuse puis ça, je le comprends. Moi, la dernière fois que je me suis saoulé, je pense que j'avais quinze ans. Aujourd'hui, j'ai trente-huit ans puis je me souviens même pas d'avoir été saoul une seule fois!

— Regarde, Fabien, samedi on a des noces et Yolande va être là. Je vais essayer de tâter le terrain pour toi.

Quand Fabien annonça à regret qu'il fallait qu'il quitte ses hôtes, Angèle revint avec une photographie.

— Monsieur Doré, pendant que vous parliez avec Roger, je suis allée chercher un portrait de ma sœur. Elle est posée avec Gaétan puis sa fille, Christiane. C'était au jour de l'An y a deux ans, chez ma mère.

— Sainte étoile, c'est une belle femme! Attendez donc un peu, vous là… Son mari, je le connais!

— Comment ça, mon Fabien?

— Bien… je devrais pas vous dire ça, je pense.

— C'est-tu bien grave, monsieur Doré ?

— Pas trop, madame Delormes… bon bien, je vais vous le dire. L'été passé, je suis allé chez des amis, Wildor puis Rachèle ; ils faisaient une épluchette de blé d'Inde chez eux. La chum de femme à Rachèle, Bibianne, est arrivée avec ce Gaétan-là. Mais c'était un hypocrite ! Il était marié et il trichait votre sœur à tour de bras ?

— Vous avez tout deviné, Fabien.

— Est-ce que son nom de famille, à Bibianne, c'était Tremblay ? demanda Roger à Fabien.

— Oui. Tu la connais ?

— Non, mais je connais son père, y travaille avec moi à la *shop*. Puis Rachèle, c'est à elle que Gaétan a pogné les fes… ah puis laisse faire, ça donne rien de rebrasser tout ça. Continue donc, Fabien.

— Après, la chicane a commencé. Gaétan était bien chaud puis Wildor l'a pogné dans le tambour en arrière de la cuisine en train de forniquer avec sa femme… Wildor m'a dit qu'y l'avait mis dehors à coups de pied dans le cul puis qu'y avait dit à Rachèle qu'elle en avait pas fini avec lui. Depuis ce temps-là, j'ai pas demandé à Wildor s'il était encore avec sa femme.

— Maudit Gaétan à marde ! Puis ma Yolande qui l'abriait tout le temps, ce gros pas fin là ! Puis en plus, quand je l'ai rencontrée, ma sœur, sur le coin de la rue Barabé, cet hiver, elle avait un œil au beurre noir. Elle m'a dit qu'elle était tombée en bas de son escabeau. Moi, je l'ai pas crue pantoute. J'étais sûre que c'était Gaétan qui l'avait encore bardassée !

***

La petite ville de Saint-Ours est située à quatorze milles de Sorel. C'est la porte d'entrée du Richelieu et les citoyens qui y habitent, les Saint-Oursois, sont des gens très généreux dégageant une simplicité exemplaire. Cette petite ville d'agriculture et de villégiature fut fondée en 1866. Le canal de Saint-Ours, inauguré en 1849, avait rendu possible la navigation entre le fleuve Saint-Laurent, la rivière Richelieu, le lac Champlain et la rivière Hudson. L'église de l'Immaculée-Conception y est établie depuis plus de cent vingt-cinq ans.

Sur le parvis de la sainte église, Richard avait l'air très distingué habillé d'un costume de ville marine, et tous les invités élégamment vêtus sur le perron de l'église attendaient fébrilement l'arrivée de la mariée qui se laissait désirer.

Michèle était resplendissante dans une robe ivoire de crêpe Pompadour. Un voile court était accompagné d'une interminable traîne française qui s'allongeait gracieusement derrière elle sur le long tapis rouge. Parsemées dans une coiffure relevée, de petites larmes de bébé nacrées brillaient légèrement, et sur ses paupières, un soupçon de poudre dorée avait été déposé.

Pour le festin de la noce, des vol-au-vent furent dégustés divinement et, bien sûr, sur le gâteau vanillé garni de pâte d'amandes, deux statuettes observèrent le long couteau rubané de torsades rosées se noyer dans le glaçage immaculé.

Pour l'ouverture de la cérémonie, l'orchestre avait interprété *La valse à mille temps* de Jacques Brel. Par la suite, les petits comme les grands s'étaient émoustillés sur le twist de Chubby Checker, *Loop de loop* de Donald Lautrec et un air des années folles, le charleston.

— Puis, mon Richard, vous allez où en voyages de noces ?

— Au Mexique, mon Roger, à Acapulco.

— Hein ! Vous êtes riches, vous autres ! Je sais pas si un jour je vais voir ça avec Angèle, moi. Avec les enfants, tu sais bien que l'argent pousse pas dans les arbres !

— C'est pas si cher que ça, Roger. Pour les deux, c'est juste quatre cent quinze piastres !

— Oui, mais pourquoi aller au Mexique en plein été, bonyeu ? Y fait chaud ici, pourquoi dépenser votre argent pour aller là ?

— Les palmiers, mon Roger… les palmiers !

Pendant tout l'après-midi, la chaleur persista dans la grande salle de la paroisse Saint-Maxime. À l'extérieur, c'était aussi ardent, mais du moins, une petite brise s'était levée, ce qui donnait un peu d'air frais aux invités qui sortaient se rafraîchir à tour de rôle.

Quand Roger s'éclipsa pour respirer un peu d'air nouveau sur la grande galerie, Serge, le frère de Michèle, et leur père, Bertrand Gaillard, étaient en grande discussion, une bière froide à la main.

Bertrand possédait son garage de mécanique à Saint-Ours et Serge travaillait dans le grand magasin de matériaux de construction Chapdelaine sur la rue du Collège.

Tout en babillant, Roger s'attarda à considérer les voitures dans le stationnement. Il y avait de l'argent qui reposait là ! Une Corvette de l'année, une Cadillac 62, un Thunderbird décapotable, et entre deux luxuriantes autos, un Martin qui se camouflait en compagnie de son cousin Michel pour fumer à la dérobée.

— Toi, Yolande, t'as l'air en pleine forme, on dirait ? Il me semble que t'as changé, ma sœur.

— Comment ça, Angèle ?

— T'as l'air plus gaie… puis en plus, on dirait que t'as rajeuni, câline, t'es encore plus belle qu'avant !

— Bien voyons donc, ma sœur !

— Bien oui, Yolande, Angèle a raison, on te reconnaît plus, tornon !

— J'ai-tu changé tant que ça, Claudia ? Me semble que je suis toujours la même personne, moi !

— Oui. Comment t'aimes ça, ton nouveau logement sur la rue de la Comtesse ?

— On s'est quand même habituées. C'est sûr que c'est pas comme une maison, mais on est proches de la ville. Mais Christiane a pas aimé changer d'école.

— Tu dois te faire chanter la pomme assez souvent depuis que tu es célibataire, ma sœur ?

— Ça m'intéresse pas pantoute, Angèle. Mais je peux vous dire que je suis allée au théâtre Tracy voir la nouvelle vue de Cléopâtre avec la belle Elizabeth Taylor… puis j'y suis pas allée toute seule !

— Hein ! C'était qui ? Je le connais-tu ?

— Non, Claudia, je pense pas. Y travaille chez Richelieu Knitting; y est *boss*.

— Ah bon. Y est comment ?

— T'es bien blette, Claudia Beaucage ! Y est ordinaire puis y m'intéresse pas pantoute si tu veux savoir… Moi, un homme qui arrête pas de faire son jars tout le temps, ça m'impressionne pas une miette, puis ça me tombe sur les rognons bien raide !

— Hi hi ! Moi, Yolande, j'aurais quelqu'un à te présenter.

— Qui ça ?

— Un gars qui travaille avec Roger à Québec Iron. Y est veuf avec deux enfants. Y est venu souper l'autre soir à la maison. Je l'ai trouvé pas mal à sa place, puis si ça peut t'intéresser, y prend pas un coup, lui.

— Non. Ça me tente pas de m'embarquer avec un homme… Puis, si j'en pognais un qui me dit qui prend pas de boisson, j'aurais trop peur de me faire bourrer. Ma poignée dans le dos, je l'ai dévissée quand Gaétan y est mort.

— Bien voyons, y sont pas tout pareils, Yolande! Regarde mon Gilbert puis le Roger à Angèle: c'est des maudits bons gars, eux autres!

— Oui, vous autres, vous avez été chanceuses. Des hommes comme les vôtres, y en ont arrêté la production en 1930, cibolaque! Non, peut-être dans une couple d'années… Y s'appelle comment, ce gars-là?

— Oups! Ça t'intéresse, là?

— Non, non, je voulais juste savoir son nom comme ça…

— Hi hi! Y s'appelle Fabien, Fabien Doré.

À neuf heures, les mariés quittèrent la salle de réception pour aller revêtir leur tenue de voyage et plus tard, ce serait Serge, le frère de la mariée, qui les reconduirait à l'aéroport de Dorval.

Michèle portait une jolie robe rose parsemée de petites pastilles vertes, dépourvue de manches et découpée d'un gros ceinturon blanc. Richard, un pantalon vert forêt et une chemise blanche dont les manches avaient été retournées, le tout accompagné d'escarpins de toile beige foncé.

À leur départ, l'orchestre interpréta *Mexico* de Luis Mariano, et la mère de Michèle ne put retenir ses larmes.

— Bon voyage, mes enfants, soyez prudents, recommanda Emma.

— Merci, m'man. On va vous envoyer une carte postale du Mexique, à toi puis à la mère de Michèle.

— Faites attention à vous autres, les jeunes mariés !

— Crains pas, mon Gilbert, on a économisé tout notre argent pour faire un beau voyage, puis crois-moi qu'on va en profiter !

— Hey ! Venez ici, mes deux petites élèves préférées, venez embrasser votre matante Michèle ! Toi, ma Rosie, fais attention à tes belles petites lunettes neuves pendant qu'on va être partis, OK ?

***

En ce début du mois de juillet, la promenade à Drummondville commençait à peser lourdement dans le petit cœur de Guylaine.

Fabien avait offert son chalet à Angèle et Roger pour deux longues semaines. Roger ne serait pas en vacances, mais Angèle désirait malgré tout s'y rendre avec Martin, Francine et Josée.

Cinq heures et vingt.

— Maudit qu'y fait chaud ! On va-tu être bien au chalet pour dormir le soir, ma femme ?

— J'ai assez hâte, moi ! En vacances avant le temps, mon mari !

— Oui, puis ça me dérange même pas de voyager de Tracy jusqu'à Sainte-Anne-de-Sorel à tous les jours ! Salut Martin. D'où tu viens tout énervé comme ça ? Tu pompes l'huile au siau, bonyeu !

— Je suis juste venu boire de l'eau, pa. On est en train de faire des courses à relais sur la rue Monseigneur-Nadeau !

— Là, tu vas rentrer pour souper. Va avertir Francine chez Lise à Marcel pour qu'elle vienne souper elle aussi.

— Oui, pa.

— Regarde, ma femme.

— Sainte bénite, Josée!

Josée venait de quitter la berceuse où son père était installé pour rejoindre sa mère tout près de la cuisinière. Angèle lui tendit les bras et l'étreignit très fort. Josée venait d'effectuer ses tout premiers pas du haut de ses dix mois et deux semaines. C'était bien comique de la voir déambuler sur son petit erre d'aller. Elle progressait à pas de tortue, chancelante, les deux bras juchés vers le ciel, et elle riait aux éclats. Ses cheveux avaient blondi, et avec ses yeux bleus tout ronds et ses grosses cuisses dodues, elle était pas mal ragoûtante, comme disait Angèle.

— Ah oui! Pendant que j'y pense, Fabien va venir après souper pour chercher ma barouette. Y veut enlever la haie sur le côté de sa maison. Y va mettre une clôture à la place. Y dit que sa haie est toujours malade puis qu'elle est pleine de bébites.

Fabien se manifesta à sept heures pendant que Roger et Angèle sirotaient un café bouillant sur la galerie du côté de leur maison.

— Viens t'assir, mon Fabien. Angèle va te faire un café.

— Je veux pas vous déranger, moi, là! T'as un beau char propre, mon Roger, tu l'as frotté pas mal fort!

— J'ai juste passé la hose dessus après souper pour enlever la poussière de la *shop*. Ça en fait-tu de la marde, cette usine-là?

— Merci, madame Delormes… Bien oui, nos chars sont toujours crottés, sainte étoile! Vous avez l'air en pleine forme, vous!

— Bien oui... Ah, je voulais vous dire merci pour votre chalet. On va en profiter, vous pouvez être sûr de ça! Oups... le téléphone.

— Ouin, t'as fait bien plaisir à ma femme pour le chalet, Fabien. Ça va lui changer les idées pendant que les filles vont être parties à Drummondville! Qui c'était, Angèle?

— C'était Yolande... Elle s'en vient chercher mon patron de robe bleue. Elle veut s'en faire une blanche pareille... Pensez-vous comme moi, vous deux?

— Craignez pas, madame Delormes, je partirai pas d'ici avant de l'avoir vue, votre sœur! Depuis le temps que je veux la connaître, je manquerai pas ça pour tout l'or du monde!

Yolande arriva vingt minutes après en vélo. Vêtue d'une jupe-culotte noire et d'une blouse blanche matelot, elle avait l'allure d'une petite fille sur sa bicyclette. Fabien se leva immédiatement pour lui offrir sa chaise.

— Salut, y fait-tu assez chaud! Bonjour, monsieur.

— Yolande, je te présente Fabien Doré, un ami de Roger.

Yolande devint livide. Elle tendit la main à Fabien en espérant qu'il n'en détecte pas le tremblement et la moiteur. Fabien la trouva très séduisante avec ses belles grandes jambes toutes bronzées.

Ils placotèrent un peu de tout et de rien et Yolande repartit à huit heures et demie. Fabien voltigeait sur un nuage, et du haut de celui-ci, il ne voyait que cette belle femme aux allures divines.

— Fabien! Es-tu là? Hou, hou... Ouin, on dirait que t'as eu une apparition, bonyeu. Reviens sur terre! Tu l'as trouvée fine, la Yolande?

— Si elle est fine ? J'en reviens pas ! Pensez-vous que si je l'invitais à prendre une liqueur en ville, elle viendrait ?

— Si tu y demandes pas, mon Fabien, tu le sauras jamais ! Si tu veux, Angèle va te donner son numéro de téléphone tout à l'heure.

***

C'était par une journée de canicule suffocante que Laurette Beausoleil arriva chez les Delormes pour chercher les filles. Les valises étaient bien en place sur le seuil de la porte, celles de Guylaine et de Rose ainsi que celle de Roger et Angèle qui, par le fait même, partaient pour leurs vacances estivales au village des Beauchemin.

La vieille Ford Victoria 53 longeait la route 122, et à l'intérieur de la voiture, aucun dialogue n'animait la randonnée. Avec la chaleur qui régnait dans l'auto, les fenêtres étaient grandes ouvertes et même si les occupantes avaient voulu entamer une discussion, il aurait fallu qu'elles crient à tue-tête.

Laurette demeurait sur la 9e Avenue dans la jolie paroisse de Saint-Jean-Baptiste. Elle disposait d'un grand logement de cinq pièces. Dans la cour arrière, une vieille resserre à l'abandon et un jardin suffisamment grand pour cultiver des tomates et des concombres s'accaparaient de tout l'espace voulu.

— Là, en arrivant, je vais vous installer dans votre chambre puis vous faire visiter la maison. Après, on va aller au marché sur la rue Saint-Jean pour acheter de la viande et des biscuits. Il faut y aller aujourd'hui parce que c'est ouvert juste le vendredi. Puis vos cousins, y ont hâte en crime de vous connaître ! Regardez, c'est ici que votre oncle Paul travaillait, sur la rue Saint-Laurent, au Bell Téléphone.

Quand la voiture se gara dans l'entrée, les garçons qui guettaient fébrilement la visite sur les marches de la galerie accoururent pour s'emparer des valises des filles tout en étant aussi bien réservés que souriants.

Olivier était un beau grand garçon avec des cheveux bouclés couleur de blé, ayant hérité des yeux bleu clair de sa mère, et son sourire narquois laissait découvrir une dentition impeccable.

David était un petit bonhomme rayonnant et plein d'entrain, et ses cheveux d'ébène étaient aussi noirs que ceux de sa cousine Guylaine. Ses grands yeux verts s'abritaient sous de grands cils noirs, et contrairement à son frère qui détenait un teint clair, le sien était basané et lui donnait un petit air marocain.

Dans le salon, un divan teinté de beige et de brun reposait sur un grand tapis tressé aux mille et un coloris, et une chaise berçante coloniale aux bras usés se détendait tout près du corpulent piano datant des années trente. Un foisonnement de plantes vertes que Laurette entourait de soins embellissait tous les espaces perdus du vaste salon chaleureux.

Après que les filles eurent vidé leurs valises, elles partirent avec Laurette pour faire les emplettes au grand marché public.

C'était plaisant de déambuler dans les grandes allées du marché. Il y avait une multitude de bons aliments à se mettre sous la dent et à chaque comptoir, un nouvel arôme chatouillait les narines. Au présentoir des gâteaux secs appartenant à monsieur Séguin, Laurette choisit des biscuits spongieux garnis de gelée de fraises et de framboises, d'autres à l'érable, communément appelés « effaces », des feuilles d'érable et des Graham au chocolat. Au comptoir des Proulx, ce fut le choix des viandes, et arrivée au comptoir du poisson frais, Guylaine ne se trouva nullement attirée par l'odeur désagréable.

— Moi, j'aime pas ça, du poisson, madame.

— Crains pas, ma petite chouette. De la manière que je vais te le faire cuire, je pense que tu devrais aimer ça… puis si t'aimes pas ça, bien, y aura d'autres choses à manger, OK ? Au lieu de m'appeler madame, ma petite Guylaine, j'aimerais ça si tu m'appellerais matante… si tu veux, naturellement !

— Oui, matante.

— Bon, y nous reste juste à acheter des pommes, des oranges. Aimez-vous les bananes ?

— Bien oui, matante, surtout avec du beurre de *peanuts*, hum…

— Oui, Rose, puis pas avec n'importe quelle sorte de beurre de *peanuts* : du York, mademoiselle !

— Hein ? T'achètes le même beurre de *peanuts* que ma grand-mère ? C'est le meilleur beurre de *peanuts* au monde !

— Ah oui ! Bon bien, c'est assez pour aujourd'hui. On va s'en aller à la maison. Si vous voulez visiter le coin avec vos cousins avant de souper, bien, on tardera pas trop.

Pendant que Laurette préparait le souper, les gars amenèrent les filles sur la 11e Avenue, là où il y avait un parc très vaste incluant des balançoires, des tourniquets, des bancs de repos et même un abreuvoir sur le coin de l'abribus.

En rebroussant chemin, les filles s'arrêtèrent avec leurs cousins sur la 7e Avenue pour faire la rencontre de Mathieu, l'ami de David, et juste à côté de sa demeure, leurs cousines, Josée et Jocelyne Beausoleil, les attendaient impatiemment assises sur le trottoir bétonné.

— C'est quoi ça, matante ?

— C'est le poisson qu'on a acheté au marché, Guylaine.

— Hein ! Ça y ressemble pas pantoute ! Hum… puis ça sent bon !

— Je te l'avais dit, ma fille. Goûtes-y voir, puis mets du ketchup. Tu m'en donneras des nouvelles après.

Laurette avait coupé le filet de morue en fines lanières qu'elle avait enrobées d'une panure italienne pour les faire frire dans une huile d'arachide. Elle avait servi le tout avec de bonnes frites maison.

— Hum… c'est donc bien bon ! Je vais dire à ma mère qu'elle fasse cuire son poisson comme ça !

— Je te l'avais dit ! Pour votre dessert, prenez-vous chacune deux biscuits dans les gros pots de vitre sur le comptoir avec un verre de lait. Ceux qui veulent du Vico, j'en ai acheté à la laiterie Lamothe hier. Il est dans le frigidaire à côté du Tang.

Après le délicieux repas, Laurette mentionna aux filles que si elles voulaient retourner à l'extérieur, c'était le temps d'en profiter, car, plus tard, c'était le grand bain pour tout le monde.

— On va aller à Saint-Cyrille pour voir grand-père et grand-mère ? demanda Guylaine à sa tante Laurette.

— Non, pas demain. Demain nous allons à leur chalet sur le chemin Hemming. Mon père puis ma mère ont bien hâte de vous connaître, vous pouvez pas savoir comment ! Y se possèdent plus, crime !

Chapitre 11

Les Sawyer

— Y est donc bien petit, le pont, matante. Tu sais bien qu'on va cogner su' les autres chars !

— C'est vrai qu'y est petit, Rose, mais je vais faire attention...

Le chemin Hemming était situé à Saint-Charles-de-Drummondville.

— Y sont là, les canards jaunes, matante, sur la pancarte !

— Crime, t'as des bons yeux, Guylaine ! Une chance que tu les as vus ; j'aurais encore passé tout droit !

Sur le chemin de terre étroit composé de cailloutis, les branches des feuillus fouettaient les fenêtres de la voiture, qui s'aventurait mollement dans la pente abrupte. Après une courte descente, Laurette et les enfants virent la vieille Plymouth 49 rouge vin de Bermont Sawyer au bas du raidillon, tout près du chalet d'où la vieille cheminée de pierre dégageait un léger nuage blanchâtre.

— Ah ben, ah ben... Si c'est pas notre belle visite de Sorel ! Entrez !

Les gazelles toutes gênées entrèrent dans le vieux chalet construit de gros rondins dépareillés. Olivier et David s'étaient déjà esquivés chez les voisins, monsieur et madame Péloquin, pour s'amuser avec Max, le gros colley, qui les reconnaissait à chacune de leurs visites.

— Pa, êtes-vous gelé, crime ? Y fait chaud sans bon sens ici dans ! Vous allez fondre !

— J'ai mis une bûche pour enlever l'humidité, ma fille. Mes rhumatismes me font mal aujourd'hui. On dirait que je vais casser en deux, bâzwelle ! C'est qui Rose puis c'est qui Guylaine ?

— Moi, je suis Guylaine puis elle, c'est Rose. On a le même âge puis notre fête, c'est la même journée, en plus !

— Ah oui ? Bien, parle-moi de ça, toi. Des jumelles !

— Bien non, hi hi ! On est deux sœurs, pas des jumelles !

— Venez vous assir, je vais vous donner un verre de liqueur avec une sandwich au jambon cuit, les enfants. Vous devez avoir faim un peu : y est rendu onze heures et demie !

— Merci, madame Yvette.

— C'est rien, ma petite Guylaine. Tu sais, ma belle fille, je suis pas une madame, je suis ta grand-mère... puis ce vieux schnock-là, c'est ton grand-père. Si tu nous appellerais grand-père puis grand-mère, on serait bien heureux de ça, nous autres !

— Je vais essayer, madame.

Le chalet était petit mais très robuste, dans son authenticité des années trente. Il était encore bien droit même si les intempéries de l'hiver l'avaient beaucoup secoué. Les chaudières de zinc étaient toujours suspendues aux quelques érables en attendant les prochaines récoltes du printemps. Un poêle à bois en fonte noir de marque L'Islet, vieux de 1926, réchauffait la pièce meublée d'un seul divan brun, une vieille table en bois, quatre chaises fatiguées et une chaise berçante. Une échelle pour grimper au grenier était adossée au mur tout près de la porte d'entrée. La salle de bain, elle, était située à l'extérieur, à vingt pieds du chalet.

Bermont pourrait être plus grand s'il n'avait pas le dos plié en deux, selon sa petite-fille Guylaine. Ses cheveux et ses sourcils étaient tout blancs et il portait une chemise de flanelle grise, et des bretelles noires soutenaient des pantalons bruns un tantinet trop grands. La grand-mère de Guylaine, Yvette, était une petite femme rondelette, avec des cheveux courts, frisés et noirs parsemés de fils blancs. Elle était vêtue d'une robe de coton jaune, et un tablier à bavette couleur ivoire était maladroitement noué d'une cordelière effritée. En riant, Guylaine confia à son grand-père qu'il ressemblait à Geppetto, le père de Pinocchio, avec ses lunettes rondes sur le bout de son nez. À la suite des présentations, Yvette et Laurette s'installèrent confortablement dans la balançoire épuisée mais encore bien fonctionnelle pour bercer comme toujours les plus beaux souvenirs de la vie.

— Toi, ma fille, ça va-tu bien avec tes gars ?

— Oui m'man, y sont bien fins avec moi. J'ai des bons enfants.

— C'est quoi, ce bruit-là, matante ?

— Ça, Guylaine, c'est les gars qui jouent aux fers l'autre bord du chalet.

— On peut-tu y aller ?

— Oui, mais faites attention, c'est dangereux pour en recevoir un dans le front. Tenez-vous loin, OK ?

— Es-tu contente, ma fille, que la petite Guylaine soit là avec toi ?

— Si je suis contente ? J'aurais jamais pensé qu'elle aurait voulu venir à Drummondville ! Après tout, elle nous connaît pas bien gros ! C'est juste que je sais pas comment agir avec elle. C'est la fille de ma sœur puis j'aimerais ça, la prendre dans mes bras puis la coller sur moi très fort. Mais j'ai peur de la brusquer en même temps.

— Braille pas, ma fille. Notre Denise te voit faire en haut avec sa fille, puis elle est bien heureuse, elle… Tu sais, quand le bonheur rentre dans ta maison, y faut que tu lui donnes une chaise puis que tu le laisses plus jamais sortir après.

— Oui, mais je m'ennuie bien gros de Denise aussi. Elle me manque, tu peux pas savoir comment ! Si on aurait pu s'expliquer avant qu'elle parte, cette petite Guylaine-là, je l'aurais connue bien avant ça ! Des fois, je me dis que Denise va arriver chez nous ou chez vous puis qu'elle est pas morte pour le vrai.

— Elle est partie rejoindre son Dario, ma fille. Elle était pas heureuse sur la terre, cette femme-là, depuis que son mari était mort. Elle savait bien qu'un jour sa fille serait plus heureuse chez les Delormes et chez vous que chez eux. Denise était pas satisfaite de la vie qu'elle donnait à cette enfant-là, je suis certaine de ça, moi.

— M'man, c'est toi qui brailles, là ! Y faut qu'on arrête ça tout de suite, les enfants s'en reviennent avec pa !

Pendant que Laurette et sa mère récuraient la vaisselle du souper, Bermont se chargea de donner de petites tâches aux enfants qui furent ravis de se rendre utiles.

— Venez avec moi, les gars, on va aller chercher des branches de bouleau pour allumer le feu à soir !

— Madame, je peux-tu monter dans l'échelle avec Guylaine, juste pour aller voir comment c'est fait en haut ?

— Bien oui, ma fille, mais endormez-vous pas tout de suite, hein ! Attends… tiens, prends la *flashlight*, y a pas de lumière en haut.

Au grenier, il n'y avait qu'un grand matelas sur le sol qui servait de lit, avec pour seule couverture une grande catalogne bleu foncé repliée en deux. Ce n'était pas le gros luxe, mais c'était bien accommodant pour dormir, comme on pourrait le dire, à la belle étoile, car dans la toiture du grenier, une grande lucarne éclairait la minime chambre avec les derniers rayons que le soleil daignait bien vouloir jeter.

Pour le feu nocturne, Bermont déploya la grande bâche qui avait pour utilité de recouvrir sa vieille Plymouth durant la saison hivernale. Pourtant, il fut bientôt temps de partir.

— Là, les filles, je veux que vous me promettiez de revenir passer une autre journée avec vos cousins, mais cette fois-là à Saint-Cyrille-de-Wendover, avant de repartir pour Sorel.

— Oh oui ! Tu veux-tu, matante Laurette ?

— Bien oui, Guylaine. Puis toi, Rose, veux-tu y aller, à Saint-Cyrille ?

— Oui, c'est sûr !

— Avant de partir, dites merci à grand-mère Yvette puis à grand-père Bermont, les enfants.

Les garçons embrassèrent leurs grands-parents, et Laurette aussi remercia chaleureusement ces derniers pour la belle journée passée en leur compagnie.

— Merci, grand-mère, merci, grand-père. Vous êtes fins.

— C'est rien, ma fille, viens ici que je te colle un p'tit peu, Guylaine. Tu vas voir, ton grand-père va être jaloux !

Sur le chemin du retour, les enfants n'eurent même pas le temps de revoir le petit pont, car le sommeil les avait atteints bien avant.

***

Au réveil, pour déjeuner, de bonnes crêpes avec de la confiture de fraises maison. Olivier roupillait encore et les trois autres jacassaient comme de vraies pies autour de la table. C'est quand Laurette alla refaire les lits et que David et Guylaine s'esquivèrent pour rendre visite à Mathieu qu'Olivier se décida nonchalamment à sortir de son lit pour venir rejoindre Rose et enfin ingurgiter, de bon appétit, son bol d'Alpha-Bits. Il compléta sa dernière bouchée avec un grand verre de jus d'orange.

— Écoutes-tu ça, *Monsieur Surprise,* Olivier ?

— Des fois, mais j'aime mieux écouter *Jeunesse d'aujourd'hui* le samedi soir.

— Oh ! moi aussi, j'aime mieux écouter Pierre Lalonde… Ça, c'est quand mon père y décide pas d'écouter sa *Soirée canadienne* au complet.

— Ouin, c'est pareil pour Mathieu. Chez eux, son père écoute toujours la *Soirée canadienne*, ça fait que bien souvent il vient l'écouter ici parce que ma mère, elle, elle l'écoute. Si tu veux, samedi on va tout l'écouter ensemble.

— Oui, ce serait une bonne idée. Ton école est où, Olivier ?

— Elle est assez loin d'ici. Veux-tu la voir ? On va y aller tout à l'heure.

— OK.

Ouf, Rose avait bien espéré qu'Olivier la remarque et son vœu venait d'être exaucé. Il lui prit même la main pour faire la promenade. C'était dommage qu'il ait atteint ses douze ans et qu'elle soit si jeune. Même s'il s'avérait impossible qu'elle devienne sa petite blonde, elle se permettait malgré tout d'en rêver.

Il se mit à lui parler de son école, de son professeur et de son année scolaire avec une si grande douceur que Rose coula dans un état de gêne inexplicable.

— Tiens, c'est ici, sur la 18e Avenue : l'école Notre-Dame-du-Rosaire !

— Oh, c'est une grosse école ! Trois étages ? La mienne, elle en a juste deux, sainte ! Puis toi, ta classe, elle est où, là-dedans ?

— Juste là, sur le côté où la fenêtre est ouverte, au troisième.

— T'es chanceux. Quand tu vas recommencer l'école, tu vas être où ?

— Ce sera pas à cette école-là, Rose ; ça finit en sixième année ici, puis moi, je monte en septième. Je vais aller au collège Saint-Bernard sur l'avenue des Frères, à côté de l'hôpital Sainte-Croix.

— C'est bien trop loin, Olivier, c'est où que Guylaine est venue au monde, sainte !

— Ha ha ! Je vais prendre l'autobus, crains pas.

— Moi aussi, j'ai hâte de changer d'école. Je pense que je suis tannée d'aller à Maria-Goretti, mais je sais pas encore où ça va être, ma prochaine école.

— Qu'est-ce tu dirais si on demandait à ma mère pour aller se baigner à la piscine du parc Woodyatt demain ?

— Une grosse piscine comme la piscine municipale à Sorel ?

—Je sais pas, mais je sais qu'y a deux tremplins puis trois gardiens.

— C'est où, le parc Woodyatt ?

—Au centre-ville, en bas de la rue Lindsay. Tu vas voir, c'est un maudit beau coin ! Oups… je devrais pas dire ça, moi. Si ma mère m'entendait, elle serait pas de bonne humeur !

— C'est pas grave, mon père passe son temps à le dire à mon frère, Martin, de pas dire « maudit », mais lui, y continue de le dire tout le temps. Y a une tête de cochon, y écoute jamais.

— Ho ho ! On va-tu voir les autres ?

— Ah, OK.

Rose aurait préféré rester toute seule avec Olivier. Plus tard, s'il voulait, elle pourrait se marier avec lui. Elle demeurerait avec lui en haut de chez sa mère et ils auraient au moins cinq bébés.

Pour le repas du soir, étant donné que le temps était très doux à l'extérieur, Laurette et les enfants mangèrent des sandwichs au Paris Pâté avec des concombres et des tomates fraîches du jardin et pour le dessert, Laurette invita tout le monde au Dairy Queen sur la rue Lindsay. Par la même occasion, ils allèrent visiter le grand parc Woodyatt et constater la dimension de la piscine où ils iraient se rafraîchir dans la matinée du lendemain. En plus de cette grande piscine, un vaste terrain de tennis achalandé quasiment à longueur de journée était situé à proximité du petit pont aux planchettes chevrotantes servant à la traversée des piétons.

À neuf heures, après une toilette rapide, les enfants revêtirent leurs pyjamas pour ensuite se délasser sur la galerie d'en avant avec Laurette. C'est à ce moment-là qu'elle leur décrit en détail les pièces de la maison à Saint-Cyrille, là où elle avait grandi auprès de sa sœur, Denise. Un ciel étoilé faisait briller des étincelles dans les yeux des enfants avides d'entendre cette tante et mère de famille adorable leur narrer posément une enfance qui, à ses yeux, s'était avérée un conte de fées.

La maison des parents de Laurette en était une imposante, brune et enjolivée de soupiraux blancs, et une grande véranda contournait la maison jusqu'à l'entrée de la cour arrière. Dans cette grande cour paysagée de son enfance, des plantes, des arbustes et de grands végétaux de toutes les espèces suivaient assidûment le mouvement du vent. Une grange logeait deux magnifiques chevaux canadiens portant les jolis noms de Belles Oreilles et Fanfaron. Dans le recoin de cette grange centenaire, destiné à l'ascension au grenier, un escalier avait été fabriqué gauchement avec des rondins de bois et de la corde marine. Durant leur jeunesse remplie de rêves, Laurette et Denise venaient continuellement dans ce petit espace. Bermont avait transformé ce grenier en une coquette maison bien à elles. Aujourd'hui, rien n'avait changé. Reposaient encore là une petite table en bois rouge avec deux minuscules chaises assorties et un lit rose en bois de pin. Ils ne cessaient malgré les années d'espérer le retour de leurs deux amies. Un gros coffre en cèdre était rempli des vêtements dépareillés qu'Yvette collectionnait depuis la naissance de ses filles pour que celles-ci puissent, comme elles le disaient, jouer à la madame et faire des défilés de mode. Un vieux téléphone muni d'un cornet tintait toujours quand on tournait sa manivelle, et sur la petite table rouge, un miniservice de vaisselle en porcelaine orné de fleurs roses attendait inlassablement que les invitées prennent enfin le thé.

— Wow ! Penses-tu qu'on va pouvoir y aller, dans la grange, matante ?

— Bien oui, Rose. Si Yvette et Bermont ont tout gardé ça, c'est qu'ils espéraient un jour avoir des petits-enfants qui joueraient dedans !

— Quand est-ce qu'on va y aller ?

— Après-demain, ma chouette, parce que demain on va à la piscine. Ah oui ! L'hiver on fait des *sleigh rides* avec Belles Oreilles et Fanfaron. On part après le dîner, on va jusqu'à l'étable de pa dans le 5e Rang de Saint-Cyrille où y a des moutons puis des petits veaux. On revient juste pour le souper. Et après le souper, des fois, on fait une promenade en ski-doo.

— Hein ! Du ski-doo ? J'en ai jamais fait, moi !

— Ça, ma Guylaine, si tu veux faire du ski-doo, va falloir que vous reveniez vous promener dans le temps des fêtes ! Hi hi… Je me souviens avec ta mère, une journée, on avait monté sur un petit pont de bois avec le ski-doo. Denise était assise en arrière de moi puis à un moment donné, je me suis tournée et… plus de Denise ! J'avais fait un grand bout dans la neige sans m'apercevoir qu'elle était plus sur le ski-doo ! Moi, j'étais certaine qu'elle était là : mon pied était accoté sur sa botte ! Mais Denise avait perdu sa botte, crime ! Elle était restée en bas du petit pont puis elle criait après moi !

Le fou rire était bien engagé. Olivier était assis à côté de Rose sur les marches du perron. Quand Laurette leur annonça qu'il était l'heure d'aller au lit, il donna un petit bec sur la joue de Rose avant de franchir le seuil de la maison.

Quand Rose se glissa dans les draps tout frais, elle confia ce qui venait d'arriver à sa sœur qui répliqua :

— C'est parce que ça fait pas mal loin pour avoir un chum, non ?

Comme si Rose n'avait rien entendu, deux minutes plus tard, elle tomba dans un sommeil intense.

Dans la chambre des garçons, la même discussion venait de s'enclencher.

— As-tu un œil sur Rose, Olivier ?

— Bien non, pourquoi tu me demandes ça ?

— Tu me prends-tu pour un coq-l'œil, Olivier Beausoleil ? T'arrêtes pas de la regarder puis de la suivre comme un chien de poche ! Elle est pas un peu jeune pour toi ?

— Oui, elle est bien trop jeune, mais dans six ans, elle sera plus trop jeune ! Quand elle va avoir quatorze ans, moi, je vais en avoir dix-huit. Je suis capable d'attendre jusque-là !

— OK, OK ! On s'en reparlera dans six ans, mon frère !

— Ouais, ouais…

Le lendemain, Laurette termina les sandwichs pour le pique-nique tandis qu'à l'extérieur, un chaleureux quatre-vingt-quatre degrés réchauffait la matinée et dans le ciel, aucun nuage n'avait osé se manifester pour voiler cette belle journée. Même Mathieu était arrivé chez les Beausoleil muni de sa boîte à lunch et son pince-nez bien apposé sur son tarin.

Après que Laurette eut payé les laissez-passer des enfants, ceux-ci se disséminèrent pour regagner leurs cases attitrées. L'eau d'un bleu limpide à quatre-vingt-un était parfaite. Il était interdit de courir sinon, à la suite de deux avertissements, c'était l'expulsion pour le reste de la journée.

Chaque enfant portait un élastique de couleur différente autour de la cheville avec un médaillon numéroté du chiffre de leur casier. David et Guylaine s'étaient faufilés dans la file d'attente du gros tremplin pendant que Rose et Olivier se doraient au soleil tout près l'un de l'autre en bordure du grillage d'aluminium qui entourait le site.

Ils pataugèrent jusqu'à quatre heures et par la suite, ils allèrent casser la croûte sur les bords de la rivière où Olivier recouvrit les épaules de Rose de sa serviette de plage après avoir remarqué que la pauvre petite grelottait. Quand celle-ci le regarda dans les yeux pour lui dire merci, elle y perçut une infinie tendresse.

Le lendemain, Laurette téléphona à ses parents pour s'assurer qu'ils étaient bien rentrés du chalet, et à deux heures, la famille empruntait la route vers Saint-Cyrille-de-Wendover.

— Ah ben, ah ben ! Si c'est pas nos petites Soreloises ! Entrez, entrez !

— Allo, grand-père, allo, grand-mère ! s'écria Guylaine, toute joyeuse.

— Comment ça va, les filles ? Puis vous autres, mes garçons ?

— Bien, bien… On peut-tu aller voir Belles Oreilles puis Fanfaron, grand-père ?

— Bien oui, Olivier, je m'en allais justement là pour leur donner des carottes puis des pommes ! Venez-vous, les filles ? Je vais avoir besoin de vous autres. Y faut les brosser puis les mettre beaux si vous voulez qu'ils vous amènent faire un tour !

— Oh oui ! ! !

Dans la grande maison brune, une fragrance de cannelle et une joie de vivre imprégnaient l'entièreté de la maison. Dans la cuisine, il y avait au moins trente panneaux d'armoire. Au mur, un téléphone désuet surplombait un banc de rotin et tout près, une essoreuse inopérante et une vieille Singer à pédale ajoutaient à l'atmosphère du bon vieux temps. La chambre des hôtes était située à côté de l'escalier en chêne et les murs étaient en lattes de bois verni. Dans le salon, on trouvait un piano et à ses côtés, un gros meuble en bois massif sur lequel était posée une radio. Deux divans ocre reposaient sur un tapis marbré dans des tons de beige et de brun. Au plafond était suspendu un énorme lustre de cristal entouré d'une rosette ivoire tachetée de petits fragments or.

Une fois rendus à la grange, les enfants cachèrent mal leur fébrilité. Bermont leur montra les soins à prodiguer aux animaux.

— Regarde, David. Monte sur le petit tabouret ici pour brosser Belles Oreilles. Toi, Guylaine, viens ici sur le coté, on va lui donner des pommes.

Olivier et Rose étaient juchés sur une gigantesque botte de foin et ils se voyaient très impatients de faire une balade dans le grand pré à l'arrière de l'écurie.

À la maison, Laurette et Yvette s'échangeaient leurs confidences habituelles.

— Puis, ma fille, ça se passe toujours bien avec les filles ?

— Bien oui m'man. Dire qu'y partent en fin de semaine ! Ça va être dur !

— Oui, mais je suis sûre que tu vas les revoir, ces petites-là, moi ! Je les regarde aller puis on dirait qu'elles ont toujours resté avec nous autres ! Ses parents à Sorel, qu'est-ce qu'y ont l'air ?

— Ah, c'est du bon monde, m'man ! Une bien belle famille ! Monsieur Delormes... Roger, c'est un bon travaillant puis madame Delormes, Angèle, c'est une femme juste. Elle est très belle aussi. Y ont quatre enfants à part Guylaine : un gars de neuf ans qui s'appelle Martin, une fille de huit ans, Francine, y a Rose puis la petite dernière, Josée. Je sais que Guylaine a sa chambre au sous-sol avec Rose puis sa maîtresse d'école, c'est une dénommée Michèle. En plus, cette maîtresse-là, a s'est mariée avec le frère de madame Delormes au mois de juin.

— Ah oui ! En tout cas, ma fille, au moins tu sais qu'elle est pas maganée, la Guylaine à Denise ! On sait jamais. Denise aurait pu la mettre en adoption, puis peut-être qu'avec ses nouveaux parents, on l'aurait pas vue aussi souvent, puis peut-être pas pantoute, aussi... Bermont ! Amène les enfants, on va souper.

Yvette déposa la soupière au centre de la table. C'était une bonne soupe faite avec les tomates de son potager, à laquelle succédèrent des pommes de terre pilées, de la saucisse, des petits pois verts, des carottes et de la sauce brune.

Bermont mélangeait tous ses aliments dans son assiette, comme une vraie bouillabaisse. Rose le regardait et elle se demandait bien comment il réussissait à manger sans se salir avec cette grosse moustache-là. Yvette ouvrit la grosse radio dans le salon ; Alain Barrière chantait *Elle était si jolie.*

Au dessert, Bermont sortit son accordéon pour jouer un rigodon et à la grande surprise des enfants, Laurette s'installa au piano pour l'accompagner.

Dix heures et demie... ça se couchait tard à Saint-Cyrille ! Laurette dormirait dans son ancienne chambre, située au rez-de-chaussée, et les enfants, au deuxième étage.

Dans le couloir qui menait aux chambres, partout sur les murs de couleur crème, il y avait des photographies placées dans différents cadres. Sur l'une d'elles, prise sur le bord de la rivière Saint-François juste avant leur départ pour leur voyage de noces à Sherbrooke il y avait de cela trente-sept ans, Bermont et Yvette étaient endimanchés, dans leurs plus beaux costumes. Une autre représentait Laurette avec son Paul et tout juste à côté, Denise et Dario. Un peu plus loin, dans une armoire en chêne vitrée, Denise et Laurette étaient agenouillées sur le prie-Dieu de l'église de Saint-Cyrille lors de leur première communion. Cette église magnifique remplie de trésors possédait deux clochers et un dôme à la Saint-Pierre de Rome.

Quand Guylaine aperçut la photographie de sa mère, qui avait à ce moment-là à peu près le même âge qu'elle-même aujourd'hui, on aurait pu facilement croire que c'était Guylaine sur la photo.

— Matante Laurette.

— Oui, ma petite chérie.

— Toi là, tu iras pas te reposer tout de suite comme ma mère puis mon père, hein?

— Oh! bien non, ma petite puce! Je peux pas y aller: ta mère compte sur moi pour prendre soin de toi! Viens ici, je vais aller te border et je vais te serrer fort fort.

Le lendemain, les enfants passèrent la journée dans la petite maison en haut de l'écurie. Ils eurent même le droit de manger leur dîner et leur souper sur la petite table de bois rouge.

À l'heure du souper, les hôtes, Olivier et Rose, reçurent leurs invités, Guylaine et David. Rose portait un grand jupon rose orné d'un frison blanc un peu jauni enveloppé d'une jupe kaki, et une blouse verte qui se nouait dans le dos. C'était Olivier qui la lui avait liée en lui disant que c'était tout comme s'ils étaient mariés, et il lui avait déposé sur la tête un chapeau de paille jaune. Il en avait profité pour lui dévoiler qu'un jour, il posséderait une grande maison et qu'il travaillerait au Bell Téléphone tout comme son père l'avait fait. Rose était devenue bien triste. Au fond de son cœur, elle voulait qu'Olivier soit son amoureux pour la vie, mais elle sentait que ce n'était que rêver en couleurs.

Olivier était vêtu de son pantalon rayé noir et gris et d'une chemise blanche accompagnée de bretelles noires. Pour agrémenter le tout, Rose lui avait déniché un chapeau brun. Tout en le coiffant de ce chapeau, elle lui avait demandé où serait située la grande maison dont il rêvait.

— Ça va dépendre de toi.

— Pourquoi tu dis ça, Olivier ?

— Bien, si ton père puis ta mère veulent que tu restes à Drummondville, on pourrait avoir la maison où tu veux !

— Puis si y veulent pas ?

— Bien, je vais travailler au Bell Téléphone à Sorel ! Des Bell Téléphone, y doit bien en avoir un peu partout. Tout le monde a le téléphone, non ?

— Tu penses-tu ? En tout cas, si y en a un à Sorel, bien moi, je veux qu'on reste à côté de la traverse de Saint-Ours !

Toc… toc…

Guylaine et David entrèrent dans la petite maison dans leurs plus beaux atours. David portait une robe rouge avec de longues manches bouffantes, et une crinoline dansait au-dessus de souliers à talons aiguilles qui rendaient son équilibre précaire. Il était coiffé d'un chapeau rond en feutre bleu orné d'une voilette. Il était vraiment rigolo. Guylaine arborait une salopette beige défraîchie par les années avec une chemise orangée. Ses longs cheveux noirs supportaient un béret de cuir tan doublé de peau de mouton.

Quand à la brunante ils entrèrent dans la maison accoutrés de leurs costumes d'époque, Bermont pouffa de rire et sortit son appareil photo avec ses flash-cubes, et Laurette les filma à l'aide de sa caméra huit millimètres. Que de beaux souvenirs se graveraient de ce séjour à la maison familiale !

Chapitre 12

Le retour

— Ouf, ça fait du bien d'arriver sur le bord de l'eau ; y fait bien moins chaud qu'à *shop*, bonyeu !

— Bien oui, mon Roger, pour notre dernière fin de semaine au chalet, y annoncent quatre-vingt-six. Je veux dire pour samedi parce que dimanche après-midi, madame Beausoleil vient reconduire les filles.

— En tout cas, ma femme, les filles ont pas eu l'air à s'avoir ennuyé trop trop parce qu'on aurait vu arriver la vieille Ford au chalet ! Qu'est-ce que t'as fait de bon pour souper ?

— Si t'as apporté le lait que je t'ai demandé à matin, on va pouvoir manger des crêpes, sinon on va manger une soupe aux légumes Aylmer avec des sandwichs au baloney.

— Crains pas, on va manger des crêpes. Au fait, Fabien va venir faire un tour demain après-midi. Je l'ai invité à souper, c'est-tu correct ?

— Si ça lui dérange pas de manger du ragoût de boulettes Cordon Bleu, c'est correct. Y me reste juste ça dans les cannages. Est-ce qu'y amène ses enfants ?

— Oui, ça va faire de la compagnie à Martin puis à Francine… Où est-ce qu'y sont, eux autres ?

— Martin est allé voir pour essayer de pogner des grenouilles. Il dit qu'y a vu le père de Mario à côté s'en faire cuire puis y veut goûter à ça. En tout cas, qu'y compte pas sur moi pour lui faire cuire, ouache, je touche pas à ça, moi !

— T'es drôle, ma belle noire. Je vais lui faire cuire, moi. C'est bon, ça goûte le poulet !

— Comment que tu les ferais cuire avec du sirop d'érable, je m'essaierais même pas ! Eurk, ça me lève le cœur juste d'en parler, sainte bénite !

— Eh ! que t'es dédaigneuse !… Viens voir papa, ma petite Josée, on va aller voir si ton frère, y en a pogné, des grenouilles. Francine doit être à côté avec Mario, elle ?

— Demande pas. Elle a quasiment resté là pendant deux semaines ! Y faudrait pas que son Benoît sache ça !

À la fin du souper, le temps avait viré et le vent s'était levé à l'horizon. On aurait pu croire que la nuit était tombée. Le chenal avait tourné au gris foncé et le tonnerre avait commencé à gronder, suivi d'éclairs traversant le ciel à répétition. Josée pleurait. Angèle avait beau lui dire que c'était Pierrot qui jouait aux quilles dans le ciel, elle ne l'écoutait pas tellement elle tremblait, la pauvre petite.

Une pluie torrentielle s'abattit sur le chalet et après quelques minutes, celui-ci gisait dans une grande mare de boue.

Le lendemain matin, à neuf heures, plus aucune trace de l'orage. Seulement, les arbres avaient perdu un peu de leur feuillage et le chenal nécessiterait un bon nettoyage tellement il était brouillé.

Francine se préparait pour aller chez Mario, et Martin flânait sur le gros divan dans le solarium en parcourant son Bob Morane.

— Wô, Francine Delormes! Ça va faire, le chalet d'à côté! À matin, toi puis Martin, vous allez m'aider à faire du ménage ici dans. On l'a eu pendant deux semaines, ce chalet-là, et on n'est pas pour le remettre à monsieur Doré comme une soue à cochons!

— Ah non! Ça me tente pas de faire du ménage, moi!

— Francine, écoute ta mère puis va l'aider.

— OK, pa.

— Puis toi, Martin, lève ton cul du fauteuil puis vas-y, toi aussi.

Roger sortit pour saisir les cannes à pêche et les chaises de parterre en dessous du chalet, et Martin nettoya les vitres et les moustiquaires pendant que Francine enlevait la poussière accumulée sur les meubles depuis deux semaines. Quand Angèle eut terminé de laver la glacière et de vider le poêle à bois de ses cendres, elle sortit de la penderie la chaudière pour récurer les planchers.

Putt... putt...

— Angèle! C'est Fabien qui arrive!

— Sainte bénite, y est avec ma sœur Yolande!

— C'est toute une surprise à matin, ça! Viens dans le chalet, Yolande, je vais te faire visiter, proposa Angèle.

— Puis, mon Roger, ça devait bien dormir au chalet après tes journées à *shop*?

— Mets-en, Fabien! Ça valait la peine de faire le voyagement à chaque jour, crois-moi! Prendrais-tu une petite bière? J'ai de la Dow puis de la Labatt 50.

— Je te prendrais une Dow puis si tu avais du jus de tomate, mon Roger, j'en prendrais aussi... Ouin, t'as bien entretenu mon gazon!

— C'est pas moi, c'est mon Martin qui coupait le gazon. Y fallait bien que je lui trouve que'que chose à faire : y faisait juste se traîner les savates, lui ! Moi, j'en ai profité pour pêcher à mon goût.

— C'est bien, ça… As-tu pogné un autre brochet ?

— Bien non, mais j'ai pogné un esturgeon, par exemple ! Je l'ai fait fumer chez Desmarais au bout du chenal… Y est bon en maudit ! Je vais te faire goûter à ça avec des biscuits sodas, y m'en reste… Puis imagine-toi donc qu'à soir on mange des cuisses de grenouilles, mon chum !

— Hein ! Tu manges ça, toi ? Ouache, y me paieraient cher pour que je me mette ça dans bouche, moi ! Grrrr…

— C'est bon, ça goûte le poulet, Fabien ! C'est moi qui va les faire cuire dans du beurre à l'ail tout à l'heure.

— Bien, si tu dis que ça goûte le poulet, tant mieux pour toi, ça va t'en faire plus ! Moi, j'mange pas ça, désolé.

— C'est une farce, mon Fabien. Angèle va faire réchauffer du ragoût de boulettes pour souper, hi hi… C'est de valeur pareil, Martin en avait ramassé une bonne trentaine !

Angèle et Yolande s'étaient servi une limonade rosée et elles s'étaient assises côte à côte sur le gros divan du solarium. Josée faisait son petit somme dans la chambre avec Nannie, celle-ci toute roulée en boule au pied du lit.

— Raconte-moi ça, ma sœur. Es-tu en amour avec Fabien ? Est-ce qu'y est fin ? Le vois-tu souvent ?

— Eille ! T'es donc bien énervée, ma sœur ! Une affaire à la fois, OK ? Hi hi… Si je suis en amour, peut-être… S'il est fin, c'est le jour puis la nuit avec Gaétan… Si je le vois souvent, un soir dans la semaine, le vendredi, le samedi et le dimanche.

— Sainte bénite, t'es partie en peur, toi ! Christiane, elle, puis les enfants à Fabien ?

— Christiane, elle a de la misère un peu. On dirait qu'elle s'habitue puis des fois elle est bien indépendante avec lui. Je la comprends un peu, mais je laisse faire le temps. Les gars de Fabien, Marc puis Marco, y sont bien fins et très polis avec moi. Y m'appellent encore madame Lavallée. Bien vite, je vais leur demander de m'appeler Yolande.

— T'as bien raison, ma sœur. Y faut pas aller plus vite que le violon. C'est une journée à la fois, hein ? Pour le mariage, ça va être quand ? J'ai hâte d'aller aux noces, moi !

— Wô ! On n'est pas rendus là. Calme tes hormones, ma sœur, cibolaque !

— OK, OK… Mais au mois d'août, tu vas trouver ça long ? D'habitude Fabien est en vacances en même temps que Roger. Y va aller te voir pas mal moins souvent sur la rue de la Comtesse. Y passe ses vacances ici, au chalet !

— Non, non, non. On va se voir souvent, je dirais même à tous les jours ! Je vais venir passer les deux semaines avec lui ici.

— Sainte bénite ! C'est ce que je disais : on va aller aux noces !

***

— Ouf, ça sent le renfermé ici… Je vais ouvrir les fenêtres tout de suite pour faire aérer. Déjà midi et demi, les filles vont arriver dans pas long. Je vais épousseter un peu ; deux semaines puis on dirait une maison à l'abandon, câline !

— Calme-toi donc, ma femme. Madame Beausoleil a déjà vu ça, de la poussière ! Elle sait bien qu'on a pas été ici pendant deux semaines ! Viens, Josée, papa va t'enlever ça, ce gros chandail-là. On dirait que ta mère a peur que t'attrapes la grippe ; t'es habillée comme un oignon, pauvre toi !

La vieille Ford Victoria se stationna dans l'entrée à une heure précise et les filles en sortirent en courant pour embrasser leurs parents. Laurette les regarda en riant, mais aussi avec un cœur bien triste, sachant qu'elle n'aurait la joie de les revoir que dans quatre mois. Olivier n'ignorait pas, lui non plus, que c'était la fin de petites vacances romantiques. Angèle redonna le sourire à ses visiteurs en les invitant à entrer et en leur demandant s'ils voulaient bien souper avec eux avant de reprendre la route pour Drummondville.

— Vous êtes bien fins de nous recevoir comme ça !

— Bien là, vous avez nourri nos filles pendant deux semaines, câline ! En tout cas, avec toutes les histoires qu'elles nous ont racontées au téléphone, je pense qu'elles ont pas eu le temps de s'ennuyer de nous autres bien bien ! Mais c'est correct ça.

— Elles sont bien fines, vos filles, même que je les ai invitées pour le temps des fêtes. Ça, c'est si vous êtes d'accord, c'est bien sûr ! Vous savez, les gars se sont pas mal attachés à leurs cousines, puis moi, je les aime comme si elles faisaient partie de notre famille depuis toujours. Excusez-moi, je suis une brailleuse de nature, crime. Je peux-tu vous demander de m'appeler Laurette ?

— Bien oui, Laurette. Ça, c'est si vous m'appelez Angèle !

Francine trouvait Olivier très attirant, même si elle avait noté qu'il éprouvait une attirance évidente pour Rose, et elle était discrètement partie rejoindre Martin et David en haut. Guylaine resta assise tout près de sa tante Laurette et elle lui tenait la main avec une légère pression, pleine de reconnaissance. Olivier et Rose échangèrent leurs adresses tout en se promettant de s'écrire au moins une fois tous les mois. Avant de rejoindre sa mère pour retourner chez lui, Olivier donna à Rose un léger baiser sur le front.

***

Au début des vacances de Roger, Galarneau n'est pas très jovial. En plus, au mois d'août, on dirait que les enfants n'ont plus rien d'attirant à réaliser. On devine bien que la rentrée des classes est proche. Si au moins le soleil pouvait se pointer le bout du nez, ce serait plus profitable. Josée avait brisé le bolo de Rose. Au lieu de s'amuser avec lui, elle ne cessait de tirer sur l'élastique. Quant au yoyo de Francine, elle l'avait lancé un peu trop fort. C'était Martin qui l'avait reçu en pleine figure et il s'était mis à saigner du nez. Guylaine, elle, était arrivée en pleurant parce qu'elle avait râpé le plancher de béton du sous-sol avec ses genoux. Elle venait de faire une chute triomphale du haut de ses patins à roulettes.

Après le souper, Michèle et Richard rendirent une petite visite aux Delormes pour leur faire parcourir leur album de photos de voyage de noces, et ils repartirent à huit heures.

Avant de se marier, ils s'étaient déniché une jolie maison centenaire au cœur du village de Saint-Ours, non loin du garage du père de Michèle. Un peu de restauration s'imposait, mais ils ne voulaient pas pour autant perdre le cachet authentique de la demeure. Les planchers craquaient, les portes grinçaient, tout comme dans la vieille maison de Séraphin Poudrier. C'était une maison vieillotte et bien romantique.

***

Mardi matin, huit heures, le soleil est de plomb. Josée est installée dans sa chaise haute et est en train de se gaver de céréales, Martin est devant son assiette avec ses quatre rôties au caramel Grenache et Angèle est descendue au sous-sol pour réveiller les filles afin qu'elles reprennent une certaine routine avant le début de leur nouvelle année scolaire. Roger sirotait son café en fumant sa cigarette au bout de la grande table coloniale.

— On va avoir une belle journée chaude aujourd'hui, ma femme !

— Bon, qu'est-ce que t'as dans la tête à matin, mon Roger ? Quand tu dis ça, ça veut dire qu'on restera pas longtemps dans la maison ! Dis-le au lieu de nous faire languir comme ça !

— On prépare-tu un pique-nique ?

— Oui !!!

— Calme-toi, mon Martin. Je t'ai même pas dit encore où on allait ! Tu t'énerves trop vite, mon gars !

— Moi, je l'sais, pa, où on va aller.

— Ah, tu sais ça, toi, Guylaine ! Puis, c'est où ?

— Je pense qu'on va aller à la Pointe-aux-Pins.

— Ben là, ma petite, je peux te dire que t'es dans les patates !

— Ah bon… c'est où, d'abord ?

— Roger, veux-tu bien leur dire ! Parce que si ça continue, à l'heure qu'y est rendu, on va pique-niquer dans le fond de la cour arrière !

— Bien oui, ma belle noire, je vais leur dire, mais je sais pas s'ils vont vouloir y aller…

— Là, là, ça va faire ! Dis-le, parce que le pain commence à moisir sur le bout de la table et on pourra plus faire les sandwichs !

— Bon, OK. Les enfants, voulez-vous aller à Cartierville ?

— Hein ! C'est où, ça ? Qu'est-ce qu'on va aller faire là, pa ?

— Cartierville… le parc Belmont !

— Oui ! ! !

— Sainte bénite, Roger, ça va coûter une fortune !

— Pas tant que ça. On apporte notre manger, puis les coupons pour les manèges sont juste à dix cents ! Pour Josée, on va apporter son carrosse puis y a plein de manèges qu'on peut embarquer avec elle, en plus !

Quand la famille arriva devant la grande entrée du parc Belmont, les gens calés dans le Scénique, la grosse montagne russe, criaient à en perdre la voix.

Roger se rendit au guichet le plus près et en revint tout souriant avec une grande roulette de coupons à dix sous. Pour certains manèges il en fallait deux, parfois trois.

Les enfants débutèrent la journée par les manèges moins téméraires pour inclure Josée, malgré les protestations de Francine et de Martin. Par contre, réflexion faite, ces derniers saisirent qu'après avoir fait le tour des voiturettes, des avions, des bateaux, des petits trains et du carrousel, la petite Josée aurait emmagasiné tellement d'émotions qu'elle se reposerait dans son carrosse pendant qu'eux profiteraient des plus gros manèges.

Devant la maison hantée, une grosse femme mécanique riait de bon cœur dans le but de faire sursauter les enfants. Plus loin, tout près des autos tamponneuses, une femme à barbe les impressionnait, et devant la grande tente brune desséchée par un soleil ardent, les cracheurs de feu et les avaleurs de sabres se donnaient en spectacle. Le Cynique, que les enfants appelaient communément « le Cénique », était bondé. Il y avait une file d'attente interminable. D'un commun accord, les enfants décidèrent de poursuivre leur circuit vers la Souris folle, le Bobsleigh et la Grande Roue.

Un peu à l'écart, la plus petite femme du monde, Princess Ann, du haut de ses trente-huit pouces et ses quarante livres, charmait les passants de son plus beau sourire.

À quatre heures et demie, les Delormes sortirent du grand site pour casser la croûte sur le bord de la rivière des Prairies. Sur une grande nappe rouge qu'Angèle déposa sur le sol tiédi, les sandwichs, les chips et les boissons gazeuses n'eurent pas un grand succès à cause du dernier manège que les enfants avaient expérimenté : le Cynique.

Sur la route du retour, les enfants somnolaient et riaient en même temps.

— Sainte bénite, Roger, avais-tu oublié de barrer la porte à matin, toi ?

— Je pense pas…

La porte était entrouverte sur le côté de la maison, et Roger somma les enfants de rester bien sages dans l'auto le temps de faire une petite inspection de la maison. Dans le salon, plus de téléviseur, et plus de radio sur le comptoir de cuisine. La maison avait été cambriolée !

— Entrez, les enfants. Y a rien de déplacé, mais y sont partis avec la télévision puis le radio.

— Mon Dieu, Roger ! Ça prend-tu du front tout le tour de la tête pour nous voler de même en plein jour ! J'en reviens pas !

— Braille pas, ma femme. L'important, c'est qu'y a rien de cassé puis qu'y avait pas personne dans la maison. On aurait pu être attaqués ! On va appeler la police, c'est tout !

C'était le sergent Mallette qui se présenta chez les Delormes à sept heures. Il prit soin de faire le tour complet de la maison et il prit note des biens qui avaient été dérobés durant la journée.

Le policier informa Roger que c'était le troisième appel de la journée pour ce genre de vandalisme. Le ou les voleurs s'emparaient seulement des télévisions et des radios sans rien déplacer dans les maisons.

— Maudit de maudit! Y fallait bien que ça tombe sur nous autres! On fait quoi, là?

— Laissez-nous faire, monsieur Delormes. On va mettre la main dessus ça sera pas long.

— Pa!

— Quoi, Francine?

— Ma télévision est plus dans ma chambre!

— Bon ben là, monsieur l'agent, on est pauvres de deux télévisions au lieu d'une!

— On va faire une enquête sur la rue Royale et les environs puis si on trouve quelque chose, on va vous aviser. En attendant, si vous avez des assurances, contactez-les, monsieur Delormes.

— OK, je vais appeler mon agent d'assurances lundi matin.

— Pa!

— Oui, Rose.

— Nannie est plus dans la maison! On s'est fait voler notre chat, pa! On la verra plus jamais!

— Bien non, Rosie. Quand on est arrivés, la porte était grande ouverte; elle est juste partie faire un tour dehors, ma belle. Tu vas la revoir, ta Nannie, crains pas, ma fille. Bon bien, ma femme, comment qu'on braillerait, ça nous ramènera pas notre télévision puis notre radio, hein! Je vais appeler les assurances lundi puis on va aller voir chez Admiral pour acheter une autre télévision. Toi, Francine, y va falloir que tu t'en passes un bout de temps, de ta télévision, parce que je pourrai pas en acheter deux. Plus tard, on verra.

Après tout ce vacarme, Roger et Angèle sortirent humer l'air sur la galerie d'à côté avec Josée. Les enfants montaient la tente dans la cour, et au train où cela se déroulait, ils étaient partis pour dormir à la belle étoile.

Monsieur Frappier, le voisin immédiat des Delormes, achevait de racler les brindilles de cèdre qu'il venait de couper de son énorme haie.

— Salut, Roger.

— Salut, Jean-Marie. Ça va?

— Ça va. Vous autres, ça va moins bien?

— Comment ça?

— Ta télévision est brisée? J'ai vu le gars aller la chercher pour la réparer après-midi! Puis en même temps, y est allé chercher celle des Daunais en face. Ça va pas bien dans le boutte, hein? C'est la rue des télévisions cassées!

— T'as vu le gars? Attends un peu, toi! Notre télévision est pas brisée, on se l'est fait voler, maudit! Tu peux-tu parler aux polices? Je vais les appeler.

— Ah! ben oui, mais j'peux pas leur dire grand-chose. Mais si ça peut t'aider…

Le policier Mallette revint sur la rue Royale et monsieur Frappier lui confirma que vers deux heures de l'après-midi, un homme assez grand, avec des lunettes noires, avait embarqué la télévision de Roger dans son camion et qu'ensuite, il avait traversé la rue pour prendre possession de celle des Daunais.

— Quelle sorte de camion, monsieur? Pouvez-vous me dire la marque et la couleur, sinon me le décrire?

— Ah... Ça ressemblait à un Chevrolet 58, oui, un camion blanc.

Vers dix heures, alors que les enfants étaient bien installés dans la tente, un miaulement se fit entendre et Rose se mit à crier de joie: «C'est Nannie!» Enfin, la petite chatte d'Espagne était de retour.

Le lendemain midi, en s'éloignant de l'église Saint-Maxime où venait d'être chantée la messe de dix heures, Marcel et Béatrice firent une halte chez les Delormes comme tous les dimanches midi. Angèle leur raconta leur aventure de la veille. Le plus grave, c'était que le voleur s'était introduit dans les maisons en plein cœur de l'après-midi, et Béatrice se promit à elle-même que dorénavant, elle verrouillerait toutes les portes de sa maison, et cela, durant la nuit et toute la journée.

— Bien, j'en reviens pas. J'espère qu'y vont le pogner, votre voleur, Roger!

— Tu sais bien qu'à l'heure qu'y est là, Béatrice, nos télévisions ont toutes été revendues! C'est pas un deux de pique, ce voleur-là. Tu sais bien qu'y se laissera pas mettre le grappin dessus comme ça!

— Va chez Delagrave à Saint-Joseph, Roger, conseilla son frère Marcel. Y a une grosse vente cette semaine. Tu vas peut-être trouver de quoi de pas trop cher.

— OK, mon Marcel, je vais aller voir ça demain matin avec Angèle. Je vais voir comment mes assurances vont me donner avant pour savoir comment je peux payer pour une télévision neuve.

— Bon bien, je vais aller faire mon dîner, moi... T'en viens-tu, Marcel ?

Pour se changer les idées, en soirée, Roger amena sa femme en ville au Marine Cabaret voir le spectacle d'Olivier Guimond et Paul Desmarteaux. C'était Agnès qui gardait les enfants, et Martin en était bien heureux. Agnès fumait des cigarettes Cameo, qui dégageaient une odeur de menthe, et Martin s'en accommodait très bien.

***

Au magasin Delagrave, les prix des nouveaux téléviseurs étaient beaucoup plus élevés qu'Angèle et Roger l'avaient pensé, et vu le piètre montant qu'ils avaient récolté de leurs assurances une heure plus tôt, ils étaient bien indécis quant au choix qu'ils devaient faire.

— Celle-là, c'est une Zenith vingt-trois pouces avec le meuble, pour cinq cent soixante-quinze piastres.

— Hein ! Voulez-vous rire de moi, vous, là ?

— Bien, c'est le prix, monsieur. Oubliez pas que c'est un meuble de qualité, du chêne massif !

— Meuble de qualité, mon œil ! La télévision que je me suis fait voler, je l'avais payée trois cents piastres, maudit !

— Est-ce que c'était une vingt-trois pouces ?

— Non. Une dix-neuf pouces.

— Ah ! C'est pas pareil ! Est-ce que je peux vous poser une question, monsieur ?

— Bien oui.

— Pourquoi vous voulez vous acheter une télévision en noir et blanc quand vous pouvez en avoir une en couleurs pour quasiment le même prix ? Vous savez, d'ici trois à cinq ans, on va vendre presque juste ça, des télévisions en couleurs !

— C'est quel prix en couleurs ? Ça doit pas se donner !

— Vous pouvez avoir une RCA Victor pour cinq cents piastres ! Une dix-neuf pouces, mais pas de meuble. D'un autre côté, ça prendra moins de place dans votre salon si vous la mettez sur une petite table. Je vous dirais que le pourcentage de gens qui achètent une télévision couleur est d'environ soixante pour cent. Puis en plus, si vous calculez les cent piastres que vos assurances vous ont données pour les deux vôtres, votre télévision neuve en couleurs vous coûterait juste quatre cents !

— Sainte bénite, Roger, tu nous verrais-tu avec une télévision en couleurs dans notre salon ? *Jeunesse d'aujourd'hui* en couleurs pour les enfants, les nouvelles, la *Soirée canadienne…*

— Attends, Angèle. On va aller jaser dehors un peu pour calculer nos finances.

Roger fit bien comprendre à sa femme que s'ils achetaient ce téléviseur couleur, leurs vacances en pâtiraient. Ils devraient se préparer à faire plus de perron au lieu de se promener un peu durant la fin de leurs vacances. Angèle répondit que pour une fois les enfants n'en mourraient pas puisque les deux semaines qu'ils avaient passées au chalet de Fabien avaient été des vacances bien appréciées qui, en plus, avaient donné l'occasion aux gazelles d'aller se promener à Drummondville.

— C'est bien plus pour toi là-dedans, mon Roger. C'est toi qui es en vacances ! Je te laisse décider, mon mari…, mais en même temps, pense à ta *Soirée canadienne* en couleurs le samedi soir.

— T'as le tour de tourner le fer dans la plaie, toi !

— Hi hi !

— On va la prendre, la télévision, monsieur.

De retour à la maison, Angèle et Roger avaient hâte de montrer aux enfants leur nouvelle acquisition.

— Les enfants ! On est arrivés !

— Puis, l'avez-vous achetée ?

— Oui, mon Martin. On n'avait pas le choix, hein ?

— Hein, elle est donc bien petite, sainte !

— Oui, Rosie, mais c'est une télévision magique !

— Hein ?

Chapitre 13

Une journée spéciale pour Angèle

Le jeudi vingt-deux août. Une date bien spéciale : l'anniversaire des trois filles. Josée avait douze mois, et Rose et Guylaine, huit ans. Trois petites lionnes très impatientes de déballer leurs présents.

Dans la matinée, Angèle avait préparé un buffet froid pendant que Roger était allé chercher le gros gâteau d'anniversaire tout glacé de rose qu'ils avaient fait fabriquer à la pâtisserie française. Les invitations étaient postées depuis une semaine pour s'assurer qu'aucun invité ne manquerait à l'appel. Les invités présents étaient les parrain et marraine de Josée, Raymonde et Rolland, ceux de Rose, Yolande accompagnée de Fabien, et Marc et Mario, sans oublier grand-maman Emma.

— Regarde, pa, y a un char qui arrive dans l'entrée ! C'est qui ?

— Je le sais pas, moi, Rosie... Hey, les enfants ! On a de la belle visite de Drummondville !

— Hein ! Olivier ?

Rose criait à tue-tête et Guylaine détala vers sa tante Laurette les bras grands ouverts. Laurette était vêtue d'une jolie robe de cotonnade rouge accompagnée de sandales blanches et elle avait dissimulé tous ses cheveux bruns sous un chapeau de paille ajourée. Elle se précipita pour embrasser Angèle et Roger tout en les remerciant d'avoir convié les siens à cette belle fête familiale.

Olivier, vêtu de pantalons bleu acier et d'un polo blanc, était très ému de voir Rose qui se dirigeait vers lui en sautant de joie. David portait des bermudas kaki et une chemise orangée à manches courtes, et ses cheveux étaient toujours aussi noirs et lustrés que ceux de sa cousine.

Sur la grosse table de pique-nique en bois, un grand pain au Cheez Whiz et au jambon, des sandwichs aux œufs, des pains fourrés au poulet, un plateau de hors-d'œuvre composé d'olives, de céleri et de cornichons marinés, sans omettre une salade de macaroni dont personne ne connaissait la recette secrète, n'attendaient que d'être délectés par les convives. Ensuite, les trois filles soufflèrent en même temps sur les grandes bougies, et les cadeaux se succédèrent au rythme des cris et des rires contagieux.

— C'est de valeur, Laurette, câline. On aurait aimé que vous restiez pour le feu à soir. Si on aurait eu assez de place, on vous aurait tous gardés à coucher. Mais attends donc, toi… On pourrait toujours s'arranger en montant la tente pour les garçons dehors !

— Bien non, Angèle, donnez-vous pas tout ce trouble-là.

— Hey, j'ai une idée, Angèle !

— Quoi, Yolande ?

— Moi, je suis prête à inviter Laurette à coucher chez moi avec un de ses gars. Le fauteuil s'ouvre dans le salon.

— Oh, oui ! Puis Olivier pourrait coucher sur notre fauteuil dans le salon, m'man !

— Attends un petit peu, Rose. C'est Laurette qui décide. On peut pas la forcer non plus !

— Bien moi, je serais bien d'accord si ça dérange pas Yolande. Je serais bien contente de rester pour le feu, mais on va partir demain midi. Je veux quand même pas abuser de votre hospitalité trop longtemps, crime !

— Youpi ! Viens, Olivier, on va retourner jouer aux cartes dans le salon en attendant que mon père prépare le feu.

Olivier s'en voyait très heureux. Rose venait de célébrer ses huit ans et dans quatre ans, une belle histoire d'amour débuterait.

Toute la compagnie chanta, raconta des histoires et se coucha à minuit.

Le lendemain matin, à huit heures et demie, Laurette rentra chez les Delormes avec David après avoir pris grand soin de remercier Yolande de les avoir hébergés pour la nuit. Angèle avait préparé une montagne de crêpes et du pain doré.

***

Samedi matin, Roger sortit du lit à sept heures pendant que tout son petit monde dormait paisiblement. Après avoir siroté un café, il sortit la douzaine d'œufs du réfrigérateur pour préparer une énorme omelette au fromage. La table était déjà dressée quand sa femme parut dans la cuisine.

— Mon Dieu, Roger, ça te tentait à matin ! T'es donc bien fin !

— Allo, ma femme ! Bien oui, il me reste deux jours de congé puis j'ai décidé de te les offrir. Là, tu t'assis avec la petite pour déjeuner puis tu dis rien, OK ? Puis c'est pas tout, ma belle noire. Ta mère s'en vient garder parce qu'on s'en va se promener dans le Vieux-Québec jusqu'à demain après-midi !

— Roger, tu me gâtes bien trop, câline !

— Puis j'ai pas fini, ma femme. Ta mère va avoir juste Francine, Martin puis Josée à garder !

— Comment ça ? On amène Rose puis Guylaine ?

— Non, ho ho... Pour aller à Québec on passe par Drummondville, non ?

Rose et Guylaine, qui venaient de se lever, s'étaient mises à crier et à sauter partout dans la cuisine. L'accord entre Roger et Laurette avait été conclu la journée de l'anniversaire des filles.

— Là, ma femme, et vous autres aussi, les filles, il est sept heures et quart, puis votre grand-mère va arriver à neuf heures. Mangez vos œufs puis allez vous faire une petite valise pour la fin de semaine. C'est la fin des vacances puis on va en profiter jusqu'au bout ! Et pour ceux qui vont pas à Drummondville, bien, ils vont aller au théâtre Rio après-midi puis ils vont se faire venir du chinois pour souper.

— Yes ! s'exclama Martin.

— Je suis bien heureuse, Roger, mais ça nous mettra pas de court avec la télévision qu'on vient d'acheter ?

— Arrête de t'en faire avec ça, ma belle noire, tu vas gâcher ta fin de semaine ! C'est pas deux jours de congé qui vont nous mettre dans la dèche !

À neuf heures et demie, la Chevrolet s'engagea sur la route.

Quand Angèle, Roger, Rose et Guylaine arrivèrent sur la 9e Avenue, Laurette et les gars les attendaient sur les marches du perron à l'avant de la maison. Laurette offrit un café à Angèle et Roger, mais ils préférèrent reprendre la route sur-le-champ pour bénéficier de leur séjour à Québec au maximum.

— Regarde donc ça, Roger, si c'est beau, la Grande Allée ! Parke-toi ici, je veux marcher tranquillement avec toi, mon mari. Sainte bénite qu'on va être bien !

— T'es contente d'être à Québec, mon épouse ? Moi, je le suis encore plus que toi, je pense ! On s'assit-tu sur la terrasse ici ? Y a des beaux parasols puis ça a l'air propre.

— Bien oui. Je vais commencer par un bon café si tu veux.

— Bonjour, monsieur, madame. Allez-vous prendre le menu ?

— Oui, monsieur, mais avant, mon épouse va prendre un café et moi, je vais prendre un jus d'oranges pressées. Qu'est-ce que vous avez comme soupe ce midi ?

— Aujourd'hui, on a le potage Parmentier, et si je peux vous conseiller, notre chef a préparé sa spécialité, un coq au vin. C'est vraiment délicieux !

— Merci, monsieur. On va savourer notre breuvage en regardant votre beau menu qui m'a l'air bien appétissant. Après, on va commander si vous voulez.

— Seigneur Roger, tu parles pas, tu gazouilles ! C'est quoi, ce langage-là ?

— Je l'sais pas, ma femme, mais ici, à Québec, on pète de la broue !

Ils optèrent pour la suggestion du serveur : le potage, le coq au vin et une coupe de vin rouge de la maison.

Le repas fut délicieux. La facture et le pourboire furent également très délicieux.

En après-midi, ils flânèrent dans la rue Saint-Louis, la rue Saint-Paul, sur les plaines d'Abraham, dans le parc des

Champs-de-bataille et l'avenue Wilfrid-Laurier. Après avoir visité la Citadelle, ils se rendirent au Château Frontenac, sans oublier de faire une halte devant le monument du grand fondateur de cette belle grande ville, Samuel de Champlain.

Le tout ressemblait à un second voyage de noces pour Angèle. Elle versa quelques larmes quand Roger l'étreignit et lui souffla à l'oreille :

— Je te fais la promesse, ma belle noire, qu'à tous les étés, à la fin de mes vacances, on va toujours venir s'aimer à Québec. Puis quand on va avoir des cheveux blancs puis qu'on va marcher avec une canne, on y sera aussi. Si je peux plus conduire le char, bien, on va se faire transporter par la voie des airs, des eaux ou des trains, puis quand on va avoir quitté la terre, on aura juste à descendre de notre nuage.

***

À Drummondville, les filles firent une belle escapade au chalet d'Yvette et de Bermont sur le chemin Hemming.

Elles jouèrent au badminton avec leurs cousins. Bermont leur avait fixé le filet tout près de la balançoire. Rose n'eut aucune concentration, car elle était près d'Olivier et cela lui suffisait.

Avant d'admirer le feu crépitant sous le ciel obscur, Bermont s'assoupit sur le grand sofa pour reposer ses vieux os endoloris. Les garçons profitèrent du moment de quiétude de leur grand-père pour grimper la côte à l'arrière du chalet et ramasser des branches de bouleau pour attiser le feu ; quant au gros bois, des rondins d'érable étaient en nombre illimité en dessous du chalet.

— Puis, ma belle Guylaine, as-tu hâte de recommencer l'école ? Ça s'en vient vite !

— Oui, mais tu sais quoi, matante ?

— Non, ma grande.

— Si je pouvais faire de la magie, je serais deux Guylaine puis je resterais à Drummondville puis à Sorel en même temps !

— Oh ! ma Guylaine ! Si ça pouvait se réaliser ! Mais regarde, ma fille, Drummondville, c'est pas à l'autre bout du monde. Je vais aller te chercher à chaque fois que tu vas vouloir venir te promener. Mais ça, c'est si tes parents veulent bien que tu viennes, c'est sûr !

— J'aimerais ça, matante, que tu me parles de mon père... Il a rencontré maman comment, puis c'était où ?

— Oh... Dario, c'était un bien bon gars ! Il aimait assez ta mère, il en voyait pas clair, crime ! Tu t'en souviens-tu un peu, de ton père, Guylaine ?

— Pas gros. Je me souviens qu'il me faisait du gruau le matin et qu'une fois il m'avait amenée aux cerises en arrière de la track des chars. Moi, je lui avais demandé où est-ce qu'on s'en allait. Puis il m'avait dit qu'on s'en allait à Québec ! ! Je faisais juste pleurer parce que je voulais pas y aller, à Québec... c'était bien trop loin à pied !

— Cré petite chouette ! Il voulait juste te jouer un tour, tu sais bien ! C'était un petit ratoureux, ton père, ma fille ! Quand ta mère restait à Saint-Cyrille, la famille Deschamps habitait juste à côté. Aujourd'hui, y restent plus là, parce que Bernadette puis Gérard sont morts, quasiment en même temps. Eux autres, c'étaient ton grand-père et ta grand-mère Deschamps. Des bons voisins, ces gens-là ! C'est Dario puis sa sœur Monique qui ont vendu la maison paternelle aux Potvin.

— Monique ? J'ai une matante Monique ?

— Bien oui, ma belle. Monique avait deux ans de plus que ton père. Elle s'est mariée avec un Américain qui était *boss* à la Celanese de Drummondville. Y ont eu deux belles filles, des jumelles, Marie-Anne et Marie-Jeanne Kelley. Leur père s'appelait Frank, Frank Kelley.

— Wow ! J'aimerais ça, les voir, mes cousines !

— Je pense pas que tu pourrais les voir, ma fille. Quand les filles ont eu trois ans, ils sont repartis vivre aux États-Unis, à Philadelphie, dans l'État de la Pennsylvanie. Vu que ton grand-père puis ta grand-mère étaient morts, et en plus ton père, y avaient plus de famille ici au Québec. Ça me surprendrait de les voir retontir ici un jour.

— Ah bon... Puis mon père, lui, y était-tu beau ? Je m'en souviens pas trop, j'avais juste quatre ans !

— Ah oui ! Ses cheveux étaient blonds, quasiment blancs ! Des beaux yeux verts, puis il était costaud mais pas bien grand. Il devait mesurer cinq pieds six. Quand ta mère allait jouer avec Monique à côté, y arrêtait pas de les faire choquer. Même que des fois, le soir, y allait dans sa fenêtre de chambre pour lui faire peur. Dans ce temps-là, ta mère, elle le haïssait, elle pouvait pas le sentir. Je pense que leurs amours ont commencé à la petite école. On les voyait souvent revenir ensemble dans le rang 2. Quand Dario a eu quatorze ans, y est parti étudier à Drummondville. Ils se sont comme perdus de vue un bout de temps. Dario revenait chez eux juste les fins de semaine puis on aurait dit que les amourettes étaient finies. Dario étudiait pour être machiniste. Il disait toujours : « Moi, quand je vais être plus vieux, je vais réparer toutes les grosses machines dans les *shops.* » Puis c'est c'qu'y a fait, ma Guylaine, y a travaillé comme mécanicien à la

Celanese. Après ça, ça s'est gâché: ta mère puis moi, on s'est chicanées, puis y a eu une grève à la Celanese, et c'est là qu'il s'est trouvé une *job* à la Crucible Steel à Sorel puis que vous êtes déménagés. Quand tu as déménagé à Sorel, ma petite, je savais même pas que tu étais de ce monde! Après ça, on a plus eu de nouvelles de vous autres, je veux dire d'eux autres… C'est bien plate que j'ai pas eu le temps de régler ma chicane avec ta mère avant qu'elle parte.

— Pourquoi vous vous êtes chicanées? Des sœurs, ça se chicane pas d'habitude.

— Je vais t'expliquer ça, ma Guylaine, quand tu vas avoir à peu près douze ans. Là, je peux pas, tu es trop jeune, ma belle.

Ce qu'elle ne pouvait pas expliquer à cette enfant-là, c'était que Dario Deschamps n'était pas son père biologique. Son père biologique, c'était Paul… Paul Beausoleil.

Pendant une journée clémente du mois de novembre, Laurette et sa mère, Yvette, s'étaient absentées pour se procurer du tissu à la pesée dans un magasin de couture à Notre-Dame-du-Bon-Conseil. La veille, Yvette avait invité sa fille et son mari, Paul, à dîner à Saint-Cyrille. Aussi, le matin, avant de partir pour Notre-Dame-du-Bon-Conseil, Laurette était allée prendre Denise chez elle sur la rue Cockburn parce que celle-ci voulait passer la journée chez les parents de Dario, voisins d'Yvette et Bermont. Dario, lui, partait travailler à six heures tous les matins, avec sous le bras sa boîte à lunch, pour ne revenir que le soir vers quatre heures.

Tout se déroula sur l'heure du dîner. Paul travaillait au Bell Téléphone sur la rue Saint-Laurent. Quand Laurette revint avec sa mère, elle fut bien heureuse de constater que son Paul avait pu se libérer plus tôt, car elle avait distingué le camion du Bell Téléphone devant la maison.

Cependant, la maison était bien silencieuse. Bermont était parti très tôt le matin pour des examens de routine et des prises de sang à l'Hôpital Sainte-Croix, à Drummondville.

— Paul!... Paul... Y doit pas être bien loin. Son camion est dans l'entrée, crime!

— Peut-être qu'y a décidé d'aller voir Fanfaron puis Belles Oreilles en attendant qu'on arrive, ma fille? Va donc voir.

Dans la cour, il n'y avait aucune âme qui vive. Plus Laurette avançait, plus c'était silencieux. Puis, quelques pas plus loin, un rire dans l'écurie. Elle y entra, mais n'y vit personne. Encore quelques pas, et elle entendit Paul ricaner au grenier, dans la petite maison.

Quand Laurette arriva sur le dernier rondin de l'échelle écaillée, son cœur se mit à palpiter et le battement remonta jusqu'à sa tête. Denise était en train de rajuster sa grande jupe noire, ne portant que son soutien-gorge. Paul, torse nu, assis sur le bout du petit lit rose, enjambait ses pantalons.

Quand Yvette et Bermont aperçurent Laurette regagner la maison en courant, le visage inondé de larmes, et Denise et Paul criant derrière elle en la priant de s'arrêter, ils comprirent qu'il venait de se produire une catastrophe qui rembrunirait les quelques années précieuses devant eux.

Ce fut à partir de ce drame que la famille ne revit plus jamais Denise. On sut seulement que Dario pardonna tout à sa femme tellement il était amoureux d'elle. Pour Paul et Laurette, avant qu'ils ne soient aptes à communiquer de nouveau ensemble, il se passa toute une année. Étant donné qu'Olivier et David avaient vu le jour dans le parcours de leur vie commune, doucement, l'amour renaquit au fil des jours. Paul avait eu beaucoup de chagrin. C'est Laurette qui avait fait les premiers pas vers lui après qu'il lui avait avoué qu'il aurait mal toute sa vie de lui avoir infligé une telle souffrance.

Malgré tout, elle conserva une rancune profonde après ce drame et Denise eut la sagesse de ne pas insister pour la revoir, ce qui était décent, car à l'époque, la poussière n'était pas retombée. Par la suite, sœur Bernadette, de l'Hôpital général, réveilla les beaux souvenirs de jeunesse de Laurette en lui apprenant le décès de sa sœur unique, et ce qui la renversa, ce fut de recevoir une lettre que Denise avait écrite pour elle avant de partir. Tout avait basculé dans la vie de Laurette. Son Paul l'avait quittée trop jeune, sans prévenir, et sa sœur était décédée sans renouer les liens de sang qui devaient les unir.

Un jour, cette lettre allait pénétrer le cœur de Guylaine. Aussi, David et Olivier accepteraient-ils d'oublier une cousine pour accueillir une sœur? «Mon Dieu, vas-tu m'aider à traverser cette nouvelle épreuve qui va se présenter devant moi dans trois ans?» priait Laurette.

— OK, matante, je vais attendre d'avoir douze ans. Je vais comprendre mieux, je pense bien… David puis Olivier sont-tu au courant, eux autres, pourquoi tu t'es chicanée avec ma mère?

— Non, Guylaine, tes cousins vont le savoir en même temps que toi.

Chapitre 14

Pauvre Martin

Au retour des enfants, Angèle demanda comment s'était déroulée leur rentrée scolaire.

— Allo! Puis, vos professeurs?

— Je suis encore dans la même classe que Lise, puis on n'a pas une religieuse cette année. A s'appelle madame Trépanier; ça va faire changement de la grosse sœur Métivier!

— Francine! Ménage ton langage, veux-tu? Vous autres, les gazelles?

— C'est une jumelle, m'man. Lucette Simard, puis sa sœur s'appelle Lucie. Ça va être mélangeant en titi: elles se ressemblent comme deux gouttes d'eau, sainte!

— Ah bon… Toi, Martin?

— Moi, c'est monsieur Parenteau. Y est moins laid que monsieur Bouchard. Lui au moins, y a des cheveux, y a pas une patinoire à poux sur la tête avec une dent en or à côté de toutes ses dents jaunies!

— Martin Delormes, sois poli!

***

Pour un début de septembre, c'était pas mal frisquet. Les rayons du soleil ne réchauffaient pas la terre avant dix heures du matin. À l'école, la routine des enfants avait enfin repris, ce qui signifiait pour Angèle que ses vacances venaient de commencer. Par contre, aujourd'hui, une grosse besogne l'attendait : les betteraves. Le vendredi précédent, elle s'en était procuré une poche de vingt-cinq livres au marché Richelieu. Aussi, au programme de la semaine, figurait la préparation de la relish et des cornichons sucrés, et si Angèle bénéficiait d'un petit répit, elle mitonnerait une recette de ketchup aux fruits avec les tomates restantes de son jardin.

Au retour des enfants, des marinades reposaient sur le comptoir et une odeur d'épices embaumait toute la maisonnée.

— Faites vos devoirs tout de suite sur la table de cuisine, les enfants ! Vous savez que Bobino recommence aujourd'hui, hein ?

Rose ne s'installa pas par terre dans le salon pour écouter la télévision. Après avoir terminé ses leçons, elle alla dans sa chambre pour rédiger une lettre destinée à Olivier.

Bonjour Olivier,

J'espère que tu vas bien. Aimes-tu ta nouvelle école sur l'avenue des Frères à Drummondville ? Moi, ma maîtresse, c'est une jumelle, elle s'appelle Lucette Simard. Puis toi, c'est qui, ton professeur ?

J'ai hâte d'aller chez vous cet hiver. Mon père m'a dit qu'il viendrait me reconduire avec Guylaine au cas où ta mère pourrait pas à cause de la neige. On va passer presque cinq jours chez vous, ça va être le fun*. On va aller chez ta* *grand-mère puis ton grand-père faire du ski-doo puis du cheval. J'ai bien hâte aussi d'aller jouer dans la petite maison en haut de l'écurie avec toi.*

Aujourd'hui, à l'école, le photographe Gariépy est venu prendre notre portrait. Je vais t'en envoyer un quand ma mère va les avoir choisis. Tu vas-tu m'en envoyer un, toi? J'aimerais ça la mettre sur mon pupitre dans ma chambre.

Bon, y faut que je monte en haut. Mon père vient juste de m'appeler pour que j'aille souper.

Je t'écris mon adresse au cas où tu l'aurais perdue.
Rose Delormes
291, rue Royale
Sorel (Québec)

***

— Là, ma femme, aujourd'hui, c'est samedi. Tu passeras pas encore ta journée à faire à manger pour remplir le congélateur, j'espère. Y déborde!

— Bien non, mon mari, même que j'en ferai pas pantoute! Pour souper, on va se dégeler un bon pâté au poulet!

— T'es drôle, ma femme. Qu'est-ce tu dirais si on irait faire un tour aux pommes demain avec les enfants?

— T'es plus pire que moi, Roger Delormes! Tu veux pas que je fasse à manger, puis tu veux aller aux pommes! Les tartes aux pommes, tu penses-tu qu'elles vont s'en aller toutes seules dans le fourneau? Maudit que t'es ratoureux!

— Oui, mais c'est parce que là, t'en as fait à la rhubarbe puis aux fraises. C'est bien bon, mais on pourrait mélanger ça avec des tartes aux pommes, non?

— Tu sais bien que je vais t'en faire, des tartes aux pommes, mon mari, mais je t'avertis, t'es mieux d'en ramasser des pommes, mon vlimeux, parce que quand je vais avoir fini de les faire, y faut qu'y en ait assez pour passer l'hiver, OK ? Ça, ça veut dire de pas tomber dedans en pleine face le premier mois. Y aura pas juste des tartes aux pommes dans le congélateur, y va en avoir à la farlouche puis à la citrouille aussi.

— Je suis bien d'accord avec toi, ma femme. Mais j'ai vraiment un petit faible pour tes tartes aux pommes, moi.

***

— Allo ?

— Salut, Angèle, c'est Richard. Comment ça va ?

— Ouf, à part des pommes, ça peut aller.

— Des pommes ?

— Vingt livres de pommes à faire en tartes demain matin. Tu viens-tu m'aider à les éplucher, mon frère ?

— J'aimerais bien ça, ma belle petite sœur adorée, mais je travaille demain. Je suis de garde à l'urgence de l'Hôtel-Dieu…, mais… si t'en as une couple de trop, des tartes aux pommes, je suis preneur, moi !

— Bien oui, viens t'en chercher deux en finissant de travailler demain.

— Calvince que t'es fine. Je vais y aller certain !

— Puis, aimez-vous toujours votre vieille maison à Saint-Ours ?

— On aime bien ça, mais on trouve ça loin pour la *job*, Michèle puis moi. On va peut-être regarder qu'est-ce qu'y a à vendre du côté de Sorel.

— Ah ouin! Puis les parents de Michèle, qu'est-ce qu'y pensent de ça, eux autres? Vous restez juste à côté d'eux autres. Ça va leur faire de quoi si vous déménagez!

— Monsieur Gaillard est bien déçu, mais comme y m'a dit, Sorel, c'est pas à l'autre bout du monde non plus. Puis je vais être moins inquiet aussi quand le nouveau va arriver.

— Hein! Sainte bénite, Roger! Michèle est en famille!

— Ah bien, maudit de maudit, ça parle au torrieu! Elle attend ça pour quand?

— C'est pour quand, Richard?

— Pour le mois de mai, ma sœur, le mois de Marie.

— Mon Dieu que je suis contente! Un petit Bilodeau dans la famille… L'as-tu dit à m'man?

— Bien oui, puis tu sais comment elle est la mère: elle a encore braillé la Marie Madeleine! A dit que si c'est un gars, a va être bien contente parce que ça continuerait la lignée des Bilodeau, puis si c'est une fille, a dit qu'a va être bien heureuse aussi. A va juste la catiner un peu plus!

— Bien oui… Puis son école, à Michèle?

— A va finir de faire l'école dans la semaine du six mars.

— Bien, regarde donc ça, la journée de la fête à mon Roger! Puis dans quel coin vous aimeriez rester à Sorel si vous vendez votre maison?

— On le sait pas encore. On va aller faire un tour de machine dans le coin de l'hôpital. On aimerait ça, ce coin-là. Puis si y a pas de maisons à vendre dans ce bout-là, on va regarder dans Sorel-Sud.

— Yolande dit qu'all'aime bien ça, elle, Sorel-Sud. Je vais lui dire de jeter un coup d'œil de temps en temps. Michèle a pas trop mal au cœur?

— Un peu, mais a dit que ça se toffe. Elle a plus des brûlements d'estomac. A dit que ça l'agace pas mal.

— Dis-lui de manger des biscuits sodas avant de se lever le matin, ça fait du bien.

— Oui, je vais lui dire. Sa mère lui a dit de manger de la réglisse noire. Ça lui fait du bien, sauf que le matin, c'est pas mal sucré !

— Bien, c'est ça: des biscuits sodas le matin puis de la réglisse l'après-midi !

Le lendemain, Angèle roula vingt-quatre tartes aux pommes et avec le surplus de pâte, elle en fit deux au sucre et trois aux raisins.

— Hum, ça sent bon ici ! Comment t'en as fait, ma belle noire ?

— Vingt-quatre, mon Roger, moins deux que j'ai données à Richard tout à l'heure.

— Hum… Ça veut dire deux par mois, ça ?

— Hi hi… En tout cas, calcule tes affaires comme tu veux, mais arrange-toi avec ce qu'il y a de tartes. J'en fais plus d'autres !

Vers six heures Francine se rendit chez Benoît pour l'entendre jouer de la guitare sur sa galerie. Depuis le peu de temps qu'il jouait, il se débrouillait très bien. Francine se fit initier à quelques accords comme le *do,* le *ré* et le *sol* et elle aurait facilement pu jouer une multitude de chansons bien connues, mais elle s'entêtait à toujours gratter la même mélodie, *Kiss Me*, de C. Jérôme. Benoît regrettait de lui avoir enseigné les rudiments de la guitare ; il avait confié à son frère Jacques : « J'ai les oreilles en chou-fleur, sacrebleu ! »

Rose et Guylaine lisaient en se prélassant sur la pelouse spongieuse et Martin attendait Jacques pour aller s'émoustiller dans le champ d'à côté.

— Grouille, Jacques Daunais, torpinouche! Laisse-les donc jouer de la guitare en paix puis traverse donc ici! T'es comme un pot de colle avec eux autres! On n'aura pas le temps de jouer si ça continue. Y est déjà six heures et demie, maudit!

— M'man!

— Mon Dieu, Rose, as-tu vu le Bonhomme Sept heures? Y est juste six heures et demie!

— Hein, hein... Tu sais bien que je le sais, qu'y existe pas, le bonhomme Sept Heures, m'man! Tu me prends-tu encore pour un bébé?

— Hi hi... Bien non, ma petite gazelle, je faisais juste t'étriver! Qu'est-ce qu'il y a, ma grande, ma très grande fille?

— Y a un monsieur qui est venu mettre une pancarte de maison à vendre chez madame Langevin à côté!

— Es-tu sûre de ça, toi?

— Voyons, m'man, j'ai pas la berlue, quand même! Elle est pareille comme la pancarte à matante Yolande quand all'a vendu sa maison sur la rue Barabé!

Madame Langevin tirait le diable par la queue avec ses sept enfants. Aucun d'eux n'avait atteint l'âge d'entrer sur le marché du travail, et vu la petite assurance que son défunt mari lui avait léguée en mourant, elle n'arrivait plus à rejoindre les deux bouts.

Elle était bien découragée, la pauvre femme. La dernière fois qu'elle avait payé son épicerie au marché Letendre, en posant un regard honteux sur la caissière, elle avait retiré de son carrosse une pinte de lait et une livre de beurre. Elle avait confié à sa voisine Angèle: « Ça va coûter moins cher de vivre en logement. C'est sûr que ça va me prendre un grand six et demie, mais en me débarrassant des taxes scolaires puis des taxes municipales, la fin du mois va être pas mal moins décourageante. Au moins, je vais faire une épicerie comme du monde, bâtard! De la baloney puis des *beans* en canne, on est bien tannés d'en manger!» Angèle fut très éprouvée. Avec quel genre de voisins allaient-ils se retrouver maintenant? Elle espérait simplement que les nouveaux arrivants posséderaient un peu plus de pruderie que l'autre voisine de derrière, Edwidge Saint-Arnaud.

— Depuis que cette nounoune-là a déménagé en arrière de chez nous, sa cour a l'air d'un vrai dépotoir, sainte bénite! Une chance que Roger a fait une clôture! Même avec cette clôture-là, ses enfants viennent piquer des tomates dans mon jardin, des vrais petits monstres! Eh! que des fois le monde sait pas vivre! Une vraie gang d'effrontés!

— Pauvre vous. En tout cas, la seule affaire que je peux vous souhaiter, c'est des bons voisins, madame Delormes.

À sept heures moins dix, Rolland arriva chez son frère en vélo. À la Marine Industries, son patron lui avait demandé d'étirer son quart de travail jusqu'à six heures. Donc, il avait raté le traversier pour Saint-Ignace et encore mieux, le pont Turcotte avait été levé à cause du passage d'un gros pétrolier.

— Je suis bien tanné de cette traverse-là, moi. Des fois j'aimerais déménager à Sorel. Y me semble qu'y a assez d'usines que Raymonde pourrait se trouver une *job*!

— Pourquoi vous le faites pas, Rolland?

— On en a parlé, Raymonde puis moi. Y faudrait trouver une maison dans le prix de la nôtre, Angèle. On peut pas s'embarquer avec une plus grosse hypothèque que celle qu'on a déjà.

— Attends donc un peu, Rolland.

— Penses-tu la même affaire que moi, mon mari ?

— Bien oui, ma femme. As-tu vu la maison de la voisine à côté, Rolland ? D'après moi, elle doit pas demander plus que quatorze mille piastres. Y aurait juste les taxes qui changeraient un peu. Elle est toute en briques comme la nôtre. Y a juste la cave qui est pas finie. Y a trois grandes chambres, une grande chambre de bain, puis la cuisine communique avec le salon. Peut-être qu'y aurait la couverture à refaire puis changer une couple de fenêtres. En plus, y a un garage tout fini sur le ciment. La femme qui reste là a sept enfants puis elle arrive plus. D'après moi, mon Rolland, tu ferais une bonne affaire.

— Tu penses-tu ? Je vais en parler à Raymonde en arrivant.

Le lendemain, Raymonde arriva à Sorel par le bateau de cinq heures et demie, et Rolland l'attendait tout près du débarcadère à cheval sur son vélo. Angèle les avait invités pour souper étant donné que la visite de la maison des Langevin était prévue à sept heures. Monsieur Simard des Immeubles Simard les attendait.

Raymonde eut un coup de cœur pour la cuisine et les armoires. Elle dit à Angèle : « Y en a en masse, des armoires ! » Un grand ménage s'imposait, et une couche de peinture dans toutes les pièces ne serait pas à négliger. Rolland tomba immédiatement en extase devant le grand garage même s'il ne possédait pas de voiture.

La visite des lieux terminée, ils s'attablèrent tous chez Roger pour préparer une offre d'achat que l'agent d'immeuble remettrait à madame Langevin le soir même. Vu la nécessité de changer des fenêtres et la toiture, Rolland fit une offre raisonnable de treize mille dollars. Madame

Langevin disposait de quarante-huit heures pour accepter ou décliner cette offre.

Ce fut à neuf heures le lendemain matin qu'Angèle aperçut monsieur Simard stationner sa voiture dans l'entrée de la maison de sa voisine.

— Bon bien, je crois que Rolland va avoir sa réponse aujourd'hui, pensa-t-elle. Pauvre madame Langevin ! C'est quand même bien triste pour elle de déménager avec ses sept enfants. J'espère qu'elle va se trouver un logement pas trop cher puis qu'elle va arriver à faire manger ses enfants comme du monde !

— Oui, allo ?

— Madame Delormes, c'est monsieur Simard des Immeubles Simard. Est-ce que votre mari est là ?

— Bien non, monsieur Simard. Y finit de travailler à cinq heures puis y sera pas ici avant six heures ! Je peux-tu faire le message ? Avez-vous la réponse pour la maison sur la rue Royale ?

— Oui, c'est à ce sujet-là que je vous appelle. Madame Langevin ma signé votre offre d'achat. La maison est à vous, madame. Enfin…, presque à vous.

— Bonyenne que je suis contente ! Là, on fait quoi, monsieur Simard ?

— Pas grand-chose. Y vous reste juste à voir si la date d'occupation vous convient, puis à passer chez le notaire. Avez-vous un bon notaire, madame Delormes ?

— Bien oui. On fait affaire avec le notaire Cloutier sur la rue Charlotte à Sorel !

— C'est bien, madame. Puis si je peux vous suggérer un bon magasin pour les fenêtres à changer, y a le magasin Rusco. Vous pouvez lui dire que c'est monsieur Simard qui vous envoie et il devrait vous faire un bon prix.

— Vous êtes bien fin. Y est où, ce magasin-là ?

— Hum…C'est sur la rue Lalemant, je pense… Ah oui ! 6, rue Lalemant. C'est dans Sorel-Sud. Je vous laisse puis on va se revoir chez le notaire Cloutier. Vous avez juste à me rappeler pour me confirmer la date du rendez-vous.

— Merci, monsieur Simard. Oh… Excusez-moi, je suis assez énervée, j'ai juste oublié de vous demander la date d'occupation.

— Elle vous laisserait la maison pour le quinze novembre, le temps de se trouver un logement.

— C'est parfait, on va pouvoir déménager avant les fêtes.

Quand Rolland rentra de son travail, Raymonde avait déjà commencé à emballer la vaisselle et à faire des boîtes.

***

Septembre, le mois des arômes.

Des odeurs de marinades, de fines herbes et de pommes parfumaient les foyers, et on attendait les nouvelles couleurs de la saison automnale.

— Maudit que j'haïs ça ! Y va falloir que je sorte la hose de la cave pour nettoyer tout ça ! Puis en plus, je suis pas sûr que c'est une mouffette qui a vidé ma poubelle, moi !

— Comment ça, Roger ?

— Bien, j'ai vu un gros chat gris sur la clôture en arrière. Je sais pas c'est à qui, ce chat-là, mais si je le pogne, y croira pas ça !

— Voyons, Roger, parle pas de même. Tu ferais pas de mal à Nannie, pourquoi tu ferais du mal à un autre chat ? Voyons donc, toi !

— Je le sais bien, ma femme… C'est parce que je suis trop en maudit. Qu'est-ce qu'on fait aujourd'hui ?

— On va-tu faire un tour chez ton frère à Saint-Ignace ? Ça serait pas mal la dernière fois avant qu'y déménagent, suggéra Angèle.

— C'est une bonne idée, mais sais-tu quoi ?

— Quoi, mon Roger ?

— J'aimerais ça y aller tout seul avec toi. Agnès pourrait venir garder ? Ça nous reposerait des enfants en même temps…Y sont toujours collés sur nous autres comme des mouches. On pourrait faire une exception pour une fois, y en mourront pas ?

— Je pense que ça nous ferait bien du bien si on partait tout seuls, mon Roger, t'as raison.

Agnès arriva à une heure, puis Roger et Angèle prirent seuls le traversier d'une heure et demie, comme des amoureux.

— Agnès !… Agnès !

— Qu'est-ce qu'y a, Luc ? T'es donc bien blême, on dirait que t'as vu un ours !

— Viens vite, Martin y bouge plus !

— Hein, hein… C'est un tour que tu me fais là, Luc Nolin ? Si c'est ça, bien, t'es pas drôle pantoute !

— Je te jure, Agnès ! Y bouge plus, je pense qu'y est mort, vite, viens !

Quand Agnès arriva dans la cour arrière, Martin était allongé sur le sol durci en dessous de la balançoire et il se lamentait amèrement. Son bras gauche était gonflé du double de sa taille et ses doigts venaient de prendre une carnation bleutée.

— Ah non ! Qu'est-ce que t'as fait là ?

— J'ai tombé… puis ça fait mal en maudit ! Fais queque chose puis arrête de me regarder de même, maudit ! Si tu restes plantée là, je vais avoir le temps de mourir bien des fois !

Agnès bafouillait, elle trémulait de tous ses membres et sa tête suivait la cadence de ses tremblements. En courant pour aller prévenir sa mère, en tournant au coin du garage, elle rentra dans la haie de cèdres qui la fit chuter. Elle demeura par terre étendue de tout son long pendant quelques secondes tout en se demandant pourquoi cette haie de cèdres était si près de la petite venelle qui longeait l'imposant garage blanc.

Quelques minutes s'écoulèrent avant que madame Frappier se présente, hors d'haleine, suivie de son mari, Jean-Marie. Monsieur Frappier repartit tout de suite chercher son auto et la recula près de la balançoire pour y cueillir Martin qui larmoyait toujours. Ils arrivèrent à l'hôpital en un temps record.

Après avoir pris les radiographies du poignet de Martin pour vérifier de manière précise et objective l'ampleur de la blessure, le docteur Fiset fabriqua un plâtre à Martin et celui-ci put retourner à la maison. Il avait subi deux fractures au poignet gauche.

— Madame Frappier ! Qu'est-ce que vous faites ici ? Agnès est où ?

— Agnès est dans le salon avec Josée, madame Delormes… C'est Martin. Y a tombé de la balançoire puis y s'est cassé le poignet.

— Sainte bénite ! Comment qu'y a fait ça ?

— Laisse faire, Angèle, je vais aller lui demander moi-même. Ça doit être encore un de ses maudits plans de nègre, ça.

Martin se trouvait dans sa chambre avec Luc et il était, pour ainsi dire, «pas gros dans ses culottes» quand il aperçut son père dans l'embrasure de la porte avec une main appuyée sur le cadrage. Roger poussa quand même un soupir de consolation. Martin aurait aussi bien pu tomber sur la tête et subir une fracture du crâne.

— Salut.

— Salut, pa.

— Ça fait-tu mal ?

— Non. Ça fait plus mal depuis que le docteur Fiset m'a fait mon plâtre.

— Bien là, tu vas me raconter ça, mon garçon. Tu dois avoir une bonne explication à me donner, hein ?

— J'ai tombé de la balancigne, pa.

— Ah bon ! Et puis à quoi tu jouais dans la balancigne, Martin ?

— Bien… J'avais enlevé le banc avec la chaîne puis j'essayais de tourner après la grande barre. Je faisais comme aux Olympiques.

— Maudit de maudit ! Ça, c'est bien toi, Martin Delormes, une vraie tête croche ! Puis comment de temps que tu vas être dans le plâtre ?

— À peu près deux mois.

— Bon ben, on peut pas rien faire de plus, hein ? C'est fait, c'est fait ! Puis toi, Luc, tu faisais quoi quand y a pris sa débarque, Martin ?

— J'avais enlevé l'autre balancigne avec la chaîne, moi aussi, puis…

— Tu voulais faire la même chose que lui ?

— Oui. On faisait des compétitions, monsieur Delormes !

— Là, je vais descendre en bas parce que j'ai juste envie de vous sacrer une volée. Si vous auriez pas toujours le chien dans le corps, ça arriverait pas, ces maudites niaiseries-là ! Toi, Luc, tu vas t'en aller réfléchir chez vous, puis toi, Martin, si tu pensais de sortir pour les prochains jours, bien, tu peux te faire une croix dans le front, mon gars ! Eh, maudit !

Au souper, Roger sortit un crayon d'encre de Chine pour signer le plâtre de Martin, et toute la famille imita son geste. Angèle sortit du coton blanc pour faire une bandoulière à l'éclopé, car celui-ci se plaignait d'une douleur à l'épaule vu la lourdeur de son plâtre.

Le lundi matin, sur le chemin de l'école, Martin n'était pas parvenu au coin de la rue que tous les curieux étaient sur ses talons pour l'écouter détailler son aventure de la veille. Quand il arriva à l'école Saint-Viateur, il ne restait plus un seul espace blanc sur son plâtre pour y apposer une signature ou un gribouillage quelconque.

Les nouvelles se répandaient vite. Mardi, Clarence Parenteau, un collègue de travail de Roger, était déjà au courant de ce qui était arrivé à Martin.

— Puis, Roger, ta belle Angèle, elle t'a fait quoi comme lunch à midi ?

— J'ai deux sandwichs au jambon cuit avec de la soupe aux légumes. Toi ?

— Moi, des sandwichs aux œufs, puis ma belle Gilberte m'a fait un beau plat de carrés aux dattes.

— Hum…

— Tiens, t'as juste à te servir, ça me fait plaisir ! Puis, ton Martin, comment ça va avec son plâtre ?

— Comment ça que tu sais ça, toi ? L'as-tu vu à l'hôpital ?

— Bien non. Son professeur, à Martin, c'est mon frère ! Y m'a dit ça hier soir quand j'y ai téléphoné pour lui emprunter son niveau.

— Bien, ça parle au maudit ! Quand Martin m'a dit que son professeur, c'était un Parenteau, j'ai pas fait le lien pantoute !

— Eh oui ! Y m'a dit que ton gars avait déboulé les marches en sortant de sa chambre. Pauvre lui, y s'est pas manqué, le jeune !

— Maudit Martin à marde ! En plus de ça, y est menteur ! Attends que je lui mette la main au collet, lui ! Moi, me faire compter des menteries, je suis pas capable, j'aime mieux avoir une claque en pleine face, bonyeu !

— Y a pas déboulé les marches ?

— Bien non ! Y faisait le singe dans la balancigne dans cour chez nous avec son chum Luc ! Pourquoi tu ris, Clarence ? Moi, je trouve pas ça drôle pantoute !

— Voyons, mon Roger, calme-toi. C'est juste des enfants ! On en a fait, des vertes puis des pas mûres, nous autres aussi quand on était jeunes, tu penses pas ?

— Ouais… mais ça, y sont pas obligés de le savoir !

— Mange donc un bon carré aux dattes avec ton café ; y nous reste juste dix minutes de *break*, là.

Pour le repas du soir, Angèle servit une chaudrée de soupe aux pois, une miche de pain bien doré et une salade de thon.

— Puis, mon Martin ?

— Quoi ?

— Ça a-tu fait bien mal quand t'as déboulé les marches de l'escalier en haut ?

— Hein ! Où t'as pris ça, toi ?

— Ton professeur, c'est le frère de Clarence Parenteau qui travaille avec moi à la *shop*. En plus, tu bourres ton professeur de menteries ?

— Oui, pa.

— Si je m'aperçois que tu contes encore des maudites menteries, je réponds plus de moi ! Tu m'entends-tu une fois pour toutes ? Eille ! Je te parle, Martin Delormes !

— Bien oui, pa...

— Après souper, tu vas aller réfléchir dans ta chambre jusqu'à demain matin, mon gars. Les menteries, moi, ça me pue au nez !

Dans la soirée, Angèle discuta avec son mari et avoua qu'elle ne l'avait jamais vu enragé de cette façon. Mais Roger lui expliqua bien qu'il fallait tout de suite reprendre Martin, car s'ils le laissaient grandir avec un tel manque de respect envers ses proches, par la suite, il serait trop tard, et il mentirait toute sa vie.

— Hey, Rose !

— Oui, m'man.

— Qu'est-ce tu fais en bas ?

— J'écris au tableau. Pourquoi ?

— J'ai oublié de te dire que tu avais reçu une lettre de Drummondville à matin ! Va la chercher, elle est sur le comptoir de la cuisine à côté du *toaster*.

Salut Rose.

J'étais bien content quand j'ai reçu ta lettre. En passant, tu as du beau papier à lettres. Ça fait romantique, du papier avec des petits minous bleus puis des cœurs rouges.

Tu es chanceuse d'avoir une jumelle comme maîtresse, mais des fois, ça te mélange pas ?

Moi aussi, j'ai hâte de te voir aux fêtes et j'ai hâte de voir Guylaine aussi. Pour le portrait, cette année, on s'est pas fait poser tout seuls. Y ont posé toute la classe ensemble. Si tu veux, je vais t'en envoyer un de l'année passée.

Ma cousine Josée te fait dire bonjour, elle te trouve bien fine. As-tu demandé à ton père si y avait un Bell Téléphone à Sorel ? Tu me le diras dans ta prochaine lettre. Pour ma nouvelle école, le collège Saint-Bernard, ça va bien puis j'aime ça, prendre l'autobus.

Bon bien, je vais te laisser, y est cinq heures et ma mère vient juste de m'appeler pour aller souper.

Dis à Guylaine que David va bien, mais qu'y est encore trop gêné pour lui écrire.

Bon bien, salut.

Olivier xxx

✳✳✳

Le lundi, à trois heures et demie, les enfants rentrèrent de l'école tout ruisselants à cause de la giboulée qui persistait depuis l'aube, et comble de malheur, Francine se présenta avec des poux. Angèle se munit d'un peigne fin, déplia une gazette et, à tour de rôle, tous les enfants ressortirent de la cuisine avec le cuir chevelu à vif.

— Maudit, ça sent donc bien le vinaigre ici dans !

Ce fut au moment où Francine apparut avec une grande serviette enroulée autour de la tête que le père de famille saisit tout. Le vinaigre était la recette miracle pour se débarrasser de ces parasites envahissants. Et pour que ce produit soit infaillible, Francine devait laisser ses cheveux emprisonnés dans cette odeur poignante toute la soirée et toute la nuit sans les nettoyer.

— Arrête de chialer, Francine. Y fallait les tuer, ces bébites-là, câline ! As-tu passé sur la rue Saint-Paul la semaine passée ?

— Bien non, m'man, je passe toujours sur la rue de Mère-D'Youville. Y a pas de poux là !

— Des fois, on sait jamais… Passe donc par la rue Millier comme tout le monde aussi. Y faut toujours que tu fasses autrement des autres, toi, hein ?

Enfin, à huit heures, la quiétude régna. Ce soir, à la télévision, c'était *Rue de l'anse.* Roger était fasciné par les beaux paysages de ce téléroman tourné en grande partie dans la belle grande Gaspésie.

Le lendemain matin, au réveil, il tombait encore des clous et Francine dégageait toujours une forte odeur de vinaigre, à tel point que Martin refusa obstinément de déjeuner à ses côtés. Il disait qu'elle sentait la mouffette.

— Allo ?

— Allo, Angèle, c'est Yolande. Comment ça va ?

— Tiens, tiens, si c'est pas la revenante ! Qu'est-ce tu fais, t'appelles plus, tu viens plus nous voir. Ton Fabien, y te fait de l'effet, ma sœur !

— Hein, hein. T'es bien drôle, toi, à matin ! C'est juste que je suis plus occupée que d'habitude. J'ai mon logement à entretenir puis souvent, je vais chez Fabien lui faire un peu de manger.

— Ouin, ça sent le mariage, ça…

— Bien oui, c'est pour ça que je t'appelle, Angèle.

— Sainte bénite, jc l'savais, que ça finirait par une basse messe, cette affaire-là, moi ! Je suis contente pour toi, ma Yolande… Puis, ça va être quand ?

— On avait pensé au vingt-six octobre. C'est un samedi…

— Hi hi… J'espère pour vous autres que c'est un samedi, parce qu'un lundi, ça serait plate en si vous plaît !

— Arrête donc de m'étriver. T'avais compris!

— Eh que j'ai hâte! Ma petite sœur Yolande qui se remarie. Qui aurait pensé ça un jour?

— Eh oui! Tu comprends bien que ça va être au palais de justice. Moi puis Fabien, on a déjà été mariés. Ça va être une petite noce... Y va y avoir ta famille, celle de Claudia, Richard avec Michèle et la famille de Fabien. Y sont juste six, ses parents sont morts.

— Puis m'man, elle?

— Bien voyons, Angèle, tu penses-tu que j'aurais pu oublier notre mère? Après, y va y avoir un buffet chez Fabien... je veux dire chez nous. En tout, on va être trente. D'après moi, ça va être une belle petite noce.

— Je suis sûre de ça, ma sœur! Des fois y a deux cents personnes puis c'est plate à mort! Christiane, qu'est-ce qu'a dit de ça, elle, de s'en aller rester sur la rue Goupil?

— Elle a l'air bien d'accord. Pour elle, l'important, c'est qu'a change pas d'école encore une autre fois.

— Puis m'man, comment elle a pris ça quand tu lui as annoncé la nouvelle?

— T'a connais pas encore, la mère, Angèle? A s'est mis à brailler puis a m'a dit: «Si ton Isidore de père aurait voulu faire comme du monde, y serait encore là pour te voir te marier!»

— Cré m'man. Dans le fond, elle l'a toujours aimé, notre père. En fin de compte, y va en avoir eu, des événements, cette année! Richard qui s'est marié au mois de juin, toi au mois d'octobre, Rolland qui déménage sur la rue Royale, puis Michèle qui va accoucher au mois de mai!

— Bien oui, c'est toute une année! Bien moi, j'ai bien

hâte d'être déménagée chez Fabien parce qu'avec mon bicycle cet hiver, je l'aurais pas trouvé drôle pour voyager au United !

— Mais Fabien travaille à Québec Iron, Yolande, c'est pas dans ton bout pantoute. Puis y commence pas à la même heure que toi non plus.

— Y dit qu'y va se trouver quelqu'un dans le bout pour voyager puis qu'y va me laisser le char pour aller travailler en ville.

— Ouin, t'es gâtée en pas pour rire, toi ! T'as bien fait de prendre tes licences au printemps !

Chapitre 15

Le déménagement

Le samedi douze octobre. L'apogée des couleurs.

L'automne abondait en belles journées, et avec les feuilles des végétaux qui s'étaient mises à tourner au rouge orangé et d'autres au rouge feu, cette saison des couleurs était vraiment la plus jolie de l'année. On pouvait même croire que l'été des Indiens, qui venait de s'installer, persistait à faire oublier aux idéalistes que, bientôt, le tapis blanc serait de retour sur leur véranda.

— Bonjour !

— Bonjour, madame Saint-Arnaud.

— Ouin, vous êtes un homme travaillant, vous ! Vous arrêtez pas deux minutes !

— Bien oui. Quand on a une maison, y a toujours de quoi à faire.

— Je me demandais si vous auriez pas le temps de venir peinturer mon logement. Je vous payerais, c'est bien sûr…

— Votre mari peinture pas, lui ?

— Y a pas le temps. Y travaille du mercredi au dimanche à Joliette ! C'est pour ça que je vous le demande, à vous.

— Y a donc bien un drôle d'horaire, votre mari. Y travaille à toutes les fins de semaine ? C'est plate pour vous, ça !

— Non. Quand y est pas là, on se chicane pas ! Y a un *grill* à Joliette, ça fait que je le vois juste la semaine puis c'est correct comme ça.

— Ah bon… Puis c'est quoi qu'y a comme spectacle, à son *grill* ?

— C'est des spectacles de danse, c'est bien payant, son affaire.

— Bien, écoutez, madame Saint-Arnaud, j'ai assez d'ouvrage ici pour m'occuper, puis en plus de ma *job* à Québec Iron, je vois pas comment je pourrais trouver le temps d'aller peinturer chez vous.

— Ah bon… Connaissez-vous quelqu'un qui me ferait ça pour pas trop cher, d'abord ?

— Oui, peut-être. J'ai un chum à *shop* qui en fait, de la peinture pour les autres, la fin de semaine. Je peux vous chercher son numéro dans le *directory* puis vous le donner.

— OK, montez deux minutes, on va regarder ça en haut.

— Attendez. Ça va être moins long, je vais aller dans ma cave. J'en ai, un *directory*, sur mon établi.

— Ah bon.

— Tenez, je l'ai trouvé. Je vous l'ai mis sur un bout de papier. Y s'appelle Clarence Parenteau puis son numéro, c'est 3-4556. Vous avez juste à l'appeler.

— Vous êtes bien aimable, monsieur… monsieur ?

— Delormes, Roger Delormes.

— Bon bien, à la prochaine, Roger. J'espère bien qu'on va avoir la chance de se revoir pour faire la jasette ?

— C'est ça. Je vais vous présenter ma femme en même temps.

— Ah bon, OK.

Quand Angèle rentra du salon de coiffure, Roger lui fit part de la conversation qu'il avait eue avec madame Saint-Arnaud.

— Elle a du front tout le tour de la tête, cette pimbêche-là ! Elle voulait que tu montes chez eux en plus ? Tu sais bien qu'a voulait pas juste regarder dans le *directory*, cette niaiseuse-là !

— Je sais bien, ma femme, je suis pas un épais, quand même ! Puis en plus de ça, a m'intéresse pas une miette, cette femme-là. Elle a l'air d'une vraie guidoune, bonyeu !

— Puis même si a t'aurait intéressé, t'es marié, je te rappelle.

— Oui, je suis marié puis jamais que j'irais avec une autre femme ! Je t'aime bien trop pour ça. Je m'appelle pas Gaétan, quand même !

— Parle pas de même, Roger. Des plans pour que Gaétan se retourne dans sa tombe, sainte bénite !

À la fin de cette discussion, Martin entra dans la maison saisi d'une grande frénésie : il venait de se trouver un emploi. Il avait rencontré monsieur Paul Hus, qui demeurait sur la rue Barthe, pour s'informer si celui-ci n'était pas par hasard à la recherche d'un camelot pour distribuer le *Montréal-Matin* et Martin avait été engagé sur le coup.

***

« Ici CJSO, Radio Richelieu, Sorel. Aujourd'hui, le jeudi 10 octobre 1963, la môme Piaf s'éteint à l'âge de quarante-sept ans. »

« Édith Piaf est née le 19 décembre 1915 à Paris. Elle fut élevée par sa grand-mère, car son père était parti à la guerre et sa mère refusait carrément de s'occuper d'elle. Sa grand-mère était patronne d'une maison close en Normandie. Édith a donc été élevée, malgré elle, par les prostituées de la place. »

« Madame Piaf est devenue aveugle à cause d'une infection et elle a retrouvé la vue, proclamant que sa guérison était due à un miracle de la vie. En 1933, âgée de 18 ans, éprise de Louis Dupont, elle donna naissance à leur fille Marcelle qui, à l'âge de deux ans, décéda d'une méningite. Piaf a enregistré son premier disque en 1936, *Les mômes de la cloche*, et en 1945, elle a écrit *La vie en rose*. En 1962, âgée de 47 ans, épuisée, malade et droguée, elle épousa Théo Sarapo, un jeune chanteur de vingt-six ans. »

« Aujourd'hui, le dix octobre, elle s'éteint, usée par les abus de la vie et de la morphine, et plusieurs déceptions qu'elle a éprouvées tout au long de sa vie. »

« Ce matin, à CJSO, nous allons consacrer une heure de notre programmation à la mémoire de cette grande dame de la chanson française. Voici sa chanson, *L'hymne à l'amour*. »

Le ciel bleu sur nous peut s'effondrer
Et la terre peut bien s'écrouler
Peu m'importe si tu m'aimes
Je me fous du monde entier
Tant qu'l'amour inond'ra mes matins
Tant que mon corps frémira sous tes mains
Peu m'importe les problèmes
Mon amour puisque tu m'aimes.

— Sainte, m'man ! Je t'ai pas entendue rentrer pantoute !

— J'ai bien vu ça, ma fille… C'est pas drôle, hein, pour Édith Piaf ? Qu'est-ce tu veux, on va tous passer par là un jour, hein ?

— Eh oui, m'man… Josée dort sur le fauteuil. Elle s'était endormie sur le plancher du salon tout à l'heure. Elle faisait quasiment pitié. Tu imagines-tu, m'man, les enfants qui crèvent de faim puis qui se font battre tout le temps ? Moi, quand je pense à ça, c'est bien simple, j'ai juste envie de brailler !

— Bien là, ma fille, t'es donc bien négative à matin ! Je pense que ça va te faire du bien d'aller faire un tour en ville, toi… Hourra ! Habille !

Comme à l'accoutumée, Angèle se rendit au marché Richelieu pour faire préparer sa viande au comptoir de Thérèse et en retournant, elle s'attarda un moment chez sa tante Charlotte, la sœur de sa mère, qui demeurait sur la rue Limoges. Son oncle Antoine, lui, travaillait à la laiterie Chalifoux à Saint-Pierre de Sorel. À la suite d'une petite jasette bien animée en compagnie de sa tante, sa cousine Sylvie arriva et la conversation s'éternisa, s'étirant sur d'interminables minutes.

— Mon Dieu ! Trois heures ! J'ai pas vu passer le temps ! Faut que j'y aille, matante Charlotte, les enfants vont arriver de l'école à trois heures et demie !

— Je peux te laisser en passant, Angèle. Faut que j'aille à la Coopérative Richelieu pas loin de chez vous.

— Tu serais bien fine, ma cousine. C'est qui qui garde tes filles, toi ?

— Ah moi, c'est pas inquiétant. Moi puis ma voisine, on s'échange ça. Comme ça, ça nous coûte pas de gardienne puis quand on en a besoin les deux en même temps, c'est m'man qui vient garder chez nous, hein, m'man?

— Bien oui. Puis c'est pas loin, c'est sur la rue Provost à côté! D'autres fois, c'est les enfants qui s'en viennent ici après leur école. Y a en masse de terrain en arrière pour les occuper une bonne partie de la journée. Aussi, y savent bien que quand leur grand-père Ti-Toine arrive de travailler, y a toujours un sac de fromage en crottes dans sa poche de chemise.

— Hi hi... Bon bien, salut, matante. Là je suis pas mal en retard. Les enfants sont pas habitués de voir une maison vide en arrivant de l'école; des plans pour qu'y mettent la police après moi, sainte bénite!

— Ha ha! Tu te reprendras, ma fille. On n'est pas des sorteux puis on est toujours bien contents de te voir. Tu salueras ta mère puis ton mari pour nous autres!

***

Ce matin, une légère moquette blanche recouvrait le sol à l'extérieur et les enfants furent bien excités par la belle surprise que la nuit leur avait apportée durant leur sommeil.

— M'man! Mes bottes sont pas là, câlique!

— Ah bon... Je comprends pas. Je les avais toutes serrées à la même place au printemps passé, y me semble!

— Bien, y sont pas là! De toute façon, j'aime mieux aller à l'école en souliers. C'est pas mal mieux que d'y aller avec mes bottes d'habitante.

— Attends donc une minute, Francine...

Angèle, toute souriante, se dirigea vers sa chambre à coucher et en revint avec un sac du magasin *La Barre*

Chaussures pour l'offrir à sa fille qui, elle, ne comprenait plus rien du tout. En ouvrant la boîte, Francine se mit à crier et à sautiller comme un kangourou. Ses parents lui offraient de jolies bottes brunes très à la mode munies d'une fermeture éclair et ornées d'une fourrure de marabout.

— Merci, m'man! Merci, pa! J'en reviens pas! Câlique que je suis contente! Je vais pouvoir mettre mes vieilles bottes de grange dans la poubelle.

— Y va te rester juste à penser de pas oublier de ramener tes souliers de l'école quand tu vas en avoir besoin la fin de semaine.

— Puis nous autres, moi puis Guylaine? On met encore nos vieilles bottes d'écurie?

— Vous autres, ça va être après les fêtes. Elles vont venir en spécial à moitié prix puis on va aller vous en acheter. En attendant, comme vous dites, vous allez continuer de mettre vos vieilles bottes d'écurie par-dessus vos souliers. La même chose pour toi, Martin, puis oublie pas après l'école d'arrêter à l'hôpital pour faire enlever ton plâtre. Mononcle Richard va être là, je lui ai dit que tu irais.

— Crains pas, m'man. C'est sûr que j'oublierai pas! J'ai hâte de rentrer mon bras dans ma manche de manteau comme du monde. Je suis bien écœuré d'avoir ça, moi! Mais j'aurai pas le temps de faire ma collecte de journaux aujourd'hui! Tant pis, je la ferai demain après-midi.

Roger et Angèle n'auraient jamais pu imaginer que leur Martin serait aussi constant et responsable dans son nouveau travail. Il se levait à cinq heures tous les matins et ne s'en plaignait jamais. Il s'était même ouvert un compte de banque à la caisse populaire sur l'avenue de l'Hôtel-Dieu. Le salaire n'était pas exorbitant, mais avec les pourboires récoltés, ce n'était pas à dédaigner, comme il disait.

***

— Allo, ma femme.

— Mon Dieu, Roger, t'as donc bien les yeux rouges ! Es-tu malade ?

— Ça a commencé après le dîner à *shop*. J'ai mal à la gorge puis à la tête, et je suis tout étourdi, maudit. Quand je regarde à terre, on dirait qu'y a deux planchers en dessous de mes pieds, on dirait que je marche au ralenti, bonyeu !

— Bon, on dirait bien que tu files la grippe, mon mari ! Je vais chercher le thermomètre.

Ça tombait comme des mouches chez les Delormes. Le lendemain, Roger ne rentra pas à son travail, le thermomètre indiquant cent trois de fièvre ; quand Francine se leva, elle eut de la difficulté à articuler tellement sa gorge était douloureuse ; et Rose revint de l'école à dix heures, car plus aucun son ne sortait de sa bouche. Angèle soupira : « Que la grippe soit avec moi, ainsi soit-il. »

Le lundi matin, quand Roger fut apte à retourner au travail et que les filles eurent regagné leur classe, ce fut au tour de Josée et d'Angèle de s'aliter pour quelques jours. Comme dit le proverbe : « Si tu essaies de guérir une grippe, elle dure sept jours, et si tu ne fais rien, elle dure une semaine. »

***

Aujourd'hui, à l'école Maria-Goretti et aussi à Saint-Viateur, les enfants, sans en avoir été avisés, firent un exercice d'évacuation dans le cadre de la prévention des incendies et eurent droit à un court moment de panique.

À dix heures et demie, Michèle était très inquiète. L'une de ses élèves était manquante. La petite Judith, affolée par le bruit assourdissant de l'alarme d'incendie, s'était enfuie de l'école.

Pauvre petite! Elle avait galopé jusqu'à l'hôpital et elle s'était assise dans la salle d'attente de l'urgence. C'est Richard qui appela Michèle pour lui annoncer que sa petite étudiante s'était réfugiée dans l'établissement qui probablement, pour elle, était sécuritaire.

Judith ne souriait jamais. Elle était souvent isolée dans un coin, et aucun élève ne lui adressait la parole. Généralement mal habillée, avec des trous creusant ses collants de laine beige et sa blouse blanche tirant sur le gris, on aurait pu imaginer, en la regardant, qu'elle était une enfant de la crèche que personne n'avait voulu recueillir sous son toit.

Quand Michèle s'était rendue chez les parents de la petite pour s'informer si celle-ci s'y était réfugiée, elle avait constaté qu'elle vivait dans un taudis. La galerie chancelait à côté de marches putréfiées, et près d'une vieille chaise aux bras manquants, un petit chien noir tout cotonné léchait le fond d'un bol rouillé.

Le lendemain, à la fin de ses cours, Michèle amena Judith au magasin Croteau. Elle lui acheta un *jumper* bleu marin et une blouse blanche pour l'école, une canadienne marine et rouge avec une tuque, un foulard et une paire de gants bleus. Par la suite, elles se rendirent au marché d'alimentation Letendre pour faire provision de pain, de lait, d'oranges, de bananes et de céréales.

À leur retour à la maison de Judith, en les apercevant les bras chargés de paquets, madame Nolin se mit à pleurer de joie mais aussi de honte. Madame Nolin, c'était une bonne personne. Elle faisait du mieux qu'elle pouvait pour sa fille, mais avec un ivrogne dans la maison, la paye se dépensait en bière et en alcool. Michèle était furieuse et rouge de colère, et elle ne put s'empêcher d'aller sortir du lit ce grand sans-cœur de père de famille.

En pénétrant dans la chambre obscure, elle ne put faire autrement que d'avoir un haut-le-cœur vu la senteur d'alcool et de sueur qui flottait dans cette pièce malsaine.

—Vous avez pas honte de dépenser votre argent à boire pendant que votre famille crève de faim, monsieur Nolin ?

—De quoi tu te mêles, toé ? T'as pas d'affaire ici dans, puis à part de ça, la porte est là puis prends-la, ça presse, calvaire !

—Je vais la prendre, la porte, monsieur Nolin, puis si je m'aperçois que ça change pas pantoute pour Judith puis sa mère, je vais faire les démarches pour vous faire enlever votre fille ! Votre fille fait trop pitié, ça m'déchire le cœur, bonté divine !

—Ah ben, sacrament ! Tu viendras pas faire la loi icitte, toé ! Sors de ma maison, puis que je revoie pu jamais ta maudite face de folle ! Va t'occuper de ton mari au lieu de faire ta mère Teresa avec les maris des autres, câlisse !

Une semaine plus tard, Judith et sa mère déménagèrent dans un logement sur la rue Chevalier. Rock Nolin, lui, serait obligé de céder une bonne partie de ses payes à sa femme. Il est certain qu'après avoir quitté son mari, madame Nolin se fit pointer du doigt, même que le curé Bonin lui fit un sermon et l'expulsa de son église. Mais elle se voyait bien soulagée. Par la suite, en classe, les blouses blanches de Judith étaient impeccables, et dans sa boîte à lunch, ses sandwichs contenaient de la viande.

***

Le samedi seize novembre, Raymonde et Rolland ne furent pas dans les bonnes grâces de dame Nature pour leur déménagement sur la rue Royale. La nuit précédente, le ciel leur avait livré sournoisement une légère couche de neige.

Roger était au poste avec son frère Marcel ainsi que son beau-frère Gilbert. Il était huit heures et le camion de déménagement devait arriver sur la rue Royale vers les huit heures et demie.

La veille, Angèle avait rendu visite à madame Langevin. Pauvre elle! Des boîtes, il y en avait d'empilées un peu partout. Madame Langevin avait insisté pour que sa voisine prenne un café en sa compagnie avant qu'elle ne quitte à tout jamais sa maison. Malgré tout, son humeur était agréable. Au début du mois de novembre, elle s'était trouvé un logement dans le journal le *Sorelois*, un grand six et demie sur la rue Alfred, pour soixante-treize dollars par mois. Ce n'était pas neuf, mais elle avait confié à Angèle: «Je vais pouvoir faire une épicerie comme du monde. C'était rendu que je faisais de la galette blanche trois fois par semaine, vinyenne! Inquiétez-vous pas, madame Delormes, ça devrait bien aller... Puis les enfants vont vieillir un jour! Quand y vont travailler y vont pouvoir m'aider! En attendant, on va bourrer notre pipe avec le tabac qu'on a... Que voulez-vous faire? Puis si mon Ernest aurait été encore là, y aurait pas eu de différence: je voyais jamais la couleur de cet argent-là...Y le gaspillait à taverne en bas du pont, puis quand c'était pas à taverne, c'était pour des affaires malpropres. »

Rolland arriva à huit heures et vingt avec Raymonde juchée sur la barre de son vélo. Par magie, la neige s'était retirée. C'est Angèle qui possédait la clef de la maison, car madame Langevin avait déménagé très tôt le matin. Emma était venue prêter main-forte en surveillant Josée. Pour le transport des meubles, une interrogation subsistait chez les déménageurs. Quand Ernest Langevin avait construit son garage, le certificat de localisation ne lui avait pas permis de l'ériger du côté droit de la maison. Eh oui ! Il habitait de l'autre bord du terrain. Donc, le camion de déménagement devrait rester immobilisé dans la rue.

À onze heures et demie, le transport des meubles fut terminé et Emma s'occupa de réchauffer la sauce à spaghetti qu'Angèle avait cuisinée le matin, à six heures. Le nécessaire fut exécuté : les armoires de cuisine furent lavées, la vaisselle rangée, la salle de bain désinfectée, et Martin et Francine balayèrent le garage pour y remiser les boîtes, les vélos et le gros barbecue au charbon. À une heure les hommes amorcèrent la peinture et à dix heures le soir, la maison avait rajeuni de dix ans.

***

Ils étaient très chics au palais de justice. Yolande était vêtue d'une robe rose cendré en crêpe de Chine accompagnée d'un boléro de dentelle ivoire, et ses souliers de cuir blanc avaient été enveloppés d'une peau de satin rose.

Fabien arborait un habit noir et une chemise blanche agencée d'une cravate de soie noire, et à sa boutonnière était fixé un œillet blanc.

Christiane s'était choisi un chemisier en jersey jaune et une jupe orangée, un choix non réfléchi vu la teinte de ses cheveux.

Pour leur voyage de noces, Fabien avait pris soin de réserver deux nuits au majestueux Reine Elizabeth sur le boulevard Dorchester à Montréal.

***

Au début du mois de décembre, Nannie donna naissance à quatre chatons gris. Roger eut des soupçons. Le gros matou gris qui roupillait sans cesse sur la clôture dans la cour arrière pourrait bien être le père de ces petits mammifères.

Après avoir distribué des chatons à Raymonde, Yolande et Benoît, un seul serait orphelin, à moins que Josée en hérite après avoir piqué sa petite crise. (Au temps présent, le chaton de Josée se prénomme Grisou.)

***

Ce matin, un tourbillon de neige vint balayer l'automne. Les flocons blancs se détachèrent des nuages pour venir s'entasser sur les terres à demi gelées.

— Allo! Rentre, Raymonde. Qu'est-ce qui t'amène ici à matin?

— Je suis assez contente là! Je commence à travailler lundi prochain, Angèle!

— Ah oui! Où ça?

— Tu devineras jamais! À Québec Iron!

— Hein? Es-tu sérieuse, toi? Ouin, tu vas faire des bonnes payes, ma chanceuse!

— Je pense bien que oui… Penses-tu que Roger va vouloir me voyager ? Je vais commencer à la même heure que lui le matin.

— C'est bien sûr qu'y va vouloir ! Y va rester surpris quand je vais lui dire ça au souper ! Assis-toi, on va prendre un café, ma Raymonde. Sais-tu qu'au salaire que vous allez gagner tous les deux, vous allez pouvoir vous acheter un char ?

— J'aimerais bien ça, que mon Rolland s'achète une belle voiture de l'année ! Puis notre garage, y est pas là pour rien, mosus ! Je vais travailler à peu près deux semaines pour apprendre la *job*, puis après, je vais être en vacances pour les fêtes. Ça va faire du bien de me changer les idées parce que depuis que Kennedy s'est fait assassiner le vingt-deux novembre, je pense juste à ça ! J'en ai eu pour deux semaines à m'en remettre, de cette maudite histoire-là, moi !

— Mon doux, Raymonde, ça t'a affectée puis pas à peu près ! Comment ça ?

— Je l'sais pas. J'ai eu bien de la peine… Peut-être que c'est parce qu'y avait juste ça à la télévision. J'ai tout suivi : y s'occupait de la pauvreté, de la guerre… Je me souviens encore par cœur de la phrase qu'y avait dit pour les droits civiques : « Nous sommes, à la fois en tant que pays et en tant que peuple, face à une crise des valeurs morales. » Ah ! J'ai même regardé son service au complet à télévision !

— Ouin, ça t'a revirée à l'envers, cette histoire-là ! C'est où donc qu'y a été assassiné, lui ?

— À Dallas, au Texas. Y a été tiré dans la tête puis en plus, y en a qui disent qu'y est pas mort ! Essaye donc de comprendre de quoi là-dedans, toi !

— Peut-être qu'un jour la vérité va être dévoilée, ma Raymonde ! Toi, Josée, tire pas ton Grisou comme ça, ça y fait mal, câline ! Lâche-le un peu, tu vas toute te faire grafigner !

Cinq heures et vingt.

— Hum... Ça sent bon ici, ma femme !

— C'est du rôti de lard avec du blé d'Inde lessivé... Sais-tu quoi, Roger ?

— Non, mais tu vas me le dire. T'as l'air tout énervée, ma femme !

— Ta belle-sœur d'à côté s'est trouvé une *job* !

— Bon. Où ça ?

— Tu devineras jamais !

— À la Celanese ? À Saurel Shirt avec Claudia ? Bien là, dis-lé, arrête de tourner autour du pot de même !

— En tout cas, elle veut que tu la voyages le matin...

— À Tioxide ? Chez Atlas ? Angèle...

— À Québec Iron, mon mari ! Comme secrétaire !

— Ah bien, maudit de maudit ! A commence quand ?

— Lundi prochain. T'aurais dû la voir à matin, a tenait plus en place !

— Comme toi, j'imagine, hi hi ! Hein, hein... Laisse faire, ma femme, je vais répondre. Allo ?

— Puis, Roger, vas-tu me voyager avec toi puis Rolland lundi prochain ?

— C'est sûr, Raymonde, puis félicitations ! Là, par exemple, tu t'en viens avec une gang de gars, ce sera pas facile, ma belle-sœur...

— Tu penses-tu, Roger ?

— C'est une farce ! Je suis sûr que tu vas aimer ça. Tu vas plus être portée sur la main que d'autre chose. Une belle femme comme toi, y faut que ça soit traité aux petits oignons, non ? Puis en plus, je vais être là pour te protéger, moi !

— T'es drôle, Roger. Mais je suis une grande fille, je devrais être capable de me débrouiller pour me protéger toute seule, hi hi...

Chapitre 16

Les gazelles à Drummondville

Le vingt-six décembre au matin, Laurette arriva chez les Delormes à onze heures. La route acceptable lui avait permis de s'y rendre aisément malgré que la vieille Ford ne possédait plus sa jeunesse des années cinquante. Les valises de Rose et Guylaine patientaient sur le seuil; aussi, les habits de neige et les patins à glace étaient tous entassés dans un grand sac prêt à rejoindre le coffre arrière de la voiture.

Lorsqu'elles entrèrent dans la maison sur la 9e Avenue, Olivier et David les attendaient avec impatience depuis un bon deux heures. Laurette installa une chaufferette dans la chambre des filles étant donné que le calorifère travaillait au double de sa capacité. Dans le lit, elle rajouta une grande couverture de laine grise et sur la table de chevet, des photos d'Olivier et de David prises lors d'une visite au Zoo de Granby il y a trois ans.

Pour dîner, les *grilled cheese* et le chocolat chaud furent très appréciés vu l'heure tardive. Surtout, les enfants avaient tous hâte de se retrouver dans cette belle neige angélique du mois de décembre.

Cependant, en après-midi, ils se rendirent au marché sur la rue Saint-Jean pour y acheter des biscuits et de la viande au comptoir des Proulx.

En sortant du marché public, les filles ne s'attendaient pas à recevoir leurs cadeaux de Noël en retard, comme Laurette le leur annonça. Elle les invita au Canadian Tire pour qu'elles choisissent elles-mêmes leurs présents. Guylaine opta pour un projecteur d'images, et Rose hésita entre un jeu de hockey sur table et un jeu de Lite-Brite, mais la discussion fut vite achevée quand son beau Olivier lui apprit qu'un jeu de hockey, il en avait reçu un de sa grand-mère Yvette en cadeau.

Les achats terminés, ils allèrent prendre une boisson gazeuse au restaurant du Wolwoorth sur la rue Lindsay et à quatre heures, ils revinrent à la maison. Pendant que Laurette préparait le souper, Olivier et Rose illuminèrent un joli bateau, un clown et une étoile scintillante avec le jeu de Lite-Brite, et David et Guylaine regardaient tous les deux *Picolo* à plat ventre sur le tapis du salon.

Après le souper qui fut digne d'un roi, Guylaine installa son projecteur sur le comptoir de la cuisine et David alla prendre les cartes de Noël que sa famille avait reçues depuis le début du mois de décembre. Sur le pan de mur de la cuisine, ils admirèrent des pères Noël, des cloches dorées, des crèches et la carte de souhaits que Roger et Angèle leur avaient fait parvenir au début du mois de décembre.

Joyeux Noël et bonne et heureuse année de nous tous.
Roger, Angèle et les enfants xxx

Chez Laurette, ça veillait toujours aussi tard. Ce fut à dix heures, après que le coucou eut chanté ses dix coups, que les enfants retrouvèrent leurs lits douillets. Olivier, avec la permission de sa mère, se faufila dans la chambre des filles pour prendre son pyjama qu'il avait soi-disant oublié dans le tiroir de la commode. Rose aurait bien aimé lui demander de demeurer auprès d'elle encore un moment; par contre, sa tante ne l'aurait peut-être pas apprécié.

Le vingt-sept décembre au matin, Laurette était levée depuis six heures, et à sept heures, quand les enfants parurent à la cuisine, la table était déjà mise. Tout y était: le jus d'orange, les Rice Krispies, les Corn Flakes, sans oublier le beurre d'arachide York. Les enfants, enjoués, les cheveux en broussaille, dévorèrent leur petit déjeuner en émettant des jacassements et des rires contagieux.

— Avez-vous apporté des mitaines puis des bas de rechange, les filles? Vous allez vous mouiller pas mal à Saint-Cyrille si vous passez vos journées dehors!

— Oui, matante, moi, j'ai trois paires de bas de laine à Martin puis trois paires de mitaines aussi!

— C'est correct ça, Guylaine… Puis toi, Rose, t'en as apporté aussi, j'espère!

— Oui, matante, avec tout ce que j'ai apporté, je pourrais même faire du camping dans un igloo!

— Hi hi… crime, tu vas être habillée comme un ours polaire!

Sur le chemin menant à Saint-Cyrille, Guylaine constata que le petit pont était encore plus étroit vu la neige délaissée sur ses rebords. Les enfants étaient très impatients de revoir leurs grands-parents Yvette et Bermont. Personne ne s'était rendu compte qu'Olivier tenait la main de Rose dans la sienne, les deux installés sur le siège arrière de la voiture.

— Ah bien, ah bien ! Si c'est pas nos petites Soreloises. Rentrez, rentrez ! On fera pas geler la maison pour rien, hein ?

Depuis le début de l'automne, Bermont souffrait de plus en plus de ses rhumatismes qui détérioraient sa qualité de vie. Une canne le supportait continuellement. Yvette, elle, n'avait pas grandi ; au contraire, elle avait rapetissé et son vieux compagnon la taquinait en lui disant qu'elle s'était ratatinée.

Le poêle à bois opulent dégageait une odeur d'érable et réchauffait la grande maison des Sawyer. Tous les bagages des filles et des garçons avaient pris le chemin du deuxième étage, sauf les manteaux et les patins qui avaient été suspendus sur les gros crochets de laiton derrière la porte de la cuisine.

— On peut-tu aller voir Belles Oreilles puis Fanfaron, grand-mère ?

— Vous allez pouvoir y aller, Olivier, mais juste après dîner. Bermont va y aller avec vous autres. Là, on va manger parce que mon omelette au jambon dans le fourneau est en train de sécher. A sera pu mangeable. J'ai fait des bonnes patates rôties avec ça.

— Hum… ça va être bon ça, ma femme !

— C'est sûr, Bermont. Toi, des patates rôties dans la graisse de lard, t'en mangerais à l'année longue, mon insatiable !

Tout comme l'été dernier à la première visite des filles, Bermont se dirigea vers l'écurie avec sous son bras un panier de pommes et un sac de carottes.

Olivier brossait Belles Oreilles et Fanfaron, David leur donnait des pommes, et Rose et Guylaine essayaient du mieux qu'elles pouvaient de rejoindre le fond du gros baril avec un vieux chaudron pour récolter l'eau.

Au début du mois de décembre, les Sawyer avaient hébergé une grosse chatte angora blanche. Elle avait mis au monde six petits chats tout blancs qui s'amusaient partout, que ce soit juchés sur les bottes de foin ou bien entre les planches ajourées du grand bâtiment. Bermont leur donna un gros bol de lait en dévoilant aux enfants que la grosse chatte était une très bonne chasseuse en ce qui concernait les souris et les rats. À cette annonce, Guylaine grimpa sur un tabouret juste au cas où Blanche Fille aurait omis de faire sa chasse du matin.

En voulant sortir de l'écurie avec la selle de Fanfaron sous le bras, Bermont se heurta aux pattes du petit tabouret et il s'étendit de tout son long aux pieds de David.

— Oh non ! Grand-père ! Attends, je vais aller chercher grand-mère !

— Non, David ! Ça sert à rien de l'énerver pour rien ! Vous êtes quatre, vous devriez être capables de m'aider à me relever, bâzwelle, non ? David, apporte-moi le petit maudit tabouret à côté de la porte, ça va me donner un appui pour me lever. Puis toi, Olivier, va chercher ma canne accotée dans le coin là-bas.

Quand Bermont s'appuya sur le petit banc dans le but de se relever, les enfants se rapprochèrent de chaque côté pour lui prêter main-forte. Guylaine pleurait et Bermont la rassura en l'étreignant et en lui murmurant qu'il ne s'était pas blessé et que tout allait bien. Ce n'était pas la première fois qu'il chutait, mais aujourd'hui, il était bien heureux que ses petits-enfants soient présents. Quand il était tombé la semaine précédente, il était resté allongé sur le sol glacé pendant une bonne heure avant de réussir à se redresser sur ses jambes vacillantes.

Avant de sortir de l'écurie, il demanda aux enfants de taire la mésaventure devant leur grand-mère, sinon elle lui interdirait l'accès à l'écurie, et cela, il ne le supporterait pas. L'écurie, c'était une partie de sa vie, et sur sa terre, c'était tout ce qui lui restait d'agrément. Qu'est-ce qu'il ferait s'il ne pouvait plus scier du bois et s'occuper de ses deux chevaux ? Il ne lui resterait qu'à se bercer et à bourrer sa pipe bien tranquille dans la maison, et cela le tuerait à petit feu.

Vers trois heures, les enfants allèrent patiner chez madame et monsieur Potvin, l'ancienne maison des Deschamps, les soi-disant grands-parents de Guylaine. David enviait Rose et son frère qui valsaient main dans la main. Il aurait bien aimé les imiter, mais une gêne avait triomphé.

Olivier et Rose longeaient le bord de la patinoire tout en se racontant leur année scolaire et oups ! Rose n'avait pas remarqué la motte de neige qui s'était glissée en travers de la lame de son patin et en titubant, elle entraîna Olivier qui s'allongea sur elle. Le fou rire s'enclencha et les deux enfants se regardèrent dans les yeux bien tendrement.

Dans la soirée, une neige dense tourbillonnait paresseusement et venait se déposer sur les vitres cristallisées. Les enfants rigolèrent bien quand Laurette rapporta à sa mère :

— Y tombe des peaux de lièvre ! On n'a pas fini de pelleter demain matin, on voit pas l'autre bord de la rue, crime !

Ils sortirent de la penderie les albums de photos de famille, et avant d'aller au lit, ils jouèrent une partie de Monopoly. Laurette était pensive : « Comment ils vont réagir, ces enfants-là, quand je vais leur apprendre qu'y sont frères et sœur ? Guylaine a deux cousins qu'elle aime gros. Est-ce qu'a va les aimer tout autant ? Les gars vont-tu m'en vouloir de pas leur avoir dit ça avant ? Quand elle va savoir, la petite, que c'est mon Paul, son père, a va penser quoi de Dario ? Je veux pas non plus qu'elle haïsse sa mère pour le restant de ses jours ! Même si Denise est morte, c'est quand même elle qui y a donné la vie, à cette enfant-là ! »

— Bon, avant d'aller vous coucher, les enfants, on va jouer une partie de trente et un.

— Oh oui ! Mais je sais pas jouer au trente et un, grand-père !

— On va te montrer ça, Rose, moi puis Yvette. Vous jouez pas au trente et un à Sorel ? À quoi vous jouez quand vous jouez aux cartes chez vous ?

— On joue aux couleurs, au paquet voleur...

— C'est des jeux pour votre petite sœur, Josée, ça ? Je vais vous montrer ça, ce jeu-là, moi ! C'est un jeu pour les grandes personnes.

***

« Ici CJSO, Radio Richelieu. Voici votre émission quotidienne *Qu'il fait bon vivre*. Bonjour à tous nos auditeurs. Avant de commencer votre émission *Qu'il fait bon vivre*, nous avons un bulletin spécial à vous communiquer... »

— Josée, veux-tu bien manger au lieu de jouer avec tes céréales, câline !

— Écoute donc, Angèle.

«Nous apprenons à l'instant que le docteur Robert Fiset se retire de la politique à cause de son état de santé. Il ne sera pas présent pour les élections du vingt-trois janvier prochain. Il est hospitalisé depuis le mois de novembre dernier pour des troubles artériels. Il doit prendre un long repos pour se remettre complètement. Présentement, il se repose à l'hôpital Richelieu de Sorel, l'institution qu'il a fondée en 1949 et qu'il dirige depuis cette date.

«Le docteur Fiset a été élu maire de la ville de Sorel en 1956, élu par proclamation en 1958 et réélu en 1961. On lui doit la réfection du Château des Gouverneurs, l'aménagement de l'auditorium municipal, la formation de la Commission des sports, la construction de la piscine municipale, le développement du centre municipal, l'aménagement de l'entrée de la ville sur la rue Royale et plusieurs autres améliorations dans les différents secteurs de la ville. »

— Sainte bénite, j'en reviens pas ! Comment ça se fait que Richard nous l'a pas dit ?

— Ça, ma femme, s'il nous l'a pas dit, c'est que le docteur Fiset voulait pas que ça se parle. S'ils le disent au radio à matin, c'est que le docteur Fiset a donné son consentement.

— C'est pour ça que je le voyais plus dans le parc le jeudi après-midi !

— Comment ça ?

— Bien, quand m'man vient garder Josée le jeudi, quand je vais en ville, des fois je m'assis sur un banc dans le parc en face de l'hôpital Richelieu. Quand c'est l'heure de sa marche puis qu'y me voit, y vient jaser un peu. Je m'étais aperçue qu'y avait pris un coup de vieux, mais y me semble que de là à être hospitalisé...

— C'est vrai qu'y est bien fin, le docteur.

— Toi aussi, t'as déjà jasé avec, Roger ?

— Bien oui, c'est sûr. C'est le directeur médical de Québec Iron ! C'est pour ça qu'on le voyait plus à la *shop*. C'est le docteur Savignac qui le remplace.

— Mais sais-tu, Roger, il le sentait, que sa santé allait pas bien, la dernière fois que je l'ai vu.

— Comment ça ?

— Bien, y m'a dit qu'il était fatigué puis je lui ai répondu que c'était normal. Y avait tout l'hôpital à faire marcher en plus de sa *job* de maire de Sorel ! Je lui ai dit qu'y faudrait qu'y se repose. Sais-tu c'est quoi, qu'y m'a répondu ?

— Ben non, ma femme !

— Y m'a dit: « Je vais me reposer, mais pas tout de suite. La vie est trop belle. Quand je vais aller me reposer, ça va être pour l'éternité. »

— Ah bon ! D'après moi, Angèle, y est présentement déjà en route pour l'éternité.

— Pas à l'âge qu'y a ! Y doit pas avoir plus que soixante ans, cet homme-là ! Y est bien trop jeune pour partir de même, sainte bénite !

À Sorel, en cette journée, les citoyens se voyaient très attristés et bien déçus. De même, ils se demandaient bien quel homme pourrait bien remplacer ce bon docteur Fiset aux prochaines élections.

« Monsieur Jean-Jacques Poliquin fut élu nouveau maire de Sorel le 23 janvier 1964. »

Chapitre 17

Le printemps 1964

À la deuxième semaine du mois de mars, le thermomètre indiquait quarante-deux au-dessus de zéro. On aurait dit que le mois de mars s'était déguisé en mois de mai. Le six, c'était l'anniversaire de Roger. Il avait fêté ses trente-six ans.

Sur le perron de l'église, à la toute fin de l'homélie de dix heures, Roger convia Emma à dîner. À la fin du repas, elle continua son bon récit inachevé lors de sa dernière visite chez les Delormes.

— Quand on était plus jeunes, votre grand-père et moi, on avait un dépanneur sur la rue Royale, sur le coin de la rue Hôtel-Dieu. C'était une maison à deux étages. Le dépanneur était en bas et je restais en haut avec Isidore. Après, les enfants sont arrivés : Claudia, Yolande puis votre mère. Le logement commençait à être pas mal trop petit. Quand je suis tombée en famille de Richard, bien là, on pouvait plus rester là ! On a vendu le dépanneur...

— Hein ? T'as vendu ton dépanneur, grand-mère ? Pourquoi t'as fait ça ? C'est le *fun*, un dépanneur !

— C'est pas si le *fun* que ça, mon Martin. Premièrement, c'était pas payant, puis j'étais bien tannée de me faire déranger pour des niaiseries à toutes les cinq minutes pour vendre des lunes de miel puis des boules noires à la cenne. On a vendu le dépanneur deux semaines après l'avoir mis dans le *Sorelois*. Nous autres, on n'était pas prêts pour partir tout de suite parce que votre grand-père avait trouvé une maison sur la rue Royale, mais y fallait l'agrandir; elle était bien trop petite. Ça fait que celui qui nous a acheté le dépanneur, monsieur Cantara, nous a permis de rester là encore six mois, le temps de faire la rénovation dans notre maison. Isidore a demandé à Paul-Émile de l'aider. C'est mon frère qui reste juste à côté de chez moi. Deux jours après, la construction commençait au 174 de la rue Royale. Y ont pas touché à la chambre de bain. Y avait une chambre, y en ont fait deux, y avait un salon, y en ont fait deux. Pour la cuisine, elle était assez grande, mais moi, je voulais une petite cuisine d'été en arrière. Dans la cour, y avait une vieille *shed*. Votre grand-père me l'a transformée en *shop* à fleurs. Moi, je voulais faire des fleurs; les fleurs, c'est ma vie! Si on pouvait les manger en salade, je le ferais, bonne sainte Anne!

— Ouache! Me semble de manger une assiette de pissenlits! Grrr…

— Je mangerais peut-être pas des pissenlits, Martin, mais des roses, peut-être que je dirais pas non… Mais sais-tu, Martin, qu'avec les pissenlits, y font du bon vin?

— Ouache! J'en boirais pas non plus!

— Hi hi! On est rentrés dans notre nouvelle maison au mois d'août puis Richard est arrivé au mois de novembre. Votre mère avait deux ans, Claudia cinq, puis Yolande trois. C'est aux fêtes que ça s'est gâché. Votre grand-père prenait un coup pas mal fort. Y était toujours déprimé. Après avoir vendu le dépanneur, y s'était pas trouvé de *job*, le pauvre. Faut dire qu'y avait pas de métier non plus. Quand y était jeune, y avait appris sur le tard, avec son père qui était maréchal-ferrant à Saint-Robert. Ça fait que tout ce qu'y savait faire, c'était de ferrer des chevaux. Quand son père est mort, six mois avant qu'on se marie, y a vendu la maréchalerie puis y a acheté le dépanneur à Sorel. C'était en 1906. Après, y a pas resté longtemps sur la rue Royale. Plus y déprimait, plus y buvait. Un bon matin, après les Rois, j'ai trouvé une lettre sur le coin de ma machine à coudre. Y m'annonçait qu'y partait travailler dans le Nord puis qu'y m'enverrait de l'argent. Une chance que j'avais la *shop* à fleurs, parce que la couleur de cet argent-là, je l'ai jamais vue, et y est jamais revenu à maison. Quand y est mort y a neuf ans, personne est allé au service parce que j'ai reçu une lettre me disant qu'y avait été enterré en Ontario.

— Toute une histoire, ça, grand-mère ! Toi, m'man, comment t'as rencontré pa ?

— C'est une longue histoire, ma Guylaine, mais une bien belle… Quand j'ai vu votre père pour la première fois, c'était aux petites vues au centre Saint-Maxime. Votre père, lui, y sortait avec la belle Antoinette Ménard. J'étais assis dans la même rangée de chaises que lui avec mon amie Jeanine Campeau. Moi, je mangeais mon sac de chips puis je voyais rien. C'est Jeanine qui m'a dit que le beau gars à côté d'elle, y arrêtait pas de me regarder. C'est quand on a sorti des petites vues puis que je l'ai vu à la clarté… sainte bénite qu'y était beau !

— Voyons, ma femme…

— Laisse-moi finir, Roger ! Vous auriez dû voir ce pétard-là ! Mais je savais bien qu'y laisserait jamais son

Antoinette pour moi. Antoinette, c'était la coqueluche du couvent Saint-Pierre dans le temps. Après, je suis allée aux petites vues à tous les samedis puis je l'ai jamais revu.

— Hon...

— Je l'ai revu au mois de juillet 1948, un an après. Le frère de votre grand-mère, mononcle Paul-Émile, puis matante Aglaé nous avaient amenées, moi puis Claudia, à la parade des Indiens à Odanak...

— Hein ! Où ça ?

— Ça, Rose, c'est à côté de Pierreville, juste l'autre bord du pont de Yamaska, un peu plus loin que le chalet de monsieur Desnoyers. Vous savez, quand vous buvez une bouteille d'abénaki, bien, c'est fait par les Abénaquis d'Odanak...

— Ah bon... Vous avez pas eu peur de vous faire attaquer par les Indiens ?

— Bien voyons, Martin, pas dans ce temps-là ! Hi hi ! On n'était quand même pas dans le temps de Jacques Cartier ! Bon, où j'étais rendue, moi ? Ah oui ! À cette parade-là, y avait toujours plein de monde. La rue du village, c'était aussi pire qu'une ruche d'abeilles. Le monde était tout collé ensemble puis ça parlait tout en même temps. Votre père, lui, y était venu avec votre grand-père puis votre grand-mère Delormes.

— C'était quoi, leurs noms, pa ?

— Votre grand-père, Rose, s'appelait Wilfrid puis votre grand-mère, Maria... Continue, ma belle noire.

— On était assis sur des chaises de parterre sur le trottoir puis on attendait que la parade commence. C'est là que j'ai vu votre père. Y avait passé devant moi avec ses parents. Y m'avait pas vue tout de suite. Y s'était trouvé une place sur le trottoir d'en face. C'est juste vers la fin de la parade qu'y m'a vue. Moi, la parade, je l'ai pas vue pantoute. Je regardais juste votre père. Ouf! C'est quand y a traversé la rue que j'ai bien vu qu'y s'en venait vers moi! Savez-vous ce qu'y m'a dit, votre père?

— Non!

— Y m'a dit: «L'année passée quand je t'ai vue au centre Saint-Maxime, je pouvais pas aller te parler, mais aujourd'hui je peux... Je vais te dire la même chose que j'aurais aimé te dire cette journée-là: tu es vraiment la plus belle femme de la terre.»

— Wow!

— C'est beau, hein? Y avait quand même dix-sept ans, votre père! Y savait parler aux femmes! C'était en 1948 puis au mois de décembre 1949, on se mariait!

Bon, Emma larmoyait encore.

— Bon, c'est assez, le pleurnichage. Puis toi, mon gendre, tu parles pas?

— Moi, madame Bilodeau, je regarde parler ma femme, puis je me dis qu'aujourd'hui, en 1964, c'est encore la plus belle femme de la terre! Surtout avec ses petits cheveux courts. Hum, si je me retiendrais pas...

— Tu ferais des affaires pas catholiques, pa?

— Où t'as pris ça, Rose?

— Bien, j'ai pris ça sur le quai du chalet à Fabien. Quand m'man t'a dit ça, j'étais en arrière de vous autres.

— Ah ben, ah ben! On a une petite écornifleuse dans famille asteure?

En après-midi, Guylaine demanda à Roger pourquoi son père et sa mère à lui étaient morts alors qu'Emma n'était pas morte, elle.

Roger lui expliqua que ses parents avaient eu un gros accident de voiture sur la route de Yamaska et que le Bon Dieu les avait amenés se reposer au cimetière de Saint-Robert.

Grand-mère Emma, quant à elle, n'avait jamais eu d'accident et elle n'était pas prête pour son repos éternel.

— À Saint-Robert ? Pourquoi c'est pas au cimetière des Saint-Anges comme mon père puis ma mère ?

— Ouf… Regarde, ma petite noire : mes parents restaient à Saint-Robert et tes parents restaient à Sorel.

— Ah, OK ! Je pense que je comprends, mais les anges, eux autres ?

— Ça, ma fille, c'est comme ici. Nous autres, les Delormes on est une famille ?

— Oui…

— Y a la famille des anges de Sorel et la famille des anges de Saint-Robert.

— OK ! C'est comme la famille des anges de Saint-Frédéric.

— Comment ça ?

— Bien oui, pa, mononcle Paul à Drummondville ! Lui, y est avec les anges au cimetière Saint-Frédéric ! Tu comprends-tu, là ?

— Cré belle chouette, t'as tout compris ! Viens, on va aller rejoindre les autres dehors.

Roger reconduisit Emma à quatre heures et demie, car son amie de femme madame Grondin s'en allait souper chez elle à cinq heures. Tout en jasant, Roger lui demanda pourquoi elle n'avait jamais refait sa vie avec un autre homme.

— Vous êtes une belle femme en santé, vous avez juste cinquante-neuf ans, madame Bilodeau ! Vous seriez pas bien avec un nouveau compagnon pour finir vos jours ?

— J'y ai bien pensé, mon Roger, j'ai même dit à Yolande l'année passée que c'était parce que j'avais trop peur d'en pogner un autre comme son père. Mais en réalité, c'est pas ça, mon gendre. Qu'est-ce que diraient les enfants de me voir avec un autre homme que leur père à mon âge?

— Bien voyons, madame Bilodeau, pensez pas de même, maudit! Je sais toujours bien que mon Angèle, elle, elle souhaite juste ça, que vous rencontriez quelqu'un. Elle m'en a parlé souvent à part de ça!

— C'est-tu vrai, ça? Moi, je pensais que ça lui aurait fait de la peine.

— Madame Bilodeau, quand votre Isidore est mort y a neuf ans, ça faisait combien de temps qu'Angèle l'avait pas vu?

— Ça faisait trente et un ans parce que quand y est parti pour le Nord, elle avait juste deux ans.

— Pensez-vous qu'elle s'en souvient, de son père?

— Non, pas pantoute. Elle sait juste c'est qui par les portraits.

— En tout cas, vous ferez bien ce que vous voudrez, mais moi, je veux juste vous dire que vous avez encore bien des belles années devant vous. Je sais que vous êtes heureuse, belle-maman, mais un peu de chaleur puis de tendresse, y me semble que ça a jamais fait de mal à personne, non?

— Eh que tu parles bien, mon Roger!

— Bien oui, votre fille l'a dit après-midi, que je savais parler aux femmes!

— Hi hi! C'est toi qui es le meilleur mari de la terre, Roger!

— Bien là, madame Bilodeau, je vous ai pas dit ça pour vous faire brailler!

— Tu me connais, Roger, je suis une braillarde… Bon bien, je vais y aller, puis un gros merci, mon Roger.

***

— Oui, allo ?

— Allo, Angèle, c'est Laurette.

— Oui ! Comment ça va à Drummondville ?

— Ça va pas très bien… C'est mon père : y est mort à matin.

— Bien voyons donc, toi ! Pauvre toi, qu'est-ce qui s'est passé ?

— C'est ma mère qui l'a trouvé dans l'écurie. Y est parti pour nourrir les chevaux à sept heures à matin, puis quand elle a vu qu'à neuf heures y était pas revenu, elle est allée voir puis elle l'a trouvé à terre à côté de Fanfaron. D'après moi, c'est son vieux cœur qui a lâché. Je te dis qu'on n'est pas chanceux, Angèle : Denise, mon Paul, puis là, mon père…

— Arrête de pleurer comme ça, Laurette, je suis toute à l'envers, sainte bénite ! Est-ce qu'on peut faire de quoi pour toi, moi puis Roger ?

— Non, pas vraiment… Penses-tu que les filles vont pouvoir venir au service ? C'est vendredi à trois heures. Inquiète-toi pas, j'irais les chercher à Sorel puis j'irais les reconduire le dimanche.

— Bien oui, Laurette… Pauvres petites ! Elles vont avoir bien de la peine quand je vais leur annoncer ça ! Puis ta mère, comment elle va ? Ça doit être bien éprouvant pour elle aussi ?

— C'est sûr qu'elle est toute revirée à l'envers, puis qu'elle réalise bien qu'y va falloir qu'elle vende sa grande maison ! Elle pourra jamais s'en occuper toute seule, en plus de l'écurie puis de l'étable dans le rang d'à côté. Y a le chalet aussi ! Ça va être un coup dur pour tout le monde ! Tous mes souvenirs qui vont disparaître en même temps ! Mais l'important dans tout ça, Angèle, c'est que Guylaine ait pu connaître son grand-père avant qu'y parte pour qu'a puisse se souvenir de lui.

Les filles étaient bien bouleversées et elles ressentaient aussi beaucoup de chagrin pour David et Olivier.

Bermont eut droit à des funérailles très émouvantes à l'église Saint-Fréderic et le curé Dallaire termina son prône en assurant les proches que Bermont était déjà entré dans la joie de la béatitude éternelle.

Au salon mortuaire, avant de réciter la prière qui amènerait le défunt à son dernier repos, Laurette déposa une photo d'Olivier, de David, de Guylaine et de Rose entre ses mains jointes pour qu'il entreprenne son dernier voyage avec une des plus grandes joies qu'il avait reçues dans son cœur avant de terminer sa vie, celle de connaître sa petite-fille.

Dans la soirée, après que les enfants allèrent au lit, Laurette discuta avec sa mère dans la maison paternelle. Yvette mettrait en vente la terre et l'étable, et pour l'année qui suivrait, elle garderait le chalet sur le chemin Hemming puisque Laurette lui avait confié qu'elle désirait s'en occuper pour un certain temps.

Laurette fit même l'offre à sa mère d'emménager chez elle. Une grande décision qui demandait réflexion. De toute façon, avant que la succession soit réglée et qu'Yvette ait vendu tous les biens, l'eau aurait eu le temps de couler sous les ponts et la décision qu'elle prendrait alors serait une décision bien mûrie.

Rendue à l'évidence qu'il fallait aussi se détacher de Belles Oreilles et de Fanfaron, Yvette laissa enfin couler toutes les larmes qui s'étaient emmagasinées au plus profond de son cœur et laissa place à la réalité.

Le dimanche après-midi, deux petites gazelles chagrinées au plus haut point rentrèrent à la maison. Par contre, Guylaine avait eu le privilège de côtoyer ce grand-père qui venait de passer un court moment dans sa vie.

Chapitre 18

Un imprévu

— Hey, Martin !

— Oui, pa ?

— Je m'en vais aux Royaux à soir au colisée Cardin. Viens-tu avec moi ?

— Hein ! Tu m'emmènes au hockey avec toi pour le vrai ?

— Bien oui, mais t'es pas obligé de venir si ça te tente pas. Je peux y aller tout seul aussi…

— J'y vais, j'y vais ! À quelle heure qu'on part ?

— On va partir vers les sept heures ; la partie est à sept heures et demie. Je veux m'asseoir en arrière du banc des Royaux parce que si j'ai une chance, je veux jaser un peu avec Mario.

— Mario qui, pa ?

— Mario Deguise, Martin, le coach des Royaux.

— Tu connais le coach des Royaux ?

— Oui, je suis allé au collège Sacré-Cœur en même temps que lui. On s'est pas revus souvent depuis ce temps-là. Mais quand on se rencontre, on aime bien jaser ensemble.

— Wow ! Vas-tu me le présenter ?

— Ah bien oui, Martin.

Quand Martin et Roger revinrent du hockey à dix heures et dix, Angèle finissait d'écouter les nouvelles à Radio-Canada. Martin en avait long à raconter, mais Roger lui avait, pour ainsi dire, coupé le sifflet assez raide. Le lendemain, c'était une journée scolaire.

***

Toc, toc.

— Bien voyons, Raymonde, t'es pas supposée d'être à Québec Iron à matin, toi ?

— Non, je file pas à matin. Je fais une indigestion. Je suis juste venue te demander si t'aurais pas du miel pour mettre dans mon thé. Je vais au moins essayer de garder ça, bonyenne !

— Mon Dieu, Raymonde, t'es pas belle à voir ! T'es verte, maudit ! Assis-toi, je vais te trouver ça. Y doit m'en rester une, une canne de Labonté dans l'armoire… Attends, je vais aller voir.

Quand Angèle revint près de Raymonde avec le miel, celle-ci dormait d'un sommeil agité.

— Ouin, je pense pas qu'a fasse une indigestion, la belle-sœur.

— Ah bien, excuse-moi, Angèle. Ça fait longtemps que je dors, moi ?

— Un bon dix minutes, ma Raymonde.

— Pourquoi tu ris, Angèle ? Moi, je trouve pas ça drôle. Je trouve que je fais bien plus pitié que d'autre chose !

— C'est quand t'as eu tes dernières menstruations ?

— Hum… le deux février, je pense… Pourquoi ?

— Bien là, on est rendus le dix-sept mars ! T'es en retard de quinze jours, la belle-sœur !

— Hein ! Quoi ? Penses-tu que je pourrais être en famille ?

— Ça ressemble à ça : t'as mal au cœur, tu dors partout... As-tu mal aux seins ?

— Oui, j'ai mal. Même que Richard m'a demandé si j'avais pas engraissé, bonyenne. Y dit qui sont plus gros que d'habitude.

— Bien là, Raymonde, je suis pas docteur, mais ça regarde bien qu'y a un petit Delormes en route !

— Après tant d'années, tu sais bien que ça se peut pas !

— Regarde, on va appeler Richard. Je pense qu'y travaille à l'hôpital Richelieu aujourd'hui. Tu pourrais aller faire un test de grossesse ?

— Ouf...

— Braille pas de même, tu serais si belle avec une petite bedaine !

— Oui, mais Rolland, y est pas prêt à ça, lui !

— Tu sais, la vie des fois, ça prend des détours sans prévenir...

— Ouin, OK, appelle Richard, mais tu vas venir avec moi.

— Oui, oui. On va habiller Josée puis on va y aller ensemble.

Quand Richard constata l'état de Raymonde, il lui fit passer un examen complet avec le docteur Joly. C'était positif. Raymonde mettrait son bébé au monde au mois de novembre 1964.

— Allo, Rolland.

— Cibole, Raymonde, t'es donc bien maganée ! Es-tu malade ?

— Oui. J'ai pas travaillé longtemps aujourd'hui; je suis revenue à huit heures et demie. J'avais trop mal au cœur à matin.

— Ah bien! As-tu mangé de quoi que t'aurais pas digéré hier soir? Pourtant, on a mangé la même chose!

— Je pense pas. Rolland?

— Oui, ma petite femme? Là, si ça se passe pas, va falloir que tu ailles voir un docteur.

— Justement, j'ai vu le docteur après-midi.

— C'est-tu grave?

— Pour moi, non. Pour toi, je le sais pas…

— Ben là, Raymonde, aboutis! Tu commences à m'inquiéter, là!

— C'est parce que j'ai pas engraissé comme tu pensais. C'est juste à cause qu'on attend un bébé.

— Non! Un bébé? On va avoir un bébé à nous autres? Es-tu sûre?

— Oui, le docteur Joly puis Richard me l'ont confirmé.

— Pourquoi tu brailles comme ça, ma femme? T'es pas contente?

— Toi aussi, tu brailles, Rolland.

— Bien oui… On va l'appeler comment?

— Oh, Rolland! On va être une vraie famille, te rends-tu compte?

— Oui, puis on va être la famille la plus heureuse du monde entier!

Dans la soirée, Laurette téléphona à Angèle pour lui annoncer que la maison familiale à Saint-Cyrille venait d'être vendue et qu'Yvette emménagerait chez elle le premier mai.

***

Mars, le mois des tempêtes. Paysages féeriques mais désolants pour les arbres dont les bourgeons avaient décidé d'éclore. Une neige mouillée et collante s'était accumulée sur les parterres qui venaient juste de commencer à respirer. On avait remisé les traînes sauvages et les pelles à neige, mais depuis ce matin, les toitures des maisons portaient un nouveau fardeau. Aussi, les enfants ne pouvaient vraiment miser sur rien. Une journée, une promenade à bicyclette et le lendemain, une flânerie emmitouflés dans leurs habits de neige.

— Ça se peut-tu ? Y a commencé à neiger aux petites heures du matin, puis on est déjà enterrés, bonyeu ! On était supposés avoir à peu près trois pouces de neige !

— Oui, mais tu sais bien, mon Roger, qu'y se trompent des fois à CJSO. Le *Sorelois* est-tu passé, mon mari ?

— Si ça va bien dans les rues à soir, ma femme, on va aller aux vues ! Regarde donc les films qui jouent dans le journal.

— Au théâtre Sorel, c'est *Le vieil homme de la mer* avec Spencer Tracy, puis au théâtre Rio, ç'est *L'homme de Bornéo* avec Rock Hudson. Mais sais-tu, mon ti-mari, avec toute la neige qu'y a tombé – puis c'est pas encore fini – je pense qu'on serait mieux d'écouter la télévision bien collés sur le fauteuil à soir, moi !

— Ah ! Moi, je demande pas mieux, ma femme. Les enfants, eux autres, qu'est-ce qu'y font à soir ?

— Je sais que Francine a invité France puis Paule à venir veiller avec elle en bas. Elle va avoir dix ans, notre Francine, le mois prochain. On dirait qu'elle en a quinze, câline ! Tu trouves pas qu'elle paraît plus vieille que son âge, notre fille ?

— Toi aussi, tu trouves ça ? On dirait qu'on la voit moins souvent aussi. Elle est souvent enfermée dans sa chambre. C'est vrai qu'avec sa nouvelle guitare, elle s'occupe pas mal plus. À soir, elle va passer la veillée en bas avec ses amies, puis après, elle va monter se coucher en oubliant de nous souhaiter bonne nuit. On va la revoir juste demain matin. Qu'est-ce tu veux, elle vieillit, notre fille. En tout cas, Martin, lui, on sait qu'est-ce qu'y va faire à soir, hein ? Ses Canadiens sur son radio transistor toute la veillée ! Nos gazelles, eux autres, elles font quoi à soir ?

— Les filles ont sorti leurs paquets de jeux sur la table de cuisine comme d'habitude… Y faudrait leur acheter des nouvelles feuilles de Lite-Brite. Ça fait au moins cent fois qu'elles recommencent les mêmes dessins… Je sais qu'à soir, on devrait aller aux vues dans la cuisine : Guylaine a sorti sa machine à vues.

— Ah bon ! On va y aller, à leurs vues, une petite demi-heure.

— Ah bien ! Tu m'avais pas dit ça pour la Québec Iron, Roger ?

— Quoi ? Y a-tu quelque chose que je devrais savoir que je sais pas ?

— Hi hi ! Le nouveau centre de recherche de cinq cent mille piastres… Y est posé dans le journal, regarde.

— Ah oui ! Ça devrait être fini pour le début de l'année 65… Cinq cent mille, ça, c'est pour la bâtisse au complet avec les équipements de recherche aussi, ma femme !

— Ah, OK ! Tiens, Gauthier & Frères qui font une vente de feu ! Moi, du linge qui sent la boucane, ça m'intéresse pas.

— T'es drôle, ma femme. Wilkie, lui, y fait-tu une vente de livres brûlés ? Eux autres aussi, y ont passé au feu !

— Bien oui… Ah bien, regarde donc ça !

— Quoi ?

— Chez Fernand Matte, le *pet shop* – hum, y faudrait pas que Martin voit ça –, les petits chiens sont en spécial à cinq piastres.

— Cache le journal, Angèle ! De toute façon, y veut un chien, mais avec son *Montréal-Matin,* y a pas le temps de regarder le journal de Sorel.

— Changement de propos : je sais pas si Raymonde va continuer de travailler à Québec Iron après avoir accouché. Qu'est-ce t'en penses, Roger ?

— Elle fera bien ce qu'elle voudra. Y a une affaire que je suis sûr, c'est que Michèle à Richard, elle, elle doit avoir hâte de l'avoir, son bébé ! Elle est grosse ça a pas de bon sens ! D'après moi, elle va accoucher avant son temps, elle. C'est quelle date au juste ?

— À peu près dans un mois et demi. Elle attend ça au milieu de mai. Y me semble de voir mon Richard avec un bébé... c'est drôle, je me fais pas à l'idée.

— Y va faire comme moi, ma belle noire, y va devenir un père parfait !

— Ouin, ouin... Fais pas ton jars, Roger Delormes ! Mais pour ça, je dois te l'accorder, t'es un très bon père de famille.

— C'est parce que c'est toi qui me l'as montré. Viens donc ici que je te berce un petit peu pendant que la petite colleuse à Josée est en bas avec les filles. Oups ! j'ai failli te bercer, ma femme... Réponds, je vais aller pelleter, moi.

— Allo ?

— Salut, ma fille. Ça va ?

— Ça va... Puis, la tempête, qu'est-ce que ça a l'air chez vous, m'man ?

— Ici, on voit pas l'autre bord de la rue ! Je te dis que c'est pas un temps pour mettre le nez dehors !

— C'est sûr ! Mon Roger est parti pelleter encore. Y a assez de neige qu'on dirait qu'y avance à rien ! T'as besoin de pas pelleter ça tout d'un coup, m'man ! Mononcle Paul-Émile t'aide-tu encore à pelleter des fois ?

— Oui, oui. Mais là, au rythme qu'y va, tu sais, soixante-cinq ans l'été prochain, c'est plus un jeune poulet ! La vitesse est moins là ! Puis avec Aglaé qui fait juste de se remettre de sa hanche cassée, y faut qu'y soit plus souvent dans maison avec elle, tu comprends ?

— Coudon, m'man, t'as plus jamais appelé les filles pour aller coucher chez vous ? Es-tu rendue moins peureuse ?

— Ça doit être ça, ma fille, on dirait que je me suis habituée.

— Je vois bien ça. Puis ça fait presque deux ans, moi, que je suis obligée d'acheter du beurre de *peanuts* York parce que mesdemoiselles, du Kraft, ça fait plus leur affaire !

— Hi hi ! Cré Rosie, elle l'a adopté.

— Bon bien, je vais te laisser, m'man…C'est quoi, ce bruit-là ?

— Ah, ça doit être Paul-Émile qui a pris la pelle dans la petite cuisine d'été en arrière. Quand y vente pas mal, la porte se ferme toute seule en arrière… Bon bien, je te laisse, ma fille, on se redonne des nouvelles.

En réalité, aucune porte ne s'était refermée. Paul Cantara venait de secouer ses bottes dans le tambour et en entrant dans la petite cuisine, il s'était heurté sur une chaise de bois, ce qui l'avait fait crouler par terre et avait produit un bruit sourd qui avait retenti jusque dans la maison d'Emma.

✳✳✳

Depuis deux semaines, Emma fréquentait Paul Cantara. À son travail, au restaurant du Woolworth, un gentilhomme s'était présenté à elle et lui avait demandé de lui servir un café.

— Vous me reconnaissez pas, madame Bilodeau ?

— Votre visage me dit quelque chose, mais je trouve pas…

— Dépanneur Bilodeau… Ça vous dit rien ?

— Bonne Sainte Vierge, c'est loin, ça ! Ça fait déjà trente-huit ans, monsieur ! Vous veniez à mon dépanneur dans le temps ?

— Oui, c'est ça, même que votre mari me l'a vendu, votre dépanneur !

— Ah bien, ah bien ! Bien oui, monsieur Cantara ! Qu'est-ce que vous faites dans le coin ?

— Ouf, c'est une longue histoire, puis je veux pas vous déranger dans votre ouvrage.

— C'est pas grave. Regardez, je finis mon chiffre dans une demi-heure. Si vous voulez, on peut jaser un peu après ?

— Vous feriez ça ? Que diriez-vous si on allait jaser ailleurs ? Ici, on est moins bien assis, sur ces bancs ronds là, puis ça tourne tout le temps, ça me donne le vertige. Je vous invite à prendre un café après votre chiffre si vous voulez.

— Je sais pas si ça se fait. Je pense pas que votre femme aimerait ça. Si elle savait…

— Je pense pas que ça la dérange, madame Bilodeau. Ma pauvre femme est morte ça fait déjà vingt-sept ans.

— Oh ! excusez-moi…

— Mais non, c'est la vie, madame; et puis, vous, votre Isidore… c'est comme ça qu'il s'appelle, hein? Y aurait pas d'affaire à être jaloux: je veux juste parler du bon vieux temps avec vous.

— Craignez pas pour la jalousie, monsieur Cantara. Y est mort y a neuf ans.

— Ah bon, je suis désolé, moi aussi… Ça veut dire qu'on peut aller jaser devant un café sans se faire chicaner?

— Bien oui! Mais pas longtemps. Y faut que j'aille aider ma belle-sœur Aglaé à côté de chez nous. Elle s'est cassé une hanche sur la glace vive, puis elle est pas capable de rien faire dans sa maison. Mon frère fait bien son possible, mais vous comprenez bien que c'est pas comme une femme dans une maison!

— Oh oui! Je comprends! Quand on dit que la femme, c'est la reine du foyer, y faut pas lui enlever sa couronne, torrieu!

Au restaurant Juliana, sur le coin de la rue George et Roi, Paul relata sa vie avec force détails. En 1930, quand il avait emménagé en haut du dépanneur avec sa femme, Marianne, et ses deux enfants, Marie-Louise et Robert, sa pauvre femme était tombée malade et trois mois plus tard, elle était décédée d'une tumeur au cerveau. Pour lui, ce fut très ardu de s'occuper de deux enfants et de faire rouler un dépanneur en même temps. Il l'avait remis à vendre dans le journal local *Le Rivièra*, et une semaine plus tard, le dépanneur Cantara devint le dépanneur Dessureault.

Étant donné qu'il avait tiré un petit bénéfice sur la vente, il se dénicha un logement sur la place du Marché-Saint-Laurent, au troisième étage d'une énorme maison. En ce temps-là, le logement lui coûtait vingt-cinq dollars par mois et aujourd'hui, avec l'inflation, il lui en coûtait soixante-dix. Sa sœur Huguette, avec son cœur de mère, lui donnait un bon coup de main pour le ménage et l'ordinaire. Il travaillait maintenant sur les gros paquebots de passage à la Marine Industries où, avec les années, il était devenu menuisier-charpentier.

— Puis là, je suis presque au bout de la route : je vais prendre ma retraite au mois de mai.

— Eh! c'est pas loin, ça, c'est dans deux mois! Ça veut dire que vous avez soixante-cinq ans? Vous les paraissez pas pantoute ; je vous aurais donné pas plus que cinquante-sept, moi!

Paul n'avait aucun sillon de sagesse sur son visage ; seulement quelques petites rides, communément appelées « pattes d'oie », plissaient les coins de ses yeux. Il mesurait, selon Emma, un bon cinq pieds et sept pouces, et ses cheveux roux et ondulés étaient brillants et très bien coiffés. Quelques taches de son, parsemant ses pommettes sous ses yeux verts, lui donnaient un petit air badin.

— Puis vous, madame Bilodeau, est-ce que je pourrais vous appeler par votre petit nom? Si vous voulez bien, c'est sûr!

— Oui, oui. Je m'appelle Emma.

— Wow, ça sonne doux à mon oreille, ce beau petit nom-là! Savez-vous comment s'appelait ma mère?

— Non.

— Louise-Emma.

— C'est un très joli nom… Je peux vous appeler Paul?

— Oui, Emma. Paul, pour vous servir! Parlez-moi de vous, Emma.

— Mon histoire est pas plus rose que la vôtre, Paul.

Elle lui raconta tout sur le 174 de la rue Royale : son mari avec son penchant pour l'alcool, son départ, la *shop* à fleurs et l'enterrement qu'elle n'a jamais pu graver dans sa mémoire.

— Savez-vous où en Ontario y a été enterré, votre mari ?

— Oui, à Kingston. Sur le papier que j'ai reçu, c'était écrit au cimetière Kingston United.

— Ah ben, j'en reviens pas ! Torrieu de torrieu !

— Quoi ?

— Vous allez pas me croire ! J'ai un frère qui reste à Kingston, Gaston. Je vais le visiter tous les ans.

— Non, c'est pas vrai !

— Et si je vous emmenais ? J'y vais à la fin du mois de mai.

— Bonne sainte Anne ! Savez-vous que vous me faites rêver, vous, là ? Êtes-vous en train de me dire que je pourrais aller marcher sur la tombe de mon Isidore ?

— Pourquoi pas ?

— Oh, mon Dieu ! Hon… matante Aglaé, j'étais en train de l'oublier, elle. Y est déjà rendu deux heures !

— Je peux aller vous reconduire si vous voulez, je sais où vous restez !

Quand Emma aperçut le beau Paul se garer devant le restaurant avec sa Ford Galaxie rouge soixante-quatre, elle s'imagina pour un court instant incarner une jeune princesse attendant son prince charmant.

Ils continuèrent à se fréquenter simplement au restaurant du Woolworth durant deux semaines. Par la suite, un petit souper chez Lambert, un autre souper chez Rheault, une soirée au théâtre Sorel, une petite visite chez Paul, un baiser sur la joue de temps en temps, une promenade main dans la main dans le parc du carré Royal, et par la suite, de plus en plus fréquemment, une soirée dans le boudoir chez Emma, les deux enlacés bien tendrement et innocemment.

Paul la choyait beaucoup et elle le lui rendait bien avec ses talents de cuisinière. Elle fit la connaissance de ses deux enfants, Marie-Louise et Robert, la journée où ils visitèrent le Jardin botanique de Montréal. Paul n'aurait pas pu mieux choisir de lieu pour une première rencontre avec ses enfants, car là où il y avait le doux parfum des fleurs, Emma était heureuse.

Chapitre 19

L'éternité

Le vent d'avril soufflait sans relâche. Il se levait à l'aube pour s'éteindre au crépuscule. Les interminables cordes à linge étaient surchargées et les bicyclettes ainsi que les trottinettes étaient adossées sur les galeries. Les râteaux et les gros sacs de feuilles gisaient sur les plates-bandes, et l'odeur de la terre dégelée invitait les enfants à batifoler ou à jouer leur première partie de baseball dans le champ d'à côté tout près de la grosse glissade de bois.

Les femmes nettoyaient les murs et les hommes enlevaient les doubles châssis en espérant terminer rapidement ce travail pour astiquer leur voiture qui n'avait eu aucune cure de beauté durant toute la saison hivernale.

Angèle quitta la maison au début de la matinée pour faire ses courses à la pharmacie Sorel, acheter les cigarettes de son Roger et faire ses petites emplettes personnelles.

— Hein! Es-tu sûr, pa?

— Bien oui, j'aime mieux te voir fumer dans maison qu'à cachette n'importe où, Martin... Tu vas avoir deux paquets d'Embassy par semaine, pas plus. Si tu les fumes toutes avant la fin de la semaine, bien après, tu vas sécher mon gars, compris ?

— Oui, oui…

— T'as pas vu ça, ma femme, à la télévision ?

— Bien non, Roger, quoi ?

— Y ont sorti un trottoir chauffant pour l'hiver !

— C'est quoi, ça ?

— Ça, ma femme, y s'installe dans ton entrée en dessous de ton trottoir puis quand y neige, tu pèses sur un piton puis le trottoir se met à faire fondre la neige. Y disent que ça coûte une piastre par tempête de neige, maudit que c'est niaiseux ! Y savent plus quoi inventer pour faire dépenser de l'argent au monde, bonyeu !

— Sainte bénite, ça doit coûter cher ?

— C'est sûr ! J'ai pas vu le prix, mais c'est certain que ça doit pas se donner ! Ça a l'air que Serge Crépeau, l'électricien sur la rue Hôtel-Dieu, a commencé à en poser. Tu sais bien que ceux qui se font poser ça, ça doit être juste les gros riches de Sainte-Anne ! Je te prédis que dans cinq ans d'ici ou même avant, y vont faire des entrées en asphalte chauffé ! Maudit que ça a pas d'allure ! Y va tomber une p'tite neige quand le monde va avoir de la visite chez eux puis avant que la visite s'en aille, y vont dire : « Attendez, je vais faire fondre la neige ; vous mouillerez pas vos bottes. » Chions donc !

— Bien, on aura tout vu ! Dans quel monde on s'en va ! En changeant de sujet, on fête-tu ma mère au mois de mai ? Elle va avoir cinquante-neuf ans.

— Bien oui. C'est quelle date, sa fête, donc ?

— Le vingt et un mai. Je pense que ça adonne un jeudi cette année. On pourrait la fêter dimanche le vingt-quatre ? Puis quand elle va avoir soixante ans, on la fêtera en plus grand !

— C'est une bonne idée, ma belle noire.

— OK, je vais l'inviter au début du mois de mai pour pas qu'elle se cédule autre chose cette journée-là. Ah oui ! Y a Francine qui veut jouer au ballon-panier à l'automne prochain. Ça coûte pas trop cher pour l'équipement puis elle jouerait pour les Libellules le samedi matin puis des fois dans la semaine après l'école pour ses pratiques.

— Ah ben ! Je savais pas qu'y avait une équipe de ballon-panier pour les filles à Sorel, moi !

— Eh oui !

— C'est un drôle de nom, les Libellules. Y auraient pu appeler ça, je le sais pas, moi, les Adeptes de Sorel ou les Élites, mais les Libellules… Je trouve que ça fait plus danseuse de ballet, moi !

— Hi hi… Y a Rose aussi qui aimerait suivre des cours de dessin puis Guylaine, des cours de piano.

— Maudit ! Y se sont tous donné le mot en même temps, ces enfants-là ! Ça va nous coûter une beurrée à l'automne !

— Pas tant que ça, Roger. Pour Rose, j'ai juste le cours à payer ; c'est pas cher, une boîte de fusains puis du papier à dessin ! Pour Guylaine, elle pourrait aller pratiquer son piano chez ma mère.

— Faudrait que ta mère le fasse accorder, son piano, parce qu'y sonne pas mal le fêlé !

— C'est le *fun*, Roger. On va avoir une famille d'artistes puis de sportifs, câline !

— Ouin… Puis Martin, lui, y veut faire quoi ?

— Pour tout de suite, y a pas demandé rien à part son chien, puis de toute façon, avec sa *run* de journaux, y se couche à sept heures le soir. Y aurait pas le temps de prendre des cours !

— Pa!

— Tiens, en parlant du loup, le voilà! Quoi, Martin?

— J'ai vu des petits chiens au *pet shop* en spécial à sept piastres. Je peux-tu en avoir un? Dis oui, pa, si vous plaît!

— Ah bien, maudit! Je l'attendais, celle-là! Penses-tu que t'aurais le temps de t'occuper d'un chien, Martin? Voyons donc, mon gars, tu te couches à sept heures puis le matin t'es debout à l'heure des poules! Comment tu ferais?

— C'est justement, pa. Quand y va être plus vieux, je vais pouvoir l'amener avec moi quand je vais faire ma *run*. Dis donc oui! Moi, je prends pas de cours de piano puis des cours de dessin, puis ce chien-là, c'est moi qui va le payer! Envoye donc, pa!

— Puis les crottes, eux autres? Vous dites tout le temps que vous allez les ramasser, puis en fin de compte, ça dure à peu près trois jours. C'est qui qui les ramasse, ces étrons-là après? Bien, c'est nous autres, les parents, qui se sont fait avoir par des belles promesses d'ivrogne!

— Je te jure que je vais m'en occuper de mon chien!

— Puis tu dis que tu vas le payer... Où tu vas le prendre, cet argent-là?

— Si je dépose pas ma paye de cette semaine à la caisse populaire, j'en ai assez pour le payer au complet avec mes *tips*.

— Ouin, je vais en parler avec ta mère puis je vais te donner une réponse à soir.

— Pense pas trop longtemps, pa. Je voudrais que tu viennes le chercher en char avec moi. Puis la vente finit aujourd'hui.

— En plus, y faut que j'aille le chercher avec toi? Eh maudit! Qu'est-ce t'en penses, toi, ma femme?

— Moi, je dis pas non si je saurais que Nannie puis Grisou se chicaneraient pas avec.

— Ah ça, d'habitude, c'est les chiens qui ont peur des chats. Je pense pas qu'y ait de problèmes… Puis regarde ton Martin : y a les yeux grands comme des culs de bouteille. Y attend juste ça, qu'on lui donne notre accord.

À trois heures, Roger et Martin étaient au *pet shop* sur la rue Prince. Dans l'animalerie, il ne restait que trois petits chiots : un noir avec le bout de la queue et les pattes blanches, un beige tout frisé avec les oreilles pendantes et un petit blanc à poil long au museau pointu.

Ce n'était pas facile pour Martin de faire un choix ; les chiens avaient la face contre la vitrine et attendaient d'être adoptés. Martin eut un penchant pour le petit blanc, mais son père lui dit que c'était un pensez-y-bien parce qu'ils trouveraient continuellement de longs poils blancs partout dans la maison. Et pour le petit beige frisé, il serait toujours tout cotonné. Finalement, le vendeur sortit de sa cage le petit chien noir pour le déposer dans les bras de Martin.

Ce fut à quatre heures, autour de la table de la cuisine, que Roger donna comme directive à Martin que tant que son chien ne serait pas apte à faire ses besoins à l'extérieur de la maison, celui-ci logerait dans sa boîte cartonnée. Quand Josée aperçut le chiot tout roulé en boule sur sa serviette de ratine bleue, elle se mit à crier : « Le patou ! Le patou ! »

***

— Hey, les enfants ! Voulez-vous venir déjeuner, câline ; je veux pas faire ma vaisselle à midi, moi !

« CJSO, Sorel, Radio Richelieu. Voici un communiqué spécial pour tous nos auditeurs. »

— Les enfants !

— Écoute donc, Angèle.

« Le docteur Robert Fiset n'est plus.

« C'est à sept heures et vingt-cinq ce matin que s'est éteint, à la suite d'une longue maladie, le docteur Robert Fiset, l'ancien premier magistrat de la cité de Sorel. Il avait occupé le poste de maire pendant huit ans.

« Il était âgé de soixante-cinq ans et cinq mois. Le docteur Fiset a succombé après avoir souffert de troubles artériels qui le retenaient à l'hôpital depuis deux mois. Il était soigné à l'hôpital Richelieu, qu'il avait d'ailleurs fondé en 1940. Il en avait assumé la direction jusqu'au moment de son hospitalisation.

« Né à Québec le 2 avril 1901, il a obtenu son doctorat en 1925. Son dévouement et sa compétence lui ont assuré la présidence de la Société médicale de Montréal. Il a également été élu directeur de l'Association des maires du Canada et des États-Unis.

« Le docteur Fiset était l'époux en premières noces de Gladys Mercier et en secondes noces, de Paquerette Gourd. Il était le père de madame Jean Roger (Lily).

« À cette famille éplorée, la direction et le personnel de CJSO s'unissent à toute la population pour offrir leurs plus sincères condoléances. Le docteur Fiset sera exposé en chapelle ardente à l'hôtel de ville de Sorel. »

— Braille pas comme ça, ma femme.

— Mon Dieu que ça me fait de la peine ! Pauvre madame Fiset ! Pauvre Lily ! Pauvres gens qui aimaient tant cet homme-là !

— Eh oui, la ville de Sorel perd un gros morceau aujourd'hui… C'est Richard qui va avoir de la peine. Le docteur Fiset a été son premier *boss*, c'est lui qui l'avait engagé à l'hôpital Richelieu.

— Ça va faire bizarre de plus le voir dans le parc le jeudi après-midi. Il m'avait dit une fois: «Vous savez, madame Delormes, je suis pas juste un docteur, je peux être un ami aussi.» J'aurais jamais pensé, quand il m'a dit qu'y se reposerait pour l'éternité, que cette éternité-là était si proche que ça pour lui! On va aller le voir, mon mari, une dernière fois?

— C'est sûr. On va attendre de savoir pour la journée puis on va aller le saluer pour une dernière fois, c'est certain.

— Allo?

— Allo, Angèle, c'est Richard. As-tu écouté les nouvelles?

— Oui, mon frère. Ça a pas de bon sens!

— J'ai bien de la peine. Pourtant vendredi, avant de partir de l'hôpital, je suis allé le voir dans sa chambre; y était faible, mais j'aurais jamais pensé qu'y serait parti aussi vite! Michèle a beaucoup de peine aussi. Quand elle est tombée enceinte au mois d'août, y avait dit qu'y serait là pour l'accoucher. Y travaillait tout le temps. Je pense que quand y a pas eu le choix de démissionner comme maire de la ville, il a perdu toutes ses forces.

— Bien oui. Y travaillait comme un forcené tout le temps; y avait jamais un moment de répit! C'est de valeur, y était pas vieux. Y aurait pu faire encore un grand bout… Sainte bénite que ça me fait de la peine!

— Moi aussi… Bon bien, je te laisse, ma sœur. Même si y est plus là, y a des malades qui ont besoin de moi et je vais aller m'occuper d'eux. Je pense que le docteur Fiset, c'est ça qu'il espère de moi maintenant.

Chapitre 20

Le mois de Marie

Aujourd'hui, c'était une journée idéale pour organiser le jardin. Roger alla à la Coopérative Richelieu pour se procurer du fumier de poule, et comme pour faire exprès, une petite brise s'échappa dans la cour arrière des Delormes. Même Raymonde sortit sur sa galerie pour essayer de savoir d'où venait l'odeur nauséabonde qui s'infiltrait jusqu'à l'intérieur de sa maison. Roger rigola en l'apercevant qui se pinçait le nez sur le coin gauche de sa clôture. À cinq mois de grossesse, Raymonde bénéficiait d'un odorat pleinement développé.

Dans la cour arrière, Rolland décapait sa balançoire pour la recouvrir d'une couche de peinture fraîche. Tout près de l'entrée du sous-sol, Josée s'amusait dans son carré de sable avec ses chaudières et ses petites pelles en plastique. Ses cheveux moins blonds avaient pris la couleur du brun châtain. Nannie sommeillait sur la clôture grise et Grisou courait dans tous les sens dans le but de mettre la patte sur Patou, le petit poltron.

Francine sortit sa guitare et elle gratta quelques notes sur la galerie d'en avant. Depuis une semaine, elle pratiquait la même rengaine, *Tous les garçons et les filles* de Françoise Hardy. Guylaine et Rose se préparaient en vue d'aller voir leur grand-mère Emma, ce qui, du même coup, serait pour Guylaine une opportunité de s'exercer au piano. Et comme tous les samedis, Angèle se rendit à la pharmacie Sorel.

— Francine ! Viens m'aider, ma fille ! J'ai trop de sacs, c'est pesant en titi !

— C'est quoi cette grosse boîte-là avec « Confident » d'écrit dessus, m'man ?

— Ça, ma Francine, c'est des Kotex. Je pense que c'est le temps que je t'explique à quoi ça sert parce que d'ici un an ou deux, tu vas t'en servir, toi aussi…Viens, on va s'asseoir sur le perron d'à côté, puis je vais t'expliquer pendant qu'on est toutes seules.

La puberté était un sujet bien délicat. Comment l'aborder et décortiquer chaque étape naturelle de cette période de maturité qui surgissait un jour dans la vie de son enfant ? Angèle prit quand même soin d'expliquer à Francine, posément et au mieux de ses connaissances, ce passage de vie que celle-ci accepterait comme toutes les filles de son âge, c'est-à-dire pas du tout. Francine devint écarlate.

— Wash ! Puis en plus, je vais avoir ça à tous les mois ? J'en veux pas, de ça, moi !

— T'as pas le choix, ma fille. Toutes les femmes passent par là. Ça s'appelle les menstruations puis si tu les as pas à tous les mois, tu pourras jamais avoir de bébés plus tard !

— Ah bon ! Puis les gars, eux autres, y ont quoi à tous les mois, eux autres ?

— Hum… Eux autres, y ont une puberté, mais c'est pas comme nous autres, les femmes… Veux-tu, Francine, je vais t'expliquer ça une autre fois ? Y faudrait que je finisse de serrer mes commissions, là.

— Pourquoi, m'man ? Tu sais bien que je l'sais, que les gars, eux autres, y ont un pénis !

— Ah bon ! Bien là, pour à matin, je trouve que je t'ai expliqué le principal. C'est sûr que c'est pas bien le *fun*, mais quand tu vas être rendue là, tu vas être devenue une vraie femme.

— Ah bon. Je vais mettre des brassières comme toi aussi ?

— Bien oui !

— Hey, mon Roger !

— Puis, mon Rolland, aimes-tu toujours ça, rester sur la rue Royale ?

— Si j'aime ça ? Depuis que je prends la traverse juste pour aller chez la mère de Raymonde à Repentigny, je suis bien heureux ! Hey, Roger ?

— Quoi ?

— C'est qui, cette folle-là qui reste en arrière de chez vous en haut ? Elle a pas l'air bien fine, cette femme-là !

— C'est Edwidge. Tu la trouves pas belle ?

— Je trouve bien plus qu'elle a l'air d'une guidoune, moi !

— Bien, on a la même opinion, mon Rolland ! Mais pourquoi tu dis ça, toi ?

— Tout à l'heure elle est venue me voir sur le bord de la clôture…

— Elle voulait que tu ailles peinturer chez eux ? Elle m'a demandé ça l'autre fois.

— Pantoute ! Elle m'a demandé si je pouvais aller checker l'huile de son char dans son garage. Elle a pas de mari, elle ?

— Oui, elle en a un, mais je l'ai jamais vu. Y a un *grill* à Joliette. Elle m'a dit que c'était un bar avec des spectacles de danse. Moi, je pense plus que c'est un bar de danseuses nues comme sur la rue Adélaïde.

— Ah ben ! En tout cas, pour son huile, je lui ai dit que je connaissais pas ça. Ça adonne bien, j'ai pas de char ! Je pense plus que la Edwidge manque de peau plus que d'autre chose, moi ! D'après moi, c'est juste ça qu'a veut, avoir son biscuit !

— Ouin, t'as peut-être raison. Elle est toujours à moitié habillée quand elle étend son linge sur son perron ! D'après moi, elle veut exciter les hommes mariés. C'est de valeur pour elle : a pognera pas avec nous deux, elle est bien trop laide, maudit ! Changement de propos, le beau-frère, veux-tu des beaux plants de tomates ? J'en ai des rouges puis des roses. Moi, je vais en mettre juste douze cette année parce qu'avec les concombres puis les tomates, j'aimerais semer des petites fèves jaunes puis des radis pour Angèle.

— Y faudrait que j'enlève du gazon sur le bord de mon garage pour les planter… Ça serait une bonne idée, Roger ! On va se faire un petit jardin, je crois bien ! Y sera pas aussi grand qu'à Saint-Ignace, mais je suis certain que Raymonde va être bien heureuse de ça !

— Je vais aller t'aider à revirer ta terre ; après on va mettre du fumier de poule. Y m'en reste la moitié d'une poche.

— T'es bien fin, mon frère. C'est plaisant d'être voisins. On s'entraide puis ça, sans se coller comme des sangsues. Marcel est bien content, lui aussi, que je sois déménagé à

Sorel. Quand je suis l'autre bord de mon garage, on peut jaser ensemble puis j'aime bien ça le faire étriver aussi.

— Bien là, je suis dans ta cour, mon Rolland !

— Ah ben, ah ben ! Viens placoter avec moi puis Roger, mon Marcel. Je vais aller chercher trois bonnes Molson bien frettes.

— Pas pour moi, mon Rolland. Si tu aurais une liqueur, j'aimerais mieux ça. Depuis que j'ai été opéré pour le foie, j'ai pas repris une goutte d'alcool puis je file bien mieux depuis ce temps-là.

Quand Rose et Guylaine rentrèrent de chez leur grand-mère, elles passèrent en coup de vent devant leur mère qui était toujours en grande discussion avec Francine, car celle-ci avait incité sa mère à lui expliquer pourquoi les gars avaient été conçus si différemment.

— Mon doux doux, les filles. Vous vous faites-vous courir après par un ours ?

— Bien non, m'man. On a fait une course puis on a soif, Rose puis moi !

— Ah bon, vous m'avez fait peur, vous deux ! Ta grand-mère était de bonne humeur, Guylaine ?

— Oh oui ! Le monsieur, y arrêtait pas de nous faire rire ! Y est drôle comme Bermont sauf que lui, y a pas les cheveux blancs. Y a les cheveux orange comme Christiane, mais lui, ça y fait bien.

— Voyons, Guylaine, parle pas de même de ta cousine, câline ! C'est qui, ce monsieur-là qui était chez votre grand-mère ? Un monsieur qui peinturait ? Un monsieur qui coupait le gazon ?

— Je pense pas, m'man. Quand on l'a vu, Rose puis moi, y réparait rien pantoute, y aidait grand-mère à faire sa vaisselle !

— Sainte bénite ! Roger ! Viens ici !

— Quoi, ma femme ?

— Y a un homme chez ma mère, Roger !

— Ah oui ! Qui ça ?

— Je l'sais pas, mais je sais qu'y faisait la vaisselle avec elle quand les filles y sont allées.

— Ouin, y est chanceux, ce monsieur-là, de manger de la bonne soupe aux légumes puis des bons mokas, hein, Rose ?

— C'est pareil comme mes mononcles qui venaient chez nous sur la rue Saint-Paul !

— Pourquoi tu dis ça, Guylaine ?

— Y était encore en pyjama avec sa robe de chambre.

— Mon Dieu, Roger ! Je me sens toute drôle.

— Ah bien, pas moi ! Je suis bien content.

— Je vais l'appeler, ma mère. Je suis assez énervée que je me souviens même plus de son numéro de téléphone, sainte bénite ! C'est quoi, donc ?

— Angèle, veux-tu raccrocher le téléphone ?

— Pourquoi ? J'ai bien le droit de lui parler !

— Tu penses pas que ta mère est assez grande pour faire ses commissions elle-même ? Si elle veut t'en parler, elle va t'appeler. Laisses-y le temps, veux-tu ? Je suis certain qu'elle va te rejoindre dans la journée. Bon, pourquoi tu brailles, ma femme ? Regarde, tu fais brailler Josée là…

— Mais Roger, je braille pas parce que j'ai de la peine, maudit ! Je braille parce que je suis contente pour elle ! Je veux pas l'appeler pour lui chanter une poignée de bêtises, je veux juste lui dire que je suis heureuse pour elle ! À cinquante-huit ans, tu penses pas qu'elle méritait d'avoir du bonheur puis de l'amour dans sa vie ?

— C'est sûr, ma femme... Puis quand ta mère va savoir que t'es contente pour elle, elle va être bien soulagée.

— Mais pourquoi elle a fait ça à cachette puis qu'elle nous le présente pas, ce monsieur-là ?

— Chaque chose en son temps. Tu voulais l'inviter à souper pour sa fête. Ce sera le meilleur temps pour faire sa connaissance.

— *Yes !* c'est ça que je vais faire.

Dans la soirée, ils s'installèrent confortablement sur la galerie du côté pour profiter de cette soirée fraîche qui s'offrait à eux.

— Tiens donc !

— Quoi, Roger ?

— Fernand Lefebvre, le conseiller municipal, a fait une réunion la semaine passée. Y voudrait faire bâtir une école secondaire à la place du mont Saint-Bernard sur la rue du Collège ! Y est mieux de commencer de bonne heure, parce que ça risque d'être long ! Une école secondaire, c'est pas de la petite bière ! Ça va prendre une couple d'années avant que ce soit fini !

— D'après toi, ce serait pour quand ?

— Attends... Y sont supposés se réunir encore le mois prochain au conseil municipal de Tracy. J'en connais un qui va être désappointé : notre Martin ! Y aura plus son *pit* de sable pour aller s'énerver avec son bicycle ! Puis nous autres, on pourra plus aller chercher des glands pour les faire sécher au grenier pendant l'hiver parce que les gros chênes vont disparaître aussi.

— Bien ça, mon mari, quand c'est pour des nouveaux projets pour l'avenir de nos enfants, moi, je suis bien d'accord avec eux autres ! On sait jamais, peut-être que ça va être prêt pour nos enfants quand y vont être rendus au secondaire !

— Ouin, pas Martin en tout cas. Y va avoir le temps de connaître le collège Sacré-Cœur avant… Tiens, les Beatles qui viennent au Forum le huit septembre ! Y va en avoir, des filles, qui vont tomber dans les pommes ! Moi, je comprends rien là-dedans, que des filles regardent chanter un groupe puis qu'y tombent comme des mouches ! D'après moi, elles font semblant !

Le dimanche matin, en revenant de la messe de dix heures, Roger planta ses douze plants de tomates et il en céda six à Rolland.

Edwidge était en train de balayer sa galerie vêtue de son *baby doll* rose, et les hommes la regardaient même si deux minutes avant ils s'étaient montrés très indifférents à ce spectacle gratuit. Bah ! Ils ne faisaient rien de malhonnête. C'est elle qui désirait attirer les regards. Roger avait fait remarquer : « A se pense belle, la nounoune. Elle a bien plus l'air folle que d'autre chose, bonyeu ! »

Pendant que Josée faisait son petit somme de l'après-midi, Angèle profita de l'occasion pour faire un appel téléphonique chez sa mère. Depuis la veille elle voulait prendre de ses nouvelles et elle n'avait plus les moyens d'attendre que ce soit Emma qui donne elle-même signe de vie. Emma lui raconta en partie les circonstances de sa rencontre avec Paul et Angèle constata bien, à l'intonation de voix mielleuse de sa mère, que celle-ci vivait sur un nuage d'amitié, d'amour et de tendresse.

Le mois de mai fut un mois vert tendre avec des fleurs multicolores qui embaumaient les jardins et les sous-bois en se mariant avec la brise parfumée par les lilas fleuris.

Aujourd'hui, le vingt-quatre mai, Angèle préparait le souper d'anniversaire de sa mère. Elle avait invité ses deux sœurs et son frère. Le gâteau de fête, c'était Yolande qui devait l'apporter. Roger avait récuré les planchers et nettoyé les chaises de parterre qu'il avait placées tout autour de la table ornée de quelques petits bouquets de muguets.

À quatre heures, la maisonnée exultait d'amour, de familiarité et de camaraderie.

Yolande et Fabien arrivèrent plus tôt dans le but de mettre le gâteau d'anniversaire à l'abri des curieux. Claudia, Gilbert, Michèle et Richard se présentèrent à cinq heures. Michèle portait des chaussons parce que ses pieds avaient doublé de leur volume vu la date avancée de sa grossesse. Emma se préparait quand son Paul arriva chez elle. Il était joliment vêtu de son pantalon taupe et de sa chemise à rayures couleur caramel. Quand Emma sortit de sa chambre, il resta bouche bée. Elle portait une robe de coton rouge clair garnie d'un col matelot marin. Il distinguait bien que dans son regard il y avait quelque chose de récent. Elle avait remplacé ses montures noires par des montures de métal argentées. Ce n'était plus la même femme du tout ; elle paraissait rajeunie de dix ans.

Au moment où ils arrivèrent dans l'entrée des Delormes, Paul se mit à angoisser. Mais il se détendit très vite quand Roger sortit pour les accueillir, ce qui dissipa la gêne qui l'habitait.

Quand Emma présenta Angèle à son nouveau conjoint, il dit à celle-ci qu'il se souvenait très bien d'elle. Quand il avait pris possession du dépanneur sur la rue Royale, elle était assise avec ses petites bottines blanches sur le bout du comptoir auprès du gros pot de lunes de miel. Ce qui l'avait frappé, c'étaient ses nattes d'ébène. C'était impressionnant de voir une si jeune enfant avec des cheveux aussi noirs.

— Puis, mon Roger, tu t'ennuies pas trop de la pêche ?

— Ah bien, oui, Fabien. Y me semble que je serais dû pour une petite journée de plein air, moi. Je pense qu'en fin de semaine prochaine, si ça te dérange pas trop, je vais aller pêcher une journée avec Martin.

— Je vais faire mieux que ça. Je vais te passer mon chalet pour la fin de semaine comme l'année passée. Moi puis Yolande, on n'y va pas. On veut peinturer les chambres des gars en fin de semaine.

— Bien maudit de maudit ! Là tu nous fais plaisir, à moi puis Angèle, hein, ma belle noire ?

— Eh que je suis contente, Fabien ! Le village des Beauchemin, y rien de plus beau que ça au mois de mai ! Surtout quand je vois mon Roger au bout du quai en train de pêcher dans le Chenal du Moine, moi, je suis aux anges. Merci, Fabien.

La table était invitante. À la grande joie de sa mère, Angèle sortit le service de vaisselle de sa grand-mère Ethier, et au centre de la table, une soupière remplie d'une crème de légumes bien fumante n'attendait que les convives. Emma et Paul racontèrent à la famille l'histoire de leur première rencontre au restaurant du Woolworth. Tous les invités écoutaient ce récit marqué par le destin pendant que Marie, la fille cadette de Claudia, placotait avec Josée assise dans sa chaise haute.

— Hey, Roger puis Angèle, Paul puis moi on a quelque chose à vous demander.

— Bien oui, madame Bilodeau.

— La semaine prochaine, Paul m'emmène en Ontario…

— Wow, m'man! C'est-tu un voyage de noces, ça, hi hi?

— Arrête donc de m'étriver, ma fille. Paul a un frère qui reste à Kingston…

— Puis vous voulez notre bénédiction pour y aller, belle-maman?

— Roger… t'es aussi tannant que ta femme, toi! Ça vous dit rien, l'Ontario?

— Sainte bénite, c'est où notre père a été enterré! s'exclama Richard. Vas-tu aller au cimetière?

— C'est sûr. Je vais prendre des portraits pour vous les monter.

— Tu peux pas savoir comment tu me fais plaisir, m'man!

— Je le sais, Richard.

— Puis c'est quoi que vous avez à nous demander si c'est pas notre bénédiction, les amoureux?

— On voulait amener Martin puis Francine avec nous autres. Je pense qu'y aimeraient ça, visiter l'Ontario. Puis, ça vous ferait une petite vacance à vous autres aussi, non?

— Oui! Dis oui, m'man! Les Mille-Îles, j'en ai entendu parler à l'école, je veux les voir!

— Calme-toi, mon Martin. Mange pas tes bas! Puis toi, Francine, tu dis rien?

— Je veux y aller, c'est sûr, pa.

— Je suis bien d'accord, m'man, mais comment qu'y faut qu'y apportent d'argent pour aller là? Ça va coûter cher; y a le manger puis les motels!

— Madame Angèle, si je demande à vos enfants de venir en Ontario avec nous autres, c'est parce que je les invite! Y auront rien à payer, surtout qu'on va coucher chez mon frère Gaston! En passant, les enfants, on part à quatre heures vendredi prochain puis on revient le dimanche soir.

— Hourra !

— Bon bien, si vous emmenez Martin puis Francine en Ontario, moi, je vais avoir des invitations à faire pour la semaine prochaine au chalet ! Guylaine, Rose, appelez David puis Olivier pour les inviter à venir au chalet avec nous autres.

— Hein ! Je rêve-tu, moi ? se demanda Rose.

— Tu rêves pas, ma petite gazelle !

— Bon bien là, mon mari, tant qu'à y être, on va inviter Laurette aussi !

— Ah bien, oui, ma femme. Le gros fauteuil dans le solarium, y est pas là pour rien. Y peut coucher du monde en masse !

Durant ce tintamarre, les eaux de Michèle « crevèrent », comme on le dit si bien en québécois. Elle pleurait en constatant le dégât qu'elle venait de faire sans avoir pu se retenir. Tout le monde était heureux pour elle. Richard pria Paul de retirer sa Ford Galaxie de l'entrée pour reculer sa voiture tout près de la galerie. Michèle et lui empruntèrent le chemin de l'hôpital à six heures et demie.

Les invités articulaient et gesticulaient en même temps en évoquant le chalet, l'Ontario, Olivier, David, le nouveau bébé…Yolande apparut alors en tenant le gâteau d'anniversaire d'Emma : « Bonne fête, Emma, bonne fête, Emma. » Eh oui la grand-maman pleurait encore.

Le souper terminé, ils retirèrent les chaises de la cuisine pour les disposer en cercle sur la pelouse tiède, et Roger sortit son petit flacon de gin pour entreprendre une tournée et faire trinquer ceux qui voulaient bien ingurgiter ce liquide clair imbuvable. Devant le feu, la paix s'installa et vers onze heures, les invités, les uns après les autres, remercièrent leurs hôtes avant de rentrer chez eux.

— Allo ?

— Salut, matante Angèle.

— Sainte bénite ! Hey, le monde, le bébé est arrivé ! Ça a-tu bien été, Richard ?

— Ouf… ça a très bien été, Angèle ! Je suis au bout du rouleau et Michèle est brûlée, pauvre elle !

— Puis, c'est-tu une petite ou un petit Bilodeau ?

— Tiens-toi bien, ma sœur : y s'appellent Sylvie et Sylvain Bilodeau !

— Sainte bénite, des jumeaux, Roger !

Sur la rue Royale, il y a de l'amour et des joies ; parfois des peines se déposent sur le destin d'une vie accomplie, mais cela ne fait que sceller la richesse intérieure de chaque personne demeurant sur cette grande artère vibrant au rythme des affections et des connivences de toutes sortes.

À suivre…

Tome 2

Au fil de la vie

Chapitre 1

Le boulevard Fiset

Août 1965.

Roger et Angèle rentraient de leur séjour d'amoureux dans la belle grande ville de Québec. Une promesse était une promesse. Roger avait promis à sa belle noire il y a deux ans de l'emmener dans le Vieux-Québec tous les étés à la fin de ses vacances.

— On a passé encore une belle fin de semaine, mon Roger ! On dirait qu'à chaque fois qu'on va à Québec, on est en voyage de noces ! J'espère que les filles aussi ont passé une belle fin de semaine chez Laurette.

— Je suis pas inquiet pour ça, ma femme ! Puis nos gazelles sont quand même rendues à dix ans, c'est des grandes filles asteure ! En tout cas, je les avais bien averties de pas rester assis à rien faire puis d'aider Laurette puis sa mère. Je sais pas si ta mère, elle, elle a eu du trouble avec les autres à Sorel.

— Bien non, mon mari, tu sais comment monsieur Cantara les fait rire, ces enfants-là ! Josée, elle l'aime comme son grand-père ! Ça va vite. Imagines-tu que dans deux ans notre bébé va aller à la maternelle ? La maison va être vide en câline !

— Bien oui, puis Martin qui a fait sa dernière année à Saint-Viateur ! Y va s'apercevoir que le secondaire au collège Sacré-Cœur, c'est pas pareil, c'est bien plus sévère avec juste des frères ! Coudon, ça va lui mettre du plomb dans la tête, ça va juste lui faire du bien parce que des fois notre gars, y donne pas sa place. Y a bien grandi aussi depuis un an. Me semble qu'à treize ans j'étais pas grand comme ça, moi !

— C'est vrai qu'y a grandi, notre Martin. Eh que ça passe vite ! T'imagines-tu que dans trois ans tu vas avoir quarante ans, mon mari ? Ça a pas de bon sens ! Les jumeaux de Richard sont déjà rendus à un an puis la petite Delphine à Yolande va avoir un an en novembre.

Ils avaient beaucoup discuté sur le chemin du retour, si bien que, quand ils arrivèrent à Drummondville, pour eux, c'était comme s'ils venaient seulement de quitter la ville de Québec.

Dans l'entrée des Beausoleil, sur la 9e Avenue, Yvette cognait des clous dans sa berçante sur la galerie et Laurette nettoyait les vitres de sa voiture.

— Allo ! Venez vous assir, je vais vous sortir des chaises ! Vous avez fait un beau voyage, les amoureux ?

— Bien oui, bien oui, Laurette. Puis les filles, eux autres, elles vous ont pas trop fait étriver ?

— Bien non, mon Roger… ces filles-là, c'est des anges ! Je vais les appeler. Elles sont parties avec les gars chez Josée puis Jocelyne sur la 7e Avenue. C'est les filles du frère de mon Paul.

Quand les filles arrivèrent, elles étaient bien heureuses d'étreindre leurs parents, mais par le fait même, bien tristes aussi. Elles n'ignoraient pas que leur prochaine visite à Drummondville se présenterait dans un temps bien éloigné, car comme la motoneige et le *sleigh ride* à Saint-Cyrille-de-Wendover, c'était chose du passé depuis le décès de leur grand-père Bermont, leur prochaine promenade aurait probablement lieu seulement aux vacances estivales et non aux réjouissances du temps des fêtes.

Olivier, à quatorze ans, mesurait déjà cinq pieds et six pouces, et David ressemblait de plus en plus à Guylaine.

— Puis vous, Yvette, comment ça va?

— Ça va bien, ma belle Angèle. Quand les filles sont venues passer leurs deux semaines de vacances au début du mois d'août, on est allés au chalet sur le chemin Hemming. Je vous mens pas quand je vous dis que le chalet s'est mis à revivre! On a passé deux bien belles semaines. Puis vous autres, vos vacances à Sorel?

— Nous autres? Ça a été pas mal tranquille cette année. On peut pas avoir le chalet de Fabien puis de ma sœur Yolande à toutes les étés, vous comprenez? On s'est promenés un peu, on est allés au Cap-de-la-Madeleine avec ma mère puis monsieur Cantara, puis dans la deuxième semaine on a amené les enfants au Zoo de Granby. Puis vous savez comme moi que dans la deuxième semaine y a pas fait bien beau, y a mouillé à boire debout pendant quatre jours, sainte bénite! On en a profité pour faire un bon ménage dans notre maison puis on est allés magasiner pour commencer à acheter les affaires d'école des enfants.

— Pourquoi l'été prochain vous viendriez pas passer une semaine de vacances à mon chalet ? Je suis bien prête à vous le prêter, moi ! Vous savez, Roger, du poisson, y en a dans la rivière Saint-François aussi, y a pas juste à Sainte-Anne-de-Sorel qu'y a de la perchaude !

— Dis oui, pa !

— Énerve-toi pas avant le temps, ma Rosie. On sait pas où est-ce qu'on va être rendus au mois d'août l'année prochaine ! Mais si y a rien de changé jusque-là, bien on va y aller. Ça, c'est si ta mère veut y aller, c'est bien sûr !

— Bien voyons donc, Roger ! Un nouveau chalet, sainte bénite que je serais contente !

Deux heures et demie déjà. Roger déposa les valises des filles dans le coffre arrière de la voiture et les Delormes remercièrent chaleureusement Laurette d'avoir pris soin de leurs filles. Olivier était morose ; il était bien conscient que pour les mois à venir, la seule joie qui l'habiterait serait de surveiller le facteur pour lire les lettres que Rose lui rédigerait tout au long de l'année.

— Ah bien torrieu de torrieu, si c'est pas nos vacanciers de Québec !

— Bonjour, monsieur Cantara. Puis, les enfants vous ont pas donné trop de misère en fin de semaine ?

— Tu sais bien, ma belle Angèle, que tes enfants, c'est des modèles !

— Ah ouin… Martin aussi, c'est un modèle ?

— Ah bien oui, Roger, Martin a été bien tranquille. On l'a pas entendu !

— Emma ! Ta fille est arrivée de Québec !

— J'arrive. Je finis de sortir le linge de la laveuse puis je monte !

— Bien voyons donc, je lui avais dit de rien faire ! Elle avait bien assez de s'occuper de ma gang !

Emma avait tressé deux nattes ornées de rubans bleus dans la chevelure de Francine. Celle-ci était bien heureuse depuis que sa mère lui avait donné son approbation pour qu'elle ait les cheveux plus longs. Mais il y avait une condition, c'était qu'elle les attache tous les jours. Si une seule fois elle revenait de l'école avec les cheveux en broussaille dans la figure, comme Angèle le lui avait dit, celle-ci les lui ferait couper. Et si elle contractait des poux, ce serait aussi irréversible.

Martin venait de descendre de sa chambre avec son livre de Tintin que monsieur Cantara lui avait acheté la veille chez Wilkie. Les livres étaient en solde à un dollar et soixante-quinze sous, et il lui en avait acheté deux à la condition que les filles puissent aussi les parcourir.

Emma et Paul filaient le grand amour, mais ils ne parlaient jamais de mariage.

L'année précédente, Francine et Martin avaient eu le privilège de visiter la province de l'Ontario en leur compagnie. Emma avait eu la chance de fouiller le cimetière de Kingston pour s'agenouiller sur la pierre tombale de son Isidore, ce qui, pour elle, avait été un moment bien éprouvant, mais qui avait aussi été magique, lui offrant une libération apaisante que son cœur avait reçue divinement.

Richard avait été très ému de voir la photographie de la sépulture où était enseveli son père, mais il ne pouvait comprendre ce père qui ne s'était jamais accroché à la personne qu'il avait tant aimée jadis et qui avait pris goût à une vie qu'il avait probablement laissée dériver sous un ciel ténébreux.

Le moment le plus hilarant de leur voyage avait été un certain soir chez Gaston, le frère de Paul. Gaston était un joueur de tours. La première nuit, il s'était levé pour aller déposer sur le visage de Paul de la cire à chaussures noire pendant qu'il dormait à poings fermés sur le divan.

— Bonne Sainte Vierge, Paul, t'es-tu vu la face !

Francine et Martin avaient pouffé de rire. Le lendemain matin, à sept heures, c'était Gaston qui s'était mis à jurer :

— Baptême de baptême, il m'a mis le pot de vaseline au complet su'a tête, ce maudit insignifiant-là !

Gaston ne s'était jamais marié. Pourtant, c'était un bel homme. Il avait probablement une bonne raison de ne pas vouloir partager sa vie avec une autre personne.

— Bon bien, je vais défaire les valises, Roger, puis après je vais regarder ce que je peux faire pour le souper.

— Y en est pas question, ma femme ! Ta fin de semaine est pas finie. On est encore dimanche, non ? Choisis d'où tu veux faire venir le lunch pour souper puis vous deux, les amoureux, vous allez nous faire le plaisir de rester souper avec nous autres !

— On fait-tu venir au nouveau restaurant sur la rue Hôtel-Dieu ? C'est… ah oui… Giovanni Pizzeria !

— Oh oui, de la pizza !

— Calme-toi donc, Martin ! Je sais bien, Angèle, que tout le monde aime la pizza, mais toi, tu vas manger quoi ?

— Ah bien, regarde, j'ai le circulaire du restaurant ici… Y font pas juste de la pizza, on peut faire venir une extra large *all dressed* à deux piastres et demie puis moi, je vais prendre une lasagne à une piastre et vingt.

— Pour la liqueur, Angèle, hier j'ai acheté la nouvelle sorte qu'ils ont montrée dans le journal la semaine passée, la Mountain Dew.

— Je vois bien ça, monsieur Cantara, y en a un rack plein dans le frigidaire! Ah bien, ça va faire changement du Tab puis de la Lucky One!

Emma et Paul quittèrent la maison à sept heures et les Delormes recommencèrent leur petite routine du dimanche soir: passer la soirée sur la galerie d'à côté avec Josée et ses poupées, Rose et Guylaine dans la cour arrière en train de s'amuser avec leurs jeux, et Francine et Benoît sur le perron d'en avant avec leurs guitares. Martin, lui, il était parti avec Luc et Jacques voir jouer Les Éperviers en patins à roulettes au colisée Cardin.

— Ouin, l'ouvrage demain, ma femme. Les prochaines vacances vont être juste aux fêtes… Bonyeu que ça passe vite! J'espère que la rénovation du pont est bien avancée, y ont passé l'été là-dessus, maudit! Mais d'un autre côté, ça va aller pas mal mieux pour le trafic quand je vais sortir de la Québec Iron à cinq heures. Pour la rue Prince puis la rue Roi, y vont mettre un *one-way*, ça va être moins long.

— Oui, puis la lumière qu'y vont mettre sur la route Marie-Victorin au coin du chemin Saint-Roch, ça va pas mal vous aider, ça aussi! Passe-moi donc le journal d'hier, y est resté dans la boîte à malle.

— Tiens, ma belle noire.

— Tiens! À Maria-Goretti, y va avoir une classe de première puis de deuxième année en anglais à l'automne! On aura tout vu! Puis Fernand Lefebvre, lui, y dit que si son projet marche pour la polyvalente de Sorel puis celle de Tracy, y va avoir trois mille élèves à Sorel et deux mille trois cents à Tracy en 1971. C'est tout un projet, ça!

— C'est épouvantable cette année comment que la ville de Sorel fait du nouveau! Puis en plus, y parlent de commencer le nouveau pont au mois de novembre pour qu'y soit prêt pour l'année 67. C'est un projet de sept millions, ça, ma femme !

— Mais tu sais, Roger, tu m'avais dit y a une couple d'années que la population avait doublé entre 1941 puis 1951. C'est pas pour rien que la ville fait du changement comme ça, y parlent même de faire un aéroport à Saint-Robert, câline ! Puis là, on parle pas de la prison commune qu'y sont en train de construire sur le boulevard Poliquin, puis de l'école des infirmières qu'y ont commencé à creuser en arrière de l'hôpital ! Mon Dieu que ça change, hein, mon Roger ?

— Si ça change ! Dans cinq ans d'ici, on reconnaîtrait plus notre ville, maudit ! Tiens, Robert Bourassa vient d'être nommé... mon Dieu, c'est tout un titre, ça : « Directeur des recherches et conseiller juridique de la Commission royale du Québec sur la taxation ».

— Dire que je suis allée à la même école que sa femme à Sorel, la belle Andrée Simard !

— Ah oui ! Tu connaissais sa femme ?

— Oui, elle venait au couvent Saint-Pierre dans le temps. J'aurais jamais pensé que son Robert s'en irait dans ça un jour !

— Ah bien ! Regarde donc qui qui s'en vient... La petite Delphine avec sa mère . Elle est-tu belle un peu avec sa petite robe rouge puis son ruban rouge sur la tête.

— Fine... fine...

— Attends un petit peu, Josée, on va lui laisser le temps de monter sur le perron, hein ! Viens ici, ma belle petite princesse. Regarde, Josée, elle veut te voir ! Puis, ma Raymonde, comment ça va ? Rolland est où, lui ?

— Ah, mon Rolland est en train de vider le jardin en arrière. Y me reste pas mal de tomates, je vais faire une recette de ketchup demain. Toi, as-tu fait ton ketchup, Angèle ?

— Oui, mais j'en ai fait juste douze pots cette année, il m'en reste pas mal de l'année passée. Ouin, ça va sentir bon demain matin sur la rue Royale ! Oh, sainte bénite que je m'habitue pas ! Le boulevard Fiset ! Ça, c'est une autre affaire... Le docteur Fiset, on l'aimait bien gros, mais de là à changer le nom de notre rue Royale pour le boulevard Fiset, moi, je comprends pas. Notre rue ressemble pas à un boulevard pantoute. Quand y ont donné le nom de Jean-Jacques Poliquin au boulevard à l'autre bout, ça, c'était correct parce qu'avec le nouveau pont qui s'en vient, là, ça va avoir l'air d'un boulevard.

— Bien oui, ma femme, mais vous allez vous habituer au boulevard Fiset, c'est pas la fin du monde, quand même. Moi, personnellement, ça me dérange pas parce qu'en dedans de moi la rue Royale va toujours rester là pareil.

— Moi, Roger, j'ai de la misère pour l'adresse. Quand je malle des lettres des fois, c'est là que je m'aperçois que j'ai écrit la rue Royale dessus au lieu du boulevard Fiset. Ça fait déjà deux ans qu'on reste à Sorel puis j'ai de la misère encore.

— Oui, mais Raymonde, tu imagines-tu que moi puis Roger, on était sur la rue Royale depuis 1955 ! Puis ma mère, elle, depuis 1928.

— Eh oui, ma belle-sœur, en plus que nous autres, les citoyens, on peut pas rien y faire. En tout cas, le docteur Fiset, lui, y se repose au cimetière des Saints-Anges sur le boulevard Fiset puis je suis bien contente pour lui ! Avez-vous vu, dans le journal d'hier, y parlaient de nous faire un centre d'achats à Tracy à côté du centre civique ?

— Arrête donc, toi ! As-tu entendu ça, Roger ?

— Oui, tant qu'à être partis, y devraient nous faire une grosse piscine intérieure! Y a des villes qui en ont une. Les enfants aimeraient ça, aller se baigner l'hiver! L'année prochaine ça va être quoi? Un pont pour traverser à Berthier? Qu'est-ce que vous voulez, avec toutes les usines qu'on a à Sorel, ça amène bien du monde en ville, ça! Regardez juste l'année passée avec le nouveau développement à Sorel-Sud. Richard a même pas été obligé de se bâtir quand y a déménagé de Saint-Ours: y a acheté une maison neuve pour dix-huit mille piastres, puis y restait juste à payer son terrassement puis sa cour en asphalte.

— Bien oui! C'est comme le champ des enfants à côté avec la grosse glissade en bois. Un beau jour je suis sûre qu'y vont faire de quoi là aussi puis que la glissade va disparaître, hein, Roger?

— Ah... ça, je serais pas surpris, ma femme, mais je pense pas que ça sera avant une dizaine d'années. Je trouve qu'y en ont assez fait de même parce que là, nos taxes vont en manger un maudit coup l'année prochaine! Regarde juste les deux polyvalentes. Je comprends bien que c'est pour nos enfants, mais comment ça va coûter, tout ça? C'est pas comme dans mon temps à moi à la petite école de Saint-Robert; on était tous dans la même classe, la première, la deuxième, puis ça, jusqu'à la sixième année! Quand j'ai commencé ma première année, je pouvais bien me faire sacrer des volées, maudit, les grands de sixième vargeaient sur nous autres comme des forcenés, bonyeu!

— Bien oui, mon Roger, ça change, ça a pas d'allure!

Chapitre 2

L'inquiétude

Comme tous les jeudis, Emma s'occupait de Josée pendant qu'Angèle vaquait à ses courses en ville. Aujourd'hui celle-ci devait se rendre à la pharmacie du Prince, au marché Richelieu et au Métro Guertin pour acheter les nouveaux Pop-Tarts que ses enfants, plus particulièrement Martin, lui demandaient depuis des semaines.

À la pharmacie elle se procura de la pâte à dents Listerine ainsi que du *spray net* pour la modique somme de quatre-vingt-dix-neuf sous. Toute une aubaine!

— Madame Delormes!

— Ah bien, madame Langevin! Comment ça va?

— Ça va bien... Vous êtes toujours aussi belle avec vos beaux petits cheveux courts, vous, puis vous changez pas pantoute! Vos enfants doivent avoir pas mal poussé aussi?

— Ah... bien oui! Martin est déjà rendu à douze ans puis ma petite dernière a trois ans! Ça va vite! Puis vous, comment vous vous arrangez avec votre gang? Restez-vous encore dans votre logement sur la rue Alfred?

— Bien non, je suis rendue sur la rue Morgan en arrière de l'hôpital !

— Ah bon ! Vous avez trouvé un logement plus grand ?

— Non, non… Imaginez-vous donc que je me suis remariée au mois de mai passé avec mon Armand !

— Ah bien, sainte bénite, j'en reviens pas ! Vous êtes mariée ? Comment ça ? Vous l'avez rencontré où, votre Armand ?

— Vous allez pas me croire, mais je l'ai rencontré au salon mortuaire Brunette sur la rue Élizabeth !

— Mon Dieu ! C'est-tu un croque-mort ?

— Bien non, hi hi… Vous êtes drôle, vous !

— Bien là, madame Langevin, c'est parce que dans les salons mortuaires, à part des morts qui sont exposés là, y reste juste les croque-morts !

— Regardez bien ça… Avez-vous une petite demi-heure devant vous ? On pourrait aller prendre une liqueur pas loin, à la cantine du Prince. Je pourrais tout vous raconter ça.

— Moi, ma chère madame Langevin, j'ai tout mon après-midi.

— Bon bien, on y va ! Puis y a une affaire. Pouvez-vous m'appeler Annette ?

— Oui, oui. Si vous m'appelez Angèle, c'est bien sûr !

Annette fit bien rigoler Angèle au restaurant.

— Quand Julien, le frère de mon mari, Ernest, est mort du cœur, c'est au salon mortuaire que j'ai fait la connaissance d'Armand. Y travaillait avec Julien à la Tioxide. Puis quand Armand est arrivé au salon, je le sais pas comment qu'y a fait son compte, y était à genoux devant la tombe puis quand y est venu pour se relever, bien le prie-Dieu, y l'a amené avec lui ! Y est tombé sur le dos devant tout le monde! Vous pouvez rire, Angèle! Je vois bien que vous êtes pas capable de vous retenir! Mais c'est comme ça que c'est arrivé pour le vrai!

— Oh, sainte bénite! Excusez-moi! Je suis plus capable de m'arrêter! Oh... Mais c'est quoi qui a fait que vous êtes mariée avec lui aujourd'hui?

— Bon, je continue... Quand y est tombé, y s'est pété la tête pas mal fort à terre puis y a vu des étoiles. Comme j'étais pas loin de lui, je lui ai offert mon bras puis j'y ai demandé si y voulait aller en bas pour prendre un café pour qu'y puisse reprendre ses esprits, vous comprenez? Mais là, ça s'est gâché, Angèle!

— Comment ça? Mon Dieu, qu'est-ce qui s'est passé?

— Bien... En descendant en bas, y a déboulé les marches au complet.

— Bien voyons donc, vous! Oh... Excusez-moi, je ris bien, mais je le sais, que c'est pas drôle... Désolée...

— Moi aussi, je trouvais pas ça drôle, mais aujourd'hui quand on en parle, je fais juste rire puis je braille en même temps!

— Oh... Qu'est-ce qui s'est passé après?

— Après? Bien... quand y a tombé de tout son long sur le tapis, je l'ai aidé à se coucher. Y avait un fauteuil en bas, puis j'ai resté avec lui jusqu'à tant qu'y soit... correct, vous comprenez? Avec tout l'énervement, j'avais pas remarqué qu'Armand, c'était quand même un beau bonhomme. Y avait une belle habit bleu marin avec une chemise blanche. Puis croyez-moi qu'elle avait pas de cerne alentour du col! Je me suis dit qu'y devait avoir une femme bien propre. Là, je lui ai offert d'appeler sa femme pour pas qu'a s'inquiète parce qu'avec le coup qu'y venait de manger là, y était pas prêt à prendre son char tout de suite pour retourner chez eux ! C'est là qu'y m'a dit qu'y était veuf depuis onze ans, mais y a été bien plus surpris quand je lui ai dit que j'étais veuve, moi aussi ! C'est quand que je lui ai dit que j'avais sept enfants… bien là, y a failli tomber en bas du fauteuil !

— Eh, mon Dieu, je comprends bien qu'y doit avoir fait un maudit saut !

— Oui, mais j'ai fait un plus gros saut quand y m'a dit qu'y avait quatre gars puis deux filles.

— Sainte bénite, c'est toute une famille, ça ! Qu'est-ce que ça a fait après ça ?

— C'est sûr qu'on savait bien qu'on pouvait pas se fréquenter. Nous imaginez-vous au restaurant ou aux vues avec cette trâlée-là ! Ça avait pas de bon sens. Pour faire une sortie à quinze, y aurait fallu louer une autobus !

— Oh… Je vais dire comme vous, un char, c'est pas assez grand ! Puis après ?

— Après, on voulait pas puis on voulait, vous comprenez ? Bon bien, pour faire une histoire courte, on a sorti ensemble un bon deux mois pour que les enfants puissent faire connaissance un peu, puis après, on s'est mariés. Vu qu'Armand avait une maison avec trois chambres en haut, y a fini la cave puis y a fait un gros dortoir avec une séparation pour les filles puis les gars.

— Ouf… Puis pour le manger, le lavage, le ménage, ça doit vous coûter une fortune ?

— Ah bien oui, mais l'assurance que j'ai eue à la mort d'Ernest, je la mets avec la paye d'Armand puis on s'arrange avec ça ! Je vous dirais même qu'on mange des bons repas !

— Eh bien ! Mais, comme juste faire un pâté chinois, ça doit vous en prendre, du bœuf haché ?

— Oui, madame ! Sept livres de bœuf haché, cinq grosses boîtes de blé d'Inde à crème puis un bon cinq livres de patates !

— Mon doux doux, ça vous fait tout un gros pâté, ça !

— Oui, puis quand je fais des tartes au sucre, je fais pas des tartes, je fais deux grosses *slides* carrées à la place. Puis c'est rien, ça ! Y a Armand qui fume puis les quatre gars aussi. Puis les filles ! Ça fait huit filles en tout avec moi ! Les Kotex, on les achète à la boîte de cinquante puis les cigarettes, on les achète à coups de dix *cartoons* ! Quand on va faire l'épicerie, on ressort avec trois paniers. Ça prendrait quasiment la « dumpeuse » à monsieur Desnoyers des fois !

— Oh... Excusez-moi ! Mais, seigneur de la vie, vous devez toujours être encabanée dans votre maison à journée longue, ça a pas de bon sens !

— Bien non. Regardez aujourd'hui, je prends une liqueur avec vous au restaurant, c'est pas rien, ça ! Mon Armand est bien bon avec moi : le jeudi y me paye une femme à la maison de sept heures le matin à cinq heures le soir. Je fais rien de la journée ; pas de manger, pas de barda puis en plus, elle est bien fine, la Vivianne. C'est la cousine d'Armand, Vivianne Campeau. Elle reste sur la rue Guèvremont pas loin de chez nous. C'est sûr que la maison, c'est bien de l'ouvrage, mais j'ai un homme qui prend bien soin de moi puis l'important, c'est que lui, y boit pas ses payes à taverne comme mon Ernest faisait.

— Je suis contente pour vous, Annette, mais là, y est presque trois heures, puis y faut que j'aille au marché chez Thérèse pour chercher la viande pour faire un petit pâté chinois, vous comprenez ?

— Hi hi... En tout cas, je suis bien contente d'avoir jasé avec vous, Angèle ! On devrait faire ça plus souvent le jeudi après-midi, ça serait plaisant.

— Bien oui, pourquoi pas ? Bien là, je vous laisse... puis bonne après-midi, Annette !

— C'est ça. Comme on dit, à la revoyure ! Ah, juste une question, Angèle, c'est qui qui vous fait ça, cette belle petite coupe de cheveux là ?

— C'est le beau Patrick au salon Trianon sur la rue George !

À quatre heures, Angèle était de retour. Elle avait rapporté pour sa mère un plat de tête fromagée provenant du comptoir de viande de Thérèse, la cousine de Roger, et des suçons en sucre d'orge pour ses enfants, amoureux des friandises.

— Bonbons... bonbons !

— Si je te donne un suçon, ma belle Josée, c'est à condition que je te mette dans ta chaise haute ! C'est trop dangereux, tu pourrais te défoncer le palais, ma petite puce. Puis toi, m'man, ton après-midi ?

— Ça a bien été, ma fille... Y a Claudia qui a appelé.

— Ah oui ? Qu'est-ce qu'elle voulait ?

— J'ai pas tout compris, ma fille, mais énerve-toi pas, hein ?

— C'est-tu grave ?

— Bien oui, ma fille... C'est Lise, en s'en venant dîner à midi. Elle s'est fait frapper sur le boulevard Fiset en face du dépanneur Allard...

— Non !... Non !... Elle est pas morte, m'man ?

— Non, mais elle est pas bien forte ! D'après ce que Claudia m'a dit, elle est pas mal maganée, la petite. Elle aurait une jambe de cassée puis une fracture du crâne...

— Non!... M'man! A va-tu s'en sortir?

— Là, Claudia le sait pas. Quand elle m'a appelée, y étaient en train de l'opérer, la petite.

Angèle pleura tellement qu'il ne lui restait qu'à prier le Bon Dieu pour que l'intervention soit réussie.

Quand Roger rentra de son travail, sa femme et ses enfants étaient tous regroupés autour de la table de cuisine. Angèle se mouchait, Martin pleurait avec Francine, Rose ne comprenait pas et Guylaine priait pour que Lise soit sauvée.

— Maudit! J'ai entendu ça à CJSO, mais j'aurais jamais pu penser que ça pouvait être la fille de ta sœur! Je m'en vais chez Gilbert!

— Bien voyons, Roger, tu sais bien qu'y a pas personne chez Gilbert! Y sont tous à l'hôpital! Lise est en train de se faire opérer!

— Ouin... Je vais aller à l'hôpital d'abord!

— Non, Roger! Tu restes avec nous autres ici. M'man est avec Claudia puis c'est correct comme ça! Elle va nous appeler quand elle va avoir des nouvelles.

— Allo...

— Allo, ma fille, c'est moi.

— Puis, m'man?

— Elle est pas encore sortie de la salle d'opération. Je vous appelle juste pour vous dire ça parce que je sais que vous vous morfondez comme des bons à maison.

— OK. C'est qui qui l'a frappée, m'man? On sait rien.

— Claudia m'a dit que c'était un livreur de chez Giovanni. Mais y roulait pas en fou. C'est Lise qui a pas regardé en traversant la rue; madame Verville était assis sur son perron et elle a tout vu ça. C'est la police à l'hôpital qui nous l'a dit. Elle nous a dit que le jeune qui l'a frappée, c'était vraiment pas de sa faute puis que lui aussi, y est à l'hôpital à cause d'un choc nerveux. Bon bien, je vous laisse, je vais retourner avec Claudia puis Gilbert, ma fille.

— Comment elle va, ma sœur, m'man ?

— Elle s'est pas mal calmée. Elle dit qu'elle fait confiance au docteur puis qu'il va sauver sa fille.

— Oh, pauvre elle. Puis Gilbert, lui ?

— Gilbert, y braille sans bon sens ! Y est assis dans le corridor à côté de la salle d'opération puis depuis qu'y est là, y arrête pas de dire que si sa fille meurt, y va mourir avec elle !

— Bien voyons donc. C'est parce qu'y a trop de peine qu'y parle de même ! Y va falloir que quelqu'un lui dise qu'y a quand même deux autres enfants puis une femme ! Faut qu'y se reprenne ! Elle va s'en sortir, m'man ?

— On voudrait tous qu'elle s'en sorte, ma fille, mais tu sais comme moi que c'est en haut que ça va se décider ! Je te laisse puis je vous rappelle pour vous redonner des nouvelles… Appelle Richard puis Yolande. Moi, je retourne avec Claudia puis Gilbert.

Souvent nous disons que le temps passe beaucoup trop vite, mais en ce moment, l'attente était interminable. Déjà sept heures et toujours pas de nouvelles de la petite Lise. Richard et Yolande étaient apparus chez les Delormes à six heures et demie et le café se faisait ingurgiter à répétition.

Enfin, le téléphone. À huit heures, Emma rassura bien sa famille en leur annonçant que l'opération s'était bien déroulée et que pour l'instant tout se passait bien. Lise avait bel et bien été victime d'une fracture du crâne, mais le cerveau n'avait pas été atteint. Sa jambe, pour sa part, avait été fracturée à trois endroits.

Emma pleurait à chaudes larmes, mais à son réveil, Lise reconnut sa petite sœur Marie.

La convalescence serait longue. Lise, la petite miraculée, venait de travailler très, très fort pour demeurer avec les siens.

Quand Angèle annonça la bonne nouvelle à son monde réuni chez elle, tous se mirent à crier, à sauter, à danser la gigue en séchant leurs yeux rougis par les larmes.

***

— Hé, m'man !

— Oui, Guylaine ?

— Y manque les toasts !

— À matin y a pas de toasts. Mangez votre plat de gruau puis après je vais vous donner autre chose, OK ?

— Ah bon, OK.

— Hein ! Des Pop-Tarts !

— Bien oui, Martin. Ça faisait assez longtemps que tu m'achalais avec ça, toi !

— Oui, mais à la télévision, eux autres, y les font cuire dans le *toaster* !

— T'as juste à les mettre dans le *toaster*, mon Martin. T'as des bras, à ce que je sache !

— Tarts, tarts !

— Oui, ma chouette, maman va t'en donner un.

— Puis toi, ma femme, t'en manges pas ?

— Bien non. J'avais pas vu sur la boîte qu'y en avait juste six dedans ! J'en mangerai la prochaine fois, c'est tout.

— Tiens, je te donne la moitié du mien, mais la prochaine fois tu vas me faire le plaisir d'en acheter deux
boîtes, ma belle noire !

Dans la matinée, aux informations locales de CJSO, on
mentionna l'incident qui était survenu la veille sur le
boulevard Fiset. Les policiers donnèrent un compte-
rendu de l'événement en concluant qu'aux dernières
nouvelles, la petite Beaucage se portait bien.

***

— M'man, regarde !

— Wow ! T'as gagné ça à l'école, ce beau toutou-là ?

— Oui, c'est madame Sarrazin qui l'a fait tirer !

— Où tu vas le mettre ? Y est gros en titi !

— Patou ! Patou !

— Non, Josée, c'est pas Patou ! C'est Gringo !

— Puis tu lui as déjà donné un nom ?

— Non, c'est pas moi, c'est Jean-Luc ! C'est beau
comme nom, m'man ?

— Bien oui… C'est qui, ce Jean-Luc-là, Francine ?

— Ah, y va à Saint-Viateur. Y est dans la classe à Martin.

— Puis Benoît, lui, qu'est-ce que tu fais de lui ?

— Voyons, m'man ! Jean-Luc, c'est pas mon chum,
c'est un ami ! C'est encore Benoît, mon chum, même si y
est rendu au collège Sacré-Cœur !

— C'est Jean-Luc qui, son nom ?

— Laframboise, m'man. C'est le cousin de La Fraise…

— Martin Delormes ! Veux-tu bien arrêter, fatigant ! Je
me moque pas de ta blonde, moi !

— Ah oui ! Martin, y a une blonde, Francine ? C'est qui ?

— Toi, ferme-la, Francine Delormes! Mêle-toi de tes maudites affaires, OK ?

— C'est Diane Poulin, m'man. Elle reste dans une écurie.

— Oh… hi hi… Bon, arrêtez de vous chamailler puis allez faire vos devoirs! Si vous les faites pas avant souper, vous pourrez pas écouter *Ma sorcière bien-aimée* après souper!

— Eh, maudit! Comment ça se fait que c'est toujours moi qui pogne la lumière rouge avant de prendre le pont, puis quand qu'a tombe verte puis que je prends le pont, je retombe sur la rouge l'autre bord ?

— Bien voyons, mon mari! C'est parce que t'es pas chanceux! Viens donc prendre ta petite bière, ça va te relaxer… Puis, t'as eu une grosse journée aujourd'hui ?

— Non, pas trop. Quand ça pète pas tout en même temps, on passe une journée pas si pire… Qu'est-ce que t'as fait pour souper ? En passant, tes sandwichs au jambon passé au petit moulin à midi, y étaient bonnes en maudit.

— Ah oui ? Bien, tant mieux! On mange de la fricassée puis au lieu de mettre les patates dedans, j'ai fait des galettes aux patates.

— Mmm… Des bonnes galettes de patates avec ton bon ketchup! Puis, ta journée à toi ?

— Je suis allée faire un tour chez Claudia avec la petite pour voir Lise puis y m'ont gardée à dîner. Lise s'en vient bien. Elle va faire enlever son plâtre la semaine prochaine, mon mari.

— Tant mieux! Elle l'a échappé belle, cette enfant-là!

— Bien oui! Francine, elle, elle s'est fait un nouvel ami, c'est un Laframboise; puis Martin, une nouvelle petite blonde, Diane Poulin.

— Mon Dieu! C'est des drôles de noms, ça!

— M'man! Je peux-tu appeler Solange Lebœuf pour mon devoir de mathématiques? J'ai oublié mon livre à l'école.

— Bien oui, Rose.

— Eh bien! Sais-tu qu'on est quasiment en train de se bâtir une ferme, ma femme. Moi, je pense que je vais appeler Bernard Pigeon à *shop* pour qu'y se joigne à nous autres…

— Roger! On rit pas du nom des autres.

— Bien, pourquoi tu ris d'abord?

— Oh, pour rien…

Pendant le souper Angèle annonça à tout son monde comment s'était déroulée la rencontre avec leur ancienne voisine, madame Langevin, qui vivait maintenant avec son Armand, et le fou rire s'enclencha pour toute l'heure du repas.

— Allo!

— Est-ce que je pourrais parler à Rose, s'il vous plaît?

— Oui, une minute… Rose! T'es demandée au téléphone, ma fille.

Rose fut sidérée de reconnaître la voix d'Olivier. Il lui téléphonait dans le but de l'inviter, avec sa sœur Guylaine, à passer une partie du temps des fêtes avec eux.

Après leur conversation enjouée, Angèle discuta avec Laurette. À Drummondville, tout allait bien. Yvette commençait placidement à apprivoiser la vie familiale et elle s'était initiée au bingo, qui avait lieu le lundi soir à la salle paroissiale Saint-Jean-Baptiste. Angèle lui relata l'accident de Lise et, profitant de cet appel téléphonique, elle invita Laurette et sa famille à passer la journée du samedi avec eux, la priant également de ne pas dévoiler cette invitation afin de faire une surprise aux enfants.

***

Les enfants regardaient les dessins animés dans le salon. Depuis que Roger avait acheté leur téléviseur couleur, la matinée du samedi se déroulait paisiblement jusqu'à onze heures et demie.

Roger surveillait attentivement l'arrivée de la vieille Ford Victoria dans son stationnement dans le but de prier les invités d'emprunter le chemin menant à l'entrée du sous-sol.

— Rose! Guylaine! Allez en bas me chercher le linge sur la corde.

— M'man! On peut-tu y aller après *Lassie* ?

— Ça va prendre deux minutes. C'est pour ça que je vous envoie toutes les deux, pour que ça aille plus vite. Oust, allez-y!

Ça bougonnait là. Au sous-sol, les deux filles eurent la surprise de leur vie. Tels des fantômes pétrifiés, les garçons s'étaient camouflés derrière les draps pendillant sur la corde à linge, et Laurette s'était dissimulée près de la porte derrière la fournaise à l'huile.

Quand Rose tira sur le grand drap bleu et qu'elle aperçut Olivier, elle se mit à crier en lui sautant dans les bras pour finalement lui déposer un baiser sur la joue. Guylaine se mit à fouiller partout à la recherche de David et elle le trouva derrière le grand lavabo aux pattes écartelées. David rigolait, mais en même temps, il était un tantinet déçu de ne pas avoir reçu le même privilège que celui que son frère avait récolté sur ses joues écarlates.

— Montez en haut, le monde! C'est bien le fun, des surprises, mais y faut pas crever de faim non plus, hein!

— Bien non, Angèle, tu sais bien qu'on peut pas se passer de tes bons repas.

Le dîner était délicieux : du pâté au poulet accompagné d'une salade de chou, une tarte aux pommes et une autre à la citrouille. L'ami de Francine, Jean-Luc, arriva à la toute fin du repas, et elle obtint la permission de l'inviter dans sa chambre à la condition de laisser la porte béante. Guylaine demeura dans le salon avec David et Josée. Le divan était bondé : David, Guylaine, Patou, Grisou, Josée et Nannie. Rose s'était retirée dans sa chambre avec Olivier, où la porte était aussi demeurée grande ouverte. Martin était allé sur la rue Victoria pour rejoindre Diane.

— Aimes-tu toujours ta nouvelle école, Olivier ?

— Bien oui ! Mais là, Rose, je veux qu'on parle plus sérieux... Moi, j'aime ça quand on s'écrit des lettres, mais je m'ennuie de toi quand même bien gros... Faudrait trouver un moyen pour se voir plus souvent, tu penses pas ?

— Je voudrais bien, moi aussi, Olivier, mais t'es à Drummondville. C'est bien trop loin ! Moi aussi, je m'ennuie de toi, mais je pense qu'y va falloir attendre que j'aie au moins douze ans. Peut-être que ma mère puis mon père vont me donner la permission d'aller chez vous en autobus rendu dans ce temps-là. On sait jamais !

— Oui, c'est une bonne idée, ça... Une fin de semaine toi, l'autre moi. Mais y a juste une affaire, par exemple : l'autobus qui vient à Drummondville, a passe par Saint-Hyacinthe avant, ça fait que au lieu de prendre une heure, ça en prend deux. C'est pas mal plus long.

— Moi, ça me dérangerait pas, Olivier. Mais ça, c'est juste dans deux ans. Toi, tu vas avoir seize ans, t'as le temps d'avoir une autre blonde en attendant.

— Oh non! Je t'ai dit que je vais travailler au Bell Téléphone puis qu'on va se marier pour rester ensemble. C'est toi qui vas être ma femme. Ça serait beau, Rose Beausoleil, hein? Moi, je vais t'appeler Rose *mon soleil*, puis si on a une fille on va l'appeler Marie-Soleil.

Pour une seconde fois, Rose se jeta dans les bras d'Olivier, mais elle ne l'embrassa pas de peur d'être vue par ses parents.

— Regarde-les donc, Laurette, sur le fauteuil... On dirait que Guylaine est la sœur de David. Ça se peut-tu comment y peuvent se ressembler, ces deux-là! J'avais pas trop remarqué avant, mais là, assis un à côté de l'autre comme ça, c'est frappant!

— Bien oui, Roger... Qu'est-ce tu veux! Mon Paul qui aurait aimé avoir une fille, pensez-vous qu'il l'aurait pas aimée, cette enfant-là? Puis c'est normal qu'y se ressemblent comme ça, c'est des cousins.

— Puis Laurette? Vu qu'on s'appelle par nos petits noms puis qu'on est devenues des bonnes amies, on peut-tu espérer un jour te voir arriver avec un nouveau chum?

— Crime, Angèle! Y me semble que je me vois pas pantoute avec un autre homme que mon Paul, moi.

— Je te comprends bien, Laurette, mais regarde ma sœur Yolande puis ma mère. Elles disaient pareil comme toi puis aujourd'hui Yolande est mariée avec son Fabien puis ma mère est en amour par-dessus la tête, hein, Roger?

— Oui, puis elle est bien heureuse depuis ce temps-là.

— Bien moi, je verrais pas comment je pourrais rencontrer quelqu'un de toute façon. Je sors juste pour aller au marché puis faire mon épicerie, crime!

— Mais y disent qu'à l'épicerie, c'est une bonne place pour rencontrer du monde, le marché aussi.

— Me voyez-vous, vous autres, avec un nouveau chum ?

— Bien oui, ma Laurette. Regarde l'année passée au chalet de Fabien quand t'étais venue passer quelques jours. Monsieur Brisebois à côté, il te trouvait pas mal de son goût ! Je te gage que si tu serais restée encore deux jours de plus, ça y était !

— Oh… hi hi… Je pense pas, moi. C'est sûr que j'avais trouvé qu'y avait l'air d'un bon gars, mais moi, un homme qui parle en habitant comme ça puis qui a toujours la même salopette sur le dos avec une chemise qui tient debout toute seule, non, pas pantoute, Angèle.

— Ouin… C'est sûr qu'un gars de la ville, ça serait pas mal mieux pour toi, hein !

— Regardez, les femmes, je vais zieuter ça à *shop*. Des célibataires puis des veufs, j'en connais en masse !

— Bien voyons, Roger ! De toute façon, je reste à Drummondville !

— Bien oui, mais je vais t'en trouver un qui a un char, bonyeu ! Puis en plus, je vais t'en trouver un qui met pas de salopette puis qui sent l'Aqua Velva !

— Ho ! hi hi…

Chapitre 3

La nouvelle année 1966

Un merveilleux Noël s'annonçait pour les enfants. La famille partait pour Drummondville. De plus, quand ils reviendraient à Sorel dans la journée du vingt-six, dans la voiture ils ne seraient que cinq, car les deux gazelles allaient poursuivre leurs vacances chez leurs cousins jusqu'au trente et un décembre.

La voiture était chargée à bloc avec les nombreuses valises et Roger ferma le coffre arrière avec toutes les misères du monde. En tous les cas, s'il vénérait la messe de minuit à l'église Saint-Maxime, il allait être ébahi quand il assisterait à la cérémonie chrétienne de l'église Saint-Jean-Baptiste sur la 11e Avenue.

Par chance, durant la nuit les déneigeuses avaient dégagé les rues de la lourde neige qui était tombée la veille.

Martin était parti remettre la clef de la maison à madame Desnoyers. C'était bien excitant, les vacances, mais il ne fallait pas que Nannie, Grisou et Patou meurent de faim non plus.

Laurette avait tout prévu pour héberger ses invités. Francine, Guylaine et Rose dormiraient en travers du grand lit dans la chambre d'Olivier, Martin aurait un petit lit pliant dans la chambre de David avec Olivier, et Roger, Angèle et Josée seraient installés dans la chambre de Laurette. Cette dernière emprunterait la chambre de sa mère, Yvette, qui avait été invitée chez sa sœur Cécile à Saint-Germain-de-Grantham.

Laurette n'avait pas encore touché à l'arbre de Noël, tout frais dans le coin de son salon; elle en réservait le plaisir de la décoration aux enfants. Les boîtes de boules multicolores, les guirlandes de lumières, les glaçons et les cheveux d'ange sommeillaient sur le divan, espérant que des petites menottes joyeuses s'en emparent pour habiller le grand conifère qui, dans sa nudité, inspirait la pitié.

Le réfrigérateur était rempli de victuailles. Pour le dîner, Laurette avait cuisiné une grosse soupe aux tomates avec des petits pains fourrés au poulet et d'autres au jambon. Au souper, elle ferait livrer de la poutine du restaurant Roy Jucep sur le boulevard Saint-Joseph, ce mets typique des Québécois qu'elle ferait connaître à ses invités. Le soir de la sainte nuit, elle servirait un ragoût de pattes de porc avec de la tourtière, et de la dinde qu'elle aurait fait mijoter toute la journée dans son bouillon doré.

Le matin, Olivier et David dégagèrent l'entrée et la galerie, et Cécile vint chercher sa sœur Yvette à dix heures en promettant à Laurette qu'elles reviendraient toutes les deux dans l'après-midi du vingt-cinq pour festoyer avec eux.

Puis, les invités de Sorel furent accueillis à bras ouverts.

— Je peux-tu t'aider à mettre au moins la table, Laurette? Ça a pas d'allure de voir tout ce que tu as fait pour nous autres ! Tu dois avoir passé deux jours dans ta cuisine, sainte bénite !

— Ah bien, oui… Mais tu sais, Angèle, quand on le fait avec la joie dans le cœur, c'est pas mal plaisant.

— T'es bien fine, ma Laurette ! En plus, ça adonne bien qu'y fasse pas trop froid. Même Roger est parti avec les enfants dehors ! Ah bien ! Veux-tu bien me dire qu'est-ce qu'y font tous dans la cour ? Sainte bénite ! Roger est en train de faire une patinoire.

— Crime ! Y a ça dans le goût ! Olivier doit avoir été chercher des pelles chez madame Coulombe à côté parce que moi, j'ai pas cinq pelles ici ! J'avais dit aux gars qu'y pourraient aller patiner à l'école Notre-Dame-du-Rosaire, mais là, y vont toujours être dans la cour en arrière, ça va être pas mal moins inquiétant. Puis y vont pouvoir venir se réchauffer les pieds ici. C'est là qu'on voit qu'un homme dans une maison, c'est bien important, hein, Angèle !

— Un jour ça va venir, ma Laurette. T'es pas pour finir ta vie toute seule, t'as juste trente-huit ans, câline !

— Ouf… ça, je le sais pas, Angèle ! En tout cas, c'est l'avenir qui nous le dira…

Quel beau réveillon eut lieu ce soir-là ! Roger avait été ravi de la belle messe de minuit chantée à l'église Saint-Jean-Baptiste. Après avoir festoyé et distribué tous les présents, les invités s'endormirent à trois heures du matin, heureux et comblés.

Le vingt-huit décembre, une bonne précipitation de deux pieds de neige vint allègrement s'étaler sur la vieille neige récemment granulée et durcie. Sur le boulevard Fiset, les ski-doos déambulaient en rafales sans se préoccuper des véhicules qui, malgré la chaussée glacée, avaient pris le risque de s'aventurer sur les routes.

Francine voyait de moins en moins Benoît. Elle préférait la compagnie de Jean-Luc. Martin fréquentait de plus en plus la petite Poulin, et Rose rêvait toujours de devenir madame Beausoleil.

Le trente et un décembre, Emma reçut toute sa famille pour fêter l'arrivée de la nouvelle année 1966. Chaque année qui défilait, il y avait toujours un nouvel épisode de vie qui s'ajoutait aux autres. Fabien avait succédé à Gaétan, Paul était apparu dans la vie d'Emma, et trois enfants étaient nés, Sylvie, Sylvain et Delphine. Une tradition cependant demeurait inchangée : la bonne soupe aux légumes et les mokas d'Emma ainsi que la bénédiction paternelle.

***

— Eh, maudit ! Le mois de février est pas passé ! D'après moi, ma batterie de char achève, puis va falloir que je la change bien vite. Sais-tu quoi, ma femme ?

— Bien non, mon mari, c'est quoi la nouvelle ?

— C'est pas une grosse nouvelle, mais je pense que tu vas être bien surprise ! La nouvelle secrétaire qui avait remplacé Raymonde y a deux ans, mademoiselle Robitaille, elle a laissé sa *job* puis y en ont engagé une nouvelle...

— Ah ! La connais-tu ?

— Tiens-toi bien, ma femme ! Elle s'appelle Edwidge !

— Ah bien, maudite marde ! C'est-tu une farce que tu me fais là, toi ?

— Bien non, ma femme, puis laisse-moi te dire qu'elle était pas habillée en guidoune à matin pour sa première journée !

— Elle t'a-tu reconnu ?

— Oui, elle arrête pas de dire aux gars à *shop* qu'elle est ma voisine.

— M'en va y en faire une, voisine, moi ! Tu sais bien qu'elle a pas l'air d'une secrétaire pantoute ! Juste à la regarder on voit bien qu'elle a juste l'air d'une courailleuse, sainte bénite !

— Bien voyons, Angèle, elle est juste là pour travailler. De toute façon, si elle fait pas l'affaire, y a garderont pas !

— J'en reviens pas ! On voit bien qu'a cherche juste ça, engourloucher les hommes mariés ! Si elle était belle au moins, mais elle a l'air d'un vrai pichou !

— C'est sûr que c'est pas une beauté...

— Qu'est-ce tu veux dire, Roger ?

— Rien, je veux dire que si elle continue à s'habiller comme du monde, y devrait pas avoir de problème, mais si elle commence à s'habiller comme dans la cour en arrière, y a les veufs puis les célibataires à *shop* qui vont loucher, c'est sûr !

— Ouin... En tout cas, c'est elle qui va avoir l'air la plus folle là-dedans si elle s'attrique comme la chienne à Jacques. Changement de propos : ton frère Marcel a appelé pour savoir si tu pouvais lui passer ton banc de scie. Il voudrait couper du bois pour faire son garde-robe de cèdre dans sa cave.

— Oui, oui... Y a juste à venir le chercher, y est dans le fond de la cave à côté du gros lavabo. Qu'est-ce qu'on mange, ma belle femme, à soir ?

— Du jambon avec des patates rôties puis du blanc-manger.

— Mmm... Y nous reste-tu du bon sirop d'érable pour manger avec ça ?

— Oui, oui. Le gallon doit être à moitié encore… Cette année faudrait amener les enfants à la cabane à sucre.

— C'est une bonne idée, ça, ma femme ! De la bonne tire d'érable sur la neige ! Mmm… ce serait bon ! On pourrait demander à Paul puis à ta mère de venir avec nous autres !

— Va falloir que je lui demande d'avance parce que depuis que m'man est avec son beau Paul, je la vois quasiment juste quand elle vient garder Josée le jeudi. Elle a l'air bien heureuse, ma mère… Elle m'a dit qu'elle pensait de laisser sa *job* au Woolworth au printemps, mais y a juste une affaire qui l'inquiète. C'est sûr que Paul veut tout payer pour elle, mais si un jour ça marche plus, elle va faire quoi après ? Elle va avoir soixante et un au mois de mai. Ça y tentera pas bien bien de retourner travailler dans un restaurant.

— Qu'est-ce qu'y attendent, ces deux-là, pour se marier ?

— Je le sais pas, Roger. Je sais toujours bien que Paul, lui, y demande juste ça… Y pourrait lâcher son logement sur le marché Saint-Laurent ! C'est plate, y voyage tout le temps d'un bord et de l'autre, câline !

Après le souper Francine demanda à sa mère si Jean-Luc pouvait venir veiller avec elle, mais comme on dit, elle avait « frappé un nœud », car il n'était pas question d'inviter des amis à la maison un soir de semaine.

À sept heures, les Delormes écoutèrent *Mon martien favori* et à sept heures et demie, *Les joyeux naufragés*. À huit heures, les enfants implorèrent leurs parents d'écouter *Cré Basile*, mais malheureusement, ce n'était pas une émission à faire écouter à de jeunes enfants.

— Écoutes-tu les nouvelles avec moi, ma femme ?

— Je peux en écouter un petit bout avant d'aller me coucher. Mets-les au canal 10. J'aime pas ça, les nouvelles à Radio-Canada, mon mari.

— Bien oui, ma femme ! Puis demain, c'est quoi ta journée ?

— Chut ! Y parlent de la bière Dow !

« Ottawa fait enquête à Québec sur la mort étrange d'une quinzaine de personnes. Tout indique que les victimes sont des consommateurs de bière et qu'ils sont tous décédés d'un arrêt cardiaque. »

— Bien voyons donc, toi ! Puis qu'est-ce que la bière Dow vient faire dans cette histoire-là ?

— Écoute donc, Roger.

« C'est une bière à laquelle on a ajouté des enzymes pour faire une bière plus mousseuse. »

— Bien maudit de maudit ! Ça fait des années que je bois cette bière-là, moi ! Bien, j'en reviens pas, ma femme !

— Tu sais qu'est-ce que ça veut dire, ça, Roger ?

— Oui, oui… En plus, j'en ai une caisse pleine en dessous de l'établi en bas ! Maudit que c'est pas drôle, du vrai gaspille !

— Y vont vous remettre votre argent, tu sais bien. C'est pas du gaspillage !

— Ouin… T'as bien raison.

— Viens-tu te coucher, mon mari ?

— Oui. Je vais juste regarder nos Canadiens où est-ce qu'y sont rendus. Y faudrait bien qu'y nous gagnent une autre coupe Stanley comme en 64 ! Je me souviens encore du beau but de Jean Béliveau quand y ont gagné quatre à trois contre les Blackhawks de Chicago. Maudit que ça avait été une belle partie ! En tout cas, de ce qu'on avait vu aux nouvelles ! Un jour, les parties vont bien passer au complet à la télévision !

— Oui, mais ça, c'était grâce au *goaler* aussi !

— Bien oui, ma belle noire ! Worsley, c'est le meilleur de la Ligue nationale ! Puis leur coach, Toe Blake, si y avait pas été là, je suis pas sûr qu'y auraient gagné la coupe, moi !

— C'est toute une équipe, en tout cas. Y nous font honneur, les Canadiens !

— Oui, madame ! En tout cas, pour ma bière, je vais commencer à boire de la Labatt 50, ma femme.

— Bien oui, Roger, toi, tu connais ça !

***

« Ici CJSO, Radio du Bas-Richelieu. Vous écoutez *Musique choisie*. Aujourd'hui nous allons vous faire entendre les cinq premières positions de notre palmarès : *Devant le juke-box*, avec Ginette Sage et Guy Boucher ; *Aline*, de Christophe ; *Un jeune homme bien*, de Petula Clark ; *Monsieur Cannibale*, de Sacha Distel ; et finalement, notre numéro un de la semaine, *La poupée qui fait non*, avec Bruce Huard et les Sultans. »

Toc, toc, toc !

— Allo, m'man ! T'es-tu venue à pied ?

— Bien non, ma fille, c'est Paul qui est venu me mener ! Fais ça vite, y va aller te reconduire en ville !

— Y est donc bien fin, lui, à matin ! Ce sera pas long, je m'habille ! Josée, viens voir, grand-maman est là !

Chez Cardin & Frères il ne restait qu'un seul quarante-cinq tours de Jenny Rock, et Angèle l'agrippa immédiatement en même temps que celui de Tony Roman, *Do Wha Diddy*. Depuis que les filles avaient vu gesticuler ce chanteur à *Jeunesse d'aujourd'hui*, elles ne cessaient de sauter partout et de chanter avec une brosse à cheveux dans les mains.

Au marché Richelieu, au comptoir de Thérèse, Angèle croisa ses sœurs Claudia et Yolande, et elles se retrouvèrent toutes trois attablées à la cantine du Prince.

— Je pense à ça, moi là... Vous travaillez pas aujour-d'hui, vous deux ?

— Bien voyons, Angèle. Depuis le temps que je travaille au United, tu sais pas encore que je suis en congé le jeudi ?

— C'est bien trop vrai... Puis toi, Claudia, Saurel Shirt ?

— Hou, hou, ma sœur ! Depuis le temps que je travaille là, tu sais pas encore que je finis à trois heures ? Y est trois heures et quart.

— Sainte bénite ! Je suis donc bien mêlée après-midi, moi !

Elles bavardèrent jusqu'à quatre heures. Yolande informa ses sœurs que Fabien en arrachait avec son plus vieux de quinze ans. Celui-ci jurait beaucoup et quand son père lui donnait l'ordre de rentrer à dix heures le samedi soir, bien, il ne rentrait pas avant minuit.

Sa Christiane, maintenant rendue à quatorze ans, avait commencé à fumer et elle sortait avec un garçon beaucoup plus âgé qu'elle. Il se prénommait Marcelet et il avait dix-sept ans.

Depuis que Yolande demeurait avec Fabien, elle avait beaucoup modifié son style. Elle s'enveloppait de beaux vêtements et se faisait coiffer chez Guy De Verchères tous les samedis matin. Aujourd'hui, elle portait un manteau brun en vison et un chapeau de feutrine orange brûlé. Elle était coiffée comme Nana Mouskouri, la jolie chanteuse qui interprétait la belle mélodie *Un Canadien errant*.

Claudia arborait son éternel bandeau de laine et sa canadienne beige. Elle avait déjà confié à ses sœurs : « Je suis bien comme ça, moi. » Ses cheveux commençaient à grisonner, mais elle dédaignait tout colorant et toute coupe de cheveux à la mode. Pourtant, cela l'aurait rajeunie de bien des années. Eh, non ! Une toque, en 1966 ! On en voyait de moins en moins, mais Claudia insinuait que c'était encore bien moderne.

— Puis, m'man ! Ça a bien été ?

— Bien oui, ma fille ! J'ai pas entendu Josée de l'après-midi ! Y a Grisou qui est pas revenu. Je l'ai mis dehors après que tu sois partie puis je l'ai pas revu…

— C'est un courailleux ! Des fois il part deux jours de temps, m'man ! Crains pas, quand y va avoir faim y viendra bien miauler pour rentrer !... Je réponds, m'man. Allo ! Ah, salut, matante Aglaé ! Comment ça va ?

— Pas trop bien, ma fille… Peux-tu me passer ta mère ?

Aglaé voulait informer Emma que son Paul-Émile venait de mourir d'une crise de cœur. Pauvre Aglaé ! Une autre qui allait être obligée de vendre sa maison familiale. Affaiblie par une cassure à la hanche qui ne guérissait que trop lentement, elle ne pourrait jamais être en mesure de s'occuper de sa maison toute seule.

***

Le samedi douze mars, le thermomètre indiquait cinquante degrés au-dessus de zéro. Dans le logement de Paul, une grande discussion régnait. Comment Emma et lui pourraient-ils bien annoncer leur mariage prochain à leurs enfants ?

Emma avait dit oui à son Paul pour le vingt-sept août.

— J'espère bien qu'ils vont être contents, Paul !

— S'ils vont être contents ? J'en mettrais ma main au feu, moi !

— Oups, laisse faire, Paul, je vais répondre si tu veux. Je suis à côté. Allo.

— Bonjour, madame. Je suis le sergent Godbout de la police de Sorel.

— Oui ?

— Est-ce que monsieur Paul Cantara est là, madame ?

— Oui. Je vous le passe... Bonne Sainte Vierge, Paul ! C'est la police qui veut te parler.

— Hein ! Torrieu de torrieu, c'est-tu les enfants ? Oui, allô !

— Bonjour. Est-ce que vous êtes bien monsieur Paul Cantara qui reste sur le marché Saint-Laurent ?

— Oui, oui, c'est moi... Pourquoi ?

— Je suis au poste de police présentement puis j'ai devant moi trois contraventions que vous auriez pas payées depuis juin 64.

— Hein ! Êtes-vous sûr de ça, vous là ?

— Oui, monsieur !

— Mais j'ai jamais pogné de tickets depuis 64 ! Vous vous trompez !

— Bien regardez, j'ai affaire à sortir du poste. Je vais me rendre chez vous avec les papiers pour clarifier ça.

— C'est très bien, je vais vous attendre, je bouge pas d'ici.

Paul n'en revenait tout simplement pas. Qu'est-ce que sa future femme allait penser de lui ?

Ding dong !

— Bonjour, monsieur Cantara, je suis venu vous montrer les tickets…

— Ah bien, torrieu de torrieu! Je vais te tuer, mon espèce de fou!

— Bonne sainte Anne, Paul! Calme-toi!

— Tu l'as pas reconnu, Emma? C'est Gaston, torrieu!

— Oh… bonjour, Gaston! Là vous nous avez fait toute une peur!

— J'ai bien vu ça, baptême! Je pensais qu'y était pour sauter su' moé! Eh que j'aime ça jouer des tours, moé!

— Bien, tu m'as pogné d'aplomb, mon Gaston! J'en reviens pas! Rentre puis viens t'assir! Qu'est-ce qui t'amène à Sorel?

— Bien… Depuis que vous êtes venus en Ontario avec les enfants, je crois ben que je me suis mis à m'ennuyer de vous autres, bâtard! Comment c'est qu'y vont, Martin puis Francine?

— Y vont bien… Je te dirais même qu'y vont avoir un nouveau grand-père!

— Non!… Ah bien, baptême! On va aller aux noces? Ben, ça parle au maudit! Puis, c'est quand?

— Au mois d'août, le vingt-sept, mon Gaston. Penses-tu pouvoir être capable de venir?

— Bien oui! Puis aussi, je te dirais même que je vais être par ici au mois d'août!

— Hein! As-tu décidé de t'en revenir à Sorel, mon escogriffe?

— Ça, c'est si tu veux de moé, c'est ben sûr, mon frère!

— Ah bien, viarge de maudit que je suis content! Tu t'en viens quand?

— Aujourd'hui! Si tu veux me garder une couple de semaines le temps que j'me trouve une maison... Y me reste juste à faire livrer mon ménage à Sorel!

— Eh bien! Qu'est-ce qui t'a fait décider de revenir par ici?

— Une idée de fou, je crois ben! J'ai vendu ma *shop* à bois puis je me suis dit: «Pourquoi que je m'en retournerais pas à Sorel avec mon frère puis ma sœur?» En parlant de sœur, comment a va, la Huguette?

— Aux dernières nouvelles, tout était correct. Elle va être bien contente, la sœur, quand elle va apprendre la nouvelle! Tu sais qu'elle t'aime bien gros!

— Oui, je sais ça. Je vais l'appeler tout à l'heure. Elle va être surprise. Bon, pas de temps à perdre... Passe-moi donc le *Rivièra* puis le *Sorelois* que je regarde pour les maisons à vendre dans le coin! Puis vous, Emma, vous avez l'air en forme! Toujours aussi belle à part ça!

— Bien voyons, Gaston. Faites-moi pas gêner, vous là, là... Vous cherchez quoi comme maison?

— Là, premièrement, tu vas me faire le plaisir de me dire «tu». Après on va jaser, OK?

— Bien oui, Gaston. Je vais te dire «tu».

— Attaboy! Moi, j'aime ça comme ça! Bon... Je veux une maison pas trop grande, ça donne rien, je suis tout seul! Une maison avec deux chambres, ça ferait bien mon affaire.

— J'ai ma belle-sœur qui vend sa maison. C'est pas une maison neuve, mais elle a été très bien entretenue.

— Ah oui! Elle est sur quelle rue, cette maison-là, Emma?

— Sur le boulevard Fiset...

— Hein! C'est où ça? Je me souviens pas pantoute de cette rue-là dans le temps que je restais à Sorel!

— Le boulevard Fiset, Gaston, c'est l'ancienne rue Royale.

— Ah bien, pourquoi qu'y ont donné un nom de même? La rue Royale ressemble pas à un boulevard pantoute, joual vert!

— C'est à cause du docteur Fiset! Tu sais, celui qui était maire de la ville!

— Oui, je me souviens de lui, mais pourquoi changer la rue Royale pour lui?

— C'est parce que quand y est mort en avril 64, y ont nommé la rue Royale le boulevard Fiset en son honneur. Robert Fiset, c'était tout un homme, tu sais!

— Ah bon... Y était pas vieux, lui?

— Non, y avait juste soixante-cinq ans. Y est mort du cœur.

— Puis, elle est où, cette maison-là sur le boulevard Fiset?

— Hum... Toi, Emma, qu'est-ce tu dirais d'avoir un maudit tannant de voisin comme mon frère?

— Moi? Je pourrais peut-être m'accoutumer à lui!

— Baptême! Vous voulez dire que je resterais pas loin de chez vous?

— Oui. Au 176, boulevard Fiset, mon Gaston. C'est la maison à côté de chez nous.

— Appelle ta belle-sœur, Emma, on va aller la visiter aujourd'hui. Comment qu'a demande pour sa maison?

— Je pense que c'est onze mille cinq cents piastres, puis ça, c'est sans les agents d'immeubles, mon Gaston.

Chapitre 4

Les sucres

Vu la température douce des derniers jours, les cabanes à sucre soulignèrent l'arrivée du printemps en ouvrant grand leurs portes aux visiteurs. À l'érablière Daneau, dans le rang Rhimbault à Sainte-Victoire-de-Sorel, le téléphone ne dérougissait pas. Tout le monde appelait en même temps pour faire leurs réservations. Roger et Angèle avaient pris des places pour trente personnes.

Francine était assise à une grande table avec Jean-Luc, Martin et Diane. Pour avoir la paix, comme ils le disaient, ils s'étaient installés tout près de l'orchestre, mais de l'autre côté de la salle pour éviter l'espionnage des parents et le dérangement des jeunes enfants. Aussi, il y avait nettement un moment pour se rapprocher et se câliner pendant que l'orchestre interprétait un air romanesque qui incitait les adolescents comme les grands à se plaquer les uns contre les autres et à se fredonner de petites sérénades à l'oreille.

J'avais dessiné sur le sable
Son doux visage qui me souriait
Puis il a plu sur cette plage
Dans cet orage, elle a disparu
Et j'ai crié, crié : « Aline ! » pour qu'elle revienne
Et j'ai pleuré, pleuré, oh ! j'avais trop de peine[1].

Après s'être rassasiés d'omelettes, de fèves au lard, d'oreilles de Christ et de grands-pères noyés dans le sirop d'érable, les Delormes dansèrent sur des sets canadiens, des polkas, des cha-cha-cha et des merengues.

Puis en après-midi, juste avant d'aller manger de la bonne tire d'érable sur la neige, Paul se présenta au micro avec Emma pour annoncer leur prochain mariage, ce qui ne fut pas une grosse surprise pour la famille. Ils s'en doutaient depuis belle lurette et avaient plutôt hâte d'aller s'émoustiller et danser la rumba.

À la cabane à sucre Daneau, les parents n'étaient pas inquiets de laisser leurs enfants libres comme l'air. Ceux-ci pouvaient s'amuser partout et se promener sur la piste de danse sans risquer de tout briser.

— Attention ! Ceux qui veulent manger de la tire sur la neige, on vous invite à nous rejoindre à l'extérieur.

— Puis Roger, la Labatt 50, as-tu fini par t'habituer tranquillement ?

— Oui, oui. C'est sûr que ça goûte pas comme la Dow, mais faut croire qu'on s'habitue à tout, mon Richard ! Puis vous autres, comment ça va dans votre belle maison neuve à Sorel-Sud ?

---

1   Extrait de la chanson *Aline*, de Christophe (1965).

— On aime bien le coin, puis vu que c'est un nouveau développement, y a beaucoup de jeunes enfants, ça fait que les jumeaux s'ennuient pas bien bien.

— Michèle, elle, elle s'ennuie pas trop de pas faire l'école ?

— Pas pour tout de suite. Elle est là dans la fenêtre qui mange de la tire d'érable avec les enfants puis à la regarder, je pense qu'elle est bien contente d'élever sa petite famille puis de rester à maison.

— Bien oui. Puis ta *job* à l'hôpital, ça va ?

— Ah bien, oui ! Tu sais, Roger, que la maladie, c'est pas bien drôle. Regarde juste le cancer : y disent qu'y a juste une personne sur trois qui peut s'en sortir, puis moi, j'ai toujours voulu sauver le monde. Ça marche pas bien tout le temps, même que ça fait mal aussi quand on voit partir un de nos patients. Mais quand je sais qu'au moins je peux leur faire du bien, ça me rend heureux. Tu peux pas savoir qu'est-ce que ça me fait en dedans !... Voyons, mon Roger, t'es donc bien émotif à midi !

— Quand je t'entends parler de même, je sais bien que c'est pas tout le monde qui ont de la chance comme nous autres d'être en santé. Regarde les parents de Guylaine... y sont morts tous les deux.

— Bien oui, mais Roger, on aurait-tu pensé pour la petite Lise, la journée qu'elle s'est fait frapper, qu'elle serait avec nous autres aujourd'hui en train de manger de la tire d'érable ?

— Oui, c'est sûr... En tout cas, moi, je demande à tous les jours au Bon Dieu de laisser la santé à mes enfants puis à ceux des autres. Je le sais pas s'il va m'écouter pour bien des années, parce que moi, le repos de l'éternité, je voudrais bien que ce soit juste quand on va être bien, bien vieux...

— Oui, Roger… T'as bien raison, puis moi, je suis docteur pour ça, pour m'assurer que cette route de l'éternité là soit bien longue.

Toute bonne chose ayant une fin, il fallait laisser la place aux nouveaux arrivants qui avaient réservé la cabane à sucre pour cinq heures. Une chose était certaine, c'était que tout le monde avait passé une très belle journée, sauf que quelques mères de famille prendraient une bonne heure de leur temps pour décrasser les bottes et les souliers souillés de boue.

— Ouf… Je pense que je ferai pas à souper, Roger. Je suis encore pleine, moi! Faudrait qu'on fasse ça à chaque printemps, se réunir toute la famille comme ça. On le fait pas assez souvent, mon mari.

— T'as bien raison, ma belle noire!

— Qu'est-ce que t'as, Roger? T'as l'air bien songeur…

— Bof… C'est parce que je vois encore notre Francine dans les bras de son Jean-Luc. Ça me fait tout drôle; je me sens comme un vieux croûton, ma femme.

— Voyons donc, Roger! À part deux ou trois petits cheveux blancs, ça paraît pas pantoute que t'as trente-huit ans.

— Eille, toi! J'ai pas de cheveux blancs!

— Ah oui? C'est quoi ça, d'abord?

— Regarde donc ça, j'avais pas vu ça, moi! Ah bien, maudit!

***

— Allo, ma femme! Sais-tu que quand y disent « en avril ne te découvre pas d'un fil », aujourd'hui on pourrait dérouler la bobine au complet? Y fait soixante-dix dehors.

— Hi hi… Viens t'assir, je vais prendre une petite bière aux tomates avec toi ! Puis, ta journée ?

— Une bonne journée, surtout que là, y commence à faire chaud pour le vrai à *shop*. Je te dis que l'été est pas passé ! Sais-tu quoi ?

— Non, mais tu vas me le dire…

— Edwidge m'a demandé de la voyager à Québec Iron ! Elle m'a dit que son char était au garage pour la semaine.

— Quoi ! J'ai-tu bien entendu ? Elle a du front tout le tour de la tête, elle !

— Bien voyons, Angèle, j'y ai pas dit oui !

— Que je te voie y dire oui, toi ! Y est pas question que cette femme-là assise son cul dans mon char, OK !

— Oh… Eh que tu me fais rire, ma belle noire !

— Moi, je trouve pas ça drôle pantoute ! A peut pas le demander à un autre que toi ?

— Pas bien bien, dans le coin y a juste moi qui peux la voyager. Ça serait juste le temps que son char soit réparé, c'est tout ! Mais si tu veux pas je vais lui dire…

— En plus, tu vas mettre ça sur mon dos, Roger Delormes !

— Bien là, ma femme ! Je vais lui dire quoi si tu veux pas que je lui dise que c'est toi qui veux pas !

— Arrange-toi comme tu veux, mais que je sache jamais que tu l'as embarquée avec toi !

— Es-tu jalouse, Angèle ? Pourtant, tu devrais pas avoir peur, c'est toi la plus belle femme de la terre !

— Je sais que je peux te faire confiance, Roger, c'est elle que je truste pas… La femme la plus laide de la terre peut avoir n'importe quel homme si elle a le tour de l'engourloucher ! Elle, elle a l'air d'une vraie folle puis je

serais pas surprise si elle sauterait sur toi ! Regarde juste l'année passée quand elle t'a demandé d'aller chez eux pour chercher le numéro à Clarence dans le *directory* puis quand qu'elle a demandé à Rolland de checker l'huile de son char dans son garage, c'est pas des preuves, ça ? A cherche juste ça, le sexe, cette femme-là ! On voit bien qu'elle est toujours en chaleur, maudit !

— Bon, bon… C'est OK, Angèle, je vais essayer de trouver quelque chose pour pas l'embarquer dans ton char, comme tu dis.

— C'est ça. Puis dis-lui donc que c'est moi à part de ça. De toute façon, je m'en fous parce que je lui parle jamais, à cette nounoune-là !

— En attendant, viens donc ici que je te berce un petit peu le temps qu'on finisse notre bière.

***

Bonjour, Rose mon soleil,

Comment ça va ? Moi, ça va bien, j'ai commencé à travailler la semaine passée. Je travaille le vendredi soir puis le samedi toute la journée au Dominion. Je pacte les commandes d'épicerie puis David a commencé à passer le Journal de Montréal. *Tu diras ça à Martin. Pour moi, c'est sûr que c'est pas le métier que je veux faire, mais en attendant, ça me fait ça comme argent de poche.*

J'ai choisi dans quoi je voulais étudier plus tard quand je vais finir mon secondaire. Je vais étudier en télécommunication. Ça va me donner une chance pour rentrer au Bell Téléphone. *Mais ça, c'est si je suis capable d'avoir une bourse d'études, parce que c'est pas ma mère qui va*

pouvoir me payer ces études-là. Puis ça se peut aussi que le cours se donne pas à Drummondville, je pense qu'y se donne à Trois-Rivières.

Sais-tu, Rose, que quand on était jeunes, toi et moi, et que je te disais que je travaillerais au Bell Téléphone comme mon père, je pensais jamais qu'y aurait autant d'étapes que ça à passer.

C'était trop facile à onze ans de penser comme ça. Quand tu me disais que je voudrais pas être ton chum parce que t'avais juste sept ans puis que j'en avais onze, présentement on voit bien tous les deux que les années ont passé et on a encore quatre ans de différence.

Je veux pas te faire de peine, je t'aime trop pour ça. Si tu veux, on va faire chacun notre chemin dans la vie. Je connais pas mon avenir, pas plus que tu connais le tien. On pourrait se dire que dans cinq ans on va sortir ensemble, mais ce serait pas correct de penser de même. La seule affaire que je sais, c'est que t'es mon amie pour la vie et que tu seras toujours mon ange.

Bye, Rose mon soleil
Olivier, ton ami pour toujours xxx

***

Aujourd'hui le quatre avril, Gaston prenait possession de sa maison sur le boulevard Fiset. En attendant le camion de déménagement qui arriverait de l'Ontario incessamment, Emma et Paul avaient visité la nouvelle demeure dans le but de prêter main-forte à Gaston. Ils lavèrent les murs et installèrent les rideaux, et par la suite, ils étalèrent une épaisse couche de peinture qui rafraîchit le tout.

Quand le camion arriva, ils venaient tout juste de terminer la dernière couche de peinture dans le salon et la cuisine.

Les deux déménageurs déposèrent les meubles dans la cuisine en attendant que ceux-ci se dénichent une place respectable.

Quand on achète une nouvelle maison, on ne voit pas toujours les anomalies dissimulées derrière des meubles ou bien des appareils ménagers. Le salon était tellement étroit que si Gaston voulait y placer son divan trois places et son La-Z-Boy, il fallait qu'il troque son meuble de télévision contre un téléviseur portatif et une petite table.

Face au salon, il y avait une petite chambre pour contenir un lit de trente-six pouces, et c'était tout. La chambre des maîtres se trouvait au bout du couloir avant l'accès à la cuisine. Le mobilier de chambre pouvait y tenir à la condition d'adosser le lit contre le mur.

La salle de bain faisant face à la chambre était très exiguë. Gaston avait commenté : « Un coup que t'es assis sur la bol, tu peux te brosser les dents en même temps, baptême ! » Pour la cuisine, ça pouvait aller, mais quant au garage, il était très étroit. Le matin même, en reculant, il y avait heurté le miroir de sa voiture.

— Penses-tu que tu vas pouvoir t'habituer, Gaston ? C'est petit en torrieu !

— Bien oui, mon frère... Après tout, je suis tout seul puis je pèse quand même pas trois cents livres.

— Torrieu... tu passerais pas dans le passage !

— Tu viens-tu dîner avec nous autres, Gaston ? J'ai fait une tranche de lard bourrée avec des patates jaunes.

— Eh, baptême! Du lard! Je comprends donc que je vais y aller! Sais-tu, mon Paul, que t'es bien chanceux d'avoir déniché une perle comme Emma?

— Si je le sais! Je remercie le Bon Dieu à tous les jours!

— Envoyez, les hommes, on va manger tout de suite parce que je veux faire ma vaisselle avant que madame Grondin vienne faire prendre son bord de robe à une heure.

— Tu fais de la couture pour les autres, Emma?

— Non, non, c'est juste parce que Blanche, c'est mon amie de femme puis que je veux lui rendre ce service-là! Elle a pas le temps de faire sa couture avec son magasin.

— Quel magasin qu'elle a?

— Le magasin de santé sur la rue Augusta.

— Baptême, y doit rentrer des bonnes payes à maison avec celles de son mari! Y travaille où, son mari?

— Blanche a pas de mari; elle a jamais été mariée. Je comprends pas parce que c'est quand même une belle femme, hein, Paul?

— Bien oui. Si je t'aurais pas connue, je serais allé acheter des petites tisanes à camomille à son magasin, c'est sûr!

— Paul Cantara! Je te rappelle qu'on va se marier au mois d'août!

— Crains pas, ma belle hirondelle, j'ai fait mon nid au creux de ton cœur!

— Ayoye, ça fait mal, ça! Depuis quand que tu parles de même, toi? C'est vrai que l'amour t'a fait tourner la tête, mon Paul!

— Qu'est-ce tu veux, je l'aime!

— C'est donc beau! Puis ton amie, Emma, a vient à une heure, tu dis?

— Toi, Gaston, que je te voie pas venir écornifler dans ma maison !

— Bien quoi, si j'ai soif je peux aller me chercher un verre d'eau, non ?

— T'en as, de l'eau, chez vous !

— Oui, mais mes verres sont pas dépaquetés, tu comprends ?

— Bien oui, bien oui, je comprends. Tu viendras te faire un café à place, tu vas avoir l'air moins fou que de venir te chercher un verre d'eau… hi hi.

***

Au mois de mai, les lilas, les muguets et le fumier de poule dans le jardin de Roger s'avéraient être toute une association d'arômes. Martin bougonnait, car son père lui avait demandé de mélanger la terre avec lui. Il aurait préféré aller rendre visite à sa belle Diane.

— On va prendre un *break*, mon Martin, pour boire un verre de liqueur puis fumer une cigarette ! Tiens, prends une Mark Ten, ça va ménager tes Embassy.

— Merci, pa. À quelle heure qu'on va avoir fini ?

— Tu fatigues là, hein ?

— Non, non.

— Regarde, on a presque fini. Va te laver puis vas-y, voir ta Diane, je vais m'arranger avec le reste.

— Merci, pa ! Tu diras à m'man que je vais revenir pour souper.

Martin grandissait. Il allait avoir treize ans le mois prochain et mesurait déjà cinq pieds et cinq pouces. Il gardait assidûment ses cheveux châtains frisés à une longueur exagérée et sa voix avait beaucoup mué. Quand il s'exprimait, ce n'était jamais sur la même tonalité. Sa blonde était très mignonne, toute petite avec de grands yeux verts ténébreux. Ses cheveux étaient châtains et sa coiffure imitait celle de la grande chanteuse française Françoise Hardy.

— Hé, Roger !

— Salut, Rolland. Puis, où t'es rendu dans ton jardin ?

— J'ai pas mal fini de mélanger ma terre… Veux-tu bien me dire qu'est-ce tu fais pour avoir des beaux plants de tomates de même, cibole ? Regarde les miens, c'est juste des fouettes !

— Ça, Rolland, c'est parce que je suis sûr que t'es as trop arrosés dans ta cave au printemps. C'est sombre en bas, la terre sèche moins vite ! Pour moi, tu les as noyés, tes plants de tomates !

— Pa ! Deplhine !

— Attends donc un peu, Josée !

— Passe-moi-la par-dessus la clôture, la Josée, a veut venir jouer avec la petite dans la cour. Crains pas, je vais la surveiller. As-tu vu la secrétaire en haut ? Elle est dans le beau bleu poudre à matin…

— Oh… A pourrait bien mettre du carreauté barré puis a m'attirerait pas plus, mon Rolland ! Sais-tu qu'a court pas mal après Clarence à *shop* ?

— Non ! Puis Clarence qui est frivole en plus ! Elle aura pas de misère à l'avoir, celui-là !

— Ça, je pense que c'est déjà fait !

— Hein ! Comment ça, t'es as-tu pognés à forniquer ensemble ?

— Quasiment, mon Rolland ! Parle pas de ça à Angèle, OK ? Elle l'haït bien gros, la Edwidge.

— Une tombe, mon Roger, une tombe. Raconte-moi ça !

— Y a pas grand-chose à raconter... du cul, c'est du cul, hein ? La semaine passée, quand je suis revenu de mon *break*, je les ai pognés dans chambre de bain des hommes.

— T'es as vus faire ?

— Non, mais quand je suis venu pour rentrer, y ont sorti en même temps, ces deux-là... T'aurais dû voir la face à Clarence !

— Ouf... Puis sa femme là-dedans, à Clarence ?

— Gilberte est pas mal pareille comme lui : elle fleuretait avec le beau-frère Gaétan quand y travaillait à Saurel Shirt.

— Ah bien, ça se peut-tu ! Mais Clarence, lui, y couche avec n'importe qui, d'abord ? Me semble que moi, la Edwidge, je toucherais pas à ça !

— Oh ! moi non plus ! J'aurais bien trop peur d'attraper des bébites ! Tiens, salut, ma femme ! As-tu fait toutes tes commissions ?

— Bien oui. Salut, Rolland ! Vous jasiez de quoi là ?

— Des plants de tomates à Rolland. As-tu vu ça, ma femme ?

— Oh... Pauvre Rolland ! Raymonde fera pas grand ketchup cette année. Tiens, allô, Raymonde !

— Hein, hein, vous pouvez bien rire !... Cibole ! C'est quoi, ce vacarme-là en avant ?

— Maudit ! C'est un accident ! Mets les enfants dans la cour, Rolland, on va aller voir ça !

— Sainte bénite ! Oh... Je vais aller appeler la police !

Un Mustang noir était immobilisé sur le coin de la rue Monseigneur-Nadeau. Il se dirigeait en trombe vers le boulevard Fiset quand il était entré en collision avec un Volkswagen rouge qui, à présent, était à demi juché sur le parterre de Roger. Il n'y avait aucun blessé, mais la femme qui conduisait la Volks ne cessait de larmoyer. Angèle lui entoura les épaules et l'amena s'asseoir sur les marches de sa galerie. Elle demeura à ses côtés jusqu'à ce que la voiture de patrouille arrive. Pauvre femme ! Toute jeune, elle ne devait pas avoir plus de vingt-cinq ans.

— Bonjour, madame. Vous avez rien ? Vous êtes pas blessée ?

— Non… J'ai juste les nerfs, monsieur l'agent…

— Je peux vous demander vos papiers ?

— Oui… Je les trouve pas, mautadine ! Tiens, je les ai, monsieur l'agent.

— Vous êtes bien Bibianne Tremblay ?

— Oui, monsieur.

— Hein ! T'es la fille de Robert ? Bouge pas, je vais aller l'appeler, ton père ! Je le connais, y travaille avec moi à Québec Iron. Tu restes encore sur la rue Barthe ?

— Non, je reste plus là, je reste sur la rue Deguise, mais mon père reste encore là, sur la rue Barthe.

Quand Robert Tremblay fit irruption dans l'entrée des Delormes, sa fille pleurait encore à chaudes larmes.

— Fais-toi z'en pas, ma belle fille. Ça se répare, du gazon ! L'important, c'est toi. On aurait pu faire venir l'ambulance, puis ça, ça aurait été moins drôle !

Le jeune Plante qui avait happé la voiture de Bibianne était fortement dans l'embarras, car il ne possédait pas de permis de conduire et en plus, il n'était pas le propriétaire du Mustang.

C'était monsieur Pinard du garage Pinard, situé en face de la maison de Rolland, qui était venu remorquer les voitures endommagées.

Pour comble de malheur, dans la cour arrière des

Delormes, Josée et Delphine avaient déraciné tous les plants de tomates du jardin, et Patou s'était chargé de démembrer ceux-ci et de les répandre sur le gazon.

— Hon… Sainte bénite, y a pas juste Raymonde qui fera pas de ketchup cette année, je pense !

— C'est pas grave, ma belle noire ! Rolland ! Viens, on va aller au marché Richelieu acheter des plants de tomates parce que moi, pas de ketchup cet hiver, je revire fou, bonyeu !

***

Le dimanche midi, Francine arriva en pleurant parce que Jean-Luc avait rompu avec elle. La première peine d'amour, c'est la plus douloureuse dans la vie d'une adolescente, et Francine la gardera en mémoire toute sa vie.

Quand elle s'était rendue chez Jean-Luc, celui-ci était assis bien collé avec France sur sa galerie. France Saint-Arnaud, la soi-disant meilleure amie de Francine. Cette dernière pensa avec fureur : « Si un jour elle essaye de venir me parler, celle-là, je lui arrache les deux yeux ! »

Rose devinait bien la peine de sa sœur, car elle aussi en avait eu, du chagrin, le jour où elle avait parcouru la lettre de son bel Olivier.

Au déclin de l'astre lumineux, Roger, en compagnie de Martin, piqua de nouveaux plants de tomates dans la terre tiédie, et Patou eut intérêt à se tenir loin.

— Bien voyons, Martin, qu'est-ce tu fais là ?

— Je le sais pas, pa, ça l'a arrivé tout seul !

— Ah bien, tu pensais-tu à ta Diane ?

— Hein ! Comment t'as fait pour savoir ça ? Tu lis-tu dans ma tête ?

— Non, pas pantoute ! Juste à te regarder, je vois bien que c'est ça, mon gars !

— Oui, mais toi, quand tu penses à m'man, ça te fait-tu ça ? Puis c'est-tu dangereux ?

— Écoute, Martin, on va serrer les râteaux puis les pelles, puis après ça on va aller boire une orangeade puis fumer une cigarette chez Vic.

— Hein… tu me sors avec toi ?

— Oui, j'ai des affaires à te dire puis c'est pas devant les femmes qu'on va le faire. C'est des affaires d'hommes, ces affaires-là !

— Comment ça ? C'est-tu grave ?

— Non, mon Martin, c'est juste bien plaisant. Y faut juste que tu sois mis au courant pour quand ça va t'arriver.

— Ah bon !

Chapitre 5

Un mois de juin turbulent

Au mois de juin, les enfants étaient bien indisciplinés à cause de l'année scolaire qui tirait à sa fin.

Francine avait délaissé le ballon-panier et Guylaine avait mis fin à ses cours de piano depuis une semaine. Il n'y avait que Rose qui n'avait pas abandonné ses cours de dessin; cependant, son professeur, madame Aussant, était tombée malade au mois de mai et elle n'était jamais retournée enseigner depuis.

Plus les enfants vieillissent, plus c'est compliqué pour eux de se fixer dans une discipline de vie, quelle qu'elle soit. Pour s'accrocher à une blonde ou à un chum, bien là, c'est une simple bagatelle.

Un soir, Martin entra dans la maison en pleurnichant : « Mon chien est mort ! » Quand Angèle arriva dans la cour arrière, Patou gisait sur le dos les quatre pattes tournées vers le ciel. Le petit chien venait de perdre connaissance après que Josée lui ait heurté le museau d'un coup de bâton de Popsicle.

— Eh, qu'y fait chaud! Eh que j'ai hâte d'être en vacances, moi!

— Ça s'en vient, mon Roger, ça s'en vient... Puis, ta journée?

— Oh, parle-moi z'en pas! Denis Grenier avait mal aux dents aujourd'hui. Y était assez fatigant, y me tombait sur les nerfs bien raide! Je lui ai dit: «Va la faire arracher, ton hostie de dent, puis arrête de te lamenter!» Bien, y est pas allé, ma femme! C'est sûr qu'y veut pas dépenser cinq piastres pour ça, hein? J'te le dis, j'aurais pris une paire de pinces puis si y aurait pas été aussi moumoune, je lui aurais arraché sa maudite dent! «Ah! moi, je peux pas manger», «ça fait plus mal qu'à matin»... Ça se peut pas!

— Bon, es-tu correct là? Viens, on va prendre une petite bière, mon beau chialeux! On va-tu être bien une semaine au chalet à Drummondville au mois d'août, mon mari?

— Ouf... Han! On va-tu relaxer à notre goût, ma femme? Mais je sais pas si tu vas aimer ça, dormir dans un grenier. La manière que les filles m'ont décrit le chalet, c'est pas tout à fait comme le chalet à Fabien.

— Je suis certaine que je vais aimer ça, Roger, puis c'est encore plus loin, on va se sentir plus en vacances.

— T'as bien raison, on va être au bord de la rivière Saint-François, puis en plus, je vais avoir une chaloupe pour pêcher. On va demander à la famille de venir faire un tour aussi?

— Oui, ça, je serais bien contente, mais on va les avertir d'apporter leur manger parce que moi, je m'en vais là pour me reposer, pas pour faire à manger toute la semaine.

— Ça, c'est bien sûr, ma belle noire. J'ai juste peur qu'on ait de la misère à amener Martin puis Francine. Ce sera pas facile de leur faire lâcher leurs amours pour une semaine...

— Bien là, quand on était jeunes, nous autres, on suivait nos parents. Y vont faire pareil comme nous autres, c'est tout. C'est pas à leur âge qu'y vont nous monter sur le dos.

— Je te comprends bien, Angèle, mais nous autres, c'était dans les années quarante. Je te rappelle qu'on est en 1970, ma femme, c'est pas tout à fait pareil. En tout cas, on verra dans le temps comme dans le temps.

— Changement de propos, mon mari: quand tu vas aller à la messe à Saint-Maxime, y aura plus de latin. Ils l'ont enlevé dans toutes les églises catholiques du Canada.

— Ah bien, maudit! On va pouvoir dire notre *Je vous salue, Marie* puis le *Notre Père* en français!

— Bien oui! Je me demande encore pourquoi y nous faisaient prier en latin, eux autres?

— Ça, ma femme, je l'ai jamais compris, moi non plus.

***

— Oui, mais Emma, ça fait deux fois que je sors avec elle puis je suis même pas capable d'y donner un bec sur la joue, baptême! J'ai jamais vu une femme scrupuleuse de même. Je pense qu'all'aurait été mieux de rentrer chez les sœurs, elle.

— Regarde, Gaston, essaye donc d'être patient. Elle m'a dit qu'elle te trouvait de son goût; laisses-y du temps, bonne sainte Anne!

La semaine précédente, Gaston avait invité Blanche Grondin au théâtre Sorel pour la première du nouveau film d'amour *Angélique, Marquise des Anges*, interprété par la ravissante Michèle Mercier. Par la suite, il l'avait invitée à prendre un café au restaurant Lambert.

Gaston la trouvait très belle. Grande femme élancée avec de beaux cheveux blonds, courts et bouclés, elle possédait, malgré une minceur évidente, un beau visage rond qui rehaussait ses menues pommettes rosées. Il n'avait pas osé lui demander son âge, jugeant que c'était malvenu pour une toute première rencontre. Cependant, le lendemain, Emma lui avait révélé qu'elle avait cinquante-huit printemps.

Après un café bouillant, il était allé reconduire Blanche chez elle sur la rue Huard et l'avait l'invitée pour une deuxième sortie. Elle ne souriait pas beaucoup, mais elle était très intéressante.

— Quand je suis allé la reconduire chez eux, j'y ai demandé si je pouvais l'embrasser puis elle m'a répondu que ça faisait pas assez longtemps qu'on sortait ensemble… J'étais frustré en baptême, moi ! Toi, mon frère, ça avait pris comment de temps avant que tu puisses embrasser Emma ?

— Bien torrieu, c'est pas de tes maudites affaires pantoute, ça ! Y a pas une femme qui est pareille ! Puis, tu vas me dire une affaire, toi, Gaston Cantara !

— Quoi ?

— Quand t'es sorti avec elle, comment t'étais habillé ? Parce que moi, je le sais que tu t'attriques bien mal des fois !

— Bien là, j'avais mis mon pantalon bleu marin avec ma chemise carreautée verte. Pourquoi ?

— Torrieu, Gaston ! Tes pantalons bleu marin, tu les avais quand t'es déménagé en Ontario ! Puis ta chemise carreautée verte, elle, elle est plus carreautée, elle est rendue unie tant qu'all'a changé de couleur ! Elle peut bien pas avoir le goût de sauter sur toi, ta Blanche ! Puis tes cheveux ! Quand est-ce que tu vas te faire faire une coupe qui a du bon sens ?

— Ouin, à t'entendre parler, je ressemble quasiment à Ti-Joe Chauvette qui vit dans le parc du carré Royal à l'année longue, baptême !

— Gaston, tu viendrais-tu avec moi magasiner en ville ? Je t'emmènerais chez Gauthier & Frères pour te choisir du linge propre.

— Tu penses que ça ferait une différence, Emma ? Moi, l'habillement, je m'en fous ; c'est l'homme qu'y a dedans qui est important, non ?

— Écoute, mon frère. Blanche, tu la trouves-tu belle ?

— Elle est belle en viarge !

— Bien c'est ça : elle est toujours bien peignée puis bien habillée. Puis je te gage qu'a doit sentir bon aussi ?

— Si a sent bon ? A sent les roses, baptême ! J'ai juste envie de me fourrer le nez dans son cou !

— Ça, c'est un autre affaire aussi, Gaston : tu parles comme un homme de chantier. Tu sais, « te fourrer le nez dans son cou », si tu y dis ça, tu sais bien qu'a va reculer de cinq pieds ! En tout cas, si tu veux sortir avec elle, va falloir que tu changes ton accoutrement puis ton langage, mon frère.

— Ouin... Quand est-ce qu'on peut y aller, chez Gauthier, Emma ?

— N'importe quand, Gaston. Je suis prête à y aller après dîner si tu veux.

— OK, madame ! Puis je me fie sur toi pour me choisir du beau linge.

— Puis tes cheveux, Gaston ?

— Bien là, tu peux-tu venir avec moi chez le barbier à matin, Paul ?

— Bien oui, je vais t'amener chez Willie Leblanc sur la rue George. Tu vas voir, y est bien smatte puis en plus, y est pas chérant !

— En tout cas, après tout ce que je vais faire pour elle aujourd'hui, all'a besoin de me trouver à son goût, la belle Blanche, parce que moi, je débarque !

Le soir même, quand Gaston arriva sur la rue Huard dans son Dodge 66, Blanche se balançait sur sa galerie. Ouf ! Quand il sortit de sa voiture, il n'eut pas le temps de grimper les marches qu'elle était déjà accolée contre lui. Le Old Spice et les roses, c'était toute une fusion !

Gaston portait un pantalon de coton kaki avec une chemise blanche aux manches courtes et une ceinture de couleur sable. Pour sa coiffure, on aurait pu le confondre avec Tony Massarelli, le chanteur de ces dames qui n'avait qu'à fredonner *Pour t'aimer j'ai menti* pour qu'elles se retrouvent toutes à ses pieds.

Dans la soirée, après avoir remis leurs vêtements, ils se demandèrent bien lequel des deux conserverait sa maison.

***

Enfin, l'école était terminée. Pour Angèle, une saison de surveillance venait de se déclencher. Par contre, elle ne crierait plus après ses enfants tous les matins pour les sortir du lit.

Martin était en amour par-dessus la tête avec sa belle Diane. Comme on dit, ils ne se lâchaient pas d'une semelle. Francine fréquentait toujours son nouveau copain, Claude, mais elle avait avoué à sa mère : « La chimie existe pas entre nous deux, c'est plus un ami pour moi. »

— Allo, tout le monde ! Bonjour, mad'moiselle Diane, comment allez-vous ?

— Je vais bien, monsieur Delormes.

— Puis, ma belle noire, j'espère qu'on mange pas trop chargeant à soir parce qu'y fait chaud en maudit !

— Bien non, mon mari, on mange des clubs sandwichs pas de patates frites. Ça fait-tu ton bonheur, mon mari ?

— Bien oui, avec une petite bière frette ça va être bon !... Y me semble qu'y manque du monde ici ?

— Josée est chez Raymonde à côté qui l'a gardée à souper avec Delphine, Rose puis Guylaine vont arriver... Sainte bénite ! Voulez-vous bien me dire où est-ce que vous avez passé, vous deux ? Vous êtes parties avec une queue de cheval puis vous revenez avec tous les cheveux dans la face !

— Bien... Dis-lé, toi, Guylaine !

— C'est parce que je me suis battue, m'man.

— Quoi ? Tu t'es battue avec qui, pour l'amour du saint Ciel ?

— Avec Johanne Godin.

— Maudit !

— Voyons, Angèle, ménage ton langage ! Pourquoi tu t'es battue avec la petite Godin, Guylaine ?

— On était en train de jouer à la cachette, puis quand je me suis cachée dans le *banon*, elle m'a embarrée dedans.

— C'est pas une raison pour te battre, ça, Guylaine !

— Bien là, m'man ! J'ai resté enfermée là pendant une heure ! Quand Rose est venue me débarrer la porte, j'étais assez en maud... assez choquée que j'ai sauté sur elle !

— Sainte bénite ! Puis toi, Rose, pourquoi t'as les genoux tout verts de gazon puis que t'as les cheveux comme un épouvantail ?

— C'est parce que quand Guylaine se battait avec Johanne, son frère, y est arrivé puis y a donné un coup de pied à ma sœur. Moi, j'ai sauté sur lui puis j'lui ai donné une volée.

— Oh... Là, je ris, mais c'est pas drôle pantoute! J'espère que vous allez arrêter de vous tenir avec elle asteure?

— C'est sûr, m'man, hein, Rose?

— On y parlera plus jamais, à cette folle-là...

— C'était très bon, madame Delormes! Est-ce que je peux vous aider à faire la vaisselle?

— T'es bien fine, Diane, mais c'est Rose puis Guylaine qui vont faire la vaisselle ce soir. À quelle école tu vas, Diane?

— Je vais à l'école Saint-Pierre.

— Ah oui, t'es en huitième année comme Martin?

— Oui, puis j'ai treize ans pareil comme lui!

— Tu vas à la même école que je suis allée quand j'étais jeune.

— Ah bon... Ma mère aussi est allée là, au couvent Saint-Pierre.

— C'est quoi son nom, à ta mère?

— Jeanine Poulin.

— Oui, mais son nom de fille, c'est quoi?

— C'est Campeau.

— Hein! Jeanine Campeau? Est-ce qu'elle restait sur la rue Élizabeth dans le temps?

— Ouf... là je pourrais pas vous dire.

— Tu la connais, sa mère, Angèle?

— Bien, si c'est la même que je pense, c'était mon amie dans le temps. Tu sais, la journée que tu m'avais rencontrée aux petites vues à Saint-Maxime, tu sortais avec Antoinette Ménard!

— Oh oui, que je m'en souviens ! T'étais assez belle !

— Bon bien, c'est Jeanine qui était avec moi ! C'est elle qui m'avait dit que t'arrêtais pas de me regarder…

— Eh bien !

— Ta mère, Diane, est-ce qu'elle a un grain de beauté sur le menton ?

— Oh oui ! Des grains de beauté, elle en a partout !

— Ah bien, c'est elle, sainte bénite ! Donne-moi ton numéro de téléphone, Diane, je vais l'appeler.

— Allo !

— Allo, Jeanine ?

— Oui, c'est moi.

— Je suis la mère de Martin, le chum de ta fille Diane.

— Oui… On se connaît ? Pourtant, ta voix me dit rien.

— Quand je vais te dire mon nom, tu devrais me reconnaître !

— Ah ! C'est quoi ?

— Angèle Bilodeau.

— Hein ? Pas vrai ! Angèle ? Ah bien, ça parle au verrat ! Eille, le monde est petit, j'en reviens pas ! Ton gars qui sort avec ma fille ! Comment t'en as, des beaux enfants comme ça ?

— J'en ai cinq, et toi ?

— J'ai juste Diane. J'ai pas pu en avoir d'autres après… En tout cas, t'as pas chômé après le couvent, toi ! Puis, t'es mariée avec qui ?

— Je suis mariée avec Roger des petites vues. Tu t'en souviens, quand je t'avais dit que je l'avais revu à Odanak à la parade des Indiens en 1948 ?

— Non ! Pas le beau Roger ?

— Oui, oui ! Le beau Roger !

— Voyons, Angèle, arrête-moi ça !

— Ton mari, toi, son nom me dit rien. Diane m'a dit qu'y s'appelait Pierre-Paul.

— Tu peux pas le connaître, y vient de Saint-Hyacinthe. Je l'avais rencontré au cirque Beauce Carnaval dans le temps, puis juste avant qu'on se marie, y est rentré à Québec Iron.

— Bien voyons donc, toi! Roger travaille là aussi! Penses-tu que tu le connais, Roger, Pierre-Paul Poulin?

— Je peux pas voir c'est qui, ma femme. Je le connais peut-être de vue.

— Regarde, Angèle, y va falloir que je te laisse, je m'en vais au bingo avec ma mère à Nicolet. Donne-moi ton numéro de téléphone, je vais t'appeler demain dans la journée. Y faut qu'on se voie, on a trop d'affaires à se raconter!

— Oui, oui! Je vais attendre ton téléphone puis on va s'organiser quelque chose!

***

Une canicule s'était installée sur une grande partie de la province de Québec. Le vent chaud qui soufflait asséchait les terres, et les enfants passaient leurs journées entières à se rafraîchir à la piscine municipale.

Angèle avait rempli d'eau la cuvette en acier pour Josée et elle l'avait placée en dessous des deux grands érables qui, avec une persévérance stoïque, essayaient de répandre de l'ombre sur une petite parcelle de verdure décolorée. Les plants de tomates affichaient une mine de misère et la pelouse avait perdu sa teinte verdâtre pour ne ressembler qu'à de la paille desséchée. Angèle avançait de deux pas et sa sueur dégoulinait au moindre mouvement.

Nannie était à la veille d'avoir ses petits chats. Elle avait de la difficulté à se déplacer et Patou, comme on dit, «pompait l'huile au siau». Pauvre Roger! Avec les fours à l'usine, il devait bien faire deux cents degrés de chaleur. Ce qu'il avait rapporté à son beau-frère Gilbert au temps des fêtes prenait tout son sens: «L'argent qu'on gagne là, on la vole pas, cré-moé!»

— Allo, ma femme.

— Pauvre toi! T'es tout mouillé! Ça a pas d'allure travailler avec des chaleurs pareilles! Je pense que j'ai jamais vu une canicule de même. Y fait quatre-vingt-dix-huit dehors! On est en train de perdre nos plants de tomates, câline!

— C'est pas grave, on achètera nos tomates au marché. Ce qui me fait plus de peine, c'est mon gazon. Y est en train de brûler, maudit! C'est donc bien tranquille ici dedans! T'es toute seule avec Josée, ma femme?

— Les enfants sont à la piscine municipale puis vu qu'y fait trop chaud, elle va fermer juste à sept heures au lieu de cinq heures. Ils se sont apporté des sandwichs au beurre de *peanuts* dans leurs sacs de bain. C'est eux autres qui sont les mieux: y sont toujours dans l'eau!

— Ça t'a pas tenté d'aller te baigner avec Josée, ma femme?

— Oh! j'avais pas la force de me rendre jusque sur la rue Guèvremont. Si ça te dérange pas, on va manger des sandwichs à soir, Roger!

— J'espère bien qu'on va manger des sandwichs! Je vais aller m'assir en dessous des arbres dans la cour avec une bière puis je vais manger plus tard.

— Bon, OK. Moi, je vais aller fermer les stores dans notre chambre puis dans celle de Martin. Le soleil est rendu en arrière puis ça va être un vrai fourneau à soir si j'y vais pas.

Nannie venait d'avoir ses bébés en dessous du lit de Martin. Trois beaux petits minous tout gris – Ho, ho! Identiques à Grisou... Grisou venait de se retrouver père des chats de sa mère. « Ouin, espérons que les enfants se posent pas trop de questions », pensa Angèle.

Après deux jours le thermomètre se stabilisa à quatre-vingt-six, et un petit aquilon amena une douce fraîcheur saisonnière. Angèle commença sa liste pour leurs prochaines vacances au chalet. D'ici deux semaines, ils allaient tous « se la couler douce » sur le chemin Hemming à Drummondville.

***

Quand Angèle arriva au restaurant Rheault, tout de suite elle reconnut Jeanine.

— Maudine, Angèle, t'es donc bien belle! Ça fait-tu longtemps que t'as les cheveux courts de même?

— Ça doit faire un bon quatre ans... Eh que je suis contente de te revoir, Jeanine!

C'était bien Jeanine, sauf que le temps l'avait un tout petit peu rattrapée, à l'inverse d'Angèle qui avait conservé son entrain et son teint de jeunesse. Elle avait pris une quinzaine de livres; par contre, elle les assumait parfaitement bien. Ses yeux noisette étaient encadrés de lunettes à monture verte, et son regard cristallin semblait toujours aussi généreux. Ses cheveux bruns étaient toujours sans fin, découpés en une petite frange dégradée au-dessus de sourcils bruns bien prononcés.

Quand Diane était née, quelques complications étaient survenues, et le docteur Dupré avait recommandé sérieusement à Jeanine de ne plus enfanter, car elle aurait pu y laisser sa vie.

La jeune mère de famille avait rêvé de donner la vie à plusieurs autres poupons, mais sa destinée s'était limitée à aimer et à protéger sa Diane.

— Angèle, ma Diane, c'est toute ma vie… Des fois, elle me dit que j'en fais trop, mais qu'est-ce que tu veux, j'ai juste elle, maudine! Toi, t'en as cinq. Est-ce qu'y sont tous beaux comme ton Martin?

— Toutes belles, tu veux dire! Martin, c'est mon seul gars. J'ai quatre filles, ma Jeanine.

— Eh que t'es chanceuse!

— En fait, j'ai trois filles, plus une qu'on a pris avec nous autres en 62, mais c'est comme notre propre fille, on l'aime bien gros.

Angèle lui raconta tout sur Guylaine. La tablette de chocolat Caramilk, les oncles qui allaient en visite chez sa mère, son père Dario, le décès de sa mère, Denise, et la visite de sa tante Laurette à Sorel.

— Pauvre enfant! Elle est bien chanceuse d'être tombée dans une bonne famille comme la vôtre. Puis, ton Roger, ça a l'air d'un maudit bon gars aussi. Y était assez beau dans le temps!

— Bien oui, y est toujours aussi beau puis en plus, c'est un bon mari.

— Je me souviens quand tu m'avais raconté comment tu l'avais revu à Odanak. Y était de Saint-Robert, lui, hein?

— Oui, c'est ça. Y était avec son père puis sa mère. Ses parents sont morts bien jeunes. Y ont eu un face-à-face à Yamaska – j'étais enceinte de Martin. Y a eu bien de la peine, mon Roger…

— Pauvre lui! Ta mère, elle reste-tu encore sur la rue Royale… je veux dire sur le boulevard Fiset?

— Bien oui! Elle se remarie au mois d'août.

— Hein! C'est donc bien le fun, ça! Avec qui?

— Imagine-toi donc qu'elle se marie avec le monsieur qui avait acheté son dépanneur dans le temps sur la rue Royale. Ça fait longtemps de ça, j'avais juste deux ans, câline! Puis ta mère? Ton père? Dans le temps, y restaient sur la rue Élizabeth…

— Malheureusement, y ont été obligés de vendre la maison. Mon père est à l'Hôpital général puis ma mère reste chez son frère Camille à Nicolet.

— Hon… Ton père est bien malade?

— Y a trois ans, y s'est fait frapper en bicycle sur la route Marie-Victorin, puis depuis ce temps-là, y reconnaît plus personne. Ça me fait assez de peine, tu peux pas savoir comment! Je trouve ça bien dur de le voir toujours assis dans sa chaise berceuse. Quand j'arrive puis qu'y me regarde avec ses grands yeux bleus, je te mens pas, j'ai juste envie de brailler! Y a pas de justice sur la terre, ma belle Angèle. Mon père a juste cinquante-six ans, y aurait encore plein de belles années à vivre avec ma mère!

— Braille pas comme ça, Jeanine, j'ai le cœur qui me fend en deux, sainte bénite! Maudit que la vie est mal faite des fois!

Elles se remémorèrent leur belle jeunesse et s'entretinrent de leur vie présente jusqu'au coup de quatre heures. Les beaux souvenirs ainsi que les mauvais coups avaient refait surface et elles avaient bien rigolé. Jeanine fit la promesse de visiter la famille Delormes au début du mois de septembre.

Chapitre 6

La vérité

— Eh que je suis content ! Enfin, les vacances !

— Oui, viens, on va prendre une petite bière pour fêter ça. Ça va me donner la chance de prendre un *break*, j'ai pas arrêté de la journée.

— Bien oui… Regarde-moi donc ça ! On part pour une semaine, puis on dirait qu'y a du stock pour un mois !

— On est quand même sept, mon Roger !

— Bien oui, le chalet est pas bien grand, mais c'est pas grave, on va se coller, ma femme !

— M'man !

— Mon Dieu, Martin, qu'est-ce que t'as à pomper l'huile comme ça ?

— Matante Béatrice veut que je reste chez eux pendant que vous allez être au chalet. Tu veux-tu ? Dis oui, pa !

— Là, mon Martin, tu vas te calmer parce que tu m'énerves, OK !

— Oui, pa.

— C'est quoi cette idée-là qui t'a passé par la tête ? T'aimes pas ça venir au chalet ?

— Je trouve ça loin puis c'est plate, aller au chalet… Je vais coucher avec Gilles dans sa chambre ; matante dit que ça la dérange pas !

— Y a de la Diane là-dedans, hein ? Tu serais pas capable de te passer d'elle pendant une semaine ?

— C'est pas juste ça. Ça me tente pas d'aller à ce chalet-là, pa !

— C'est laquelle, la valise à Martin, Angèle ?

— C'est la brune là en arrière de la porte.

— Regarde, Martin. Ta valise est là ; demain tu la prendras puis tu t'en iras chez Marcel.

— Oui ! Oui ! Merci, pa !

— T'as besoin d'être à ta place puis d'être poli avec ta matante Béatrice puis ton mononcle, puis aussi t'as besoin de les écouter. Puis ton journal, lui ?

— Ça change rien, pa. Je vais venir le chercher ici sur le perron le matin.

— Bon OK, c'est réglé.

Le souper achevé, Roger prépara tout son attirail de pêche. Il se monta des kits pour la pêche à la perchaude, et les vers, il les achèterait chez Ti-Phonse Brochu sur la route de Yamaska. Angèle rédigeait sa liste d'épicerie. Elle n'apporterait qu'un minimum de nourriture vu le très petit réfrigérateur à gaz du chalet. Laurette se chargerait de la conduire au marché et à l'épicerie de Drummondville pour faire ses emplettes.

— Hé, pa !

— Voyons, Francine, as-tu vu un ours ? T'es tout énervée, maudit !

— Je peux-tu rester ici quand vous allez aller au chalet ?

— Bon, une autre ! Vous vous êtes donné le mot, on dirait !

— Pourquoi tu dis ça ?

— Martin veut pas y aller, lui non plus.

— Ça veut dire que c'est oui ?

— Woh, Francine ! J'ai pas dit oui ! Si tu viens pas, tu vas t'arranger comment ? Parce que c'est sûr que tu resteras pas ici dans la maison toute seule !

— Bien non, pa. Paule m'a invitée à rester chez eux… puis sa mère, a veut.

— Ah bien ! Mais attends une minute, c'est où qu'on est allés chercher Nannie sur la rue du Collège ?

— Oui.

— Bout de viarge, Francine ! Cette femme-là doit avoir dix enfants. Elle est pas pour s'embarrasser de toi en plus ! Ça a pas de bon sens !

— Elle m'a dit qu'elle voulait, sa mère, pa ! Je vais coucher dans la chambre à Paule avec sa sœur Colette.

— Bon, c'est laquelle, sa valise, à Francine, Angèle ?

— C'est le gros sac gris avec un zip, devant la porte du salon.

— Regarde, ma fille, ta valise est faite, demain tu la prendras pour t'en aller avec sur la rue du Collège. Mais je t'avertis, c'est les mêmes heures pour te coucher le soir, puis pour ton Claude, tu slaqueras la pédale un peu. T'es comme une vraie sangsue avec lui, maudit !

— Merci pa ! Youpi !

— Bien voyons, Roger, t'es-tu sûr qu'on fait une bonne affaire ? On les connaît pas bien bien, les parents à la petite Perrette.

— Non, mais même si c'est une grosse famille, ma femme, je me souviens quand on était allés chercher Nannie que madame Perrette, elle avait l'air d'une bonne femme puis sa maison était bien propre.

— Oui, c'est vrai… Bon bien, on n'aura pas besoin d'apporter la tente à terre. Le char va être moins bourré. Je me demandais bien où mettre tout ça, ce stock-là !

Laurette attendait les Delormes chez elle pour leur indiquer le parcours pour se rendre au chalet. Rose ne vit pas Olivier, car il travaillait à la Dominion. Laurette était toute seule avec David et Yvette. En sortant de la voiture, les filles s'empressèrent d'aller embrasser leur tante, et Josée était déjà assise sur les genoux de David sur la galerie.

David avait beaucoup grandi. À douze ans, ce n'était plus le petit cousin que Guylaine avait croisé jadis en 1962. Son tempérament réfléchi dégageait une virilité précoce, et son sourire enjôleur ne faisait que le confirmer.

Guylaine portait des bermudas rouges et un tee-shirt blanc orné de petites perles nacrées. Angèle avait natté ses cheveux noirs et au bout de sa longue tresse de jais, elle avait attaché une boucle rouge parsemée de petits cœurs blancs. Rose, la jolie fillette parvenue aux portes de son adolescence, était vêtue d'une jupe de coton blanche et d'un chandail à manches ajourées corail. Ses cheveux bruns étaient déployés sur ses épaules, retenus à la tête par un cerceau enveloppé de velours blanc.

Josée la petite colleuse portait une salopette bleu royal et un chandail en tricot rose fuchsia. Ses cheveux châtains n'ayant pas atteint une longueur suffisante pour qu'Angèle puisse en faire des lulus étaient relevés en une petite tige se déployant comme un parapluie.

Pendant que tout ce petit monde radieux parlait et gesticulait en même temps, Isabelle, une jolie fille de quatorze ans avec de longs cheveux bruns suivant la cadence de ses pas, se présenta à eux.

— Je vous présente la blonde d'Olivier, Isabelle Cardin.

Ces deux-là sont en amour depuis deux mois! Ouf... un gros coup pour Rose. Pourtant, elle ne pouvait pas désapprouver le choix d'Olivier: Isabelle était vraiment ravissante.

— C'est toi, Rose, le soleil à Olivier? Il m'a parlé de toi bien souvent. Y m'a dit que t'étais sa meilleure amie.

— Oui, c'est moi...

— Viens-tu? On va aller prendre une marche pour aller le rejoindre. Y vient dîner à midi. Y doit pas être bien bien loin d'arriver. Y va être content de te voir, ça va lui faire une belle surprise.

— OK. J'ai le temps d'y aller parce que je repars pas avec mon père puis ma mère aujourd'hui pour le chalet. Je reste passer deux jours chez matante Laurette avec ma sœur Guylaine.

Tout en marchant, Rose demanda à Isabelle comment elle avait fait la rencontre d'Olivier.

— Une journée, au collège Saint-Bernard, Olivier, y a tombé de la poutre d'équilibre dans la salle de culture physique puis y s'est ouvert le front. Quand y est arrivé à l'hôpital Sainte-Croix, juste à côté de son école, c'est là qu'y m'a vue dans la salle d'attente. J'étais assis avec ma mère. Elle s'était cassé un pouce en fermant la porte de son char. Y avait juste une place à côté de moi, la salle d'attente était pleine. Y s'est assis à côté de moi, puis juste le temps que ma mère aille faire des radiographies, on avait eu assez de temps pour faire connaissance et aussi pour que je lui donne mon numéro de téléphone. Le soir même, on est allés au théâtre Capitol sur la rue Lindsay, une autre journée on est allés se baigner au parc Woodyatt, puis depuis ce temps-là, on se voit presque à tous les jours... Tu sais, y m'a raconté aussi que quand vous étiez jeunes, y disait qu'y voulait se marier avec toi… puis que tu étais Rose son soleil.

— Oui, oui… Tu veux faire quoi plus tard ? Je sais qu'Olivier veut travailler au Bell Téléphone puis qu'y va étudier en télécommunication. Y me l'avait écrit dans ses lettres.

— Moi, j'ai pas encore décidé. J'aimerais être garde-malade puis aussi, j'aimerais être vétérinaire. C'est dur de choisir. Je voudrais travailler dans un hôpital pour soigner les enfants, mais d'un autre côté, j'aimerais guérir les animaux.

— Wow ! Irais-tu étudier avec Olivier à Trois-Rivières ?

— Oh, bien non. Les cours que je veux suivre se donnent à Drummondville.

— Mais tu vas t'ennuyer d'Olivier quand y va être parti. C'est loin !

— Oui, je le sais, mais si on veut se marier plus tard, y faut faire des sacrifices, tu penses pas ?

— Oui, mais moi, je pense que je m'ennuierais bien trop de mon chum !

— Toi, Rose, qu'est-ce que tu veux faire quand tu vas être grande ? T'as dix ans, tu dois commencer à avoir une petite idée ?

— Presque onze. Ma fête, c'est le vingt-deux août, dans trois semaines. Moi, j'ai toujours rêvé d'être une coiffeuse ou un professeur d'école comme matante Michèle.

— C'est bien ça, mais à presque onze ans, t'as encore le temps d'y penser… Ah tiens, regarde ! C'est Olivier là-bas !

— Rose ! Allo, ma petite cousine !

Olivier leva Rose au bout de ses bras en lui déposant un gros baiser sur le front, et ensuite, il embrassa tendrement les lèvres rosées d'Isabelle.

Même si Rosie se résignait à approuver qu'Olivier fréquente une fille de son âge, elle en avait le cœur brisé, et pour elle, les balades à Drummondville ne seraient plus aussi fréquentes.

Laurette avait laissé une note à Olivier sur la table de la cuisine pour l'aviser qu'elle était partie montrer le chemin du chalet à Roger et à Angèle et qu'elle serait de retour pour une heure moins quart.

En après-midi, les enfants allèrent s'amuser chez Josée et Jocelyne sur la 7e Avenue, et Rose s'ennuya d'Olivier.

— Comment tu trouves ça, ma femme ?

— Ça fait différent, hein, Roger ? On est bien plus dans le bois ici qu'à Sainte-Anne ! Non, Josée, maman veut pas que tu montes en haut toute seule ! Quand je vais avoir fini de placer mes affaires, je vais aller te montrer ça. En tout cas, Patou puis les chats ont de la place en masse pour courir ici ! Mais le plus drôle, c'est la pompe à eau. Je me suis jamais servie de ça ! Regarde donc, Roger, y a de l'eau à terre à côté du poêle !

— Bien oui. On va mettre une chaudière puis après je vais aller voir sur le toit d'où est-ce que ça vient. On va partir le poêle aussi le matin. Je vais couper du bois après-midi – on sait jamais, c'est humide le matin des fois – puis si on fait pas marcher le poêle, on pourra pas se faire à manger non plus, ma belle noire !

— Bien oui, on va l'allumer tout de suite si je veux faire réchauffer mon pâté au bœuf pour souper. Après, on va aller voir si y a du poisson dans cette rivière-là !

***

En soirée, face au feu crépitant, Roger et Angèle contemplaient leur petite dernière qui dormait à poings fermés emmitouflée dans une grande couverture de laine.

— Elle va avoir quatre ans, la petite toutoune. Câline que le temps passe vite, hein, Roger ?

— J'aimerais ça si on en aurait un autre, ma femme. Là, on en a cinq. Faudrait bien qu'on fasse un chiffre rond pour avoir notre demi-douzaine !

— Voyons, Roger, je vais avoir trente-six ans au mois de février. Me semble que j'ai passé l'âge d'avoir des bébés… Mais savoir que j'aurais un gars…

— Ah oui !

— Woh… j'ai pas dit que je voulais, Roger ! C'est sûr que si je serais certaine à cent pour cent que c'est un gars, on en aurait un autre, mais personne le sait, ça, ça fait qu'on va se tenir tranquilles, OK ?

— Ouin… moi, je fais ce que tu me dis, ma femme. C'est toi le *boss* !

— Arrête donc de m'étriver. Viens, on va rentrer Josée puis on va aller se coucher.

Le lendemain matin, Josée était tout excitée de voir qu'elle avait dormi dans le grenier du chalet. L'arôme du café et des toasts grillés sur le poêle à bois sortit Roger du lit, et au moment où il aperçut sa femme dans son pyjama de coton lilas en train de faire cuire les œufs du déjeuner, il s'approcha d'elle en l'agrippant par la taille pour lui déposer plusieurs baisers dans le cou.

— Je t'aime, ma femme. Tu peux pas savoir comment que je suis heureux avec toi ! Sais-tu que t'es encore plus belle que jamais ?

— Voyons, Roger, t'es donc bien romantique à matin ! Moi aussi, je t'aime, t'es vraiment le mari que toutes les femmes rêveraient d'avoir, mais c'est moi la chanceuse parce que des hommes comme toi, y en a juste un puis c'est moi qui l'a!

— Je le sais pas, mais ce que je suis sûr, c'est que je veux que tu sois heureuse jusqu'à la fin de tes jours!

— Là, on va arrêter ça tout de suite parce que regarde la petite, là!

— Viens ici, toi! Papa t'aime beaucoup, toi aussi, ma Josée!

— Je t'aime, papa. On va-tu faire de la chaloupe?

— Après-midi, je vais t'emmener, ma belle fille. Avant on va manger nos cocos puis après on va aider maman à faire la vaisselle.

À une heure, Roger était juché sur la toiture du chalet pour remplacer quelques bardeaux afin que l'eau ne s'infiltre plus entre les rainures du plafond.

— Hé, Roger! Y a un char qui s'en vient ici!

— C'est la Ford Victoria à Laurette, ma femme!

Laurette sortit de sa voiture soulagée de constater que Roger était sur la toiture du chalet pour dépister le problème d'infiltration d'eau qui persistait depuis l'été précédent.

Elle portait un grand chapeau de paille rose cendré et une camisole blanche assortie à des bermudas noirs.

— Comment ça va, les amoureux?

— Ça va bien. Sais-tu qu'on dort comme des marmottes dans ton chalet, Laurette?

— J'étais certaine, Angèle, que vous dormiriez bien. Y fait noir comme chez le loup ici la nuit!

— Bien oui… Les enfants sont où, eux autres?

— Je viens juste de les laisser à la piscine au parc Woodyatt en bas de la ville.

— Mon Dieu, Laurette, t'as l'air nerveuse. Es-tu sûre que tout va bien ?

— Oui, oui, Roger... Au fait, je suis venue pour jaser avec vous autres, puis je le sais pas par quel bout commencer !

— Sainte bénite, Laurette, c'est-tu grave ?

— Regarde, si tu veux on va se faire un café puis on va s'assir sur le bord de l'eau. Je vais vous expliquer ça, à toi puis à Roger.

Eh que ce n'était pas facile ! Laurette tremblait comme une feuille.

— Une journée, j'étais partie avec ma mère à Notre-Dame-du-Bon-Conseil pour acheter du linge à la livre, puis quand je suis revenue... Crime que c'est pas facile de vous conter ça ! Je le sais pas si vous voulez savoir ça, mais j'ai pas le choix de vous le dire, vous comprenez ?

— Laurette, on est tes amis, non ? Si faut que tu nous le dises, bien laisse parler ton cœur, OK ?

— Ouin... Quand je suis revenue, j'ai pogné mon Paul avec ma sœur Denise dans la petite maison en haut de l'écurie.

— Sainte bénite ! Tu veux dire que... ?

— Oui, c'est ça, Angèle. Mon Paul venait de coucher avec ma sœur.

— Braille pas comme ça, Laurette, t'es pas responsable de ça, pas une maudite minute ! Eh que c'est pas drôle des fois où est-ce que le cul peut amener le monde ! Roger, tu serais fin si tu irais nous faire d'autres cafés.

— Oui, je vais aller vous faire ça puis je vais vous laisser jaser ensemble. Je vais amener Josée faire un tour de chaloupe.

Laurette pleurait et Angèle lui tenait les mains. Cette dernière avait beau lui répéter qu'elle n'avait pas à être incommodée de dévoiler ce malheureux incident, elle n'arrivait toujours pas à la consoler.

— Oui, mais Angèle, je suis peut-être responsable de ce qui est arrivé ! Peut-être que je me suis pas assez bien occupée de mon Paul ?

— Mais pourquoi tu dis ça ? T'as eu de la peine sans bon sens puis tu trouves le moyen de te mettre le blâme sur le dos ? Bien là, je comprends pas !

— C'est parce que aussi, je me sens coupable vis-à-vis de Guylaine de pas lui avoir dit, Angèle !

— Pleure pas comme ça, Laurette, tu me fends le cœur ! Mais Guylaine a pas besoin de savoir ça pantoute ! Ça va changer quoi dans sa vie à elle, ça ?

— Oui, ça va changer de quoi parce que son père, c'est pas Dario, c'est Paul !

— Hein ! Bien là, ça se peut pas ! Tu savais même pas que t'avais une nièce quand ta sœur est morte ! Paul te l'avait dit ?

— Non. C'est sœur Bernadette de l'Hôpital général à Sorel qui m'a envoyé une lettre que Denise m'avait laissée avant de mourir.

— Calme-toi, Laurette. Là, tu vas prendre une grande respiration parce que tu vas t'arracher le cœur à brailler de même. Puis tu vas me dire, toi, Laurette Beausoleil, pourquoi que t'aurais de quoi à te reprocher là-dedans.

— C'est de pas vous l'avoir dit la première fois quand je suis allée chez vous à Sorel... Si je vous l'avais dit, vous auriez pu penser que je voulais vous enlever Guylaine.

— Voyons donc, pas toi ! Quand je t'ai vue la première fois, j'ai tout de suite compris que tu voulais juste te rapprocher de cette enfant-là. J'aurais jamais, au grand jamais, pensé une affaire de même ! Là, tu vas te rentrer ça dans la tête pour que ça ressorte plus jamais. OK ?

— Oui, mais...

— Y a pas de « mais », Laurette, t'es notre amie puis ce que tu viens de nous conter là, ça va juste nous rapprocher encore plus.

— Eh que je suis soulagée ! Je voulais vous en parler avant d'en parler à Guylaine.

— Pourquoi tu laisses pas ça comme ça ? Guylaine est pas obligée de le savoir.

— Bien voyons, Angèle ! Son père, c'est Paul ! Olivier, David...

— Oh, mon Dieu ! Olivier puis David sont les frères à Guylaine ! Jésus, Marie, Joseph ! Tu veux leur dire ça quand ?

— J'ai besoin de toi pour leur dire. Veux-tu être là pour m'aider ?

— Bien oui, je vais être là ! Sais-tu, c'est pas pour rien que David ressemble à Guylaine comme deux gouttes d'eau !

— Oui, mais j'ai tellement peur de lui dire, à cette enfant-là ! Je veux pas perdre Guylaine. Puis les gars, eux autres ! Y vont penser quoi de leur père ? Y vont dire quoi quand y vont savoir que leur petite cousine Guylaine, c'est leur sœur ?

— Regarde, Laurette, tu venais mener les filles demain matin ici. Si tu veux, je vais aller les chercher avec Roger puis toi, tu peux t'arranger pour que les gars soient là aussi.

— Oui, on va faire ça comme ça. Crime que ce sera pas facile ! Je l'aime tellement, cette enfant-là ! Y a la petite Rosie qu'y faut pas oublier là-dedans, aussi !

— Inquiète-toi pas pour Rose, je vais m'occuper d'elle.

Le lendemain matin, Roger et Angèle arrivèrent chez Laurette à neuf heures. Les enfants terminaient leur déjeuner et Yvette tricotait sans vraiment faire de mailles. Ils s'installèrent tous autour de la table de la cuisine avec Laurette qui tenait dans ses mains la lettre de sa défunte sœur.

Elle donna la lettre à Guylaine en lui demandant de la parcourir au salon en compagnie d'Angèle. Elle incita Rose et ses garçons à se diriger vers la galerie extérieure pour qu'elle puisse leur expliquer cette vérité du mieux qu'elle le pouvait.

Ma chère Laurette,
Si je t'écris cette lettre, c'est que j'ai plein de remords et que je veux m'excuser et te demander pardon pour tout le mal que j'ai pu te faire.

Je ne sais pas pourquoi j'ai pu faire un coup de cochon semblable à une sœur que j'aimais tant! Je sais pas si un jour tu pourras me pardonner. Si j'avais pu penser avec ma tête, je serais jamais allée avec ton Paul dans l'écurie. S'il te plaît, déchire pas cette lettre tout de suite parce que j'ai autre chose de bien important à te dire...

J'ai une fille qui s'appelle Guylaine. Elle a six ans, et c'est la fille de ton Paul. Je tenais à te le dire parce que quand je suis déménagée à Sorel avec Dario, je savais que tu étais enceinte de ton deuxième. Je sais pas si tu as eu une fille ou un gars. Je connaissais juste Olivier qui avait trois ans. Mais dis-toi bien une chose: ton deuxième, que je n'ai pas connu, aujourd'hui je le vois du haut de mon paradis.

Si tu fais lire cette lettre à Guylaine un jour, je vais être tout près de mon Dario. Je voulais que tes enfants sachent un jour qu'ils ont une petite sœur qui s'appelle Guylaine Deschamps Beausoleil. Tu n'es pas obligée de lui dire non plus, mais si un jour tu décides de le faire, c'est que ton cœur va l'avoir décidé.

Tu pourras dire à ma fille que je vais être assise sur mon nuage pour veiller sur elle tout au long de sa vie et que je serai toujours là pour vous tous, si vous voulez encore de moi.
Je vous aime tant!
Denise

Guylaine sortit du salon en courant. Quand elle passa tout près de ses deux frères, elle s'immobilisa pour les fixer longuement et elle se précipita loin de la maison pour enfin laisser évacuer toutes les larmes qui naissaient de son petit cœur ébranlé.

C'est Roger qui accourut auprès d'elle pour essayer d'alléger sa peine. Pauvre petite Guylaine! Elle ne savait plus trop si elle devait rire ou bien s'obstiner à sangloter.

— C'est-tu vrai, pa, qu'Olivier puis David sont mes frères?

— Bien oui, ma petite gazelle…

— Je suis tannée! Là, je suis rendue avec trois pères: deux qui se reposent au cimetière, puis toi qui es là… je suis mêlée comme ça se peut pas!

— Viens ici, j'ai envie de te serrer fort fort… C'est sûr que c'est pas facile d'apprendre une nouvelle comme ça. L'important dans tout ça, c'est que t'as plein de monde autour de toi qui t'aime… T'aurais pu tomber dans une famille pas d'enfants puis peut-être même pas à Sorel! Pourquoi tu brailles encore comme ça, ma fille? J'ai de la peine quand tu as de la peine, moi!

— C'est parce que je vais être obligée de déménager pour venir rester à Drummondville avec mes frères! Je les aime puis j'aime matante aussi, mais c'est vous autres, mes parents!

— Oh... T'es pas obligée de déménager, parce que t'es notre fille à nous autres aussi, puis t'as Martin, Francine, Rose puis Josée! Nous autres, on veut te garder, mais si un jour tu décides que c'est avec tes frères que tu veux rester, on va accepter ta décision même si ça nous arrache le cœur... Tu sais, si on veut que tu sois heureuse, on sait aussi qu'y faut qu'on te laisse choisir selon ton cœur. Regarde, dans la lettre que ta mère a écrit à ta matante Laurette, quand elle dit qu'elle va être assis sur un nuage pour veiller sur toi, ce nuage-là, y est au-dessus de toute la terre au complet! Que tu restes à Sorel, à Drummondville... ou bien partout dans le monde.

— Matante Laurette!

— Oui, ma petite Guylaine!

— Matante Monique puis ses jumelles à Philadelphie, c'est pas ma vraie matante puis mes vraies cousines, hein?

— Non... c'est la sœur de ton père Dario puis ton vrai père, c'est Paul, ma belle chouette. Vas-tu continuer à nous aimer pareil, Guylaine? Parce que moi, je t'aime sans bon sens! Regarde tes frères, je pense qu'ils t'aiment encore plus qu'avant!

— Oui, je vais continuer à vous aimer bien gros, matante. Je vais venir vous voir comme avant, mais mon père puis ma mère, c'est eux autres...

Chapitre 7

Le déclin des vacances

Angèle n'était pas dans la belle ville de Québec avec son Roger comme les années précédentes, car aujourd'hui, sa mère se mariait.

Au palais de justice, tout le petit monde d'Emma était là, impatient de la voir prononcer les vœux nuptiaux l'unissant à son Paul.

Elle était resplendissante. Elle portait une robe de dentelle ivoire complétée d'un chapeau à voilette blanc, et entre ses mains fébriles, un bouquet de marguerites faisait valser un ruban couleur de miel.

Paul irradiait dans son costume brun chocolat assorti à une chemise impeccablement blanche ornée d'une cravate caramel.

Sur la grande passerelle du palais de justice, les invités étaient radieux. On aurait dit une bonbonnière. Les robes étaient toutes dans les tons pastel, que ce soit le rose pâle, le vert pomme ou bien le vert lime. La petite Delphine prenait des poses angéliques dans sa minuscule robe de satin blanc.

— Puis, mon Paul, vous allez où en voyage de noces ? Vous nous l'avez jamais dit, en fin de compte !

— On s'en va en Floride pour une semaine, mon Roger. Emma est tout énervée. Elle a jamais pris l'avion, ça va être son baptême de l'air.

— Ah oui ! Mais pourquoi vous allez en Floride au mois d'août ? Y fait chaud ici, au Québec !

— C'est pour les palmiers, mon Roger !

— Veux-tu bien me dire pourquoi tout le monde veut aller dans les pays chauds juste pour voir les palmiers, bonyeu ? Des arbres, on en a des beaux ici !

— C'est pas pareil, Roger. Quand t'as jamais vu un palmier, bien, un jour dans ta vie, y faut que t'en touches un vrai.

Pour l'ouverture de la danse des mariés, l'orchestre interpréta divinement *La chanson de Lara*. Angèle se mit à sangloter après que Roger l'eut étreinte très fort.

***

C'était une journée clémente pour la rentrée scolaire des enfants. Il faisait soixante-douze, et sur le boulevard Fiset, une quiétude complaisante s'était installée. Martin commençait ses cours au collège Sacré-Cœur, Francine, à l'école Saint-Viateur, et les gazelles, à Maria-Goretti.

Pour fêter le début de ses nouvelles vacances, Angèle se rendit au centre-ville avec Josée pour dîner.

— Je vous connais, vous. Vous êtes la fille d'Emma ?

— Oui... Ah, bien oui ! Gaston, le frère de Paul ! Qu'est-ce que vous faites dans le coin ?

— J'attends ma dulcinée. Elle a le magasin de santé en face. Elle finit à midi et demi puis elle s'en vient me rejoindre pour dîner.

— Bien oui, c'est vrai, c'est Blanche, l'amie de femme de ma mère. Vous aimez toujours votre maison sur le boulevard Fiset ?

— Je l'aimais, mais vu que moi puis Blanche on veut rester ensemble, c'est bien trop petit, baptême, on n'a pas de place à se grouiller là-dedans ! On pourrait rester dans la maison à Blanche sur la rue Huard, mais j'aime pas le coin. On est en train de zieuter les maisons dans le coin du boulevard Fiset là… Puis vous, une belle femme comme vous, vous faites quoi toute seule comme ça en ville à midi ? C'est dangereux, vous pourriez vous faire enlever !

— Vous êtes drôle, vous ! Je voulais profiter de ma première journée de vacances. Les enfants ont recommencé l'école à matin puis pour moi, c'est une façon de fêter ça !

— Baptême que vous faites ben ! Parle-moi d'une femme qui sait ce qu'a veut ! Paul puis Emma ont eu un beau mariage, hein ?

— Oh oui ! Y doivent-tu être bien sur le bord de la mer main dans la main !

— C'est sûr, puis main dans la main, la balance sur le bord du chemin ! Y ont juste ça à penser ! Moi, si un jour j'vas en voyage avec Blanche, on va aller dans les îles d'Hawaï !

— Sainte bénite ! Ça va vous coûter cher !

— Pas tant que ça ! Y en a qui sont dans la dèche ben raide puis y trouvent le moyen d'y aller pareil. Ça doit pas être si cher que ça !

— Vous êtes bien chanceux de pouvoir le faire. Nous autres, avec cinq enfants, je vois pas le jour où on pourrait se permettre ça !

— Faut jamais dire jamais, ma petite fille ! Quand vos enfants vont avoir poussé puis qu'y vont travailler, vous allez pouvoir y aller, dans les pays chauds. Puis ton mari, c'est pas un ministre sans portefeuille. À Québec Iron, y fait des bonnes payes !

— C'est sûr que si on serait juste nous deux, ça serait plus facile, mais que voulez-vous, ces enfants-là, y sont pas nés par l'opération du Saint-Esprit, hein ! On les a voulus puis on s'arrange pour qu'y manquent de rien.

Cinq heures et vingt.

— Maudit que je retomberais en vacances, ma femme !

— Bien oui, mais ça va aller juste aux fêtes, mon mari.

— Puis, l'école des enfants, comment ça s'est passé ?

— C'est correct. Rose puis Guylaine ont eu Lucie Simard, la sœur de Lucette. Tu sais, les deux jumelles…

— Oui, oui ! Elles doivent être contentes ! Puis la Francine, elle ?

— Francine ! C'est une madame Vertefeuille, puis laisse-moi te dire qu'elle est arrivée de l'école tout énervée.

— Comment ça ?

— Les gars, Roger ! La classe est mixte cette année. Je le sais pas qu'est-ce que ça va faire, cette affaire-là ! J'espère qu'y va avoir plus de surveillance dans la cour d'école.

— Bien voyons, ma femme, c'est pas parce qu'y va avoir des gars dans leur classe que ça va être plus pire ! Quand elle va traîner dans le carré Royal, la Francine, on sait pas plus qu'est-ce qu'elle fait.

— Ah, tant qu'à ça, t'as bien raison… Martin, lui, y a pas le choix de se tenir les oreilles droites au collège Sacré-Cœur. Y a pas de passe-droits là ! As-tu fini ta bière ?

— Oui, ma femme ! Les enfants, venez souper !

Venez, je vous emmène vers la rue des Pignons, je vous ferai connaître un quartier de champions!

— Lui, c'est Réjean Lefrançois, y joue dans les *Belles Histoires*. Mais elle, je la connais pas, Janine Jarry. C'est qui, cette nouvelle comédienne-là, Angèle?

— C'est Marie-Josée Longchamps. Est-tu assez belle!

— Pas autant que toi, ma femme. Puis Flagosse Bérichon, y joue dans les *Belles Histoires,* lui aussi?

— Bien oui, c'est Roland D'Amour, mon mari! Y jouait dans *La famille Plouffe* aussi. Y faisait monsieur Toulouse!

— Ah oui! Je me souviens là!

— Qu'est-ce qui joue à neuf heures, Roger? À l'automne, y en a-tu, des nouveaux programmes! On sait plus quoi écouter.

— C'est *La grande vallée* qui joue après, ma femme! Y ont mis ça le lundi soir.

— Ah, OK.

— Mon Dieu! Qui c'est ça à neuf heures du soir?

Il allait y avoir du petit monde le lendemain matin à la maison. Michèle demandait à Angèle de garder ses jumeaux. Depuis deux jours elle souffrait de maux d'estomac et elle subissait des étourdissements à répétition. Angèle s'informa si elle n'était pas enceinte, mais Michèle lui répondit que c'était impossible, car elle avait eu ses règles la semaine précédente.

Michèle revint chez Angèle à onze heures le lendemain et celle-ci l'invita à dîner.

— Puis, c'est-tu une indigestion ou juste un microbe, Michèle?

— Rien de ça. Je suis enceinte, bonté divine!

— Sainte bénite! Mais t'as dit que t'avais été malade la semaine passée. Ça se peut pas!

— Le docteur Dupré dit que ça arrive des fois qu'on est menstruée puis qu'on est en famille pareil. Mon Dieu, qu'est-ce que Richard va dire ?

— Tu penses qu'y sera pas content ?

— Aucune idée, Angèle. Tu sais, les jumeaux déplacent de l'air en masse ! Qu'est-ce que ça va avoir l'air avec le troisième ?

En après-midi les jumeaux firent leur sieste dans la chambre d'Angèle et Josée s'endormit sur le divan du salon avec ses jouets. Michèle raconta à Angèle qu'elle avait croisé Fernande Nolin à l'hôpital.

Fernande était la mère de la petite Judith qui avait été une élève dans la classe de Michèle en troisième année. Le père, Rock, était un grand alcoolique, et Michèle avait prêté main-forte à madame Nolin lors de son déménagement sur la rue Chevalier. Celle-ci avait renoué avec son mari qui lui avait fait la promesse de ne plus jamais consommer d'alcool. Mais le contraire s'était produit: il buvait comme un dissolu. Fernande portait des marques de violence et s'était comportée d'une façon étrange avec Michèle.

— Qu'est-ce tu veux, ma belle Michèle ! Toi, t'as fait ton possible, mais si elle, elle aime mieux se faire battre par son mari, tu peux pas rien y faire, hein ?

Le soir, Richard ne s'attendait nullement à être informé d'une nouvelle de l'envergure de celle qu'allait lui apprendre sa femme.

— Puis, ma femme, c'est quoi que t'as ? C'est pas grave ?

— Non, c'est pas grave, Richard. C'est juste que c'est peut-être pas le bon moment pour avoir un autre enfant.

— Es-tu sûre de ça ?

— Oui, oui...

— Ah bien, calvince, je suis bien content! Pourquoi tu brailles, Michèle? T'es pas heureuse, toi?

— Oui, mais c'est de ta réaction à toi que j'avais peur.

— Bien voyons donc! Viens ici, là. Je vois bien que t'es fatiguée, aussi. Regarde qu'est-ce qu'on va faire, ma belle soie. Je vais prendre une semaine de congé pour que tu remontes la pente.

— Oui, mais une semaine sans paye, Richard, tu y penses-tu?

— Écoute, j'ai fait de l'*overtime* sans bon sens au mois d'août. On peut bien se permettre ça, non? Puis comme on dit, «l'ambition tue son maître», ça fait que je vais me reposer avec toi en m'occupant des jumeaux. On va l'avoir quand, ce beau bébé-là?

— Au mois de mai, puis j'espère juste que ce sera pas des jumeaux parce que moi, je fais une crise de nerfs, bonté divine!

Quand Richard téléphona à Angèle pour lui confirmer la bonne nouvelle et lui raconter la grande fatigue de Michèle, elle répondit:

— Oh... Faudrait que vous soyez bien malchanceux pour avoir d'autres jumeaux, mais de toute façon, si ça arrive, vous êtes bien équipés, vous avez tout en double!

— Toi, ma sœur, s'il vous plaît, fais pas ton prophète de malheur.

***

Samedi matin, dans la maison, il n'y avait aucune pomme et déjà dans l'air flottait un arôme imaginaire de pommes et de cannelle. C'était la rituelle randonnée au mont Saint-Hilaire, le casse-croûte au village de Saint-Ours et le traversier sur la rivière Richelieu pour se retrouver sur la route des cerisiers sauvages sur le chemin Saint-Roch.

Tous étaient présents pour cette belle randonnée sauf Martin qui était resté à la maison après les sévères recommandations de ne pas se retrouver seul en compagnie de Diane. Cependant, cette consigne avait chuté lourdement dans les oreilles d'un sourd.

— Martin… qu'est-ce que tu fais là ?

— Je t'embrasse. Pourquoi, t'aimes pas ça ?

— Tu sais bien que j'aime ça quand tu m'embrasses, mais tu peux-tu mettre tes mains ailleurs s'il vous plaît ?

— Voyons, je fais rien de mal. C'est par-dessus ton chandail ! J'ai pas la main dans ta brassière, torpinouche !

— Oui, mais moi, j'aime pas ça !

— Tu peux pas savoir si t'aimes pas ça si tu l'as jamais fait ! Laisse-moi faire, ma doudoune, je vais y aller tranquillement, OK ?

— Martin Delormes, je t'ai dit non, OK ?

Martin prit un air boudeur et Diane eut peur qu'il casse avec elle. Une situation analogue était arrivée à son amie Martine, et Diane se voyait bien inquiète. L'amoureux de Martine, Daniel, l'avait quittée, car elle n'avait pas accepté de poursuivre ce moment d'accolade qu'elle avait jugé déplacé. Comme Martin affichait toujours une humeur rechignée, Diane quitta la maison sur-le-champ.

Ce fut sur le coup de sept heures que Martin se décida à lui téléphoner pour s'excuser de sa maladresse. À huit heures, ils étaient tous les deux côte à côte sur le divan du salon chez Jeanine, et Diane elle-même demanda à Martin qu'ils se retrouvent tous les deux isolés à l'arrière de la construction naissante de la polyvalente sur le mont Saint-Bernard.

— Tu vas juste me faire ça, OK ? Y est pas question que tu me touches ailleurs !

— Bien oui... Tu sais-tu que je t'aime, Diane ? Moi, c'est certain que c'est avec toi que je veux me marier plus tard. J'ai jamais vu une fille aussi belle que toi !

Pendant cette grande déclaration d'amour, Diane ne discerna pas que son amoureux avait sournoisement glissé ses mains dans son soutien-gorge. Pourtant, elle ne le repoussa pas étant donné que le contact s'avéra bien agréable.

Dans la soirée, pendant que Roger écoutait son émission *La vie qui bat*, Laurette téléphona pour prendre des nouvelles de la petite famille soreloise.

À Drummondville, tout allait bien, mais Yvette avait contracté une méchante grippe et il fallait qu'elle soit hospitalisée quelques jours à l'hôpital Sainte-Croix, car ce mauvais microbe s'aggravait en pneumonie. Olivier fréquentait toujours sa belle Isabelle et David n'avait pas encore fait de rencontre galante.

Laurette annonça à Angèle qu'elle avait un nouveau compagnon depuis une semaine.

— C'est qui ?

— Y s'appelle André Manseau puis y travaille dans la construction ici même à Drummondville.

— Oh... Y a quel âge ? Est-ce qu'y a des enfants ?

— Tu me fais rire, toi ! Y a quarante-deux ans puis y a une fille de dix-neuf ans qui s'appelle Caroline.

— Sa femme est morte ?

— Non... Y est séparé ça fait trois ans puis c'est juste ça qui m'inquiète un peu, Angèle !

— Pourquoi tu dis ça ?

— Bien, je trouve qu'y me parle souvent de sa femme. Même si y me dit qu'il l'aime plus, ça me fait peur un peu, ça.

— Ah oui ! L'as-tu déjà vue, sa femme ?

— Oui, une fois. On est arrivés face à face avec elle au théâtre Capitol. J'ai trouvé que pour un couple séparé, y avaient l'air à bien s'entendre en crime ! Je trouve que ça sent pas bon, cette affaire-là, moi…

— Ah bien, c'est bizarre. Puis sa fille, elle est comment ?

— Ouf… Une vraie bêcheuse ! Une grande rousse maquillée jusqu'aux oreilles, puis quand elle m'a vue la première fois, elle m'a dévisagée comme si je venais d'une autre planète.

— Tu beurres pas épais un peu, ma Laurette ? Tu sais, aux fêtes tu disais que tu te voyais pas avec un autre homme que ton Paul. Peut-être que t'étais pas prête puis que ça va venir tranquillement avec le temps ?

— Je sais pas… J'aime ça sortir avec lui, mais faudrait pas que ça aille plus loin !

— Ah bien là, peut-être que c'est pas un gars pour toi. Je peux-tu juste te demander de quoi, Laurette ?

— Bien oui, Angèle, on est des amies, non ?

— Quand tu l'as vu la première fois, l'as-tu trouvé beau tout de suite ?

— Non, pas vraiment. J'ai même pas pensé que j'aurais envie de l'embrasser, cet homme-là. C'est pas normal, hein ?

— Non, c'est pas normal, Laurette, parce que quand un gars te regarde dans les yeux puis que tu pognes les quételles en dedans, ça, ça veut dire qu'y t'intéresse, puis que t'es prête à aller plus loin avec lui !

— Eh que t'as raison, Angèle ! Ça va finir à soir, cette affaire-là ! Si y s'est rien passé pantoute après une semaine, dans deux semaines je ressentirai pas plus de quoi !

À la toute fin de leur conversation, David demanda à parler à Guylaine. Pauvre petite ! Elle arriva de sa chambre tout incommodée. Un mois était passé depuis qu'elle avait été mise au courant de l'existence de ses deux frères et elle s'en voyait encore bien troublée. Le nom de fille de sa mère était Beausoleil et celui de son père était Dario Deschamps, mais celui-ci ne s'avérait pas être son père biologique et le nom de Paul Beausoleil s'était gravé dans sa jeune conscience comme étant celui de son géniteur. Mais aussi, sa mère n'était pas Laurette. Comment se nommait-elle, cette petite fille métissée ? Pourquoi n'était-elle pas une Delormes, puisqu'elle était la sœur de Martin, de Francine, de Rose et de Josée ?

Chapitre 8

La demi-douzaine

Ce matin-là, Angèle demeura alitée. Une épidémie de gastro-entérite frappait beaucoup de gens et elle n'avait pas été épargnée. Elle ne digérait aucune nourriture et le matin précédent, elle s'était levée une petite heure pour ensuite ressentir le besoin de retourner s'allonger pour la journée. Elle se plaignait de vertiges qui voilaient presque la totalité de son champ de vision.

Comme prélude au mois d'octobre, le temps était encore très doux. Le thermomètre, apposé sur le coin de la fenêtre de la cuisine, affichait soixante-huit degrés. La journée idéale pour planter les bulbes, tailler les arbustes et nettoyer les jardins pour n'y laisser que les citrouilles qui seraient récoltées pour la préparation des tartes et la grande fête tant espérée des enfants, l'Halloween.

Josée était déjà à l'extérieur en train de talonner son père comme un petit chien de poche, et Guylaine ainsi que Rose écoutaient *Les cadets de la forêt* dans le salon réchauffé par les rayons hâtifs du matin qui s'infiltraient au travers de la grande vitrine. Martin s'était recouché après la distribution de ses journaux et il était encore emmitouflé sous ses lourdes couvertures.

— Tiens, comment ça va, ma belle noire, à matin ?

— C'est pas mal mieux. J'ai mangé une toast puis je l'ai gardée.

— M'man ! Viens jouer avec moi !

— Oh non ! Les pâtés de bouette, ça va être pour une autre fois, ma Josée.

— Oh… maman !

— T'es pas mal avancé, mon Roger ! On va être prêts pour l'hiver, puis c'est vrai ! Ah bien, tiens. Salut, Marcel !

— Salut, la belle-sœur. T'as pas l'air dans ton assiette à matin, t'es blanche comme un drap, verrat ! Es-tu malade ?

— J'ai fait une gastro, mais là, ça va mieux à matin. J'ai recommencé à manger… Béatrice, elle, qu'est-ce qu'a fait de bon ?

— À matin, elle est dans le lavage par-dessus la tête. Elle est en train de tout serrer le linge d'été… Puis moi, Roger, je suis venu t'emprunter ta drille. Je suis en train de faire du radoub dans mon cabanon puis j'ai des tablettes à poser.

— Bien oui, Marcel. Va dans cave, elle est pendue au-dessus de mon établi.

— Y est donc bien quêteux, ton frère, Roger ! Des outils, y est pas capable de s'en acheter, câline ? À matin y aurait pu te rapporter ton banc de scie en venant chercher ta drille ! Y est à veille de s'ouvrir un magasin avec tous tes outils qui sont dans sa cave, sainte bénite !

— Qu'est-ce tu veux ! Y a toujours été de même, mon frère… Puis, l'as-tu trouvée ?

— Oui, oui. Je t'ai pris ton niveau en même temps. Je vais te rapporter ça tout en même temps.

— Ouin. T'oublieras pas de me rapporter mon banc de scie aussi, hein ?

— Non, non, crains pas ! Va falloir que j'aille voir les outils au Canadian Tire un moment donné. Je serais pas toujours obligé de t'emprunter les tiens, verrat !

— Sainte bénite que c'est pas drôle ! En plus, y a les pieds plus pesants que la tête. As-tu remarqué qu'y sentait la bière ?

— Bien oui, ma femme. Je pense qu'y a recommencé à boire, ce maudit pas fin là.

— Angèle !

— Qu'est-ce qu'y a, Raymonde ? T'es tout énervée à matin, as-tu vu un ours ?

— Viens sur le bord de la clôture, je veux te montrer de quoi...

— Delphine ! Je veux jouer avec Delphine, m'man !

— Passe-moi la petite par-dessus la clôture, je vais la faire rentrer en dedans avec Delphine. As-tu déjà vu ça, cette bébite-là, Angèle ?

— Sainte bénite, Raymonde, vous avez des punaises !

— Hein ! Rolland ! Rolland, viens ici !

***

Angèle était en train de façonner ses boulettes pour son ragoût quand Martin apparut avec sa Diane. Les amoureux désiraient se rendre au parc Belmont en autobus.

— Voyons donc, Martin, qu'est-ce que tu me demandes là ? Tu sais bien que ton affaire a pas plus d'allure que de monter une vache au grenier ! Vous allez vous perdre ! C'est bien trop grand, Montréal, pour aller là tout seuls !

Puis ta mère, Diane, a veut-tu, elle, que tu ailles au parc Belmont en autobus ?

— Je lui ai pas encore demandé, madame Delormes.

— Ah, OK ! Bien, demande-lui pour voir, puis après tu m'en donneras des nouvelles...

Martin et Diane remisèrent l'idée du parc Belmont dans leurs futurs projets et ils quittèrent la maison avec leurs patins à roulettes perchés sur leurs épaules pour aller sillonner la glace du colisée Cardin.

Francine passait ses journées avec France Saint-Arnaud puisque Claude n'avait fait que passer un court moment dans la vie de celle-ci. Mais, selon Rose, ce serait Claude qui aurait rompu avec elle, car Francine possédait un curieux tempérament. C'était toujours elle qui avait raison sur tout et elle prenait toutes les décisions du couple. Rose disait : « Moi, si je serais son chum, ça me tenterait pas de me faire mener tout le temps par le bout du nez de même. »

Laurette arriva sur le boulevard Fiset à deux heures pour ramener sa nièce à Drummondville, et, pour la toute première fois, Rose ne serait pas du voyage. Son moral n'y était pas pour contempler son bel Olivier qui embrasserait sa belle Isabelle devant elle durant toute la fin de semaine.

***

Dans la matinée du lundi, Angèle entreprit une promenade avec Josée dans le but de se rendre à l'hôpital pour consulter son frère Richard au sujet de son état de santé qui ne s'améliorait aucunement. Peut-être que ce n'était que son foie qui était engorgé, comme elle le rapporta à son frère en espérant que celui-ci lui prescrive une potion magique pour la délivrer de ses malaises qui persistaient toujours.

Un peu plus tard dans la journée, Angèle accueillit à la maison un Roger plutôt fébrile.

— Maudit que ça a pas d'allure !

— Quoi ? T'as encore pogné toutes les lumières rouges ?

— Bien non ! Regarde le char dans l'entrée, tu vas comprendre !

— Sainte bénite, tu t'es faite rentrer dedans ?

— T'as pas entendu le boum tout à l'heure, ma femme ?

— Bien non ! C'est qui qui t'a frappé ?

— Je le sais pas, puis je veux pas le savoir ! Y avait l'air d'un maudit insignifiant, ce niaiseux-là ! Y chauffait les deux yeux fermés bien raide, je pense... Appelle la police, Angèle.

— T'as laissé le gars tout seul ? T'as pas peur qu'y se sauve ?

— Bien non, Rolland est avec lui puis y peut pas aller bien bien loin, le devant de son char est tout défoncé ! Rolland a fait un maudit saut !... Après avoir appelé la police, veux-tu me chercher le numéro de téléphone de nos assurances ?

— Oui, oui... Ça va-tu nous coûter cher, Roger ?

— C'est pas supposé : c'est lui qui est dans le tort... Bon, je reviens, la police arrive.

Roger se rendit sur les lieux de l'accident et remplit sa déclaration en bonne et due forme.

— Bon, tout est réglé. Y a juste une affaire qui est plate : je vais être à pied une bonne semaine le temps qu'on fasse débosser le char.

— Qu'est-ce tu vas faire, Roger ? Puis Rolland, lui ?

— Bien, je pourrais demander à Edwidge de nous voyager pour une semaine le temps que le char va être au garage...

— Ah bien, sainte bénite ! Maudit que t'es pas drôle, Roger Delormes ! Tu dis-tu ça pour le vrai ?

— Bien non... ma femme ! Je vais demander à Gilbert de nous prendre en passant, moi puis Rolland.

— J'aime mieux ça... Je l'ai vue passer hier en avant, la Edwidge. Je le sais pas où est-ce qu'elle s'habille, cette nounoune-là, mais on aurait dit qu'au lieu de s'en venir, a s'en allait !

— Mon Dieu, elle était si mal habillée que ça ?

— Mets-en ! Elle avait un pantalon carreauté rouge et jaune en bas du genou avec un manteau de cuir mauve ! D'après moi, a doit être daltonienne, elle !

— T'es donc bien à pic, Angèle, à soir ! Es-tu à la veille d'être dans ta semaine, coudon ?

— Non, puis je serai pas dans ma semaine avant neuf mois, mon Roger !

— Hein ? Non ! C'est pas vrai ! Es-tu sûre de ça ?

— Oui. Richard me l'a dit à l'hôpital à matin. Je suis allée le voir parce que j'étais bien tannée de vomir tout le temps. Je pensais que j'avais attrapé un autre microbe que la gastro. En plus que j'avais été malade la semaine passée, j'aurais jamais pensé que je pouvais être en famille !

— Ah bien, maudit de maudit ! Si c'est un gars, on va l'appeler comment ? Puis si c'est une fille ? Quel mois qu'on va l'avoir ?

— Calme-toi, Roger, sainte bénite ! J'ai pas pensé à ça pantoute, moi, pour le nom. Je sais qu'y va arriver au début de juillet, mais pour les noms, va falloir y penser !

— Je le sais, moi. Si c'est un gars, on va l'appeler Gabriel, puis si c'est une fille, Fanny.

— Où t'as pris ça, Fanny, Roger ?

— Oh, je trouve ça assez beau, ma femme ! Tu sais, la chanson d'Hugues Aufray...

Dans ce bled il faisait chaud
L'ennui nous trouait la peau
On vivait sans savoir si
On reviendrait au pays
À la caserne le soir
On avait souvent l'cafard,
Heureusement y avait Fanny
J'y pense encore aujourd'hui[2].

— Oh... hi hi ! Tu fausses, Roger. Mais t'as raison, c'est bien beau, cette chanson-là... puis le nom de Fanny aussi.

— Bien oui. Eh que je suis content ! Toi, ma belle noire ?

— C'est sûr que je suis contente, puis quand je vais l'avoir, Josée va commencer sa maternelle deux mois après. Y a une affaire que je trouve moins drôle, par exemple. Ça va être quand je vais aller chercher le bulletin de cet enfant-là.

— Pourquoi tu dis ça ?

— Bien là, Roger, je vais avoir quarante-deux ans. Je vais avoir l'air d'une mémé à côté des petites mères de vingt ans, moi !

---

2 Extrait de la chanson *Y avait Fanny qui chantait*, de Hugues Aufray (1959).

— Ah bien, ah bien ! Ça, c'est le bout de la marde ! Tu seras pas vieille pantoute, t'as l'air au moins sept, huit ans plus jeune que ton âge ! Y a des femmes de vingt ans qui paraissent en avoir trente-cinq, bonyeu !

— Ah oui ! Peux-tu m'en nommer qu'on connaît ?

— Bien oui. Regarde la petite Bibianne qui est montée sur notre gazon en avant avec son char. Elle avait dit qu'elle avait vingt-quatre ans. Moi, je lui en aurais donné au moins trente, trente-deux !

— OK, ça en fait une. Les autres ?

— Bien… Edwidge, en arrière, elle a juste trente-quatre ans puis on lui en donnerait quarante-cinq !

— C'est vrai que elle, à courir après les hommes comme elle le fait, elle peut pas faire autrement que de paraître plus vieille. Elle a l'air usée jusqu'à la corde, câline ! Puis à part de ça, comment ça se fait que tu sais son âge, à cette grébiche-là ? C'est-tu toi qui lui as demandé ?

— Penses-tu que j'aurais fait ça, ma femme ?

— Non, c'est vrai. Mais comment tu l'as su, d'abord ?

— C'est Clarence Parenteau qui me l'a dit.

— Comment ça ? Y a-tu forniqué avec elle, lui ? Ça me surprendrait pas pantoute de lui. Y est pareil comme Gaétan, celui-là !

— Bien, mettons qu'y s'est frotté un peu sur elle à *shop*.

— Ah bien, viarge ! Mais ça me surprend pas de lui. Je l'ai vu juste une fois dans cour en arrière quand y était allé peinturer son logement à elle, puis laisse-moi te dire que j'en ai eu assez ! Y a l'air d'un vrai cochon ! C'est ça, c'est le vrai mot, y en a pas d'autre !

— Eille, ma femme, tu parles donc bien mal! Viens ici, j'ai le goût de te bercer un peu. Eh que je suis heureux! Un autre petit trésor!

Dans la soirée, Francine se présenta au salon avec une grande requête. Elle voulait avoir un manteau de cuir. Son amie Paule en possédait un ainsi que France et Geneviève. Malheureusement, elle retourna assez rapidement dans sa chambre en boudant.

— M'man!

— T'étais pas partie bouder en bas, toi?

— Non... Si Martin veut un *jacket* de cuir, pourquoi y le paye pas avec sa paye du *Journal de Montréal*, lui? Tu pourrais m'en acheter un, à moi!

— C'est parce que Martin, y dépose toutes ses payes à caisse populaire, puis si y les gaspillerait, y en aurait pas, de manteau de cuir. Puis là, Francine, on est pas des millionnaires! Je pense que je te l'ai déjà dit, non?

— Oui, mais mes amies en ont toutes un, manteau de cuir, maudit!

— Bien oui! France, ses parents ont le marché Saint-Arnaud puis en plus, elle est toute seule d'enfant chez eux! Nous autres, on va être six! Ton amie Paule, comment qu'elle a fait pour avoir un manteau de cuir, elle? Y sont dix enfants chez eux.

— Elle, c'est sa marraine qui y a acheté.

— Tu vois, j'étais sûre que madame Perrette était pas assez riche pour lui acheter ça! Puis l'autre, comment tu l'as appelée?

— Geneviève, Geneviève Dufault.

— Son père travaille où?

— C'est une police.

— Puis comment qu'y sont chez eux ?

— Elle a juste un frère.

— Tu vois bien ! Au printemps, tu vas l'avoir, ton manteau de cuir. En attendant, va te coucher, y est huit heures et vingt, ma fille.

Durant la pause publicitaire, Angèle demanda à son mari s'ils pouvaient faire une surprise à leur fille en lui donnant son manteau de cuir en cadeau pour Noël.

— T'as encore gagné, ma belle noire, on va lui acheter son manteau.

— Sais-tu, mon mari, que tu me fais bien plus plaisir à moi qu'à Francine.

— Je le sais ! Tu te mettrais toute nue pour tes enfants.

— Pas toi ?

— Tu sais bien que oui !... Chut ! *Cré Basile* recommence.

***

Blanche avait emménagé chez Gaston dans son « coqueron », comme elle le disait, sur le boulevard Fiset. Elle avait entreposé ses meubles dans le sous-sol en espérant que dans les mois à venir, ils se dénicheraient un petit chez-soi un peu plus spacieux et des plus confortables.

— Ça va nous faire de quoi, Gaston, quand tu vas déménager.

— Qu'est-ce tu veux, Emma ! On passe même pas deux dans le passage, baptême ! En plus, quand on est couchés puis que je me revire de bord, je me pète la face dans le mur à chaque fois. J'ai saigné du nez trois fois, bâtard !

— Pourquoi tu l'agrandirais pas, ta maison, Gaston ? Je pourrais te donner un coup de main !

— Se lancer dans le radoub à notre âge? On est plus des petites jeunesses, mon Paul! Es-tu pas mal bon en construction, toé?

— Je me débrouille assez bien.

— Ça veut dire quoi, ça: «je me débrouille assez bien»?

— Bien, j'ai déjà bâti une clôture, un cabanon, un perron...

— C'est ça que t'appelles te débrouiller dans construction? Bout de viarge, Paul, c'est pas une cabane à chien que je veux, moi, c'est une maison!

— Je te fais choquer, Gaston. J'ai déjà aidé un de mes chums à bâtir sa maison sur la rue Évangéline à Tracy, puis je peux te dire aussi que je me débrouille pas pire en plomberie puis en électricité.

— Baptême! Je m'en vais voir Blanche pour y dire qu'on déménage plus!

— Woh, attends! Tu sais-tu dans quoi qu'on s'embarque, mon frère? On va en avoir pour au moins trois mois, si c'est pas cinq! Ta Blanche colombe est habituée de vivre dans la ouate, elle. Elle trouvera pas ça ben drôle!

— Crains pas pour ça, j'ai fait mon nid au creux de son cœur!

— Oh... ha ha! Maudit fou!

***

La mode à gogo et la musique yé-yé étaient le sujet de l'heure: les bottes blanches à gogo, les ensembles à midinettes, les très courtes robes grands-mères, les grandes boucles d'oreilles en forme de cerceaux pour les oreilles percées et Michèle Richard qui chantait à répétition:

Tous ceux qui sont tristes
Ou qui s'ennuient trop
Devraient parfois visiter
Les boîtes à gogo
Oui, mes amis, là-bas on peut danser (avec les copains)
Sur des rythmes yé-yé

On peut rire et chanter!
Oui, on peut s'amuser[3].

Ce matin, à *Ce que femme veut*, à CJSO, un seul sujet occupait les esprits : la minijupe. Dans le journal local le *Rivièra,* dans la rubrique «Les coups de griffe de Pussycat», les chroniqueurs affirmaient que les femmes se permettaient toutes les folies pour conquérir leurs hommes. «Ça a-tu du bon sens!» entendait-on clamer de partout. Un sondage avait été mené pour savoir si les hommes affectionnaient cette toute nouvelle mode un peu déshabillée.

Soixante-cinq pour cent des hommes n'aimaient pas. «Mon œil», rouspéta Angèle, bien assise avec son café dans la chaise berçante de son mari. Et ceux qui idolâtraient la minijupe voulaient seulement admirer les belles jambes des femmes.

— Imagine-toi les filles de douze ans comme Francine les jupes au-dessus du genou, ça fait plus! Elles sont rendues avec des jupes rase-trou, sainte bénite! Elles font juste se pencher un peu puis on leur voit toute le derrière! Ça a pas de bon sens! Ça change, le monde! Ça va être

---

3   Extrait de la chanson *Les boîtes à gogo*, de Michèle Richard (1966).

beau au bureau à *shop* quand ta pas fine de secrétaire va se promener en minijupe devant les gars. Y vont avoir tout un *show* gratis ! Comment que quelqu'un lui dirait qu'elle est trop vieille pour mettre ça, c'est une femme qui comprend rien ni du cul puis ni de la tête ! Pauvre elle, a va encore penser que les hommes la trouvent belle ! Maudite niaiseuse !

— Voyons, ma femme ! Laisse-la faire ! C'est elle qui est la pire !

— Pourquoi tu dis ça, « c'est elle qui est la pire » ? Elle a déjà commencé à en mettre, des minijupes ?

— Bien oui... Qu'est-ce tu veux, elle suit la mode.

— M'en vas y en faire une, mode, moi ! Aimerais-tu ça que je me promène les fesses à l'air, moi ?

— C'est sûr que non !

— Vous êtes bien tous pareils. Votre femme a pas le droit, mais pour regarder le derrière des autres, par exemple, vous vous gênez pas, hein !

— T'es donc bien susceptible à matin, Angèle. Depuis quand que tu parles mal de même, toi ? Tu commences bien ta fin de semaine !

— Hon... C'est vrai que je suis chialeuse, hein ? On dirait que depuis que je suis enceinte, toute m'énerve. J'espère que ça va passer.

— Moi aussi, imagine-toi donc ! Parce que ça va être long en titi de te voir comme ça pendant neuf mois ! Qu'est-ce qu'on fait aujourd'hui ? On restera pas dans la maison toute la journée même si y mouille ! Qu'est-ce tu dirais si on irait faire un tour de machine puis qu'on irait voir le nouveau métro à Montréal ?

— Le métro est fini ?

— Bien oui. Le maire Drapeau l'a inauguré le quatorze octobre. T'es en retard, ma femme !

— J'ai pas entendu ça pantoute. Ce serait le fun d'aller essayer ça ! Ça doit faire bizarre de se promener en dessous de la terre… J'en reviens pas, moi, comment que ça a changé depuis cinq ans ! J'te le dis, y sont à la veille de nous faire un tunnel en dessous de l'eau pour les chars.

— Ça me surprendrait pas. Le maire Drapeau est parti en peur ! Y a aussi l'Expo qui s'en vient. Ça coûte des bidous, ça aussi ! À Sorel y ont même commencé à vendre les passes pour Terre des Hommes dans les magasins ! Regarde juste à Sorel : Maurice Martel, le député, y a dit qu'y vont commencer le nouveau pont en janvier 67. C'est une affaire de huit millions, ça aussi ! Comment tu penses que nos taxes vont augmenter quand le pont va être fini en 71 ? En tout cas, on n'a pas le choix de suivre le trafic, ma femme. On va payer comme tout le monde.

— Bien oui, mon mari, mais tout le monde va être bien content quand y va être fait, ce pont-là. Tu le dis toi-même que c'est la gale quand tu prends le pont Turcotte après l'ouvrage. Y a trop de monde qui reviennent de Tracy à cinq heures !

— Ouin… Ça, c'est à cause de toutes les usines. Y ont comme pas eu le choix de décider de bâtir un autre pont !

Chapitre 9

Un Noël immaculé

Depuis une semaine il neigeait à plein ciel. Il n'y avait plus aucun secteur où stocker la neige. Les météorologues confirmèrent que la province de Québec avait reçu neuf pieds de neige depuis les cinq derniers jours. Chez les Delormes, les enfants en avaient ras le bol de pelleter cette neige poudreuse. Par contre, ils avaient pu échapper à une journée de classe. Angèle n'avait pas fait ses courses dans la matinée du jeudi dû au fait qu'elle ne distinguait même plus les trottoirs sur l'artère du boulevard Fiset.

C'était tellement magnifique de regarder tous ces gros flocons blancs se masser les uns sur les autres pour tapisser les grands espaces et se coller aux grands végétaux engourdis. Les maisons semblaient minuscules, car les toitures étaient constellées de cristaux rutilants. Le jour précédent, Rose avait façonné un imposant bonhomme de neige avec Guylaine, mais ce matin, en sortant de la maison, il s'était volatilisé. La bourrasque de la nuit l'avait complètement englouti.

— Tu me laisserais-tu sur la rue Goupil en passant, mon Roger ? Mon char est enterré dans neige chez nous.

— Ah bien ! Les enfants, y pellettent pas ton entrée, eux autres ?

— Tu rêves ! Y sont bien trop paresseux ! J'en viens pas à bout, d'eux autres, sainte étoile ! Y m'écoutent pas pantoute, des vraies têtes croches ! Y pensent juste à eux autres, puis encore ! À matin, quand je leur ai demandé pour m'aider à pelleter, y m'ont répondu qu'y arriveraient en retard à l'école, ça fait que j'ai demandé à Claude Saint-Cyr sur la rue Lalemant de m'embarquer avec lui.

— T'es trop mitaine avec tes enfants, Fabien. Si tu mets pas tes culottes, dans une couple d'années, y t'écouteront plus pantoute !

— Trop tard, mon Roger. Y sont en train de m'embarquer sur la tête bien raide ! J'ai quasiment hâte qu'y commencent à travailler puis qu'y sacrent leur camp de la maison. Je suis pas fin de dire ça, mais qu'est-ce tu veux, j'ai pas le dessus sur eux autres. Y écoutent pas Yolande non plus. Y ont reviré de bord assez raide parce qu'y disent que c'est pas leur mère.

— Pauvre toi, t'es pas sorti du bois... Christiane, elle, qu'est-ce qu'a fait ?

— Christiane ! Elle pense juste à se pomponner puis à aller courailler avec son Marcelet. Je te dis que c'est pas un gars manqué, cette enfant-là ! Elle est pas mal développée pour son âge, ouf ! Elle est découpée au couteau !

— Ah ouin, c'est vrai que ça fait longtemps que je l'ai pas vue. Elle s'adonne pas bien bien avec mes enfants. Yolande, elle, comment qu'elle s'arrange là-dedans ?

— Ah bien... Yolande, tu sais comment qu'elle a bon caractère ! Elle dit qu'y sont dans leur crise d'adolescence puis que ça va passer. Des fois je me dis qu'elle est trop molle avec eux autres, qu'elle devrait se choquer plus souvent puis se faire respecter, mais elle dit que ça servirait à rien d'essayer de faire quelque chose avec eux autres. Y aurait fallu leur serrer les ouïes plus jeunes, mais qu'est-ce tu veux, quand ma Françoise est morte, je les ai laissés prendre le gros bout du bâton. C'est un peu de ma faute.

— Ouin, c'est sûr que ça doit pas avoir été facile pour toi quand t'es tombé tout seul avec eux autres… Bon, t'en viens-tu ? Espérons que le char soit pas trop enterré dans neige dans le *parking*.

Les précipitations cessèrent dans la soirée et Roger sortit pour ôter le rempart de neige granuleuse que la grosse déneigeuse venait juste d'étendre dans son entrée. Avant de sortir, il prit soin de demander aux enfants s'ils voulaient amorcer le nettoyage de la cour arrière pour préparer la patinoire, mais il avait bien vu dans leurs regards qu'ils n'avaient aucune envie de ressortir la pelle.

***

Comme tous les samedis matin, Roger relaxait plus longuement que d'habitude en sirotant son café bouillant et en parcourant son journal.

— Viens donc t'assir un peu, ma femme. On est samedi, t'es pas obligée de courir comme une queue de veau, bonyeu !

— Je sais bien. On dirait des fois que j'arriverai pas à faire ma journée, sainte bénite ! Puis, c'est quoi les nouvelles dans le journal ?

— Ah ! Y disent qu'à l'ouverture du centre culturel à Tracy, y va y avoir une bibliothèque pour les grands puis une pour les plus jeunes.

— C'est pas pratique pour nous autres, ça, à Tracy, mais de toute façon, on va en avoir une belle grosse sur la rue George. Par exemple, j'aurais bien aimé qu'y bâtissent la piscine intérieure à Sorel. Les enfants pourront pas y aller souvent, ça fait qu'on achètera pas la carte familiale pour rien.

— C'est pas si pire, ma femme. Si on va les mener pour une journée, ça coûte juste vingt-cinq cennes chaque.

— Ouin…

— Je le sais pas si notre maire, Jean-Jacques Poliquin, va gagner ses élections le vingt-trois janvier, hein ? C'est pas un tout-nu qui se présente contre lui, c'est Luc Poupart, maudit !

— Moi, je dis que ça va être bien serré.

— Je le sais pas si ça va se faire, ce nouveau centre d'achats moderne là, en bas du pont Turcotte, hein, Angèle ?

— Je le sais pas, mais me semble qu'en bas du pont, c'est pas la meilleure place. Y veulent le commencer quand ?

— Faudrait bien qu'y le commencent tout de suite ! Y disent qu'y va être fini en 67, mais je trouve que ça branle pas mal dans le manche, cette affaire-là, moi ! Ah bien, regarde donc ! Monsieur 100 000 volts qui vient au théâtre Sorel demain soir. Y va avoir du monde là !

— Le beau Gilbert Bécaud ! « L'important, c'est la rose, l'important, c'est la rose, crois-moi. »

— Changement de propos : ta mère va venir veiller avec Paul demain soir.

— Hein! J'étais pas au courant de ça, moi! M'man a-tu appelé pendant que j'étais en bas?

— Non, c'est moi qui l'a appelée.

— Pourquoi tu me l'as pas dit avant que tu les invites? Puis coudon, depuis quand que t'appelles ma mère pour faire des invitations, toi?

— C'est parce que quand y vont venir veiller, on sera pas ici. J'ai deux billets pour aller voir Gilbert Bécaud.

— Ah bien, maudite marde! Roger!

— Ho ho! Fais attention, ma belle noire, t'as failli m'arracher mes lunettes! T'es contente?

— Ouf... Quelle belle veillée qu'on va passer, mon Roger! On est assis où?

— On est assis dans la deuxième rangée en avant, ça fait que si y a une couette de travers, tu vas la voir.

— Mon Dieu que je suis mal! Je pense que je vais brailler, sainte bénite! Qu'est-ce que je vais mettre pour aller là, moi?

— Mets-toi *swell*, ma femme, avec ton beau manteau brun sept-huitième. Je t'ai acheté de quoi pour mettre avec!

— Qu'est-ce tu me dis là, toi? Es-tu allé au Salon des fées me chercher le beau chapeau beige qu'on a vu dans vitrine?

— Non, ma femme, le chapeau, tu iras le chercher toi-même! Va voir en haut dans le garde-robe à Martin.

— Oh non! Pas les bottes russes docteur Jivago! Oh, Roger, c'est bien trop, mon mari! Qui t'a dit que je voulais avoir ces bottes-là, toi?

— C'est Gilbert à Claudia quand y m'a voyagé quand le char était au débossage. J'y ai demandé qu'y demande à ta sœur quelle sorte de bottes que t'aimerais avoir, parce

que tes petites noires avec un zip, y faisaient pas mal dur!
Y m'a dit que t'avais montré celles-là à Claudia avec les
autres fourrées en loup-marin dans le catalogue Simpsons.

— Bien là, mon mari, j'ai des mottons dans l'estomac.
J'irai pas chercher le chapeau au Salon des fées, ces
bottes-là, ça coûte une fortune, câline! Puis en plus, on a
les cadeaux de Noël des enfants à acheter.

— Crains pas pour ça, ma femme. On va pouvoir leur
acheter leurs cadeaux, puis Francine, elle va l'avoir, son
manteau de cuir, si c'est ça qui t'inquiète!

— Coudon, as-tu eu une augmentation sur ta paye,
toi?

— Bien oui. J'ai mangé les oreilles de mon *boss*!

— Roger, arrête donc de m'étriver! As-tu eu une
augmentation pour le vrai?

— Oui! Je l'ai eue en revenant de vacances à la fin du
mois d'août. C'est pour ça que je changeais ma paye à
caisse populaire en finissant à *shop* le jeudi pour pas que
tu t'en aperçoives. Je laissais le surplus dans le compte,
puis ça fait que j'ai ramassé un bon petit coussin pour te
gâter puis acheter les cadeaux des enfants.

— Cré Roger, tu me fais toujours des belles surprises,
toi! Regarde juste la première fois que tu m'as amenée à
Québec. Toi... là!

— Le dix décembre, ça va faire dix-sept ans qu'on est
mariés. Tu penses pas qu'on peut se faire plaisir un peu?
Viens ici avant que Josée rentre de dehors. Tu sais, quand
elle nous voit se coller comme ça, elle est jalouse, la p'tite
vinyenne!

***

24 décembre 1966.

C'était paisible dans la maison. Le souper venait de se terminer et Rose s'était allongée par terre dans le salon pour contempler l'arbre miroitant. Elle essayait de déceler où sa mère avait bien pu camoufler le petit Jésus. Habituellement elle le trouvait enseveli en dessous de la ouate, ou il était dissimulé à l'arrière de l'église cartonnée. Mais là, elle paniquait parce qu'il était introuvable.

Ce soir, un grand réveillon réunirait une brochette d'invités bien charmants. Angèle avait cuisiné toute la journée. Roger avait plaqué la table à quatre places au bout de la grande, déjà adossée au mur, et vingt-quatre chaises faisaient la ronde tout autour de la cuisine en attendant les invités qui se manifesteraient après l'homélie de minuit.

Durant le dépouillement de l'arbre, Chantal Pary chanta *Le petit renne au nez rouge,* et à chaque étrenne reçue, les cris joyeux des enfants se répandaient dans toute la maisonnée.

Des papiers d'emballage, des choux et des cartes traînaillaient partout sur le parquet de la cuisine. Francine accueillit avec exaltation son manteau de cuir marin, Martin embrassa sa guitare Yamaha, et Guylaine et Rose jubilèrent en apercevant leur nouveau tourne-disque portatif. Josée rêvait d'avoir une Barbie et elle reçut Skipper.

— Puis, Gaston, vous devez être à veille d'avoir fini l'agrandissement chez vous?

— Y nous reste juste à peinturer puis à poser les quarts-de-rond. Ça fait changement en baptême, hein, Paul?

— Ah, c'est sûr ! On a défoncé le salon jusque dans chambre. La chambre de bain, on l'a agrandie par la cuisine puis on a toute changé les armoires de bord.

— Votre chambre, elle ?

— Notre chambre est dans le salon, mon Roger ! On a acheté un grand fauteuil en velours bourgogne qui fait un lit. On met notre linge dans la petite chambre d'en avant puis laisse-moi te dire que je me pète plus le nez sur le mur !

— Ho ho… À part de ça, ça a l'air que Paul est pas mal bon dans toute ?

— Ouais, j'étais pas sûr au début, mais m'en vas dire comme notre vieille mère disait : « On juge pas un crapaud avant de l'avoir vu sauter ! » Y m'a bien surpris, mon frère. Y a juste que quand y a fait l'électricité, on a été une semaine dans le noir le soir !

— Eille, là ! Maudit que t'es menteur, face de ragoût ! Ça a pas dépassé un avant-midi… Torrieu de torrieu qu'y aime ça en mettre, lui !

— En plus, ça marche ! T'es rouge comme une crête de coq, mon petit Paulo ! Y est drôle, hein ? Y a juste deux bières dans le corps puis y a les deux pieds plus pesants que la tête !

— Êtes-vous toujours en train de vous tirailler comme ça, vous deux ?

— T'as remarqué ça, mon Roger ? Mon frère Gaston puis moi, on s'aime de même ! C'est lui qui mène puis c'est moi qui le ramène quand y se met à débretter !

Il était déjà deux heures du matin quand Angèle étala les friandises et le sucre à la crème sur la grande table dénudée. Les jumeaux dormaient parmi les manteaux sur le lit de la chambre, David, Guylaine et Rose étaient au sous-sol en train d'écouter les Milady's sur leur nouveau tourne-disque, et Michel, Lise et Marie babillaient comme des pies dans la chambre de Francine. Lise ne portait presque aucune séquelle de son accident. Elle clopinait, mais le médecin l'avait bien rassurée en lui affirmant que dans quelques mois, plus rien n'y paraîtrait. Josée dormait comme une marmotte sur le divan près de Diane recroquevillée dans les bras de son Martin.

— Eh ! mon Dieu que j'ai fait le saut !

— Y te mangera pas, Patou, Yolande. C'est juste un petit chien de laine avec une queue de coton. Y ferait pas de mal à une mouche !

— Je vois bien ça, qu'y a pas l'air mauvais, Angèle, mais tu sais, moi puis les chiens, on a jamais fait bon ménage… T'avais pas un chat aussi ?

— Oui, oui. J'ai encore Nannie puis Grisou, mais quand y a du vacarme de même, y vont se cacher dans le fond de la cave. Viens t'assir, Michèle. Sais-tu que ça commence à grossir, cette bedaine-là !

— Bonté divine ! Je pense que je suis aussi grosse que quand j'attendais les jumeaux ! J'ai juste quatre mois de faits, puis on dirait que j'en ai sept, tornon ! Regardez-moi pas comme ça, vous autres ! Inquiétez-vous pas, ce sera pas des jumeaux ! Le docteur m'a bien dit que je faisais de l'eau… De toute façon, quand est-ce qu'on a vu une femme avoir deux couples de jumeaux en ligne ?

— Tant qu'à ça. C'est vrai que ça doit être bien rare, mais des fois...

— Toi, Claudia, essaye pas de me décourager. Le docteur m'a bien dit que c'était de l'enflure. Y m'a jamais dit que ce seraient des jumeaux ! Si y m'avait dit que ça se pouvait, ça ferait longtemps que je serais en dépression !

Les hommes avaient bien du plaisir. Gilbert n'avait pas la parole facile, mais quand il commençait à raconter ses histoires, il ne s'arrêtait plus. Même Blanche, qui ne souriait pratiquement jamais, avait beaucoup apprécié cette soirée conviviale et elle remercia chaleureusement Angèle et Roger.

La maison vidée de ses convives, Laurette aida Angèle à nettoyer les cendriers et à ramasser les bouteilles et les verres vides, et par la suite, elles ne se firent pas prier pour aller s'étirer sous les couvertures.

Laurette était bien heureuse d'être à Sorel. Allongée sur le divan du salon, elle contempla le sapin qui trônait tout en déployant son arôme et ses branches couvertes d'un épais duvet blanc. Comme par magie, l'étoile de Bethléem scintillait malgré l'obscurité de la nuit.

Chapitre 10

L'Expo 67

Fin mars 1967.

Les hirondelles qui mangent la terre, c'est un signal du printemps. Les draps dansaient sur les cordes à linge, et dans le champ voisin, les enfants étaient en train de diviser leurs équipes pour inaugurer leur première partie de baseball. Pauvres petites mères! De la boue, aujourd'hui, elles allaient en récolter sur leur paillasson... Les balançoires avaient rejoint les parterres, et dans le centre-ville, les adolescentes se pavanaient avec fierté dans le but de faire admirer leurs manteaux de cuir par les envieux.

Les bourgeons voulaient éclater, et les feuillus imploraient la chaleur de l'astre lumineux pour bientôt revêtir leurs plus belles robes, tout près des conifères qui allégeaient doucement du poids de la neige leurs branches engourdies depuis le début de la saison hivernale.

L'année 1967 promettait d'être une grande fierté pour tous les Québécois; par contre, il ne pouvait pas survenir que de bons événements. Au tout début du mois de janvier, le Canadian Tire situé sur la rue Roi avait été la proie des flammes, ainsi que Kingsway Transport. On avait maîtrisé l'incendie après une longue nuit de labeur. Les pompiers avaient fait leur possible pour sauver les bâtiments, mais malheureusement, tout avait été rasé. Aujourd'hui, les citoyens de Sorel patientaient pour savoir où serait le nouvel emplacement des commerces.

À la fin du mois de décembre 1966, le bateau *Lambrose*, situé dans le port de la Marine Industries, avait aussi été incendié, mais heureusement, pas dans sa totalité. À bord, deux cent cinquante ouvriers étaient présents pour leur quart de travail. La famille Delormes avait conçu de grandes inquiétudes au sujet de Rolland qui travaillait sur ce paquebot. Par chance, il n'y avait eu aucun blessé.

Blanche, la compagne de Gaston, était hospitalisée depuis deux jours, et c'était Emma qui s'occupait de faire fonctionner son magasin de santé. Tous les vendredis soir et les samedis après-midi, Francine y travaillait déjà. Elle pesait avec la minuscule balance les herbes, les tisanes et plusieurs variétés de noix pour les ensacher et les disposer sur les présentoirs du commerce. Elle était chanceuse, car pour ce travail, elle récoltait cinquante sous l'heure. À l'hospitalisation de Blanche, Angèle expliqua à ses enfants du mieux qu'elle le pouvait que la compagne de Gaston avait fait une grosse crise de fatigue et qu'elle se reposait.

Gaston était anxieux au plus haut point. Il passait ses longues journées à l'hôpital. Les infirmières lui suggérèrent de ne pas s'y présenter aussi souvent, car s'il persistait à ce rythme, c'est lui qui écoperait d'une crise de cœur. Mais comme son frère Paul disait : « Y a les oreilles dans le crin, y est pas parlable, torrieu ! »

Pour les bonnes nouvelles, l'Auberge de la Rive, sur le chemin Sainte-Anne, allait inaugurer une grosse marina.

Aussi, Maurice Martel avait assuré à ses citoyens que le début de la construction du nouveau pont était prévu pour le vingt mars et que celui-ci devrait être finalisé pour l'année 1971. La piscine intérieure de Tracy ouvrirait ses portes la première fin de semaine du mois d'avril, et en ce qui concernait le nouveau centre d'achats moderne prévu tout près du pont Turcotte, il n'y avait encore rien d'officiel.

— Qu'est-ce qu'y a à la télévision à soir, mon mari ?

— Comme d'habitude, ma femme, c'est la *Soirée canadienne*, puis les *Couche-Tard*.

— On va passer une belle veillée tranquille. Martin est déjà rendu chez sa Diane puis…

— D'après toi, Diane puis Martin, c'est-tu collé pour de bon ?

— Je le sais pas. Y ont l'air de s'aimer bien gros, mais tu sais que c'est sa première petite blonde, hein ? Y a le temps en masse de s'en faire d'autres.

— Ah bien oui, mais je trouve qu'ils vont bien ensemble, ces deux-là, moi. La petite, c'est pas une tête folle puis en plus, on connaît ses parents. C'est du bon monde.

— Bien oui.

— Ah bien ! Qui c'est ça qui cogne fort de même ? Josée, veux-tu lâcher Nannie ? Ça y tente pas tout le temps de se promener en carrosse dans la maison, elle ! Yolande ! T'es pas avec Fabien ?

— Bien non, j'avais envie de prendre de l'air.

— Viens t'assir, je vais te faire un café. T'as pas l'air de filer, ma sœur.

— Non, pas bien bien… Salut, Roger.

— Salut, la belle-sœur. Ouf ! C'est les gars à Fabien qui te donnent de la misère de même, ma Yolande, hein ?

— Qui t'a parlé de ça, toi ?

— Fabien m'en a parlé à *shop*. Y sait plus quoi faire avec son plus vieux. C'est un traîne-savates, y veut jamais rien faire dans la maison, puis son plus jeune, lui, y a juste le don de faire damner son père avec ses coups pendables... Je vais répondre, ma femme. Allo ! Non, Luc, Martin est chez Diane. Je vais lui dire que tu l'as appelé.

— Ouin, c'est pas facile. Marc est rendu à seize ans, y sait juste dire ostie puis tabarnak. Y est mal engueulé comme ça se peut pas ! J'ai essayé d'y parler puis je vous dirai même pas comment il me traite, cet enfant-là, c'est trop laid, cibolak !

— Sainte bénite ! Comment tu fais pour endurer ça ? C'est pas une vie, ça ! Une chance que ton Fabien est bon avec toi, câline !

— Ouin, y est trop bon, tu veux dire. Ça a pas d'allure ! Quand y parle à Mario, cet effronté-là y répond : « Eille, le père, prends ton gaz égal ! » Ça a-tu du bon sens pour un enfant de dix ans de parler de même à son père ! Pourquoi tu ris, Roger ?

— Excuse-moi, Yolande. C'est vrai que ça a pas de bon sens. C'est ça que Fabien m'a dit. Quand il essaie de leur serrer les ouïes, ben, c'est lui qui mange la beurrée.

— Voyons, Josée, as-tu des mains de laine ? Ça fait deux fois que t'échappes ton verre de lait ! Qu'est-ce tu vas faire avec ça, Yolande ?

— Moi, je suis au bout de mon rouleau ! Je pense que je pourrai plus rester là !

— Hein ! À ce point-là, ma sœur ?

— Je suis tannée, moi, de me faire traiter de marie-quatre-poches puis de vieille sacoche ! J'en reviens, de ça, moi ! Y me traitent comme une crotte. Va falloir qu'y arrêtent de me mettre du bois dans les roues parce que moi, je décampe, cibolak! Pourquoi tu ris, Angèle?

— Oh! hi hi... Excuse-moi, Yolande, je ris, mais c'est pas drôle pantoute. C'est de la manière que tu l'as dit.

— Fabien m'en avait parlé, Yolande, mais je pensais pas que c'était aussi grave que ça.

— Bien, c'est grave, mon Roger!

— Bonyeu! Y se sont tous donné le mot pour appeler en même temps! Allo!

— Salut, Roger, c'est Fabien. Yolande est-tu chez vous?

— Bien oui, mon Fabien.

— Sainte étoile que ça va pas bien, mon Roger!

— Arrête de te manger le derrière de la tête puis viens prendre une bière. On va jaser.

Une fois arrivé, Fabien opta pour écrire une lettre à ses garçons. À Marc, il écrivit que s'il ne changeait pas sa manière d'agir à compter du lendemain matin, il le prendrait par le chignon avec ses cliques et ses claques et il «le crisserait dehors à coups de pied dans le cul», et pour son plus jeune, Mario, c'était de même, sauf qu'il le placerait dans un foyer d'accueil. Pour Christiane, tout était déjà réglé. Deux semaines auparavant, elle avait eu la confirmation qu'elle attendait un enfant et elle était partie entreprendre sa nouvelle vie avec Marcelet sur la rue Montcalm à Saint-Joseph.

À onze heures, Yolande et Fabien repartirent vers la rue Goupil. Il n'était aucunement question que les garçons de Fabien gâchent les plus belles années qu'il avait à vivre auprès de sa Yolande.

Pour finir le bal, comme on dit, dimanche matin, Emma téléphona aux Delormes pour annoncer que

Blanche était passée dans l'au-delà à six heures du matin et que Paul avait ramassé son frère Gaston à la petite cuillère. Avant de quitter ce monde, sur son lit d'hôpital, Blanche avait dit oui à Gaston pour le dix-huit juin.

— Je sais pas quoi te dire, mon frère! Torrieu que la vie est mal faite des fois! T'arrêtes de travailler pour être heureux avec ta femme, puis ça te pète dans face! Je le sais bien, que c'est pas le temps de te parler de ça, mais je vais le faire pareil. Blanche avait pas d'enfant, son magasin était à vendre en ville, sa maison était vendue... Où est-ce que ça va aller, cet argent-là? Vous étiez pas encore mariés.

— Cré Blanche! Elle sentait sa mort, je crois ben. Y a deux jours, elle a fait faire un papier par la garde Sanschagrin à l'hôpital.

— Pourquoi tu laisses pas tout sortir ça, ce motton-là, Gaston, au lieu de ravaler tout le temps? Ça te ferait du bien.

— Je suis pas capable, Emma! C'est tout pogné en pain ici, là.

— Un moment donné ça va sortir puis tu vas filer pas mal mieux, mon beau-frère.

— Baptême que c'est plate! Ma vie est finie, tabouère!

— Parle pas de même, mon beau-frère.

— Elle est partie les pieds devant en me disant que je l'avais bien gâtée! Baptême, j'ai même pas eu le temps de la marier!

— Calme-toi donc. Dis-toi qu'au moins, tu l'as rendue heureuse!

— Ouin.

— Puis, qu'est-ce que ça va faire pour ses biens? Son char, la vente de sa maison puis son magasin?

— Ouf… Sa maison, elle l'avait vendue onze mille piastres, son char doit bien valoir encore mille cinq cents piastres, elle avait huit mille piastres à la Banque de Montréal puis le magasin vaut au moins vingt-cinq mille.

— Oh là là ! Elle était pas sur la paille, ta Blanche !

— Tu sais, elle avait jamais été mariée, pas d'enfants non plus. Elle avait juste une sœur de soixante-neuf ans à l'Hôpital général.

— C'est sa sœur qui va hériter de tout ça ?

— Non, Paul. Blanche laisse dix mille piastres pour l'Hôpital général. Pour le magasin, je voulais vous parler de quelque chose. Ça vous tenterait pas qu'on s'en occupe à trois ? Les profits seraient divisés en trois. On pourrait signer des papiers chez le notaire puis si on décidait de le vendre après, ce serait chacun notre part. Toi, Emma, tu sais comment ça marche un peu pour les fournisseurs puis pour la comptabilité ? En plus, vous êtes bien habitués, vous avez eu tous les deux le même dépanneur dans le temps sur la rue Royale. Vous êtes capables de gérer ça un bout, non ?

— Bonne sainte Anne ! Tu veux dire que t'as hérité de tout le reste ! Quarante-cinq mille piastres ?

— Oui…

— Braille, mon Gaston, ça va libérer la peine que t'as dans le cœur. Torrieu de torrieu que c'est plate !

— C'est plate, hein ! J'ai quarante-cinq mille piastres puis ça me fait pas un pli de différence. J'aurais aimé cent fois mieux garder Blanche avec moi ! C'est dur en baptême, vous pouvez pas savoir comment !

***

Le treize mai, à neuf heures, la glacière était sur le seuil de la porte, contenant les victuailles de la famille qui se rendait ce jour-là à l'Expo de Montréal. Martin, Francine et Josée monteraient en voiture avec leurs parents, et Rose, Guylaine, Emma et Gaston les précéderaient dans le véhicule de Paul.

C'était assuré que les pavillons n'intéresseraient aucunement les enfants, mais ils n'auraient pas d'autre choix que de les visiter avec les grands avant de se rendre au Village de La Ronde sur l'île Sainte-Hélène.

C'était gigantesque. Ils empruntèrent l'Expo-Express puisque Emma avait refusé d'entreprendre le circuit du téléphérique. C'était dommage, car la famille n'avait pu admirer le lac des Dauphins.

Ils poursuivirent leur balade en minirail. Il y avait même des bicyclettes taxis, des Pedicabs pour les gens qui étaient fatigués de marcher. Ils n'auraient pas le temps de visiter tous les pavillons, même que la glissade en gondole serait pour une prochaine visite. Ils explorèrent les pavillons de la Grèce, de la Tchécoslovaquie, de la Grande-Bretagne, celui des États-Unis, communément appelé « La grosse boule de verre », et la place d'Afrique.

À une heure, ils se dirigèrent vers la voiture pour s'alimenter et se reposer.

— Quand est-ce qu'on va à La Ronde, m'man ?

— Eh que vous êtes énervés ! Laissez-nous souffler un peu, sainte bénite, j'ai même pas fini de boire ma liqueur ! On va laisser Josée dormir encore un petit quart d'heure puis on va y aller après.

— Puis, comment vous avez trouvé les pavillons ? Moi, je trouve ça pas mal grand, c'est à perte de vue ! Toi, Gaston ?

— Pour être beau, c'est beau, mon Roger… J'espère qu'on se fera pas pogner par l'orage. As-tu vu le gros cul noir qui s'en vient ?

— Ça va passer en vent, ce gros nuage-là. À CJSO y annonçaient du beau temps toute la journée. Puis vous, belle-maman ? Attendez, je suis sûr que vous allez me dire que ce que vous avez aimé le plus, c'est les grosses fontaines d'eau avec les grands tapis de fleurs.

— C'est bien sûr que moi puis les fleurs, on s'entend bien, mon Roger, mais le pavillon de la Grèce, c'est pas mal mon préféré. Ça doit-tu être plaisant de passer une semaine dans ces îles grecques là ! Je sais pas si c'est aussi beau que sur les portraits. C'est quasiment trop bleu !

À deux heures et demie, le groupe arriva enfin au Village de La Ronde sur l'île Sainte-Hélène. Ils commencèrent par escalader le manège que tous les gens espéraient voir en vrai, le Gyrotron. Ce fut vraiment comme s'ils voyageaient dans l'espace. Des sons bizarres retentirent tout au long de leur trajet, et une fois qu'ils parvinrent à la sortie de ce gros monstre mécanique, une soi-disant araignée géante, en métal argenté, fit hurler Josée qui, encore, tremblait de tout son être.

Ensuite, sans Josée, Angèle et Emma, le reste du groupe s'aventura dans la grande spirale et quand ils se retrouvèrent au sommet, Roger observa qu'ils se trouvaient à deux cents pieds du sol.

Pour la Pitoune, Emma et Angèle se défilèrent. La file d'attente était d'une longue heure, mais la patience était au rendez-vous.

Roger s'installa à l'avant avec Martin et, comme on dit, ils en ingurgitèrent toute une tasse. Rose et Guylaine riaient aux éclats sans se rendre compte que leurs cheveux dégoulinaient. Martin aurait bien aimé récidiver, mais il était déjà quatre heures et demie, et il ne fallait pas omettre d'aller au Monde des Petits pour divertir Josée.

Ils firent aussi une petite halte au Village western, à l'Expo-théâtre, au spectacle de casse-cou et au Jardin des sculptures.

À six heures, quand Roger annonça qu'il était temps d'aller se restaurer d'un autre sandwich dans le stationnement des voitures, les enfants se mirent à protester.

— Regarde, mon Roger, je paye la traite à tout le monde, moi. Des hot dogs avec des patates frites.

— Oui ! Oui !

— Calmez-vous, les enfants, vous avez l'air d'une gang de perdus, bonyeu ! Ç'a pas d'allure, Gaston, vous allez vous dépocher !

— Bien non, Roger, puis cet argent-là, je l'emporterai pas avec moi au paradis, baptême ! Ça fait que venez-vous-en, les enfants, on va se bourrer la face, puis si votre père, y arrête de bougonner, y va avoir le droit d'en avoir un, hot dog, lui aussi !

— Pa !

— Oui, Francine...

— Là, là, je peux-tu fumer une cigarette ? Je vais avoir treize ans dans un mois. Je suis bien tannée de fumer à cachette, moi !

— Bon ! Martin, donne une Embassy à ta sœur. Quand on va arriver à Sorel, je vais lui en acheter un paquet.

— Ouais. T'as besoin de me la remettre, OK ?

— Crains pas, mais je vais te remettre une Sweet Caporal parce que moi, les Embassy, c'est pas ma sorte pantoute ; ni les Mark Ten, d'ailleurs !

— Regarde, Francine, je vais te donner une Peter Jackson. Tu m'en redonneras des nouvelles !

— Oh ! merci Paul... Ah ! le boutte est blanc après ces cigarettes-là.

Le crépuscule à La Ronde était hallucinant. Ils rentrèrent à Sorel à onze heures. Angèle débarbouilla Josée de sa barbe à papa, et les autres ne protestèrent pas quand ce fut le temps d'aller au lit.

Rose se demandait bien si Olivier était allé visiter l'Expo 67 avec sa belle Isabelle. Dans sa petite conscience, le thème musical de l'événement défilait et défilait :

Un jour, un jour, quand tu viendras,
Nous t'en ferons voir de grands espaces
Un jour, un jour, quand tu viendras,
Pour toi nous retiendrons le temps qui passe[4].

***

Le vingt et un mai, c'était l'anniversaire d'Emma. À soixante-deux ans, elle donnait l'impression qu'au lieu de cheminer dans la vie, elle allait à reculons tellement elle paraissait jeune. Comme chaque année, Angèle l'invita à souper et lui fit son gâteau de fête glacé de crème rose et orné de petites billes d'argent. Paul lui fit livrer des fleurs et Gaston lui donna une eau de toilette Coty.

---

4 *Un jour un jour*, écrit par Stéphane Venne et interprété par Donald Lautrec et Michèle Richard, 1967.

— Avez-vous acheté vos billets pour gagner la maison Legardeur qu'y font tirer pour le 325ᵉ de Sorel ?

— Où ça, Paul ? Je le savais même pas, moi, qu'y faisaient tirer une maison !

— Ça, mon Roger, tu vas les dénicher dans les pharmacies puis dans les magasins en ville. J'ai acheté le mien à la pharmacie Lessard. Tout d'un coup qu'on gagnerait, Emma !

— Tu sais bien qu'on la revendrait. Moi, je partirai jamais de la rue Royale ! Hum… du boulevard Fiset.

— Torrieu de torrieu, Emma, une belle maison flambant neuve, ma femme !

— Non, pas pantoute, Paul ! Toi, Angèle, tu déménagerais-tu ?

— Je pense pas, non.

— Bonyeu que vous êtes mémères, les femmes !

— Ça paraît, mon Paul, que t'as pas passé toute ta vie sur la rue Royale !

— Moi, en tout cas, je m'enfargerais pas dans les fleurs du tapis et puis je m'en irais rester dedans ! En passant, ton rosbif, Angèle, y est bon en s'il vous plaît !

— Merci, Paul. Toi, Gaston, tu parles pas fort ?

— Je jongle… Je pense que j'aurais de la misère à déménager d'à côté de chez mon frère, moi. Je pourrais plus le faire ruer dans le bacul puis je m'ennuierais de ça.

— Ah… ah ! que tu fais donc pitié, mon frère ! Veux-tu que je me mouche avec des pelures d'oignon pour brailler plus tant qu'à y être ?

— Laisse faire, Angèle, je vais y aller, répondre. Finis de manger.

C'était un beau souper rempli d'agrément et quand Angèle revint avec le gâteau, comme de raison, Emma pleurait.

— Qui c'était, Roger, au téléphone ?

— C'était Richard. Michèle a accouché.

— Mon Dieu, on dirait qu'une brique t'a tombé sur la tête ! Ça a pas bien été ?

— Oui, oui.

— C'est quoi ? Roger, hou, hou… je te parle, câline !

— Y vont s'appeler Jules puis Julien, ma femme.

— Hon… M'man ! Dis quelque chose, sainte bénite !

— Ah moi, je suis bien contente. C'est pas moi qui va les élever, ces enfants-là, mais bonne Sainte Vierge que ça va être de l'ouvrage pour eux autres !

— Moi, je trouve ça correct en baptême. Leur famille va être toute faite, caltor !

— Mais tu y penses pas, Gaston ! Les boires, les couches, le manger, puis les deux autres petits tannants, Sylvie puis Sylvain, qui courent partout !

— Calme-toi, ma belle noire. Moi, j'ai une suggestion pour les aider, ces deux-là. Vous autres, les femmes, vous pourriez lui donner un coup de main dans le manger. Mettons que quand vous faites un pâté chinois, vous en faites deux, puis quand vous faites une soupe, vous la séparez en deux. Moi, je suis prêt à aller faire son gazon une couple de mois puis je suis sûr que Francine puis les gazelles voudraient aller faire du ménage une fois par semaine. Là, Richard travaillera pas pendant quelques jours, mais quand elle va tomber toute seule, la Michèle, avec cette gang-là, a va bien faire une dépression, maudit !

— Je suis bien d'accord, mon gendre. Si Richard veut venir dîner à la maison le midi, ça ferait moins d'ordinaire à faire pour Michèle. Avec le manger qu'on va y faire, avec Claudia puis Yolande, elle va avoir juste à faire chauffer ses repas !

Quand Richard rendit visite à sa femme dans la soirée, elle fut bien soulagée de constater que tout son petit monde mettrait la main à la pâte pour leur simplifier les tâches domestiques. Pauvre elle ! Elle avait l'air d'une petite souris d'église tellement elle faisait pitié.

Dans la soirée, Angèle se mit à pleurer quand Michèle et Richard lui téléphonèrent pour s'informer s'ils accepteraient d'être les parrains de leurs deux garçons.

Chapitre 11

Un cadeau de la vie

Angèle était partie recevoir les bulletins de ses enfants avec sa sœur Claudia en voiture. Le fond de l'air était cuisant et à huit mois de grossesse, ses jambes avaient pris une forme volumineuse et il était impossible pour elle de faire le trajet à pied jusque sur la rue Guèvremont.

C'est Francine qui gardait les plus jeunes. Martin était chez Luc avec Jacques Daunais.

Martin avait encore grandi. À quatorze ans il mesurait cinq pieds et six pouces et il avait atteint une maturité précoce. Il avait déjà de larges épaules et de grosses mains, tout comme celles de son père, et ses cheveux étaient plus ténébreux, presque bruns. Il frisottait encore et il gardait sa tignasse assez longue, ce qui faisait damner son père. Josée se promenait sur le trottoir avec son tricycle et elle n'y allait pas de main morte. La vitesse, pour elle, s'avérait une jubilation. Ses cheveux châtains traînaient un peu en longueur et elle était bien heureuse de se pavaner avec ses deux petites touffes nouées à l'aide de grands rubans rouges.

— Puis, m'man, les bulletins?

— Tout est correct, Francine. Eh! qu'y fait chaud, je suis toute en sueur! Rose puis Guylaine vont aller à Saint-Viateur à l'automne. Elles vont être contentes, ça va leur faire changement: ça fait six ans qu'elles vont à Maria-Goretti!

— Bien oui. Moi, en tout cas, j'ai bien hâte de voir à quoi elle ressemble, l'école Bernard, sur la rue Morgan! Ça va faire drôle de prendre l'autobus aussi, hein, m'man? Ah oui… à soir, Nicolas va venir faire un tour pour que je vous le présente, m'man!

— J'en ai-tu manqué un bout, moi là? T'as un nouveau chum?

— Peut-être bien que oui.

— Y s'appelle Nicolas comment?

— Nicolas Larose, m'man.

— Y reste où?

— Y reste à Tracy, juste avant le village de Saint-Roch.

— Ça va lui faire une bonne trotte en bicycle pour venir jusqu'ici!

— Bien non, m'man! Y va prendre le char de son père!

— Sainte bénite! Le chum de ma fille qu'y a un char! Mais coudon, quel âge il a, ton Nicolas?

— Y a dix-sept ans, m'man… Puis y est beau!

— Bien, la Francine, y a quatre ans plus vieux que toi!

— Bien voyons, m'man, c'est pas la mer à boire! Y en a qui ont dix ans de différence, puis des fois vingt!

— En tout cas, je vais en parler à ton père au souper.

Quand Nicolas arriva dans l'entrée au volant de son Rambler rouge 67, Roger présuma immédiatement: «Ouin, y doit marcher dans le beurre sans se graisser les pattes, lui! Ça a l'air d'un petit gars à papa!» Mais erreur, il venait de se méprendre. Après avoir conversé avec ce grand gaillard, il se rendit à l'évidence que Nicolas était un garçon réfléchi et bien raisonnable.

Il avait quitté les bancs de l'école à l'âge de quatorze ans pour travailler auprès de son père dans la construction et pour, éventuellement, prendre la relève de la compagnie familiale.

C'était un beau grand garçon costaud avec des cheveux noirs bien courts. Il portait un jean bleu et une chemise de style safari beige. Ses yeux, d'un vert très clair, paraissaient être des vitres. Quand Roger alla examiner son Rambler, Nicolas lui offrit les clefs pour qu'il aille « se rendre malade », comme on dit. C'était comique, car Roger n'avait jamais conduit d'auto à quatre vitesses. Arrivé devant la minime pente du stade municipal, il pouffa de rire quand Nicolas lui dit de se mettre sur le « petit bœuf » pour la gravir.

— Je suppose que tu t'es rendu malade, mon Roger ?

— C'est sûr ! Un char neuf, ça roule bien en maudit ! Mon Impala roulait bien aussi en 62, mais y a déjà sept ans, ce char-là, ma femme. C'est un 61 ! Y est à la veille de se faire manger par les bébites à fer !

— Tu penses pas que t'en rajoutes un peu trop, toi ! Les bébites à fer ! C'est pas encore rendu une barouche, ce char-là, sainte bénite !

— Non, mais dans une couple d'années d'ici, va falloir y penser ! Tu veux-tu une bière ou une liqueur, mon garçon ?

— Si vous prenez une bière, je veux bien vous accompagner, mais juste une parce que j'ai le char à mon père et je voudrais pas pogner un accident... Tu me fais-tu une petite place à côté de toi, Francine ?

— T'as le char à ton père, mais si y en a de besoin pour une urgence, y faut qu'y soit capable de te rejoindre. Tu restes quand même assez loin !

— Y a pas de problème. Le char, y le prend juste les fins de semaine avec ma mère; dans la semaine y prend toujours son *truck*.

— OK. Êtes-vous une grosse famille chez vous ?

— J'ai deux sœurs plus vieilles que moi: Julie a dix-neuf ans et elle travaille au Salon des fées, puis Cathy, vingt et un ans, est secrétaire chez Atlas.

— Ouin, une belle famille ça… Bon, tu viens-tu, Angèle, on va laisser les jeunes tranquilles. On va aller écouter Gaston Montreuil puis son bulletin de nouvelles à Radio-Canada.

— C'est pas Gaston, Roger, c'est Gaétan. Déjà dix heures moins quart… Toi, Francine, je sais bien que t'as plus d'école, mais j'aimerais que tu sois couchée à onze heures, pas plus tard, OK ?

— Bien oui, m'man !

Francine avait gagné beaucoup de maturité. Elle mesurait cinq pieds et deux pouces, mais malheureusement, elle ne serait pas une grande femme de cinq pieds et six comme sa mère. Elle était toute mince, ne pesait que cent deux livres et, malgré tout, elle avait de beaux petits seins ronds, une taille fine et des cheveux longs jusqu'à la naissance de ses reins. Elle avait commencé à couvrir ses cils de mascara et à se farder les joues de poudre rosée. Nicolas lui avait déjà confié qu'elle avait des petits yeux de chat et une bouche vermeille qui avait la succulente saveur du thé des bois.

Au salon, Roger se cala dans le fauteuil aux côtés d'Angèle.

— Viens te coller, ma belle noire. J'ai-tu hâte de lui voir la face, à ce bébé-là, moi ! T'as été chanceuse à date, on est presque à la fin de juin puis on n'a pas eu de grosses chaleurs encore !

— Non, mais là, je commence pas mal à me sentir comme un gros béluga, mon mari !

— Un petit béluga, ma femme. Veux-tu que je te frotte le dos puis les jambes un peu ? Ça pourrait peut-être t'aider à dormir mieux.

— Oh ! tu serais fin... Changement de propos : Yolande, ça a l'air d'aller mieux avec sa gang ? Oh ! oui, là, ça fait du bien !

— Fabien m'a dit à *shop* que ses gars se tiennent pas mal le corps droit puis les oreilles molles ! Avant, quand il essayait de leur mettre du plomb dans la tête, ça tournait toujours en eau de vaisselle, mais là, y dit qu'y fait juste prononcer leurs noms puis la tête leur rentre dans les épaules... Pourquoi tu ris, Angèle ?

— Parce que tu me chatouilles ! Frotte un peu plus fort, mon mari. Je suis pas faite en vitre, y a pas de danger, tu me casseras pas en deux.

— Bien oui, t'es ma petite poupée de verre ! Eh que je peux t'aimer, toi ! Grrrrr...

***

Pour la Saint-Jean-Baptiste, Laurette vint chercher les gazelles le jeudi vingt-trois juin pour, par la suite, les ramener le deux juillet, le lendemain de la fête du Canada.

Guylaine était bien contente de retrouver ses frères et sa tante. Rose était heureuse aussi, mais elle avait encore de la difficulté à voir son Olivier auprès de sa belle

Isabelle. Guylaine embellissait de jour en jour. Roger affirmait qu'elle était la copie conforme d'une petite Indienne avec ses grandes tresses noires et ses grands yeux bleus, et que son visage était un petit minois de porcelaine.

Dans la soirée, Laurette, Yvette et les enfants allèrent au parc Saint-Jean-Baptiste. Il y avait un orchestre et ils s'attardèrent sur le terrain jusqu'à onze heures pour admirer le feu d'artifice. Les pétarades avaient toujours effrayé Rosie, mais elle ne pouvait s'empêcher de regarder ce spectacle magique dans le firmament du soir. Laurette avait apporté une grande couverture de laine et Guylaine posa sa tête sur les jambes d'Yvette pour contempler ce moment féerique qui se déroulait devant eux, c'est-à-dire au plus haut des cieux.

Le lendemain matin, ils étaient tous en train de déjeuner quand Olivier sortit du lit. Il ne travaillait pas, car le Dominion était fermé en raison de la fête nationale.

Au mois de septembre, il amorcerait son cours de technicien à Trois-Rivières. Il travaillerait tout l'été dans le but d'amasser des économies pour le prochain trimestre et il avait réussi à obtenir une bourse d'études qu'il allait rembourser quand il serait un employé au Bell Téléphone.

— Où tu vas rester, Olivier, à Trois-Rivières ?

— Pour cette année, je vais aller au collège Marie-de-l'Incarnation pour le cours, puis au mois de septembre 68, le cégep va ouvrir sur la rue De Courval. C'est là que je vais aller. Je vais me chercher une chambre dans ce coin-là.

— Tu vas rapporter du manger quand tu vas venir à Drummondville les fins de semaine ?

— Bien non, Rose, je vais venir à Drummondville juste à Noël, à Pâques puis aux vacances d'été.

— Sainte! Ta mère puis ton frère vont s'ennuyer de toi! Puis Isabelle, elle?

— Ça, c'est le sacrifice que j'ai à faire, mon petit soleil. Puis en plus, j'en ai pour trois ans. Et aussi, c'est sans savoir où est-ce que je vais travailler après.

— Hein! Tu travailleras pas au Bell Téléphone sur la rue Saint-Laurent?

— J'aimerais bien ça, mais va falloir que j'aille travailler où est-ce qu'y va y avoir une place pour moi. On va voir ça dans trois ans, Rose.

— Mais Isabelle, elle?

— Regarde, Isabelle va faire son cours de vétérinaire. C'est la même chose pour elle: elle va aller travailler dans une ville où est-ce qu'y vont avoir de l'ouvrage, puis aussi, un vétérinaire, ça soigne pas juste les oiseaux puis les chats! Y a les gros animaux qui restent sur les fermes, aussi! Les moutons, les vaches, les chevaux... Coudon, Rose, je te regarde là, t'as donc bien grandi, puis t'es donc bien belle!

— Bien là, Olivier, j'ai plus sept ans, sainte! Je vais avoir douze ans dans deux mois!

— Je vois bien ça. Je t'appellerai plus Rose mon soleil, je vais t'appeler Rose ma beauté .

Rose devint écarlate. Elle était de la même taille que sa sœur Francine, et la monture de ses lunettes, ovale et cuivrée, s'harmonisait bien à ses cheveux brun chocolat.

Pour la fête de la Confédération, le premier juillet, Laurette amena les enfants au parc Woodyatt. Tous les parents avaient apporté un pique-nique. Les monitrices maquillèrent les jeunes enfants et les organisateurs divertirent petits et grands avec des jeux de style olympique, une course à relais, une autre avec des sacs de pommes de terre, et une chasse au trésor.

La température était torride avec, à l'ombre des feuillus et des sapins bleus, un accablant quatre-vingt-dix degrés. Laurette proposa donc de retourner souper à la maison et elle ajouta, comme le disait Bermont : « On reviendra pour le feu entre chien et loup. »

La décision de Laurette s'avéra bonne, car Roger la contacta pour annoncer la naissance de Gabriel, un beau gros « tocson » de neuf livres et huit onces, en pleine santé, aussi beau que son père et avec des cheveux d'ébène tout comme sa mère.

L'accouchement s'était bien déroulé. Le travail avait commencé le matin à six heures et à onze heures, Gabriel s'aventurait tout doucement dans la vie.

— Eh que je suis contente, Roger ! Je vais lâcher un cri aux filles, elles sont dans la cour.

— Non ! Attends, Laurette ! J'aurais un service à te quêter !

— Tout ce que tu veux, Roger !

— Tu serais bien de service si tu gardais les filles une couple de jours de plus, le temps qu'Angèle va rester à l'hôpital, puis j'aimerais que tu leur dises pas pour le petit. On veut leur faire une surprise. Angèle va être sortie de l'hôpital… excuse, Laurette… je pense que c'est les émotions qui sortent.

— Y a pas de gêne à brailler, Roger, laisse-toi aller. De toute façon, je sais que tu vas être encore le meilleur père de la terre pour cet enfant-là, crime !

— Bien là, Laurette, tu m'aides pas en me disant ça. J'ai encore le cœur bien plus gros là !

— Bien, regarde-moi donc là, c'est moi qui morve, crime ! Bon bien, c'est assez là ! On va prendre sur nous autres, mon Roger ! Quelle journée que tu veux que j'aille te mener les filles ? Moi, je peux bien les garder encore six mois si tu veux.

— T'es drôle. Je le sais bien que tu les aimes, mais au mois de septembre, elles recommencent l'école… Regarde, Angèle sort de l'hôpital le cinq au midi, puis là, on est le premier.

— Bien oui, ton Gabriel est né la journée de la fête du Canada. Crime, c'est le fun !

— Bien oui. Elle était supposée de l'avoir au début de juillet. J'aurais jamais pensé que ce serait pour la Confédération !

— Je vais arriver avec les filles le mercredi après-midi vers quatre heures pour laisser le temps à ta belle noire de s'installer avec le bébé.

— Merci bien gros, Laurette. Tu peux pas savoir comment on apprécie, moi puis Angèle ! Ça va être plus facile à la maison avec juste les trois autres, parce que quand Angèle a eu Josée, j'étais en vacances, mais là, vu que Francine est bien habituée de garder, je manquerai pas mon ouvrage lundi. Je vais prendre congé juste mercredi pour aller la chercher à l'hôpital… Ah oui, Richard travaillait à matin. C'est sûr que c'est pas lui qui a accouché Angèle, mais on a eu sa visite à toutes les heures dans la chambre.

— Ça devait être beau de voir ça, la sœur puis le frère, surtout que son frère, elle l'aime bien gros.

— Bon, je vais te laisser parce qu'Angèle me fait des signes depuis tout à l'heure. Elle dit que je suis une vraie machine à paroles !

— T'es encore à l'hôpital ? Je pensais que t'étais chez vous.

— Mais non ! C'est pour ça que ma belle noire me fait des signes. Elle a hâte de te parler.

— Eh que je suis contente ! Passe-moi-la, Roger.

Les filles étaient bien heureuses de rester à Drummondville jusqu'au mercredi. Laurette ne dit pas un mot au sujet de leur petit frère. Elle leur fit tout simplement savoir qu'elle avait appelé leur mère pour lui demander si elle pouvait les garder encore quelques jours.

Pendant que Laurette préparait le souper avec Rose qui l'aidait à décortiquer la salade et à trancher les tomates, David jouait aux cartes avec Guylaine sur la table du salon.

— C'est lui, le premier ministre du Canada, dans la télévision, m'man ?

— Oui, oui, David, c'est Lester B. Pearson. Y est premier ministre du Canada depuis 1963.

— Ah bon. Je savais que c'était Daniel Johnson, celui du Québec, mais celui du Canada, ça fait la première fois que je le vois.

— Bien oui. Pearson, c'est un libéral, puis Johnson est de l'Union nationale.

— Ah bien là, moi, je comprends rien là-dedans ! Tu viens-tu, Guylaine ? On va aller jouer une partie de billes dehors.

— J'aimerais mieux jouer au ballon coup de poing, moi.

— OK. De toute façon, tu vas voir que je suis pas mal bon, moi aussi, au ballon coup de poing.

Les filles passèrent une journée au chalet sur le chemin Hemming, une autre à la piscine, et le mardi elles montèrent des Lego, cuisirent des biscuits et jouèrent au Monopoly avec Yvette. Elles restèrent la journée entière dans la maison puisque la pluie ne cessa de tambouriner sur les toits.

Le mercredi arriva bien vite. Avant que Rose retourne à Sorel, Olivier lui demanda d'aller marcher avec lui. Une petite promenade d'adieu, pensa-t-elle, avant qu'il parte pour Trois-Rivières à la fin du mois d'août.

— Vas-tu m'écrire, Rose, pendant que je vais être parti à Trois-Rivières ?

— Hein ! Pourquoi tu veux que je t'écrive ? Isabelle va le faire, elle !

— C'est pas pareil ! Je vais m'ennuyer de toi aussi. Y faut que tu me donnes de tes nouvelles, mon soleil ! Veux-tu ?

— Si tu veux... Envoie-moi la première lettre avec ton adresse et je vais pouvoir te répondre. Je vais être contente de recevoir de tes nouvelles, Olivier, parce que t'es mon ami.

— Oui, je suis ton ami, et toi, t'es mon ange. Pourquoi t'as pas le même âge que moi, Rose ?

— Pourquoi tu dis ça ? Isabelle, c'est ta blonde puis elle a le même âge que toi !

— Je sais bien. Isabelle, c'est que... ah ! puis, laisse faire...

— As-tu cassé avec Isabelle, Olivier ?

— Non, c'est juste que c'est une fille bien spéciale... Je t'en parlerai peut-être dans mes lettres, OK ?

— OK... Va falloir que je retourne à la maison. Mes bagages sont pas faits puis Guylaine doit me chercher partout.

— Attends ! Je peux te prendre dans mes bras, Rose ? Inquiète-toi pas, je t'embrasserai pas, c'est juste que j'en ai de besoin... Je te regarde puis j'ai juste envie de te serrer fort fort !

— OK... Mais après on s'en va.

— Promis.

Quand Olivier l'étreignit, elle se colla à lui tendrement pour savourer cette douce chaleur qui l'enveloppait.

***

— Allo, les gazelles ! Allo, Laurette ! Allo, David !

— Viens t'asseoir, Laurette, je vais te faire un café.

— Merci, Roger.

— Pa ! M'man puis Josée sont où ?

— Ta mère est partie chercher Josée chez ta matante Béatrice, Rosie. On l'a fait garder à matin, on avait des commissions à faire.

— Ah bon !

Angèle attendait, dissimulée dans la chambre de Josée, avec le bébé.

Les enfants commencèrent à raconter leurs vacances à leur père, mais Rose sentait bien qu'il se passait quelque chose d'un peu anormal. Patou se collait à la porte de la chambre de Josée et il ne cessait de geindre.

Quand leur mère sortit de la chambre avec le nouveau petit frère dans ses bras, le cœur de Rose se mit à tressaillir.

— Je veux le prendre, m'man !

— Assis-toi sur la chaise berceuse, Rose, tiens... Dix minutes, pas plus, OK ? Après on va le passer à Guylaine. Pas trop longtemps parce que Francine et Martin ont pas arrêté de le tripoter ! Y est déjà gâté, cet enfant-là, sainte bénite !

— Martin doit être content, Angèle, d'avoir eu son petit frère ?

— Si y est content ? Il l'a pas lâché deux minutes. Y a juste quand je l'ai changé de couche qu'y a pas rouspété, hi hi... Bon, donne ta place à Guylaine, ma Rosie.

— Y sent bon, m'man, puis y a les cheveux noirs pareil comme moi !

Laurette admirait Gabriel les yeux remplis de larmes.

— Bon, Roger, tu peux-tu le prendre, cet enfant-là, pour le mettre dans les bras de sa marraine pour qu'il fasse connaissance avec elle ?

Ah bien là, Laurette n'avait pas seulement les prunelles qui lui roulaient dans une mare d'eau, elle pleurait comme une Madeleine !

Gabriel était bien choyé : il venait d'hériter de deux marraines, sa tante Laurette et sa grand-maman Emma.

Chapitre 12

L'adolescence

Vendredi 20 juin 1969.

— Nous autres aussi, on trouve ça dur, ma Laurette. Une chance qu'on a Gabriel puis Josée. Les plus vieux, on les voit quasiment juste le soir quand y viennent se coucher. Ça a changé bien gros. Au moins, on n'a pas arrêté de se voir, nous autres, parce que les gazelles, tu les verrais pas souvent, toi non plus ! Qui aurait dit que tes deux gars feraient leurs études à Trois-Rivières ? Tu vas t'ennuyer moins quand tu vas déménager avec ton beau Serge à Saint-Bonaventure sur une grande terre de même.

— Bien oui, puis ma mère, je pense qu'elle devrait bien aimer ça. Une pépinière, c'est grand en crime. Elle va se retrouver en campagne pareil comme à Saint-Cyrille ! David va venir à toutes les fins de semaine puis Olivier va bien venir faire son tour de temps en temps même si y a décidé de rester à Trois-Rivières tout le temps pour faire son cours de technicien. Ça paraît pas, mais en soixante-dix, y va être prêt à travailler, mon grand... C'est dans un an, ça, ça va venir vite ! Je le sais pas où y va se placer après ses études. J'espère juste que ce sera pas à l'autre bout du monde, crime !

— Bien oui, y s'est-tu fait une autre blonde depuis Isabelle ?

— Y en a eu quelques-unes, mais ça a jamais duré longtemps. Mais là, y est loin, hein ! Je le sais pas qu'est-ce qu'y fait de ses fins de semaine là-bas, puis de toute façon, rendu à dix-huit ans, j'ai plus d'affaire à lui dire quoi faire. David, lui, ça fait pas encore un an qu'il est rendu là, puis il est assez occupé avec ses cours en communication qu'il a pas le temps de penser à se faire une blonde. Mon Dieu, y a du brouhaha en arrière de chez vous à matin. Ça déménage !

— C'est Edwidge qui déménage à Joliette avec son mari. Elle est venue sur le bord de la clôture hier soir pour faire ses adieux. J'ai laissé Roger tout seul avec ; moi, je suis pas capable de la sentir, sainte bénite ! J'ai poigné Gab puis je suis allée m'asseoir sur le perron d'en avant. Je le sais pas c'est qui qui a loué ça. Je les connais pas, je connais juste leur fille, Geneviève. Elle se tient avec Francine. Je sais que c'est du bon monde. Son père est dans la police. Puis toi, tu déménages toujours à la fin du mois, Laurette ?

— Oui, puis j'espère que vous allez venir voir ça, cette belle grosse maison de campagne là. C'est grand là-dedans, ça a pas de bon sens ! Ça a été tout un adon quand y m'a passé un caillot de planter un sapin sur le coin de ma galerie, mais qu'est-ce tu veux, quand un beau grand célibataire de même te dit : « Pourquoi vous voulez acheter un sapin quand vous pouvez avoir la pépinière au complet ? » Je te dis, Angèle, que je suis restée l'air bête en crime quand y m'a lancé ça !

— Mais comment ça qu'il savait que t'étais célibataire ? On dit pas ça à une femme qu'on a jamais vue, câline !

— Oui, mais avant qu'il me dise ça, tu sais bien qu'y avait fait son enquête ! « Oubliez pas de dire à votre mari qu'il mette de l'engrais puis qu'il l'arrose au moins pendant une semaine à tous les soirs. » Qu'est-ce tu penses que je lui ai répondu ? Que c'était moi qui le plantais, ce sapin-là, crime ! Ah, je l'aime assez ! C'est mon gros toutou, Angèle !

— Sainte bénite, Laurette, t'avais pas mordu de même quand t'avais rencontré André Manseau ! Tu m'avais dit que t'avais même pas eu envie de l'embrasser, celui-là.

— Eh oui ! Mais Serge, lui, je lui mangerais la face tout rond, crime ! Y fait juste me prendre par la taille puis j'ai envie de sauter sur lui. Ouf… une chance que ma mère m'entend pas, elle me traiterait de dévergondée puis de femme en chaleur, hi hi !

— Hi hi… je suis bien contente de te voir heureuse de même, Laurette. J'ai bien hâte de faire sa connaissance. Pourquoi tu l'amènerais pas souper quand tu vas venir pour la fête de Gab le premier juillet ? Tu sais que Gabriel, faut qu'il ait sa marraine avec lui la journée de sa fête.

— T'es bien fine de me dire ça. Gabriel, c'est comme mon gars, Angèle… Je l'aime assez, cet enfant-là ! Tu sais, quand tu l'as mis dans mes bras la journée que t'es sortie de l'hôpital pour me dire que je serais sa marraine…

— Tiens, elle morve encore, sainte bénite ! Ma mère aussi, elle a braillé quand on lui a demandé d'être l'autre marraine. Cré m'man ! Elle vient encore garder le jeudi après-midi, puis à soixante-quatre ans, elle joue encore à quatre pattes à terre avec le petit ! Elle est pas mal en forme depuis que Gaston a vendu le magasin de santé en ville. Tu sais, à soixante-cinq ans, Gaston a bien beau être en *shape*, mais voyager à Montréal deux fois par semaine pour aller chercher de la camomille puis des pains aux raisins… je pense qu'il aime bien mieux couper son gazon puis s'occuper de sa belle Arthémise ! Viens-tu, Laurette, on va aller en dedans un peu pour se faire une bonne salade de jardin avec des œufs à la coque ? Je commence à avoir faim, moi.

L'autobus de l'école Martel arriva sans Martin sur le coin de la rue Monseigneur-Nadeau. Celui-ci avait décidé de fêter la fin de son année scolaire en compagnie de ses amis en ville. À seize ans, Martin était rendu bien sérieux. Les fins de semaine, il travaillait au garage Pinard, et le *Journal de Montréal*, pour lui, c'était du passé. Certainement, il fréquentait toujours sa belle grande Diane et il venait d'obtenir son permis de conduire. Le vendredi soir, on les voyait tous les deux se pavaner avec la Chevrolet Cougar 69 de Roger, parcourant le carré du centre-ville avec la musique au fond, comme le disent les gens.

Martin écoutait beaucoup de musique québécoise, mais son groupe préféré de l'heure était Led Zeppelin. Et quand il promenait sa Diane, c'était du Françoise Hardy ou bien du Éric Charden qui jouait dans le « huit tracks » de la voiture.

Enfin, il n'avait plus l'allure d'un pouilleux. Il n'avait pas eu le choix de faire raser sa grande tignasse brune, car il ne voulait plus friser. Il avait le même gabarit que son père, cinq pieds et dix pouces, et il fumait encore ses cigarettes Embassy, communément appelées « rouleuses ». Leur prix était moins élevé, et depuis qu'il travaillait au garage Pinard le samedi et le dimanche, il s'occupait lui-même de payer ses cigarettes et son habillement. C'était aussi inévitable pour ses vêtements, et étant donné la nouvelle mode qui était de porter des jeans toute la journée, c'était plus dispendieux. Il réservait ses jeans Levi's pour les fins de semaine. Les filles aussi arboraient les jeans. On n'aurait pas vu cela il y a dix ans, car, disait-on, les *overalls*, c'était pour travailler sur la terre et pour faire le train, pas pour aller faire un défilé de mode en ville.

Francine venait de terminer sa dernière année scolaire à l'école Bernard. L'automne suivant, elle serait inscrite à la nouvelle polyvalente Fernand-Lefebvre, ainsi que son frère et ses deux sœurs. Elle n'avait pas eu d'autre copain depuis que son beau Nicolas était parti travailler à Mont-Tremblant au mois de décembre 1968. Une première grande peine d'amour, la pauvre! Nicolas avait dix-huit ans et elle n'en avait que quatorze. Quand il était parti, il n'avait pas pu l'emmener, mais il lui avait fait la promesse de lui écrire jusqu'au temps où elle aurait atteint ses seize ans pour qu'ensuite ils puissent enfin se marier. Les mois avaient passé et, pour Francine, il était préférable de l'oublier. Le facteur n'avait jamais déposé une lettre de Nicolas dans la boîte aux lettres des Delormes.

Elle travaillait toujours au magasin de santé chez monsieur Déziel. Elle avait grandi un tantinet jusqu'à atteindre cinq pieds et quatre pouces, mais Rose la dépassait avec ses cinq pieds et cinq. Une fois, Francine lui avait dit: «Ça me purge que tu sois plus grande que moi.» De toute façon, Rose n'avait jamais été très proche de sa sœur: *Eh qu'elle me tape sur les nerfs! Pour elle, je fais jamais rien de bien, c'est elle la plus fine puis j'ai jamais raison avec elle. Je pense bien qu'elle me prend pour une crotte de chien. Depuis que je me suis fait couper les cheveux courts comme ma mère, elle arrête pas de m'appeler ti-gars, puis quand elle est avec un gars, elle m'appelle son p'tit chien de poche devant lui. Elle me fait bouillir la tête, ça se peut pas! Une chance que j'ai ma sœur Guylaine parce que ce serait pas vivable dans cette maison-là. Je ferais une fugue, sainte! Guylaine a pas changé, elle. Elle est même pas dans ma classe à Didace-Pelletier puis elle vient toujours me rejoindre avec son amie Marie-Martine à la récréation ou sur l'heure du midi... Y en a qui l'appellent la squaw, ma sœur, mais c'est pas méchant parce qu'elle est tellement belle avec ses grands cheveux noirs puis sa petite face de porcelaine. La fin de semaine, on va sur la rue Barabé au Pot au Beurre parce que nos chums restent là, en face de chez matante Claudia. On les a rencontrés cet hiver au colisée Cardin en faisant du patin.*

Samuel et Michaël Lemoine étaient des jumeaux identiques de seize ans. Leurs vêtements étaient le seul moyen de les distinguer.

Samuel avait un grain de beauté sur le pouce gauche, et le beau Michaël en détenait un aussi. Samuel avait une rosette sur le côté gauche du front; Michaël en avait une aussi. Roger les trouvait bien aimables et bien éduqués, mais quand il les voyait apparaître dans sa maison avec leurs cheveux qui traînaient sur leurs épaules, il avait juste envie de prendre le *clipper*, comme il le disait, et de le leur mettre dans la tête: « Y ont pas besoin d'avoir l'air des pouilleux, maudit bonyeu. Quand Samuel est avec toi, on dirait que c'est lui qui fait la fille, bâtard! »

Josée venait de terminer sa première année scolaire à l'école Maria-Goretti. Ses cheveux châtains étaient un peu plus drus, car Angèle les lui coupait régulièrement.

Gabriel avait toujours les mêmes cheveux noir-bleu de sa mère et il allait avoir deux ans le premier juillet. Lui, il en déplaçait de l'air, comme le disait sa mère. Aussitôt qu'elle avait le dos tourné, il ne pensait qu'à faire des coups pendables. La veille, il avait fouillé dans le réfrigérateur pendant qu'elle faisait les lits et il avait lancé deux œufs sur le plancher. Pour le sermonner, Angèle avait beaucoup de difficulté. Elle disait qu'il faisait pitié quand il la regardait avec ses grands yeux bleus repentants.

— Salut, Raymonde, viens t'assir. Laurette est ici, on va jaser. Va voir Josée, Delphine, elle est dans sa chambre. Elle vient juste d'arriver de l'école. Ta petite Grace elle est où, elle ?

— Elle s'est endormie avec ma mère, ça fait que j'en profite pour venir prendre un café avec toi. Bonjour, Laurette !

— Allo, Raymonde. Vas-tu me la montrer, ta fille, quand elle va se réveiller ?

— Bien oui. Traversez tout à l'heure, vous allez voir ma mère en même temps ! Ça arrive pas souvent qu'elle sort de Repentigny pour venir nous voir, elle ! Mais ça fait bien mon affaire ; elle s'occupe bien gros des petites puis j'ai au moins la joie d'aller faire mon épicerie toute seule… Grace a juste dix mois, c'est pas toujours facile de la forcer à rester assise dans lc panier d'épicerie. Delphine, qui a juste quatre ans, à date elle a cassé un pot de betteraves, une grosse bouteille de jus de pruneau puis un pot de Maxwell House sur le plancher du magasin. Une chance que monsieur Letendre m'a pas fait payer, sapristi, ça m'aurait coûté toute une beurrée !

Pour souper, Angèle avait préparé une grosse lasagne. Ceux qui seraient là à cinq heures et demie allaient pouvoir « se bourrer la panse » et ceux qui allaient se pointer le bout du nez après six heures et demie, bien, crèveraient de faim, car la mère de famille devenait harassée de toujours réchauffer le souper. C'était la nouvelle directive à suivre pour l'été 69.

— Non, non, Gabriel, tu restes sur le perron avec nous autres ou tu vas aller te coucher tout de suite dans ta chambre.

— M'man !

— Gabriel ! Attends-tu que je me lève ? Je vais te prendre par le collet puis ton lit, tu vas le voir assez vite, mon gars.

— Bien là, Roger, vas-y pas si raide avec lui, sainte bénite !

— C'est ce qu'y faut faire, ma femme. Avec ta petite voix mielleuse, c'est pas comme ça que tu vas te faire écouter. À cinq ans, y va te monter sur la tête, maudit !

— Êtes-vous en train de vous chicaner, vous deux, là ?

— Bien non, Laurette, Roger puis moi on parle ! Pourquoi tu ris ?

— Oh... c'est parce que c'est la première fois que je vois ton Roger en beau maudit comme ça !

— Je t'ai pas trop fait peur, ma Laurette, au moins ?

— Bien non, Roger, j'ai eu plus de fun que d'autre chose à te voir parler fort de même ! Tiens, ton grand Martin qui arrive, Angèle. Trop tard, Martin, la lasagne est serrée dans le frigidaire !

— J'ai pas faim pantoute, j'ai juste envie d'aller me coucher. Bien voyons, m'man, t'as changé la poignée de porte ?

— Sainte bénite, Roger, Martin est saoul ! Qu'est-ce que t'as à rire ?

— Rien, ma femme. Martin! Veux-tu bien me dire où est-ce que t'es allé te traîner les pieds, bonyeu?

— Je suis allé en ville avec Luc puis Joël Mercier. On a fêté notre dernière journée d'école.

— Puis ta Diane, elle? Je pense que t'as oublié que t'allais la chercher chez eux pour aller en ville. Elle a appelé deux fois depuis six heures.

— Ah, ma belle Diane... On va se marier dans deux ans, quand je vais avoir fini mon cours de mécanique.

— Si elle te verrait là, mon Martin, je suis pas sûr qu'elle voudrait se marier avec toi, moi! Coudon, qu'est-ce que t'as fait à ta moustache?

— Hon... hi hi... Je pense que j'en ai oublié un bout, moi, parce qu'y m'en manque un morceau, hein! Maudit Joël! Oups...

— Ouache! Maudit cochon! T'aurais pu essayer de te rendre dans la chambre de bain! Viarge que t'es pas drôle! Tiens le petit, Angèle, je vais aller chercher la hose en arrière, puis toi, ma face de carême, oublie pas de te prendre une chaudière pour mettre à côté de ton lit! Quand on sait pas boire, Martin Delormes, bien, on boit pas, maudit verrat! Pourquoi tu ris, Angèle?

— Oh... c'est sa première brosse, Roger. T'en as pas eu une, première brosse, toi?

— Bien oui, ma femme. Moi, j'avais quatorze ans puis j'ai renvoyé à côté de mon lit à terre, puis quand je me suis levé, j'ai glissé puis j'ai tombé dedans.

— Oh! hi hi.... C'est pour ça, la chaudière? Hi hi... Viens, Laurette, on va prendre une marche jusqu'au dépanneur Allard puis après je vais aller te montrer la petite à Raymonde... Hi hi! je suis crinquée pour la veillée, moi, j'en ai mal au ventre, câline!

Laurette reprit la route pour Drummondville à sept heures et Angèle téléphona à Diane pour lui dire de ne pas s'inquiéter pour son Martin, qu'il s'était endormi et qu'il lui téléphonerait le lendemain matin.

***

— Tu parles d'une journée plate pour déménager! Ses meubles vont être tout mouillés, sainte bénite! Son visage, à cette femme-là, me dit quelque chose. Pas toi, Roger?

— Non... En tout cas, on sait de qui Geneviève retient, c'est une belle femme! On peut pas en dire autant de son mari. Il est laid, ça a pas de bon sens! On lui voit juste le nez dans la face, maudit!

— Bien voyons, Roger, parle pas de même! Y est peut-être bien fin, cet homme-là!

— J'espère pour lui, parce qu'à part de ça, on peut pas dire qu'y a été gâté par la vie! Les enfants doivent prendre leur trou quand y est en habit de police! Imagine-toi rencontrer ça dans le fond d'une cour à dix heures du soir! En tout cas, moi, je ferais un maudit saut!

— Oh... hi hi! Voyons, mon mari, c'est pas de sa faute s'il est laid! Oups! Allo, Geneviève, reste pas là, monte sur le perron, tu vas être mouillée comme un canard! Francine est dans sa chambre en bas... On dirait que ça va s'éclaircir, mon mari. On va pouvoir tailler la haie en avant. Viens, Gab, on va aller mettre la table pour le dîner.

C'était beaucoup de besogne, posséder une maison. Roger n'arrêtait pas cinq minutes, et comme s'il n'en avait pas assez, Angèle avait réussi à le persuader d'acheter des lapins pour Josée.

Au début, c'était bien amusant d'avoir deux beaux petits lapins blancs, mais là, Blanchette était rendue avec douze petits, et ainsi, Roger n'arrêtait plus de les nourrir et il était bien excédé de nettoyer cette cage-là tous les jours. «Des vraies machines à crottes, ces lapins-là, maudit!»

— Ouin, c'est des beaux plants de tomates, ça, monsieur!

— Tiens, salut. Vous êtes notre nouveau voisin?

— Bien oui. Moi, c'est Charles puis lui, c'est Dany, mon plus jeune.

— Enchanté, monsieur…?

— Dufault, Charles Dufault. Vous êtes monsieur Delormes, vous. Geneviève m'a parlé de vous. Elle m'a dit que vous travailliez à la Québec Iron.

— En plein ça!

Charles Dufault, un homme imposant d'environ six pieds, était au début de la quarantaine. On ne pouvait pas discerner la teinte de ses cheveux du fait qu'ils étaient chapeautés d'une casquette noire; par contre, ses yeux étaient très bleus, surmontés de gros sourcils gris. De près, ce n'était pas un homme laid, à part son nez protubérant.

Dany, lui, était un petit maigrichon avec les cheveux longs et bruns aux épaules. «Un autre pouilleux, maudit!» pensa Roger.

— Viens, Antoinette, je vais te présenter notre nouveau voisin!

Antoinette était en train de secouer ses tapis sur la galerie. C'était une belle grande femme blonde de cinq pieds et six pouces avec une taille de guêpe. Jamais on n'aurait pu croire que cette femme avait pu porter deux enfants tant elle était parfaite.

— Ah bien, maudit de maudit, Antoinette Ménard!

— Bien, j'en reviens pas! Comment ça va, Roger?

— Tu le connais, mon petit pinson ? lui glissa à l'oreille, son conjoint.

— Bien oui, mon ti-gros… Roger, c'est mon premier chum ! Eh que le monde est petit, hein ? T'as pas changé, Roger, à part tes lunettes. J'en reviens pas ! Ça fait deux ans que nos filles se tiennent ensemble puis on était même pas au courant, christie !

Les côtelettes de porc étaient délicieuses. Geneviève en avala deux. Cette très jolie jeune fille était attentive à tout ce qui s'échangeait à la table des Delormes.

— Quand tu nous parlais de ta mère, Geneviève, je savais pas que c'était Antoinette !

— Tu la connais, Roger, sa mère ?

— Bien oui, c'est Antoinette Ménard, Angèle !

— Hein ! La coqueluche du couvent Saint-Pierre ?

— Pardon ? Pourquoi vous dites ça, madame Delormes ?

— Oups ! C'est parce que, imagine-toi donc, Geneviève, que quand j'ai connu Roger la première fois aux petites vues à Saint-Maxime, il sortait avec ta mère.

— Hein ! C'est pas vrai ! Ah bien, mautadine !

Chapitre 13

Wildwood

La fête du Canada cette année-là était un mardi et Angèle avait décidé de fêter l'anniversaire de naissance de Gabriel en cette même journée, car le lendemain, tous les commerces étaient fermés et la plupart des gens ne travaillaient pas. Laurette arriva avec Serge et Yvette à trois heures. La sauce à vol-au-vent, la salade de chou et le gâteau d'anniversaire avaient déjà été cuisinés.

Yvette avait les cheveux tout blancs et Guylaine avait constaté qu'elle avait encore rétréci. Elle portait un joli chemisier en jersey bleu sarcelle incrusté d'immenses boutons blancs. La pauvre! Elle avait de la difficulté à se déplacer. Elle était atteinte de rhumatisme tout comme son regretté Bermont.

Serge était plus petit que Laurette. Ses cheveux étaient bruns, frisés et très courts. On aurait pensé qu'il ne possédait qu'un seul sourcil tellement les deux étaient contigus, et sous cette arcade sourcilière très accentuée, des yeux vert tendre scintillaient. Sans être un homme corpulent, il possédait un abdomen assez ventru. Il portait fièrement un polo blanc sur lequel apparaissait un logo exhibant le nom de sa pépinière, assorti à un pantalon gris. Son parfum boisé taquinait l'odorat sans trop déranger les plus proches. Laurette affichait sa féminité dans sa camisole rose et sa jupe-culotte bourgogne. Pour faire une variation, au lieu de porter un chapeau de paille, elle était allée chez sa coiffeuse pour se faire faire des tresses françaises.

— Viens voir ta marraine, mon beau filleul. On va aller chercher ton cadeau de fête dans le char de mononcle Serge.

— Sainte bénite, Laurette, tu le gâtes bien trop, cet enfant-là ! Un bicycle à trois roues ! Le vieux bicycle va prendre le bord des poubelles. Y a pogné les bébites à fer. Celui-là, Roger va lui poser des blocs de bois sur les pédales pour commencer, puis je suis bien contente parce que Gab va l'avoir longtemps. Reste dessus, Gab, maman va prendre un portrait avec ta marraine.

Angèle avait aromatisé le gâteau d'anniversaire aux cerises et l'avait recouvert d'un crémage blanc sur lequel elle avait déposé deux grosses bougies rouges et quelques cerises au marasquin. Guylaine et Rose avaient pris le repas de fête avec eux, mais elles venaient de partir vers le centre-ville pour les festivités de la Confédération. Pour Martin, Angèle disait qu'elle était sur le point de payer une pension chez Jeanine, car il y passait toutes ses soirées. Francine restait chez Marjolaine Yergeault au village de Saint-Roch pour trois jours.

— Puis toi, Serge, t'as jamais été marié avant ?

— Bien non. Faut croire que j'étais fait pour attendre après Laurette. Elle est arrivée sur le tard dans ma vie, mais crois-moi qu'on va reprendre le temps perdu, hein, ma belle violette? Puis en plus, ça valait la peine d'attendre: j'ai hérité d'une belle-mère en or.

— Voyons, Serge, mets-en pas tant… Je suis pas toujours facile à vivre avec mes soixante-huit ans bien sonnés.

— Ça, c'est vous qui le dites parce que moi je trouve que vous êtes quand même pas mal en forme avec tout ce que vous faites dans la maison puis sur la pépinière. Moi, je dis qu'on fait une maudite bonne équipe tous les trois! Mais là, Laurette vous a pas tout dit, parce que je lui ai appris cette nouvelle-là avant de la déménager à Saint-Bonaventure. Y fallait bien que je me vide le cœur, puis je voulais pas commencer ma nouvelle vie avec une bébite noire, vous comprenez?

— Câline, c'est-tu grave?

— Non, mais dans le temps je l'avais pas trouvée drôle, moi, même qu'aujourd'hui, j'y pense encore, même que je rêve de la voir débarquer chez nous à toute minute!

— De qui tu veux parler, Serge?

— Regarde, Roger, je te vois avec ta belle Angèle puis tes six beaux enfants, maudasse que je t'envie! Moi, j'ai une fille. La dernière fois que je l'ai vue, elle avait cinq ans.

— Comment ça? Un accident? Mais tu dis que t'as jamais été marié!

— Bien non, Roger, la mère de Lizette a jamais voulu qu'on se marie parce que j'avais pas de métier dans le temps. Dans ce temps-là, j'avais dix-huit ans, je restais sur la terre à bois avec mes vieux à Sainte-Rosalie, puis Lizette, c'était la fille des Rivard qui restaient dans le 2e Rang. J'ai tout fait pour la marier, mais les Rivard ont toujours essayé de me mettre des bois dans les roues. J'allais voir Catherine aussi souvent que je pouvais. Mon vieux est tombé malade au printemps puis y a rendu l'âme à l'automne. La petite avait quatre ans. C'est moi qui a pris la terre à ma charge. Ça rapportait pas bien gros, mais qu'est-ce tu veux, on bourrait notre pipe avec le tabac qu'on avait. Puis je pouvais pas laisser ma vieille mère toute seule pour m'en aller travailler en ville... Quand elle a enfin décidé de vendre la terre puis qu'on s'est trouvé une petite maison à Drummondville, je me suis dit: « Elle va bien venir me rejoindre avec la petite quand je vais me trouver une *job* ! » Savez-vous quel coup de cochon qu'elle m'a fait quand je lui ai dit que je travaillais pour la voirie de Drummondville ?

— Non... Qu'est-ce qu'elle a fait ?

— Bien, elle cachait bien son jeu en maudasse. Ça faisait un an qu'elle forniquait avec un gars de Saint-Norbert ! Elle a sacré son camp avec lui puis la petite, puis quand lui, y s'est trouvé une *job* à Saint-Jérôme, j'ai jamais revu ma petite Catherine. Je peux vous dire qu'y a pas une journée que je pense pas à elle. Je le sais pas, si un jour cette enfant-là pourrait peut-être juste penser un peu qu'elle a un père qui l'attend depuis vingt ans...

— Pauvre toi ! Mais elle est donc bien sans-cœur, cette femme-là, de priver son père de voir son enfant, bonyeu ! Dis-toi bien qu'un jour, elle l'emportera pas au paradis, un jour ça va lui retontir dans la face... La loi du retour, c'est fort en maudit !

— Oui, Roger, ça je le sais...

— Mais t'as jamais fait de recherches à Saint-Jérôme ?

— Non, Angèle. C'est comme chercher une aiguille dans une botte de foin. J'ai jamais vu ce gars-là, puis je connais rien de son pedigree. Je sais juste qu'il s'appelle

Damien. Je suis même retourné chez les Rivard deux ans après, puis ils m'ont dit : « Marie-toi donc devant ta porte avec quelqu'un de ta sorte. » Ça fait que j'ai bien compris qu'eux autres aussi l'avaient jamais revue, la petite, puis qu'ils savaient bien que leur fille, c'était pas une fille pour moi. Quand Lizette restait là, dans le 2e Rang, la chicane était toujours pognée dans la cabane. La mère Rivard voulait élever la petite à sa manière puis elle, elle défaisait tout par derrière. Ça fait que c'est ça. Vous savez mon histoire, puis moi, j'ai le cœur en paix de vous l'avoir racontée.

— Sainte bénite que je vous souhaite donc de la revoir, cette enfant-là !

— Bien oui, Angèle… Bon, on va pas brailler sur mon cas toute la veillée ! Qu'est-ce que vous diriez de faire un petit voyage de cinq jours avec nous autres au mois d'août ?

— Hein ! Où ça ?

— Dis-lé, toi, Laurette !

— C'est parce que Serge, y a une roulotte, puis on aimerait ça vous inviter pour venir avec nous autres à Wildwood.

— Mon Dieu, Roger, as-tu entendu ça ?

— Bien là, je sais pas quoi dire… Aller se baigner dans la mer ?

— Oui, puis faire du camping, se faire griller la couenne puis se promener en bicycle sur le Boardwalk.

— Mais ça a pas de bons sens : on a six enfants à faire garder, câline !

— Voyons, ma belle noire, on a juste Josée puis Gab à faire garder, puis à part de ça, Francine puis les deux gazelles peuvent garder. Elles gardent bien les deux couples de jumeaux à Richard! On peut demander à ta mère de venir faire son tour aussi.

— Oh! Me baigner dans l'eau salée, j'ai jamais connu ça!

— Crime, Angèle, je pensais pas que tu le prendrais de même. J'ai le cœur tout à l'envers juste à te voir!

— Ça, Laurette, ça veut dire qu'elle veut y aller, en vacances, ma belle noire! C'est sûr qu'elle va être bien énervée jusqu'au mois d'août, mais quand elle va avoir les orteils dans l'eau, elle va décompresser assez vite… Vous allez là quand au mois d'août, Serge?

— Regarde, Roger, moi, je prends mes vacances la deuxième puis la troisième d'août. T'as qu'à choisir dans le tas, puis ça va être tiguidou pour nous autres!

— On va y aller dans la troisième semaine. Notre fin de semaine à Québec, on va la remettre l'année prochaine. Ça, c'est si ma femme veut la manquer pour aller à Wildwood. Qu'est-ce t'en penses, ma femme?

— Voyons, Roger, ça se discute pas… Une folle dans une poche, hein!

***

Mi-juillet.

Les parterres n'étaient pas seulement jaunis, mais brûlés, et les plants de tomates de Roger étaient à l'agonie.

En sortant de son travail, il se rendit au Canadian Tire pour acheter un ventilateur sur pied dans le but de l'installer dans sa chambre, mais il fut obligé de changer son fusil d'épaule, car il n'en restait plus un seul dans le magasin. Il revint avec une piscine ronde de douze pieds.

Trois heures plus tard, quand il mit le boyau d'arrosage dans la piscine, le thermomètre indiquait quatre-vingt-douze degrés avec l'humidité persistante. Angèle avait couché Gabriel en bas dans la chambre de Francine, et elle et Roger veillèrent sur la galerie jusqu'à une heure du matin en compagnie de Patou qui « pompait l'huile au siau ».

***

— Bien voyons, Angèle, c'est à la dernière minute de même que tu t'aperçois que t'as plus de costume de bain ! Laurette va arriver dans une demi-heure, bonyeu !

— Là, Roger, arrête de m'énerver, OK ! Je pensais pas que je l'avais jeté, ce costume de bain là, moi. Je vais aller au Miracle Mart à côté pour m'en trouver un, puis si Laurette arrive avec Serge, dis-lui que je vais revenir, ce sera pas long… J'espère juste que je vais m'en dénicher un qui va me faire, sans ça, je fais une crise de nerfs, sainte bénite !

— Achète-toi donc un beau deux-pièces, ma femme. Me semble qu'avec la taille que t'as là, tu pourrais te permettre d'en porter un.

— Roger, penses-y deux minutes : j'ai eu cinq enfants puis je suis rendue à trente-neuf ans, câline ! Je veux pas faire peur au monde, moi, je veux juste aller me baigner.

— Tu penses pas que tu te sous-estimes un peu, ma femme ? Y a des femmes de trente ans qui ont pas la chance d'avoir une belle silhouette comme la tienne, maudit ! Dis donc oui ! Faut que tu la fasses griller, cette bedaine-là !

— Ouin… En tout cas, je vais voir les modèles qu'ils ont. En même temps, je vais acheter de la crème à bronzer ;

la Tropic Tan est en spécial cette semaine à une piastre et soixante-quatorze.

Finalement, cela lui prit une heure pour se choisir un maillot de bain. Elle en essaya au moins dix avant de se décider pour un deux-pièces orange brûlé. Comme il était en vente à deux piastres et quatre-vingt-sept sous, elle magasina une paire de sandales de plage brunes. Elle mit tous ses achats sur sa carte Chargex pour ne pas toucher à l'argent qu'elle avait sorti de la caisse populaire pour les dépenses à Wildwood.

— C'est pas trop tôt, ma femme. Étais-tu en train de dévaliser le Miracle Mart au complet ?

— Roger, un costume de bain, ça se choisit pas en criant ciseau ! Toi, c'est pas pareil, t'as encore le même costume bourgogne que t'avais dans le temps à Saint-Robert !

— Woh ! Je te demande bien pardon, Angèle, c'est pas celui de Saint-Robert, c'est celui que j'avais acheté quand on restait sur la rue George !

— Hi hi… ça fait quand même vingt ans de ça. L'as-tu essayé pour voir s'il te faisait encore ?

— Eille, toi ! Même si j'ai pris une couple de livres, ça s'étire, cette affaire-là, puis si je me regarde comme il faut dans le miroir, je roule pas encore, bonyeu !

— Hé ! les vacanciers ! Vous êtes sur les nerfs pas à peu près. Ça fait dix minutes que vous vous engueulez pour un costume de bain, crime !

— Oh, pauvre Laurette ! Je pense qu'on est énervés un peu, hein ?

— Si vous êtes énervés ? Depuis qu'on est arrivés que vous arrêtez pas de vous relancer, crime !

— Eh que j'ai hâte d'être rendue sur le bord de la mer, vous pouvez pas savoir comment ! C'est-tu vrai qu'on va voir New York, Serge ?

— On peut pas dire qu'on va voir New York, Angèle, mais je peux te dire qu'on va le traverser puis ça va te donner une bonne idée quand même. Wildwood, c'est dans l'État du New Jersey, à cinq milles d'Atlantic City... Bon, on y va ?

Roger et Angèle donnèrent leurs dernières directives aux enfants ainsi que les numéros de téléphone du service d'incendie, et du service ambulancier, qui était le même numéro que le poste de police.

L'important, en arrivant à Wildwood, était de se trouver un terrain de camping, même si cela devait occuper tout le reste de la journée. Quand ils dénichèrent et payèrent enfin un terrain au camping Seashore, à cinq minutes de la plage, la pluie commença à inonder les terrains. Ils remarquèrent bien que c'était un très bel emplacement malgré la tornade qui, une semaine auparavant, avait déraciné plusieurs végétaux arrivés à maturité.

— Bon bien, on va attendre qu'il arrête de mouiller puis je vais aller brancher l'eau puis les égouts.

— On a même une toilette, Serge ? C'est le gros luxe, ça !

— Oui, regarde, t'as un lavabo aussi. C'est pas grand, mais c'est bien d'adon.

— Je vois bien ça.

— Vous allez coucher dans la chambre puis moi, je vais coucher sur la table de cuisine avec ma violette.

— Ça a pas de bon sens, c'est bien trop petit !

— Bien non, Angèle. Je vais te montrer après le souper qu'est-ce qu'on peut faire avec cette banquette-là.

Dans la soirée, ils n'eurent pas l'occasion de visiter les lieux. Des éclairs lumineux jaillissaient à répétition, suivis par le tonnerre qui grondait sourdement. Mais, ils rigolèrent bien. Roger n'aurait jamais pu imaginer que Serge était un aussi bon conteur d'histoires. Une histoire se terminait et l'autre enchaînait, et ce, sans interruption des auditeurs.

— La pauvre femme s'est fait livrer une pleine dompeuse de laine d'acier pour l'hiver…

— Hein ! Qu'est-ce qu'elle voulait faire avec ça ?

— Elle voulait se tricoter un poêle à temps perdu !

— Oh ! Hi hi ! Si ça a du bon sens ! Là, arrête un peu, Serge, je suis plus capable de reprendre mon souffle !

— C'est comme le vieux puis sa vieille qui sont assis sur leur perron en campagne. Sa femme voit le bœuf dans le champ embarqué par-dessus la vache. Elle dit à son vieux : « Ça te tente-tu de faire pareil comme eux autres, mon mari ? »

— Crime, elle était en forme, la vieille !

— Ben oui. Son mari lui a dit : « Vas-y, je vais t'attendre. »

— Oh ! Hi hi ! Roger, donne-moi donc une Mark Ten ; j'ai le goût d'en fumer une avec ma bière.

— Hé ! ma femme, es-tu devenue délinquante, ma foi du Bon Dieu ? Une cigarette ?

— Elle fait bien, Roger, ta femme. Elle est en vacances, crime, laisse-la faire ! Puis toi, Serge, donne-moi donc une Player's !

— Tiens, une autre dévergondée, maudasse! Si ça continue, les femmes, avec vos énervouillages, demain matin, c'est vous autres qui allez le regretter quand vous allez vous lever le derrière devant!

— Vous allez voir qu'on est pas des petites natures, moi puis Angèle. On est capables d'en prendre plus que vous pensez!

— Ouais... Changement de propos: Serge, ton char prend du gaz en s'il vous plaît. T'as tinqué deux fois en s'en allant!

— Oui, mais oublie pas que ce char-là, y traîne la grosse Bertha en arrière!

— Ouin, c'est vrai. En tout cas, je veux que tu me dises comment ça va avoir coûté pour le pétrole parce que je veux t'en payer la moitié, moi.

— Y en est pas question, mon Roger. Même si vous seriez pas venus, moi puis Laurette, on partait pareil, ça fait qu'achale-moi pas avec ça si tu veux pas t'en revenir sur le pouce, OK?

Le lendemain matin, à neuf heures, c'était encore tout brumeux à l'extérieur. Mais le soleil persistant se chargea de chasser un à un les nuages qui s'ingéniaient à s'accrocher au firmament.

Au point du jour, à Wildwood, c'était la promenade à bicyclette sur le Boardwalk et dans l'après-midi, c'était le relâchement sur le sable chaud tout près des vagues bleutées.

Le sac de plage était rempli de crèmes à bronzer, de pommade Noxzema, de grandes serviettes, sans omettre les pommes, les oranges, les chips et les bouteilles de Coca-Cola.

Quand Roger vit sa femme enlever son grand tee-shirt et qu'il aperçut le deux-pièces orange brûlé, il la trouva bien attirante.

— Viens, ma femme, on va aller plus loin dans la deuxième vague. Ici, c'est des vagues de quêteux. Moi, je veux me faire brasser un peu plus que ça…

— Tu sais bien, Roger, que je nage comme une roche. Si j'y vais, t'as besoin de pas me lâcher!

— C'est pas dangereux, on a de l'eau jusqu'à la taille. Viens donc, ma femme!

La deuxième vague était impressionnante et Angèle se retrouva à cul plat au fond de la mer salée.

— As-tu vu, Roger? C'est ça, un deux-pièces: tu te retrouves les boules à l'air, sainte bénite!

Le lendemain matin, pendant que les femmes allèrent faire une petite brassée de lavage à la buanderie du camping, les hommes lavèrent la vaisselle et firent les lits. Sur la chaîne radiophonique de New York, depuis le transistor que Roger avait emprunté à Martin, l'animateur assura les auditeurs d'un quatre-vingt-six degrés pour la journée.

Le Boardwalk était à perte de vue. Laurette et les siens louèrent leurs vélos à dix heures. Ils visitèrent une boutique pour acheter des tee-shirts aux enfants, ils firent une halte dans une bijouterie, car Laurette voulait se procurer une montre-bracelet, et ils s'attablèrent dans un café puisque Angèle eut envie d'un café au percolateur. Par chance, ils ne visitèrent pas les parcs d'attractions, car ils en auraient eu pour toute la journée.

Pour la toute dernière soirée, Roger et Serge sortirent en ville pour se procurer une douzaine de beignes dans un Dunkin' Donuts. Enfin, ils allaient pouvoir goûter à ces pâtisseries! Depuis le temps qu'ils voyaient la publicité au canal anglophone! On ne sait jamais, peut-être qu'un jour il y en aurait au Québec, des Dunkin' Donuts, et si ce n'était pas le cas, bien, ils auraient le plaisir de dire qu'ils en ont déjà mangé.

— Ça a-tu du bon sens, Roger, de se bourrer la panse de même avant d'aller se coucher!

— On va juste virailler un peu plus cette nuit, ma femme! Ouin, je vais dire comme ma mère: « Tu vas rêver au loup-garou cette nuit. » Pourquoi tu ris, Angèle?

— Oh! Hi hi! C'est drôle, moi, ma mère nous disait: « Vous allez rêver aux bilous. » J'ai jamais compris qu'est-ce qu'elle voulait dire!

La mer
Qu'on voit danser
Le long des golfes clairs
A des reflets d'argent
La mer
Des reflets changeants
Sous la pluie[5].

---

5 *La mer* (1945). Paroles de Charles Trenet; musique de Charles Trenet et Albert Larsy..

Chapitre 14

La rentrée scolaire

Roger entreprenait sa deuxième saison de quilles avec comme coéquipiers Fabien, Denis Grenier, Pierre-Paul Poulin et Charles Dufault. L'équipe jouait tous les dimanches matin à dix heures.

« Qu'est-ce que ça donne de se morfondre à vouloir essayer d'envoyer les enfants à l'église Saint-Maxime quand ils ne veulent plus rien savoir de la messe ? Ils disent qu'ils aiment mieux aller à celle de cinq heures et souvent, ils oublient d'y aller du fait que le samedi soir, ils rentrent très tard et même que parfois ils dépassent minuit », disait Fabien.

Parfois, Francine faisait du gardiennage jusqu'à deux heures du matin chez les Roberge en plus de travailler au magasin de santé le vendredi soir. Rose et Guylaine, quand elles n'étaient pas avec leurs copains, les jumeaux Samuel et Michaël, gardaient les deux couples de jumeaux de Richard et Michèle.

Quand Roger était aux quilles le dimanche matin, Angèle prenait sa pause café avec Antoinette, la femme de

Charles, et par moments, Jeanine, la femme de Pierre-Paul, les accompagnait quand elle ne faisait pas la grasse matinée.

C'était terminé, le rosbif pour dîner accompagné du sucre à la crème chaud. Premièrement, quand les enfants se levaient à l'heure du midi, pour eux, c'était le temps de déjeuner, et Roger dînait au restaurant Rheault avec ses amis après son tournoi de quilles.

— Non, Roger! Moi, si je joue encore une fois contre cet épais-là, je débarque! Tu sais bien qu'il a la danse de Saint-Guy, ce gars-là! Même quand y joue pas, y fait juste des maudits grands sparages puis y nous dérange tout le temps, barnache!

— Bien là, essaye de le toffer, mon Charles. On va peut-être jouer juste deux fois contre lui dans toute la saison! Oui, mademoiselle, je vais prendre un café avec votre dessert du jour s'il vous plaît.

— Je veux bien croire, Roger, mais qu'est-ce que Clarence puis Wildor ont pensé quand ils l'ont pris dans leur équipe? Y a toujours les dents mêlées, ce gars-là, puis je te parle pas de son petit flacon qu'il traîne toujours dans sa poche.

— Ouin, c'est vrai qu'y tinque pas mal fort, le Donald. Si Clarence pense qu'y vont se classer avec cet étourdi-là, bien, y a baisé son lièvre. Y faudrait qu'il le débarque de son équipe puis qu'il en prenne un qui a pas les deux yeux dans le même trou. Puis toi, Denis, ça paraissait que t'avais pas mal à nulle part à matin! T'as joué cent quatre-vingts, maudit!

— Pourquoi tu dis ça, Roger? C'est pareil comme si je me plaignais tout le temps! Quand je me lève le matin puis que j'ai le dos plié en deux, je me pète trois aspirines en arrière du casseau puis quand j'arrive au bowling, ça paraît plus pantoute. Je vais aller faire brailler Madeleine, moi.

— Ouin, son maudit mal de dos. Faut endurer son Antiphlogistine toute l'avant-midi. Remarque que j'aime mieux ça que l'Absorbine Junior; ça sent le diable à plein nez, cette affaire-là! Qu'est-ce que t'as à rire de même, Roger?

— T'en souviens-tu, Fabien, à *shop*, quand il avait mal aux dents?

— Ah! Parle-moi z'en pas! J'étais en train de revirer fou, sainte étoile! Je lui ai dit cinq fois d'aller se la faire arracher, sa dent.

— Ça, c'est à part des autres fois que tu lui as dit, toi aussi. Il est jamais allé. Il est bien trop peigne-cul pour donner cinq piastres au dentiste, tu comprends bien. Moi, à sa place, je les ferais toutes arracher. Y a la bouche comme un clavier de piano!

— Qu'est-ce tu veux, Fabien! Denis, c'est un maudit bon gars, mais bonyeu qu'y est baise-piastre! Des fois j'ai honte, puis je te gage en plus qu'y laissera pas une cenne de *tip* à la serveuse.

Eh oui! Les hommes laissèrent tous leurs cinquante sous de pourboire, mais Denis ne laissa rien sur la table. Ce n'était pas parce qu'il n'avait pas d'argent: il ne savait pas vivre.

— Puis, as-tu gagné, mon mari?

— Bien oui, bien oui... On a fini avec un gros cent soixante-dix-neuf de moyenne, ma femme!

— Sainte bénite, vous avez tiré pas mal fort à matin! Nous autres, on a bien ri à matin. Antoinette nous a raconté comment elle avait rencontré son gros Charles. Elle était allée à la pêche à Contrecœur avec son cousin puis sa cousine ; Charles, lui, il était avec son frère à peu près à dix pieds de leur chaloupe. Sais-tu ce qu'il lui a dit ? Hi hi !

— Quoi ? Mon Dieu, ma femme, t'as eu du fun à matin, toi !

— Bien oui. Il lui a dit : « Si je serais Jésus, je ferais un miracle puis je marcherais sur les eaux pour aller te rejoindre dans ta gondole. »

— Ouin, c'est un romantique, ce Charles-là !

— Oui, puis Antoinette lui a dit : « Ouin, ouin, des beaux parleurs comme toi, ça pond juste des œufs de coq puis ça chie toujours sur le bacul à la place d'agir ! »

— Antoinette a pas dit ça ?

— Hi hi... Oui !

— Bonyeu, je pensais jamais qu'Antoinette était capable de parler de même ! Charles doit pas l'avoir trouvée bien drôle !

— C'est là que tu te trompes, Roger. Y a plongé puis il est allé la rejoindre dans sa chaloupe !

— Tout habillé ?

— Oui... Une chance que c'était au mois de juin, mais même si ça aurait été au mois d'octobre, je pense qu'il aurait plongé quand même.

— Eh bien ! Qui aurait pu penser qu'un jour mon ancienne blonde s'adonnerait de même avec ma femme ! Voyons, ma Rosie, t'es donc bien piteuse après-midi ! Es-tu malade ?

— Bien non, pa, c'est Samuel.

— Comment ça, ma fille ?

— Ouf... Tout ce que je peux vous dire, c'est que j'ai cassé avec lui.

— Mon Dieu, ma fille, je voyais bien qu'il avait l'air un peu plus frais chié que Michaël, mais là, je suis bien surprise. Tu veux pas nous en parler, ma fille ?

— Oui, m'man, mais je vous avertis que j'ai rien fait de mal, moi !

La veille, Samuel était allé la chercher pour l'amener faire un tour en ville après avoir emprunté l'auto de son père, Basile. Mais ce n'était pas en ville qu'il l'avait conduite. Ils s'étaient retrouvés côte à côte sur une grosse pierre au bord du fleuve Saint-Laurent à la marina Beaudry.

Samuel affichait une allure bizarre, même que Rose pensa un instant qu'il avait fumé de la marijuana, car il avait les yeux ternis.

En s'approchant pour l'embrasser, elle constata bien que ce n'était pas seulement ce qu'il espérait d'elle. Il venait de détacher sa braguette et il haletait de plus en plus fort.

Quand il essuya le refus de Rose, il se mit à tempêter et il lui demanda de regagner la voiture sur-le-champ. Sur le chemin du retour, ils s'arrêtèrent au carré Royal et tout en déambulant sur les allées bétonnées, ils aperçurent Guylaine et Michaël en train de fumer et prendre de la bière.

— Hé ! ma sœur, t'es boutonnée comme une jalouse !

— Oh… merci Guylaine. Bien oui, regarde donc ça, j'ai la blouse toute croche, sainte !

— Ah bien ! Vous venez d'où, vous deux, là ?

— C'est pas de tes affaires, ça, Michaël Lemoine ! Ce que je fais avec ton frère, ça te regarde pas pantoute, maudit senteux !

— Bien, tu sauras que ça me regarde parce que… attends une minute, veux-tu une bière, mon frère, avant que je finisse de toutes les boire ?

— Ah bien, oui.

— As-tu vu la fille qui se trémousse là-bas, Samuel ? C'est pas du petit lard, ça ! Lui as-tu vu les fesses ?

— Michaël Lemoine ! Pourquoi tu dis ça ? T'es donc bien épais, toi ! Moi, je m'en vais, puis si t'arrêtes pas de boire, tu vas dégueuler ici. T'as les yeux comme des culs de bouteille, t'es paqueté bien raide !

— Arrête donc, ma petite Guylaine d'amour. Tu sais bien que je serai pas malade, tu t'énerves le poil des jambes pour rien là… hi hi… On leur dit-tu ?

— Dire quoi ? Toi, Samuel, arrête de rire ! C'est quoi qui se passe ? Pourquoi vous êtes comme ça, tous les deux ? On vous reconnaît pas !

— Hi hi ! C'est parce que quand tu me parles, ma petite coquerelle, tu parles à Michaël, hi hi !

— Quoi ! Ah bien, maudite marde ! Toi, Michaël Lemoine, t'es juste un gros salaud ! Puis toi, Samuel, je veux plus jamais voir ta maudite face d'hypocrite ! Comment avez-vous pu nous faire ça, à moi puis à ma sœur ?

— Hé, Rosie, on voulait juste vous jouer un petit tour, nous autres !

— Un tour ! Tu m'as amenée chez Beaudry pour me tripoter puis tu voudrais que je rie de ça ! Es-tu viré sur le couvert, Michaël Lemoine ? Viens, Guylaine, on s'en va !

Angèle et Roger écoutaient leur fille. Ils se doutaient bien qu'un jour les jumeaux leur joueraient de petits tours, mais de là à pousser leurs gestes à l'extrême, cela, Roger ne l'accepta pas. Il partit directement au Pot au Beurre sur la rue Barabé rendre une petite visite à Basile Lemoine. Mais tout tourna au vinaigre, car Basile se mit à se moquer de lui. Pauvre Roger ! Il revint avec un œil au beurre noir et les cheveux tout ébouriffés.

— Roger ! Tu t'es battu avec lui ?

— Bien là! Y faisait juste rire de moi, cet épais-là, ça fait que je lui ai envoyé mon poing dans la face. Maudit gros colon de mes deux!

— Hi hi… Excuse-moi, mon mari. Si ça a du bon sens d'agir de même. Y aurait pu te massacrer bien plus que ça!

— Je le sais bien, ma femme, mais moi, quand on touche à mes filles, je réponds plus de moi-même!

— J'espère juste qu'il va s'en souvenir, ce Basile-là!

— Je pense bien que oui. En tout cas, quand il a rentré dans sa cabane, je suis sûr qu'y a fallu qu'il ait une maudite bonne explication à donner à sa femme, parce que toi, si tu me verrais rentrer avec deux dents pétées puis la perruque dans la main, tu te poserais des questions.

— Oh! hi hi… Tu lui as pas pété deux dents pour vrai?

— Oui, puis en plus, je lui ai pété ses deux grosses Chiclets d'en avant! Ça va lui prendre un partiel s'il veut pas rester la face de même. Ça lui apprendra à laisser ses deux gars plonger dans le vice de même, maudit!

— Hon… pauvre lui, y doit pas être beau à voir!

— Non, puis en plus, y doit avoir été le dernier à piger dans le sac à faces parce qu'y est laid en bonyeu. Y fait peur!

***

Cet automne Josée commença son école le trois septembre à Maria-Goretti, et Martin, Francine, Rose et Guylaine entreprirent leur secondaire plus tard à la polyvalente, le vingt-deux septembre, du fait que les travaux n'étaient pas encore achevés.

Le midi, Josée dînerait à Maria-Goretti, et les quatre autres iraient dîner à la maison en marchant de la rue du Collège, en traversant la voie ferrée, à la rue Monseigneur-Nadeau.

« Ici CJSO, Radio Richelieu. Vous écoutez *La boîte à musique* avec Claire Gagné. »

Dis-moi ce qui ne va pas,
car tu mets de l'ombre sur mes joies
Quand je vois tes yeux, tristes ou fâchés,
je suis perdu dans mes pensées[6]...

Ding dong !

— Ah bien ! Viens voir, Gabriel, on a de la visite ! Ôte-toi donc de là, Patou ! Rentre, Michèle. T'es en congé à matin ?

— Si on veut... Ma mère m'a donné congé pour une partie de la journée. Mon père va venir la chercher quand il va avoir fini sa journée d'ouvrage à son garage à Saint-Ours.

— Viens t'assir, je vais te faire un bon café, ma belle-sœur ! Puis, comment ça se passe avec ta gang à la maison ?

— Ça va quand même assez bien, je suis bien surprise. Je trouve ça plus facile à quatre que quand j'avais juste Sylvie puis Sylvain. Mais des fois, j'aimerais bien me secouer les plumes plus souvent, bonté divine ! Je te dis que les racoins de la maison, je les connais par cœur, ma chère !

— Perds pas patience, Michèle. Quand y vont être rendus à l'école, tu vas respirer un peu plus. Coudon, Sylvie puis Sylvain, y ont cinq ans ? Comment ça se fait

---

6 *Dis-moi ce qui ne va pas*, Enrico Macias, Jacques Demarny et Jean Claudric (1969).

qu'ils ont pas commencé leur maternelle cette année ?

— C'est parce que Richard y a pas voulu. Vu que c'est pas obligatoire, y aimait mieux qu'ils commencent leur école en première année. Il dit qu'ils sont trop jeunes puis que c'est trop dangereux. Il les voit pas pantoute sur le trottoir à neuf heures du matin. Des fois, je me dis que c'est lui qui aurait dû faire la mère. Bonté divine qu'il est père poule ! Y arrête pas de les couver, ces enfants-là ! Pourtant, j'aurais pas eu de la misère à les faire lever le matin, ces enfants-là. C'est eux autres qui réveillent le coq à tous les matins !

— Ah bien ça, Michèle, y faut que tu sois patiente jusqu'à l'année prochaine. Les fleurs poussent pas plus vite même si tu leur tires sur la queue, hein !

— Bien oui, c'est en plein ça… Mais là-dedans, c'est Richard qui écope !

— Pourquoi tu dis ça, Michèle ?

— C'est parce que quand il veut mettre une bûche dans le poêle le soir, je suis bien trop fatiguée de ma journée, j'ai la queue sur le dos, bonté divine !

— Hi hi… Moi puis Roger, on a passé ça aussi, cette période-là. Surtout quand j'ai eu ce petit monstre-là qui dormait presque jamais. Le poêle chauffait pas bien fort chez nous non plus ! Tu vas voir quand ta gang va être à l'école. Tes patates vont coller au fond du chaudron le midi quand ton Richard va aller dîner !

— Oh ! Hi hi ! On les mangera pareil. Comme on dit, si c'est bon pour minou, c'est bon pour pitou !

— Tu vois, tu vas déjà mieux. Tu commences à rire ! Tu dînes-tu avec nous autres ? Les enfants vont arriver de la polyvalente à midi moins cinq puis j'ai un gros pâté chinois dans le fourneau.

— C'est bien tentant, Angèle, mais je veux pas laisser ma mère trop longtemps avec les enfants. Tout d'un coup que j'arrive après dîner puis qu'elle a plus un cheveu sur la tête à cause d'eux autres !

— Regarde, tes enfants, c'est pas des monstres, puis je connais ta mère : elle a les cheveux durs… Attends, je vais l'appeler, moi.

Les enfants étaient toujours affamés ; quand ils posaient un pied sur le seuil de la porte, ils sautaient sur leur dîner.

— Voyons, Francine, comment ça se fait que je t'ai fait cette jupe-là aussi courte que ça, moi ? J'ai mal mesuré, faut croire. Il me semble que je te l'avais faite pour qu'elle arrive juste aux genoux ! On te voyait pas les cuisses de même ! Montre-moi donc ça pour voir…

— Bien non, m'man, elle est bien correcte de même, ma jupe…

— Ah bien, maudite marde ! T'as roulé ta jupe !

— Seigneur de la vie, m'man, c'est plus à la mode, une jupe aux genoux, maudit ! J'ai l'air d'une vraie habitante !

— Là, tu vas me la dérouler, puis que je te voie plus jamais avec une jupe rase-trou, m'as-tu bien compris, là ?

— Ouin, t'as pas besoin de te crêper le chignon pour ça, m'man.

— Francine Delormes, si tu me manques de respect encore une fois, c'est à ton père que tu vas avoir affaire à soir ! Puis vous deux, essayez pas de copier sur votre sœur, OK ?

— Bien non, m'man…

Chapitre 15

La fête des enfants

En ce début de décembre, la neige n'avait pas demandé de permission pour venir s'installer. Déjà, un six pieds était tombé et Gaston était au bord de la crise de nerfs. Le chauffeur qui conduisait la grosse déneigeuse vint lui emprunter une pelle, car il s'était enlisé dans son entrée. Gaston le reçut, comme on dit, «avec une brique et un fanal».

— Comment veux-tu que je te passe une pelle quand j'en ai pété trois pour enlever la marde que t'as mis dans mon entrée, baptême! On dirait que tu te caches sur le coin de la rue pour m'en remettre d'autre quand je viens de finir de pelleter ma cour, bâtard! Je sais bien que c'est pas de ta faute, mais tu pourrais pas la mettre ailleurs, ta maudite neige?

— Bien là, monsieur, moi, je fais juste ma *job*. Je suis toujours bien pas pour m'apporter un chalumeau pour la faire fondre à mesure, cibolak!

— Je le sais bien, que c'est pas de ta faute, mais maudit que je suis tanné de toujours recommencer!

— Sainte pitoune, Gaston, fais-y un café, à ce pauvre homme. Tu vois bien qu'il a le trou du cul en dessous du bras! C'est à peine si y tient debout, tornon! Vous devez avoir commencé bien de bonne heure à matin, vous, avec la tempête qui a commencé hier soir?

— Ah bien oui, madame Joyal. J'ai sorti ma charrue à une heure hier soir puis j'ai pas encore fini ma journée!

— Tu le connais, Arthémise?

— Oui, c'est Ti-Clin Chouinard. C'est lui qui déneigeait les rues à Saint-Robert quand je restais là dans le temps! Le monde est petit, hein! Viens t'assir pour te réchauffer, je vais te mettre une rasade de gin dans ton café… Quand tu déneigeais à Saint-Robert, les trottoirs étaient-tu bien roulés?

— Hi hi! Les trottoirs, on les roule à l'automne avant que les frettes pognent!

— Gaston, arrête donc de l'étriver!

— C'est pas grave, madame Joyal, je suis capable d'en prendre. En tout cas, l'hiver est pas passé!

— Mais pourquoi tu déneiges à Sorel asteure, Ti-Clin?

— Ça, madame, c'est une longue histoire. Je vous la conterai pas toute au complet parce que quand je vais avoir fini, vous allez bayer aux corneilles, tabouère!

— Ah, qu'est-ce qui est arrivé?

— Vous vous souvenez de ma maison sur la rue Principale pas loin du salon mortuaire?

— Oui, oui, je m'en souviens. C'était une maison centenaire, ça appartenait aux Ledoux avant.

— En plein ça. Bien, imaginez-vous donc que j'ai passé au feu!

— Saint ciel! Comment ça?

— C'est mon plus jeune, Louis-Paul, qui a mis le feu en s'allumant une cigarette sur le rond du poêle !

— Je veux bien vous croire, mais comment qu'il a fait pour faire passer la maison au feu au complet ?

— Cet innocent-là, quand le feu lui a pogné dans le toupet, y a pris le linge à vaisselle pour se tapoter la tête puis il l'a remis sur le poêle, ce lunatique-là. Après, il est parti dans la grange continuer son train. Y avait la tête comme une peau de fesse, christie !

— Hon... hi hi ! Pourquoi vous avez pas rebâti ?

— J'aurais bien voulu, mais les assurances m'ont dit que cette maison-là, c'était un nic à feu puis que je pouvais pas la remettre sur le piton. Fallait changer la plomberie puis l'électricité au complet; ça aurait coûté trop cher. Avec le montant que l'assurance m'a donné, j'en avais pas assez pour me bâtir une autre maison, ça fait que j'ai pris un logement à Sainte-Victoire.

— Eh bien ! Veux-tu encore un petit gin, mon Ti-Clin ?

— Non, non, j'ai encore trop d'ouvrage, mais je vous remercie bien gros. Vous êtes bien aimable, monsieur... monsieur ?

— Cantara, Gaston Cantara. Puis si vous repassez dans le bout, arrêtez pour venir vous réchauffer.

Gaston avait rencontré son Arthémise au magasin de santé de Blanche du temps de son vivant. Elle s'y était rendue pour se procurer des cubes de bouillon de soya et à sa grande déception, il n'en restait plus. C'est Gaston qui était allé lui en livrer chez elle après être allé chercher sa commande à Montréal-Nord.

— Bien voyons, monsieur Gaston, c'était pas nécessaire de faire un détour jusqu'ici pour ça !

— J'ai pas fait aucun détour, madame Joyal. C'est parce que je vous ai déjà vue sur votre perron sur le coin de la rue Limoges ; c'est pour ça que j'ai décidé de vous les laisser en passant. Je reste pas loin sur le boulevard Fiset !

— Ah bien, merci beaucoup, monsieur Gaston. Je viens de me faire du thé. En prendriez-vous une tasse avec moi ?

— Votre mari, lui ?

— Craignez rien, mon mari est mort d'un accident de chevreuil ça fait déjà dix-neuf ans.

— Un accident de quoi ?

— Bien oui, y a rentré dans un chevreuil avec son char à Yamaska. Faut croire que les chasseurs les avaient pas toutes tuées à l'automne, ces bêtes-là !

— Ben voyons, madame Joyal, on dirait que ça vous fait pas un pli sur la différence qu'y soit mort, votre pauvre vieux.

— Si vous seriez au courant de la vie que j'ai menée avec Mathias Joyal, vous, vous penseriez pas de même, monsieur Gaston.

— Il vous battait ?

— S'il me battait ? Je me suis déjà retrouvée à l'hôpital Richelieu avec deux côtes de fêlées puis une clavicule cassée ! Quand arrivait la fin de semaine, il prenait ses guenilles pour aller voir sa grosse Paméla à Yamaska. Ça fait que quand je vous dis qu'y a pas volé la place de personne quand y est mort…

Arthémise Joyal avait l'air bien mauvaise, mais c'était uniquement quand elle tenait des propos sur son Mathias. C'était une belle carrure de femme de cinq pieds et six pouces. Elle avait soixante-trois ans, mais on ne lui en donnait que cinquante-cinq. Son Mathias ne lui avait jamais donné d'enfants, mais elle se reprenait bien en gâtant ceux des autres. C'était une très bonne cuisinière et, de plus, elle était l'ancienne voisine d'Emma.

***

Cette année-là, à Noël, Angèle avait décidé de faire plaisir à ses enfants. Le vingt-quatre décembre au soir, ça allait « swinguer dans la cabane ».

La table de cuisine avait été adossée contre le mur pour faire de l'espace supplémentaire, et Roger « callait » un set canadien d'Isidore Soucy, *Le reel du pendu.*

La liste des invités avait été rédigée la semaine précédente et Angèle avait été contrainte d'en éliminer quelques-uns. Même si elle avait bien voulu qu'ils soient tous présents à la grande fête de Noël, la maison n'était malheureusement pas assez spacieuse.

France Saint-Arnaud et Paule Perrette s'étaient présentées les premières avec leurs copains et Francine avait demandé à Benoît de l'accompagner en ami.

Martin avait invité son ami Luc et sa petite copine, Johanne, et il était allé enlever sa belle Didi avec la Cougar de son père sur la rue Victoria.

Guylaine était avec son amie Marie-Martine Thériault, et Laurette était arrivée avec David en après-midi. Celle-ci n'avait pas voulu prendre le risque de braver la tempête, car le bulletin météorologique prévoyait une bonne bordée de neige dans la soirée. Sur la route 122, les rafales donneraient naissance à de la grosse poudrerie opaque et la route deviendrait impraticable.

Par chance, les enfants ne demeuraient pas loin des Delormes. Si, après la fête, la tempête était achevée, ils allaient pouvoir se déplacer à pied, sinon c'est Roger qui les accommoderait à la fin de la soirée.

Rose avait téléphoné à Joël Mercier, l'ami de classe de Martin. Il avait été informé par Martin qu'elle l'appellerait pour l'inviter. Elle ne l'avait jamais rencontré, mais Martin lui avait assuré que Joël était un beau garçon. À sa grande satisfaction, son frère ne lui avait pas posé de piège.

Joël portait un col roulé rouge avec un jeans. Depuis un temps, Rose aimait beaucoup le rouge écarlate. Elle-même portait souvent un chandail rouge, elle peignait ses ongles en rouge, sa canadienne d'hiver était rouge, et ce soir, pour faire bonne impression devant Joël, elle portait une robe de crêpe rouge avec des souliers à talons hauts noirs. Dans ses cheveux courts et bruns, une barrette en pierre du Rhin était agrafée, et elle avait parsemé ses paupières de brillants dorés.

Joël faisait cinq pieds et huit pouces, avait des cheveux noirs à la Elvis Presley, et des lunettes noires encadraient ses beaux yeux bleu clair. Son sourire, hum… il était parfait puisque Rose était séduite quand elle percevait un sourire immaculé.

Josée, elle, avait invité sa petite amie Vivianne Cantin. Angèle n'aimait pas du tout cette petite fille: «Je trouve que c'est un visage à deux faces, cette fille-là, moi. Elle est bien belle avec ses grands cheveux frisés et noirs, mais maudit qu'elle est haïssable!»

Gabriel était un danseur-né et un romantique. Il n'avait que deux ans et les paires de cuisses des filles, il les avait déjà toutes essayées, comme l'avait fait remarquer sa mère quand elle l'avait aperçu sur Paule.

Dans la chambre, sur le lit des parents, reposaient une montagne de manteaux et les chats, bien à l'abri de tout ce vacarme qui régnait dans la maison.

Roger était le barman. Il avait préparé son bar sur le comptoir de la cuisine : le Beefeater, le Tia Maria, l'abénaki, le blanc d'œuf et le jus de citron pour le mélange de ses boissons, sans oublier la Labatt 50 et le jus de tomate.

Angèle déroula sur la table la nappe avec les pères Noël et y déposa les chandeliers de sa grand-mère Ethier, un plateau de sucre à la crème, des noix, des chips Fiesta, des bretzels, des jujubes et des crottes au fromage, sans oublier le pop corn rose qu'elle chérissait tant.

À la suite du set canadien, ce fut au groupe numéro un de l'heure, Shocking Blue, de les faire danser sur *Venus*, puis d'autres grands classiques des temps modernes se firent entendre : *As Tears Go By*, *Spirit in the Sky*, *Instant Karma*, de John Lennon, et la préférée de Rose, *No Matter What*, des Badfinger.

Quand fut le temps de se coller, tous les invités se levèrent pour suivre le tempo du slow langoureux de Johnny Hallyday, *Que je t'aime*.

Rose fut bien soulagée quand son petit frère, Gab, lui demanda de le prendre pendant qu'elle dansait avec Joël.

C'était étrange, car ce garçon lui donnait la chair de poule, mais dans le bon sens du mot.

— Voyons, Roger, es-tu gêné de te coller sur moi devant tes enfants ? On dirait qu'on danse chaque bord de la cuisine tellement on est loin, câline !

— Bien non, ma belle noire, c'est juste que je guette les enfants.

— Hi hi! Inquiète-toi pas, y feront rien ici devant nous autres. S'ils ont à forniquer, y vont se trouver un petit coin pour le faire.

— C'est en plein ça, maudit!

— Pourquoi tu dis ça?

— Quand je suis allé chercher ma caisse de bière en dessous de l'établi dans la cave, j'en ai pogné deux en train de se bécoter en arrière de la grosse fournaise.

— Sainte bénite, qui ça?

— J'aimerais mieux pas te le dire, ma femme. Je les ai fait monter en haut assez vite, tu peux me croire.

— Y faisaient-tu des affaires de pas catholiques?

— Non, non, mais si je serais pas allé chercher ma caisse de bière, une demi-heure plus tard, je pense qu'ils auraient communié, bonyeu!

— Mon doux doux, Roger, va falloir y voir! C'est qui?

— C'est Rosie.

— Hein! Avec Joël?

— Bien non, avec le Saint-Esprit, ma femme!

— Ah bien, c'est vrai qu'il est pas mal ragoûtant, le Joël!

— Il est peut-être bien beau, ma femme, mais c'est pas une raison d'aller se cacher dans la cave comme des hypocrites!

— Oui, mais regarde-les danser là. Y sont pas trop collés puis ils arrêtent pas de placoter.

— Hum… d'après moi, y doivent parler de moi puis y doivent me traiter de vieux jeu.

— Bien non, mon mari! Hi hi…

— Pourquoi tu ris de même, Angèle?

— C'est parce que ta moustache me chatouille dans le cou. Je pense que j'aimerais ça qu'a me chatouille ailleurs, hi hi…

— Angèle Bilodeau, t'es pas catholique à soir, mais j'aime bien ça, ma belle tigresse d'amour… Grrrrrrrr!

À deux heures, Angèle revêtit son tablier bleu imprimé de fleurs vertes et elle sortit son buffet du réfrigérateur. Elle espérait qu'après s'être bien repus, les enfants commenceraient à partir. Mais…

Well, shake it up, baby, now
Twist and shout
Come on, come on, come on, come on, baby, now[7]…

— Bien coudon, on se couchera à l'heure des poules.

À quatre heures, Roger commença sa *run* de taxi et il se coucha à cinq heures et demie. Pour le souper de Noël, ils étaient tous invités chez Claudia et Gilbert au Pot au Beurre.

***

1er janvier 1970.

— Qu'est-ce qu'y avait de bon à la télévision, mon mari?

— Wow! t'es en beauté, ma femme! Maudit que ça te fait bien, du bleu pâle! Tu vas être encore la plus belle à soir chez ta mère. Où t'as pris ça, ce beau costume-là?

— Je l'ai pris chez Louise Péloquin. Il était en spécial, ça fait que je me suis payé la traite.

— T'as bien fait parce que t'es belle en maudit! À la télévision, j'ai écouté les discours de bonne année de

---

7 *Twist and Shout*, interprétée par les Beatles, composée par Phil Medley et Bert Berns en 1961.

Pierre Elliott Trudeau, puis laisse-moi te dire que son français s'est pas amélioré pantoute depuis 68 ! Jean-Jacques Bertrand, lui, y a fait un beau discours, mais y me semble qu'on serait dus pour du changement au Québec, ma femme. J'aime bien Robert Bourassa, mais j'aimerais ça voir ce que René Lévesque pourrait bien faire avec son Parti québécois puis sa souveraineté du Québec, moi ! Peut-être qu'un jour, y va pouvoir faire ses preuves, on sait jamais !

— Ah, ça, mon Roger, on va voir ça aux prochaines élections au mois d'octobre. Bon, vas-tu faire chauffer le char, mon mari ? Il est déjà quatre heures.

— Bien oui, c'est qui qui embarque avec nous autres là ?

— Y a Josée, Gab puis Guylaine. Joël va venir chercher Rosie, puis Martin est déjà chez Diane sur la rue Victoria. Y vont s'en venir à pied chez m'man. Francine est déjà rendue, elle ; elle est allée aider ma mère dans ses préparatifs.

Chez Emma, comme la tradition l'imposait, la table était dressée et les mokas ainsi que la bûche de Noël reposaient sur le comptoir de la cuisine.

La petite cuisine d'été était réchauffée pour Josée, Gabriel, Marie, Michaël et les deux couples de jumeaux de Michèle et Richard.

Le nombre de personnes assises à la table des adultes dans la cuisine avait doublé. Avec tous les adolescents accompagnés et Arthémise qui avait été invitée avec son Gaston, ils étaient trente-trois convives dans la maison et, comme par magie pour le rituel du jour de l'An, la neige virevoltait dans tous les sens. Les entrées extérieures des maisons étaient bondées de voitures et les fenêtres étaient embuées en raison de la chaleur que tous les visiteurs exhalaient dans ces maisons chaleureuses et enjouées.

— Puis, Arthémise, vous vous êtes-vous accoutumée de rester avec mon grognon de frère ?

— Oh oui, mon Paul ! Y est bien fin, mon Gaston. Y a juste une affaire qui me tombe sur les nerfs.

— Baptême, Arthémise, c'est quoi qui te chicote ? Me semble que je suis bien correct avec toi, moi. Depuis que tu restes avec moi que je me force tout le temps !

— T'es bien correct, mon Gaston, mais sainte pitoune, on dirait que tu fumes de la bourrure de boghei quand t'allumes ta grosse pipe !

— Batêche, t'aurais pu me le dire avant, je vis pas dans ta tête, moi !

— Bien là, je voulais pas te rendre mal à l'aise avec ça. Y doit bien exister du tabac à pipe qui sent bon ! Mon père, quand il achetait sa main de tabac au magasin général puis qu'il allumait sa pipe à côté du poêle, ça sentait le sapinage. J'me tannais jamais de cette senteur-là.

— Ah bien, on va aller au marché puis on va trouver quelque chose qui sent bon, ma belle Georgette ! Puis si y en a pas, je connais des bonnes tabagies à Montréal. En allant faire un tour de machine, on va aller voir.

Dans la petite cuisine, les enfants attendaient impatiemment leur dessert. Emma leur avait mélangé un gros plat de *jello* avec des pêches et des poires et un bol de crème fouettée 35 %.

— Matante Michèle !

— Oui, Rosie.

— C'est parce que Sylvain saigne du nez, viens !

— Encore ! Bonté divine, ça finira jamais, cette histoire-là !

Ce n'était pas la première fois que Sylvain saignait du nez. Michèle, au début, était persuadée que c'était dû au chocolat qu'il mangeait. Mais Richard avait amené son fils au bureau pour le faire examiner par le docteur Lussier. Après une prise de sang, ce dernier avait diagnostiqué que le petit faisait un peu d'anémie. Richard avait informé le médecin qu'il était souvent fatigué et qu'il dormait un peu partout dans la maison.

— Attends, Richard, je vais lui mettre ma croix en fer dans le cou. Ça devrait arrêter de saigner.

— Viens, mon gars, papa va te mettre une ouate dans ton nez puis y va aller te coucher dans le lit de grand-maman le temps que ça passe.

Richard demanderait un nouvel examen pour Sylvain avec le médecin Lussier après les fêtes, car, avec les pilules de fer que celui-ci lui avait prescrites, il n'y avait eu aucune amélioration.

— Paul, viens m'aider à reculer la table pour danser !

Dans la soirée, des sets canadiens, des cha-cha-cha, des merengues… Ça « swinguait en masse » ! Benoît avait apporté sa guitare et, à l'oreille, il était doué pour accompagner tous les gens qui chantaient.

À dix-huit ans, il possédait une carrure masculine assez impressionnante, avec des cheveux longs séparés d'une raie au milieu. La couleur était difficile à déterminer ; on aurait dit de l'acajou. Roger ne l'avait jamais traité de pouilleux, car ses cheveux étaient très propres et il donnait l'image d'un garçon très sérieux.

Gilbert raconta une demi-douzaine d'histoires, et si Angèle n'avait pas commencé à interpréter sa chanson du prisonnier, il en aurait narré jusqu'au lendemain matin. À la grande surprise de toute la famille, Francine chanta avec Benoît *Le sable et la mer* de Ginette Reno et Jacques

Boulanger. En tout cas, s'ils ne sortaient pas ensemble, ces deux-là, ils cachaient bien leur jeu, car on les voyait toujours ensemble.

Emma fit danser ses proches sur un set canadien en jouant sur son accordéon, accompagnée par Benoît. Il ne manquait que le violon de Fabien, mais ce n'était pas obligatoire. Celui-ci le sortit tout de même de son étui. Les gens l'applaudirent très fort en espérant que son répertoire soit restreint. Eh bien, non ! Il joua un *reel* qui ressemblait plutôt au grincement de la porte du haut côté dans la maison de Séraphin Poudrier. C'était malheureux pour lui, car il s'imaginait qu'il jouait comme Monsieur Pointu.

Chaque année, le caribou et le gros gin étaient un rite et il y en avait toujours un ou une qui se « paquetait la fraise ». Cette année, ce fut au tour de Roger. Il amorça sa tournée avec sa bouteille de Beau Geste pour en offrir aux hommes en leur divulguant que cette eau miracle était parfaite pour aiguiser leurs sifflets juste avant de chanter. Mais son sifflet à lui, il lui en avait payé toute une traite.

— Ouf… je suis magané à matin, moi ! Pourtant, j'ai bu juste deux bières puis une couple de bouchons de gin, moi !

— Roger, va raconter ça aux pompiers puis y vont t'arroser, sainte bénite ! Après avoir fait ta tournée de gin, t'es tombé à pleine face dans le caribou !

— C'est-tu vrai ? Ouch, ma tête !

— Une chance que Gilbert est venu nous reconduire. Tu serais encore après caller l'orignal à côté de la bol de toilette de ma mère !

— Réprimande-moi pas, ma femme !

— Bien non, mon mari. Tu sais bien que je le sais, que t'es pas un ivrogne ! Sais-tu c'est quoi qui te remettrait d'aplomb, mon mari ?

— Dis-moi-le, je boirais n'importe quoi pour filer mieux. J'ai mal aux cheveux comme le verrat !

— Une bière aux tomates, ça a l'air que ça ramène le Canayen.

— Eurk ! Veux-tu m'achever, ma femme ? Penses-tu que je vais filer mieux après dîner ? Faut que j'aille pelleter l'entrée puis c'est pas Martin qui va pouvoir m'aider, y est parti dîner chez Jeanine puis Pierre-Paul !

— Ah, ça Roger, y a juste le Bon Dieu qui le sait puis le diable s'en doute !

— Angèle !

Chapitre 16

Quarante printemps

Cinq heures et vingt.

— Ça a pas de bon sens ! On va être rendus au mois de juin puis on va pelleter encore, maudit ! Bien voyons, qu'est-ce que t'as, ma belle noire ? T'as braillé ?

— Oh, Roger ! C'est le petit à Richard. Y est à l'hôpital Sainte-Justine à Montréal !

— Hein ! Lequel ?

— Sylvain, sainte bénite !

— Eh, maudit ! C'est-tu son histoire de saignage du nez ?

— Oui. Y a passé des tests après le jour de l'An, puis le docteur Lussier a dit à Michèle qu'il faisait encore de l'anémie. Y fallait qu'il se repose bien gros sinon ils étaient pour le rentrer à l'hôpital.

— Mais comment ça se fait qu'il est à Sainte-Justine, ma femme ?

— À matin, il s'est mis à saigner du nez quasiment en hémorragie, ça fait que Richard a laissé sa *job* pour aller le chercher puis le ramener à l'hôpital pour le faire réexaminer par le docteur Bérubé. C'est lui qui était de garde à l'urgence. Y a décidé de l'envoyer à Montréal pour lui faire passer des tests plus approfondis.

— Richard est à Montréal avec Michèle là ?

— Oui, oui, c'est m'man qui garde chez eux. C'est elle qui m'a appelée pour me le dire. Y a juste cinq ans, cet enfant-là, maudit. Y va-tu être malade comme ça toute sa vie ?

— Bien non, ma femme, tu sais bien qu'à Sainte-Justine y vont trouver le remède pour le guérir, le petit !

— Je l'espère. M'man va nous appeler aussitôt qu'elle va avoir des nouvelles.

Après le souper, Roger installa ses enfants sur la pelle dans la cour arrière. La patinoire avait un urgent besoin d'être nettoyée.

— Ah bien, salut vous deux ! Rentrez ! Qu'est-ce que vous faites dans le coin à sept heures un soir de semaine ? Ça vous tentait, câline !

— On prend notre marche de santé ! Roger est pas là ?

— Tu l'as pas vu dans la cour, Gilbert ? Il est en train d'arroser la patinoire des petits !

— Bien non. Les bancs de neige sont assez hauts, on voit rien pantoute dans la cour ! Je vais aller le rejoindre.

— Déshabille-toi, Claudia, je vais te faire un café.

— On restera pas longtemps, Angèle. En milieu de semaine comme ça, on veut pas vous déranger.

— Arrête donc. Tu sais bien que je suis toujours contente de te voir, ma sœur ! Je viens juste de finir d'écouter *Symphorien* puis là c'est *Le ranch à Willie*. On aime moins ça… As-tu écouté le nouveau programme *Les Berger* avec le beau Steve Fiset hier ?

— Bien oui. C'était le premier épisode hier soir ; ça va être bon, je pense. Mais mon programme préféré – tu vas rire –, c'est *Le zoo du Capitaine* avec Michel Noël, puis *La cabane à Midas*. Ça, là, je trouve ça bien drôle... Changement de sujet, c'est quelque chose, la construction du nouvel aéroport à Montréal, hein? Ça a-tu du bon sens: mille quatre cent huit maisons qu'ils ont jetées à terre!

— Oui, mais dis-toi bien que ceux qui ont été expropriés de là ont dû faire un maudit bon coup d'argent! C'est de l'argent pareil! Mirabel va coûter trois cents millions, c'est pas des farces! Ils vont faire quoi avec Dorval après, câline?

— C'est sûr que Dorval va opérer pareil. Mirabel va être prêt juste en 1975... As-tu eu des nouvelles du petit Sylvain à Richard?

— Non, pas encore, mais faut qu'on soit positifs, Claudia. Moi, je suis certaine qu'on va avoir des bonnes nouvelles.

— J'espère, pauvres eux autres...

Les hommes ingurgitèrent leur café avec un petit coup de brandy et ils discutèrent une bonne heure avec leurs femmes.

— Puis, nos Canadiens vont encore bien cette année, Roger? On va-tu avoir une autre coupe Stanley?

— Je suis pas sûr de ça, moi. L'année passée ils étaient bien forts: y ont gagné la coupe en quatre parties, bonyeu! C'est vrai qu'avec Worsley dans les buts, ça pouvait pas faire autrement! Puis John Ferguson, qui leur a donné le but gagnant, y m'a bien impressionné, ce bonhomme-là, pendant les finales.

— Bien oui, puis Claude Ruel, comme coach, y se débrouille pas mal aussi! Mais c'est sûr qu'y aura jamais personne qui pourra remplacer Toe Blake. Cet homme-là a remporté cinq coupes Stanley en ligne avec le Canadien. Fallait le faire, ça, mon homme!

— Ça, c'est sûr! Puis, les élections, comment tu vois ça, toi, Bourassa contre Lévesque au mois de mars, Roger?

— Moi, je te dirais que c'est Bourassa qui va rentrer, mais que Lévesque va faire élire au moins huit de ses députés. Y est pas prêt encore à prendre le pouvoir, mais j'aimerais bien ça, le voir mener le Québec dans quelques années d'ici pour voir comment y se débrouillerait avec sa loi 101 puis la Charte de la langue française. Je pense bien qu'y nous ferait un bon premier ministre, lui! Changement de propos, mon Gilbert: ton voisin Basile, y s'est-tu fait refaire les dents d'en avant?

— Bien non. Y est resté avec ses deux bouts de dents pétées. Ça lui fait un ostie de gros trou noir dans la bouche! En plus de ça, il nous parle plus juste à cause que je suis ton beau-frère! Remarque que c'est bien correct comme ça, j'étais pas capable de le sentir de toute façon, ce grand innocent-là!

— Oh!… pauvre lui. Toi, Claudia… les enfants, ça va?

— Oui, oui, y a juste Michel qui me donne un peu de fil à retordre. Y a eu dix-sept ans la semaine passée puis on dirait que ça lui a monté à la tête, tornon! Y se prend pour le chef, monsieur! Un vrai *boss* des bécosses, maudite pauvreté! Y est rendu que c'est lui qui décide pour ses sœurs si elles vont mettre ci ou bien ça, puis eux autres, tu sais bien qu'elles l'envoient promener assez raide! Mais d'un autre côté, y sait où est-ce qu'y s'en va. Crois-moi qu'y sait sur quel bord que ses toasts sont beurrées! Imagine-toi donc qu'y veut s'en aller pilote d'avion!

— Ah bien ça, c'est le bout de la marde! J'aurais jamais pensé ça de lui, moi! Un petit gars bien tranquille de même… je le voyais plus comme docteur, lui.

— Faut pas se fier aux apparences, Roger. Tu devrais voir sa chambre : y a juste des *posters* d'avions sur ses murs. J'te le dis, y en mange, des avions, joual vert!

— Ah bien, coudon! Mais s'il veut se lancer là-dedans, je trouve qu'il rêve pas mal en couleurs, Gilbert. Ça coûte cher sans bon sens, un cours de pilotage!

— C'est ça que je lui ai dit, Roger, mais y a la tête dure, y va trimer fort pour y arriver. Je le connais, quand il a de quoi dans la tête, il l'a pas dans les pieds! Allo, Gabriel... Y est pas couché à cette heure-là, lui?

— Y va y aller là. C'est Angèle qui lui laisse trop de corde. D'un autre côté, il la laisse dormir un peu plus longtemps le matin.

— Bien oui. Les enfants sont plus vieux, y sont capables de se faire à déjeuner tout seuls. Je les ai assez dorlotés, sainte bénite, que là, c'est à mon tour de me la couler douce le matin!

— Tu fais bien, ma sœur. Regarde, depuis que j'ai lâché Saurel Shirt, on est pas plus quêteux pour ça, puis je profite bien plus de mes journées! Avant j'aurais jamais pu suivre des cours de couture par les soirs puis en plus, c'est regagnant : on dépense bien moins pour les guenilles des enfants!

— Ouin, ça, ma femme, c'est si on leur achète leurs jeans Levi's, parce que sans ça, y voudraient rien mettre de ce que tu leur fais!

Après que Claudia et Gilbert eurent été repartis au Pot au Beurre, Emma appela pour donner des nouvelles du petit Sylvain.

— Puis, m'man, t'as eu des nouvelles?

— Bien oui, ma fille, puis ça sera pas facile pour Michèle puis ton frère, bonne sainte Anne!

— Pourquoi, qu'est-ce qu'y a, m'man ?

— Le petit, y a une leucémie…

— Non !... Dis-moi que c'est pas vrai, m'man ? La leucémie, c'est le cancer du sang, ça ?

— Oui, mais le docteur dit qu'il y a de l'espoir à cause que le petit en est au début. Ce docteur-là de Sainte-Justine dit qu'il peut s'en sortir avec les nouveaux traitements de… attends, je l'ai sur un papier, polychimiothérapie.

— Christ de maladie maudite. Pourquoi lui, m'man ?

— Ça donne rien d'agir de même, ma fille. Je le sais bien, que t'es revirée à l'envers, puis toute la famille va l'être aussi. Ce que Richard puis Michèle vont avoir de besoin, Angèle, c'est de nos encouragements, pas de notre colère !

— Oui, m'man. Va falloir les aider du mieux qu'on peut. Je vais prendre les trois autres enfants avec nous autres ici.

— Bien non, ma fille. Regarde, t'en as déjà six à t'occuper chez vous. Je vais aller rester chez Richard pour un bout dans le jour. Le soir, y vont revenir coucher à Sorel puis si tu veux, toi puis tes sœurs, vous viendrez me donner un coup de main dans le jour pendant que vos enfants vont être à l'école. Ça donne rien de se garrocher toutes en même temps.

— T'as raison, m'man. Eh que j'ai de la peine, sainte bénite !

***

Le jour du dix février, c'était le carnaval à la polyvalente Fernand-Lefebvre. Les filles se présentèrent vêtues de leur jeans, et les cours allaient se terminer à midi. Pour la journée, il y avait une multitude d'activités organisées : à l'extérieur, le ballon-balai, le hockey et le patinage libre ; à l'intérieur, dans les gymnases, il y aurait le volley-ball, le ballon-panier et le badminton.

Pour le souper, monsieur Ethier, le directeur de l'école secondaire, avait annoncé au micro, la veille, que le spaghetti serait gratuit pour tout le monde.

En après-midi, pour ceux qui ne s'adonnaient pas aux compétitions, une pièce de théâtre écrite par les élèves de deuxième secondaire serait présentée à l'auditorium.

De plus, à l'auditorium, dans la soirée, un concours musical aurait lieu avec des récompenses pour les trois premières positions. Les inscriptions se termineraient une heure avant l'ouverture du concours de chant.

À neuf heures, sur le terrain arrière de la polyvalente, un énorme feu de joie serait accompagné de musique populaire et folklorique. Aucune boisson alcoolisée – et encore moins de la drogue – n'était tolérée dans l'établissement.

L'étudiant qui se ferait surprendre en possession d'une bière ou de marijuana serait expulsé immédiatement de l'école et les parents en seraient avisés immédiatement.

— T'as pas froid, Diane ? On peut rentrer si tu veux. On peut aller danser dans la salle des étudiants.

— Non, c'est correct. Avec ce gros feu-là, on risque pas de sentir le frette bien bien, hein ? Sais-tu à quoi je pensais, Martin ?

— Non ?

— La première fois qu'on est venus ici en arrière pendant que l'école était en construction... T'en souviens-tu ?

— Oh oui que je m'en souviens ! Je t'avais dit que je voulais me marier avec toi.

— Oui, puis qu'on va avoir au moins quatre enfants : deux filles puis deux gars.

— C'est sûr qu'on va en avoir, des enfants, ma belle doudoune, mais pour ça, y va falloir que je travaille ! Justement, monsieur Pinard m'a demandé si je voulais travailler à temps plein à son garage.

— Mais tu peux pas, Martin. Ton école, elle ?

— Je pense que je vais lâcher, Diane. Je connais assez la mécanique depuis que je travaille là les fins de semaine que je suis prêt pour travailler au garage à la semaine.

— Es-tu sûr, Martin ? C'est une grosse décision, ça. Puis moi là-dedans ?

— Toi ! Dans quatre mois tu vas avoir fini ton cours commercial puis tu vas être prête à aller travailler comme secrétaire ! Ça serait le fun si plus tard je m'achèterais un garage puis que tu serais ma secrétaire, hein ?

— Oui, mais si on est mariés, on va pouvoir le ramasser à deux, l'argent pour ce garage-là, Martin !

— C'est sûr que ça irait pas mal plus vite, ma pitoune ! Moi, j'aimerais qu'on se marie en hiver. Toi ?

— Oh… j'aurais un boléro en lapin blanc par-dessus ma robe de mariée !

— Wow ! Maudit que je t'aime, toi ! Je vais dire à monsieur Pinard que je vais commencer à travailler à temps plein. Y attend juste après ça, lui, que je lui dise oui, torpinouche, puis on va se marier au mois de décembre 1971.

— Mais, c'est dans… dans un an et demi, ça ?

— Bien oui. On va avoir dix-huit ans ! Mais on le dit pas aux parents tout de suite, OK ?

— Bien non ! Mais on pourrait annoncer nos fiançailles au mois de juillet ? Avant, faut que tu demandes ma main à mon père.

— Ouf… Ça, là, ça va me gêner ! Tout d'un coup qu'il dit non !

— Voyons, Martin, tu sais bien que mon père t'aime bien gros! Y a juste ma mère: ça va lui donner tout un choc, crois-moi! Elle m'a toujours couvée. Une vraie mère poule, celle-là!

— On n'ira quand même pas rester en Gaspésie, torpinouche! Bon, on s'en va-tu? On est pas obligés de rester devant le feu jusqu'à onze heures. On pourrait se coller un peu, qu'est-ce t'en penses?

— Où ça?

— Regarde, je vais t'amener à la même place qu'on est venus la première fois. Inquiète-toi pas, on va être bien cachés. Y a pas personne qui va pouvoir nous voir puis si t'as trop froid, je vais te reconduire chez vous.

— Je t'aime, Martin. Je veux rester avec toi toute ma vie!

— Inquiète-toi pas, je vais tout faire pour te garder avec moi. Je pourrai jamais aimer une autre fille que toi; tu me rends trop heureux...

Guylaine fredonnait près du feu avec Marie-Martine, et Rose alla en avant de la polyvalente avec Joël. Francine et Benoît quittèrent le feu de joie pour pratiquer des chansons sur leurs guitares, mais ils ne jouèrent aucune note. Quand ils arrivèrent sur la galerie de la maison chez Benoît, celui-ci commença à embrasser Francine bien fort puis ils s'enlacèrent, langoureusement, à n'en plus finir.

***

Le jour de la Saint-Valentin, Rose reçut une lettre de Trois-Rivières. «Bien voyons, pensa-t-elle, Olivier qui m'écrit! Sainte, ça fait quatre ans que je l'ai pas vu, lui!»

Bonjour Rose,

J'espère que tu vas bien. Tu dois te demander pourquoi je t'écris. Tu me manques beaucoup et je veux savoir qu'est-ce que tu deviens. Je vais te parler de moi un peu si tu veux.

Mes cours en télécommunication sont presque finis et j'ai déjà une job qui m'attend pour le mois de septembre. Je vais travailler au Bell Téléphone à Victoriaville au Central Office sur la rue Saint-Jean-Baptiste. C'est sûr que j'aurais aimé mieux travailler au Bell Téléphone sur la rue Lindsay à Drummondville, mais je suis bien content quand même. Peut-être qu'un jour je pourrai avoir un transfert à Drummondville, on sait jamais.

Toi, t'es rendue en secondaire deux; tu étudies pour aller dans quoi? Regarde, quand je vais m'être trouvé un logement au mois de septembre, si tu veux, je vais aller te chercher à Sorel pour te montrer la ville. On m'a dit que Victoriaville, c'est une belle petite ville semblable à Drummondville. J'aimerais bien ça que tu viennes passer une journée avec moi.

Je veux pas déranger ta vie. Si tu as un chum, je vais comprendre, mais donne-moi au moins de tes nouvelles.

Je m'ennuie de toi, mon soleil...

Olivier xxx

P.-S. Je t'écris mon adresse et je vais espérer avoir une lettre de toi.

Olivier Beausoleil
3003, rue De Courval, app. 5
Trois-Rivières QC

Bonjour Olivier,

Je suis bien contente d'avoir reçu une lettre de toi. Je suis heureuse pour ta nouvelle job *à Victoriaville. Enfin, tu vas travailler au Bell Téléphone comme ton père!*

Pour mon école, j'aime beaucoup la nouvelle polyvalente, c'est très grand, on est trois mille élèves là-dedans. Les cours que j'aime le plus, c'est le français avec monsieur Gouin puis la biologie avec l'ancien professeur de Martin à Saint-Viateur, le frère Duguas. Pour ce que je veux faire plus tard, je vais être secrétaire parce que je suis en train de suivre mon cours commercial. J'ai eu de la misère à choisir entre ça puis hôtesse de l'air.

Pour ton invitation à Victoriaville à l'automne prochain, t'es bien fin, Olivier, mais j'ai un chum, il s'appelle Joël Mercier, ça fait deux mois que je sors avec lui. La seule affaire que je peux te dire, c'est qu'on ne connaît pas notre avenir, puis si on est pas faits pour être ensemble sur la Terre, on va être ensemble plus tard avec les anges au paradis.

C'est vrai que je t'ai toujours aimé, Olivier, je t'ai aimé la première fois que je t'ai vu à Drummondville en 1962, j'avais sept ans et tu en avais onze. Les années ont passé pendant qu'on faisait chacun notre petit bonhomme de chemin, tu sais! Tu seras toujours dans mon cœur et dans mes pensées. Je te dis la même chose que tu m'avais écrite dans ta dernière lettre en 1966: t'es mon ami pour la vie, Olivier.

Rose, ton soleil xxx

***

Le dix-huit février. Angèle avait quarante belles années d'accomplies dans son paradis terrestre et elle comptait bien accueillir les quarante prochaines années qui s'offraient à elle sur un plateau rempli d'amour. Elle choisit d'aller souper avec Roger chez Sorel-Tracy BBQ à Tracy. Elle ne voulait pas aller dans un grand restaurant chic; elle avait envie de manger du poulet et en plus, il y avait des banquettes comme au restaurant Lambert à Sorel.

— Voyons, Roger, pourquoi t'arrêtes chez ma mère?

— C'est parce que ta mère t'a fait ton gâteau de fête. Elle voulait qu'on aille le chercher en passant avant d'aller souper.

— Comment ça, que tu sais ça, toi? Elle a même pas appelé à la maison pour me le dire, à moi!

— Elle a appelé pendant que t'étais dans le bain, ma femme.

— Ah bon! C'est bizarre quand même, ça. Je comprends pas: d'habitude le téléphone, je l'entends sonner dans la chambre de bain.

Ah bien là, Angèle pleurait! Sa mère lui avait organisé un souper d'anniversaire. Elle avait invité Claudia et Gilbert, Yolande et Fabien, et Richard était arrivé avec Michèle vingt minutes après eux. C'était Judith Nolin qui gardait Sylvie, Jules et Julien.

— Sainte bénite que je suis contente! Jamais que j'aurais pensé ça. Je me suis jamais doutée de rien, bande de ratoureux! Roger était supposé m'amener souper chez Sorel-Tracy BBQ.

— Tu perdras rien, ma fille, c'est ça qu'on va manger pour souper. J'ai commandé le poulet pour six heures. La seule affaire, c'est que j'ai pas de banquettes ici!

— Cré m'man!

— Hé! Quarante ans, ça se fête! On va ouvrir une champagnette avant de manger, puis ceux qui veulent une bière frette, bien, le frigidaire est là! J'ai de la Laurentide puis de la O'Keefe.

— Moi, je vais te prendre une O'Keefe, Paul. La Laurentide, c'est pas ma sorte. Je la trouve trop sucrée, cette bière-là.

— Sers-toi, ma petite gueule fine de Fabien, elles sont dans la porte du frigidaire.

— Merci, mon Paul.

Avant que le repas du souper soit livré, les sœurs d'Angèle et son frère Richard lui firent don d'une délicate chaîne en or avec, comme breloque, une corne d'abondance. Emma et Paul lui avaient trouvé une jolie robe de plage en ratine blanche incrustée de petits palmiers de la boutique Marie Lingerie.

— Elle est belle en câline, m'man! Ça fait drôle de recevoir un cadeau de même en plein mois de février, mais cet été, elle va me servir bien gros. Quand on est allés à Wildwood, je mettais le grand tee-shirt bleu à Roger par-dessus mon costume de bain. Là, je vais avoir l'air plus d'une vraie vacancière si un jour on retourne à la mer.

— Bien oui, ma belle noire, on sait jamais. Serge nous a dit que s'il pouvait se trouver un remplaçant pour sa pépinière au mois d'août, on partirait peut-être une grosse semaine dans l'Ouest canadien. Des plages, y en a aussi là!

Ding dong!

— Ça doit être le poulet, ça. Vas-y donc, Paul, répondre. Je vais aller chercher l'argent.

— Ah bien, sainte bénite! Laurette puis Serge! Oh... vous voulez me faire brailler, vous autres!

— Hi hi! On est venus voir qu'est-ce que ça a l'air une jeune poulette de quarante ans! Bonne fête, ma belle Angèle. Tiens, on t'a apporté un petit cadeau, Laurette puis moi.

— Bien voyons donc, Serge, c'était pas nécessaire! C'est bien assez de me faire cette belle surprise-là de venir me souhaiter bonne fête de Drummondville ! Oh… un sac de plage, wow !

— Tu sais, Angèle, c'est parce que ton autre sac de bain faisait pas l'affaire bien bien. Entre toi puis moi puis la boîte à pain, un sac de bain écrit Steinberg dessus, ça fait pitié en petit Jésus de plâtre, hi hi !

— Ho… hi hi ! C'est vrai que je faisais pas mal quétaine ! Merci beaucoup à vous deux. J'espère juste qu'il restera pas dans le fond de mon garde-robe puis que je vais pouvoir l'étrenner cet été, hein ?

— Crains pas, Angèle. Si y a pas de remplaçant pour ma pépinière, je vais la fermer pour une semaine, puis je vais me trouver un petit gars pour aller arroser mes arbres puis mes plantes de temps en temps.

L'on sonna à la porte.

— Ça, ça doit être Sorel-Tracy BBQ ! Vas-y, Paul. L'argent est sur le coin de la commode du bureau.

Pendant que tout le monde se régalait de ce bon poulet, Gilbert se mit à raconter des histoires et ça déboulait pas à peu près. Au même moment, Emma apparut avec le gâteau d'anniversaire de sa fille. Suivant la tradition, comme tous les ans, il était blanc, lissé d'une crème rosée et orné de petites billes de couleur argent.

L'on sonna une seconde fois, à la porte.

— Encore ! On attend plus personne, Paul ?

— Pas à ce que je sache, ma belle hirondelle !

— Ah bien, maudite marde ! Hi hi ! Ça se peut-tu ?

Gaston avait revêtu un costume de coq rouge-jaune et il tenait un bouquet de ballons blancs. Très fort, il se risqua à fredonner quelques mots de son répertoire sur la mélodie *Le petit voilier :*

Quand t'étais une toute petite fille
T'avais déjà l'allure d'une princesse
Tu partais, sans le dire à ta mère,
Pour aller jouer dans la shop *à fleurs.*
T'avais fait un tout petit panier
Avec des roses puis des œillets
Puis ta mère pouvait pas te chicaner
C'était pour mettre sur son piano.
Garde, garde, tout au long de cette vie
Garde, garde, ton joli petit minois
Garde, garde, ta jeunesse éternelle
Garde, garde, ton petit cœur de porcelaine.

— Oh... Gaston, tu voulais me faire brailler, toi aussi, puis ça a marché !

— Bien non, bien non... Baptême qu'y fait chaud là-dedans. Je suis en train de ratatiner, bâtard !

— Hi hi ! Ça va sentir le wistiti !

— Mais avant d'enlever cet accoutrement-là, ma belle Angèle, j'ai un cadeau à te remettre de la part de ton Roger.

— Hein ! Roger, on s'était dit qu'on se faisait pas de cadeau puis qu'on gardait ça pour les vacances de cet été !

— Je t'aime, ma belle noire.

— Bon, c'est assez, le tétage, là ! J'ai deux lettres à te lire, Angèle. Assis-toi, tu vas en avoir de besoin, baptême !

— Mon Dieu, je commence à me checker, moi là, là. Le cœur me bat comme une patate, câline !

— Bon, pour la première lettre, c'est écrit: « Ma belle noire...» — ça, on le sait, que c'est sa belle noire, hein !

— Enwèye, Gaston. Aboutis, torrieu de torrieu !

— Toi, le frère, prends ton mal en patience. C'est moi le maître de cérémonie, puis si tu veux pas faire un boutte sur le poil des yeux, laisse-moi faire mon discours comme du monde, OK ? C'est juste le fun de faire traîner le plaisir, hein, Angèle ?

— Oui, Gaston, mais là, shoote parce que je me possède plus, sainte bénite !

— Bon, c'est écrit : « Ma belle noire, ce cadeau-là, c'est aussi un peu pour nous deux parce que je pense qu'on va en profiter ensemble… »

— Sainte bénite !

— « Depuis deux jours, tu es mariée avec un *foreman* de la Québec Iron. »

— Oh ! Je suis la femme d'un *boss* ! Roger !

— Bon, elle a fini par m'arracher mes lunettes pour le vrai cette fois-ci, maudit !

— OK, je continue… Pour la deuxième lettre, Roger m'a demandé de la donner en main propre à Angèle, ça fait que tiens, la belle noire à Roger !

— Mais c'est pas une lettre, c'est des billets de spectacle !

— Non, ma femme, regarde comme il faut !

— Oh non ! Aéroport de Dorval… Oh ! Roger !

— Continue, ma femme.

— Oh… « 5 au 11 mars. Destination : Martinique. »

Chapitre 17

L'été 1971

Le jeudi premier juillet, les Delormes étaient en visite à Saint-Bonaventure pour fêter le quatrième anniversaire de naissance de Gabriel.

Laurette était bien heureuse avec son Serge. Elle était spécialement attachée à sa nouvelle maison en pierres des champs et à sa grande galerie bleu royal. Elle n'avait rien changé à son cachet champêtre malgré que Serge lui ait offert d'y renouveler toute la décoration. Acajou et amande, pour elle, c'était parfait.

Les convives s'installèrent tous confortablement dans le grand solarium. Laurette avait préparé une fondue bourguignonne accompagnée de pommes de terre au four et un gros bol de salade printanière directement cueillie dans son potager. Le gâteau de son filleul, c'est Yvette qui l'avait cuisiné et décoré de jaune la veille.

— Sainte bénite, Yvette, vous avez fait un gâteau pour un régiment complet ! Ça a pas d'allure !

— C'est vrai qu'il est gros, mais j'ai pensé que vous aimeriez vous en rapporter à Sorel à soir.

— On se fera pas tordre un bras pour ça, madame Sawyer !

— Roger, appelle-moi donc Yvette, veux-tu ?

— Oui, Yvette… oups ! Attention !

Quand Yvette arriva tout près de la grande table joliment décorée, elle perdit pied.

— Pourquoi tu prends pas ta canne, m'man ? Tu serais bien plus d'aplomb, crime !

— Ça vaut pas de la chnoutte, cette canne-là, ma fille. En plus, elle est bien trop courte… C'est pas d'avance, quand je la prends, je me pogne un tour de rein, Jésus Marie !

Enjoué, Gabriel découvrit ses cadeaux d'anniversaire. Aussitôt fait, il sortit s'amuser avec ses nouveaux camions Tonka dans l'entrée de gravier, accompagné de sa grande sœur Josée.

Guylaine et David sortirent pour faire le guet dans la pépinière afin de laisser la chance à Serge de terminer son repas tranquillement en compagnie de ses invités.

Guylaine commencerait son quatrième secondaire en septembre. Elle désirait étudier la coiffure, et David travaillait à l'usine Sylvania sur la rue Provencher à Drummondville. Il aurait souhaité travailler pour une compagnie de construction étant donné qu'il avait terminé son cours d'électricien avec succès, mais à la Sylvania le salaire était très profitable. Il travaillait également à la pépinière de Serge les fins de semaine. Pour le moment, il demeurait toujours à Saint-Bonaventure, mais il aimerait bien se dénicher un petit pied-à-terre à Drummondville, ce qui serait plus accommodant pour ses déplacements. Depuis cinq mois, il fréquentait une certaine Céline Boutin, une jeune fille de Saint-Guillaume. Les deux formaient tout un contraste lorsqu'on les voyait marcher main dans la main. Céline portait ses cheveux blond doré courts et David était noir comme un puceron.

Francine fréquentait assidûment Benoît et elle travaillait toujours au magasin À la bonne santé sur la rue Augusta. En septembre, elle entreprendrait son ultime année scolaire à la polyvalente Fernand-Lefebvre pour ensuite, si possible, accomplir son désir d'œuvrer dans le merveilleux monde de la décoration.

Martin travaillait toujours au garage Pinard sur le boulevard Fiset, et sa belle Diane venait d'achever ses études commerciales et avait été engagée comme secrétaire au magasin de construction Chapdelaine sur la rue du Collège.

— Ouf! Tout un choc qu'on a eu, ma Laurette, quand notre Martin nous a annoncé qu'il se mariait au mois de décembre! Sainte bénite que ça nous rajeunit pas, ça! Je suis quand même inquiète qu'ils se marient jeunes de même, ces deux-là! Dix-huit ans, Laurette, tu y penses-tu?

— Crime, Angèle, t'as pas besoin de te morfondre pour lui. Y est travaillant sans bons sens, ton Martin, puis sa Diane est déjà placée. T'as pas d'affaire à être inquiète de même! Toi, Roger, tu dois pas être inquiet pour ton gars, hein?

— Pas pantoute. C'est un bon mécanicien puis y a dans sa tête de cochon d'avoir son garage à lui. C'est sûr que ça va prendre quelques années pour ramasser l'argent de ce garage-là, mais comme on dit, on peut pas avoir le beurre avec l'argent du beurre tout de suite! Va falloir qu'y trime pas mal dur, le Martin. Pourquoi tu ris, ma femme?

— C'est parce qu'il m'a dit l'autre jour, quand monsieur Pinard était en vacances: «Je fais assez d'heures au garage que quand je me couche le soir, je suis crevé. Je m'endors en plein milieu d'un rêve, torpinouche ! » Mais il est toujours au poste quand même. Y a assez peur que sa belle doudoune soit pas heureuse avec lui que si y pouvait faire sortir le sang d'un navet pour elle, il le ferait, sainte bénite ! Câline qu'il l'aime, cette enfant-là !

— Pour le mariage, ça fait de la préparation en crime, Angèle ?

— Pas tant que ça, Laurette. C'est Jeanine et Pierre-Paul qui s'occupent de tout ça. Les bans sont déjà publiés à l'église Notre-Dame, la salle est réservée à la marina Beaudry à Sainte-Anne-de-Sorel puis l'orchestre est déjà choisi. Il leur reste juste à confirmer le nombre de couverts chez Traversy. En fin de compte, nous autres, on est dans les honneurs puis crois-moi qu'on va être sur notre trente-six, hein, mon beau *foreman* ?

— Hi hi ! Pourquoi être le vicaire quand on peut être le pape ! C'est sûr que la paye a changé un peu, mais pas de là à se péter les bretelles, ma belle noire ! La seule différence, c'est que je me mets plus les mains dans marde noire à *shop* puis ça fait bien mon affaire. En plus, j'ai des bons ouvriers. Fabien, c'est un bon travaillant, Clarence aussi, puis Denis Grenier, lui, quand y a pas mal à nulle part, bien, ça va pas si pire.

— T'en as un qui est souvent malade, Roger ?

— Ça, mon Serge, c'est une longue histoire ! Juste pour te donner une idée, la semaine passée Donald Tessier est arrivé avec un mal d'oreilles puis le lendemain matin, c'est mon Denis qui est arrivé avec un bas de laine attaché après l'oreille, bonyeu ! Laisse-moi te dire qu'y avait l'air pas mal plus insignifiant que d'autre chose !

— Crucifix, c'est une moumoune, ce gars-là !

— Si c'est une moumoune ? Y est toujours malade, maudit, c'est un hypocondriaque ! Mais je m'en accommode parce que c'est quand même un bon jack, parce que son frère Rosaire, lui, y donne pas sa place ! Denis, c'est un bon diable, mais Rosaire, c'est un petit christ… Hi hi ! Maudit que ce gars-là est têtu, une vraie tête de cochon ! Quand je lui demande de faire une *job*, y en fait une autre à la place… Mais qu'est-ce tu veux, on peut pas tout avoir, friser naturel puis rester dans un château avec une dent en or, hein !

— Hi hi ! Ça, c'est bien vrai, mon Roger. Y a toujours de quoi qui cloche, que ce soit dans n'importe quel métier ! Justement, je voulais vous parler de quelque chose pendant que Guylaine est avec David sur la pépinière.

— Mon Dieu, c'est-tu grave ?

— Bien non, la belle noire ! Qu'est-ce que vous diriez si je la prendrais pour travailler sur la pépinière jusqu'à la fin du mois d'août ? Elle travaillerait à la semaine puis son frère va être là pour l'aider en plus !

— Sainte bénite, je pense que la gazelle serait bien contente parce qu'elle s'est pas encore rien trouvé pour l'été à Sorel ! Elle fait une couple d'heures de temps en temps au guichet de la piscine municipale puis c'est tout ! Mais la pépinière, Serge, Guylaine connaît pas grand-chose là-dedans !

— Mais ça, j'y ai déjà pensé, Angèle. Je la mettrais vendeuse, puis quand ça serait plus tranquille, je lui ferais transplanter des jeunes plants. Après le souper, elle pourrait faire la tournée d'arrosage avec moi. Je la payerais trente-cinq piastres par semaine et elle serait logée, nourrie.

— Bonyeu, elle va être aux oiseaux avec une paye de même ! Penses-tu qu'elle va vouloir déménager à Saint-Bonaventure pour deux mois, ma femme ?

— Regarde, Roger, Guylaine a pas de chum, puis en plus, je suis certaine qu'elle va être bien contente d'être avec son frère tout l'été, moi!

— Ouin, juste ce frère-là parce que son autre frère, lui, on le voit pas souvent depuis qu'il reste à Victoriaville. Il descend à peu près aux deux mois, crime!

— Il s'est-tu fait une nouvelle blonde, ton Olivier, Laurette, depuis qu'il a laissé Isabelle?

— Bien non, Roger. À chaque fois que je lui demande, il me répond qu'il attend encore la femme de sa vie, puis moi, j'ai bien hâte de la connaître, cette déesse-là! En attendant, il reste dans son petit trois et demi sur le boulevard Jutras puis il ramasse son argent pour s'acheter une maison.

Quand Serge demanda à Guylaine si elle ne s'ennuierait pas trop de Sorel en venant travailler pour lui, elle lui répondit: «Les petits canards se suivent pas toujours en ligne, mononcle Serge; des fois y peut en avoir un qui s'écarte!»

***

Cinq heures et vingt.
— Allo, ma belle noire! Attends, Gabriel, laisse-moi le temps d'enlever mes bottines, bonyeu! Une bonne bière-tomate, ça va être bon. Y fait chaud en titi aujourd'hui: quatre-vingt-huit à l'ombre!

— Bien oui. Une chance que c'est pas humide! J'ai eu des nouvelles du petit Sylvain à matin.

— Puis, y va-tu mieux, le petit?

— Les docteurs peuvent pas se prononcer tant qu'il aura pas fini sa polychimiothérapie. Pauvre petit poulet... Ça fait déjà un an et demi qu'il est à l'hôpital Sainte-Justine!

Même Sylvie s'en ressent. Michèle dit qu'elle est plus agressive. Cet enfant-là, y a rentré à l'hôpital en février 70, y avait cinq ans. Y a eu sept ans au mois de mai, puis on sait même pas si y va sortir de là vivant.

— Ça peut être bien long, ma femme. C'est une maudite maladie plate, la leucémie ! Mais regarde, y faut garder espoir. Avant 1970, les enfants qui avaient la leucémie mouraient presque tous. Aujourd'hui, c'est pas pareil avec les nouveaux traitements ; y peuvent les prolonger puis même guérir le tiers de ces enfants-là !

— Je comprends bien ça, mon Roger, mais oublie pas que le petit a une leucémie aiguë puis qu'il a fait une méningite par-dessus ça. Pauvre petit loup, y aura même pas eu une enfance normale... Michèle m'a dit que nos filleuls le cherchent partout dans la maison. Ils ont juste quatre ans puis ils voient bien qu'il manque un gros morceau, eux autres.

— Ça doit être bien dur pour Richard et Michèle, le voyagement, les repas... Une chance que de temps en temps tu prends Jules et Julien avec toi dans le jour, puis quand Emma y va dans l'après-midi, elles sont toutes seules avec Sylvie. Elle doit respirer un peu mieux, cette femme-là, maudit !

— Là c'est pas pire, mon mari, on est en été. Imagine-toi le voyagement à Montréal cet hiver ! J'espère juste qu'on aura pas une tempête comme au mois de mars passé. On aurait dit que la terre avait arrêté de tourner, sainte bénite ! Tout le monde était pris dans leurs maisons. Y avait même pas un seul moyen pour se déplacer ; y avait de la neige par-dessus les chars, câline !

— Le 4 mars 1971. Je suis sûr que tout le Québec va se souvenir de cette année-là, ma femme. Puis ça, c'est à part de la catastrophe du village de Saint-Jean-Vianney qui est arrivée deux mois après !

Le 4 mars 1971, une tempête spectaculaire s'abattit sur tout le Québec. Montréal fut le territoire le plus touché, avec deux pieds de neige et des vents de soixante-huit milles à l'heure. Il y eut dix-sept décès dont la plupart furent causés par des crises cardiaques. Des poteaux électriques arrachés laissèrent plusieurs secteurs dans le noir et le froid pendant une longue période de dix jours. Les bancs de neige rejoignaient le deuxième étage des maisons en raison des rafales. Tout fut fermé : les écoles, les commerces ainsi que le transport en commun. C'était la paralysie totale. Aucun journal ni aucune lettre ne furent livrés chez les citoyens.

Dans les rues, on voyait déambuler uniquement des motoneiges et de braves gens en skis de fond et en raquettes. Les camions de déneigement de la ville de Montréal durent effectuer cinq cent mille voyages de neige pour rendre les rues praticables.

Le jour de la tempête du quatre mars fut aussi celui où le premier ministre du Canada, monsieur Pierre Elliott Trudeau, se mariait à Vancouver avec la séduisante Margaret Sinclair.

Pour multiplier les mauvaises nouvelles, le 4 mai 1971, deux mois après la colossale tempête de neige, des pluies diluviennes provoquèrent un glissement de terrain qui engloutit le village de Saint-Jean-Vianney au Saguenay, tuant trente et une personnes. À onze heures du soir, trente-cinq maisons sur un total de soixante-dix avaient été noyées dans une mer de boue.

***

Le dimanche vingt-deux août, Fabien proposa son chalet au village des Beauchemin pour fêter l'anniversaire des gazelles et de leur sœur Josée.

Ce n'était pas si aisé pour Roger et Angèle de réunir tout leur monde quand chacun et chacune avait sa petite vie d'adulte. Laurette, Serge et Guylaine arrivèrent à deux heures, et David et Céline se présentèrent à trois heures.

Roger avait préparé le barbecue pour rôtir les hot dogs et les hamburgers. Sans délai, il avait informé Fabien qu'il faisait cuire des cuisses de grenouilles pour le souper, mais celui-ci l'avait « envoyé promener » assez vite.

Paul et Serge s'étaient occupés d'amener la bière, et Arthémise avait cuisiné une recette de sucre à la crème et un plat de fudge chocolaté truffé de noix de coco.

— T'es donc bien belle, ma Yolande, aujourd'hui, câline. Tu rajeunis tout le temps, toi !

— Mets-en pas tant, Angèle. À quarante ans, on se lève pas en courant le matin comme à vingt ans ! Tu devrais savoir ça, toi qui en as quarante et un !

— J'ai pas de misère à me lever pantoute le matin, moi ! Patou, veux-tu bien lâcher ma nappe, câline !

— Ça fait longtemps que vous l'avez, ce chien-là, Angèle ?

— Bien oui, c'est un vieux plouk, Patou. Y a sept ans, mais Nannie est plus vieille. Elle est déjà rendue à treize ans. C'est une vieille pantoufle ; elle pense juste à dormir... Regarde, m'man, on va mettre les liqueurs dans le *cooler* en dessous du chalet. On peut pas se servir de la glacière en dedans parce que ça valait pas la peine d'acheter un gros bloc de glace pour juste une journée. Comment ça va chez Richard, m'man ?

— Ça va bien. Les enfants sont bien fins avec moi. Ils me donnent pas une miette de misère! J'aurais bien aimé que Richard puis Michèle viennent aujourd'hui, mais tu comprends bien que le dimanche, c'est la visite de toute la famille au complet à Sainte-Justine. Pauvre petit amour...

— C'est le Bon Dieu qui a ça entre les mains, m'man. Sylvain, c'est un enfant de la Terre, y devrait rester avec nous autres... Bon, c'est assez, le braillage. On a trois filles à fêter aujourd'hui puis j'aimerais bien que ça se fasse dans la joie et aussi, je pense que Richard et Michèle seraient déçus de nous voir s'apitoyer sur leur sort. Voyons, Rose, t'es pas avec Joël?

— Non, m'man, j'ai cassé avec lui.

— Pourquoi?

— Au début je l'aimais bien fort, mais là, il me tombe sur les nerfs bien raide, sainte!

— Comment ça? Vous aviez l'air d'un beau petit couple de tourtereaux. Il te tombait sur les nerfs pourquoi?

— Bof, toutes sortes d'affaires. C'est le plus fin, c'est lui qui sait tout, il décide toujours pour moi puis il est pas capable de passer devant un miroir sans s'arrêter pour se regarder à chaque fois. Une vraie catin! Moi, je suis plus capable! Les oreilles me frisent à chaque fois qu'on rencontre une vitre ou un miroir!

— Oh... hi hi! Pauvre Rosie! Tu lui as annoncé ça comment, que tu cassais avec lui?

— Je lui ai dit juste la vraie vérité, m'man, qu'il est juste un narcissique puis qu'il revienne me voir quand il aura la tête moins enflée.

— Câline, Rose, t'es pas allée avec le dos de la cuillère! T'es arrivée ici comment en fin de compte?

— J'ai pas eu le choix, m'man, vous étiez tous partis. J'ai fait du pouce.

— Chut ! Dis pas ça à ton père, que t'as fait du pouce. C'est assez pour qu'il ait la baboune toute la journée, sainte bénite !

— Crains pas, m'man. C'est Gaston qui m'a embarquée puis il m'a dit qu'il dirait rien à personne, surtout pas à pa ! J'ai eu ma leçon quand j'ai fait du pouce avec Johanne Godin puis que c'est pa lui-même qui m'a embarquée en bas du pont Turcotte. J'ai eu l'air assez nounoune quand il m'a demandé où je m'en allais ! « Bien, je m'en vais chez nous, pa. » J'avais été une semaine sans pouvoir mettre ma grosse orteil sur le perron, maudit !

— Voyons, Rose, parle pas de même ! Moi, je pense plus que c'était à cause que t'étais avec la Johanne. Tu sais que ton père peut pas la sentir, elle ?

— Bien oui, m'man. Toi non plus, d'ailleurs…

— Tiens, si c'est pas mon Gaston ! Tire-toi une bûche, comme dirait mon père, on va s'ouvrir une boîte de clous ! Une Labatt ou une O'Keefe ?

— Je vais te prendre une petite 50, mon Roger. Hé, Paul, viens ici. J'en ai une bonne à te raconter ! C'est qui, le petit là-bas, Roger ?

— C'est le chum à Laurette, Serge. C'est un maudit bon gars. Y a une pépinière à Saint-Bonaventure. C'est à côté de Drummondville.

— Ah, OK ! Viens t'assir avec nous autres, Serge ! C'est le gars qui s'en va à la pharmacie pour acheter de l'arsenic…

— Bien voyons donc, voir si le pharmacien est assez fou pour lui donner de l'arsenic, bâtard !

— Eille, le frère, à chaque fois que je conte une histoire, faut toujours que tu me coupes le sifflet en plein milieu, torrieu! Ferme donc ton grand clapet, baptême! Ça fait que le pharmacien lui dit: «Bien voyons, monsieur, je peux pas vous donner de l'arsenic comme ça. Y vous faut une prescription!» Ça fait que le gars lui a répondu: «Attendez, je vais vous montrer un portrait de ma femme puis je suis certain que vous allez vouloir m'en donner, de l'arsenic!»

— Oh... maudit niaiseux! Elle est bonne en viarge, ton histoire, Gaston! Ouin, on dirait qu'y va mouiller. Y a un gros cul noir en arrière des bouleaux là-bas!

— Bien non, mon Roger, ça va passer en vent, ton affaire. Toi, Serge, es-tu un raconteux d'histoires?

— Si c'est un raconteux? T'aurais dû le voir dans la roulotte quand on est allés dans l'Ouest canadien l'été passé. Une attendait pas l'autre, maudit! Conte donc l'histoire de la belle-mère, Serge!

— Ah, OK! C'est quoi la plus belle caresse qu'on peut pas faire à notre belle-mère? Toi, Gaston, la sais-tu, celle-là?

— Non, pas pantoute. J'ai jamais caressé ça, une belle-mère, moi! C'est quoi?

— C'est caresse chez eux, crucifix!

— Oh! Baptême qu'elle est bonne! En as-tu d'autres comme ça, mon Serge?

— Ouin, je pense qu'y va mouiller pour le vrai, moi!

— Bien, si y est pour mouiller, Gaston, c'est mieux qu'y mouille aujourd'hui au lieu qu'y mouille une journée quand y fait beau!

— Voyons, mon frère, t'as des bébites dans le traîneau? C'est quoi le rapport?

— C'est juste pour te faire parler puis ça marche, mon Paul. Puis, Serge, c'est quoi ton histoire?

— OK. C'est le gars qui dit à son chum: «Pourquoi t'as coupé la queue de ton chien?» Son chum lui répond:

« C'est parce que la belle-mère vient faire son tour après-midi puis je veux pas qu'y branle la queue pour montrer qu'y est content de la voir ! »

— Tabouère, si ça marcherait, y aurait juste des chiens pas de queue sur la terre, torrieu de torrieu !

— Bon, vous contez encore des histoires, vous autres ?

— Bien oui, Arthémise. En connais-tu une couple de bonnes, toi ?

— J'en savais bien gros avant, mon Roger, mais qu'est-ce tu veux, quand on vieillit, la mémoire fléchit, tu comprends ?

— Bien là, t'es pas si vieille que ça... T'as même pas une ride dans la face, ma belle Georgette !

— Pour ça, mon Gaston, c'est bien vrai. La seule ride que j'ai, je suis assis dessus, sainte pitoune !

— Oh... hi hi ! Ça, c'est une bonne *joke* !

Seulement trois grains de pluie furent expulsés des nuages, puis le ciel reprit son teint bleuté. Josée surveillait sur le quai son petit frère qui était en train d'essayer de pêcher un poisson. Une vraie petite mère poule. Son frère, elle l'aimait sans condition.

Les femmes se chargèrent de dresser la table pendant qu'Angèle préparait les salades, aidée de son amie Laurette.

— Puis, la Guylaine, a mérite-tu sa paye à la pépinière Laurette ? En tout cas, elle a l'air d'aimer la campagne...

— Ah, ma chère Angèle ! Ta fille, c'est pas le style de s'assir puis d'attendre que ça passe quand elle voit l'ouvrage devant elle. Une vraie petite abeille ; elle arrête pas deux minutes.

— Tant mieux ! Mais y a une affaire qui me chicote. À seize ans, me semble qu'elle devrait avoir un chum, cette enfant-là ? Elle a sorti juste une fois avec un gars, Samuel, puis ça a pas toffé longtemps.

— Tu sais, Angèle, on en a parlé, de ça, chez nous quand elle a sorti avec ce Samuel-là. Depuis ce temps-là, elle a pas eu d'autres chums parce qu'elle m'a dit qu'il buvait pas mal trop, ce gars-là.

— Ça a pas rapport. Les gars sont pas tous des ivrognes.

— Bien, c'est pas juste ça, aussi. Je pense qu'elle a peur de s'embarquer avec un homme, Angèle.

— Pourquoi tu dis ça ?

— Bien, elle m'a dit qu'elle avait peur d'en rencontrer un puis qu'il parte se reposer comme son père Dario... Moi, je dis qu'elle vit juste en arrière et elle veut pas regarder en avant pantoute. Mais depuis qu'on s'est parlé, elle a un peu changé son fusil d'épaule quand je lui ai dit: «Si la vie a des ailes, bien l'amour, c'est les anges qui l'apportent.» Je pense qu'elle a compris que les anges sont pas juste là pour accueillir ceux qui arrivent au bout de leur route, ils sont là aussi pour guider les gens tout au long de leur vie sur la terre !

— Sainte bénite que tu parles bien, Laurette ! T'as encore réussi à me faire morver.

— Voyons donc, Angèle. Mais je peux te dire que ta Guylaine, elle regarde pas mal l'autre bord de la clôture dans ce temps-ci. Le petit Gosselin à côté, y est pas mal ragoûtant.

— A sort-tu avec lui ?

— Je pense pas, mais je vois bien qu'elle a un petit penchant pour lui. Elle dit qu'Éric, c'est un pelleteux de nuages, mais si elle le connaîtrait plus, elle s'apercevrait que c'est pas juste un beau parleur. Y est vraiment intelligent. Il étudie pour être docteur. Y a vingt ans puis dans quatre ans y va avoir son diplôme de médecine générale. En attendant, y travaille sur la terre de ses vieux la fin de semaine.

— Sainte bénite, ça lui ferait un bon parti ! Mais si je dis ça, c'est pas juste parce qu'il va faire des bonnes payes, c'est bien sûr que c'est juste si Guylaine tombe vraiment en amour avec lui. Mais ça, un amour à distance, c'est pas évident, Laurette.

— Pas tant que ça, Angèle...

— Comment ça ? Une chance que t'es là, ma Laurette, sinon je saurais pas grand-chose de ma Guylaine, hein ?

— Regarde, Angèle, je veux pas que tu sois frustrée avec ce que Guylaine me dit. Moi, je sais bien que quand j'étais jeune, j'aimais mieux me confier à mes tantes ou à mes amies, puis je pense qu'on est toutes faites pareilles, non ?

— Ouin, pour ça je te donne raison parce que regarde nous deux, on se dit tout ! C'est quoi tu voulais me dire ?

— Guylaine veut s'en aller coiffeuse, puis elle va finir son secondaire dans deux ans. Elle t'a-tu parlé où est-ce qu'elle voulait suivre son cours de coiffeuse ?

— Oui, avec le coiffeur Armand !

— Mais le coiffeur Armand, y est rendu à Drummondville. Y s'est ouvert une école de coiffure.

— Câline, j'étais pas au courant de ça, moi. Mais elle va rester où, Guylaine, si elle s'en va étudier à Drummondville ?

— Avec son frère David sur la rue Brock.

— Hein ! Ah bien ! Mais elle a le temps de changer d'idée. C'est juste dans deux ans.

— Oui, mais elle a un autre plan dans la tête, Angèle.

— Lequel?

— Je peux t'en parler, mais va falloir que t'attendes que Guylaine te le dise elle-même. Comme ça tu vas être préparée.

— OK, mais je vais être préparée à quoi ?

— La pépinière, si elle veut, elle peut y travailler jusqu'au mois d'octobre la fin de semaine, et aussi au mois de décembre vu la vente des arbres de Noël.

— Son école là-dedans ?

— J'y arrive, Angèle. Elle voudrait changer d'école à l'automne puis s'inscrire à la nouvelle polyvalente qui va ouvrir sur le boulevard Jean-de-Brébeuf.

— Comment elle s'appelle, cette polyvalente-là ?

— La Poudrière.

— Tu parles d'un nom, toi, pour une polyvalente !

— Oui, c'est bizarre, hein ! Elle voudrait rester avec son frère sur la rue Brock puis dans deux ans suivre son cours de coiffure chez Armand sur la rue Heriot.

— Sainte bénite, elle nous aime plus ?

— Voyons, Angèle, elle arrête pas de vous louanger ! C'est juste que c'est parce qu'elle est rendue adolescente puis qu'elle veut faire son chemin dans la vie ! On choisit pas l'avenir de nos enfants, ma chère. Regarde Olivier, je le vois presque jamais, moi ! Si Guylaine vous en a pas parlé, c'est qu'elle a peur de vous faire de la peine, à toi puis à Roger, parce qu'elle vous aime trop. Braille pas, Angèle. Aurais-tu aimé mieux qu'elle se traîne les pieds partout puis qu'elle ait pas une miette d'ambition ?

— Bien non, c'est sûr. Mais ça va faire un gros vide de plus voir notre gazelle à la maison.

— Oui, mais c'est pas à l'autre bout du monde... Imagine-toi si son cours se donnerait à Saint-Zénon. C'est tellement ennuyant dans ce village-là que les chiens mangent le mastic après les fenêtres, crime !

— Oh ! hi hi... Maudite folle ! hi hi...

Et que la fête continue !

— Puis, Martin, je t'apporte-tu une petite bière frette avec du jus de tomate ?

— Je vais en prendre une dernière, pa, parce que ça fait deux que je bois. Je veux pas être obligé de mettre une chaudière à côté de mon lit à soir !

— Hi hi... Ta première brosse, c'était pas drôle, mais ça fait moins mal qu'un coup de pied dans le derrière avec une paire de bottes gelées, hein, mon Martin ?

— Ouais...

— Puis toi, la belle doudoune à Martin, ça va toujours bien, la *job* de secrétaire chez Chapdelaine ?

— Pour la *job*, j'aime bien ça, mais pour le patron, c'est toute une autre paire de manches, monsieur Delormes !

— Comment ça, Diane ?

— C'est un bon gars, mais bateau qu'il est bougonneux ! L'autre jour j'ai juste voulu donner mon point de vue sur la rédaction d'une de ses lettres puis il m'a répondu : « C'est moi qui a raison. Ferme ta pie puis on va être d'accord ! »

— Mon Dieu, c'est tout un air bête, ton *boss* !

— Ouin, puis si je peux me trouver autre chose, je vais lui donner ma démission assez vite ! Bon, cré Martin ! Il est pas capable de boire quelque chose sans en renverser sur lui tout le temps !

— Hi hi ! Y a pas changé, notre Martin. Quand il était petit, il était toujours crotté, notre Martin.

— C'est pour ça qu'on a toujours un sac dans la valise du char avec deux trois tee-shirts de rechange. On prend plus de chance.

— Je lui ai dit l'année passée quand il a pris sa brosse qu'il savait pas boire ! Ça a pas changé !

— Hein, hein, t'es bien drôle, mon père !

Le souper terminé, tout le monde s'aventura dans les jeux. Ils jouèrent au jeu de poches. Serge n'avait aucun « visou » : il aurait manqué une vache dans un corridor. Au tournoi de fers, c'est Paul qui lança tout croche, et il fallut que les spectateurs se retirent plus loin, car il tirait partout sauf à côté du piquet.

— Ouin, mon frère, t'as pas de visou pantoute, baptême. Si ça continue, on va être obligés de sortir les cannes à pêche pour aller à la pêche aux fers sur le bout du quai, tabouère !

— Toi, ma face de ragoût, va voir au coin si y mouille parce que je vais te faire faire un maudit boutte sur les coudes, moi !

— OK, OK ! Je m'en vais.

— Hon, hi hi ! Ils sont-tu drôles, ces deux-là, mon mari !

— Quelqu'un qui les connaît pas penserait qu'ils sont comme chien et chat. Le pire là-dedans, c'est qu'ils s'aiment comme ça, eux autres !

Dans la soirée, près du feu de joie, Martin s'esclaffait en regardant sa sœur Josée et son frère Gabriel, avec Patou, pourchasser les mouches à feu pour les emprisonner dans un pot de vitre, espérant en faire une lampe de chevet. « Elles tofferont pas, les mouches à feu. Y ont pas faite des trous dans le couvert ! »

Chapitre 18

Le paradis

Le samedi vingt-huit août, Josée et Gabriel ainsi que Rose étaient en visite chez Laurette pendant que Roger et Angèle se prélassaient dans le Vieux-Québec pour bénéficier de leur fin de semaine en tourtereaux.

Rose avait décidé, elle, d'aller chez Laurette pour passer un peu de temps avec sa sœur Guylaine avant que toutes deux commencent leur année scolaire.

En après-midi, elles se rendirent au marché public sur la rue Saint-Jean comme elles s'y rendaient dans les années 1962.

Quand Serge demanda à Gabriel s'il voulait demeurer avec lui pour lui donner un coup de main sur la pépinière, le petit acquiesça immédiatement.

Josée explora tous les endroits que ses sœurs avaient fréquentés lors de leurs visites à Drummondville : le magasin des biscuits à la livre, le banc des Proulx pour le délicieux pâté de jambon et le comptoir des poissons frais où Laurette s'était procuré, jadis, le gros morceau de filet de morue avec lequel elle avait amené Guylaine à apprécier le poisson. De plus, elle visita le parc Woodyatt où Rose et Guylaine avaient souvent discuté pendant des heures en buvant leur liqueur préférée au restaurant du Woolworth sur la rue Lindsay.

Le soir, Guylaine raconta à Rose comment elle s'était éprise de son bel Éric.

Au début, elle essayait tout simplement de l'ignorer; elle le trouvait prétentieux. Mais lentement, elle se mit à l'apprécier. Elle conversait avec lui tous les matins quand elle allait chercher le courrier, même que, jour après jour, elle attendait fébrilement dix heures pour sortir au même moment que lui. Elle surveillait l'arrivée du facteur dans le petit tambour derrière la maison et quand elle l'apercevait, elle se précipitait à l'extérieur tout en se gardant une démarche nonchalante pour ne pas éveiller de soupçons.

Éric avait vingt ans, une taille de cinq pieds et huit pouces et des cheveux bruns très courts. De longs cils noirs balayaient ses yeux verts et une maturité bien sentie lui donnait un regard très personnel. Il portait continuellement des jeans Levi's accompagnés d'une blouse – de jeans également –, des espadrilles blanches et une casquette des Canadiens de Montréal qui ne le quittait jamais.

La toute première fois qu'il avait invité Guylaine à sortir avec lui, ils étaient allés souper au service à l'auto du Roy Jucep sur le boulevard Saint-Joseph dans sa Monte Carlo noire et la poutine avait été délicieuse, ainsi que l'orangeade Jucep.

Sous un ciel étoilé, ils avaient déambulé au centre-ville. Un petit vent du nord s'était dressé, et le Brut de Fabergé avait dangereusement stimulé l'odorat de Guylaine.

Ils s'étaient installés sur un banc au parc Saint-Frédéric et c'est à cet endroit qu'ils s'étaient embrassés pour la toute première fois. Guylaine était devenue écarlate quand Éric lui avait glissé tendrement à l'oreille que ses lèvres avaient un goût de vanille.

Chez Laurette, les gazelles dormaient au deuxième étage dans une chambrette agrémentée de deux petites lucarnes. Un lit de laiton et une coiffeuse en bois d'acajou s'harmonisaient avec les tentures de dentelle ivoire suspendues aux cadrages des fenêtres.

Le couvre-lit, une catalogne blanche ornée de sillons roses, reposait sur le lit avec de gros coussins blancs, roses et verts. Aux murs, Laurette avait accroché les photographies qui autrefois ornaient le corridor de la grande maison familiale de Saint-Cyrille-de-Wendover. Sur l'une des tables de nuit reposaient une lampe en papier de riz et une photo des filles aux côtés de David et Olivier lors de leur première visite au parc Woodyatt.

— Comme ça, t'es en amour par-dessus la tête, ma petite sœur !

— C'est l'homme de ma vie, Rose ! Il est tellement fin avec moi que je me sens comme une princesse avec lui, tu sais, comme Sissie dans la vue où elle est impératrice ?

— Tant que ça ! Eh bien, il te manquerait juste de vivre en Bavière comme elle, sainte ! Vous allez vous marier ensemble si ça continue, ma sœur !

— On en a parlé, mais tu comprends bien qu'on a nos études qui passent avant ! Après mon secondaire, je vais avoir juste un an à faire chez Armand le coiffeur, mais Éric, lui, y en a encore pour quatre ans à l'école de médecine de l'Université de Sherbrooke… Une chance qu'on se voit les fins de semaine, tornon, sans ça je mourrais d'ennui !

— Qu'est-ce que vous faites, vous deux ?

— Viens, Josée, on est en train de parler des gars !

— Ah ouin! Vous avez du temps à perdre! Moi, les gars, je les trouve bien niaiseux. Je vous dis que c'est pas eux autres qui ont inventé la dynamite dans le derrière des mouches à feu, calvette!

— Hi hi! Tu parles donc bien mal, Josée! On va te laver la langue avec du savon, toi!

— Ça, Rose, quand j'ai de quoi à dire sur les gars, je trouve pas d'autre chose à dire. Je les trouve trop ti-counes!

— Tu changeras bien d'idée quand tu vas avoir tes quinze ans, ma sœur!

— Peut-être, Guylaine, mais en attendant...

— Ouin, en attendant, t'aimes mieux faire des coups plates avec ta Vivianne Cantin pour faire enrager notre mère, hein?

— Ben non. On est plus tranquilles asteure! Puis toi, Rose, t'as pas à parler, t'en as pas de chum, toi non plus, à ce que je sache!

— Bien non. Depuis que j'ai cassé avec Joël, je suis pas pressée de m'en faire un autre, sainte!

— Tu vois, y était pas mieux, lui aussi. Tu l'avais traité de tête d'eau, celui-là!

— Qui t'a dit ça, toi?

— C'est m'man qui l'avait dit à pa à notre fête. Elle faisait juste rire!

— Ah bon! Bon bien, faudrait bien se coucher. Il est déjà onze heures puis ici, à Saint-Bonaventure, on se lève à l'heure des poules.

***

C'était la rentrée aujourd'hui, et comme tous les ans, Angèle profitait de cette première journée de classe pour se rendre au carré Royal avec Gabriel. Un parapluie la protégeait, car le ciel était ténébreux et il pleuvait beaucoup. À deux reprises, elle faillit rebrousser chemin, mais lorsqu'elle arriva face au marché Steinberg, une accalmie avait succédé au mauvais temps et Galarneau venait de se pointer le bout du nez.

Au menu du jour chez Rheault, il y avait une soupe poulet et riz et des pochettes au chou. Gab, lui, voulait une frite sauce avec du «kèchop». Il avait beaucoup de difficulté à comprendre cette lettre égarée qui était le «t». Pareillement, quand il se rendait au *pet shop* avec son père, il disait qu'il s'en allait au «pèchop». Il avait quatre ans déjà, le petit bout de chou, et d'ici un an il se retrouverait sur les bancs de la maternelle à l'école Maria-Goretti.

Martin espérait bien amener Patou avec lui dans son nouveau logement sur la rue Phipps après avoir passé l'anneau de mariage au doigt de Diane, mais Angèle était sceptique: «À huit ans, ce chien-là, y a ses petites habitudes. C'est pas sûr qu'il va accepter de faire son nid ailleurs, lui! En plus, la doudoune à Martin est allergique aux poils d'animaux.»

— Ah bien! Salut, Jeanine. C'est le soleil qui t'a fait sortir de ton trou?

— Bien oui. J'ai pris une chance de venir voir si t'étais ici... Allo, Gab. Maudine qu'il est beau, cet enfant-là, avec ses grands yeux bleus! Lui laisses-tu allonger les cheveux, coudon?

— J'ai de la misère à lui faire couper sa crigne noire, mais là, y va falloir que je me décide. Je vais l'envoyer avec Roger chez le barbier samedi matin parce que là, je suis à la veille de lui faire des tresses. Puis, nos hommes ont bien commencé leur saison de bowling dimanche?

— Bien oui. Pierre-Paul a eu une bonne moyenne même si on était revenus à deux heures de chez son frère le samedi soir !

— C'est pour ça que t'es pas venue prendre ton café dimanche matin avec moi puis Antoinette. T'as fait la paresse au lit, ma vlimeuse ?

— C'est sûr ! En plus que les hommes vont dîner en ville après leur bowling, tu comprends bien que j'en ai profité ! Tu parles d'un temps de canard, toi. Y a dix minutes y faisait gros soleil, maudine !

— Ah, je donnerais n'importe quoi pour être en Martinique sur le bord de la *playa* comme l'hiver passé, moi ! Câline qu'on était bien ! On avait juste à manger puis à mettre des bûches dans le poêle !

— Hi hi ! Vous avez fait sortir la boucane par votre fenêtre de chambre d'hôtel ? Vous avez pogné la piqûre, hein ?

— Tu peux le dire, je vivrais là-bas tout l'hiver, moi ! Faut croire qu'y faut revenir sur terre, comme on dit... Quand tu fais un beau voyage puis que t'es pas inquiète de ton monde à Sorel, tu penses juste à repartir !

— Vous avez été bien chanceux d'avoir Laurette pour venir garder chez vous pendant une semaine ! Moi puis Pierre-Paul, on y pense aussi. On aimerait bien retourner à Miami cet hiver après les noces de Diane.

— En parlant de noces, ça s'en vient. Faudrait bien qu'on commence à aller magasiner pour se trouver une toilette... As-tu vu la robe de mariée de ta fille en fin de compte, Jeanine ?

— Bien oui. Quand Diane est allée la réessayer chez Louise Péloquin, puis que je l'ai vue sortir de la cabine d'essayage avec, je me suis mise à brailler comme une débile, maudine!

— Ouin, les noces sont pas passées! Veux-tu un Kleenex, Jeanine? J'en ai un gros paquet dans ma sacoche.

— Oui... Qu'est-ce tu veux, j'ai juste un enfant puis je me fais pas à l'idée de la voir partir de la maison!

— Bien voyons donc. Y s'en vont pas aux îles Moukmouk, ces enfants-là! C'est vrai que moi, quand Martin va partir de la maison, je vais avoir encore les autres avec moi pour un boutte. Ça change vite, hein? Regarde juste la Guylaine à Drummondville. Je pense pas qu'elle revienne rester à Sorel, puis je pense même qu'Éric, c'est le sien... Pauvre petite, elle était assez mêlée, cette enfant-là, qu'à un moment donné j'avais même pensé qu'elle resterait vieille fille, câline! Ah bien, y est déjà deux heures! J'ai bien l'impression qu'y en a un qui va passer par-dessus son somme, hein, Gab?

Cinq heures et vingt.

— Sais-tu quoi, ma femme?

— Bien non, mon mari.

— Je pensais à ça aujourd'hui à *shop* puis je me suis dit: «Pourquoi que j'emmènerais pas ma belle noire passer la fin de semaine à Magog?»

— Hein! Au lac Memphré?

— Oui. On va aller à la pêche puis, comme on dit: «Vaut mieux rigoler dans une gondole que de gondoler dans une rigole!»

— Oh, hi hi... maudit fou! C'est vrai que c'est grand, le lac Memphré, mon mari!

— Mais on est pas toujours obligés d'aller pêcher au village des Beauchemin, ma femme. Y a d'autres belles places au Québec, hein ?

— C'est sûr, mais les plus jeunes, on fait quoi avec eux autres ?

— J'ai appelé ta mère après-midi puis elle va les garder chez eux…

— T'es donc bien ratoureux, Roger Delormes ! À chaque fois que tu me fais une surprise, ma mère est dans le coup !

— Qu'est-ce tu veux, ta mère, c'est la meilleure belle-mère au monde !

— Ah bon ! Puis ton bowling, lui ?

— J'ai déjà demandé à Charles de me remplacer. De toute façon, y faut que je le fasse jouer de temps en temps ! Y est juste remplaçant puis à tous les dimanches, y vient nous voir jouer pareil !

— Ça va nous faire du bien, mon Roger, de prendre une petite fin de semaine avant que l'hiver pogne. Va falloir apporter un gros capot parce qu'y doit pas faire chaud sur l'eau dans ce temps-ci le matin !

— C'est sûr. Je te connais, t'es toujours gelée, maudit !

— Ça, Roger, que le vent vienne de n'importe quel bord, pour moi, y fait toujours frette, câline. On dirait que j'ai pas de sang dans le corps, moi ! Puis depuis que je suis allée en Martinique, c'est encore pire : je suis encore plus frileuse qu'avant, on dirait.

— Cré petite soie. Si on pourrait se la couler douce à tous les ans comme ça, cré-moi qu'on se ferait pas casser un bras pour repartir ! Une chose qui est coulée dans le béton, c'est que dans trois ans on va fêter notre vingt-cinquième anniversaire de mariage puis on va y aller, dans le Sud, en maudit, puis deux semaines à part de ça !

— Vingt-cinq ans, nos noces d'argent.

***

Le samedi trente octobre, les gros sacs à feuilles étaient remplis de rouge, d'orange et de jaune feu. Les cheminées à fumer et les plateaux de bonbons pour la fête de l'Halloween étaient prêts pour la soirée du trente et un. Angèle s'était procuré une seule citrouille cette année pour la déposer sur la galerie étant donné que Roger lui avait enfin avoué que les tartes à la citrouille ne s'avéraient pas son dessert favori : « Y a pas à sortir du bois. C'est les tartes aux pommes que j'aime, moi ! »

Dans le voisinage, c'était toujours la même petite routine. À la télévision, pour enlever un peu de monotonie dans le cœur des plus jeunes, *Les 100 tours de Centour*, *Les Oraliens* et *Fanfreluche* attiraient l'attention des petits comme les grands.

Isabelle Pierre chantait *Le temps est bon*, et la grande vedette de l'heure était René Simard. Depuis que Guy Cloutier lui avait fait enregistrer *L'oiseau* en 1970 alors qu'il n'avait que dix ans – on en avait vendu 170 000 copies –, on le demandait dans tout le Québec. Il avait donné trois spectacles à la Place des Arts. Cette année, le petit Simard avait délaissé son île d'Orléans pour s'installer à Montréal dans le but d'entreprendre une tournée provinciale. Josée était déjà en possession de billets pour assister au spectacle en compagnie de Vivianne et de ses parents à Montréal.

On anticipait pour les Canadiens de Montréal une autre saison triomphale avec leur capitaine Jean Béliveau et leurs deux excellents gardiens de but, Ken Dryden et Rogatien Vachon. L'année précédente, le Tricolore avait remporté la coupe Stanley contre les Blackhawks de Chicago avec un résultat final de quatre à trois, et c'était Henri Richard qui avait marqué le but gagnant. Roger et Martin s'étaient mis à crier comme des enfants dans le salon.

Le samedi soir, c'était assidûment le même rituel : *Jeunesse d'aujourd'hui* de six heures trente à sept heures et quart, la *Soirée canadienne* de sept heures et quart à huit heures, puis la *Soirée du hockey* avec René Lecavalier.

— Je vais lâcher un coup de téléphone à Michèle, mon mari, le temps que t'écoutes ton hockey. Ça fait longtemps que j'ai pas eu des nouvelles du petit Sylvain.

Le temps que Roger s'allume une cigarette, Angèle était revenue dans le salon.

— Bonyeu, ça a pas été long, ton coup de téléphone, ma femme !

— Bien non, ça répond pas ! Pourtant, le samedi soir, ils sont toujours dans leur maison à Sorel-Sud. C'est le dimanche qu'ils font leur visite familiale à Sainte-Justine ! Coudon, je rappellerai demain soir ! Bon… Laisse faire, je vais aller répondre, Roger. Allo !

— Salut, Angèle, c'est Marcel. Comment ça va chez vous ?

— Ça va bien, le beau-frère, puis vous autres, comment ça va ?

— Comme un pet dans l'eau frette, madame !

— Hi hi… Veux-tu parler à ton frère ?

— S'il est pas trop loin, j'aimerais ça lui demander quelque chose…

— Bien oui... Roger, c'est ton quêteux de frère qui veut te parler.

— Voyons, Angèle! Allo!

— Salut, mon frère, je voulais te demander si tu me passerais pas ta Cougar demain midi. Je passerais la chercher après la messe demain matin.

— Bonyeu, Marcel, ton bazou est où?

— Mon char est dans le fond de la cour puis y mettra plus jamais ses roues sur l'asphalte, verrat! Martin m'a dit hier chez Pinard que la transmission était finie puis j'ai décidé de plus mettre une maudite cenne dessus.

— Ah bien! Qu'est-ce que tu veux faire avec mon char demain?

— Sainte bénite, Roger, passes-y pas ton char!

— Chut, ma femme!

— Je veux juste faire un aller-retour à Saint-Gérard-Majella pour aller chercher des dalles de patio chez le frère de Béatrice. Ça vaut la peine: y me les donne. Crains pas, je vais y remettre du gaz après.

— Maudit, Marcel, ma Cougar, c'est pas un char pour charrier du ciment! Puis j'ai mon bowling demain matin, moi. Saint-Gérard, c'est un village reculé par le tonnerre. Les chemins sont tout croches puis c'est plein de bosses.

— Ouin, c'est pas une bonne idée, hein?

— Non, pas pantoute... Ton Gilles puis ton Pierre en ont un char, eux autres? Pourquoi tu leur demandes pas?

— C'est parce que Gilles est parti pour la fin de semaine à Berthier chez sa blonde.

— Ton Pierre, lui?

— Y a plus de char, mon Pierre, y fait du pouce. Y me dit que ça coûte moins cher de même, cette espèce de niaiseux-là! Tu parles d'un sans dessein, toi!

— Ah bon. En tout cas, moi, je peux pas te le passer. J'en ai besoin demain matin puis si tu y penses cette semaine, je vais avoir besoin de mon banc de scie puis de ma drille.

Quand Roger reposa le combiné, il était écarlate.

— Sainte bénite, Roger, y a du front tout le tour de la tête, ton frère !

— Ouin, en plus, il était rond comme un œuf. Il s'enfargeait dans tout ce qu'il disait, bonyeu ! Y va tomber des vaches avant que je lui passe mon char, lui ! Maudit que c'est pas drôle. Y avait arrêté de boire ça faisait à peu près huit ans, celui-là !

— Bien oui. Au moins, Béatrice m'a dit qu'y a pas de malice pour cinq cennes quand y est chaud.

— Non, mais c'est pas mieux. Y a juste l'air d'un maudit niaiseux puis y dit juste des niaiseries ! C'est pas d'avance bien bien non plus, hein ? Des fois je suis gêné quand je suis avec devant le monde.

— Comment ça, Roger ? Qu'est-ce qu'il a dit ?

— Bof, je pense que ça se dit même pas, en plus !

— Mon Dieu ! Qu'est-ce qu'il a dit de si niaiseux, mon mari ?

— La semaine passée, je jasais avec Jean-Marie Frappier à côté quand il est arrivé dans la cour. Puis vu qu'il était à veille de mouiller, au lieu de dire comme tout le monde : « Y va mouiller »… Ah ! puis laisse faire, je peux pas te dire ça, c'est trop laid.

— Bien voyons, mon mari, je suis capable d'en prendre !

— OK. Y a dit : « Quand le goéland se gratte les flancs, c'est parce qu'y va mouiller longtemps puis quand y se gratte le cul, c'est qu'y fera pas beau non plus. » Tu parles d'un gnochon, toi ! Ça a pas d'allure d'être mal engueulé de même !

— Oh ! hi hi…

— Tu ris de ça, toi ?

— Toi aussi, tu ris, Roger.

— Ouais, mais je l'ai pas trouvé drôle sur le coup devant Jean-Marie. J'avais juste le goût d'aller me cacher en dessous du perron.

***

Le huit novembre, c'était dans les douces lueurs du cré-puscule, à quatre heures et vingt, que le petit Sylvain quittait les siens.

Perdre un enfant est une tragédie inexplicable qui surgit dans la vie de parents sans demander de permission. Cet enfant-là était tellement épuisé qu'il n'avait plus eu de forces pour se battre contre cette impitoyable maladie.

La semaine précédente, il avait recommencé à faire de petits pas avec une marchette, mais Richard s'était bien rendu à l'évidence que si son fils les accomplissait avec toutes les misères du monde, ce n'était que pour faire plaisir à sa mère et lui donner de l'espoir, car il avait exprimé à son père qu'il en avait assez d'avoir mal dans tout son petit corps amaigri et qu'il avait demandé au petit Jésus de lui préparer sa deuxième maison au Ciel.

Au salon Mandeville et Mineau, le mardi matin, la porte du Ciel et les oiseaux du paradis accompagnaient le petit cercueil blanc. Michèle et Richard avaient incité les gens à faire des dons pour combattre les maladies infantiles à l'hôpital Sainte-Justine.

Le petit Sylvain reposait enfin. Il portait sur son petit crâne dégarni sa casquette des Canadiens de Montréal, et sur son oreiller de satin blanc avait été déposée une photo de sa jumelle, Sylvie, qui confia à ses parents : « On est des jumeaux inséparables puis je veux que ma moitié monte au Ciel avec lui. »

— Tu sais, Angèle, il est bien heureux comme ça, notre Sylvain. Les docteurs puis les gardes-malades l'ont pas lâché jusqu'à tant qu'il leur dise que les traitements puis les prises de sang aux demi-heures, il en avait assez et qu'il voulait juste dormir pour toujours.

— Oh, Richard !... Pauvre petit poulet. Toi, Michèle, comment as-tu pu être assez forte pour le voir partir dans tes bras ? Moi, je pense que je serais morte avec lui.

— Je voulais plus le lâcher, Angèle. Il est parti pendant que je le berçais et crois-moi que quand je te dis qu'il m'a fait tout un sourire juste avant de s'en aller, bien, j'ai compris que son repos, il l'avait mérité, mon petit ange ! Tu sais, quand on dit que les enfants nous sont juste prêtés, c'est bien vrai... Avant, moi puis Richard, on le regardait courir partout et maintenant, pour l'avenir, on va avoir juste le réconfort d'aller lire son nom gravé sur du granit et lui parler pour qu'il se souvienne de nous. On va aller lui porter des nouvelles fleurs à toutes les semaines, puis on va lui demander qu'est-ce qu'il fait de bon avec les anges au paradis. Quand il va mouiller, on va aller le réconforter parce qu'il a une peur bleue des orages puis...

— Michèle, écoute-moi... T'auras pas besoin de faire tout ça. Sylvain va être à côté de vous autres tout le temps, et c'est lui qui va vous envoyer des fleurs, et pour la pluie, inquiète-toi pas, ça, il la gardera pas avec lui en haut. Il va tout simplement la laisser se déverser dans les rivières et les jardins...

Jules et Julien, âgés de quatre ans, ne comprenaient pas ce qui se passait. Pour eux, leur petit frère dormait.

À l'église Saint-Gabriel-Lalemant, le professeur de Sylvain, monsieur Durand, et tous les élèves de deuxième année étaient présents pour les funérailles. Pour le cortège qui se dirigerait vers le cimetière des Saints-Anges, Michèle et Richard avaient choisi un corbillard blanc pour conduire leur fils à son tout dernier repos. Le blanc était la pureté, le blanc était le battement d'ailes d'une colombe se dirigeant gracieusement au pays du repos éternel.

Chapitre 19

Diane et Martin

En ce matin de l'Immaculée Conception, un bon pied de neige avait chuté sur tout le Québec.

Paul était en train de nettoyer sa galerie pendant que Gaston, à côté de chez lui, enlevait le banc de neige que Ti-Clin Chouinard lui avait déposé devant son entrée.

Emma restait alitée à cause d'une grosse grippe qui la terrassait depuis quatre jours. Elle prenait tout simplement ses précautions : elle voulait être assurée de se délivrer de cette fièvre dans l'espoir d'être présente au mariage de son petit-fils prévu dans trois jours. Elle se disait : « Le sirop Lambert, les pastilles Wampole puis la mouche de moutarde vont faire leur *job*. »

— Hé, Gaston ! Je finis mon perron puis je vais aller te donner un coup de main ce sera pas long !

— Ce sera pas de refus, baptême ! J'en ai quasiment pour l'avant-midi à enlever cette marde-là, tabouère ! Dis à ton Emma qu'elle reste couchée ; je vais te garder avec moi pour prendre un café après.

L'ancienne rue Royale était beaucoup plus achalandée depuis quelques années. Avec le nouveau Miracle Mart, le Steinberg et le A&W qui avait remplacé l'Auto-Snack juste en face de chez Emma, dans deux ou trois ans, le boulevard Fiset ressemblerait vraiment à un boulevard.

— Torrieu de torrieu, on dirait qu'y a deux fois plus de neige que chez nous, Gaston !

— Bien oui, ça, c'est le remerciement que Ti-Clin Chouinard me fait quand Arthémise lui fait son petit *guérit-tout* quand il arrête à la maison pour prendre son *break*… Tabouère que c'est pas drôle. On l'a invité une fois pour se réchauffer puis depuis ce temps-là qu'il colle comme une vraie tache de marde, baptême ! Essaye donc de lui dire d'aller ailleurs asteure. C'est nous autres qui lui ont donné le mauvais pli, y faut vivre avec ! D'un autre côté, Ti-Clin, c'est pas un mauvais gars. Je me demande bien pourquoi y s'est pas remarié, lui, depuis le temps qu'il est veuf ?

— Oui, mais je l'ai vu l'autre jour dans sa charrue avec son casque de poil. Y a-tu un œil qui se crisse de l'autre, ce gars-là ? On dirait que quand y regarde à quelque part y regarde pas là pantoute !

— Bien oui, mon Paul, son œil gauche est figé là bien raide. Ça doit être de naissance, son affaire.

— Si y va souvent chez vous, c'est peut-être qu'y reluque ton Arthémise, aussi ?

— Baptême, je pense pas qu'Arthémise pourrait succomber à ses charmes. Y a rien pour lui, ce pauvre homme-là, y est laid comme la plaie d'Égypte, bonyeu !

— Fie-toi pas aux apparences, mon frère. Y est peut-être bien fin ! Regarde juste madame Thibeault à côté : son mari est laid comme un chromo puis elle, elle est toujours en extase devant lui. Son Edgar, je te dis que c'est pas drôle !

— Ouais, mais je suis pas inquiet pareil ! Changement de propos : les noces du petit Martin s'en viennent vite !

— Bien oui. J'espère qu'Emma va filer mieux pour samedi !

Martin et Gaston avaient développé une certaine complicité depuis qu'ils s'étaient rencontrés en Ontario. Quand Gaston avait un problème de mécanique avec sa Shelby 65, il demandait toujours l'avis de Martin au garage Pinard. Comme de raison, Gaston n'avait pas eu le choix de se procurer de nouveaux vêtements pour les noces. Il n'était pas question qu'il se présente aux noces en pantalon et en chemise. Arthémise lui avait fait acheter un veston noir et des souliers neufs. « C'est sûr qu'il ira pas se planter sur le perron de l'église Lalemant avec ses gros botterleaux, sainte pitoune ! » avait-elle clamé.

***

C'était le matin du mariage dans la maison familiale des Dufault. Jeanine était très tendue. Elle piétinait de long en large dans sa cuisine sur la rue Victoria pendant que Pierre-Paul était parti chercher les bouquets de corsage chez le fleuriste. Il était neuf heures et demie et Diane n'avait toujours pas revêtu sa robe de mariée. Elle était assise sur le divan du salon en train d'enfiler ses bas de nylon blancs.

— Envoye, Diane, ton père va arriver avec les fleurs d'une minute à l'autre puis Gariépy va être là dans deux minutes pour prendre les portraits avant qu'on parte pour l'église ! Maudine que t'es pas nerveuse ! Comment tu fais, bonté divine ? Moi, le matin de mes noces, je me possédais plus.

— Bien oui, m'man. On dirait que c'est toi qui se maries, câline de bine! Mais je peux te dire que ta robe bleue, elle est belle en s'il vous plaît! Tu devrais en mettre plus souvent, du bleu. Ça te donne des couleurs!

— Oh! merci, ma puce... Sais-tu qu'on va s'ennuyer de toi en pas pour rire, ton père puis moi, ma fille?

— Je sais, mais regarde, on s'en va juste à côté sur la rue Phipps. Tu vas avoir juste deux coins de rue à faire pour venir me voir, c'est pas la fin du monde quand même!

— Oui, mais juste le fait que je vais voir ta chambre vide, je pense que je m'en remettrai jamais.

— Là, m'man, si tu brailles, tu vas être obligée de te regrimer une autre fois puis t'auras pas le temps parce que Luc est arrivé dans la cour avec sa Thunderbird pour venir me chercher!

Au même moment, dans la maison des Delormes, c'est Roger qui était le plus irritable. Il avait même oublié comment nouer une cravate.

— Voyons, Roger, calme-toi, sainte bénite! Tu vas arriver à l'église en même temps que tout le monde!

— Cré maudit que c'est pas drôle. On dirait que c'est moi, le marié! Maudit que t'es belle, ma femme!

Angèle s'était acheté une robe longue de gabardine rose cendré avec le boléro de la même teinte, mais en broderie de coton. Par chance, les plus vieux travaillaient et ils avaient pu débourser une partie de leurs vêtements. Guylaine était arrivée à Sorel avec Éric, Serge et Laurette, à dix heures quarante, et ils attendaient à l'extérieur pour voir venir le marié accompagné de son père. Martin démontrait une assurance particulière malgré une fébrilité intérieure qui le chatouillait. La veille, il avait failli déposer une chaudière tout près de son lit. Il avait été tellement anxieux que le mal de cœur l'avait empoigné juste avant d'aller au lit. Il avait fini par s'endormir au petit matin et quand sa mère l'avait sorti du lit à huit heures, il avait englouti deux œufs, du bacon et trois rôties tartinées de caramel.

David s'était directement rendu à l'église avec Céline. Josée et Rose étaient arrivées avec Rolland et Raymonde et leurs deux filles, Delphine et Grace.

Francine était très élégante au bras de Benoît. Il ne manquait que Richard, dans sa Chrysler New Yorker 71, qui venait prendre Martin et Roger pour les conduire devant l'église Saint-Gabriel-Lalemant.

Sur le parvis de l'église, cent vingt-cinq invités attendaient les futurs époux.

Martin, auprès de son père, attendait sa dulcinée dans un smoking noir et une chemise blanche rehaussés d'un nœud papillon noir et de boutons de manchette en argent.

Roger étrennait un habit bleu marine avec une chemise blanche et une cravate bleu foncé. Il portait une fleur à la boutonnière, une petite rose blanche, à l'instar du bouquet de la mariée orné d'un grand ruban rose, qui en contenait trois.

Quand Martin aperçut sa Diane dans sa longue robe de princesse en satin agrémentée d'une pelisse de lapin blanc, plus rien n'existait autour de lui : il ne voyait qu'elle, celle qui deviendrait madame Delormes.

Dans ses longs cheveux châtains, une couronne de perles nacrées avait été déposée et un voile interminable couvrait son visage.

La jeune bouquetière, Grace, vêtue d'une robe de dentelle rose et d'une couronne argentée, accompagnait le petit page, Julien, qui se déplaçait allègrement dans son costume blanc.

Le cortège des mariés défila dans le centre-ville, sans oublier de passer devant la maison des Delormes et celle des Dufault.

La cérémonie fut très touchante et remplie d'émotions.

Pour l'ouverture de la danse des mariés, l'orchestre interpréta *Ma vie, c'est toi*, de Chantal Pary. Angèle pleura, de même que Jeanine.

— T'as l'air à filer mieux de ta grippe, m'man ? J'avais peur que tu manques les noces quand je t'ai vue y a deux jours. Y aurait pas fallu !

— Bien oui, ma fille. Mettons que j'y ai goûté. J'ai eu plus peur de me retrouver à l'hôpital avec une pleurésie comme il y a huit ans. Bonne sainte Anne que le temps passe vite. Ma fille qui est déjà rendue à marier ses enfants.

— Oui, mais pour une grand-mère de soixante-six ans, je t'ai trouvée pas mal en forme à te voir danser la polka avec ton Paul tout à l'heure, hi hi !

— Ah oui ? Mais c'est sûr que j'en danserai pas une autre, ma fille. Je vais m'en tenir à la valse puis au slow… Claudia ! Viens ici une minute.

— Oui, m'man ? Qu'est-ce qu'il y a, ma belle maman rose bonbon ?

— Hi hi… Je veux juste savoir si ta Marie va mieux.

— Pourquoi tu dis ça ?

— Quand je suis allée aux toilettes tout à l'heure, elle était en train de se faire vomir le cœur, Jésus Marie !

— Ah ouin, c'est vrai que dans ce temps-ci, elle file pas trop trop. Elle a peut-être attrapé un microbe encore.

— Ça se peut bien, ça, ma fille… Comment ça se fait qu'elle est pas avec son amoureux aujourd'hui, elle ?

— Ah, son Christian ? Ça aurait l'air qu'y lui aurait 'demandé pour prendre un *break*. Moi, je comprends rien là-dedans… Prendre un *break* à dix-sept ans. Y va être fatigué raide mort si y se marie plus tard, lui! De toute façon, c'est mieux comme ça. Y a rien à dire, cet enfant-là, puis quand y s'ouvre la trappe, c'est juste pour dire des maudites niaiseries plates. Gilbert aussi trouve ça; je pense qu'y l'aime pas, lui non plus… En tout cas, je vais lui parler après la noce. J'espère juste qu'elle a pas un polichinelle dans son tiroir, elle, parce que ce serait pas drôle pantoute!

— Y manquerait bien juste ça, sainte bénite. La verrais-tu enceinte!

À trois heures, les mariés firent la tournée des tables pour s'entretenir avec la parenté et les amis avant de les quitter pour revêtir leur costume de voyage de noces. Un voyage de noces en saison hivernale, ce n'était pas aussi chaleureux que de s'étendre en dessous d'un palmier; par contre, ils avaient quand même eu la très bonne idée de se louer un petit chalet pour trois jours à Saint-Michel-des-Saints pour dévaler les pentes de ski et ne penser qu'à s'aimer.

Diane se retrouva avec Martin chez ses parents. Diane s'était acheté une minijupe pied-de-poule avec un chemisier blanc accompagné d'un débardeur de laine noir, et quand Martin la remarqua en train de nouer sa cravate noire, il lui demanda s'ils avaient une petite demi-heure devant eux avant de retourner à la salle. Il portait un pantalon noir à plis français et un col roulé ivoire accompagné d'une veste torsadée de couleur taupe. Les convives lancèrent des pétales de rose après avoir formé, avec leurs bras, un arceau s'étalant jusqu'à la sortie de la marina Beaudry afin que monsieur et madame Delormes le franchissent pour se diriger vers le nord, pour enfin s'acheminer vers un tout nouveau chapitre de vie.

***

À la fête de Noël, la famille fut disséminée. Roger, Angèle, Josée et Gabriel réveillonnaient à Saint-Bonaventure avec Serge, Laurette, Guylaine et Éric. Olivier ne pouvait pas être présent à cause d'une grosse fête qu'il avait organisée chez lui, à Victoriaville, en compagnie de ses confrères de travail. Francine avait été conviée chez les Daunais et Martin fêtait avec sa femme chez les parents de celle-ci.

Depuis sa rupture avec Joël, Rose n'avait pas eu d'autre copain. Elle avait commencé à travailler au A&W sur le boulevard Fiset les fins de semaine comme serveuse et elle accumulait ses gages, comme elle disait, pour monter son trousseau comme Francine au cas où elle se marierait un jour. Leur mère les aidait en leur procurant de la literie, des linges à vaisselle, des nappes, des draps, et à chacune, elle avait fait don d'une magnifique coutellerie en argent, étalée dans un grand coffre en bois capitonné de velours rouge. Les douces rêveuses avaient précieusement rangé leur trésor en escomptant qu'un jour prochain, elles diraient « oui, je le veux » à un prince charmant qui ravirait leur cœur.

Depuis que Martin avait quitté la maison familiale, c'est Josée qui s'était installée dans sa chambre, et Gabriel était bien enchanté de disposer de la sienne en solitaire. Martin et Diane étaient heureux dans leur petit nid d'amour sur la rue Phipps même si Martin rêvait toujours de posséder son garage de mécanique. Il travaillait d'arrache-pied pour y arriver. Un garage était à vendre dans le rang de Picoudi à Saint-Robert, mais Martin avait dit : « C'est bien trop creux, torpinouche. Y a pas personne qui va venir faire réparer son char ici. On va avoir le temps de sécher ! »

Au début de la semaine, Diane et lui allèrent visiter un grand local incluant une maison dans le rang Sainte-Thérèse, à proximité du Pot au Beurre. C'était une imposante maison datant des années vingt et les propriétaires ne l'avaient jamais laissée à l'abandon. La toiture était bien décente et les fenêtres en bon état pour encore une dizaine d'années. Un emplacement était prévu pour aménager un grand jardin et y installer une piscine hors terre, rêve que caressait Diane depuis son enfance. Pour les amoureux, il était permis de rêver même si cette magnifique maison ne les attendrait pas une éternité.

***

Emma et Paul étaient en Grèce avec Gaston et Arthémise. Le lendemain des noces, le dimanche, Gaston était arrivé chez son frère avec une invitation que ni lui ni Emma n'avaient pu décliner.

— Torrieu de torrieu, Gaston, prends ton souffle ! As-tu vu un ours, joual vert ?

— Bien non, baptême, je suis venu vous inviter à venir avec nous autres !

— Où tu veux aller, torrieu, avec la marde blanche qui vient juste de nous tomber sur la tête à matin, toi ?

— Moi puis Arthémise, on veut vous amener en voyage en Grèce.

— Bonne Sainte Vierge… les îles grecques ? s'écria Emma, bouleversée.

— Bien non, Emma, les îles de Sorel en plein hiver, bâtard ! Puis, ça vous tente-tu ?

— Ça a pas de bons sens, Gaston. On peut pas accepter ça. Ça va coûter bien trop cher, c'est aux quatre coins du monde ! Es-tu tombé sur la tête ?

— Arrête donc de te plaindre, Paul. Premièrement, tu pourrais pas aller aux quatre coins de la Terre parce que la Terre est ronde, tabouère !

— Maudit niaiseux, tu sais bien pareil comme moi que c'est une façon de parler !

— Bien oui, mon frère. Toi, la belle hirondelle, aimerais-tu ça y aller ?

— Regarde, Gaston, depuis que j'ai vu le pavillon de la Grèce à l'Expo 67 que je rêve de voir si le ciel est aussi bleu que sur les portraits ! Mais c'est un voyage qui coûte trop cher, Gaston.

— Tabouère que vous avez la tête dure ! Y a pas plus sourd que deux sourds qui veulent pas entendre ! Je vous ai dit que je vous invitais ! Regardez bien, vous deux. Quand Blanche est morte, elle m'a laissé quarante mille piastres, puis j'ai décidé de pas emporter cet argent-là au paradis. J'suis rendu à soixante-sept ans puis c'est drôle, plus que je vieillis, plus que j'ai moins de souffle pour éteindre les chandelles sur mon gâteau de fête ! Puis toi, Paul, t'en as soixante-huit, maudit verrat ! Dans deux ans, à soixante-dix, on sait pas si tu vas pouvoir encore voyager.

— Va donc chez le diable, Gaston Cantara. On a quand même juste un an de différence, à ce que je sache ! Je suis plus en forme que toi, torrieu ! Maudit que t'es baveux, toi !

— Woh, ça va faire, là ! Des vrais enfants d'école ! Tu veux-tu y aller, en Grèce, mon mari, oui ou non ?

— Quand est-ce qu'on part, Gaston ?

— Hi hi ! Tabouère que je suis content !

Chapitre 20

Catherine Campeau

26 février 1973.

Nous étions à la fin février et c'était le même rituel qu'à la mi-janvier. Conrad Défossé, qui avait succédé à Ti-Clin Chouinard, était dépassé par le travail de déneigement des rues. Même avec un gros casque de poil et d'épaisses mitaines feutrées en laine de mouton, il était contraint de s'immobiliser aux demi-heures dans le but de se réchauffer. Le A&W était fermé depuis une semaine. Les écoles étaient vacantes; par contre, ce n'était guère agréable pour les enfants qui aiment s'amuser à l'extérieur puisque le thermomètre indiquait quatre degrés sous zéro.

Roger avait covoituré avec Rolland pour se rendre à son travail étant donné que sa Cougar avait refusé de démarrer même s'il avait pris la précaution de la brancher la veille.

Rolland s'était enfin décidé à investir dans une voiture et s'était acheté une Plymouth 70, mais il continuait toujours de voyager avec son beau-frère. C'était plus avantageux pour les deux, et Raymonde pouvait profiter de la voiture pour aller faire son épicerie et ses courses avec Angèle pendant qu'Emma gardait les enfants le jeudi après-midi. Le lundi, une fois par mois, les deux belles-sœurs se rendaient à Tracy pour profiter des aubaines à un dollar et quarante-quatre sous au Woolco.

Il y avait eu beaucoup de modernisation durant l'année 72. Pendant la construction du centre commercial, les travailleurs de la voirie avaient bâti le boulevard des Érables et le nouveau développement des Bois d'Angoulême.

Le centre commercial de la Plaza Tracy avait ouvert ses portes le 15 novembre 1972 et cette journée-là, des milliers de personnes s'étaient déplacées pour visiter les lieux, occupés par quarante nouveaux magasins ainsi que le marché d'alimentation Steinberg. La cérémonie d'inauguration avait eu lieu la veille en présence de monsieur Arthur Pontbriand, maire de Tracy, monsieur Luc Poupart, maire de Sorel, Claude Simard, député de Richelieu, Florian Côté, député fédéral de Richelieu, sans oublier les promoteurs de la Plaza, monsieur et madame Ed. Woolner.

***

Même si le marché de l'emploi était très vigoureux à Sorel, beaucoup de gens partaient travailler à la Baie-James. Après que le premier ministre du Québec, monsieur Robert Bourassa, eut dévoilé son projet de construire plusieurs centrales hydroélectriques sur les rivières de la région de la Baie-James, Gilles et Pierre, les enfants de Marcel et Béatrice, œuvrèrent sur les rivières Nottaway et Harricana, en 1971. En 1972, Gilles repartit pour le deuxième projet sur la rivière Opinaca, et Pierre, sur la rivière Eastmain.

C'est le 17 janvier 1970 que Robert Bourassa, le «père de la Baie-James», avait été élu chef du Parti libéral du Québec devant René Lévesque qui, malgré sa défaite, avait fait élire sept de ses députés dont Camille Laurin et Claude Charron. René Lévesque avait été défait dans sa propre circonscription. C'est au congrès du Parti québécois en 1971 qu'il avait été réélu à la tête de son parti, fort d'une importante majorité.

Il est certain que beaucoup de Québécois auraient aimé voir René Lévesque premier ministre du Québec en 1970; par contre, Robert Bourassa avait quand même servi le Québec avec brio depuis qu'il était au pouvoir. Il avait fait adopter la Loi sur l'assurance-maladie, la Loi sur la protection du consommateur, la Charte québécoise des droits et libertés de la personne et la première loi ayant reconnu le français comme langue officielle du Québec.

***

Fin mars: le temps des sucres.

Les propriétaires de cabanes à sucre avaient raclé les augets, les seaux et les goudrilles, et les tonneaux étaient prêts à recevoir l'eau sucrée à l'érablière.

La première récolte cette année-là fut du sirop de bourgeon à cause de la température trop douce et de la tempête du nordet qui était tombée durant la fin de semaine du vingt-cinq mars. Aujourd'hui, le trente et un, tout était prêt dans le rang Rhimbault de Sainte-Victoire, chez les Daneau, pour recevoir les visiteurs: la soupe aux pois, le beurre baratté à l'érable, le sucre mou et les grands-pères nageant dans le bon sirop. Angèle s'y était prise à l'avance et elle avait réservé la cabane pour trente-deux personnes.

— Maudit qu'on se bourre la face quand on vient ici, ma femme ! Ça a pas d'allure, je vais sortir d'ici en roulant !

— Bien oui, une chance qu'on mange pas comme ça à l'année, sainte bénite ! Attends, Gab, on reste assis pendant que le monde mange. Tu iras t'émoustiller après, OK ?

— Je veux juste aller voir Grace, m'man. Elle a fini de manger, elle !

— Eh, Seigneur ! Vas-y, mais à une condition : que tu restes assis bien tranquille sur le grand banc jusqu'à la fin du dîner.

— Bien oui, m'man, inquiète-toi pas.

— Puis, mon Roger, ça déboule chez vous. T'en as un autre qui va quitter le nid familial cet été ?

— Ouin, la Francine qui se marie au mois de juin avec son Benoît. Qui aurait pensé ça quand elle veillait sur le perron avec lui en 63 ?

— Ça nous rajeunit pas, hein ? Regarde juste les deux miens. Y sont partis tous les deux à la Baie-James puis je sais même pas si un jour y vont remettre les pieds dans la maison ! Qu'est-ce tu veux, c'est un coup d'argent à faire puis si j'aurais pas eu quarante-sept ans, je serais parti, moi aussi !

— Puis moi là-dedans, Marcel Delormes, tu m'aurais sacrée là ?

— Tu sais bien que non, ma belle Béatrice. Y a des camps pour ceux qui amènent leurs femmes puis leurs enfants. Tu serais venue avec moi, ma vieille, tu sais bien que je suis pas capable de me passer de toi !

— Ouf ! Parle pour toi, mon mari ! Tu veux dire que t'es pas capable de te passer de mon ragoût de boulettes puis de mon rôti de lard ! En tout cas, j'y aurais pas été de toute façon. Faire de la soupe puis regarder les hommes travailler dans le chantier à cœur de jour, je vois pas ce qu'y a d'intéressant là-dedans, moi!

— De toute façon, ma femme, on est trop vieux... Comment tu trouves ça, toi, la nouvelle loi à Bourassa qu'il a sortie le premier mars pour les permis de conduire, Roger?

— Moi, je trouve que c'est bien correct. Le monde va arrêter de chauffer comme des malades puis surtout, ça va protéger les autres qui tiennent leur limite de vitesse, bonyeu!

— Je comprends bien ton point de vue, le beau-frère, mais douze points de démérite sur notre permis, je trouve que ça fait pitié. Y auraient pu nous en mettre au moins vingt!

— Bien non, Marcel. Le monde ferait les mêmes conneries pareil. Puis en plus, si tu brûles une lumière rouge ou un stop, tu viens d'en perdre deux.

— Mais tu y penses-tu, mon frère, que si tu perds tes douze points, tu perds ton permis pour trois mois? Le monde ont besoin de leur char pour travailler!

— C'est correct, ça. En plus, si t'engueules la police quand tu perds tes derniers points, tu perds ton permis pour un an! C'est à bien y penser avant de faire les fous dans le chemin. Ça prend deux ans avant de recommencer avec une nouvelle banque de douze points.

— Ça veut dire que si au début tu perds dix points, y t'en reste juste deux pour faire deux ans?

— En plein ça, mon Marcel. Ça veut dire que t'es mieux de te tenir le corps raide puis les oreilles molles!

À deux heures, les musiciens venaient de terminer leurs tests de son et ils commencèrent à faire danser les gens avec *Le reel du sucre d'érable*, de Ti-Blanc Richard.

Il n'était pas évident de danser sur un set canadien avec les plus jeunes toujours « dans les pattes ». Ils prenaient le plancher de danse pour un terrain de jeu. Les parents attendaient seulement qu'il y en ait un qui aboutisse dans les chaises pour se décider à le retirer de là.

C'était une tradition de se réunir pour cette fête familiale. Les femmes étaient toutes installées à la même grande table et les adolescents aussi, mais complètement à l'opposé de la salle, attendant que l'orchestre interprète un slow. Les petits couraient partout en faisant le grand tour de la salle. Il y en avait toujours un qui tombait et se dirigeait vers sa mère en pleurnichant comme s'il allait mourir. Les hommes étaient tous postés debout au coin du bar en train de jaser plus fort que le son de la musique avec leur bière à la main.

Que les années s'écoulent à grands pas quand les enfants commencent à quitter la maison pour se marier ! Emma, qui maintenant avait soixante-huit ans, commençait à songer à vendre sa maison sur l'ancienne rue Royale étant donné que son Paul avait atteint ses soixante-dix ans et que la forme n'y était plus pour s'occuper du quotidien, que ce soit en saison estivale ou hivernale. Gaston, quant à lui, avait soixante-neuf ans. Il disait que si son Arthémise continuait à « péter le feu » comme elle le faisait, ils seraient encore bons tous les deux pour faire un bout de chemin dans l'ancienne maison de Paul-Émile et Aglaé Ethier.

Diane allait accoucher vers le milieu de juin et Martin rêvait toujours de posséder son garage.

Rose travaillait toujours au A&W. À chacune des tempêtes qu'il y avait eu au mois de février, Conrad Défossé ne déneigeait jamais à temps pour l'heure de l'ouverture du restaurant, et la propriétaire du A&W, Françoise Paquette, décida que cela ne valait pas la peine d'ouvrir le service à l'auto seulement pour le souper.

Rosie avait un nouveau copain depuis deux mois, Hubert Pétrin, un grand blond de vingt-deux ans qui ne vivait que pour sa Mustang rouge 70. Son auto, c'était de l'or. « Quand t'es rendu que tu dis à ta blonde que tu peux pas aller la chercher parce qu'y a trop de gadoue dans le chemin, c'est parce que t'as un problème en arrière du casseau », se plaignait Rose. Hubert travaillait à la Sidbec-Dosco à Contrecœur et son passe-temps du soir, c'était de laver son « maudit » char dans le garage de son père dans le rang Bellevue à Saint-Robert. Un gars qui faisait passer sa voiture avant sa blonde ne méritait pas de se marier puis d'avoir des enfants. Imaginons le petit assis sur le siège arrière de la Mustang avec, dans ses petites menottes, un cornet de crème glacée.

C'est pour cette raison que ce soir, en revenant de la cabane à sucre, Rose mettrait fin à cette relation. Hubert était assis près d'elle à côté du poêle à bois et il levait des regards furieux sur les pneus de sa voiture couverts de boue dans le grand stationnement de l'érablière.

Guylaine demeurait toujours à Drummondville sur la rue Brock avec son frère David et sa belle-sœur Céline. Pour son cours de coiffure sur la rue Hériot, tout se déroulait très bien. Son professeur, Armand, affirmait qu'elle était une de ses meilleures élèves et qu'elle n'aurait aucune difficulté à se trouver un emploi en terminant ses études. Elle et Éric filaient toujours le parfait amour et celui-ci caressait le rêve de s'ouvrir un cabinet de médecine générale à Drummondville dans les années à venir.

Josée, à onze ans, réalisait sa dernière année scolaire à Maria-Goretti. Sa mère disait : « C'est le mouton noir de la famille. Elle fait des mauvais coups, mais c'est pas méchant, ça fait juste déranger. Elle me fait penser à Martin quand il était à Saint-Viateur dans la classe du frère Duguas. Elle cache pas les craies à tableau, elle, elle prend les lunettes de madame Francœur puis elle les cache pour qu'elle puisse pas donner son cours ! »

Monsieur Duguas, l'ancien professeur de Martin, avait laissé le sacerdoce pour convoler en justes noces avec Fleurette Lajeunesse. Un jour de classe où Josée venait dîner à la maison, elle ressortit de la salle de bain en criant : « M'man ! Je pisse bleu ! » À bien y penser, il y avait du monsieur Duguas dans cette histoire-là. Ce jour-là, il leur avait vanté les mérites d'une petite pilule bleue : « Si vous prenez cette petite pilule-là, vous allez tomber en amour. »

Le beau Gabriel aux yeux bleus comme le ciel commençait sa première année scolaire à Maria-Goretti. En attendant, il s'amusait avec Michaël Hamel, le garçon de Christiane.

« On invite tout le monde dehors à venir manger de la bonne tire d'érable ! »

Après avoir dégusté des omelettes, du jambon et des pommes de terre cuites dans l'eau d'érable, ce n'étaient pas tous les gens qui avaient envie de se sucrer le bec. Concernant les enfants, il n'y en avait plus un seul sur le plancher de danse. Ils étaient tous en train de souiller leurs bottes de boue en se roulant une toque de tire d'érable sur la neige molle.

***

Le vingt-cinq avril. Sur la pépinière de Serge, le travail débute, et les cultivateurs commencent à se montrer le bout du nez à Saint-Bonaventure.

Ils avaient déjà semé leurs fines herbes et leurs légumes, nettoyé, biné, fumé et paillé leurs champs de fraises. Maintenant, c'était le temps de se procurer des arbustes et des fleurs pour aménager leurs rocailles. Dans une serre de la pépinière, les chrysanthèmes, les géraniums, les bégonias et l'odeur de menthe attiraient les acheteurs précoces.

Guylaine et David n'avaient pas une minute de répit. Ils sortirent les pelles, les sécateurs ainsi que les ciseaux pour transplanter les jeunes plants et tailler les arbustes pour qu'ils soient présentables aux clients.

Laurette était dans son grand ménage du printemps. Sa mère, Yvette, qui était rendue au cap de ses soixante-dix ans, se voyait davantage comme un fardeau qu'une aide précieuse sur la pépinière. Elle ne pouvait plus aider aux travaux aussi fréquemment qu'auparavant étant donné qu'elle devait parfois utiliser un fauteuil roulant. Elle était assez forte pour se déplacer pendant toute la matinée, mais quand arrivait l'après-midi, ses jambes ne la supportaient plus. Elle se plaignait d'être bien inutile, mais Serge et Laurette n'écoutaient plus ses lamentations. Cette femme ne s'arrêtait jamais. Tôt le matin, à sept heures, elle faisait le tour de la pépinière avec sa canne et elle préparait le dîner, et cela, sans compter toutes les marinades qu'elle mettait en conserve à l'automne.

Malgré elle, elle glissait très souvent dans le passé. Quand elle vit son ancienne maison à vendre dans le journal, elle devint bien nostalgique. Si elle pouvait revenir en arrière et que son Bermont fut encore de ce monde, elle vivrait encore dans sa grande maison. Quand elle entrevoyait les chevaux dans le clos du voisin, Léandre Marceau, elle voyait Bermont en train de brosser Fanfaron et de donner des pommes à Belles Oreilles.

La vie d'Yvette avait basculé quand elle avait quitté sa maison pour venir s'installer dans celle de son gendre et de sa fille Laurette. Même si elle s'y trouvait très à l'aise, elle rêvait toujours de retourner dans son passé. Son Bermont avait l'habitude de dire : «On marche toujours de travers sur un plancher qui nous appartient pas.»

— Il était bien bon, ton stew, Yvette. Je suis plein comme un œuf !

— Merci bien, mon Serge. As-tu de la place pour un morceau de tarte aux œufs ?

— Oh ! non merci, belle-maman. Je vais plutôt vous en voler un après-midi quand je vais prendre mon *break* avec mon café. En attendant, je vais aller faire un somme une petite heure. J'étais sur le piton à cinq heures à matin ; si je veux finir ma journée, faut que je dorme un peu. Toi, David, en attendant, tu pourrais commencer à étendre le fumier de poule dans le jardin de ta mère. Toi, Guylaine, tu prends un *break* jusqu'à tant que je me lève. T'es pas obligée de te morfondre comme à matin. Les cèdres puis les épinettes bleues sont capables d'attendre pour se faire toiletter. C'est pas obligé que ça se fasse dans une seule journée. Relaxe un peu, ma fille...

— Oups ! Je pense que ton chien est mort pour ton somme, mon mari. T'as une cliente qui vient d'arriver.

— Crucifix, le monde dîne pas toute à la même heure dans le coin ?

La femme entra dans la serre pour humer et choisir ses fleurs annuelles. «Une femme de la ville c'est certain, pensa Serge. Elle est trop bien endimanchée pour travailler sur une terre. »

Quand le propriétaire des lieux se rapprocha et vit cette jolie femme se balader entre ses plants de tomates roses chaussée de talons hauts, il s'exclama :

« Crucifix, elle va tout cochonner ses beaux souliers blancs ! »

Catherine Campeau, une grande femme d'une vingtaine d'années, le salua d'un sourire avenant. Elle portait une jupe-culotte noire et un chemisier blanc tacheté de petits pois noirs. Ses cheveux brun chocolat se mariaient à merveille avec ses yeux noisette au-dessus de ses pommettes rosées.

— Bonjour, mademoiselle.

— Bonjour, monsieur Perron.

— Vous vous cherchez des plants de tomates ?

— Bien oui, mais je veux aussi des fleurs annuelles pour mon parterre. Mais les plants de tomates, on plante ça quand ?

— Ça, ma petite dame, c'est pas avant le quinze de mai. Y fait bien beau aujourd'hui, mais on est juste à la fin d'avril. On peut encore avoir du gel la nuit. Vous êtes nouvelle dans le coin ?

— Oui, oui... excusez-moi. Je suis Catherine Campeau. Moi puis mon mari, Gustave, on vient juste d'acheter la terre de Dolorès Arcand dans le 6e Rang de Saint-Germain. C'est-tu vrai qu'avant ça le village s'appelait Saint-Germain-de-Headville ?

— Oui, madame, en 1877 !

— Oh là là ! C'est un vieux village, Saint-Germain !

— Eh oui ! Parlant de la terre que vous avez achetée de Dolorès Arcand, je connaissais son mari, Honoré. Y est mort y a trois mois. Pour en revenir à vos plants de tomates, ça va vous prendre du fumier si vous voulez avoir des belles tomates rouges… De quel coin vous arrivez avec votre mari, Gustave ?

— On arrive du nord. C'est mon mari qui a demandé un transfert. Il travaille pour Télébec. Y voulait s'installer sur une terre puis quand y a eu un poste d'ouvert, y a eu le choix entre Sainte-Rosalie ou Saint-Germain.

— Ah oui ! Sainte-Rosalie, je connais ça en pas pour rire. J'ai été élevé là avec mes vieux !

— Je sais tout ça, monsieur Perron.

— Pourquoi vous dites ça ? Vous avez l'air bien mystérieuse tout d'un coup.

— Regardez, on peut-tu s'asseoir sur le petit banc au soleil là-bas ? J'ai pas trop chaud ici et j'aurais une histoire à vous raconter. Si vous avez une petite minute, c'est bien sûr. Je voudrais pas vous déranger…

— Bien sûr, bien sûr… Voulez-vous que je vous présente ma Laurette ? Elle pourrait vous faire un bon café chaud au percolateur. Entre voisins de village, on peut bien en prendre un pour faire connaissance !

— Peut-être, mais avant, laissez-moi au moins commencer mon histoire, si vous voulez… Bon, ça vous dit quelque chose, la famille des Rivard dans le 2e Rang de Sainte-Rosalie, monsieur Perron ?

— C'est sûr, crucifix, j'ai été élevé à côté d'eux autres ! J'ai même fréquenté leur fille dans le temps ! Mais… comment ça se fait que vous connaissez ce coin-là, vous, madame Campeau ?

— Attendez, je continue. C'est avec leur fille Lizette que vous avez sorti ?

— Exact, mais… mais…

— Je suis Catherine Campeau, mais mon nom de fille, c'est Perron...

— Ma fille ?

— Oui... puis vous pouvez pas savoir comment j'ai été contente le jour que ma grand-mère Rivard m'a dit que vous aviez déménagé à Drummondville dans le temps puis que vous aviez acheté une terre à Saint-Bonaventure !

— Non ! Ça se peut pas ! Ma Catherine à moi ? La dernière fois que je t'ai vue, t'avais quatre ans puis tu courais partout dans le champ en arrière de la maison de ton grand-père. Depuis ce temps-là que je prie le Bon Dieu à tous les jours pour que je puisse te prendre dans mes bras avant de mourir !

— Pourquoi tu le fais pas, papa ? Moi aussi, j'ai toujours rêvé d'être dans tes bras !

— Oh, ma fille, si tu savais !

Laurette, qui lavait les fenêtres du solarium, aperçut son mari qui pleurait sur l'épaule de cette jeune fille. Elle pensa : « Crime ! La petite Perron est de retour au bercail après vingt-quatre ans ! »

— Venez vous asseoir, Catherine. Moi, c'est Laurette, la conjointe de Serge, et elle, c'est ma mère, Yvette. Y a mon gars David et ma nièce Guylaine qui restent ici aussi, mais là, ils sont à côté chez monsieur Gosselin, le père d'Éric, le chum de ma nièce. Crime que je suis contente de vous connaître puis de voir mon Serge heureux comme ça !

— Et moi donc ! Une chance que ma grand-mère me l'a dit pour mon père. Elle aurait pu emporter son secret dans sa tombe.

— Tu parles juste de ta grand-mère Rivard, ma fille. Ton grand-père est-tu mort ?

— Bien oui, il est mort ça fait déjà huit ans… En tout cas, ma fille va être bien contente de savoir que j'ai retrouvé son grand-père !

— Ah bien, ah bien, j'ai une petite-fille ?

— Bien oui. Elle a sept ans. Elle s'appelle Cendrine.

— Oh… En plus d'avoir la joie de retrouver ma fille, je suis grand-père !

— Crime que vous êtes beaux à voir tous les deux ! Ta mère reste-tu encore à Saint-Jérôme ?

— Bien non, elle est morte juste avant que la petite vienne au monde. Elle était encore avec Damien quand le cancer des os l'a emportée.

— Oh, mon doux ! La maladie la plus souffrante qu'y peut pas avoir sur cette terre, crime ! Ma sœur, la mère de Guylaine, est morte de ça puis elle a bien souffert, la pauvre. Ton beau-père, Damien, il reste toujours dans le nord ?

— Quand ma mère est partie, il est parti s'installer à Shippagan, au Nouveau-Brunswick. Il disait que ce serait plus facile pour lui de faire son deuil en travaillant sur les bateaux de pêche. Moi, je pense qu'il retournera plus jamais à Saint-Jérôme… En fin de compte, il me reste juste ma grand-mère Rivard qui vit encore à Sainte-Rosalie. Elle veut vendre sa terre pour peut-être venir s'installer pas loin de nous autres à Saint-Germain. Mais elle veut juste une petite maison ou un logement pas trop grand.

— Regarde, Cath… ma fille, y a la sœur d'Yvette qui reste dans une petite maison dans le village de Saint-Germain, sur la rue Notre-Dame, tout proche du presbytère. Elle veut vendre sa maison pour s'en aller rester à Saint-Nicéphore. On pourrait peut-être l'appeler ?

— OK, si vous voulez l'appeler, je vais en glisser un mot à ma grand-mère. En attendant, est-ce que je pourrais vous inviter à souper chez nous en fin de semaine ? Ça vous donnerait du temps pour y penser puis Gustave serait bien content de faire votre connaissance. Pour ma petite Cendrine, je pourrais lui expliquer cette semaine que j'ai enfin, oui, enfin retrouvé son grand-père et lui dire qu'elle a un papi en or comme elle a toujours rêvé d'avoir ! Puis vous, Laurette, je vous connais depuis juste une heure puis je vous aime déjà !

— Crime, me v'là rendue avec une grande fille asteure !

Chapitre 21

Le temps des lilas

Comme tous les printemps, l'arôme du lilas et celui du muguet faisaient tout un alliage avec l'odeur du fumier de poule dans le jardin des Delormes.

— Salut, Rolland. As-tu fini de semer tes petites fèves puis tes concombres ?

— Bien oui, j'ai fait ça hier. Regarde, mes radis sont déjà sortis !

— T'es en retard, mon frère, parce que des radis, on en a mangé hier soir au souper !

— Hein, hein… La mauvaise herbe, ça pousse vite, mon Roger. Sarcle ton jardin comme du monde, tu vas voir que c'est pas des radis, ton affaire.

— Puis c'est quoi, ça ?

— Cibole, as-tu mis de l'engrais bionique dans ton jardin ?

— Bien non, c'est juste que je suis un bon jardinier. En plus, on est à veille de manger des carottes !

— Bien là, pousse, mais pousse égal, mon Roger. Les carottes, c'est pas avant la fin de juillet, puis encore, des fois ça va juste au mois d'août !

— Moi, je te garantis qu'on va mettre des carottes de jardin dans notre bœuf bourguignon au mois de juillet.

— On verra ! Moi, j'ai de la misère à croire aussi que tu te fais pas manger tes graines. J'ai été obligé de me mettre un bonhomme à corneilles dans mon jardin parce que sans ça, je sèmerais à répétition.

— Qu'est-ce tu veux, quand on mène une bonne vie, on est récompensé.

— Va donc au diable, Roger Delormes, avec ta bonne vie. Je suis dret comme un manche de faux puis je me les fais manger pareil, mes graines de semence. En plus, les corneilles cette année sont assez grosses, on dirait des dindes, calvince !

— Hi hi ! Tu les engraisses trop bien avec tes bonnes graines, les corneilles... Ah bien, salut Charles ! T'es en congé aujourd'hui ?

— Oui, c'est ma fin de semaine *off*. Puis, ça a-tu bien marché, le tour que tu voulais jouer à Angèle avec les radis que t'as achetés au Steinberg hier ? Salut Rolland, ça va ?

— Ah ben, bâtard ! T'as planté des radis du Steinberg dans ton jardin, mon escogriffe ? Je le savais bien que ça se pouvait pas, moi, cette affaire-là !

— Hi hi ! Ça a marché pareil quand je t'en ai sorti un du jardin tout à l'heure, hein ?

— Mon maudit niaiseux, toi !

— Hon... je pense que je me suis trop ouvert la trappe, moi ! Je pensais que tu voulais jouer le tour à ta femme !

— C'est ça que j'ai fait, bonyeu ! Mais c'est encore plus profitable d'en pogner deux !

— De quoi vous parlez de si profitable, les hommes ?

— Allo, ma belle noire !

— Je vais te le dire, moi, c'est quoi qui est si profitable que ça, Angèle.

— Sainte bénite, ça a l'air plus choquant que d'autre chose !

— Écoute bien ça, la belle-sœur… Hier, là, t'as mangé des bons radis frais du Steinberg !

— Pourquoi tu dis ça, Rolland ? Roger les a pris dans notre jardin, ces radis-là !

— Bien, ton innocent de mari a acheté une botte de radis au Steinberg, puis il les a plantés dans ton jardin pour te jouer un tour !

— Ah bien, maudite marde ! Je trouvais que c'était de bonne heure pour manger des radis, aussi, puis moi, la nouille, je l'ai cru !

— Hi hi ! Il nous a bien eus, mais je me reprendrai bien, Roger Delormes. Des tours comme ça, ça se joue à deux, mon frère.

En après-midi, Guylaine arriva avec Éric pendant qu'Angèle préparait la pizza du souper. Quand sa grande fille lui avait téléphoné le vendredi soir pour la prévenir qu'elle irait faire un tour à Sorel avec son amoureux, Angèle lui avait demandé ce qu'elle voulait manger pour souper. Il n'y avait eu aucune hésitation : « Ta bonne pizza avec des olives dessus, m'man. »

À dix-huit ans, Guylaine était devenue une vraie beauté. Depuis qu'elle suivait ses cours chez Armand le coiffeur, elle n'avait jamais la même coiffure. Ce jour-là, elle avait gaufré ses longs cheveux noirs et elle portait une barboteuse rouge avec une casquette des Canadiens de Montréal qu'elle avait empruntée à Éric.

Éric admirait sa dulcinée ; il la contemplait sans arrêt. Ses études étaient très ardues à l'Université de Sherbrooke.

Quand il terminait ses longues journées d'étude, il passait ses soirées la tête plongée dans ses gros livres de médecine, et cela, jusque tard dans la nuit. Par chance, il n'était pas contraint de se lever deux heures avant le début de ses cours le matin puisqu'il s'était déniché une chambre tout près de l'université.

Le souper terminé, Guylaine téléphona à son amie Marie-Martine, avec qui elle était allée à l'école Didace-Pelletier, et l'invita à venir à Drummondville au cours des prochains jours pour faire connaissance avec Éric et, par la même occasion, rencontrer son frère David.

— Pourquoi tu m'invites pas à me promener chez vous, moi ? Je suis pas un coton !

— Cré petit Gab. Quand tu vas venir chez ta marraine avec pa puis m'man, je vais aller te chercher pour te montrer mon logement à Drummond puis si tu veux, je vais te garder à coucher et je vais te ramener le lendemain à Sorel avec Éric.

— Oui ! On va se coucher tard, on va aller au Dairy Queen, on va jouer aux cartes, on va aller au parc, puis on va...

— Woh, les moteurs ! Calme-toi le pompon. On aura pas le temps de tout faire ça dans la même veillée ! Hi hi.... sacré petit frère, va ! Bien, nous autres, on va lever l'ancre, m'man. J'ai de l'ouvrage en masse qui m'attend à la pépinière demain matin puis Éric a toute la clôture à solidifier en arrière de chez son père, aussi.

— Comment ils vont, tes parents, Éric ?

— Ils vont bien, madame Delormes. Y a mon père qui est un peu déçu que je prenne pas la relève des Gosselin sur la terre, mais d'un autre côté, il m'encourage bien gros à devenir docteur. Il s'est quand même essayé pareil: il m'a dit que si je voulais être docteur de campagne, il serait prêt à me faire un cabinet en haut de la maison à la place des deux chambres puis du boudoir qui servent plus à rien. C'est juste que j'ai peur de manquer d'ouvrage, ça serait pas comme en ville.

— Je comprends ton point de vue, mon gars, mais avec tous les villages aux alentours, tu pourrais te faire une bonne clientèle, non ?

— Je pense pas, monsieur Delormes, à part Saint-Guillaume, Saint-Bonaventure et Saint-Gérard-Majella, dans les autres villages comme Saint-David, Saint-Aimé puis Yamaska, en s'en allant vers Sorel, le monde aime mieux aller se faire soigner là, puis l'hôpital Hôtel-Dieu est proche s'il arrive de quoi de plus grave.

— Ça, c'est un fait.

— Bon, on y va, Éric ? Il est neuf heures. On est pas rendus avant dix heures. Six heures du matin, ça vient vite, hein ?

***

Jeudi le dix mai, c'était la *Soirée du hockey* à Radio-Canada. Roger était calé dans son La-Z-Boy, muni de sa bière et de son sac d'arachides. Martin venait tout juste d'arriver avec Diane pour regarder le sixième match des Canadiens de Montréal contre les Blackhawks de Chicago. Le Tricolore menait la série trois à deux, et dans le salon régnait une atmosphère de coupe Stanley. Angèle avait bien hâte que ça se termine pour passer à autre chose.

— Sainte bénite, Diane, tu sais bien que tu vas accoucher avant ton temps !

— Si vous saviez, madame Delormes! J'en peux plus, bateau! Le docteur m'a dit pas avant le quinze. J'aimerais bien mieux que ce soit avant; je serais sûre d'être en forme pour les noces de Francine le seize.

— C'est sûr que ce serait plate si tu retardais.

— Eille, Gabriel! Mets une paille à ta place, je vois rien, maudit!

«Il lance et compte!»

— Maudit de maudit que je suis content! Une autre coupe Stanley, bonyeu! As-tu vu le beau but d'Henri Richard, mon Martin?

— Bien non, pa, Gab était devant moi, maudit! Pourquoi t'as crié, ma doudoune, me semblait que t'aimais pas ça, le hockey?

— Maudit niaiseux, j'ai pas crié pour tes Canadiens, j'ai crié parce que j'ai eu une douleur! Je pense que le bébé s'en vient.

— Hein! Comme ça, là? Vite de même?

— Bien là, Martin, tu trouves pas que ça fait assez longtemps qu'on l'attend, cet enfant-là? Va chercher le char dans la rue pour le mettre à côté du perron.

— Où sont mes clefs? Mes clefs!

— Calme-toi, Martin, sainte bénite! Tu vas faire une syncope avant d'arriver à l'hôpital!

À onze heures, Diane était rendue à neuf centimètres d'ouverture et les douleurs la saisissaient sans relâche. Tout se déroulait normalement, sauf que Martin ne se sentait pas très bien. L'infirmière lui suggéra de descendre à la cafétéria pour prendre une pause étant donné qu'au lieu d'accompagner sa femme dans ses grandes respirations, il les accomplissait avec elle du début à la fin et il avait un teint verdâtre.

Après plusieurs efforts, Diane donna la vie à une belle grosse fille de huit livres et onze onces.

À minuit et demi, après que l'infirmière eut installé Diane dans une chambre à l'étage de la pouponnière, Martin s'assit tout près de sa femme sur le bord de son lit. Diane dormait déjà profondément. Si la garde n'avait pas persuadé Martin d'aller se reposer chez lui, il aurait regardé dormir sa femme jusqu'au petit matin.

— Roger, on a pas eu de nouvelles de Martin puis il est rendu neuf heures. Diane a peut-être eu de la misère...

— Bien non, ma femme, tu sais bien que notre gars va venir nous voir quand y va se lever. Queue de veau comme il est et avec les émotions qu'y a eues, y doit dormir les fesses dans l'eau frette à l'heure qu'il est.

— Tu imagines-tu, mon Roger, on est probablement rendus grand-mère puis grand-père à l'heure qu'il est là.

— Braille pas comme ça, ma femme. C'est une joie de plus qui arrive dans notre vie !

À dix heures et demie, Angèle se décida à faire le remue-ménage du déjeuner. Gabriel regardait *Banana Split* avec Josée dans le salon et Roger était sorti pour aller sarcler son jardin. Rose travaillait au A&W. Elle avait commencé son quart de travail à dix heures. Francine avait rendez-vous chez Peinture Style avec un couple de nouveaux mariés qui avaient besoin de ses conseils pour décorer leur nouvelle maison.

— Patou, bonyeu, ôte-toi donc de dans mes jambes... Ah bien ! Tu sais te faire attendre, mon Martin ! Puis, c'est-tu fait ?

— Oui, pa, mais j'ai de la misère à croire que je suis rendu un père de famille, moi !

— Viens ici, mon gars. C'est pas parce qu'on est des hommes qu'on a pas d'émotions, hein ? Braille, ça fait sortir le méchant !

Martin était éreinté, mais heureux comme un roi même s'il n'ignorait pas qu'il se dirigeait vers l'inconnu.

— Là, mon Martin, accouche qu'on baptise ! As-tu eu une petite fille ou un petit gars ?

— Vous avez une petite-fille, pa. Elle est belle comme ça se peut pas !

— Maudit de maudit que j'suis content ! Viens, on va aller voir ta mère en dedans.

Quand les hommes entrèrent, Angèle était dans le salon avec Gabriel et Josée en train d'écouter *Les petits Pierrafeu.*

— Sainte bénite, te v'là, toi ! Puis ?

— Une belle grosse fille, m'man !

— Oh… je suis mémé…

— Bien oui, ma femme, une belle grande mémé de quarante-trois ans. C'est jeune en maudit pour être mémé, ça !

— Bien oui, mon pépé de quarante-cinq ans, hein ! Félicitations, mon gars ! Comment va ta Diane ?

— Quand je l'ai laissée hier à minuit et demi, elle dormait comme un bébé. Je vais aller chez Quessy fleuriste à midi pour lui faire livrer des fleurs et je vais retourner la voir après-midi.

— Avez-vous choisi un nom pour la petite ?

— Oui, pa. Elle va s'appeler Maria.

— Ah bien, maudit ! Vous allez l'appeler comme ta grand-mère Delormes ? Bonyeu que vous me faites plaisir !

— C'est Diane qui m'a demandé de choisir son nom. Quand j'ai regardé cette petite puce-là dans les bras de sa mère, je me suis souvenu que tu m'avais dit que grand-maman avait un tempérament très doux avec un visage d'ange.

— Oh! maudit que je suis émotif, moi! Josée, donne-moi donc la boîte de Kleenex sur le frigidaire... C'est Francine puis Rose qui vont être contentes d'apprendre qu'elles ont une petite nièce... Oublie pas d'appeler Guylaine, ma femme.

— Crains pas, mon mari.

— Bon bien, je vais aller chez le fleuriste, moi.

— Mais avant de partir tu vas manger une croûte?

— Non, non, fais rien pour moi. Je vais aller voir Rose au A&W puis en même temps je vais me commander un Teen Burger avec une *root* bière; après je vais aller voir Francine chez Style.

Chapitre 22

Pauvre Roger

Septembre. La saison automnale s'infiltrait à petits pas dans tous les foyers. Josée commençait son secondaire à la polyvalente Fernand-Lefebvre ; Gabriel entamait sa première année scolaire à l'école Saint-Viateur ; Francine travaillait toujours au magasin de peinture et de décoration Style et Benoît entreprenait sa toute dernière semaine de travail au Canadian Tire. Il n'avait pas décroché l'emploi qu'il avait sollicité à l'usine Fabspec, mais il avait été recruté à la Sidbec-Dosco à Contrecœur, une usine de récupération et de transformation de ferraille.

Peu après son mariage avec Francine le seize juin, le couple s'était acheté une maison vieille de quatre-vingts ans dans le village de Saint-Robert.

Rose avait reçu le titre d'«hôtesse en charge» au restaurant A&W. Pauline Paquette, la propriétaire, lui avait confié ce nouveau poste à la suite du départ de la gérante, Danielle Comptois, qui s'était mariée au mois d'août et qui était ensuite déménagée à Verchères avec Léonard Déziel. Un mois plus tôt, Rose avait renoué avec Joël, mais à sa grande déception, depuis leur dernière rupture, celui-ci ne s'était guère amélioré. S'il avait cessé de s'admirer dans les glaces, il avait jeté son dévolu sur sa voiture qu'il astiquait constamment.

Quand il se rendait au A&W pour savourer un Whistle Dog, Rose ne pouvait pas déposer le cabaret de nourriture sur le rebord de la fenêtre de son auto sans qu'il proteste : « Fais attention, tu vas grafigner mon char ! » En plus, s'il décidait de s'y rendre le dimanche à l'heure du souper et qu'il n'y avait plus aucun stationnement en dessous de la marquise, il partait et revenait plus tard pour que son auto ne soit pas exposée aux rayons du soleil qui abîmaient et décoloraient la peinture.

Chez Emma, tout allait bon train, malgré que son Paul se plaignait de ses rhumatismes et qu'il se déplaçait à l'aide d'une canne. Ses enfants, Marie-Louise et Robert, qu'il ne voyait presque jamais, avaient recommencé à aller le visiter plus régulièrement.

— Torrieu, y venaient jamais ici avant, ces deux-là, puis depuis que j'ai l'air d'un infirme, ça me donne l'impression qu'y viennent me voir juste parce qu'y savent que leur héritage s'en vient.

— Voyons, mon Paul, pense pas comme ça, bonne sainte Anne ! Ils font probablement juste réaliser qu'y ont pas été assez proches de toi par les années passées.

— Un fou dans une poche ! Remplis-moi pas toi aussi, je suis pas une cruche, tabouère !

— C'est comme tu veux. Si tu veux penser de même, c'est à toi, la tête, puis c'est à toi, les oreilles, mon mari. Là je trouve plus que tu te cherches des poux dans la tête. Vois donc le bon côté des choses.

— En tout cas, s'ils pensent qu'y vont avoir tout mon avoir, y sont bien loin de leur profit! Y vont rester bien surpris de voir que je les ai couchés juste à moitié sur mon testament! Y ont toujours eu le cordon du cœur qui leur traînait dans la chnoutte, tabouère! Y étaient paresseux sans bon sens puis ça a pas changé d'un poil. L'argent suit pas le corbillard puis si y en reste, on va le donner aux pauvres.

— Bien voyons donc. T'es pas pour te mettre dans la dèche avant de mourir! T'as des belles années devant toi, y faut que tu te gardes de l'argent, puis moi, je veux te garder pour vivre les années qu'y nous reste! Puis, pour penser à partir, bien, on est pas pressés… pas moi, en tout cas.

— Oui, ma belle hirondelle, c'est vrai que mon arthrite me fait mal, mais c'est pas comme si j'avais une grosse maladie incurable. Avec les pilules que Richard me donne, je suis quand même capable de vivre avec. Une chose qui est certaine, j'arrêterai jamais de donner mon cent piastres au canal 13 pour le Noël des pauvres à tous les ans. Ces enfants-là font bien plus pitié que mes deux grands sans-cœur.

— Là, tu parles à travers ton chapeau encore. Marie-Louise élève ses trois enfants puis Robert travaille.

— Ben oui! Marie-Louise a une engagée qui fait tout dans sa maison puis Robert travaille juste trois mois par année comme émondeur! Y ont toujours été paresseux, ces deux-là. Ma première femme – que Dieu ait son âme – leur disait: «Là, aujourd'hui, vous allez faire de quoi de votre grande carcasse. J'ai eu assez mal au derrière pour vous mettre au monde que vous allez vous grouiller le cul à votre tour.»

— Hon… hi hi! Elle disait ça pour vrai?

— Oui, ma femme, cré-moi comme je suis là! Mais ça changeait pas grand-chose. Elle avait pas de malice pour cinq cennes! Elle faisait juste parler puis ça passait dans le beurre.

— Puis toi, tu disais rien?

— J'aimais mieux rien dire. Quand je leur disais de quoi, ils comprenaient rien, ni du cul ni de la tête. J'aimais mieux me pousser, sinon je les aurais écrapoutis, torrieu!

— Oh! hi hi… Comme ma pauvre mère disait chez nous: «Si vous arrêtez pas vos niaiseries, je vais vous écrapoutir jusqu'à tant que le bouillon sorte!» Hi hi!

— Ah bien! Vois-tu, c'est pas juste moi qui pense de même! On a bien beau dire qu'on met pas un corbeau dans un nid de colombes, mais quand la marmite saute, y a pas personne qui est à l'abri de ça!

***

— Bonjour. Madame Delormes?

— Oui, c'est moi.

— Je suis le docteur Provençal de la Québec Iron. Je vous téléphone pour vous dire que votre mari a eu un petit accident ce matin et on l'a reconduit à l'Hôtel-Dieu.

— Oh non! C'est-tu grave?

— Je peux juste vous dire qu'il est tombé puis qu'on l'a envoyé en ambulance pour prendre des radiographies. Mais inquiétez-vous pas, il était bien lucide quand il est parti puis il n'y avait aucun signe d'hémorragie.

— Eh, mon Dieu! Je m'en vais là tout de suite! Oh! merci docteur.

Ce fut Raymonde qui alla reconduire Angèle à l'hôpital en l'assurant qu'elle s'occuperait de Josée et de Gabriel à leur sortie de l'école.

— Richard ! Y va pas mourir, mon Roger ?

— Bien non, ma sœur, on a eu peur pour sa colonne vertébrale, mais tout est beau de ce côté-là.

— Mon Dieu ! Qu'est-ce qu'il a ?

— Là, tu vas te calmer, ma sœur, sans ça je vais être obligé de te faire faire de l'inhalothérapie ! Viens t'assir, je vais te faire prendre des grandes respirations.

— Je veux bien respirer, Richard, mais qu'est-ce qu'il a, Roger ?

— Là, il est dans la salle quatre au fond là-bas en train de se faire faire des plâtres.

— Hein ? Des… plâtres ?

— Bien, un au bras gauche et un autre au pied gauche.

— Tu veux dire qu'il a le bras et le pied cassés ?

— Bien oui. J'ai bien peur qu'il en ait au moins pour un bon trois mois à rien faire.

— Coudon, c'est pas drôle, mais je suis quand même soulagée… Y aurait pu se tuer. Je peux-tu aller le voir, Richard ?

— Oui, oui. Viens avec moi. Y va pouvoir te raconter comment c'est arrivé. Un accident bien niaiseux !

— Au four deux, y avait un char qui a débordé. Les chars, c'est des wagons que les gars remplissent de *slag* puis la *slag*, c'est du titane. Je marchais assez vite puis quand j'ai passé en avant du four quatre, ce four-là est parti en *run-out*…

— Qu'est-ce ça veut dire, Roger ?

— Ça veut dire qu'il était parti en fer tout seul, ma belle noire.

— Ah bon… Après ?

— Quand le four est parti en *run-out*, j'ai fait un maudit saut puis je suis parti en courant pendant que la fournaise coulait. Pas loin y avait la table de transfert. C'est une section de la *track* qui sert à déplacer les chars jusqu'aux douches. Mais, cette table de transfert là était pas à sa place habituelle à matin puis moi, bien, j'ai tombé dans le trou!

— Sainte bénite! Mon pauvre mari! Oh…

— Braille pas, Angèle. J'ai eu bien plus de peur que de mal! Un coup que j'ai eu les membres cassés puis qu'ils ont enflé, je sentais plus rien… Une chance que Fabien était pas loin puis qu'il m'a vu tomber. Ça aurait pu prendre plus de temps avant que les gars s'en aperçoivent! T'es pas chanceuse, ma femme : tu vas m'avoir dans les pattes pendant au moins trois mois!

— C'est pas grave. Je vais m'occuper de toi, mon mari, inquiète-toi pas… Pauvre toi! Tu vas trouver ça dur de pas marcher; c'est toi qui vas être le plus misérable dans tout ça!

— Hein? Bien non, ma belle noire, je chauffe le char avec le pied droit, à ce que je sache? Puis dans trois semaines Richard m'a dit qu'il va me poser un talon après mon plâtre. Je vais pouvoir marcher dessus, hein, Richard?

— Oui, le beau-frère, mais en attendant, tu vas me faire le plaisir de rester tranquille pour que ta cassure reprenne comme il faut, OK?

— Crains pas, mais avec des béquilles je vais pouvoir me rendre à mon char pareil?

— Ostine, bottine, t'auras pas le lacet, Roger : tu fais rien de ta peau avant trois semaines! Là, je vais te signer ton congé puis je vais aller te reconduire chez vous avec Angèle. Je finis de travailler dans une demi-heure.

***

La télévision, Roger l'usait « en masse », comme il le disait. Déjà la mi-novembre et il ne se possédait plus : « À force de rien faire et de manger tout le temps, j'ai engraissé d'un bon dix livres, bonyeu ! » Angèle, elle, commençait à anticiper son retour au travail pour enfin retomber dans sa petite routine.

Parfois, pour se rendre utile, il entreprenait de cuisiner les repas, mais Angèle écopait de la corvée de la vaisselle, et Dieu sait qu'il y en avait. Il expliquait qu'il avait fait son effort de guerre et qu'il était nécessaire pour lui de s'asseoir dans le but de reposer sa jambe.

— Tu dois être bien tannée, ma femme, de me voir dans tes pattes, hein ? Si je pouvais faire enlever ça, ce maudit plâtre-là, au moins, puis si je pourrais faire mes affaires dehors, puis si...

— Voyons, Roger, comment que tu supposerais tout le temps, si, si... si y avait juste des scies, y aurait plus de poteaux, sainte bénite !

— Voyons, ma femme, es-tu en maudit ? Moi, je fais quand même mon possible pour t'aider.

— Je sais bien, mon mari, mais c'est bien pire pour toi ! Tu peux même pas aller jouer au bowling ! Une chance que t'as Charles pour te remplacer puis que Rolland y est allé une couple de fois ! C'est sûr que d'être juste spectateur, c'est pas pareil non plus.

— Veux-tu que je fasse le souper à soir, ma belle noire ?

— T'es bien fin encore une fois, mon Roger, mais j'avais prévu de faire ma sauce à spaghetti...

— Ah ça, je comprends ! Je touche pas à ça ! Ta recette de sauce, je voudrais pas la débaptiser ! Ça sonne à la porte, ma femme. Je vais y aller.

— Ah ben ! Rentrez donc, vous deux ! Êtes-vous perdus ? Ça fait belle lurette que je t'ai pas vu, mon Paul ! Puis vous, madame Bilodeau, vous vous ennuyez pas trop de vos jeudis après-midi depuis que je travaille pas ?

— Bien non, mon Roger. Ça me donne la chance d'aller faire des commissions en machine avec Angèle puis Raymonde ! Comment ça va, ma fille ?

— Bien, m'man. Puis vous deux, les tourtereaux, je vous fais un café ? Comment ça va avec vos rhumatismes, Paul ? Regardez, je vais accrocher votre canne en arrière de la porte… Tasse-toi donc, Patou ! Comment ça va, vos jambes à vous, Paul ?

— Ça, ma fille, je suis rendu que je prends plus les journées à cœur, je les prends à l'heure ! Avant je me disais : « Je pourrai plus rien faire ! » Mais quand le mal revient je prends mes pilules puis ça se passe pour un bout de temps ! Puis toi, mon Roger, tu continues toujours à te la couler douce, maudit chanceux ?

— Bonyeu ! Au début c'était ben le fun de pas rentrer à *shop*, mais là y serait temps que ça bouge. Je suis en train d'ankyloser, maudit !

— Bien oui, je vois ça. T'as pris une couple de livres, si je me trompe pas ?

— Pas juste une couple, Paul, j'ai pris la bibliothèque au complet !

— Ha ha ! Mon pauvre gendre, ça paraît presque pas puis en plus, ça te fait bien ! Coudon, t'es rendu les tempes grises, Roger ?

— Ouin. En plus, j'ai pas assez d'en perdre sur le dessus de la tête que je blanchis par en bas ! J'ai été obligé de couper ma moustache ; elle s'en venait trop blanche !

— Tu fais donc pitié, mon vieux. À quarante-cinq ans, y faut que tu t'attendes à ce qu'y te sorte des traces de sagesse. On recule pas en arrière !

— Ouais… c'est facile pour toi, ma femme. T'en as quarante-trois puis t'es encore noire comme une puce, toi !

— Qu'est-ce tu veux, regarde ma mère, j'ai de qui retenir !

— Nounoune, tu sais bien que ça fait au-dessus de vingt ans que je me teins les cheveux !

— Chut ! T'es pas obligée de le dire, ça ! Regarde ton Paul, aussi. Y a l'air d'un petit jeune avec ses cheveux roux puis il est rendu à soixante-dix ans.

— Ça, ma fille, si tu regarderais comme il faut, tu verrais pas mal plus de fils blancs que de fils roux !

— Qu'est-ce tu veux, je peux pas me les teindre. Y disent que des cheveux roux, ça se teint pas. Ça sortirait pas pantoute de la bonne couleur.

— Hi hi… C'est sûr que vous feriez un maudit saut si ça sortait mauve !

— C'est ça. Ça fait que je vais rester de même, torrieu ; je prendrai pas de chance !

— On est venus vous parler d'un petit projet, moi puis Paul.

— Je le sais ! Vous allez encore en vacances avec Gaston puis Arthémise ?

— Bien non, ma fille. Ce que je rêvais de voir, je l'ai vu. Les îles grecques sont aussi bleues que sur les portraits… Notre projet, c'est qu'on veut mettre la maison à vendre puis qu'on voulait vous en parler avant de mettre la pancarte devant.

— Hein ? Tu y vas pas par quatre chemins, m'man !

— C'est parce qu'on savait pas comment vous l'annoncer puis au lieu de faire des détours, bien, on pense que c'est mieux comme ça, bonne sainte Anne !

— Y a pas moyen de moyenner puis de vous trouver quelqu'un pour faire votre gazon puis s'occuper du dehors l'hiver, madame Bilodeau ?

— On aimerait bien ça, avoir juste le dedans à s'occuper, mon Roger, mais tu sais comme moi que l'argent pousse pas dans les arbres ! C'est sûr qu'on en a un peu, mais faut prévoir pour nos vieux jours aussi !

— Si c'est mieux comme ça pour vous deux, on peut pas vous en empêcher, c'est votre vie ! C'est juste que ça va me faire de la peine sans bon sens de voir d'autre monde rester dans ta maison, m'man.

— Voyons, Angèle. Quand la maison de mes parents a été vendue à Saint-Robert, j'ai pas eu le choix de me faire à l'idée !

— Je comprends bien, Roger, mais tes parents, toi, ils étaient plus là ! Où tu veux aller rester avec Paul, m'man ?

— On avait pensé s'en aller à la campagne. Si on se trouverait un logement au village de Saint-Robert ou de Sainte-Victoire, on haïrait pas ça.

— Loin comme ça ?

— Regarde, ma fille, des vieux comme nous autres, on n'est pas pour s'en aller en plein cœur de la ville non plus !

— Ouin. Puis votre frère Gaston, Paul, y est au courant de ça ?

— Non, pas encore. Ce sera pas facile de lui annoncer ça ! On est comme deux culs dans la même culotte, lui puis moi !

— Eh bien! Si on s'attendait à ça aujourd'hui! Vous voulez la mettre en vente quand, votre maison, madame Bilodeau?

— Ça serait pas tout de suite, Roger. On va attendre à la fin de l'hiver, au mois de mars.

Chapitre 23

Retour au bercail

Fin novembre.

Sur la pépinière de Serge, à Saint-Bonaventure, les sapins s'empilaient sur le grand terrain dénudé, et dans les villages avoisinants les consommateurs venaient de terminer de planter leurs vivaces ainsi que d'achever la mise en terre de leurs rosiers. Les arbres fruitiers venaient de se départir de leurs fruits desséchés et les bulbes de floraison hivernale avaient été ensemencés dans le sol avec tous les soins du jardinier qui dut respecter la bonne profondeur pour chaque variété, que ce soit pour les perce-neige, les crocus ou bien les tulipes.

Guylaine venait tout juste d'arriver de Drummondville avec David et elle était déjà postée au bord du chemin pour attendre l'arrivée de son Roméo.

La nuit précédente, une minuscule couche de neige était tombée, et ce matin, il n'y avait plus aucune trace de ces cristaux blancs grâce à une température agréable qui régna dès le lever du jour. Laurette, assistée de sa mère

Yvette, avait déjà amorcé la préparation de ses tourtières et de ses pâtés au poulet.

— Ça sent donc bien bon ici !

— Tiens, si c'est pas mon Olivier ! Viens-tu passer la fin de semaine avec nous autres ?

— Bien oui, grand-mère, si vous avez de la place pour me loger, j'aimerais bien ça ! J'ai des affaires à régler en fin de semaine à Drummondville... Salut, Serge... Comment ça va, mon beau-père préféré ?

— Ça va bien, mon gars. Je suis content que tu viennes passer du temps avec nous autres. Demain y faut que je classe tous mes sapins en ordre de grandeur puis si tu veux me donner un coup de main avec David, ce serait pas de refus.

— Je vais t'aider, c'est certain... Mon rendez-vous est juste à deux heures demain après-midi.

— Bon, enfin, tu t'es fait une nouvelle blonde ?

— Bien non, m'man, c'est un rendez-vous d'affaires.

— Comment ça ?

— Je vais tout vous raconter ça. Je vais me faire un café si tu veux, puis on va s'asseoir à la table pour que je vous l'explique.

— Crime, ça a l'air important, ton affaire !

Oliver avait vingt-deux ans et depuis deux ans, il travaillait à Bell Canada sur la rue Saint-Jean-Baptiste, à Victoriaville.

Quand il avait été engagé comme technicien, il avait fait couper ses longs cheveux et il avait opté pour le port de la moustache.

— Là, mon gars, arrête de tourner autour du pot puis crache le morceau, crucifix !

— Bien oui, Serge. J'ai enfin eu un transfert...

— Hein ! Où ça ?

— Christie, m'man, donne-moi une chance, hi hi ! Je vais être transféré au début du mois de mars, mais je le sais pas si vous allez être contents de la place.

— Crime, j'espère que tu t'en vas pas au diable vert ! T'es assez loin comme ça !

— Bien non, m'man. Je m'en viens sur la rue Lindsay à Drummondville !

— Oh ! Enfin, tu reviens avec nous autres ?

— Oui, puis je suis bien heureux de ça !

— Vas-tu venir rester ici avec nous ?

— Voyons, Serge, j'ai vingt-deux ans, je suis pas pour vous encombrer ! Mais pour une couple de mois, si vous voulez m'héberger, bien, je dirais pas non.

— Le temps de te trouver un logement. C'est ça, ton rendez-vous demain après-midi ?

— T'es pas loin, grand-mère. C'est juste que c'est pas un logement, c'est une maison.

— Comment tu vas faire pour rencontrer tes paiements, mon gars ?

— Regarde, m'man, ça fait deux ans que je travaille puis que je ramasse mon argent pour l'acheter, cette maison-là. J'ai pas étudié trois ans de temps à Trois-Rivières pour rien ! On dirait que tu penses que je gagne le salaire minimum ! Avec le *cash* que je vais mettre dessus cette maison-là, mes paiements d'hypothèque vont avoir bien de l'allure !

— Ouin, tant qu'à ça, tu ferais pas de paiements dans le vide, ça va te rester. L'as-tu achetée, ta maison ?

— C'est pour ça, mon rendez-vous demain après-midi. Je rencontre le notaire Malo avec les propriétaires. J'ai fait une offre d'achat puis elle a été acceptée.

— Ah bien, on aura tout vu ! Crucifix que je suis content pour toi puis ta mère ! Ses deux gars qui vont rester dans la même ville.

— C'est pas tout à fait à Drummondville, Serge.

— C'est où ?

— Toi, grand-mère, si je te dis le nom des propriétaires, je pense que tu vas être contente…

— Comment ça, Olivier ?

— J'ai acheté la maison des Potvin à Saint-Cyrille-de-Wendover.

— Jésus Marie ! Oh… t'as racheté notre maison ?

— Bien oui, je m'en vais rester dans ta maison, grand-mère.

— Ça se peut pas ! Je vais pouvoir retourner voir ma maison ?

— Bien oui, tu viendras quand tu voudras, puis si tu veux venir passer une, deux ou trois semaines, j'en serais bien content ! M'man… braille pas comme ça ! On dirait que t'es déçue.

— Olivier, imagines-tu que quand je vais aller chez vous, je vais replonger dans ma jeunesse ? C'est comme dans un rêve ; jamais j'aurais pu penser qu'un jour je pourrais vivre ça ! Puis toi, Serge, tu vas pouvoir connaître tous les petits racoins de la maison et te promener dans mon passé où j'ai vécu avec ma sœur Denise puis mes parents ! Oh… Quand Rose puis Guylaine vont apprendre ça !

— Penses-tu qu'elles vont pouvoir venir avec leur chum quand je vais pendre la crémaillère ?

— C'est sûr, voyons donc ! Guylaine va y aller avec Éric, mais Rose, elle, je le sais pas si elle va y aller avec quelqu'un. Aux dernières nouvelles, elle avait cassé une deuxième fois avec son Joël… Crime que je suis contente !

La petite maison en haut de l'écurie doit plus être là, Olivier ?

— Y a rien de changé, m'man ! Le petit lit en bois rose est encore là, même le chapeau noir que j'avais mis quand je jouais à la visite avec David, Rose puis Guylaine !

— Oh… Si mon Bermont pouvait voir ça !

— Grand-père voit tout ça de son nuage, grand-mère, mon père, puis matante Denise aussi. Je suis sûr que mon père doit être bien content aussi de voir que je reviens à Drummondville pour travailler au Bell Téléphone.

Chapitre 24

Décembre 1973

À l'occasion de leur vingt-quatrième anniversaire de mariage, Francine avait invité ses parents à souper.

Dans leur coquette maison sur la rue Principale à Saint-Robert, Francine et Benoît filaient le parfait bonheur. Leur petit bébé naîtrait en juin 74 et Benoît envisageait d'entreprendre la construction de leur nouvelle maison sur le terrain qu'ils avaient acheté aux abords de la rivière Richelieu, sur le chemin Saint-Roch. Francine avait quitté son travail au magasin Style sur le chemin Saint-Ours et elle se consacrait maintenant au curé Biron en tant que secrétaire trois jours par semaine au presbytère de l'église.

— Coudon, ma fille, y a bien plus de neige à Saint-Robert qu'à Sorel ! Déneigez-vous les rues par ici ?

— Bien oui, pa, mais Elzéar Gravel est tout seul pour déneiger le coin. C'est pas comme à Sorel ici. On est une petite population.

— Elzéar… tu parles d'un nom ! Y doit pas être jeune, lui, c'est pour ça qu'il est pas vite ! Salut, Benoît ! Ça va toi ?

— Bien oui, monsieur Delormes, ça va bien ! Elzéar arrive à sa retraite ; je pense qu'il finit de travailler pour la ville au mois de mars. C'est son gars Urbain qui va prendre sa *run*.

— Bonyeu, Urbain ! Sa femme à lui doit bien s'appeler Fédéline !

— Hi hi... non, pa, elle s'appelle Rose-Aimée puis elle est bien fine. C'est la cuisinière de monsieur le curé... Viens t'assir, m'man, je vais te donner une coupe de vin blanc.

— Merci, ma fille. Qu'est-ce que t'as fait de bon pour souper, ma fille ?

— On mange une fondue à l'orignal.

— Ah bon ! Penses-tu que je vais aimer ça ?

— Voyons, Angèle, c'est la meilleure viande sauvage au monde ! Y a pas une miette de gras après ça puis c'est plein de fer ! Eh que je vais me régaler ! Vu que c'était la première fois que t'allais à la chasse, Benoît, as-tu pogné le *buck fever* quand t'as vu l'orignal planté devant toi à La Tuque ?

— Bien oui. Vous savez bien que j'ai pas passé à côté de ça, hein ! Je me suis mis à trembler comme une feuille, caltor !

— Je te comprends bien. J'aurais fait pareil, moi aussi, je pense.

— Vous aimez pas ça, la chasse, monsieur Delormes ? Vous pourriez venir avec nous autres à l'automne prochain. Ça se peut que Martin vienne aussi.

— Maudit ! Si tu penses que je vais aller vivre dans le bois puis me faire geler le cul à cinq heures du matin, non merci. J'aime mieux voir l'orignal dans mon assiette comme à soir.

— Hi hi ! Cré Roger ! Toi, c'est le bowling puis la pêche ; t'as jamais voulu t'initier à un autre sport !

Le souper était délicieux et Angèle apprécia ce nouveau mets. Francine avait préparé un croustillant aux pommes et des carrés aux dattes. Diane et Martin se présentèrent juste au bon moment avec Maria pour empêcher Roger de vider le plat de carrés aux dattes.

— Viens voir mamie, Maria... T'es donc bien belle, câline ! Moi, je te dis que ce sera pas long qu'elle va marcher, ta fille, Diane !

— Bien voyons, madame Delormes, elle a juste sept mois !

— Bien regarde, là, elle fait la même chose que quand je l'ai gardée la semaine passée. Elle s'est jamais traînée à quatre pattes quand je la mets à terre. Elle fait juste se lever debout après les meubles. Une bonne journée, elle va partir juste sur une patte, cette enfant-là, crois-moi !

— Peut-être... En attendant, bon anniversaire de mariage ! On vous a apporté un petit cadeau.

— Ah bien, mon chocolat préféré ! Trois palettes de Caravan !

— Hi hi... On te donne pas juste ça, m'man ! On sait bien que t'aimes le chocolat, mais on sait bien aussi que t'aimes sentir bon avec ce parfum-là !

— Oh ! du Chantilly en crème ! Merci ! Puis toi, Roger, tu l'ouvres pas, ton cadeau ?

— Bien oui. T'es pressée, ma femme ! Mais juste à voir la boîte, je pense que c'est un Beau Geste.

— Pour une fois, pa, t'es dans le champ, parce que c'est pas ça.

— Maudit de maudit ! Un Courvoisier ! C'est bien trop, Martin ! Vous auriez pu nous donner une carte puis ça aurait fait pareil !

— Bien non, pa. Puis si tu veux l'ouvrir, ton Courvoisier, on a une nouvelle à vous annoncer.

— Sainte bénite, encore mémé !

— Hi hi ! t'es drôle, m'man. Écoutez, tout le monde ! J'ai trouvé mon garage !

— Ah bien, bonyeu ! Où ça ?

— Sur le chemin des Patriotes. L'ancien garage d'Oscar Janvier.

— Tu parles d'un maudit nom bizarre encore !

— Oui, puis ce monsieur-là, y est assez petit que quand y travaille dans le *hood* d'un char, faut qu'y monte sur un petit banc puis quand y pète, la poussière lève en arrière de lui !

— Hi hi... maudit fou ! Mais ça va te faire loin pour voyager, puis monsieur Pinard doit être débiné de perdre son meilleur mécanicien ?

— Pour monsieur Pinard, c'est sûr qu'y a pas applaudi quand je lui ai annoncé que je le quittais, mais y savait bien qu'un jour je partirais à mon compte. Pour le voyagement, bien, on déménage.

— Hein ! Où ça ?

— Sur le terrain y a une maison mobile puis je vais toute la remettre d'aplomb pour ma belle doudoune puis ma petite puce !

— Câline, c'est du changement, ça !

— Si t'as besoin d'un coup de main, mon Martin, je vais aller t'aider pour ta peinture, puis tu devrais avoir des bons prix chez Style vu que Francine travaillait là !

— C'est pas de refus, mon Benoît, parce qu'y a pas mal d'ouvrage à faire. Juste d'enlever les tapis à la grandeur puis poser du prélart, ça va bien prendre au moins trois jours juste pour faire ça !

— Puis moi, ton vieux père ? Je suis pas impotent à ce que je sache !

— Bien non, pa ! Je voulais justement te le demander, à toi aussi. Les trois chambres sont toutes en préfini foncé puis je voudrais tout arracher ça pour les mettre en stucco blanc.

— Câline, c'est grand, trois chambres ! Tu vas pouvoir te faire une chambre de couture, Diane !

— J'aimerais bien ça, madame Delormes, mais j'ai bien peur que ma machine à coudre va se retrouver dans la cuisine parce que la troisième chambre, on la garde pour le bébé qui s'en vient.

— Ah ben ! mémé puis pépé encore une fois ! As-tu compris ça, mon Roger ?

— Maudit de maudit que ça va vite ! Aux fêtes l'année prochaine on va être rendus avec trois petits-enfants !

— Trois petits-enfants, ouf... Ça me fait penser à la chanson d'Emmanuelle :

Et c'est pas fini, c'est rien qu'un début
Le vrai soleil on l'a pas encore vu
Et jusqu'aujourd'hui, on n'a rien vécu
La grande extase on l'a pas encore eue
Non, c'est pas fini, c'est rien qu'un début,
Mais c'est le plus beau des commencements[8].

***

Le treize décembre, Roger reprit le travail. Il boitait encore légèrement, mais le docteur Provençal, à la Québec

---

8 *Et c'est pas fini*, interprétée par Emmanuelle, 1973. Paroles et musique de Stéphane Venne.

Iron, le rassura en lui disant de ne pas se soucier de ce petit détail et que, dans un mois, il serait remis sur pied à cent pour cent. En attendant, il allait travailler seulement dans son bureau et probablement que la semaine suivante, il pourrait se déplacer sur le plan.

Cinq heures et vingt.
— Maudit qu'y fait frette aujourd'hui !
— Bien oui, mon mari, l'hiver est pas passé ! Ça fait changement : depuis le début du mois de décembre, on a eu deux bonnes bordées de neige puis après, y a pas arrêté de mouiller ! Comment ça s'est passé, ta première journée ?
— Pas si pire… Fabien, Denis, Donald puis Clarence étaient bien contents de me revoir. Ils m'avaient même préparé une petite fête pour l'heure du dîner !
— Ah oui ? C'est rare qu'on voit ça, un *boss* se faire fêter à son retour !
— Qu'est-ce tu veux, quand on est un bon *boss*, c'est ça qu'on mérite, ma femme.
— Hum...
— Tu sais pas la nouvelle ?
— Bien non, tu vas me la dire.
— Notre secrétaire, Sabine Forcier, a pris sa retraite.
— Ah oui ? C'est qui qui va la remplacer ?
— C'est madame Saint-Arnaud.
— La connais-tu ?
— Bien oui, c'est Edwidge !
— Ah bien, maudite marde ! Qu'est-ce qu'elle fait à Sorel, elle ? Elle était pas partie rejoindre son mari à Joliette, cette pimbêche-là ?
— Elle a laissé son mari puis elle est revenue à Sorel.
— J'ai mon voyage ! A reste où ?

— Clarence m'a dit qu'elle s'est trouvé un loyer à Tracy sur la route Marie-Victorin, pas loin de chez eux.

— Y doit être content, le Clarence. Ça lui fera pas loin pour aller tremper son pinceau.

— Hi hi... voyons, Angèle, tu parles donc bien mal !

— Bien là, a doit pas avoir changé tant que ça ? Elle doit quand même pas être revenue déguisée en sœur Teresa ! A s'habille-tu toujours aussi mal ? Puis elle, est-ce qu'elle est toujours aussi laide ?

— Hi hi ! je pense que c'est pire qu'avant ! Elle essaye de s'habiller comme une jeune de vingt ans, mais elle a l'air plus folle que d'autre chose.

— Maudite niaiseuse ! Elle rempironne au lieu d'emmieuter !

— Hon... Angèle, parle pas de même.

— Pourquoi tu ris, d'abord ?

— Pour rien, ma femme. Je vais aller donner un petit coup de pelle dans les marches puis essayer d'arranger mon *whiper* qui est pris dans la glace en attendant le souper. Maudit que j'ai hâte de le changer, ce char-là ! Il est en train de tomber en ruine.

— Ta Cougar est pas si vieille que ça ! Mais si tu veux la changer, tu serais mieux d'attendre après les fêtes. Les 73 vont être moins chères de deux mille piastres !

— *Yes !* C'est ce que je voulais entendre !

— Cré Roger...

***

Le dimanche vingt-trois décembre, Roger assistait à la messe de minuit à l'église Saint-Maxime en compagnie de Josée et de son amie Vivianne pendant qu'Angèle achevait ses préparatifs pour la fête de Noël. Gabriel dormait depuis huit heures même s'il n'avait pas cessé de bougonner juste avant d'aller au lit.

À une heure moins quart, Martin arriva avec Diane et Maria, et à une heure, les autres invités se présentèrent chacun leur tour. Dans l'obscurité de cette nuit ténébreuse, les étoiles venaient de réintégrer leur place dans le ciel, car la neige venait de cesser de parsemer ce paysage angélique.

Les bottillons et les manteaux furent déposés au sous-sol et Angèle ne savait plus où disposer les présents tellement ils étaient nombreux.

Les tourtières et les tartes aux pommes se réchauffaient dans le four et les chandeliers argentés de grand-mère Ethier se trouvaient sur la table de cuisine qui était adossée au mur.

Cette année, les convives firent l'inverse de ce qu'ils avaient l'habitude de faire : ils dégustèrent le repas qu'Angèle avait cuisiné et après, ils distribuèrent les cadeaux aux enfants. Quand Francine et Benoît arrivèrent avec leurs guitares, Emma sortit son accordéon. Le diable était aux vaches et ça swinguait dans la cabane.

C'est Marcel et Béatrice qui partirent les derniers. Roger avait prié son frère pour qu'il aille se coucher, car lui, il aurait continué à boire et à se répéter jusqu'à six heures du matin.

Chapitre 25

Le mois des corneilles

Dans la nuit du huit mars, un bon pied de neige avait chuté sur les dix pouces déjà accumulés de la veille. Les fils électriques étaient tendus et glacés et on aurait dit que les arbres voulaient s'affaisser tellement ils en avaient pesant sur les branches.

Rose était en congé, car le A&W était fermé depuis trois jours. Conrad Défossé n'en finissait plus de déneiger le boulevard Fiset et les avenues.

— Coudon, Conrad, tu la fais-tu à mesure, ta maudite neige, baptême ?

— Voyons, Gaston, prends pas le beurre à poignée, sacréfice ! Je suis toujours bien pas pour mettre un banc de neige en plein milieu du boulevard Fiset ! Regarde bien, si tu veux, je peux changer ma *run* avec Joseph-Aimé Blette, mais tu vas t'apercevoir que c'est pas lui qui a inventé la vitesse. Le temps que je déneige le grand boulevard, lui, y a le temps de déblayer juste un coin de rue, bâtard !

— Avale-toi pas, mon Conrad, c'est juste que j'ai la tête dans le cul à force de pelleter sans arrêt. As-tu le temps de venir prendre un café en dedans ?

— Ouin, je peux bien… Tu sais, Gaston, y faut pas déshabiller Pierre pour habiller Jacques. Si ce serait un autre que moi qui ferait la *run* du boulevard Fiset, y aurait pas de miracle non plus. À moins de passer la neige par-dessus le toit de ta maison.

— Bien oui, bien oui… Viens donc.

Dans la maison, Arthémise chantait à tue-tête: « Je me sens bien auprès de toi, j'ai l'impression d'être en vacances… Même quand tu dis rien… Même quand tu fais rien, je suis bien, avec toi, je suis bien… Oh, yep, yep, yep… Oh… »[9]

— Sainte pitoune, je vous ai pas entendus rentrer !

— On a bien vu ça, ma Georgette !

Arthémise était enveloppée dans sa robe de chambre en velours mauve et ses rouleaux verts étaient encore agrippés à ses cheveux. Elle prépara du café bien corsé au percolateur et le déposa au centre de la table entre le pot de confiture Habitant et la bouteille de brandy.

— Ouin, vous avez l'air en forme à matin, madame Arthémise !

— Bien oui, monsieur Conrad. Je suis en train de faire mes vocalises pour mon récital à soir !

— Hein ! Vous chantez dans un pestacle ? Où ça ?

— Hi hi… Bien non, c'est juste une farce, Conrad. Si le monde m'entendraient chanter, y se sauveraient en courant, sainte pitoune ! Je détonne bien trop ; quand je

---

9 *Je me sens bien auprès de toi*, Petula Clark (1963).

commence une chanson puis que je chante le refrain, je tombe dans l'air d'une autre !

— Oh... Comme ça, je vous demanderai pas de venir chanter au mariage de mon gars Lucien à l'église Saint-Pierre au mois de mai ?

— T'as un gars qui se marie, Conrad ?

— Bien oui, Gaston, puis y commence à être temps, bâzwell . Y est rendu à trente-huit ans puis depuis qu'y est au monde qu'y est collé à la maison. Un vrai pot de colle !

— Tabouère ! Un petit gars à môman ?

— Exact ! C'est moi qui l'a forcé à demander sa grande slack en mariage, sinon y aurait resté dans les jupes de sa mère jusqu'à tant qu'a lève les pattes !

— Hi hi ! Pourquoi vous l'appelez la grande slack, votre bru ?

— Sacréfice ! Si vous la verriez, madame Arthémise, vous auriez peur ! C'est une ben bonne personne, mais crétaque qu'elle est maigre. Quand elle se fait griller, le soleil passe au travers !

— Pauvre elle. Quand le soleil plombe sur elle, y faut qu'elle fasse attention pour pas ressembler à une tranche de bacon !

— Vous voulez dire à une couenne de lard ? Ce serait plus le mot, je pense.

— On rit, mais c'est pas bien drôle dans le fond. À vous entendre parler, elle a pas mangé beaucoup de patates dans sa vie, elle !

— Eh non ! Puis mon gars Lucien, lui, y est pas mieux : y roule, sacréfice ! Y travaille, y travaille pas... Je lui ai dit : « C'est en forgeant qu'on devient forgeron puis c'est en se mouchant qu'on devient moucheron, fait que choisis ! »

Depuis ce temps-là, y travaille chez Électromoteur, le nouveau magasin qui vient d'ouvrir. Ah bien, regarde donc ça! Ton frère Paul, y est en train d'installer une pancarte sur son banc de neige en avant!

— Hein! Attends, je vais aller voir… Je vois rien, torvisse, les châssis sont tout bués.

— Vas-y donc, mon Gaston. Moi, je vais aller continuer ma *run*, puis merci pour le café, madame Arthémise, et aussi pour la petite rasade de brandy.

Maison à vendre. S'adresser au 3-7281.

Gaston était trop affligé pour rendre visite à son frère. Il retourna chez lui. C'est dans la soirée qu'il se décida enfin à aller chercher les explications que son frère lui devait.

Toc, toc. Toc, toc.

— Torrieu, mon frère, t'es pas obligé de défoncer la porte. Je fais du rhumatisme, mais à ce que je sache, je suis pas encore sourd!

— Pourquoi tu nous fais ça, Paul, à moi puis Arthémise?

— Je vous fais rien pantoute. Je suis juste plus capable de pelleter puis de faire mon jardin l'été! Puis c'est encore bien plus défendu que mon hirondelle touche à une pelle!

— C'est sans génie, ton affaire. T'aurais pu m'en parler avant de mettre une pancarte devant ta maison.

— Qu'est-ce que t'aurais pu faire? Un miracle? Te déguiser en prêcheur puis me débarrasser de ma canne?

— Regarde bien, ma tête de cochon de frère, là, je suis trop émotionné. Je vais aller voir au coin si y neige puis je vais revenir pour parler après. Y faut que je prenne de l'air, moi.

Gaston chemina jusqu'au carré Royal. Il venait de réaliser que son frère Paul avait soixante-dix ans et lui, soixante-neuf, et que la réalité venait de tomber dans leurs vies comme une grosse pierre.

Ils avaient eu du bon temps, tous les deux, et quand on voit que la route rétrécit de plus en plus, cela donne un grand coup au cœur. À vingt ans, quand on regarde cette route qui s'allonge à l'infini, c'est comme contempler la mer et le ciel. Personne ne peut déterminer où l'horizon s'arrête. Mais à soixante-dix ans, on aperçoit ce petit bout de sentier qui se dirige vers soi à grands pas et cela fait mal, car au bout de ce petit passage étroit, il y a un pont qui relie la terre au paradis.

Dans sa conscience, les souvenirs défilaient. Quand Paul était arrivé chez lui à Kingston avec Emma et les enfants de Roger, ses yeux s'étaient mis à scintiller, comme la journée où il avait emprunté l'identité du sergent Godbout pour inciter son frère à lui faire payer des contraventions. Et aussi, quand Blanche avait décidé de partir après qu'il lui eut demandé de l'épouser, il avait eu beaucoup de chagrin de ne pas pouvoir vivre ce bonheur-là.

Depuis qu'il était heureux avec son Arthémise et qu'il pensait vivre toutes les années à venir aux côtés de son frère, il avait bien mal calculé le temps ou bien, tout simplement, c'étaient les années qui avaient glissé trop rapidement puisque le bonheur ne voit pas passer le temps quand il est trop parfait.

— Puis, as-tu assez mijoté pour comprendre que j'ai plus vingt ans puis que les années nous ont rattrapés, mon frère ?

— Ouais. Mais je comprends pas, je suis tout mêlé dans mes bobines... Je m'habituerai jamais de voir quelqu'un dans votre maison ! Vous voulez déménager où ?

— On avait pensé se trouver un logement pas trop grand dans le village de Saint-Robert ou de Sainte-Victoire. C'est tranquille puis c'est probablement là qu'on pourrait finir nos jours, à moins d'être obligés de les finir à l'Hôpital général…

— Baptême de baptême que je prends ça dur! On va s'ennuyer de vous autres en tabouère! Je peux pas croire qu'on en est rendus là!

— Là, Gaston, tourne pas le fer dans la plaie, parce que moi, ça paraît pas là, mais j'ai le cœur en compote, torrieu! Pourquoi tu viendrais pas, toi aussi, rester à Saint-Robert avec Arthémise? Elle aimerait ça, elle vient de là.

— Ça me tente pas pantoute, Paul, de m'en aller au fin fond de Saint-Robert! Y doit bien avoir un moyen de moyenner! Je peux bien te parler de quelque chose qu'on avait pensé, Arthémise puis moi, mais je pense que ce serait comme parler dans le vide.

— Aboutis, Gaston. C'est mieux de se tromper que de s'étrangler, tu penses pas? Donne ton idée puis si ça a pas d'allure, je vais te le dire.

— Tire-toi une bûche, toi aussi, Emma, parce que d'après moi, c'est toi qui vas avoir à prendre la décision.

— Bonne sainte Anne, tu m'inquiètes, toi là! Je vais m'asseoir certain pour pas tomber de haut.

— Cré belle Emma. Tu sais-tu que je t'aime bien gros, ma belle-sœur préférée?

— Arrête de téter, Gaston, puis dis-nous-la, ton idée! Puis, en passant, c'est sûr que je suis ta belle-sœur préférée : t'en as juste une, maudit innocent.

— Hi hi… Bon, si moi, je vendrais ma maison pour aller vivre chez vous avec Arthémise?

— Baptême, es-tu tombé sur la tête, mon frère ? On est quand même pas pour vivre en commune à notre âge !

— Écoute-moi donc, tête de raisin ! Votre maison est plus grande que la nôtre. On payerait notre manger, le déblayage de la cour l'hiver puis tout ce qui concerne le dehors l'été. On pourrait même splitter les comptes en deux ! Je peux payer le Bell Téléphone, toi, tu peux payer le Cablovision puis si y a des réparations à faire dehors ou dans la maison, on peut les séparer en deux ? Ça vous coûterait pas mal moins cher puis vous auriez pas à déménager de la rue Royale, je veux dire, du boulevard Fiset !

— Ben oui, c'est facile pour toi de dire ça, mais c'est qui qui s'occuperait du dehors l'hiver comme l'été ?

— Regarde madame Millette à côté avec son Alphonse. Y sont rendus à quatre-vingts puis y sont toujours dans leur maison, eux autres ! C'est le petit Durochers qui fait tout sur leur terrain. Le p'tit, y a même mis une annonce dans le *Rivièra.* Y fait ça à temps plein.

— Là, mon frère, tu me prends les culottes à terre. Ton idée a bien de l'allure, mais c'est malaisé de te donner une réponse tout de suite comme ça… C'est la maison d'Emma puis moi, je peux pas rien décider. Y faut qu'on en parle ensemble.

***

Le trois avril. Si le trois fait le mois, le six était mieux de le défaire, car à ce moment-là, cela n'allait pas bien du tout. L'air était très lourd, il pleuvait à torrents, et depuis le matin, le tonnerre avait encore monté le ton pour annoncer un second orage. Les éclairs étaient incalculables dans le ciel ténébreux et menaçant. Les arbres secouaient leurs branches pour se débarrasser de la poussière accumulée qui se plaquait sur eux depuis cinq jours et les rivières roulaient à une vitesse fulgurante.

Cinq heures et vingt.

— Ça a pas d'allure !

— Mon Dieu ! Mon mari, tu pourrais me dire au moins bonjour au lieu de rentrer en bougonnant.

— Salut, ma femme… Y mouille assez que je voyais pas un pied devant moi en m'en revenant ! Fabien m'a dit qu'il est allé voir à son chalet à Sainte-Anne puis qu'y manque à peu près un pied d'eau pour que le chenal déborde sur son terrain.

— Sainte bénite, y doit être nerveux sans bon sens ! Puis, avec la glace qui reste sur les rivières, y a des municipalités qui vont y goûter, je pense !

— C'est sûr… Qu'est-ce t'as fait pour souper, ma femme ?

— On va manger le restant du pâté chinois si ça te dérange pas.

— Bien oui. Gab est où ?

— Il est chez Raymonde à côté. Y a passé l'après-midi avec Grace. Josée est dans sa chambre puis Rose est partie souper à Sherbrooke avec son *boss*, madame Paquette, puis France Saint-Arnaud.

— Comment ça ?

— Madame Paquette vient de Sherbrooke puis elle leur a demandé d'aller magasiner avec elle sur la rue King. Après y vont aller souper chez son père à elle. Y a un restaurant de crêpes bretonnes.

— Des crêpes bretonnes ?

— Bien oui. Ça a l'air que tu peux manger des crêpes aux épinards, au jambon, au sirop puis même au pepperoni.

— Ouache! Dans ma tête à moi, des crêpes, ça se mange avec du sirop d'érable. En tout cas, ça va lui faire une sortie, à notre Rosie. J'espère juste qu'y mouille pas comme ici, à Sherbrooke… Je trouve qu'elle est bien tranquille, notre grande fille de dix-huit ans. Elle a même pas de chum encore!

— C'est pas parce qu'elle en a pas eu, Roger. Elle a sorti assez longtemps avec Joël puis y a eu Hubert Pétrin aussi… puis Samuel, ou Michaël, je me souviens plus là. Tu sais, les jumeaux?

— Bien oui. Mais Hubert Pétrin, c'est le gars qui frottait toujours son char dans le rang Picoudi à Saint-Robert, ça?

— Ouin, un autre pareil comme Joël, celui-là. C'est vrai qu'il était pas trop brillant, celui-là. De toute façon, notre Rosie mérite bien mieux que ça. Elle va se changer les idées en fin de semaine. Elle va souper avec Guylaine puis Éric chez Olivier à Saint-Cyrille. Tu trouves pas qu'elle a embelli, notre Rosie, Roger?

— C'est sûr. Je la regardais travailler l'autre jour quand on est allés manger au A&W. Je la trouve belle en maudit, notre fille! Mais veux-tu bien me dire comment ça se fait qu'elles sont toutes obligées de travailler avec des perruques sur la tête puis des gros souliers Patof, ces filles-là? Pour la perruque, a va bien pogner des poux en dessous de ça cet été!

— Madame Paquette lui a bien expliqué que c'était la même loi pour tous les A&W. La même chose pour leurs costumes jaune, orange et brun. La perruque, elle dit que c'est pas des vrais cheveux et que ça risque pas de tomber dans le manger.

— C'est bien niaiseux, leur affaire! Une chance que notre Rosie a les cheveux courts!

***

C'est dans la deuxième semaine du mois de mai que Gaston vendit sa maison et qu'il alla s'installer chez Paul avec son Arthémise. Sa maison, comme il l'avait dit, il l'avait vendue tout habillée. Arthémise et lui avaient seulement apporté leur télévision ainsi que leurs effets personnels, sans oublier le banc de quêteux qui jadis avait appartenu au grand-père d'Arthémise.

L'adaptation fut aisée pour Emma et Arthémise étant donné qu'elles se connaissaient depuis belle lurette. En ce qui concernait les deux frères, ils argumentaient toujours, mais ils étaient bien conscients de ce que la Providence leur avait alloué: de ne pas s'éloigner l'un de l'autre malgré les années qui s'écoulaient à grands pas.

Tous deux s'inscrivirent au club de pétanque voisin la Maison des Gouverneurs, mais ils n'arrivaient pas à convaincre leurs femmes de se joindre à leur équipe.

Emma refusait catégoriquement de les accompagner étant donné qu'elle trouvait cette discipline trop facile et qu'elle la considérait comme un sport de vieux. Folâtrer dans ses fleurs lui plaisait davantage que de courir après un cochonnet rouge.

Arthémise s'était procuré un métier pour piquer des courtepointes et ainsi, elle tricotait des tapis multicolores qui s'étalaient au pied des lits comme sur le seuil de toutes les portes de la maison.

Si les quatre étaient heureux, c'est qu'ils avaient opté pour vivre, selon leur souhait, quelques années supplémentaires sur le boulevard Fiset.

Conrad Défossé leur rendit visite pour leur annoncer qu'il avait perdu sa femme. Elle était décédée subitement, et son garçon Lucien venait d'emménager chez lui en compagnie de sa femme, Mireille, qui attendait du nouveau pour le mois de janvier.

***

Le Canadien de Montréal, cette année-là, remporta encore la coupe Stanley. Ils gagnèrent la série quatre de sept en remportant quatre parties contre deux pour les Blackhawks de Chicago. Le but gagnant fut compté par Yvan Cournoyer.

En ce qui concernait les Expos de Montréal, on espérait qu'ils fassent honneur aux Québécois tout comme l'année précédente en terminant si possible en quatrième position de la division Est et peut-être, dans les années à venir, en en devenant les vainqueurs.

Depuis 1972, on ne parlait que des Jeux olympiques qui se dérouleraient à Montréal en 1976. En 1973, la Ville érigea avec fierté le Vélodrome. Le Stade olympique était la discussion de l'heure depuis les débuts de sa construction au mois de février précédent.

Le petit Gabriel jouait ses toutes premières parties de baseball dans le champ à côté de chez lui en compagnie des deux jumeaux de Michèle et Richard, et Michaël, le garçon de Christiane.

La vie suivait son cours; il y avait toujours place à la continuité. Les anciens joueurs de baseball se mariaient et prenaient racine dans leurs nouveaux foyers, et les plus jeunes prenaient la relève. Tout cela, c'était sans oublier l'éternelle inquiétude des parents et la surveillance accrue qu'ils avaient à exercer pour que leurs enfants ne fument pas à la dérobée en dessous de la grande glissade en bois et, surtout, qu'ils ne glissent pas dans ses marches pendant la saison hivernale.

Chapitre 26

Au fil de la vie

Décembre 1984.

— Marie-Soleil! Viens prendre ton bain. Il est déjà dix heures et il faut qu'on soit à Sorel pour deux heures et demie.

— Oui, m'man! Je vais juste donner des pommes à Fanfaron puis j'arrive.

— Qu'est-ce tu dirais, Rose, si on achèterait un autre cheval pour tenir compagnie à Fanfafon?

— Je serais bien d'accord avec toi, Olivier, mais ça serait à une condition: c'est qu'on l'appelle Belles Oreilles en souvenir de ton grand-père Bermont puis ta grand-mère Yvette.

— Cré petite beauté que je t'aime, toi!

Rose et Olivier s'étaient mariés le vingt-quatre août 1974, et à la suite de cette union, Marie-Soleil les avait émerveillés par sa venue le 29 septembre 1975. Ils demeuraient toujours dans la maison familiale à Saint-Cyrille, et Laurette leur avait fait don du chalet de ses parents sur le chemin Hemming. Rose attendait un bébé pour le mois d'août. À temps partiel, elle travaillait au restaurant Mikes sur le boulevard Saint-Joseph, à Drummondville. Olivier travaillait toujours pour Bell Canada, au central téléphonique sur la rue Lindsay, et un soir par semaine, il suivait des cours en génie électronique à Trois-Rivières dans le but de se perfectionner, disait-il.

— Va falloir qu'on se presse un peu, Rose. La 122 est jamais belle l'hiver. Y faut pas arriver en retard pour le trente-cinquième de tes parents, en plus qu'y faut arrêter chez m'man à Saint-Bonaventure en passant. Tu m'as dit que Guylaine puis Éric partaient à midi, eux autres ?

— Oui, oui. Ils vont aider Josée puis Francine à installer les tables et les chaises. Ça va tout être décoré en rouge. Ça va être beau.

— Hein, en rouge ?

— Bien oui ! Un trente-cinquième, c'est des noces de corail ! Puis j'espère que Guylaine accouchera pas aux noces. Elle attend ça pour le début de la semaine. J'ai hâte d'être marraine, moi !

Guylaine et Éric s'étaient mariés au mois de septembre 76 et ils avaient hérité de la maison familiale des parents d'Éric étant donné que ceux-ci s'étaient pris un logement dans le village de Saint-Guillaume. Guylaine était coiffeuse. Elle s'était ouvert un salon de coiffure dans le village de Saint-Germain et Éric possédait son cabinet de médecine générale sur la rue Saint-Jean, tout près du marché public à Drummondville. Ils n'avaient pas encore d'enfants vu leurs occupations, mais Guylaine avait dit récemment: «Là, va falloir se décider, Éric. T'as trente-deux ans puis moi vingt-sept. Si ça continue, on va être rendus trop vieux pour en avoir !» Aujourd'hui, ils attendaient l'arrivée de leur chérubin avec une joie ineffable.

— Voyons, Martin, tu peux pas mettre une cravate fleurie rose avec un habit vert.

— Bien là, Diane, j'ai juste celle-là, torpinouche! Bon bien, on va être obligés d'aller en ville avant de se rendre à la salle.

Martin et Diane avaient trente ans. Ils demeuraient toujours dans leur maison mobile sur le chemin des Patriotes, mais ils projetaient d'acquérir un terrain aux abords de la rivière Richelieu. Leur garage, Chez Martin Delormes – Mécanique générale, était très prospère, et Martin avait comme projet de l'agrandir aussitôt après avoir démantelé la vieille maison mobile. Maria était une jolie fille de onze ans aux cheveux d'or; Jacob, la copie conforme de Martin, allait avoir dix ans le cinq septembre.

Francis, le garçon de Francine et Benoît, avait maintenant onze ans. Malheureusement, Francine et Benoît étaient divorcés depuis trois ans.

Francine fréquentait Nicolas Larose, un amour perdu du temps où elle n'avait que treize ans, et lui, dix-sept. Ils s'étaient laissés parce que Nicolas avait pris la décision de partir travailler à Mont-Tremblant, et ils ne s'étaient jamais revus jusqu'à ce que Francine le rencontre à son travail chez Peinture Style, qu'elle avait repris depuis un an.

Josée était très téméraire. À dix-huit ans, elle s'était exilée dans la ville de Québec pour travailler sur la Grande Allée au restaurant Le Bonaparte, situé dans une maison ancestrale érigée en 1823. Aujourd'hui, elle était à Sorel pour le trente-cinquième anniversaire de ses parents. En soirée, elle s'envolerait pour l'Amérique centrale, plus exactement à Antigua, au Guatemala, pour y perfectionner son espagnol dans le but de voyager dans le monde entier et d'y enseigner le français et l'anglais aux enfants défavorisés.

À quinze ans, Gabriel était en quatrième secondaire à Fernand-Lefebvre, caressant le rêve de quitter la maison pour étudier à Nicolet à l'École nationale de police du Québec. Sa petite blonde, Josiane, essayait par tous les moyens de convaincre ses parents de la laisser aller vers son rêve de devenir sapeuse-pompière, ce qui, selon elle, pourrait se réaliser dans les années 90 étant donné qu'en France, des femmes exerçaient ce métier depuis le décret du 25 octobre 1976.

Richard et sa femme, Michèle, se plaisaient dans leur nouvelle maison sur les rives du fleuve Saint-Laurent, à Sainte-Anne-de-Sorel. Michèle avait recommencé à être professeure. Elle enseignait la morale à l'école secondaire Bernard-Gariépy, à Tracy. Leur fille Sylvie, à dix-huit ans, travaillait comme secrétaire à la Banque de Montréal sur la rue du Roi, et Jules et Julien étaient en quatrième secondaire.

Dans leurs temps libres, ils s'adonnaient au hockey, au tennis et à la plongée sous-marine, en plus d'arbitrer les parties de baseball au stade municipal et sur les terrains avoisinants.

Yolande et Fabien demeuraient toujours sur la rue Goupil et ils passaient leurs étés à leur chalet de Sainte-Anne dans le village des Beauchemin.

Claudia et Gilbert étaient enfin partis du Pot au Beurre pour s'installer à Saint-Laurent-du-Fleuve dans un grand chalet quatre saisons.

Béatrice était membre des Filles d'Isabelle et elle aimait bien garder ses petits-enfants quand ils lui rendaient visite en faisant la route de Valcartier avec leurs parents, Gilles, sa femme Gaby et leurs trois enfants, Isabelle, Mélissa et Jessica ainsi que Pierre, son épouse Sophie et leurs trois filles, Vana, Alexandra et Bianca. Marcel avait quitté le paradis terrestre en 1979 et aucun membre de sa famille n'avait rapporté le taille-haie de Roger.

Rolland et Raymonde résidaient encore à côté de chez Roger et Angèle, et le jardin de Roger était toujours plus prospère que celui de son frère. Delphine, à dix-huit ans, travaillait sur la terre des Faucher à Saint-David, fidèle à sa passion pour les chevaux ; Grace, la petite dernière, du haut de ses quatorze ans, était en troisième secondaire. Consciente de sa beauté, elle caressait le rêve de devenir une vedette de la télévision.

Laurette ne s'était jamais mariée avec son Serge. Par contre, ils étaient bien conscients qu'ils feraient leur route ensemble jusqu'au bout du petit pont.

Yvette était décédée heureuse et en paix, car la veille de la nuit où elle était partie rejoindre son Bermont, elle était dans sa maison à Saint-Cyrille en compagnie d'Olivier, de David et de Laurette.

David avait rencontré sa perle rare lors de son dernier voyage au Nouveau-Brunswick. Elle se prénommait Marie-Odile et elle était native de Bouctouche, la ville de la Sagouine. Elle était venue passer la saison estivale chez David à Notre-Dame-du-Bon-Conseil pour s'initier au métier d'agricultrice.

Jeanine, Pierre-Paul, Charles, Antoinette et Denis Grenier seraient tous présents pour le trente-cinquième anniversaire de Roger et Angèle, même que madame Langevin serait de la partie avec son Armand.

— Penses-tu que je peux mettre ces pantalons-là avec ma chemise carreautée noire pour les noces, Emma ?

— Ouf… Veux-tu, Gaston, on va aller chez Gauthier & Frères te choisir des pantalons neufs ? Pour ta chemise, ça peut aller, mais tes pantalons, on dirait qu'ils ont fait la guerre, bonne sainte Anne.

— Baptême, rendu à soixante-dix-huit ans, penses-tu que le monde vont remarquer qu'est-ce que j'ai sur le dos ?

— Fais ce que tu veux, mon beau-frère, mais si mon Paul aurait été encore là, il t'aurait dit : « Torrieu, Gaston, t'es donc bien mal attriqué ! » Puis si ton Arthémise vivrait encore, elle aurait rouspété, elle aussi : « Sainte pitoune, Gaston, t'as pas dans tête de sortir avec ça sur le dos ? »

— Tabouère que tu te trompes pas, ma belle-sœur. On dirait qu'y sont jamais partis, ces deux-là ! J'suis rendu que quand je vois une police, je pense juste à Paul puis au sergent Godbout !

— Hi hi, cré Gaston…

Emma avait atteint l'âge de la sagesse avec dignité. Une jeune femme habitait toujours en dedans d'elle et continuait de s'épanouir. À soixante-dix-sept ans, l'apogée de sa vie n'avait pas encore frappé à sa porte et elle était immensément fière de se retourner et d'admirer tout ce qu'elle avait accompli.

Paul avait quitté les siens le 21 mai 1979, le jour où son hirondelle fêtait ses soixante-treize ans.

Gaston était aussi auprès de son frère et en pleurant, il lui avait souhaité un bon voyage. Paul lui avait fait la promesse de lui envoyer une carte postale du paradis. Gaston lui avait répondu : « Quand je vais la recevoir, ta carte, Paul, je vais t'en envoyer une, moi aussi, mais je vais aller te la livrer moi-même quand celui d'en haut va avoir décidé que je vais être rendu au bout de ma route. »

Arthémise était partie au mois d'octobre en poussant de grands soupirs de soulagement à cause des grandes douleurs qui la terrassaient depuis trois mois et qui ne lui laissaient aucune qualité de vie. Gaston l'avait entourée de tendresse et d'amour jusqu'à son dernier souffle.

— Joyeux anniversaire de mariage ! crièrent tous ensemble les invités.

— Ah bien, maudite marde ! Oh... Roger... As-tu vu ? Tout notre petit monde est là !

— Maudit de maudit que je suis content !

Fin de la saga

La rue Royale

Remerciements

Merci à toute l'équipe de Guy Saint-Jean éditeur pour
leur soutien et leur bon travail.

Je remercie mon conjoint Gérald, mes parents,
mes enfants, Jessey et Mélissa Tousignant, et mes
petits-enfants Sarah-Maude, Myalie et Benjamin.

Merci à mes sœurs, mes amies fidèles.

Merci à la Société historique Pierre-de-Saurel de Sorel-
Tracy et à Mathieu Ponbriand, historien, pour
m'avoir si bien guidée dans mes recherches.

Merci aux lecteurs qui ont bien voulu parcourir
mon manuscrit :

Madame Thérèse Grenier

Madame Louise Sauvé

Madame Hélène Sarrazin

Madame Francine Desrosiers Dupuis

Madame Gisèle Bilodeau Tremblay

Madame Mélissa Tousignant

Madame Nicole Mondion

Monsieur Paul-Émile Gagné.

Merci à vous tous, chers lecteurs.

www.lucyfrancedutremble.com